복거일 대하 전기 소설

『물로 씌어진 이름』

제6장 재미 한인의 국적

1942년 1월 1일. 미·영·러·중과 우방 및 망명정부들까지 26개국이 서명한 「연합국 선언」이 발표되었다. 이승만의 외교 노력에도 대한민국 임시정부는 미승인국이라는 이유로 「연합국 선언」에 서명하지 못했다. (43쪽)

미 정보조정국은 추축국이 점령한 나라의 주민들을 위한 해외 라디오 방송 '미국의 소리'를 출범시켰다. 이승만, 김구 등 민족 지도자들의 연설들을 조선에 송출하는 사업도 계획했으나 국무부는 승인하지 않았다. (56쪽)

1942년 2월 16일. 영국군이 지키던 싱가포르가 일본군에 함락되었다. 펄 하버 공습으로부터 불과 70일 뒤였다.
살아남은 영국군 포로들은 다른 지역이나 일본에서 강제노역에 동원되었다. 가장 악명 높은 것이 영화 〈콰이강의 다리〉로 온 세계에 알려진 타이~버마 철도 노역이었다. (80쪽)

1942년 3월 11일. 미국은 일본계 미국인들의 재산을 동결하고 11만 넘는 사람들을 강제로 이송해 수용소에 가두기 시작했다. 한국계와 대만계 미국인들도 일본계로 분류되어 재산을 빼앗기고 수용소로 끌려갔다. 이런 부당한 인권 유린 행위를 미국은 1988년에야 인정하고 보상했다. (83쪽)

제7장

한인자유대회

큰 전쟁은 제국들의 위기인 동시에 피압박 민족의 기회다. 제1차 세계대전이 일어나자 체코 독립운동 지도자 마사리크는 오스트리아-헝가리 제국에 빼앗긴 고국을 찾기 위해 '체코 군단'을 조직해 연합군 편이 되어 싸우게 했고, 이것이 전후 체코슬로바키아 탄생에 결정적 역할을 했다. 이승만은 미국에서 독립운동을 하던 15년 연상 마사리크를 스승처럼 여기며 따랐다. (95쪽)

1942년 2월 27일, 워싱턴에서 '한인자유대회'가 열렸다.
"한국인들은 단합되지 못한다고 말하는 사람들이 있습니다. 이 회의가 그런 불신자들과 회의론자들에게 대답하게 합시다. 한국 국민의 단합을 보여 주게 합시다."
개회사를 하며 이승만은 1919년 필라델피아에서 열린 제1회 대회를 떠올렸다. (104쪽)

제8장

둘리틀 습격

1942년 4월. 네덜란드령 동인도를 장악한 일본군의 다음 목표는 인도양 진출이었다. 일본군 기동부대는 실론 습격작전에 성공했으나, 전략적 요충인 실론을 점령할 여유는 없었다. 그러는 동안 미국의 일본 본토 공습 계획이 구체화되고 있었다. (132쪽)

1942년 4월 18일. '둘리틀 습격'은 미국의 최초의 승전이었고, 미국 시민들의 사기를 단숨에 드높였다. (140쪽)

제9장

미드웨이

미국 내 반일 감정이 고조되면서 워싱턴의 벚꽃 축제가 취소되고, 일본과 관련된 것이라며 벚나무를 베어 내려 한다는 얘기가 들려왔다. 이승만은 벚나무의 원산지가 조선이라는 학술적 증거를 찾아내 내무부에 제출하고, '일본벚나무' 대신 '조선벚나무'를 새 이름으로 제안했다. 내무부는 '동양벚나무'라는 절충안을 통보해 왔다. (145쪽)

일본군 연합함대의 미드웨이 공격작전은 두 개의 양립하기 어려운 목표를 담고 있었다. 상륙작전을 돕기 위해 폭격기들이 출격하면 전투기들이 호위에 나서야 했고, 그동안 항공모함들은 미군 항공기들의 공격 위험에 노출될 수밖에 없었다. (166쪽)

미군 전투정보국이 도청한 일본 해군의 전문에는 'AF'가 자주 나왔다. 그것이 미드웨이라는 심증만 있을 뿐 확증은 없었다. 전투정보국이 미끼 전문을 던졌다.
"미드웨이 담수화 시설 고장."
다음 날 "AF 담수화 시설 고장"이라는 일본군 전문이 탐지되었다. 다음 공격 목표가 미드웨이임이 확실해졌다. (178쪽)

1942년 5월 8일. 미드웨이 싸움의 전초전인 산호해 싸움은 함재기들끼리 싸우는 '항공모함 시대'의 도래를 알렸다.
전술적 차원에선 일본군이 이겼다. 그러나 미군은 미 본토~오스트레일리아 사이의 보급선을 사수했고, 다가오는 항공모함 시대를 위한 교훈을 얻음으로써 전략적으로 이겼다. (186쪽)

1942년 6월 4일 0430시. 일본군 항공기 107대가 미드웨이를 향해 발진했다. 잘 준비된 미군 항공기의 요격과 대공포화 덕에 미드웨이 지상의 피해는 그리 크지 않았다. (200쪽)

일본군 전투기들은 반격해 오는 미국 항공기들을 성공적으로 격추했으나, 조종사들이 피로해진 탓에 전투항공초계 임무를 소홀히 했다. 그 틈을 탄 미군 급강하폭격기 편대의 공격으로 일본군은 항공모함 네 척을 잃었다. (222쪽)

침몰하는 기함 히류호에서 사령관 야마구치는 함장에게 하선 명령을 내릴 것을 지시했다. "나는 이 배와 운명을 같이하기로 결심했습니다. 여러분들은 살아서 천황 폐하를 위해 모든 힘을 다해 싸우기를 간곡히 부탁합니다." (235쪽)

일본 해군 수뇌부는 패전 사실을 숨기고 조작된 결과를 국민에게 알렸다. 이로써 전쟁을 합리적으로 이끌 기회가 사라졌다. (243쪽)

제10장

조국을 향한 단파 방송

1942년 6월. 미 정보조정국은 샌프란시스코의 단파 방송으로 이승만의 육성 연설을 조선에 송출하기로 했다. 이승만은 원고를 작성하러 펜을 들었다.
"나는 이승만입니다…."
마음이 아득해졌다.
전파는 6월 13일 처음 태평양을 건넜다. (252쪽)

28년 전 이승만이 떠난 조선은 아직 중세 사회였다. 특히 천 년 넘게 이어온 신분제는 조선 사회의 모든 면들에 부정적 영향들을 깊이 미쳤다. 1904년 한성감옥에서 쓰고 1910년 미국에서 출판한 『독립정신』에서 이승만은 노비 철폐를 부르짖었다.
조선의 신분제는 일본의 식민 통치로 사라졌다. 신분 철폐는 노비뿐 아니라 양반들도 해방했다.
(256쪽)

1932년 일본은 만주국을 세우면서 청淸의 마지막 황제였던 부의溥儀를 수반으로 앉혔다. (278쪽)

일본은 물론 조선에도 '만주 붐'이 일었다. 매력적인 만주에서도 가장 매력적인 곳이 하얼빈이었다. 이 무렵 조선도 역동적인 현대사회로 진입하고 있었다. (294쪽)

제11장

과덜커낼

1942년 8월 7일, 미군은 공세로 전환해 과덜커낼 상륙작전에 나서, 일본군이 반쯤 건설한 비행장과 건설 기계들과 보급품을 확보했다. (323쪽)

노획한 장비들로 비행장을 완공함으로써 미 해병대는 일본군 항공기들의 공격을 막아 낼 수 있게 되었다. (326쪽)

제12장
워싱턴의
벚나무

유럽과 북아프리카에서는 추축국과 연합국 간의 전쟁이 한창이었다. 1942년 10~11월, 몽고메리가 이끄는 영국군은 이집트의 엘알라메인에서 롬멜의 독일군을 물리쳤다. 온 영국 국민이 갈망해 온 첫 승리였다. (343쪽)

독일군은 1942년 8월부터 러시아의 스탈린그라드를 장악해 나갔다. 밀리던 러시아군은 11월에 대대적인 반격에 나서 이듬해 2월 2일 독일군의 항복을 받았다. 이제 독일군은 여름 전투들에서도 패배하기 시작했다. (353쪽)

제13장

비바람 속의

중경임시정부

1936~39년의 스페인 내란에서 이름을 알린 인터내셔널 브리게이즈(국제여단)를 보는 이승만의 생각은 양가적이었다. 세계의 젊은 지식인들이 스페인의 정당한 정부를 도우러 나선 것은 갸륵했으나, 그 인민전선 정부가 실제로 정당한 정부였는가에는 이견이 있었다. 1943년 갓 개봉한 영화 〈누구를 위하여 종은 울리나〉를 보면서 이승만은 헤밍웨이가 인민전선 정부를 너무 미화했다고 생각했다. (361쪽)

1943년 여름. '쿠르스크 돌출부'를 공격한 '성채 작전'의 실패로 독일군은 동유럽에서의 작전 주도권을 잃었다. 설상가상으로 연합군이 시칠리아를 공격하자 히틀러는 전차부대를 이탈리아 전선으로 돌려야 했다. (370쪽)

제14장

애실런드

한국승인대회

1943년 11월 27일. 「카이로 선언」에서 미국의 루스벨트, 영국의 처칠, 중국의 장개석은 처음으로 한국 독립을 공언했다.
그러나 이어진 미·영·소의 테헤란 회담에서 스탈린은 "한국인들은 독립된 정부를 운영할 능력이 부족하므로, 40년가량 후견 아래 두어야 한다"고 발언했다. (398쪽)

유럽의 전황은 연합국 쪽으로 확연히 기울고 있었다. 1943년 7월 10일 미군과 영국군이 시칠리아에 상륙하자 이탈리아 지도부는 무솔리니를 체포하고, 9월 3일 무조건 항복 문서에 서명했다. 이제 이탈리아군은 동맹이었던 독일에게 총부리를 돌렸다. (412쪽)

몽고메리가 짧게 대꾸했다. “갑시다.”
노르망디 상륙작전의 D데이가 1944년 6월 6일로 결정되었다. (426쪽)

6월 1일. 연합군이 저항운동 세력들에 보내는 BBC의 암호 방송이 나왔다.
“가을날 / 바이올린들의 / 긴 흐느낌은 ….”
그러나 롬멜은 노르망디에 별다른 조치를 취하지 않고 휴가를 떠났다. (435쪽)

암호 방송을 내보낼 때, 연합군 함대는 이미 영불 해협을 건너기 시작하고 있었다. 침공 함대의 집결지인 아일오브와이트 남쪽 바다에 모인 배들의 정확한 숫자는 아무도 몰랐다. 연합군 최고사령부는 대략 5천 척이라고 짐작만 했다. (446쪽)

6월 6일 0015시. 노르망디 땅을 맨 처음 밟을 연합군 병력은 후방에 침투하는 미국과 영국의 공수부대들이었다. 맨 먼저 투하유도원들이 내렸다. 이들의 투하 유도 신호등 안내에 따라 투하되는 낙하산병들이 하늘을 뒤덮었다. (461쪽)

0630시. 상륙정과 상륙함들이 일제히 해안을 향했다. 잠잠하던 해안의 독일군이 박격포와 기관총탄을 쏟아붓자 해안은 도살장이 되었다. (476쪽)

총포의 빗발 아래 전우들이 쓰러지는 해변에서 백파이프 취주병은 스코틀랜드 여단가 〈고지의 젊은이〉를 불었다. "Oh my bonnie bonnie Highland laddie . . ." (486쪽)

독일 내의 히틀러 암살 시도는 번번이 좌절되었다. 1944년 7월 20일의 거사는 아무것도 모르는 장교가 폭탄이 든 서류가방을 발로 밀어 치워 놓은 바람에 실패로 돌아갔다. (512쪽)

롬멜도 암살 음모에 연루되었다. 그러나 롬멜이 반역에 가담했다고 알려지면 여론과 사기에 부정적 영향을 끼친다고 판단한 히틀러는 롬멜에게 자살을 강요했다. 그리고 병사했다고 발표하고 성대한 국장을 치러 주었다. (517쪽)

물로 씌어진 이름

광복

제 2 권 차례

제 1 권 차례

제 3 권 차례

제 4 권 차례

제 5 권 차례

제6장

재미 한인의 국적

국적 문제

"한길수 이자는 하는 짓마다…."

편지를 다 읽고 난 장기영이 분기 어린 목소리로 내뱉으면서 고개를 저었다.

"인간이 어떻게 이렇게 비열할 수 있나?"

정운수鄭雲樹가 어두운 얼굴로 이승만을 바라보았다.

"박사님, 그냥 넘길 일은 아닌 것 같습니다."

이승만은 생각에 잠겨 잠자코 고개만 끄덕였다.

정운수가 가리킨 편지는 1942년 1월 23일에 미국 법무장관 특별보좌관 얼 해리슨(Earl G. Harrison)이 한길수에게 보낸 편지의 사본이었다. 1월 14일에 한길수가 해리슨에게 보낸 편지에 대한 답신이었는데, '적국 국적을 가진 거류 외국인들의 신분증명서'와 관련하여, 1940년의 「거류외국인등록법」에 따라 한국인으로 등록한 한국인들은 자발적으로 독일, 이탈리아 또는 일본의 시민이 된 적이 없으면 신분증명서를 신청할 필요가 없다는 방침이 방금 미국 정부에 의해 채택되었다는 내용이었다. 한길수는 해리슨의 편지를 공개하고서, 자신이 재미 한국인들을 위해 이런 조치를 얻어 냈다고 선전했다. 정운수가 그 편지 사본을 얻어서 가져온 것이었다.

장기영이 화를 낸 까닭은 여럿이었다. 무엇보다도, 이 일을 위해 그동안 애써 온 것은 이승만이 이끄는 주미외교위원부였다. 일본 해군의 펄 하버 기습공격 바로 다음 날, 미국 주정부들은 일본인들에 대한 감시와 통제에 들어갔다. 미국 정부와 시민들의 관점에선 한국인들은 당연히 일본인들에 속했다. 그래서 한국인들의 은행 계좌들이 동결되고 사업 중지 명령이 내려졌다. 재미 동포들이 하소연할 데는 주미외교위원부뿐이었으므로, 위원부 사무실의 전화는 끊임없이 울렸다.

이승만은 바로 국무부 외국인행위조정국의 부조정관 해럴드 호스킨스(Harold B. Hoskins)를 만났다. 그는 호스킨스에게 이제 미국과 일본이 전쟁 상태에 들어갔으므로 독립을 바라는 한국인들은 실질적으로 반反일본인(Anti-Japanese)들이 되었다는 점을 지적했다. 그리고 미국 본토와 하와이의 한국인들이 일본인이 아니라 한국인으로 등록할 수 있도록 법무부에 요청해 달라고 부탁했다. 호스킨스는 이승만의 주장에 호의적이었다. 그는 이승만에게 그런 의견을 서면으로 자기에게 제출하고 사본을 법무부 변호인단으로 보내라고 말했다. 호스킨스의 권고를 따라 이승만은 곧바로 청원서를 호스킨스에게 보내고 사본을 법무부에 보냈다.

이승만은 하와이 출신 하원의원 새뮤얼 킹을 통해서도 이 문제를 거론했다. 1월 16일에 발표한 「재미 한국인들이 직면한 상황에 대하여」라는 성명서에서 킹은 미국에 사는 한국인들은 '일본계 외국인'이 아니라

‘동맹국 외국인’으로 등록해야 한다고 주장했다. 아울러 그는 미국 정부가 한국의 독립을 승인해서 2,300만 한국인들의 협력을 얻는 것이 합리적 전쟁 수행 전략이라고 주장했다. 킹의 성명서는 주요 통신사들인 AP와 UP에서 보도했다. 이어 그는 그런 취지를 밝힌 편지를 헐 국무장관에게 보냈고, 헐은 킹의 제안을 신중히 검토하겠다는 답신을 보내왔다. 킹은 자신의 이런 활동들을 이승만에게 알려 왔다.

이런 활동들이 열매를 맺어 가는 판에 한길수가 갑자기 법무부의 편지를 공개하면서 자기 공으로 삼으니 주미외교위원부 사람들로선 분개하지 않을 수 없었다. 다른 사람도 아니고 사사건건 임시정부와 주미외교위원부를 걸고넘어지는 한길수가 그러니 더욱 분통이 터질 수밖에 없었다.

“따끔하게 야단을 쳐야 합니다.” 장이 주장했다. “한길수가 공을 세웠다고 자랑하게 놓아두면, 주미외교위원부는 무엇 하는 데냐는 얘기가 나올 것입니다.”

“한 군다운 짓인데.” 이승만이 씁쓸하게 입맛을 다셨다. “이 일에 관해서 한 군의 허물을 지적하면 우리가 한 군하고 공을 다툰단 소리를 들을 텐데.”

“박사님, 그래도 이번엔 단단히 버르장머리를 고쳐 놓아야 합니다. 이제 사람들도 한길수의 정체에 대해서 알 만큼 알았으니, 우리가 단호하게 나가도 뭐라 할 사람 없습니다.” 정이 거들었다.

이승만이 고개를 끄덕였다. “그래도 한 군하고 다투는 것처럼 되어선 곤란해. 사람들 눈엔 한 군이 우리와 동격인 것으로 비치거든. 한 군은 계속 그것을 노리잖아? 개인적으로는 자기가 리승만이하고 동격이고, 단체적으로는 ‘중한동맹’이 우리 위원부와 동격이라고 사람들 눈에 비치도록 유도하는 것 아냐? 기회가 생기면 협의하자, 담판하자, 화해하자 하면서 나를 만나려고 해. 내가 만나 주면 사람들에게 내가 리승만이하고 이리저리 담판하고 합의했다 떠들고 다녀. 내가 안 만나 주면 리승만이 속이 좁은 사람이라 만나는 것도 마다한다고 비방하고 다녀. 만나든 안 만나든, 한 군으로선 손해 볼 것 없다는 계산이지."

"어떻게 사람이 그렇게 생겨 먹었는지." 장이 탄식했다.

"난 한 군이 일본 사람들을 비방하고 다니는 것이 더 마음에 걸려. 반일 감정이 거세지면 여기 사는 일본 사람들이 피해를 보고, 그러면 우리 한국 사람들도 뜻밖의 피해를 볼 수 있잖아? 한번 인종주의 바람이 불면 미국 사람들이 일본 사람 한국 사람 구분하겠어? 한 군은 그것을 몰라."

이승만이 걱정하는 것은 미국 사회의 주류인 백인들로선 한국인과 일본인이 구별되지 않는다는 사실이었다. 한국은 한 세대 전에 일본에 합병되어 사라진 나라였고, 미국 사람들에겐 들어 본 적도 없는 나라였다. 공식적으로 모든 한국인들은 일본제국의 국민들이었고, 한국인들과 일본인들을 구별할 수 있는 사람들은 아주 적었으며, 구태여 구별할 까닭을 아는 미국인들은 한국에 호의적인 몇몇 사람들에 지나지 않았다. 그런 상황에서 반일 감정이 거세지면 무고한 일본인들이 부당한 해를 입을 터였고, 한국인들도 마음 놓고 살 수 없을 터였다.

미국 사회가 유독 일본인들을 그렇게 경계하고 구박하는 것엔 인종적 편견이 크게 작용했다. 독일이 불법적으로 유럽의 여러 나라들을 침략해서 점령해도, 그리고 독일 잠수함들의 무차별 공격으로 미국 상선들과 여객선들이 해를 입어 미국 시민들이 많이 죽었어도, 미국 정부는 독일 국적을 가진 주민들에 대해 최소한의 통제와 감시를 했다. 펄 하버 피습의 충격이 워낙 커서 시민들의 격앙된 반응은 자연스러웠지만, 미국에 거주하는 일본인들에 대한 미국 정부의 태도는 지나쳤다. 지난 30년 동안 인종 차별로 온갖 수모를 겪은 이승만으로선 이런 사정을 외면할 수 없었다.

그런 판에, 앞장서서 반일 감정을 부채질해 온 사람이 한길수였다. 그는 미국 국적을 가진 일본인들도 궁극적 충성심은 일본으로 향한다고 떠들고 다녔다. 이승만이 타일러도 들은 척도 아니 했다.

"그 약은 자가 그걸 왜 모르겠습니까?" 장이 분에 찬 목소리로 말했다. "일본놈들에 빌붙어서 살다가 들통이 나자, 자기가 실은 미국의 스파이였다고 둘러대고서 일본 욕을 하고 다니는 것이죠."

"이제 한길수 얘기 믿을 사람 몇 안 됩니다." 정이 덧붙였다.

한길수는 한때 미국의 한인 사회에서 이승만에 버금가는 영향력을 지녔었다. 새로 미국에 건너온 젊은이들과 세계를 휩쓰는 공산주의에 매혹된 사람들은 나름으로 정치적 재능이 있고 언변 좋고 미국 정부에 상당한 인맥을 확보했으며 중국의 김원봉 세력과 연대한 한길수를 높이 평가했다. 특히 이승만에 반대하는 세력은 그의 갑작스러운 출현과 활동에 환호했다. 그래서 1941년 4월에 호놀룰루에서 열린 '해외한족대회'에서 그는 '미국 국방공작 봉사원'에 임명되었다. 그의 뛰어난 재능을 활용해서 이승만과 별도로 활동하라는 뜻이 담긴 조치였다. 그러나 차츰 그의 인품과 행적이 드러나면서 그는 사람들의 신뢰를 빠르게 잃었다. 마침내 지난 1월 14일 재미한족연합위원회의 결의로 그는 미국 국방공작 봉사원의 직책에서 해임되었다.

"이번엔 단호하게 대해야 합니다. 워낙 교활한 자라서 또 속는 사람들이 있을 것입니다." 장이 편지를 가리켰다. "그리고 미국 사람들에 대한 영향력도 상당하잖습니까? 질레트 상원의원이 적극적으로 후원했는데, 이제 보니 법무장관까지 선이 닿는 모양입니다."

"니세이들의 충성심이 의심스럽다고 떠들어 대니 법무부 쪽에선 관심을 갖겠죠. 요즈음엔 곧 일본이 캘리포니아를 공격할 것이라고 예언하고 다닌답니다." 정이 경멸이 가득한 목소리로 말했다.

'니세이'는 2세二世를 뜻하는 일본말이었다. 원래 미국에서 태어난 일본계 주민들을 가리켰는데, 요즈음은 재미 일본인을 가리키는 말로 쓰였다. 19세기 말엽부터 일본인 이민이 부쩍 늘어나면서 미국의 백인 사회에선 '황화黃禍(Yellow Peril)'에 대한 경계가 일었다. 황화에 대한 우려는 19세기 후반에 중국인들의 이민이 많아지면서 나왔었는데, 1882년에 「중국인배제법」이 만들어져 중국인 이민이 줄어들자 잠잠해졌었다. 일본인들의 이민이 늘어 일본인들에 대한 경계가 일면서, 1924년의 「이민법」으로 일본인 이민이 실질적으로 금지되었다. 미국이 일본인들의 귀화를 막았으므로, 일본에서 태어난 '잇세이一世'들은 미국에서 오래 살아도 자기 명의로 집도 땅도 가질 수 없었다. 그들은 자신들이 태어난 일본을 그리워했지만, 영어를 모르는 그들은 일본제국의 '제5열'이 되어 미국의 안전을 위협할 마음도 능력도 없었다. 태어날 때부터 미국 시민이었고 미국식 교육을 받고 영어를 잘하는 '니세이'들은 일본에 대해 잘 알지 못하고 미국에 대한 충성심도 당연히 깊었다.

그런 사정을 알 리 없는 미국 정부와 시민들은 일본인들에 대한 깊은 의심을 품었다. 그리고 언론은 그런 의심을 키웠다. 일본인들이 많이 살고 일본의 공격 위협을 받는 서부 태평양 연안 지역에서 그런 경향이 특히 심했다. 실제로 펄 하버 피습 직후, 연방수사국(FBI)이 미리 만들었던 명단에 오른 일본계 미국인 공동체 지도자들이 모조리 체포되었다. 그것으로 끝나나 했는데, 1월 하순부터 일본계 미국인들에 대한 반감과 의심이 부쩍 두드러지기 시작했다. 이어 캘리포니아 주법무장관 얼 워런(Earl Warren)이 일본계 미국인들을 모조리 서부 연안 지역에서 추방하는 방안을 연방정부에 제안하고 설득한다는 얘기가 들렸다.

"한 군이 정말로 그런 예언을 했나?" 이승만이 정색하고 물었다.

"예. 4월에 일본이 서부 지역을 공격한다고 예언하고 다닌답니다. 미국 정부에서도 자기 말을 진지하게 받아들인다고 떠벌리는 모양입니다."

"흠." 이승만이 천천히 고개를 끄덕였다. "무슨 근거로 그런 얘기를 하는지 모르지만, 펄 하버 공격을 정확하게 예측했으니 사람들이 믿을 만도 하지."

"예. 한길수가 원래 에프비아이하고 협력한다고 자랑하고 다녔잖습니까? 본인 말로는 법무부의 고급 간부들하고도 안면이 있다고 합니다." 정이 대꾸하고서 다시 편지를 가리켰다. "그것만큼은 허풍이 아닌 것 같습니다."

"한 군이 재능은 있는데, 자기 이익만을 생각하다 보니 큰 그림을 보지 못하는 경우가 많아. 한 군이 나를 따를 때도 그 점이 좀 걱정스러웠거든." 먼 눈길로 창밖을 내다보면서 이승만이 담담하게 말했다. "당장 걱정스러운 것은 한 군이 저렇게 행동해서 일을 그르칠 위험일세. 이 일은 우리 한국인들만이 걸린 일이 아니잖아?"

"예, 박사님. 저도 그 점이 걱정됩니다." 장의 목소리에 걱정이 어렸다.

"자칫하면 법무부에서 오히려 우리 한국인들만 빼고 처리할 수도 있습니다." 정이 동의했다.

"바로 그 점을 말하는 걸세."

'적국 국적을 가진 거류 외국인들의 신분증명서' 문제는 한국인만이 아니라 독일이 합병했거나 독일과 협력하는 나라들의 주민들에게도 해당되는 문제였다. 특히 독일에 합병된 오스트리아의 국적을 가진 사람들은 수도 많아서 미국 법무부로서도 마음을 쓸 수밖에 없었다. 이 문제는 오스트리아 국적을 가진 프란체스카의 문제이기도 해서 이승만은 깊은 관심을 지녀 온 터였다. 오스트리아 국적을 가진 사람들은 많고 영향력도 크니 조만간 해결되겠지만, 한국 국적을 가진 사람들은 적고 영향력도 작으니 자칫 말썽이 나거나 법무부 관리들의 심기를 건드리면 일이 어그러질 수도 있었다.

"이렇게 하면 어떨까?" 잠시 책상을 내려다보면서 생각을 정리한 이승만이 결론을 내렸다. "스태거스 변호사가 한 군에게 공식적으로 편지를 써서 경거망동으로 일을 그르치지 말라고 경고하는 것이지. 어떨까?"

"그 방안이 좋겠습니다, 박사님." 장이 선뜻 동의했다. "우리 위원부가 직접 나서는 것보다 여러모로 나을 것 같습니다."

"저도 그 방안이 좋다고 생각합니다." 정도 동의했다. "한길수하고 맞붙을 필요가 없으니 일이 꼬일 염려도 없습니다."

"그러면, 내가 스태거스 변호사한테 얘기하지." 이승만이 두 손으로 책상을 가볍게 두드렸다. 회의가 끝났음을 알리는 의사봉 대신. 이어 그는 신문에서 오려 낸 기사를 꺼내 놓았다.

"그리고 이것, 「연합국 선언」에 대해서 얘기 좀 해 보세."

두 사람이 고개를 내어 밀고 기사를 살폈다.

"이것이 우리에겐 무척 중요한 일인데. 다른 일들이 하도 많이 터져서 그동안 손을 못 댔는데, 이제 더 늦기 전에 처리해야지. 어떻게 생각하나?"

「연합국 선언」은 지난 1월 1일 추축국들에 맞서 싸우는 연합국들이 서명해서 발표한 문서였다. 연합국들의 전쟁 수행과 평화 추구에 대해

1942년 26개국이 서명한 「연합국 선언」에 대한민국 임시정부는 끝내 서명할 기회를 얻지 못했다.

서 근본 방침을 밝힌 이 문서엔 연합국 진영의 4대국(미국, 영국, 러시아, 중국)을 중심으로 남북아메리카의 9개국과 영연방 4개국 및 인도 그리고 8개국 망명정부(벨기에, 체코슬로바키아, 그리스, 룩셈부르크, 네덜란드, 노르웨이, 폴란드, 유고슬라비아)가 참가해서 모두 26개국이 서명했다.

"예, 박사님. 우리 임시정부도 가입하겠다고 의사표시를 하는 것이 좋을 것 같습니다." 외교에 안목이 있는 장이 자신 있게 말했다. "저번에 얘기한 대로, 우리 신청이 받아들여질 가능성도 큽니다. 8개국 망명정부가 포함되었으니 다른 때보다….”

“저도 그렇게 생각합니다.” 정이 동의했다. “바로 가입 신청을 하는 것이 어떨까요?”

“좋은 얘길세. 그러면 그렇게 하기로 하지.”

“대한민국 주미외교위원부의 변호인으로서 본인은 한국의 대의를 위한 귀하의 활동들에 관하여 귀하에게 서신을 보내 달라는 요청을 받았습니다.”

존 스태거스가 구술하자 여비서가 속기로 공책에 받아 적었다. 이승만의 요청을 받고 한길수에게 보낼 경고 편지를 쓰는 참이었다.

“도움을 주려는 귀하의 진지하고 열성적인 노력에서 귀하는 몇몇 경우들에서 혼란과 오해를 불렀습니다.” 수첩을 보면서 스태거스는 비서가 받아 적기 좋게 천천히 말했다.

‘좋은 팀이다.’

그들을 바라보는 이승만의 얼굴에 밝은 웃음이 어렸다. 이어 자신이 구술하고 속기를 잘하는 프란체스카가 받아 적어서 타자하던 기억이 그의 마음을 환하게 밝혔다. 덕분에 일찍 나올 수 있었던 『일본내막기』는 잘 팔리고 있었고, 자연히 그의 명성도 높아져서 그의 외교 활동에 큰 도움이 되었을 뿐 아니라 그에게 난생 처음으로 금전적 여유를 주었다.

“최근의 사건 하나는 한국인들의 등록에 관한 정보를 귀하가 공개한 것입니다. 이것은 주미외교위원부와의 협의 없이 귀하에 의해 공개되었는데, 주미외교위원부는 법무부가 그 정보의 공개에 적절하다고 판단할 때까지 그것이 공개되지 않는다고 법무부 관리들과 양해한 바 있습니다.”

스태거스가 흘긋 이승만을 쳐다보았다. 이승만이 고개를 끄덕이자 그는 구술을 이었다.

"주미외교위원부는 대한민국 임시정부의 공식적 대표로 국무부에 의해 인정되었습니다. 따라서 귀하에게 적절한 절차는 귀하가 원하는 워싱턴의 어느 부와의 교신도 주미외교위원부에 제출되어 공식적 경로를 통해 전달되는 것입니다…."

"다들 안녕하십니까?"

스태거스가 구술을 마쳤을 때, 제이 제롬 윌리엄스가 들어왔다. 인사가 끝나고 윌리엄스가 자리를 잡자, 스태거스가 간단하게 상황을 설명했다. 윌리엄스가 심각한 얼굴로 입을 열었다.

"실은 이 사람, 한길수에 관한 얘기를 하러 들렀습니다. 리 박사님 사무실에 전화했더니 여기 오셨다고 해서…."

"고맙습니다. 그래, 무슨 일입니까?" 이승만이 웃음 띤 얼굴로 물었다.

"어제 오후에 국무부 관리 한 사람과 만났는데, 내가 한국 문제에 관심이 있다는 것을 아는 터라 내게 상황을 얘기해 주더군요. 얼마 전에 질레트 상원의원이 헐 장관에게 서한을 보냈는데, 거기서 대한민국 임시정부의 승인을 보류하라고 권유했답니다."

"질레트 상원의원이 그렇게 권유했답니까?"

"예. 무슨 이유로 그렇게 권고했느냐고 물었더니 이렇게 대답했습니다. 만일 미국이 대한민국 임시정부를 승인하면 일본에 있는 한국인 정보원들이 격노한 일본 정부의 보복을 받아서, 미국 육군과 해군에게 소중한 정보들의 원천이 사라질 것이다—그것이 이유랍니다."

이승만이 껄껄 웃었다. "질레트 상원의원이 대단한 정보망을 가졌네요. 일본 내부의 사정을 그렇게 훤히 알고."

"질레트 상원의원이 정말로 그렇게 말했나요? 그렇게 상식에 맞지 않는 이유를 대면서?" 스태거스가 고개를 저었다.

"바로 그 점입니다. 질레트 상원의원이 한길수의 후원자라는 것은 알 만한 사람이면 다 알잖아요? 이번 서한도 틀림없이 한길수의 아이디어였을 것입니다."

"제이, 당신 추론이 맞습니다. 한길수의 냄새가 물씬 나는 아이디어입니다." 이승만이 웃으면서 동의했다. "비현실적인 얘기지만, 무심코 들으면 그럴듯하거든요."

"이 사람 한은 참으로 해로운 존재입니다. 그의 입을 막을 방도가 없나요?" 윌리엄스가 물었다.

"한이 나름으로 재능이 있어요. 임기응변도 잘하고, 어지러운 세상에서 살아남는 데 필요한 재주들이 많아요. 그리고 그는 공산주의자예요. 중국의 한국인 공산주의자들과 긴밀하게 연결되어서 세력도 작지 않습니다. 앞으로도 우리는 계속 한 때문에 시달릴 것입니다. 그렇게 마음을 먹어야 우리가 그의 잔꾀에 넘어가 뜻밖의 재앙을 맞는 것을 피할 수 있습니다. 나는 늘 우리 위원부 사람들에게 그 점을 일깨워 줍니다."

"이번에 편지를 보내면 좀 효과가 있을까요?" 스태거스가 자신이 서지 않는다는 표정으로 물었다.

"물론 효과가 있겠지요. 우리 주미외교위원부 변호인이 정중하면서도 위협적인 서한을 보냈으니, 아무리 심장이 강한 사람이라도 겁이 나지 않겠어요?"

이승만의 농담에 웃음판이 되었다.

비서가 타자한 문서를 들고 들어왔다. 스태거스가 훑어보더니 서명했다. 비서는 사본 두 장 가운데 하나를 이승만에게 내밀었다.

"고맙습니다. 수고하셨습니다." 이승만이 흡족한 얼굴로 고개를 끄덕이자 그녀는 그것을 봉투를 넣어 다시 이승만에게 건넸다.

"제이, 전황은 어때요?" 벽에 걸린 세계 지도를 흘긋 쳐다보면서 스태거스가 물었다.

"일본군이 휩쓰는 형국이죠." 지도를 향해 손짓을 하면서 윌리엄스가 씁쓸하게 말했다. "오늘이 일월 삼십일이니 펄 하버로부터 두 달도 채 안 되었는데, 동아시아와 태평양에서 일본군의 발길이 닿지 않은 곳이 없어요. 필리핀은 오래 버티기 힘들 것이라 합니다. 공군과 해군이 없이 육군만으로 오래 버틸 수는 없다는 얘기죠. 네덜란드령 동인도도 마찬가지죠. 말라야에선 영국군이 완패해서 싱가포르로 물러났는데, 싱가포르는 좀 오래 막을 수 있을 것이라 합니다. 그러나 내 생각엔 그것도 희망적 사고에 지나지 않아요."

"그렇게 비관적인가요?" 스태거스가 물었다.

"나는 그렇게 봅니다. 지금까지 이번 전쟁이 무엇보다도 뚜렷이 보여준 것은 공군의 중요성이죠. 공군의 보호가 없으면 해군이든 육군이든 견딜 수 없어요. 필리핀이 그렇잖아요? 일본군에 맞설 수 없게 되자 우리 공군은 파멸을 피하려고 오스트레일리아로 철수했어요. 공군의 보호가 사라지자 해군도 견딜 수 없다고 판단해서 바로 철수했어요. 육군은 철수할 길이 없으니 버틸 수밖에 없는데, 공군과 해군의 보호 없이 육군만으로 얼마나 버티겠어요? 이제 필리핀의 육군이 항복하는 것은 시간문제죠. 공군이 그처럼 중요한데, 지금 동아시아에서 공군을 제대로 갖춘 군대는 일본군뿐이거든요."

이승만이 힘주어 고개를 끄덕였다. "제이의 의견이 탁견입니다. 해군도 이젠 항공모함의 시대가 열렸어요. 해군 함정들은 목표까지 항공기들을 날라 주는 수단이 되었어요. 펄 하버가 그 사실을 깨우쳐 주었어요."

"맞습니다. 지금 해군 쪽에선 그래서 희망적으로 전망하는 사람들도 있다고 합니다. 펄 하버가 기습을 당할 때 태평양함대의 항공모함 세 척이 모두 항구에 없었거든요. 덕분에 세 척 모두 무사하니 우리 해군이 치명적 손실을 입은 것은 아니라는 얘기죠. 지금 펄 하버로 우리가 동태평양을 방어하기 어렵다는 생각이 지배적인데, 사정은 다를 수도 있다는 얘기죠."

"그래요? 탁견인데요." 이승만이 선뜻 동의했다.

"그러면 마음이 좀 놓이네." 스태거스의 얼굴이 밝아졌다.

"그래도 중요한 요소는 역시 중국이죠. 중국군이 잘 싸우면 일본군은 주력이 중국 대륙에 묶일 수밖에 없어요." 이승만이 기름진 한숨을 내쉬었다. "지금 한국인들을 활용하면 전세를 바꾸는 데 크게 도움이 될 텐데, 국무부 관리들은 러시아 눈치만 보니 참으로 답답합니다."

국무부의 비협조적 태도는 모두 잘 알았으므로, 다른 두 사람도 답답한 마음으로 고개를 끄덕였다.

"그러면," 발랄한 윌리엄스가 무겁게 느껴지기 시작한 침묵을 조심스럽게 헤쳤다. "우리가 전쟁부에 촉구하는 것은 어떨까요? 이 박사 얘기대로 지금 중국에서 한국인들을 이용해서 특수공작 임무를 전개하려는 움직임이 나오니, 전쟁부에서 한국인들을 활용하는 데 적극적으로 나서라고 요청할 수 있잖아요?"

윌리엄스가 '우리'라고 한 것은 연방 상원의 원목인 해리스 목사, 스태거스, 그리고 자신이었다. 그들은 이미 1월 10일에 「한국의 상황」이란 문서를 헐 국무장관에게 보냈다. 이 문서에서 그들은 2,300만 한국인들의 해방이 루스벨트 대통령이 천명한 미국의 전쟁 목표의 한 부분이며, 미국이 한국의 독립을 승인하는 것은 회피할 수 없는 도덕적 의무라는 것을 지적했다. 그러나 국무부는 일본의 부정적 반응을 고려해서 당장 행동하기는 어렵다는 대답을 다시 내놓았다.

"그것 좋은 생각인데." 이승만을 흘끗 쳐다보더니 스태거스가 선뜻 받았다. "이왕이면 해군부에도 보냅시다."

"좋은 생각입니다. 한 번 더 수고해 주십시오." 밝아진 얼굴로 이승만이 치하했다.

연합국 선언

1942년 2월 2일 오전 이승반은 헐 국무장관에게 보내는 편지를 썼다. 「연합국 선언」에 대한 대응이었다. 그가 요청한 전문을 중경 임시정부가 보내온 뒤에도, 그는 바빠서 일주일 가까이 손을 대지 못했던 터였다.

> 우리 정부의 전문 지시에 따라 행동하면서, 본인은 「연합국 선언」에서 허여된 특권들에 따라 「연합국 선언」을 준수할 것을 진술하는 동봉 문서를 제출하는 영예를 갖게 되었습니다.
>
> 우리 정부에 지시가 수행되었음을 보고할 수 있도록, 한국 인민들을 대표해서 본인이 직접 이 고귀한 문서에 서명하는 큰 영예를 요청할 수 있겠습니까?
>
> 가장 큰 개인적 경의를 표합니다.

서명을 하고서 이승만은 잠시 마음을 가다듬었다. 정초에 「연합국 선언」이 신문에 보도되자, 그는 그것의 중요성을 바로 깨달았다. 연합국 4대국을 포함해서 모두 26개국이 참가했다는 사실도 있었지만, 그는 그 선언이 큰 흐름에서 나왔다고 생각했다. 그는 그것이 1941년 8월 14일 루스벨트 대통령과 처칠 수상이 함께 선언한 「대서양 헌장」에 바탕을 두었다고 언명한 것에 특히 주목했다. 전쟁이 끝난 뒤 새로운 국제 질서를 세울 원칙들을 제시한 이 선언은 원래 윌슨 대통령이 1918년에 "정의롭고 영구적인 평화"를 위한 지침으로 천명한 '14개조'에 바탕을 두었다. '14개조'에서 처음 언명된 민족 자결주의는 그 뒤로 국제 질서의 근본 원칙이 되었다.

이승만은 여기서 큰 흐름을 읽었다. 미국이 혼자 천명한 '14개조'에서 미국과 영국이 공동으로 선언한 「대서양 헌장」을 거쳐 이제 26개국이 참여한 「연합국 선언」으로 진화한 것이었다. 그리고 14개조가 제1차 세계대전이 끝난 뒤 국제 질서를 만들고 유지한 국제연맹을 낳았듯이, 이번 선언도 제2차 세계대전이 끝난 뒤 국제 질서를 관장할 국제기구를 낳을 가능성이 컸다.

그런 판단은 그가 이 선언의 명칭의 유래에 대해 알게 되면서 더욱 확실해졌다. 그는 'Declaration by United Nations'라는 명칭에 처음부터 눈길이 끌렸다. 원래 연합국은 스스로 'Allies'라는 이름을 썼다. 제1차 세계대전에서도 그 이름이 쓰였고, 미국이 참전한 뒤엔 'Allied and Associated Powers'라는 이름이 쓰였다. 이번에 굳이 '통합된 국가들'이라는 뜻을 지닌 'United Nations'를 쓴 것은 나름의 연유와 뜻이 있을 터였다. 국제정치 전문가인 이승만으로선 그런 미묘한 차이에도 당연히 민감했다.

그런 의문은 윌리엄스의 설명으로 풀렸다. 'United Nations'라는 이름은 루스벨트가 제안한 것이었다. 처칠은 그 표현이 바이런의 장편 서사시 「차일드 해럴드의 순례(Childe Harold's Pilgrimage)」에 나온다면서 선뜻 받아들였다. 제목의 '차일드(Childe)'는 중세 영국에서 기사 후보가 된 높은 신분의 젊은이에 대한 호칭이었다. 4부로 된 이 장시는 1812년에서 1818년 사이에 발표되었는데, 첫 2부가 발표되자 큰 반응을 얻었다. 바이런 자신이 "어느 아침 일어나 보니, 내가 유명해졌더라(I awoke one morning and found myself famous)"라고 했을 정도였다. 윌리엄스의 얘기에 따르면, 루스벨트가 'United Nations'를 제안하자 처칠이 바로 그 말이 나오는 구절을 읊었다 한다.

> 여기, 연합국들이 칼을 뽑은 곳에
> 우리 국민들이 그날 싸웠다!

> Here, where the sword united nations drew,
> Our countrymen were warring on that day!

이 구절이 언급한 시공은 1815년 6월 18일의 워털루였다. 다른 나라들을 침략하고 압제적 정권들을 강요한 나폴레옹의 폭정에 맞서 웰링턴 공작이 이끈 영국군과 블뤼허(Gebhard Leberecht von Blücher) 원수가 지휘한 프로이센 군대가 연합해서 싸운 '워털루 싸움'은 압제적 히틀러에 맞서 싸우는 자유 국가들의 분투를 잘 상징했다.

윌리엄스의 설명을 듣고서 이승만은 파안대소했었다. 그리고 궁금해하는 사람들에게 설명했다.

"처칠이 바이런을 들먹인 것은 루스벨트에게 우아하게 아첨한 것입니다. '우아한 아첨'은 위대한 정치가를 더욱 위대하게 만드는 덕목이죠. 내가 그런 덕목을 갖추지 못한 것이 나는 무척 아쉽습니다."

영국이 미국의 도움으로 겨우 생존하는 상황에서 처칠이 루스벨트의 비위를 맞추려 무던히도 애쓰고 있다는 것을 모두 잘 아는 터라, 웃음판이 되었었다.

헐 장관에게 쓴 편지를 봉투에 넣으면서, 이승만은 그의 요청이 받아들여질 확률이 얼마나 될까 가늠해 보았다. 국무부를 상대로 하는 일이라 1퍼센트도 못 된다고 그는 생각했다. 그래도 그 선언엔 망명정부 여덟이 참가했으니, 성공할 가능성이 좀 높았다. 그래서 그는 1퍼센트는 된다고 판단하고서 싱긋 웃었다. 1퍼센트의 성공 가능성을 지닌 일이면 독립운동에선 희망적인 사업이었다. 독립운동은 원래 그랬다. 성공할 가능성이 전혀 없어도 원칙을 확인하는 절차로, 또는 역사에 기록을 남긴다는 뜻으로 마음을 다잡고 해보는 것이 독립운동이었다.

결국 이승만은 "한국 인민들을 대표해서 본인이 직접 이 고귀한 문서에 서명하는 큰 영예"를 얻지 못했다. 국무부의 답변은 그가 예상한 대로였다. 「연합국 선언」엔 독립국가들과 독립국가들의 자유 망명정부들만 참가할 수 있으며, 미국이 승인하지 않은 임시정부는 참여할 수 없다는 것이었다. '상처에 더하는 모욕'으로 국무부는 이승만이 이끄는 세력은 미국에 거주하는 한국인들의 전폭적 지지를 얻지 못한다는 사실을 지적했다.

이승만의 직감대로, 23개국이 참여한 'United Nations'는 전쟁이 끝난 뒤 국제 질서를 세우는 기관으로 발전했다. 그러나 그 중요한 기관에 그의 조국이 참가하기까지는 그의 예상보다 훨씬 오래 걸렸고, 그는 끝내 조국이 '국제연합'에 참가하는 것을 보지 못하고 눈을 감았다. 해방된 한반도가 남북으로 갈라져서 대한민국과 조선민주주의인민공화국이 따로 국제연합에 가입한 것은 이승만이 헐 국무장관에게 편지를 쓴 지 반세기 만인 1991년이었다.

헐 장관에게 편지를 보내는 일을 마무리하자 이승만은 바로 해리스, 스태거스 그리고 윌리엄스가 연명으로 헨리 스팀슨 전쟁장관과 프랭크 녹스 해군장관에게 보내는 편지 초안을 검토했다.

"바쁘다, 바빠."

자신도 모르게 내뱉고서 그는 웃음을 지었다. 펄 하버 이후 일이 계속 밀려들어서 그는 쉴 틈이 없었다. 그는 그런 상황이 오히려 흐뭇하고 신이 났지만, 프란체스카는 그가 과로한다고 걱정했다.

편지 초안은 스태거스가 작성했는데, 내용은 세 사람이 지난번에 국무부에 보낸 「한국의 상황」과 비슷했고, 이제는 군사적 행동에 나설 시기라는 점을 강조했다. 정보조정국(Office of the Coordinator of Information)이 이승만에게 라디오 방송을 요청한 문서의 사본과 이승만이 작성한 연설문을 첨부한 것이 좀 특별했다. 스태거스는 그 첨부 문서를 '증거문서'라고 지칭했다.

'증거문서라. 변호사답군.'

속으로 뇌면서 이승만은 웃음을 지었다.

정보조정국은 작년 7월에 루스벨트 대통령이 행정명령으로 설치한 정보 및 선전 기구였다. 루스벨트의 특사로 영국의 전쟁 수행 능력을 파악했던 변호사 윌리엄 도노번(William J. Donovan)과 루스벨트의 연설문 작성자인 극작가 로버트 셔우드(Robert Sherwood)는 해외 정보를 다룰 기구의 필요성을 대통령에게 진언했다. 현재 미국에선 육군, 해군, 연방수사국 및 국무부에서 제각기 해외 정보를 수집하는데, 소통과 협조가 제대로 안 되므로 그 기구들을 조정할 수 있는 기구가 필요하다고 루스벨트를 설득했다.

한편 셔우드는 추축국들이 점령한 국가들의 주민들을 위한 해외 라디오 방송 계획을 추진했다. '미국의 소리(Voices from America)'라 불린 이 방송은 어저께 독일어로 처음 전파를 탔다. "오늘, 그리고 이제부터 날마다 우리는 미국에서 여러분과 함께하면서 전쟁에 대해 얘기하겠습니다"라는 구절과 "소식은 우리에게 좋을 수도 있고 나쁠 수도 있습니다—우리는 여러분에게 언제나 진실만을 전할 것입니다"라는 구절은 특히 인상적이어서, 영어로 옮긴 대본을 읽던 이승만의 가슴에 그리움과 기대를 불러일으켰다.

도노번은 제1차 세계대전에서 활약한 예비역 대령이었다. 자연히 그는 비밀첩보 수집과 비밀 특수공작에 관심이 컸다. 당장 급한 것은 일본군과 관련된 첩보 수집이었으므로 그는 중국에서의 첩보 수집 업무를 추진했고, 책임자로 에슨 게일(Esson M. Gale)을 임명했다. 일생의 대부분을 중국에서 보낸 게일은 마침 이승만과 친분이 있었다. 그의 삼촌 제임스 게일(James S. Gale)은 캐나다 출신 장로교회 선교사로 한국에서 복무했는데, 이승만이 감옥에 갇혔을 때 그를 돌보아 주었고, 1904년 이승만이 처음 미국으로 갈 때 소개장을 써 주었었다. 에슨 게일은 이승만을 높이 평가해서, "이 박사의 오랜 기간에 걸친 혁명 활동은 의심의 여지 없이 풍부한 경험을 가져다주었고, 그것이 그의 급진주의를 원숙하게 만들어서 그는 정치가로서의 자질을 갖추게 되었다. 나는 그가 '중화민국의 아버지' 손문(쑨원)이 만년에 했던 역할을 한국을 위해 하고 있는 인물로 여긴다"고 보고했다. 그는 또한 이승만을 정보조정국의 부책임자인 프레스턴 굿펠로(Preston Goodfellow) 대령에게 소개했고, 두 사람은 가까운 사이가 되었다.

정보조정국은 게일을 단장으로 한 임무단을 결성해서 중국에 파견하기로 했다. 1941년 9월부터 이 일을 본격적으로 논의했는데, 게일과 굿펠로의 추천을 받아 이승만도 이런 논의에 참가했고 차츰 정보조정국의 다른 활동들에도 관여하게 되었다.

1942년 1월 24일 게일은 「적의 후방 공작을 위한 한국인 고용」이라는 보고서를 도노번에게 제출했다. 그는 일본 점령 지역에서 특수공작을 수행할 민족으로는 한국인이 가장 좋은 조건을 갖추었다고 지적하고 일본 본토, 한반도 및 만주에 있는 한국인들을 정보 수집과 사보타지에 활용하는 방안을 제시했다. 그는 중경의 대한민국 임시정부가 3만 5천 명의 병력을 갖추었다는 정보를 인용하면서, 비록 그 정보가 상당히 의심스럽기는 하지만 중경을 공작 거점으로 삼는 것이 현실적이라고 지적했다. 이어 그는 미국에서 선발된 요원들을 중경에 보내어 한국인 청년들을 훈련하는 특수학교를 설치하는 방안을 내놓았다. 사흘 뒤 도노번은 이 보고서를 루스벨트 대통령에게 보고했다.

게일 임무단이 중국에서 활동하게 되면 대한민국 임시정부의 인적 자원이 첩보 수집과 특수공작에 활용될 터였다. 임시정부가 자연스럽게 미국의 실질적 우방이 되는 것이었다. 이 모든 흐름이 그의 독립운동 전략이 타당했음을 말해 주었다. 한국 사람들이 당장 일본과 군사적으로 맞설 힘이 없으니 먼저 외교 활동을 통해서 한국의 존재를 알리고 힘을 키워서, 궁극적으로 일본과 미국이 싸울 때 미국과 함께 일본을 깨뜨려야 한다고 그는 줄곧 주장해 왔다. 당장 군대를 양성해서 일본과

미 정보조정국은 갓 출범한 '미국의 소리' 방송을 통해 이승만, 김구 등 지도자들의 연설을 조선에 송출하는 사업을 계획했다.

전쟁을 해야 한다고 주장하는 사람들에게 경멸과 비난을 받아 온 그로서는 이런 상황이 퍽이나 흐뭇할 수밖에 없었다.

당장 흐뭇한 것은 '미국의 소리' 방송에 그 자신이 참여할 가능성이 었다. 정보조정국은 미국 안의 단파방송 시설과 중국의 표준주파방송 시설을 통해서 이승만, 김구 및 다른 민족 지도자들의 연설들을 조선 사람들에게 보내는 사업을 계획했다. 그리고 이승만의 연설을 방송하는 일을 첫 과제로 삼고 국무부에 승인을 요청했었다. 그러나 국무부는 6주 동안이나 검토한 뒤에 승인하지 못하겠다고 정보조정국에 통보해 왔다. 세 사람이 편지에서 '증거문서'라고 부른 것이 바로 그 문서였다.

그 일에서 국무부의 승인을 얻지 못하자, 정보조정국은 이승만에게 일본의 조선 통치의 실상이 어떠한지 필리핀과 네덜란드령 동인도의 주민들에게 알리는 방송을 해 달라고 요청해 왔다. 앞으로 전쟁 상황이 보다 긴박해지고 정보조정국의 역량이 커지면 도노번의 발언권도 따라서 커질 터였다. 비록 당장은 어려워도, 자신이 고국의 동포들에게 연설하는 날이 그리 멀지 않은 장래에 오리라고 그는 기대하고 있었다.

명망 높은 목사와 뛰어난 변호사와 열정적인 통신기자가 함께 작성한 문서라서 이승만이 손을 댈 곳은 없었다. 깨끗하게 타자된 편지 사본을 살피는 그의 가슴을 감탄과 고마움의 물결이 따스하게 적셨다. 세 사람에게 조선이라는 나라는 먼 아시아 대륙에 존재했다가 한 세대 전에 사라진 나라였다. 그 나라를 되살려서 조선 사람들이 사람답게 살도록 하겠다는 목표는 이상적이었지만 너무 추상적이었다. 그 일을 위해서 줄곧 시간과 노력을 기울여 그를 도와주는 그들에 대해 그는 감사보다 감탄이 앞섰다.

'내가 존을 만난 것이 그해였으니, 벌써 스무 해가 훌쩍 넘었구나.'

이승만은 한숨을 길게 내쉬었다. 가슴에 그리움의 물살이 일었다.

'그해'는 물론 3·1 독립운동이 일어나고 대한민국 임시정부가 세워진 1919년이었다. 그해 봄에 뉴욕에서 '소약속국동맹회의'가 열렸다. 이 회의에서 가장 큰 관심과 동정을 받은 것은 패전으로 해체되어 가는 오스트리아·헝가리 제국 안에 새로 생겨난 체코슬로바키아였다. 이 회의를 실질적으로 이끈 사람은 미국에 머무는 사이에 체코슬로바키아 대통령으로 선출된 토마스 마사리크(Tomas G. Masaryk)였다. 이승만은 위대한 철학자이자 정치가인 마사리크에게서 큰 영감을 얻었고, 독립운동의 방략에서 그를 본받았다. 특히 공산주의의 위험에 대해서 두 사람은 공감했다.

작거나 주권을 잃은 민족들이 연합한 국제단체에 한민족이 가입하는 것은 당연했으므로, 이승만은 이 소약속국동맹회의에 대한민국 대표로 참석하려 애썼다. 이 과정에서 그는 회의를 적극적으로 주선한 스태거스를 만났다. 스태거스는 그때 이미 워싱턴에서 이름을 얻은 변호사였다. 스태거스는 대한민국의 가입을 도와달라는 이승만의 요청을 거절했다. 이 회의를 주도한 윌슨 대통령으로선 일본의 협조를 얻는 것이 중요한데, 조선의 가입을 추진하면 윌슨의 재량을 제약하는 결과가 된다는 얘기였다. 그러나 그 일로 스태거스는 이승만과 독립운동의 충실한 후원자가 되었고, 조선이 독립을 되찾을 가망이 줄어들고 이승만의 처지가 어려워져도 이승만의 활동을 적극적으로 도왔다.

윌리엄스도 비슷한 시기에 만났다. 3·1 독립운동의 열기에 힘입어 1919년 4월 필라델피아에서 '대한인 총대표회의'가 열렸고, 이어 한국친우회(League of the Friends of Korea)가 결성되었다. 윌리엄스는 이 회의를 취재하러 왔다가 이승만의 열정에 감복해서 이승만과 한국인들의 친구로 눌러앉은 것이었다.

'우리 민족이 일본의 압제에서 벗어나 삼천리강산에 우리나라를 다시 세우고, 그것을 기리는 자리에 이 사람들을 불러서 고맙다는 인사를 할 수만 있다면….'

나오지 못한 눈물로 아린 눈을 들어 그는 보지 않는 눈길로 그날을, 어쩌면 그의 생전엔 오지 못할 수도 있는 그 먼 앞날을 눈앞에 그려 보았다.

삼십 년 동안 외지에서 조국의 독립을 위해 애쓰면서 이승만은 많은 사람들의 도움을 받았다. 물론 재미 동포들이 그의 근거였지만, 미국인들의 도움도 그의 활동을 떠받쳤다. 유력한 미국인들의 도움을 받지 못하면 외교를 중시하는 그의 독립운동 방략은 효과가 작을 수밖에 없었다. 그가 미국인 친구들에게 특히 깊은 고마움을 품은 것은 그들이 그가 어려울 때도 그를 버리지 않고 충실히 도와주었다는 사실이었다. 그를 도운 동포들 가운데 적잖은 사람들이 그를 떠났고 달랠 수 없는 적이 된 경우들도 드물지 않았다. 그가 워낙 뛰어났고 스스로 그것을 의식했으므로, 그는 늘 자신의 뜻을 관철시키려 했고 그 과정에서 다른 뛰어난 사람들과 흔히 불화했다. 추종자들에겐 변치 않는 충성심을 기대했고 적들에겐 무자비한 면도 있었다. 그래서 그를 진심으로 존경하고 따랐던 사람들이 끝내 멀어진 경우도 상당했다. 그러나 미국인 친구들 가운데 그를 버린 사람은 없었다. 그가 일방적으로 도움을 받는 처지라서 다툴 일이 없다는 점도 있었고, 한국 사람들에겐 잘 보이지 않는 이승만의 덕목들이, 예컨대 합리적 태도와 정확한 사태 인식과 같은 것들이 서양 사람들 눈에 이내 뜨였다는 점도 있었다.

지금 이승만을 적극적으로 돕는 해리스, 스태거스, 윌리엄스 말고도 그를 충실하게 도와 온 친구들은 많았다. 그는 이들 친구들로 공식적 모임을 만들고 싶었다. 1919년 4월 필라델피아에서 결성된 한국친우회를 주도한 것은 필라델피아에 근거를 둔 서재필과 플로이드 톰킨스(Floyd W. Tomkins) 목사였는데, 이 모임을 적극적으로 이용하고 미국의 각 도시들로 확대한 것은 이승만이었다. 그의 활약 덕분에 영국에서도 한국친우회가 만들어졌다. 그러나 이승만이 임시정부에서 물러나고 하와이에서 곤궁하게 지내게 되자 이 모임은 시들어 버렸다. 추축국들과의 전쟁이 일어나 상황이 근본적으로 바뀌면서, 이승만은 한국친우회를 부활하려는 꿈을 품었다.

마침내 지난달 워싱턴에서 대한민국 임시정부를 돕는 미국인들을 중심으로 한미협회(The Korean-American Council)가 결성되었다. 회장은 캐나다 주재 미국 대사를 지낸 제임스 크롬웰(James H. R. Cromwell)이 맡았고 해리스 목사가 이사장이 되었다. 이사진엔 스태거스, 윌리엄스와 프란체스카가 참여했다. 전국위원회엔 서재필, 호머 헐버트, 조지 피치 목사의 부인 제럴딘 피치(Geraldine T. Fitch) 여사, 중국인 문필가 임어당林語堂(린위탕), 중국군 대령인 문필가 사태진謝胎珍(셰타이전)과 같은 인사들이 참여했다.

이승만은 한미협회를 통해서 정치적 영향력을 키우려는 생각을 품었다. 그래서 한미협회와 재미한족연합위원회가 협력해서 공동으로 1919년 4월의 '대한인 총대표회의'와 같은 대중집회를 열 계획이었다.

이승만과 그의 친구들은 쉬지 않고 국무부에 편지를 보내고 방문해서 실정을 설명했지만, 그들의 노력은 전혀 성과를 얻지 못했다. 그러나 법무부에 대한 호소는 뜻밖으로 신속하게 반응을 얻었다.

1942년 2월 9일 프랜시스 비들(Francis Biddle) 법무장관은 적국 국적을 가진 거류 외국인들에게 부과된 제약들로부터 "1940년의 「거류외국인등록법」에 따라 등록하고 이후 자발적으로 독일, 이탈리아 또는 일본의 시민이 된 적이 없는 오스트리아인들, 오스트리아·헝가리 제국인들과 한국인들은 면제한다"고 발표했다. 이어 비들 장관은 "그러한 거류 외국인들은 적국 거류 외국인들에게 금지된 사진기, 라디오, 또는 다른 물품들을 내놓도록 요구받지 않으며; 여행이나 거주지에 관해서 제약받지 않으며; 신분증명서를 획득하도록 요구받지 않으며; 독일, 이탈리아, 또는 일본 국적의 거류 외국인들에 부과된 다른 제약들이나 규정들을 준수하도록 요구받지 않는다. 이 면제는 군사 정복에 의해 그들의 조국에 강요된 정부에 호의적인 적이 없었던 오스트리아, 오스트리아·헝가리 제국, 그리고 한국의 국적을 지닌 수많은 충성된 거류 외국인들을 면제하기 위한 것이다"라고 덧붙였다.

'한국 국적!'

성명서를 읽던 이승만의 몸속으로 한 줄기 환희가 저릿하게 흘렀다. 얼마나 듣고 싶었던 말인가. 지금까지 미국 정부의 어떤 부서도 '한국'이란 말과 '국적'이란 말을 함께 쓴 적이 없었다.

싱가포르 함락

1942년 2월 16일 온 세계가 놀랐다. 모든 신문들과 방송들이 전날 싱가포르의 영국군이 일본군에게 항복했다는 소식을 긴박하게 전했다. 일본에선 환호성이 올랐고 영국에선 모두 경악했다. 추축국들은 고무되었고 연합국들은 긴장했다.

"이렇게 빨리…."

방송에서 소식을 듣자, 지난 2월 1일 영국군이 영국령 말라야에서 맥없이 무너져 싱가포르로 철수했다는 소식을 듣고 싱가포르를 오래 지키기 어렵다고 생각했던 이승만의 입에서도 외마디 소리가 나왔다.

"파피, 무슨 일인가요?" 찻잔을 가져온 프란체스카가 조심스럽게 물었다.

"싱가포르의 영국군이 일본군에 항복했답니다."

"그것이 그렇게 중요한 사건인가요?"

펄 하버 이후 그녀는 일본군의 승전 소식에 익숙해진 터였다. 이승만은 무겁게 고개를 끄덕였다.

"마미, 싱가포르는 서태평양의 요충이에요. '동양의 지브롤터'라고 불렸어요. 지브롤터는 난공불락의 요새잖아요?"

"네, 파피." 그녀가 힘주어 고개를 끄덕였다.

"대서양에서 지중해로 들어가는 관문인 지브롤터를 영국이 장악한 덕분에 영국이 지중해를 지배할 수 있었어요. 인도양에서 태평양으로 들어가는 관문인 싱가포르를 영국이 장악한 덕분에 영국이 오랫동안 동아시아에서 영향력을 유지할 수 있었어요." 그가 찬찬히 설명하고 찻잔을 집어 들었다.

"알겠어요." 좋은 소식은 아니었지만, 그녀 얼굴은 밝았다. 남편 덕분에 세상을 조금이라도 더 알게 되는 것이 그녀에겐 흐뭇했다.

"지금 미국, 영국, 네덜란드, 그리고 중국이 연합해서 일본에 대항하는데, 네 나라 군대가 협동할 때 싱가포르가 근거였어요. 그렇게 중요한 싱가포르를 일본군이 예상보다 훨씬 빨리 차지했으니 상황이 심각해지지 않을 수 있겠어요?"

"그런가요?" 그녀가 좀 걱정스러운 얼굴로 남편의 얼굴을 살폈다.

"마미, 전쟁이 내가 예상했던 것보다 좀 길어질 수 있겠어요. 전쟁의 결과는 달라지지 않겠지만."

그는 애써 평온한 얼굴을 했다.

1941년 12월 7일 일본 함대가 펄 하버의 미군 해군 기지를 기습할 때, 프랑스령 인도차이나에 주둔한 일본군 제25군은 말라야와 타이에 상륙작전을 시도했다. 타이는 처음엔 일본군에 저항했으나, 힘이 부친다는 것을 깨닫자, 동남아시아의 유럽 식민지들로 진출하는 기지를 제공하라는 일본군의 제의를 받아들였다. 말라야 국경에 가까운 타이 해안에 저항 없이 상륙한 일본군은 이내 육로로 진군해서 말라야를 공격했다. 동시에 일본군은 싱가포르에 대한 공습에 나섰다.

당시 야마시타 도모유키山下奉文 중장이 이끈 25군은 근위사단, 5사단 및 18사단의 3개 보병사단들로 이루어졌는데, 정예 부대인 근위사단은 1개 경전차여단을 포함했다. 제25군의 총병력은 3만 6천가량 되었다. 아서 퍼시벌(Arthur Percival) 중장이 이끈 영국군 말라야 사령부 휘하 병력은 12만가량 되었다. 이처럼 총병력에선 영국군이 압도적으로 우세했지만, 영국군은 말라야 전부를 지켜야 했으므로 병력이 분산되었다. 반면에 일본군은 자신이 공격한 곳에 병력을 집중할 수 있었다. 게다가 일본 육군은 해군과 항공대의 지원을 받을 수 있었으므로, 실제로 전투들에 투입된 병력에선 차이가 나지 않았다.

전투력에선 두 군대 사이엔 현격한 차이가 있었다. 영국군은 영국군, 호주군, 인도군, 말라야 주민군, 싱가포르 주민지원군 등으로 이루어져 응집력이 약했고 협동작전을 효과적으로 수행하지 못했다. 무기와 장비도 낡고 부족했으니, 전차는 아예 없었고 소수의 장갑차들만 보유했다. 자원의 부족으로 방어 시설도 제대로 만들지 못해서 공고한 방어선을 칠 수 없었다. 반면에 일본군은 전투력이 뛰어났다. 병사들은 훈련이 잘되었고 용감했고 경험이 많았다. 지휘관들은 전술에 능숙했고 다른 부대들이나 공군과 협동작전을 효과적으로 수행할 수 있었다. 전차들도 많이 지녔고 근접 항공 지원을 받았다.

역사상 가장 강대한 식민 제국을 영위한 영국이 제국의 중요한 거점인 말라야의 방위에 이처럼 소홀했던 것은 궁극적으로 자원의 부족 때문이었다. 1937년 말라야 사령부 사령관 윌리엄 도비(William Dobbie)

소장은 말라야에 대한 일본군의 위협을 막아 내기 위한 계획을 마련했다. 이 일을 실질적으로 주관한 것은 도비 소장의 수석참모였던 퍼시벌이었다. 이 계획에서 말라야 방위에 필요한 해군과 공군 병력은 본토에서 파견되도록 되었다. 그러나 전쟁 초기에 독일이 바로 유럽 대륙을 점령했으므로, 영국은 압도적으로 우세한 독일의 위협을 혼자 막아 내야 했다. 독일이 러시아를 침공해서 동부 전선이 형성되자, 영국은 독일과 힘겹게 싸우는 러시아가 독일에 항복하지 않도록 애썼다. 그래서 미국의 원조로 가까스로 지탱하는 처지에서도 큰 자원을 러시아에 지원했다. 그렇게 응급조치를 하고 남은 자원은 대부분 지중해를 지키기 위해 중동에 투입했다. 본토에서 먼 동남아시아로 향한 자원은 아주 적을 수밖에 없었고, 말라야의 방위에 필요한 해군과 공군 병력은 제대로 투입되지 못했다.

1941년 12월 2일 동아시아에 파견된 전함 프린스 오브 웨일스호와 전투순양함 리펄스호가 4척의 구축함의 호위를 받으며 싱가포르의 해군 기지에 도착했다. 불운하게도, 이들 전함들에 공중 방어를 제공할 항공모함 인도미터블호는 카리브해에서 좌초해서 동행하지 못했다. 큰 함정 두 척을 중심으로 삼은 이 'Z집단'은 태평양의 대부분을 석권한 일본 함대와 맞서기엔 너무 작았다. 원래 해군본부위원회 제1군사위원으로 해군 작전을 지휘하는 더들리 파운드(Dudley Pound) 원수는 영국이 보유한 전함들의 대부분을 보내야 싱가포르를 일본 해군으로부터 제대로 지킬 수 있다고 판단했다. 이런 조치는 물론 불가능했으므로, 처칠로선 돌릴 수 있는 모든 해군 자원을 싱가포르 방어에 투입한 셈이었다. 그래도 공군에 비기면 해군은 사정이 훨씬 나았다. 원래 300 내지

500대의 항공기들을 파견하기로 했던 공군은 한 대도 미리 보내지 못했고, 싸움이 벌어지자 말라야와 싱가포르에 이미 있던 소수의 낡은 항공기들이 우세한 일본군 항공기들과 맞서야 했다.

처칠은 일본군의 위협으로부터 싱가포르를 지키기 위해 프린스 오브 웨일스호와 리펄스호를 보낸다고 발표했다. 싱가포르를 지키겠다는 의지를 표명함으로써 일본의 팽창 전략을 누르겠다는 생각이었다. 처칠의 발표를 듣자, 일본군 연합함대 사령관 야마모토 이소로쿠 제독은 두 영국 전함들을 공격할 해군 항공부대들을 지정하고 전력을 보강한 다음 공격 훈련을 시작하도록 했다. 일본의 의도와 의지를 잘못 판단함으로써 처칠은 일본군이 대응 조치를 마련할 시간을 충분히 제공한 셈이었다.

1941년 12월 8일 일본군이 빠르게 영국군을 밀어내기 시작하자 싱가포르의 영국군 지휘부는 대응에 고심했다. 결국 동양함대 사령관 톰 필립스(Tom Phillips) 제독은 상륙한 일본군의 보급선을 차단하라는 요청을 받았다. 큰 배가 겨우 두 척이고 항공모함이 없어서 공중 방어 능력이 부족한 데다 공군의 지원을 기대하기 어려운 터라, 영국 함대로선 싱가포르에서 멀리 벗어나는 작전은 무척 위험했다. 그러나 필립스에겐 선택의 여지가 없었다. 육군과 공군이 필사적으로 싸우는데 해군만이 몸을 사릴 수는 없었다.

이날 1710시 필립스가 이끄는 Z집단은 서둘러 싱가포르를 떠났다. 두 척의 큰 배들을 네 척의 구축함들이 호위했다. 이 함대는 일본군 주력이 상륙한 타이령 말레이반도 동해안 싱고라 근해에서 일본군을 공격할 작정이었다.

비록 공군의 엄호 없이 무척 위험한 작전에 나섰지만, 필립스는 나름으로 믿는 구석이 있었다. 먼저, 그는 프랑스령 인도차이나에 주둔한 일본군 항공기들이 멀리 떨어진 말라야 연안에서 작전하기가 쉽지 않으리라고 판단했다. 다음, 그는 자신의 배들이 공중 공격으로부터 비교적 피해를 작게 받으리라고 판단했다. 특히 그의 기함 프린스 오브 웨일스호는 최신 전함이어서 성능이 뛰어났고 튼튼했으며, 최신 기술을 갖춘 방공포들은 강력했다. 셋째, 그는 일본군의 전력이 대단치 않다고 생각했다. 당시 영국군 지휘관들은 미군 지휘관들과 마찬가지로 일본 사람들에 대해 인종적 편견을 품었고 그래서 일본 사람들이 창의적이지 못하며 전력에서 서양 강국들보다는 한 단계 아래라고 얕보았다. 실은 그는 일본 해군의 능력에 대해 아는 바가 적었다. 일본 해군이 당시 가장 발전된 어뢰들을 보유했다는 사실도 알지 못했다. 일본 해군이 먼바다를 건너 펄 하버를 성공적으로 기습해서 미군 주력함 8척을 파괴했다는 소식을 듣고도 그는 자신의 편견을 고치지 못했다.

이런 판단에 따라 필립스는 오스트레일리아 공군 편대와 뉴질랜드 공군 편대의 주간 공중 엄호도 마다했다. 그는 싱가포르에 주둔한 영연방 항공기들이 낡았고 수도 적어서 자신의 함대를 충분히 지킬 수 있다고 여기지 않았다. 그는 공군과의 교신이 자신의 위치를 일본군에게 알려 줄 위험이 오히려 크다고 판단했다. 그래서 싱가포르를 출항한 뒤, Z 집단은 무선 침묵을 유지하면서, '함대 방어 편대'로 지정된 오스트레일리아 공군 453편대에도 자신의 위치를 알리지 않았다.

그러나 12월 9일 1400시에 일본군 잠수함이 Z집단을 발견하고 5시간 동안 미행했다. 잠수함의 보고를 받자, 상륙작전을 지휘한 1남견南遣 함대 사령관 오자와 지사부로小澤治三郞 해군 중장은 호송 선단의 경비를 강화하고 모든 함대들에 영국 함대를 찾아서 공격하라고 명령했다. 필립스는 자신의 함대가 일본군 잠수함에 발견된 줄 몰랐다.

1730시 잠수함의 보고를 받고 출동한 일본군 정찰기들이 영국군 함대를 발견했다.

1830시 구축함 테네도스호가 연료 부족으로 함대에서 벗어나 홀로 싱가포르로 회항했다.

2055시 필립스는 작전을 중단하고 싱가포르 회항을 명령했다. 일본군이 Z집단의 존재를 알게 되어서 기습의 이점이 사라졌다는 이유였다.

12월 10일 1000시 본대보다 훨씬 남쪽에 있던 테네도스호는 일본군 항공기들의 공격을 받았다. 사이공 기지에서 발진한 9대의 폭격기들은 폭탄들을 다 투하하고도 이 함정을 맞히지 못했다. 테네도스가 일본군 항공기들의 공격을 받았다는 보고를 받고도 퍼시벌은 항공기들의 엄호를 요청하지 않고 무선 침묵을 고수했다.

1015시 일본군 정찰기가 영국군 함대를 발견하고 정확한 위치를 알렸다. 이내 근처에 있던 일본군 항공기들이 몰려들었다. 이들은 연료가 넉넉지 못했으므로, 편대를 이루어 공격하지 않고 도착하는 대로 공격에 들어갔다.

1113시 8대의 폭격기들이 리펄스를 집중 공격했다. 한 발이 배를 맞혔지만 손상은 크지 않았다. 이때 처음으로 리펄스가 무선 침묵을 깨뜨리고 항공기들의 엄호를 요청했다.

1140시 17대의 어뢰폭격기들이 프린스 오브 웨일스호와 리펄스호를 공격했다. 제1차 세계대전 때 건조된 리펄스호는 장갑이 약했고 방수구획도 철저하지 못했다. 일본 폭격기들의 협공에 어뢰들을 맞고, 이 오래 활약한 배는 1233시에 침몰했다. 워낙 빨리 가라앉아서, 구축함 일렉트라호와 뱀파이어호가 위험을 무릅쓰고 구조했지만 희생자들이 많았다.

이사이 어뢰 한 발이 프린스 오브 웨일스호의 추진기 축을 맞혔고, 바로 침수가 되어 전기가 끊기고 배가 기울었다. 배가 기울자 대공포가 제대로 작동하지 못해서 다른 항공기들의 공격을 막아 낼 수 없게 되었다. 단 한 발의 어뢰가 치명적 타격이 되어, 결국 이 강력한 전함은 1318시에 침몰했다. 생존자들의 일부는 구축함 익스프레스호로 옮겨 탔다. 사령관 필립스 제독과 함장 존 리치(John Leach) 대령은 배에 남았다. 리펄스의 513명과 프린스 오브 웨일스의 327명을 합쳐 800이 넘는 수병들이 죽었다.

1318시 리펄스의 구원 요청을 받은 오스트레일리아 공군 편대가 전투 현장에 도착했다. 이미 주력함 두 척이 침몰하고 일본군 항공기들은 사라진 터라, 그들이 할 수 있는 일은 없었다.

영국군이 입은 손실과 비기면 일본군의 손실은 그리 크지 않았다. 전투에 참가한 88대의 항공기들 가운데 6대가 격추되었고 28대가 파손되었다. 전사자는 18명이었다.

이튿날 가노야鹿屋비행단의 이키 하루키 대위는 전투가 벌어졌던 곳으로 날아와서 바다에 꽃다발 두 개를 떨어뜨렸다. 하나는 자신이 속한 가노야비행단의 전사자들을 위한 것이었다. 방공포들을 치열하게 쏘아 대는 전함을 향해서 폭격기를 몰고 돌진하는 것은 아무나 할 수 있는 일이 아니었다. 그가 조종한 미쓰부시 G4M '하나키葉巻' 폭격기만 하더라도 방공포탄을 여러 발 맞아서 동료 승무원 둘 다 죽었다. 다른 꽃다발은 배를 지키려 영웅적으로 싸운 영국군 수병들을 위한 것이었다. 점령한 곳마다 포로들과 민간인들에게 더할 나위 없이 잔인한 약탈과 살육을 저지른 일본 군인들이, 영웅적으로 싸운 적군에 대해선 최대의 경의를 표하곤 했다.

무고한 민간인들과 포로들에 대한 잔인한 행태와 적군의 영웅적 행적을 기리는 태도는 일본 문화의 미묘한 특질이다. 임진왜란에서 조선에 침공한 일본인들은 정규군이었다. 그래도 그들은 조선인들을 아주 잔인하게 대했고 불필요한 폭력을 휘둘렀다. 역사상 가장 잔인하고 폐해가 컸던 왜구의 전통이 살아남았다고 보아야 할 것이다. 그러나 그들은 용감히 싸워서 죽은 조선 군사들에 대해선 경의를 표했다. 1592년 7월 진안을 거쳐 전주로 진격하던 고바야카와 다카가게小早川隆慶의 일본군은 웅치熊峙를 지키던 전라도군 선봉과 싸웠다. 두 차례의 격전 끝에 김제군수 정담鄭湛이 거느린 조선군은 일본군에게 포위되어 모두 전사했다. 그러자 일본군은 조선군의 시체들을 모아 묻어 주고 '조조선국충간의담弔朝鮮國忠肝義膽'이라 쓴 표목을 세우고 돌아갔다.

생각해 보면, 일본 함대에 의한 영국 함대의 파멸은 반어적이었다. 원래 일본 해군을 키운 것은 영국이었다. 19세기 영국의 세계 전략의 핵심은 유럽과 아시아에서 맞선 러시아를 견제하기 위해 동맹국들을 찾는 것이었다. 그래서 영국은 동아시아에서 러시아와 맞선 일본과 동맹을 맺고 일본을 지원했다. 특히 일본 해군은 영국 해군의 도움을 받아 영국 해군을 본받으면서 자라났다. 1904년의 러일전쟁에서 러시아 함대를 격파해서 일본 해군의 상징이 된 도고 헤이하치로 제독만 하더라도, 젊을 때 견습사관으로 동료 11명과 함께 영국 해군에서 7년 동안 수습했었다. 영국 해군은 자신이 키운 일본 해군에 결정적 전투에서 괴멸된 것이었다.

함재기들을 이용한 적 함대 공격도 영국 해군이 역사상 처음으로 성공적으로 수행했었다. 전쟁이 일어나기 전부터 영국과 이탈리아는 지중해의 제해권을 놓고 다투었다. 1940년 11월 11일 밤 영국 지중해 함대의 함재기들은 이탈리아 남부 타란토항에 정박한 이탈리아 함대를 공격했다. 타란토에서 170해리 떨어진 그리스 해역에 머물던 항공모함 일러스트리어스호에서 발진한 21대의 어뢰공격기들은 이탈리아 함대의 전함 3척과 보조함 5척을 파괴했다. 피해를 입은 이탈리아 전함들은 6개월 넘게 작전에 참가하지 못했다. 펄 하버에 대한 함재기 기습공격을 계획하고 첫 공격 편대를 지휘했던 후치다 미쓰오 중좌는 영국 해군의 타란토 공격을 자세히 분석하고 교훈들을 얻어 자신의 계획에 반영했다. 항공기들의 보호를 받지 못하는 함대는 적군의 항공기 공격에 취약하다는 사실을 온 세계에 보여 주고도, 영국 해군은 그 교훈을 잊은 것이었다. 그래서 일본 항공기들에 의한 영국 함대의 괴멸은 영국으로선 겹으로 반어적인 패배였다.

'Z집단'의 괴멸은 영국에 큰 충격을 주었다. 이튿날 아침 침실에서 파운드 원수로부터 보고받은 처칠 수상은 "전쟁 전 기간에 걸쳐 나는 더 직접적인 충격을 받은 적이 없다"고 회고했다.

"침대에서 전전반측하는 사이에 그 소식의 끔찍함이 내 마음에 모두 들어왔다. 캘리포니아로 급히 돌아가는 펄 하버의 미군 생존자들을 빼놓고는, 인도양이나 태평양에 영국이나 미국의 함정이 없었다. 이 광대한 해양에서 일본은 가장 강대하고, 모든 곳에서 우리는 약하고 벌거벗었다."

처칠의 이런 판단은 지나치게 비관적인 것이 아니었다. 펄 하버의 피습과 Z집단의 괴멸로, 연합국들이 태평양에서 쓸 수 있는 주력함들은 미국 해군이 보유한 항공모함 세 척과 전함 한 척뿐이었다. 반면에 일본 해군은 항공모함 여섯 척과 전함 아홉 척을 보유했다.

주력 전함 두 척을 잃은 영국군 동양함대는 일본군의 공격을 막아 낼 힘이 없었다. 그들은 보다 안전한 실론의 콜롬보와 네덜란드령 동인도로 물러났다. 일본군이 상륙한 뒤 급히 증원된 항공기들은 우세한 일본군 항공기들과 싸우느라 빠르게 소모되었다. 이제 싱가포르는 남서태평양과 인도양에 영향을 미치는 연합군의 요새가 아니었다. 육군만으로 버티는 육상 기지였다.

공군과 제대로 협력하지 못한 해군 Z집단의 괴멸도 문제적이었지만, 말라야와 싱가포르의 육군도 일본군의 상륙작전에 제대로 대응하지 못했다. 상륙작전을 수행하는 군대는 해두보를 구축하기까지 방어 부대의 반격에 노출되는데, 영국군은 상륙하는 일본군의 이런 약점을 제대로 이용하지 못했다. 1937년의 방어 계획을 자신이 수립한 터라, 퍼시벌은 일본군의 작전을 정확하게 예측했다. 그는 일본군이 말라야 국경 바로 북쪽 타이 해안에 상륙하리라 예상하고서, 상륙 지점을 미리 점령하는 작전계획을 세웠다. 그러나 극동사령부 사령관 로버트 브룩포펌(Robert Brooke-Popham) 공군 대장은 외교 문제를 일으킬까 두려워서 퍼시벌의 요청을 거부했다. 덕분에 일본군 주력은 아무런 저항을 받지 않고 상륙했다. 말라야 동부 해안 코타바루에 먼저 상륙한 부대는 영국군을 분산시키려는 견제 부대였고, 주력은 퍼시벌의 예측대로 타이에 상륙했다.

병력은 작고 보급선은 긴 일본군으로선 말라야에서 장기 작전을 수행하기 어려웠다. 그래서 야마시타는 빠른 진격으로 병력의 열세를 극복한다는 전략을 세웠고, 영국군의 예상보다 훨씬 빠르게 진출했다. 전력에서 열세였고 뚜렷한 전략을 세우지 못했으므로, 영국군은 줄곧 일본군에게 밀렸다. 결정적 패인은 일본군의 포위작전에 제대로 대응하지 못한 것이었다. 동아시아의 영국군에선 군대가 동아시아의 밀림을 지나 작전할 수 없다는 것이 정설이었다. 그래서 영국군은 밀림을 자연적 장벽으로 여기고 방어작전을 폈다. 그러나 일본군은 밀림을 통과하는 훈련을 받은 군대였다. 그래서 일본군은 영국군의 저항을 받지 않고 밀림을 통과해서 영국군을 포위할 수 있었다. 번번이 포위를 당하고도 영국군은 군대가 밀림을 통과할 수 없다는 고정관념에서 벗어나지 못했다.

밀림을 뚫고 자전거와 경전차를 이용하는 일본군의 진격 속도는 무척 빨랐다. 그래서 영국군은 번번이 포위되어 많은 병력들이 일본군에게 사로잡혔다. 말라야를 지키기 어렵다고 판단한 퍼시벌은 1942년 1월 27일 말라야의 영국군에게 조호르 해협을 건너 싱가포르로 철수하라는 명령을 내렸다. 1월 31일 마지막 영국군 부대가 말라야를 떠났고, 영국군 공병부대는 말라야와 싱가포르를 잇는 육로를 폭파했다.

당시 퍼시벌이 거느린 병력은 8만 5천가량 되었다. 전투 병력은 7만가량 되었는데, 38개 보병대대(영국군 13개 대대, 인도군 17개 대대, 오스트레일리아군 6개 대대 및 말라야군 2개 대대)에 3개 기관총대대로 조직되었다. 이처럼 여러 군대들이 모였으므로 부대들 사이의 협력작전이 어려웠고, 퍼시벌은 부대 지휘관들을 제대로 장악하지 못했다.

싱가포르섬의 방어 계획에서 퍼시벌은 네 가지 중대한 실책들을 범했다. 가장 큰 실책은 싱가포르에 방어 시설을 구축하지 않은 것이었다.

당시 영국군 공병대는 6천 명이나 되었고 공병대장 아이반 심슨(Ivan Simson) 준장은 장벽의 건설을 거듭 건의했다. 그러나 퍼시벌은 방어 시설이 사기에 나쁜 영향을 준다는 이유를 들어 심슨의 건의를 받아들이지 않았다. 그래서 영국군은 대전차 장벽들의 이점 없이 일본군의 전차들을 막아 내야 했다.

다음엔, 싱가포르가 갖춘 해안포들로 말라야로부터의 공격에 대응하는 데 필요한 준비를 소홀히 했다. 싱가포르가 해로의 요충이었으므로 방어는 바다로부터의 공격을 막아 내는 데 집중되었다. 그래서 거대한 해안포들은 주로 전함들의 강한 선체를 뚫는 철갑탄들을 갖췄고, 병력을 공격하는 데 적절한 고폭탄들은 적었다. 실제로 일본군이 공격해 왔을 때 싱가포르 포대들에서 발사된 포탄들은 일본군 보병들에게 거의 효과가 없었다.

셋째, 퍼시벌은 일본군의 주공이 북동부 연안으로 향하리라 판단해서 그곳에 주력을 배치했다. 동북부에서 분주히 움직이는 일본군의 기만작전에 속은 것이었다. 그는 서북부 연안을 중시하라는 연합군 남서태평양 최고사령관 아치볼드 웨이벌(Archibald Wavell) 대장의 권고도 무시했다. 북서부의 방어를 맡은 오스트레일리아군이 대담한 야간 수색 정찰을 통해서 북서부에 일본군 병력이 집결했고 숨겨진 상륙용 선박들도 있다는 것을 발견하고 그곳에 교란 사격을 해 달라고 요청했을 때도, 퍼시벌을 비롯한 지휘부는 일본군 주공이 북동부를 향하리라는 확신에 따라 그런 요청을 무시했다.

마지막으로, 그는 병력을 미리 섬 둘레에 고루 배치했고 예비 병력을 충분히 확보하지 않았다. 일본군의 주공이 예상과 다른 지역으로 향했을 때, 그는 신속히 투입할 병력이 적어서 일본군의 상륙을 초기에 저지할 수 없었다.

반면에 야마시타는 공격의 시간과 장소를 고를 수 있다는 이점을 충분히 활용했다. 항공 정찰과 척후 보고를 통해서 그는 영국군의 배치에 대해 잘 알았고 거기 맞춰 작전계획을 세웠다.

1942년 2월 3일 일본군은 대대적인 포병 사격과 공중 폭격을 시작했다. 닷새 동안 이어진 이 포격은 전방 부대들에 심각한 타격을 주었을 뿐 아니라, 일선 부대들과 지휘부 사이의 통신선들을 끊어 놓아서 방어작전을 어렵게 만들었다. 반면에 영국군의 대구경 해안포들은 고사각高射角으로 일본군 진지를 포격했지만, 군함들의 강철 선각을 뚫고 들어가도록 만들어진 철갑탄들은 땅속 깊이 파고 들어가서 일본군 보병들에 대한 효과가 작았다.

일본군의 포격은 일본군의 상륙 지점인 북서부 해안에 특히 거셌다. 그곳은 오스트레일리아군 8사단이 지켰는데, 예하 22여단은 서쪽 지역을 맡았고 27여단은 동쪽을 맡았다. 일본군의 포격이 격심해서 8사단은 큰 피해를 입었고 다른 부대들과의 연락이 끊겼다. 이런 상황에서도 영국군 지휘부는 북서부에 대한 일본군의 집중 포격을 상륙을 위한 준비 사격이라 판단하지 않았고, 영국군은 맞은편 해안의 일본군을 포격하지 않았다. 덕분에 일본군의 도하작전은 차질 없이 진행되었다.

2월 8일 2030시 5사단과 18사단의 선발대 4천 명으로 이루어진 일본군 제1파가 오스트레일리아군 22여단이 지키는 지역으로 상륙했다. 22여단의 기관총 사수들은 일본군 상륙정들을 발견하고 사격했다. 상륙하는 일본군을 드러내기 위해 영국군 탐조등 부대는 미리 탐조등들을 해안에 설치했다. 그러나 일본군의 거센 포격으로 부대들 사이의 통신이 끊겨서 오스트레일리아군 여단장은 영국군 탐조등 부대장에게 연락할 수 없었다. 어쩔 수 없이 오스트레일리아군은 어둠 속에서 일본군이 내는 소리에 의지해서 사격해야 했다. 덕분에, 큰 피해를 입게 마련인 상륙작전에서 일본군은 별다른 피해를 입지 않고 해협을 건너 싱가포르 해안을 점령했다. 상륙한 일본군은 바로 늪과 밀림으로 흩어져서 내륙으로 침투했고, 고정된 진지에서 방어하는 오스트레일리아군을 쉽게 우회해서 포위했다. 말라야의 전투들에서 줄곧 나온 양상이 다시 나온 것이었다.

9일 0100시 일본군 제2파가 상륙했다. 우세한 포병 화력과 정확한 정보에 힘입어 일본군은 오스트레일리아군 22여단을 점점 거세게 압박했다. 그러나 일본군이 북동부 해안에 상륙하리라는 고정관념에 붙잡힌 퍼시벌은 이미 전투력이 바닥난 22여단에 증원군을 보내지 않았다. 결국 22여단은 큰 피해를 입고 후퇴했다.

이날 종일 일본군 항공기들과 영국군 항공기들 사이에 공중전이 벌어졌다. 처음엔 영국군이 전과를 올렸으나, 수적으로 워낙 차이가 나는 터라 결국 일본군이 제공권을 장악했다.

2200시 오스트레일리아군 27여단 지역으로 일본군 근위사단 병력이 상륙했다. 오스트레일리아군은 박격포와 기관총으로 일본군에 큰 손실을 입혔다. 일본군은 작은 병력으로 가까스로 해두보를 지탱했다. 그러나 27여단장 던컨 맥스웰(Duncan Maxwell) 준장은 22여단장 해럴드 테일러(Harold Taylor) 준장과 연락할 길이 없었다. 22여단이 일본군의 압력을 받아 큰 피해를 입었다는 것을 알았으므로, 맥스웰은 자신의 부대가 포위되는 것을 걱정했다. 자신이 맡은 지역에선 전황이 불리하지 않았고 8사단장 고든 베넷(Gordon Bennett) 소장이 진지를 지키라는 명령을 내렸음에도 불구하고, 맥스웰은 후퇴 명령을 내렸다. 그렇게 해서 영국군은 조호르와 싱가포르섬을 잇는 육로의 바로 서쪽 해안을 잃었고 육로를 지키기 어렵게 되었다.

27여단이 물러나자 일본군 근위사단은 전차들을 상륙시켜서 바로 공격에 나섰다. 전차를 갖추지 못한 영국군은 전선이 무너졌고, 일본군 근위사단은 오른쪽으로 진출해서 오스트레일리아군 22여단을 포위하는 형국이 되었다.

2월 10일 저녁 영국군이 제공권을 완전히 상실했다고 판단한 연합국 남서태평양 최고사령관 웨이벌 대장은 영국 항공기들에게 네덜란드령 동인도로 철수하라는 명령을 내렸다. 싱가포르의 전황이 위급하다는 보고를 들은 처칠 수상은 곧바로 웨이벌에게 독려하는 전문을 보냈다. 그는 퍼시벌이 싱가포르에서 보유한 병력이 말라야 전체에 있는 일본군보다 적지 않다는 사실을 지적하고 영국군이 끝까지 싸워야 한다고 강조했다. 특히 싱가포르의 방어를 위해 급파된 18사단의 분전을 주문했다.

> 이런 상황에서 수비 병력은 해협을 건넌 일본군보다 분명히 크게 많을 터이고, 치열한 싸움에서 그들은 일본군을 파괴해야 합니다. 이 단계에서 군인들을 구하거나 민간인들을 보호한다는 생각을 해서는 안 됩니다. 전투에선 모든 대가를 치르면서 끝까지 싸워야 합니다. 18사단은 역사에 자신의 이름을 남길 기회를 얻었습니다. 지휘관들과 고급 장교들은 그들의 병사들과 함께 죽어야 합니다. 대영제국과 영국군의 명예가 걸렸습니다. 나는 귀관이 어떤 형태의 나약함도 용서하지 않기를 기대합니다. 러시아 사람들이 그처럼 싸우고 미국 사람들이 루손에서 그렇게 완강하게 버티므로,

> 우리나라와 민족의 평판이 걸렸습니다. 부대마다 적군과 부딪쳐서 끝까지 싸우리라 기대합니다.

웨이벌은 곧바로 퍼시벌에게 모든 지상 병력은 끝까지 싸워야 하고 싱가포르의 전반적 항복이 있어선 안 된다고 지시했다.

2월 11일 야마시타는 퍼시벌에게 "무의미하고 절망적인 저항을 포기하라"고 촉구했다. 야마시타는 말라야 침공작전을 구상할 때부터 일본군의 병력이 아주 작다는 사실을 걱정했고 속전속결로 그런 약점을 덮으려 했다. 지금까지는 싸움이 그의 계획대로 되었다. 그래서 싱가포르에서 한데 모인 영국군과 맞서자, 그는 장기전으로 끌려들어가는 것을 겁냈다. 특히 싱가포르 도심에서 시가전을 벌이면 손실도 클 뿐 아니라 승리를 장담할 수 없었다. 그는 영국군이 자신이 거느린 병력과 자원이 얼마 되지 않는다는 것을 간파할까 걱정했다.

영국군의 전망은 물론 훨씬 어두웠다. 일본군의 공격을 가장 많이 받은 22여단은 전투 병력이 수백으로 줄어들었다. 더욱 걱정스러운 것은 일본군이 영국군의 탄약과 연료 저장고들과 상수도 공급 시설까지 장악했다는 사실이었다.

2월 12일 영국군의 방어 전선은 더욱 밀려서 섬의 동남쪽 시가지를 중심으로 한 작은 지역에 국한되었다. 상황이 긴박했지만, 영국군은 일본군의 집요한 공격을 잘 막아 냈다.

2월 13일 영국군의 방어 지역이 점점 줄어들고 일본군의 포격과 폭격으로 민간인들의 피해가 늘어나자, 고급 참모들은 퍼시벌에게 항복을 권유했다. 퍼시벌은 그런 요구를 거부했다. 그러나 그는 상부에 위급한 상황을 보고하고 항복이 불가피함을 건의했다. 상부에선 그의 항복

허락 요청을 거부했다.

2월 14일 영국군 잔여 부대들은 절망적 상황 속에서도 분전했다. 포격과 폭격은 더욱 심해져서 민간인 피해가 늘어났다. 일본군이 수도 공급 시설을 장악한 터라 물 부족이 심각해졌다.

이날, 일본군이 점령한 지역들에서 으레 일어난 잔혹한 학살이 싱가포르에서도 일어났다. 오후 1시경 알렉산드라 병영 병원으로 한 무리 일본군이 접근했다. 영국군 중위가 혼자 백기를 들고 일본군에게 다가갔다. 일본군들은 그를 다짜고짜 대검으로 찔러 죽이고 병원으로 난입했다. 그들은 치료받던 환자들만이 아니라 의사들과 간호사들까지 대검으로 찔러 죽였다. 이렇게 죽은 300이 넘는 사람들 가운데엔 치료받던 일본군 포로도 있었다.

2월 15일 아침 일본군은 영국군의 마지막 방어선을 뚫었다. 영국군은 식량과 탄약이 바닥이 났다. 고사포 탄약이 없어서 일본군의 공습에 대항할 길이 없었고, 민간인들의 피해는 더욱 늘어났다. 부대에서 탈영한 영국군 병사들은 상점들을 약탈해서 혼란이 더욱 커졌다.

0900시 퍼시벌은 주요지휘관회의를 열었다. 그는 지금 영국군이 선택할 수 있는 방안 둘을 제시했다. 하나는 즉시 반격에 나서서 고지의 일본군 포대들을 제압하고 식량 창고와 상수도 시설을 되찾는 방안이었다. 다른 하나는 항복이었다. 서로 비난하고 책임을 떠넘기는 논쟁 끝에, 모두 반격은 불가능하다는 결론에 합의했다. 퍼시벌도 항복에 동의했다.

퍼시벌의 항복 의사를 전달받은 야마시타는 퍼시벌에게 영국 국기를 직접 들고 일본군 사령부로 걸어오라고 요구했다. 야마시타와의 굴욕적 협상 끝에, 1715시 퍼시벌은 야마시타에게 공식적으로 항복했다.

영국군의 항복으로 8만에서 12만에 이르는 영국군, 인도군 및 오스트레일리아군이 일본군의 포로가 되었다. 싱가포르의 함락은 영국군의 역사에서 가장 많은 포로들을 냈고 최악의 치욕으로 꼽혔다.

일본군이 병력에서 우세한 영국군에 이기고 말라야와 싱가포르를 얻은 것은 일본으로선 중요한 전과였고 영국으로선 뼈아픈 패배였다. 일본의 승리로 필리핀과 네덜란드령 동인도도 실질적으로 운명이 결정되었다. 이런 뜻을 잘 아는 일본은 바로 싱가포르를 쇼난토昭南島로 개명했다. '쇼와昭和 천황의 치세에 얻은 남쪽 섬'이란 뜻이었다. 문자 그대로 해석하면 '천황의 밝은 햇살이 남쪽으로 비치는 섬'이란 뜻이었다.

그러나 일본의 싱가포르 통치는 새 이름의 뜻과는 거리가 멀었다. 일본군은 먼저 반일 감정을 품은 주민들을 제거하기 시작했다. 오래 지속된 중일전쟁 때문에 일본군은 중국인들에 대한 반감이 커서, 영국군을 위해 일한 중국인들 수만 명을 살해했다.

영국군 포로들은 수용소에 갇혔는데, 대우가 나빠서 많은 포로들이 죽었다. 포로들은 일본이 점령한 다른 지역들이나 일본으로 수송되어 강제노역에 종사했다. 상황이 하도 열악해서 '지옥선(hell ships)'이라 불린 그 수송선들에서 항해 중에 많은 포로들이 죽었다.

이 포로들이 투입된 작업들 가운데 악명이 가장 높았던 것은 일본군이 버마(지금의 미얀마)를 거쳐 인도로 진출하는 데 도움을 주기 위해 1942년에 착공해서 1943년에 완공된 타이~버마 철도(Siam-Burma Railway)였다. 타이 수도 방콕과 버마 수도 랑군(지금의 양곤)을 연결하는 이 철도는 415킬로미터가 새로 놓였는데, 온전히 강제노역으로 건설되었다. 험난한 지형, 창궐하는 풍토병, 열악한 보급에다 혹독한 노역으로 투입된 인력이 유난히 많이 죽었다. 일본 점령 지역에서 징발된 18만

영화 <콰이강의 다리>(1957)로 온 세계에 알려진 타이~버마 철도는 영국군 포로들이 투입된 작업들 가운데 악명이 가장 높은 '죽음의 철도'였다.

이 넘는 노역자들 가운데 8만 내지 10만이 죽었고, 투입된 6만의 포로들 가운데 1만 8천가량이 죽었다. '죽음의 철도(Death Railway)'라 불린 이 철도의 건설 과정은 1957년에 나온 영화 〈콰이강의 다리(The Bridge on the River Kwai)〉로 온 세계에 알려졌다. 프랑스 작가 피에르 불(Pierre Boulle)의 동명 소설에 바탕을 두고 데이비드 린(David Lean)이 감독한 이 영화는 예술적으로나 상업적으로나 크게 성공했다.

일본계 미국인들의 수감

일본군이 승승장구하면서, 일본계 미국인들에 대한 미국 시민들과 정부의 의심과 혐오는 빠르게 커졌다. 선정적인 신문들이 앞장서서 일본군이 서부 연안에 제기하는 위험을 과장했고 일본계 미국인들의 충성심을 믿을 수 없다고 주장했다. 이승만은 이런 상황을 걱정스러운 마음으로 지켜보았다.

2월 19일 마침내 그가 걱정한 상황이 현실이 되었다. 이날 루스벨트 대통령은 일본계 미국인들의 강제 이송과 수감을 위한 행정명령을 내렸다. 이 명령으로 미국의 지역 군사령관은 "어떤 또는 모든 사람들이 제외될 수 있는" 군사 지역들을 지정할 수 있게 되었다. 적국 국적 거류 외국인들이 제한지역에 출입하는 것을 금지한 1월 14일의 대통령 성명보다 훨씬 엄격한 조치였다. 이제 독일, 이탈리아 및 일본의 혈통을 이은 사람들은 미국 시민일지라도 강제 이송과 수감이 법적으로 가능해진 것이었다.

루스벨트는 이미 두 차례나 하와이와 미국 서부 연안의 일본계 미국인들의 충성심에 대한 조사를 실시했고, 두 조사 모두 일본계 미국인들의 충성심을 의심할 근거는 전혀 없다고 그에게 보고했다. 따라서 루스벨트의 조치는 현실적 필요보다는 정치적 고려에서 나왔다. 어쨌든 이런 명령들은 집행 과정에서 문제들을 많이 낳을 터였고, 인종 차별을 받는 일본계 시민들의 피해가 클 수밖에 없었다. 그리고 무지하거나 편견이 심한 미국인 관리들과 군인들이 한국인을 일본인과 구별할 리 없었다.

미국 정부의 후속 조치들이 나오면서 이승만의 걱정은 점점 커졌다.

3월 2일 서부사령부 사령관 존 드비트(John L. DeWitt) 중장은 미국 서부에서 해안으로부터 100마일 이내 지역을 '제1 군사지역'으로 선포했다. 캘리포니아 전부와 오리건, 워싱턴 및 애리조나의 대부분을 포함하는 이 방대한 지역에 거주하는 특정 주민들은 '배제명령'을 받게 되리라고 발표했다. 특히 이 지역에 사는 '적국 혈통'을 가진 주민들은 이사할 때 주거 변경 통지를 해야 한다고 규정했다. 드비트는 처음부터 일본계 미국인들에 대한 인종적 편견을 공공연히 드러냈다. 그는 국회 증언에서 "일본계 미국인이 미국 시민이냐 아니냐 따지는 것은 의미가 없습니다. 그는 여전히 일본인입니다"라고 말했다.

3월 11일 루스벨트 대통령은 '거류 외국인 재산관리인국'을 설치하는 행정명령을 내렸다. 이 기구는 일본계 미국인들의 모든 재산들에 대해서 자신의 판단으로 모든 처분을 할 수 있는 권한을 부여받았다. 많은 재산들이 곧바로 동결되었고 일본계 미국인들은 큰 어려움을 겪었다. 살 사람이 나온 재산들은 헐값에 처분되었다.

일본계 미국인들을 강제로 이송해서 수용소들에 수감하는 작업은 서부 연안 지역에서 빠르게 진행되었다. 당시 미국 본토엔 12만 7천 명의 일본계 미국인이 있었는데, 11만 2천 명이 서부 연안 지역에서 살았다. 대부분 농민들인 그들은 갑자기 온 재산을 잃고 낯설고 살기 어려운 곳에 급히 지어진 수용소들에서 살아야 했다. 심지어 일본계 어린이들까지도 고아원들과 입양 가족들로부터 강제로 분리되어 수용소로 보내졌다. 미국 정부가 그렇게 많은 인원들을 일시에 수용할 능력이 없었으므로 모든 것들이 임시변통이었고, 뿌리 뽑힌 일본계 가족들은 '원주민 보호구역'들에 지어진 수용소들에 정착할 때까지 경마장과 같은 빈터에 급히 세워진 임시 수용 시설들에서 고생할 수밖에 없었다.

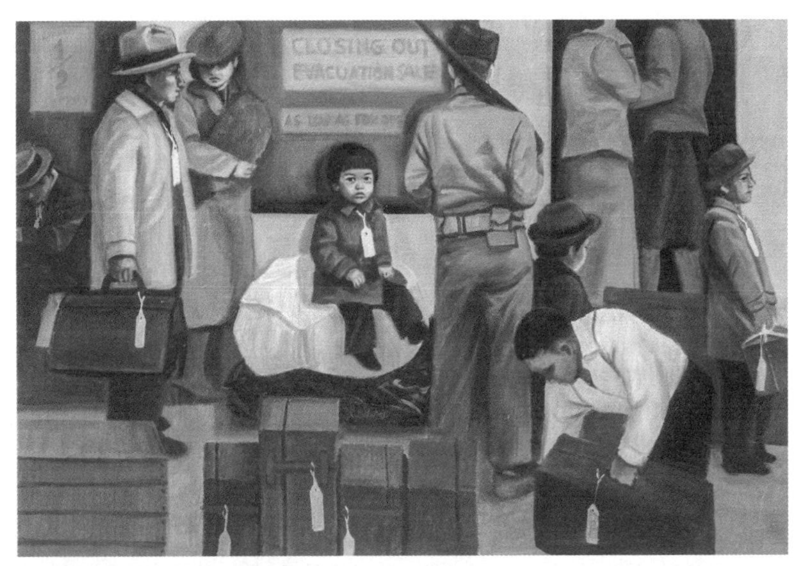

루스벨트 대통령의 행정명령으로 일본계 미국인들의 재산이 동결되었고, 한국계와 대만계 미국인들도 일본계로 분류되어 재산을 빼앗기고 수용소로 강제 이송되었다.

미국 정부에 의해 수용소들에 감금된 11만 명이 넘는 일본계 미국인들 가운데 3만 명이 어린이들이었다. 이 어린이들은 감옥처럼 지어져서 창문도 적고 여름엔 숨이 막히고 겨울엔 몸이 어는 교실들에서 배웠다. 그들은 '민주적 이상'과 '미국의 이상들' 같은 주제를 배웠고 날마다 미국 국기 앞에서 충성 서약을 했다. 이 희비극은 당시 미국을 휩쓴 광기를 무엇보다도 선명하게 상징했다.

서부 연안 지역의 일본계 미국인들을 그렇게 몰아내서 수용소들에 가둔 일엔 인종적 편견만이 아니라 백인 농민들의 탐욕도 작용했다. 일본인들은 캘리포니아의 메마른 땅에 관개 시설을 도입해서 과일과 채소와 꽃들을 가꾸었다. 자연히 백인 농부들은 일본계 주민들을 새로운 경쟁자들로 여겼고, 일본인들이 쫓겨나자 그들의 보호받지 못한 재산을 헐값에 얻었다.

미국 정부가 적용한 일본계 미국인의 정의는 엄격했다. 혈통에 일본인의 피가 16분의 1만 섞였어도 일본계로 간주되었다. 독일계나 이탈리아계에 대해선 할 생각도 하지 못한 비합리적 처사였다. 이런 처사를 언론 기관들은 부채질했다. 서부 지역의 대표적 신문 〈로스앤젤레스 타임스〉는 사설에서 "살무사는 알이 어디서 부화하든 살무사다"라고 주장했다. 한국과 대만이 일본의 식민지였으므로, 한국계 미국인들과 대만계 미국인들도 일본계로 분류되어 재산을 빼앗기고 수용소로 강제 이송되었다. 이들은 일본계 미국인들보다 더 억울했을 뿐 아니라, 비주류 속의 비주류라는 사정 때문에 일본계 미국인들보다 훨씬 큰 고초를 겪어야 했다.

한국계 미국인들이 가장 많이 사는 하와이에선 펄 하버가 공격을 당했지만 사정이 오히려 나았다. 일본군의 기습공격을 받자 바로 계엄령이 선포되었으므로, 일본계 미국인들이 일본제국을 위해 첩자 노릇을 하거나 사보타주 활동을 할 위험은 실질적으로 없었다. 그래서 따로 수용소로 이송할 필요를 누구도 느끼지 못했다. 보다 근본적인 요인은 경제적 환경이 미국 서부와 달랐다는 사실이었다. 하와이 주민들 가운데 일본계는 가장 큰 인종 집단이어서 3분의 1이 넘었다. 만일 그들이 모두 수용소로 들어간다면 그들을 먹여살리는 일도 엄청난 과제가 될 뿐 아니라, 하와이 경제가 돌아가지 못하고 무너질 터였다. 파괴된 펄 하버를 복구하는 일에서도 일본인들의 협력은 필수적이었다. 그래서 하와이 지역사령관 들로스 에먼스(Delos C. Emmons) 중장은 기업가 대표들의 협력을 얻어 일본계 미국인들을 수용소에 보내려는 시도들을 적극적으로 막았다. 덕분에 수용소에 들어간 일본 국적의 주민들이나 일본계 미국인들은 1,500명 안팎에 지나지 않았다. 사정이 그러했으므로, 아메리카 대륙의 한인 사회들 가운데 가장 큰 하와이의 한인 사회는 미국을 휩쓴 반일 감정의 미친 바람으로부터 별다른 해를 입지 않았다.

이처럼 캘리포니아에서나 하와이에서나 정책을 결정한 근본적 요인은 주류 백인 사회의 경제적 이익이었다. 캘리포니아에선 백인 농민들이 일본계 미국인들을 경쟁자로 여겨서 그들을 몰아내는 데 앞장섰고, 하와이에선 백인 기업가들이 일본계 미국인들을 협력자로 여겨 감쌌다. 한 사회의 다수가 소수를 박해할 때, 광기의 태풍 아래엔 늘 다수의 경제적 이익이 에너지를 제공한다.

전쟁이 진행되어 인적 자원이 부족해지자, 미국 정부는 수용된 일본계 미국인 청년들로부터 지원자를 받기 시작했다. 정부의 불법적 처사에 분노한 젊은이들은 미국 군대에서 복무하기를 거부했다. 그러나 그들의 대부분은 미국 시민으로서의 권리가 회복된다면 기꺼이 미국 군대에서 복무하겠다는 단서를 달았다. 결국 2만가량의 남성들과 상당수의 여성들이 군 복무를 지원했다. 이들 지원자들로 이루어진 442연대전투단은 유럽 전선에서 싸웠는데, 이 부대는 규모와 전투 기간이 비슷한 부대들 가운데 가장 많은 훈장들을 받은 부대였다. 그들은 자신들의 목숨으로 자신들이 진정한 미국 시민들임을 증명한 것이었다. 442연대전투단의 야전포병대대는 1945년 4월 29일 독일 바이에른에서 악명 높은 다하우 유대인 수용소에 딸린 강제노역 수용소를 해방시켰다. 자신들의 혈육이 아직 미국 본토의 수용소들에 갇혔는데, 적국에서 이방인들의 강제수용소를 해방시킨 이들은 "조국에서의 인종 차별주의와 싸우기 위해서 전쟁에 나갔다"고 술회했다.

일본계 미국인들에 대한 이런 조치들은 법적 절차를 따르지 않았으므로 본질적으로 불법이었다. 그러나 미국 사회에서 이런 조치에 대해 항의하는 사람들은 뜻밖으로 드물었다. 시민들을 최소한의 법적 절차도 없이 수용소들에 가두는 연방정부의 조치에 공개적으로 항의한 유일한 선출직 공무원인 콜로라도 주지사 랠프 카(Ralph L. Carr)는 다음 주지사 선거에서 낙선했다.

일본군의 위협이 실질적으로 사라진 뒤에도 일본계 미국인들의 강제 수용은 계속되었다. 1944년 12월 대법원은 일본계 미국인들을 강제 수용한 루스벨트 대통령의 행정명령에 대해, 군사적 필요에 따라 미국 시민들을 거주지로부터 추방한 것은 합법적이지만, 그런 조치에 이어진 수감은 불법적이라고 판결했다. 이로써 일본계 미국인들의 강제 수용은 근거를 잃었고 1945년 1월 2일 비로소 행정명령이 취소되었다. 수용소에 수감되었던 사람들은 25달러와 그들의 이전 거주지까지의 기차표를 받았다. 그러나 그들은 대부분 돌아갈 곳이 없었다. 그들의 집과 농장은 이미 다른 사람들이 차지한 터였다.

그 뒤로 이 역사적 과오를 바로잡으려는 시도들이 나왔지만, 좀처럼 성공하지 못했다. 1970년대에 이르러서야 비로소 지미 카터(Jimmy Carter) 대통령이 이 일과 관련된 정부 조치들의 정당성을 조사할 기구를 구성했다. 조사단은 일본계 미국인들의 충성심을 의심할 근거는 거의 없었고, 그들을 수용소에 가둔 일은 정당화될 수 없으며, 충분한 보상이 이루어져야 한다고 결론을 내렸다. 1988년 로널드 레이건(Ronald Reagan) 대통령은 일본계 미국인들에 대한 정부의 행위들이 "인종적 편견, 전쟁의 광기, 그리고 정치적 지도력의 실패"에서 나왔다고 인정하고 피해자들에게 보상하는 법안에 서명했다. 그렇게 해서 제2차 세계대전에서 미국이 저지른 가장 부당한 인권 유린 행위가 반세기 가까이 지난 뒤에 바로잡혔다.

제7장

한인자유대회

전후 질서의 전망

"서부 사정은 어떠한가요? 일본계 사람들을 대하는 태도가…?"

인사가 끝나고 자리에 앉자 이승만이 걱정스러운 얼굴로 물었다.

"신문마다 일본계 사람들에 대한 반감을 부채질하던데."

"아, 예. 아무래도, 분위기가 좋을 수는 없잖습니까?" 어정쩡한 낯빛으로 김호金乎가 대답했다. "이번에 대통령 행정명령이 나오면서, 일본계 사람들은 술렁입니다."

"그것 참." 이승만이 씁쓸하게 입맛을 다셨다. "자칫하면 우리 동포들이…."

"예. 상황이 걱정스럽습니다. 그래도 외교위원부에서 애쓰신 덕분에 우리 한국인들이 일본인으로 오해받을 위험이 줄어들었습니다." 김호가 대답하고서 윗몸을 굽혀 인사했다.

"고맙습니다." 흐뭇한 웃음을 띠고 이승만은 둘러앉은 주미외교위원부 사람들을 둘러보았다. "우리 위원부 요원들이 이번에 수고 많았지."

"한길수 얘기로는 이번 일을 자기가 다 했다고 하던데요." 장기영이 가시가 든 농담을 슬쩍 들이밀었다. 그는 한국인들의 국적 문제에 관해 주미외교위원부가 세운 공을 한길수가 가로채려 한 일에 대해 아직도 분이 풀리지 않은 터였다.

"한 군이야 뭐, 늘 그런 사람인데…." 이승만이 웃음으로 넘겼다. "그런데, 내가 걱정하는 것은…."

이승만의 비서로 일하는 정운수鄭雲樹가 커피를 내왔다. 목이 마르던 참이라 모두 반색했다. 여러 날 준비해 온 '한인자유대회(Korean Liberty Conference)'가 드디어 내일 열리게 되어서 주미외교위원부 사람들 모두가 마음이 들뜬 데다가 손님들도 많이 찾아와서 위원부 사무실은 모처럼 활기를 띠었다.

"냄새가 구수한데. 자아, 듭시다." 이승만이 김호에게 손짓했다.

"예. 감사합니다." 김호가 정운수에게 고갯짓을 해 보이고 잔을 들었다.

"내가 걱정하는 것은," 잔을 들고서 이승만이 말을 이었다. "우리가 어리석게 상황을 악화시키는 것이오. 방금 김 위원장하고 얘기한 것처럼, 반일 감정이 높아지면 우리 한인들도 피해를 볼 수밖에 없어요. 미국 백인들이 일본인, 한국인 가릴 리 없잖아요? 그러니 우리는 반일 감정을 부채질하는 언동을 삼가야 합니다."

"예, 박사님. 지당한 말씀이십니다." 김호가 표정을 지운 얼굴로 동의했다. 한길수와 가까운 터라 그로선 한길수의 행적을 언급한 장기영의 농담도 이승만의 당부도 달갑지 않았다.

재미한족연합위원회 집행위원장인 김호는 로스앤젤레스에 살고 있었다. 내일 행사에 참석하려고 오늘 워싱턴에 와서 선전과장 김용중金龍中과 함께 인사차 주미외교위원부에 들른 것이었다. 1884년생이니 이승만보다 아홉 살 아래였다. 이승만과 비슷한 시기에 미국으로 건너와 정착했는데, 캘리포니아에서 사업을 해서 성공했다. 원래 안창호와 인연이 깊어서 흥사단과 대한인국민회에 일찍부터 참가했다. 안창호가 윤봉길의 거사 뒤 상해(상하이)에서 체포되어 국내로 압송되자 김호는 미국 본토의 안창호 추종 세력을 이끌었다. 합리적 처신과 재정적 여유 덕분에 미국 동포들의 젊은 세대들을 대변했고, 미국 서부의 재미한족연합회 집행부를 장악했다. 그래서 김구도 재미 동포들의 후원을 호소할 때는 김호에 의지했다. 안창호의 추종자였으므로 김호는 이승만에 대해 비우호적이었다. 그래도 그는 이승만이 재미 한인들의 독립운동을 대표한다는 사실을 선선히 인정했다. 이번에 한인자유대회를 조직하면서 이승만은 되도록 많은 사람들이 참가하도록 애썼다. 특히 미국 서부의 동포들이 참석해야 모임이 뜻을 지닐 수 있었다. 그래서 이승만은 김호에게 협력을 요청했고, 김호는 기꺼이 그 요청을 받아들였다.

"싱가포르가 함락되면서 일본에 대한 두려움이 부쩍 커졌는데, 그런 사정도 분위기에 영향을 미칠 것 같죠?"

정한경鄭翰景(Henry Chung)이 얘기의 끈을 이었다.

"아무래도… 아시아에선 일본군을 당할 군대가 없다는 얘기도 나오고." 김호가 정한경에게 고개를 끄덕여 보이고서 이승만을 바라보았다. "박사님, 싱가포르 함락을 어떻게 보시는지요?"

"예상보다 쉽게 함락되었죠? 원래 영국군이 잘 싸우는데. 이번엔…" 이승만이 고개를 저었다. "너무 맥없이 무너졌어요."

"영국군 포로가 일본군 전체 병력보다 몇 곱절 많았다니, 말도 안 되죠. 처칠 수상이 '영국군 역사상 가장 치욕적인 패배'라고 하지 않았습니까?" 장기영이 말을 받았다.

"싱가포르 함락은 영국으로선 군사적 패배이기도 하지만, 정치적 패배이기도 해요." 이승만이 생각에 잠긴 얼굴로 말했다. "싱가포르 함락은 대영제국의 몰락을 세계에 알린 조종弔鐘인 셈이지."

"아, 박사님께선 그렇게 보시는군요." 김호가 진지한 표정으로 고개를 끄덕였다. "하지만 전쟁이 막 시작되었으니, 좀 더 두고 보아야 하지 않을까요?"

"그래도 일본군의 기세가 파죽지세라, 영국이 감당하기 어려운 것도 사실이잖아요?" 정한경이 말했다. "벌써 버마에서도 영국군이 밀리고 있고. 화란령 동인도에서도 상황이 일본군에게 유리하게 돌아가고. 필리핀은 얼마 못 버틴다 하고."

"하지만, 박사님께서 계속 말씀하신 것처럼 종국엔 일본이 패망할 것 아닙니까? 그러면 영국은 일본에 빼앗겼던 영토를 되찾을 수 있지 않겠습니까?" 김호가 차분하게 받았다.

"좋은 지적이오." 커피를 한 모금 맛있게 마시고서 이승만이 고개를 끄덕였다. "언젠가는 영국군이 일본군을 몰아내고 잃었던 영토를 되찾을 것입니다. 버마, 말라야, 싱가포르, 홍콩—모두 되찾을 거요. 그러나 이번에 잃어버린 도덕적 권위는 되찾을 수 없어요."

듣던 사람들이 그의 얘기를 새겼다. 그러나 그의 뜻을 알아들은 낯빛은 아니었다.

"일본군이 밀려오면 싸움에 진 영국군이 물러나요. 영국 사람들은 군인이든 민간인이든 다 도피해요. 남아서 일본군의 폭정을 견디는 것은 원주민들이죠. 나라를 통치하는 사람들은 나라를 침입하는 외국 세력을 막아 내는 것이 기본 임무요. 그 기본 임무를 수행하지 못하면 나라를 통치할 자격을 잃는 거요. 통치할 도덕적 권위를 잃는 거요. 나중에 다시 돌아와서 무력으로 통치한다고 해서, 한번 잃어버린 도덕적 권위를 되찾을 수는 없어요. 식민지 원주민들이 예전처럼 순순히 통치를 받겠어요? 외적이 쳐들어오면 자기들만 도피하는 세력의 통치를?"

시람들이 고개를 끄덕였다.

"무슨 말씀인지 알겠습니다. 그래도 박사님, 원주민들이 쉽게 독립할 수 있을까요? 대영제국이 무너지는 상황을 저는 상상하기 힘든데요." 김호가 조심스럽게 반론을 폈다.

"원래 상상이 힘든 법이오."

웃음이 터졌다.

"실은," 이승만이 정색하고 말을 이었다. "그런 상황은 우리가 상상하는 것보다 훨씬 빨리 올 것입니다. 김 위원장, 봐요. 지금 영국군에서 영국 사람들이 얼마나 돼요? 장교들은 모두 영국인들이지만, 병사들은 태반이 영연방에 속한 자치령이나 식민지의 청년들이오. 특히 인도인들이 많아요. 영국군 병사들 가운에 가장 잘 싸우는 게 구르카와 펀자비 아니오? 그런 군인들은 물론 돈을 보고 들어온 용병들이지만, 그래도 그들이 목숨을 걸고 싸우도록 하려면 돈보다 더 귀한 것을 주어야 할 것 아니오? 지금 영국이 식민지 원주민들에게 줄 수 있는 것이 무엇이오? 약속뿐이잖아요? 일본군을 물리치고 잃었던 땅을 되찾으면 독립을 허용하겠다는 약속 말고 무엇을 내놓겠어요?"

사람들이 다시 고개를 끄덕였다.

"박사님 말씀을 듣고 보니 정말 그렇네요." 김호가 감탄했다.

"박사님 말씀대로, 이제 식민 제국은 사라질 것 같습니다. 프랑스 제국은 이미 무너졌지 않습니까?" 임병직이 받았다.

"맞아." 정한경이 동의했다. "그러고 보니, 이번 전쟁으로 결딴날 제국들이 많구먼. 영국, 불란서, 화란에다 뒤늦게 식민 제국을 건설하겠다고 나선 이태리까지. 궁극적으로는 일본 제국이 결딴날 테고."

웃음판이 되었다.

"정 박사가 전문가답게 명쾌하게 결론을 내렸네."

이승만이 웃으면서 말하자 다시 웃음이 터졌다.

정한경은 국제정치를 전공해서 외교에 식견이 높았다. 1891년에 태어났는데, 소년 시절에 미국으로 건너와서 고생을 견디면서 끝내 문필가로 성장했다. 무게 있는 저작들을 펴냈고 『한국 사정(The Case of Korea)』은 특히 좋은 평판을 얻었다. 이 저술로 그는 워싱턴의 아메리칸 대학에서 명예박사학위를 받았다. 제1차 세계대전을 마무리하는 평화회의가 파리에서 열렸을 때, 이승만과 민찬호, 정한경 셋이 윌슨 미국 대통령과 파리 평화회의에 조선의 미국 위임통치를 청원했는데, 그 일을 주동하고 청원서를 작성한 사람이 바로 정한경이었다. 조선을 일단 미국의 위임통치 아래 두고 시기가 무르익었을 때 독립시킨다는 방안은, 조선 문제가 거론도 되지 않던 당시 상황에선 미국을 조선 문제에 개입시키고 일본을 난처한 입장으로 모는 용의주도한 꾀였다. 그러나 그것은 조선의 즉각적 독립을 추구하는 사람들이 두고두고 이승만을 공격하는 구실이 되었다.

"큰 전쟁이 나면, 묵은 질서가 무너지고 새 질서가 나와요." 이승만이 진지하게 말을 이었다. "저번 세계대전으로 오스트리아·헝가리 제국과 오토만 제국이 해체되었잖아요? 그전엔 나폴레옹 전쟁으로 천 년 동안 이어진 신성 로마 제국이 사라졌고, 이어 스페인 제국이 해체되어 남미에서 여러 국가들이 독립했어요. 이번 전쟁은 이미 저번 세계대전보다 훨씬 큰 전쟁이 되었으니, 지금의 질서와는 근본적으로 다른 세계 질서가 나올 겁니다. 식민지가 없는 세상이 나올 겁니다."

"그러니까 큰 전쟁이 나면, 제국들이 무너진다는 말씀이시죠?" 김용중이 조심스럽게 확인했다. 김용중은 안창호 추종자로 대한인국민회를 통해 활동해 왔다.

"그래요. 허약한 제국들은 전쟁의 충격을 견뎌 내지 못합니다. 어떤 사회나 전쟁이 나면 큰 충격을 받아요. 그래서 사회에 존재하던 분열이 갑자기 커져서 밖으로 드러나요. 살짝 실금이 간 그릇이 어디 부딪치면 깨지는 것과 같아요. 제국은 여러 민족들로 구성되어서, 아무래도 한데 뭉치는 힘이 작아요. 전쟁이 나서 큰 충격을 받으면, 민족마다 제국보다는 자기 민족을 앞세우게 되죠. 오스트리아·헝가리 제국이 해체되는 과정에서 그 점이 잘 드러났잖아요? 그때 우리가 '체코 군단'을 관심을 갖고 봤잖아요?"

이승만이 얘기한 '체코 군단(Czech Legion)'은 제1차 세계대전 시기에 러시아에서 활동한 부대였다. 오스트리아·헝가리 제국은 독일 민족, 마자르족 및 슬라브족으로 이루어졌었다. 북쪽 변경의 보헤미아, 모라비아 및 갈리치아에는 슬라브족에 속하는 체코인들과 슬로바키아인들이 살았다. 전쟁이 나자, 러시아 제국 안에서 사는 체코인들과 슬로바키아인들은 오스트리아·헝가리 제국의 통치를 받는 그들의 조국이 독립하도록 지원해 달라고 러시아 정부에 요청했다. 그리고 스스로 작은 군대를 조직해서 러시아군의 예하 부대로 우크라이나 전선에서 싸웠다. 이들은 러시아군에 항복한 오스트리아군 포로들 가운데 체코족과 슬로바키아족 병사들을 받아들여서 1917년엔 2개 사단 규모로 커졌다.

러시아 혁명 뒤 볼셰비키 정권이 독일과 휴전하자, 체코 지도자 마사리크(Thomáš Garrigue Masaryk)는 러시아의 체코 군단을 프랑스로 데려와

25년 전 마사리크가 이끄는 체코 군단은 연합군 편에서 분전해 세상 사람들의 지지를 얻어 냈고, 체코슬로바키아가 탄생하는 데 결정적 역할을 했다.
"박사님께서 마사리크와 가까우셨잖아요?"
"가까웠다기보다 내가 그분의 제자였죠."

서 서부 전선에 투입하려 했다. 러시아의 항구들이 모두 봉쇄되었으므로, 그는 우크라이나의 체코 군단을 철도로 블라디보스토크까지 이송하는 방안을 추진했다. 볼셰비키 정권은 마사리크의 요청을 수락했지만, 1만 킬로미터나 되는 여정은 험난했다. 시베리아 횡단 철도는 낡았고 차량이 부족했다. 적군과 백군 사이의 러시아 내전은 이들의 이동을 어렵게 했다. 결국 체코 군단은 적군과 싸우면서 동쪽으로 이동해야만 했다. 비록 병력은 작았지만, 응집력과 전투력이 뛰어난 체코 군단은 적군을 물리치면서 시베리아 횡단 철도를 장악했다. 고국으로 돌아가려고 엄청난 장애들을 극복해 가는 체코 군단의 분전은 세상 사람들의 열정적 지지를 얻어 냈고, 볼셰비키 정권에 대한 서방의 두려움과 독일에 대한 동부 전선의 재개 의도와 겹쳐서, 연합국 정부들이 나서도록 만들었다. 그래서 7만이나 되는 병력을 파견한 일본을 비롯해서 미국, 영국, 이탈리아, 프랑스가 상당한 병력을 연해주에 파견했다. 결국 1920년 여름 6만가량의 체코 군단은 1만이 넘는 민간인들과 함께 블라디보스토크 항구를 떠났다. 체코 군단이 불러일으킨 관심과 지지는 체코슬로바키아가 탄생하는 데 결정적 역할을 했다.

"그랬죠. 체코 군단. 옛날 생각이 나네요." 김호가 잠시 옛날을 회상했다.

"그때 미국에서도 체코 군단에 대한 관심과 지지가 대단했었죠. 원래 윌슨 대통령은 러시아 내정에 간섭하지 않는다는 방침을 견지했었는데, 체코 군단을 위해 나서라는 여론이 워낙 거세서 결국 연해주 파병을 지시했었죠. 마사리크만큼 열광적 환영을 받는 독립운동가는 근래엔 없었죠, 아마? 그때 박사님께서 마사리크와 가까우셨잖아요?" 정한경이 말했다.

"가까웠던 셈이죠." 잠시 이승만의 얼굴에 그리움과 아쉬움이 짙게 어렸다. "가까웠다기보다 내가 그분의 제자였죠. 참 많은 것을 그분한테서 배웠어요. 그렇게 힘들여서 세운 나라가 스무 해도 채 넘기지 못하고 멸망했으니, 참 기구하기도 하지."

"마사리크와 같은 지도자가 있었다면 체코슬로바키아의 운명이 달라졌을까요?" 정한경이 물었다.

"글쎄. 뮌헨 회담 뒤 마음이 하도 막막해서 나도 그런 생각이 들었었는데, '마사리크 같은 분이 나라를 이끌었으면 저런 지경이 됐을까' 하고." 한숨을 길게 내쉬고서, 이승만이 잠시 생각했다. "아무리 뛰어난 사람이라도 역사의 거대한 흐름을 바꾸기는 어려운데. 지난 수십 년 동안에 전체주의가 득세한 것은 큰 조류여서, 마사리크의 후계자인 베네시가 마사리크만큼 훌륭한 지도자였더라도…. 다만, 젊었을 때의 마사리크가 체코슬로바키아를 이끌었다면 역사의 물길이 상당히 달라졌을 수는 있어요. 마사리크는 유럽만이 아니라 미국에도 잘 알려지고 존경받는 지도자라서, 히틀러가 해외 팽창을 시작할 때 자유주의 국가들이 무기력했던 상황을 조금 바꾸어 놓았을 수도 있어요. 하여튼 체코 군단은 우리에게 직접적으로 도움을 주었어요. 홍범도 장군 휘하 부대가 봉오동 전투에서 일본군에게 대승을 거두었을 때 체코 군단으로부터 구입한 무기로 싸웠다고 들었는데. 박격포까지 구했다고 했어요 군대를 조직하는 데는 사람 얻기도 힘들고 돈 구하기도 힘들지만, 가장 어려운 것은 무기를 구하는 일이거든."

"맞습니다." 김호가 열심히 고개를 끄덕였다. "무기 구하다가 속아서 돈만 날리는 경우가 많았습니다. 백범도 무기 구해 준다는 얘기에 속아서 곤란한 처지에 몰린 적이 있습니다."

"백범도 당한 적이 있습니까?" 장기영이 물었다.

김호가 싱긋 웃으면서 고개를 끄덕였다. "하루는 백범이 도산한테 와서 사정이 어렵다고 도와달라고 했답니다. 김승학이 무기 구입에 쓸 자금을 갖고 만주에서 상해로 왔는데, 협잡꾼들이 달려들어서 돈을 잃었답니다. 그때 백범이 권총을 구해 준다고 나섰다가 돈만 떼인 모양입니다. 김승학은 무기를 구하지 못하면 돈을 돌려달라고 하고, 돈은 이미 백범 수중을 떠났고. 그래서 사정이 아주 곤란하니 도산이 좀 도와달라고 백범이 통사정을 했답니다."

김승학金承學은 대한독립단 대표로 1920년에 만주에서 상해로 파견되었다. 그 뒤 임시의정원 의원으로 일했고 이동녕 총리 아래서 학무총장

대리를 지냈다.

"그래서 어떻게 되었나요?" 장기영이 궁금한 얼굴로 물었다.

"백범 자신의 신망만이 아니라 임정의 신망도 걸린 문제라서 도산도 도와주고 싶었지만 도와줄 길이 없어서 난감했다고 합니다. 백범이 사정을 얘기하고 그냥 넘어간 모양입니다."

"조선 팔도 협잡꾼들은 다 상해에 모였다고 했으니 오죽했겠습니까?" 이승만을 수행해서 상해 생활을 한 임병직이 말했다.

"원래 독립운동이란 것이 그래." 이승만이 가볍게 탄식했다. "독립운동가하고 협잡꾼 사이가 종이 한 장 차이야. 돈 한 푼 없이 큰일 하자고 나서는 것이 독립운동 아냐? 우리 정보원과 적 첩자 사이도 그렇고. 우리가 회의를 하면 그날 저녁에 일본 영사관 경찰 보고에 그 내용이 다 들어간다고 했으니까."

"도산은 백범이 사람들을 너무 쉽게 믿어서 그런 일이 생긴다고 했습니다. 백범은 세상 사람들이 모두 자기처럼 신실하다고 믿어서 잘 속는다는 얘기죠. 백범이 부하들을 너무 믿어서 곤란한 처지로 몰린 경우들도 있었잖아요?"

"백범은 그럴 분이죠. 그래도 백범이나 하니 그 거친 사람들을 휘어잡을 수 있었지, 다른 사람은…." 임병직이 고개를 저었다.

한동안 사람들이 상해임시정부 초기에 일어났던 일들을 회고했다. 벌써 스무 해가 지난 터라, 당시의 힘들었던 일들을 사람들은 그리움이 섞인 마음으로 얘기했다.

"그런데 박사님," 상해 시절 얘기가 잦아들자, 장기영이 이승만에게 물었다. "식민 제국들이 무너지면 그 뒤엔 어떻게 되나요?"

"식민 제국들이 무너져서 묵은 질서가 사라지면, 새 질서가 나올 수 있는 자리가 생기겠지. 저번 세계대전이 끝난 뒤 국제연맹이 만들어졌지 않아요? 나폴레옹 전쟁이 끝난 뒤엔 '비엔나(빈) 회의'가 국제 질서를 복원했고." 사람들이 자기 말을 새기도록 잠시 뜸을 들인 다음 이승만은 말을 이었다. "이번 전쟁이 끝나면 국제연맹을 대신할 새로운 국제기구가 생길 텐데…. 내 생각엔 이번 정초에 발표된 '연합국 선언'이 바로 그런 기구의 청사진입니다."

"아, 박사님께선 그렇게 보시는군요." 김호가 고개를 끄덕였다. "이번에 우리 임시정부가 '연합국 선언'에 참가하겠다고 신청한 것도 그런 관점에서…. 국무부에선 회신이 왔나요?"

"아직…." 이승만이 고개를 저었다. "눈치가, 이번에도 거부할 모양이네요. 벌써 이십 일이 넘었는데 소식이 없는 것을 보니."

"국무부 사람들이 늘 대는 핑계는 우리 임시정부나 주미외교위원부가 조선 사람들을 대변하지 못한다는 것이죠. 재미 한인 사회가 분열되었다고, 주미외교위원부를 비난하는 사람들이 많다고, 늘 그 얘기를 해요." 장기영이 분기로 높아진 목소리를 냈다.

"그런 점도 있지만, 뭐 이번에 안 되면 다음번에 하고, 안 되면 다시 하고. 그게 우리 일이죠." 이승만이 서둘러 어색해지려는 분위기를 막았다. "우리가 유념할 사실은, 차츰 세계 문제들을 취급하는 국제기구가 발전해 왔다는 것입니다. 비엔나 회의에 참가한 사람들은 국제기구를 만들 생각조차 하지 못했습니다. 그러나 베르사유 조약에 참가한 나라들은 국제연맹을 만들었어요. 비록 미국이 참가하지 않는 바람에 힘이 빠졌지만, 그래도 세계 질서와 평화의 유지에 상당히 공헌했어요. 이번에 만들어지는 국제기구는 국제연맹보다는 힘이 클 것입니다. 그렇게 발전해 가는 추세가 중요한 것이죠."

한표욱韓豹旭이 들어왔다. "박사님, 호텔에서 준비할 것은 다 되었습니다."
"미스터 한, 수고했어요." 이승만은 내일 대회가 열릴 라파예트 호텔에서 준비 상황을 점검하고 돌아온 한표욱을 치하했다.

얘기는 자연스럽게 내일 대회로 옮겨갔다. 사람들이 궁금해 하는 일들을 실무를 총괄하는 장기영이 설명했다. 방송국과 교섭해서 라디오로 중계 방송하기로 되었다는 얘기를 듣자 사람들이 크게 만족했다.

"1919년의 필라델피아 대회보다 오히려 국제적인 행사가 될 것 같습니다." 임병직이 말하고서 장기영에게 수고했다는 뜻이 담긴 눈길을 보냈다. 임병직은 필라델피아 대회의 서기로 일했었다.

"리 박사님을 비롯한 외교위원부 여러분께서 수고하신 덕분에 좋은 행사가 되리라 기대합니다. 연합위원회 집행부를 대표해서 심심한 사의를 표합니다." 김호가 매끄럽게 치하했다.

대회의 성공

"안녕하십니까, 이곳은 백악관에 가까운 라파예트 호텔입니다. 이제부터 이곳에서 열리는 '한인자유대회'의 모습을 실황 중계해 드리겠습니다. 한국은 태평양 건너에 있는 나라로 지난 30년 동안 일본의 압제적 식민 통치를 받아 왔습니다. 이들 아시아 국가의 훌륭한 시민들은 오랫동안 일본의 학정에 저항해 왔으며, 그들과 그들의 미국인 친구들은 대한민국의 아버지이자 그들의 명망 있는 애국적 지도자인 이승만 박사의 부름에 따라 우리의 공공의 적 일본을 쳐부수는 데 헌신하기 위하여 이 엄숙한 회의에 참석했습니다."

워싱턴에 자리 잡은 WINX 방송의 오언(J. Owen) 아나운서가 마이크에 대고 말했다.

1942년 2월 27일 저녁 드디어 한인자유대회가 열린 것이었다. 북아메리카 대륙의 곳곳에서 온 한국인 대표들 100여 명과 대한민국 임시정부를 돕는 미국인들 100여 명이 참석했다.

"이곳 라파예트 호텔의 '미러 룸'은 1918년에 폴란드 독립대회가 열렸던 곳입니다. 한국의 독립을 위해 노력하는 사람들의 모임인 '한인자유대회'가 이곳에서 열린 것은 그래서 상징적입니다. 먼저, 주요 참석자들을 소개하겠습니다. 이승만 박사는 대한민국 임시정부의 초대 대통령을 지냈고 현재는 워싱턴의 주미외교위원부를 이끌고 있습니다. 서재필 박사는 한국 독립운동을 초기에 이끌었고 1919년에 필라델피아에서 열렸던 한인대회를 주도했습니다. 한국인들을 돕는 미국인들로는 워싱턴주 출신 존 커피(John M. Coffee) 하원의원, 하와이 영토 출신 새뮤얼 킹 하원의원, 캐나다 주재 대사였던 제임스 크롬웰 씨, 그리고 저명한 변호사인 존 스태거스 씨가 보입니다. 특히 대한제국의 말기 20여 년 동안 한국에서 선교와 교육에 종사했고 1906년에 황제의 밀사로 헤이그 평화회의에 참석하려다 실패한 역사가 호머 헐버트 씨는 여기 참석한 한국인들에게 한국인들이 결코 외롭지 않다는 것을 일깨워 줍니다…."

회의는 의장을 뽑는 것으로 시작되었다. 의장으로 추대된 김호는 간단한 인사말을 하고서 사회자 제이 윌리엄스를 소개했다. 윌리엄스는 이승만이 개회사를 한다고 소개했다.

연단 앞에 서서 좌중을 둘러보자, 이승만은 어쩔 수 없이 1919년의 필라델피아 대회를 떠올렸다. 그동안 흐른 20여 년의 세월이 참석한 얼굴들에 새겨져 있었다. 청년들이 중년으로 되고, 중년들은 노년들이 되어 있었다.

"여러분, 우리 한국인에게 이 회의는 매우 엄숙한 행사입니다."

들끓는 상념들과 감정들을 누르고서, 그는 얘기를 시작했다.

"우리는 이 큰 나라의 수도에서 수천만 리 떨어져 있는 우리 조국에 대한 의무를 다할 뿐만 아니라, 우리에게 보호와 자유를 제공해 준 이 축복받은 나라 미국에 대한 의무를 다하기 위하여 이 자리에 모였습니다."

그는 이 회의가 재미한족연합위원회와 한미협회가 공동으로 개최한 회의라는 사실을 상기시킨 다음, 회의의 목적들을 차근차근 설명했다. 첫째, 1919년의 혁명과 혁명에서 희생된 사람들을 엄숙하게 기념하는 것이고, 둘째, 1919년에 온 세계에 알린 독립선언을 재확인하는 것이고, 셋째, 일본에 대항하는 새로운 혁명을 계획하는 것이고, 넷째, 미국 정부에 대한민국 임시정부의 승인을 촉구하는 것이고, 다섯째, 한국 국민들과 임시정부가 「연합국 선언」을 준수함을 재확인하는 것이고, 마지막으로, 일본이 선전하는 '아시아의 새 질서'의 실체를 알리는 것이었다.

이어 그는 2월 23일 루스벨트 대통령이 조지 워싱턴 대통령의 탄신을 기념한 라디오 연설을 언급했다. 루스벨트는 미국 시민들에게 추축국들과의 전쟁 상황을 보고하면서 한국 인민의 "노예 경험"에 대해 얘기했다.

"그리고 나는 이 기회에 지난 일요일 저녁의 라디오 연설에서 한국 인민에 대해 언급하신 미국 대통령께 감사의 뜻을 전합니다. 그의 연설은 여러 해 동안 미국의 고위 관리가—최고사령관보다 높은 관리는 없습니다—한국 국민에 대하여 언급한 최초의 연설이었고, 우리에게는 가장 고무적인 것이었습니다. '한국 인민!' 우리는 루스벨트 대통령의 이 연설에 얼마나 감격했습니까. '인민'이라는 말은 '종족'이라는 말로 바꿀 수도 있을 것이고, 그것은 또 '국민'이라는 말로 바꿀 수도 있을 것입니다."

이어 이승만은 한국인들의 독립정신을 말살하려는 시도가 실패했음을 지적했다. 그리고 주미외교위원부가 해 온 일들과 하려는 일들을 설명한 다음, 한인 사회가 분열되었다는 주장과 대한민국 임시정부가 미국 정부로부터 승인받는 것을 서두르지 말라는 주장을 통렬하게 반박했다.

"한국인들은 단합되지 못하여 여러 집단들이 존재하며, 게다가 서로 불복한다고 말하는 사람들이 있습니다. 이들은 나아가 이러한 상황이 정리되지 않으면 한국 문제는 아무런 해결 방안도 없을 것이라 주장합니다. 이제 나는 말합니다. 이 회의가 이러한 문제에 대하여 확실한 대답을 하게 합시다. 이 회의가 그런 불신자들과 회의론자들에게 대답하게 합시다. 이 회의가 한국 국민의 단합을 보여 주게 합시다. 이 회의가 우리의 유일한 정부에 대한 충성심을 보여 주게 합시다."

이승만의 개회사는 어느 사이엔가 사람들의 가슴을 뒤흔드는 웅변이 되었다. 회의장을 가득 채운 박수 소리가 그의 목소리에 힘을 실어 주었다. 그는 미국 정부가 한국인들이 일본과 싸울 수 있는 기회를 갖도록 지원해야 한다고 역설했다. 그리고 그런 기회가 다가온다는 예언으로 연설을 마무리했다.

"동지 여러분! 물결이 일고 있습니다. 그것은 비등하는 여론의 물결입니다. 그것은 어떠한 재산과 피와 땀을 희생하더라도 이 전쟁을 승리로 끝내야 한다는 이 위대한 나라 미국의 여론입니다. 그것은 홍수와 같은 자유의 물결입니다. 한국 인민의 슬픔의 눈물은 끝났습니다. 그들의 기쁨의 눈물이 시작되었습니다. 보십시오! 물결은 해안 가까이 밀려

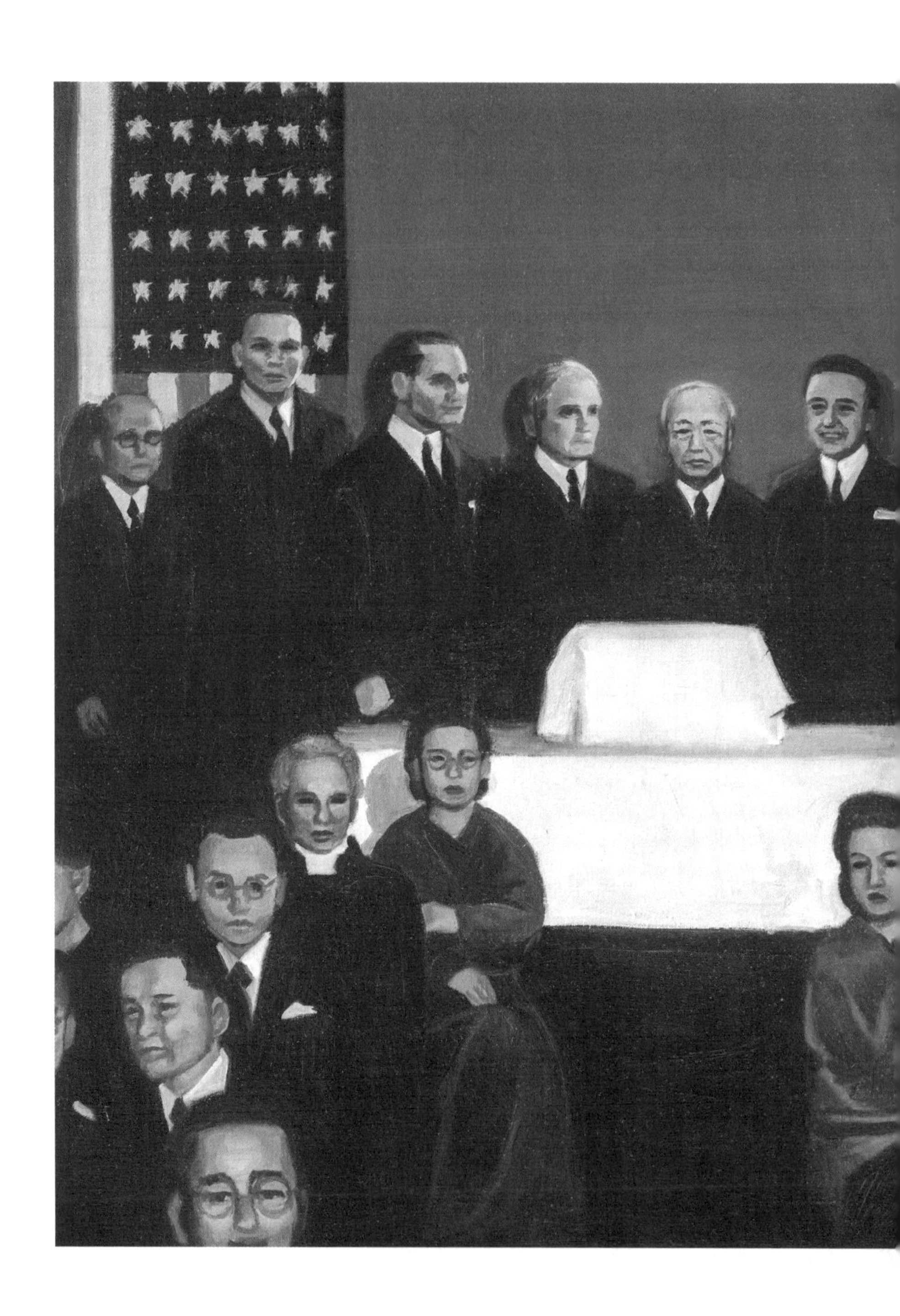

"한국인들은 단합되지 못하고 게다가 서로 불복한다고 말하는 사람들이 있습니다. 이 회의가 그런 불신자들과 회의론자들에게 대답하게 합시다. 한국 국민의 단합을 보여 주게 합시다."

오고 있습니다—인간의 자유와 승리의 해안으로.”

중계방송을 하는 오언 아나운서의 목소리엔 이승만의 연설에서 받은 감동이 짙게 배어 있었다.

“시청자 여러분, 싱만 리 박사의 개회사가 끝났습니다. 참으로 감동적인 연설이었습니다. 청중의 박수는 아직도 이어지고 있습니다. 이제 존 커피 워싱턴주 출신 하원의원의 축사가 있겠습니다.”

커피가 단상으로 나아가자 다시 열렬한 박수가 터졌다. 민주당 소속 3선 하원의원인 커피는 이 자리에 참석한 사람들 가운데 정치적 영향력이 가장 큰 인물이었다.

힘차게 손뼉을 두드리면서도, 이승만은 가슴 한구석에 서늘한 아쉬움이 이는 것을 느꼈다. 커피 의원이 이 자리에 참석한 것은 워싱턴주에 상당한 한국인들이 산다는 사실 덕분이었다. 하와이 출신 킹 의원이 참석한 것도 같은 이유였다. 정치인들은 늘 표를 따라 움직이는 것이었다. 재미 한인들은 주로 하와이와 미국 본토 서해안에 몰려 살았다. 그래서 캘리포니아, 오리건, 워싱턴 및 콜로라도 정치인들이 한국 문제에 관심을 보여 왔다.

눈앞에 1918년 마사리크가 미국을 찾았을 때의 광경이 떠올랐다. 미국 언론과 정치인들이 그에게 보인 관심은 대단했다. 마사리크 자신이 워낙 훌륭하고 이름난 인물이었고 ‘체코 군단’의 영웅적 활동에 대한 동정도 있었지만, 그가 막 태어나려는 체코슬로바키아를 미국이 지지하도록 만들 수 있었던 것은 궁극적으로 체코계와 슬로바키아계 미국 시민들의 정치적 힘이었다. 체코인들과 슬로바키아인들은 주로 일리노이주에 모여 살았는데, 마사리크가 시카고를 찾았을 때는 이승만의 기억으로는 15만가량 되는 사람들이 그를 환영했다.

'내가 더도 말고 1만 명만 모을 수 있다면…. 1만 명이면 서해안의 모든 하원의원들과 상원의원들이 한국 문제에 지속적 관심을 갖도록 할 수 있을 텐데. 국무부 관리들을….'

그는 아쉬운 한숨을 내쉬었다.

지금 북아메리카에 사는 한국인들을 모두 합쳐도 1만 남짓했다. 미국 본토에 사는 한국인들은 아마 5천도 안 될 터였다. 거의 다 가난하고 막노동을 하면서 살기 때문에, 한데 모으려면 차비와 숙박비를 대야 할 터였다. 지금 그가 지닌 능력으로는 500사람을 한데 모으기도 불가능했다.

커피는 미국 정부가 1882년의 조미 수호통상조약을 충실히 이행하지 않은 것이 모든 문제들의 근원이라고 지적했다. 이어 1939년에 자기가 일본에 전쟁 물자를 판매하는 것을 금지하는 법안을 발의했을 때 겨우 2표의 찬성표밖에 얻지 못했다는 사실을 예로 들면서, 미국의 어리석은 아시아 정책이 화를 불렀다고 언명했다. 그는 펄 하버 사건이 미국의 정책이 어리석었음을 증명했다고 강조하고 태평양의 전황을 설명했다.

이승만의 입가에 미소가 어렸다. 미국이 조미 수호통상조약을 충실히 이행하지 않고 조선이 일본에 병합되는 것을 묵인한 것이 만주사변과 중일전쟁을 거쳐 끝내 이번 전쟁으로 이어졌다는 주장은 바로 이승만 자신의 주장이었다. 『일본내막기』에 상세히 기술된 그 주장을 미국 하원의원의 입에서 듣는 것은 지적으로나 현실적으로나 흡족한 일이었다.

커피는 일본의 팽창 정책으로 일본군의 보급선이 길어졌음을 지적했다. 그리고 중국인들과 한국인들이 충분한 무기를 지니게 된다면 일본군의 보급선을 끊을 수 있다고 역설했다.

열렬한 박수를 받고 흡족해진 커피는 힘찬 목소리로 "한국의 독립과 대한민국 임시정부의 승인을 위해 노력합시다"라는 독려로 연설을 마무리했다.

한인자유대회는 이튿날 오전에 속개되었다. 한국인들만 참석한 이 회의는 김호가 진행했다.

먼저 몬태나에서 온 장석윤張錫潤이 1919년 3월 1일 서울에서 선포된 독립선언서를 낭독했다. 장석윤은 밴더빌트 대학을 졸업하고 대학원에 다녔는데, 전쟁이 일어나자 학업을 중단하고 독립운동에 투신한 터였다. 어젯밤엔 이승만의 지시를 받고 장기영, 이문상李文相과 함께 일본 대사관 정문에 태극기를 건 터였다.

이어 결의문이 채택되었다. 이승만을 위원장으로 한 결의문 기초위원회가 만든 문서였는데, 첫째, 독립선언서를 재확인하고 계속 투쟁하며, 둘째, 중경의 대한민국 임시정부를 지지하고, 셋째, 「연합국 선언」을 지지하고 임시정부가 공식적 참가국이 되도록 노력하며, 넷째, 미국 국회에 대한민국 임시정부의 승인을 요청한다는 내용이었다.

오후엔 아메리칸 대학으로 옮겨 회의를 이어 갔다. 회의에 앞서 폴 더글러스(Paul F. Douglass) 총장이 관사에서 다과회를 열어서 회의 참석자들을 환영했다.

저녁 7시부터 다시 라파예트 호텔에서 회의가 열렸다. 이 회의에선 제럴딘 피치 여사의 연설이 특히 큰 관심을 끌었다. 그녀는 꼭 10년 전 윤봉길의 거사 뒤 피신한 김구 일행을 자기 집에 숨겨 주면서 대한민국 임시정부와 인연을 맺게 되었다고 설명했다. 중국인 밀정이 눈치채고 집안을 염탐하는 것을 질책해서 내쫓고 남편 조지 피치 목사에게 급히 연락해서 그의 차를 타고 김구 일행이 황급히 떠난 일을 얘기하자,

사람들이 모두 긴장해서 귀를 기울였다. 결국 김구 일행이 다리를 건너 무사히 상해를 탈출해서 항주(항저우)로 피신했다는 대목에선 박수 소리가 실내를 가득 채웠다.

그 뒤 피치 목사 내외는 남경에서 살았는데, 일본군이 남경을 점령했을 때 피치 목사는 일본군으로부터 남경을 지키는 일을 수행했고, 그 과정에서 남경 학살의 참상을 담은 사진을 갖고 미국으로 돌아와서 세계에 일본군의 만행을 알렸다. 남편은 다시 중국으로 돌아갔고, 자신은 미국에서 중국과 한국을 돕는 일을 한다고 말했다. 그녀는 자신의 글 「한국: 우리의 잠재적 동맹국」이 〈자유세계〉 4월호에 실릴 예정이라고 말하고 원고의 논지를 간략하게 소개했다.

3월 1일 오후 3시에 마지막 회의가 열렸다. 이승만이 진행한 이 회의에선 여러 곳에서 보내온 축전들이 낭독되었다. 그리고 주미 중국 대사 호적胡適(후스)의 축사를 대리 참석한 유해劉鍇(류카이) 영사가 대독했다. 이어 해리스 목사가 연단에 섰다.

그때 미국 국무부 극동국의 혼벡과 윌리엄 랭던(William R. Langdon)이 조용히 들어와서 뒤쪽 빈자리에 앉았다. 이승만은 가만히 안도의 한숨을 내쉬었다. 참석하기로 된 두 사람이 보이지 않아서 좀 걱정하던 참이었다. 일이 있어서 좀 늦은 모양이었다.

해리스 목사의 연설에 이어 킹 하원의원, 크롬웰 전 대사, 그리고 헐버트가 연설했다. 마지막으로 서재필이 폐회사를 했다.

회의의 마무리는 이승만의 만세 삼창이었다. "대한민국 만세!" 소리가 실내를 가득 채우고 밖으로 퍼져 나갔다. 모두 가슴이 끓어올라 부여잡고 악수하면서 다짐했다.

이승만은 벅찬 가슴으로 단상에서 내려왔다. 그리고 사람들과 일일이 악수하고 인사하면서 감사의 뜻을 전했다.

"뵙게 되어서 정말로 반갑습니다. 감사합니다." 국무부에서 나온 두 사람에게 다가가자 이승만은 혼벡에게 두 손을 내밀며 인사했다.

"축하합니다, 리 박사님." 혼벡이 환하게 웃으면서 이승만의 손을 잡았다. "정말로 멋진 모임입니다."

"감사합니다. 두 분께서 오셔서 더욱 뜻깊은 자리가 되었습니다." 이승만은 랭던에게 손을 내밀었다. "감사합니다."

"축하합니다, 리 박사님."

이승만은 두 사람과 잠시 얘기를 나누었다. 한인자유대회가 실질적 성과를 내려면 결국 두 사람이 도와주어야 했다. 이승만은 두 사람이 이번 모임에서 상당히 좋은 인상을 받았으리라고 생각했다. 원래 한국의 독립과 이승만의 활동에 대해 호의적이었던 혼벡은 기분이 좋았다. 랭던은 말수가 적었지만, 이승만은 그가 윗사람이 있는 자리라서 말을 아끼는 것이라고 생각했다. 그래서 이승만은 흐뭇한 마음으로 곧 자리를 뜨는 두 사람을 배웅했다.

랭던 보고서

이승만의 이런 판단은 정확하지 못했다. 랭던이 돌아가서 작성한 보고서는 한인자유대회에 대한 부정적 평가로 채워졌다. 참석한 사람들도 많고 홍보도 잘되었지만, 회의의 내용은 빈약하다는 얘기였다. 연설들은 모두 과거를 따지고 미래에 대한 얘기는 드물었고, 자신들의 불운을 자신들의 잘못에서 찾지 않고 한국을 보호하지 못한 미국의 잘못으로 돌렸고, 일본에 맞설 계획이나 조직에 관한 논의가 없었다고 지적했다.

랭던의 이런 부정적 인식은 실은 한인자유대회에서 얻은 것이 아니었다. 그는 대한민국 임시정부에 대해 비우호적인 「한국 독립 문제의 몇 가지 측면들」이라는 정책보고서를 한인자유대회에 참석하기 며칠 전에 이미 만들어 보고한 터였다.

1941년 12월 일본과의 전쟁이 일어나자, 미국 정부는 전쟁이 끝난 뒤의 질서를 구체적으로 논의하기 시작했다. 1941년 8월의 「대서양 헌장」에 바탕을 둔 이 질서는 1942년 1월 「연합국 선언」으로 보다 뚜렷한 모습을 지니게 되었다. 이어 2월엔 국무부에 '전후 외교 정책에 관한 자문위원회'가 구성되었다. 이 기구에서 내놓은 첫 작품이 바로 랭던의 보고서였다.

랭던은 주로 동북아시아에서 근무한 직업 외교관이었다. 그는 1933년부터 1936년까지 서울 주재 미국 영사로 근무했고 그 뒤로 만주의 대련(다롄)과 심양(선양)의 영사관과 도쿄의 대사관에서 일했다. 1941년 귀국한 뒤엔 국무부 극동국에서 근무했는데, '전후 외교 정책 자문위원회'가 발족하자 그 기구의 영토소위원회에 배속되어 일했다.

상당히 긴 이 보고서에서 랭던은 한국의 현실과 앞날에 대해 객관적으로 자세히 기술했다. 첫 항목 '한국의 사회 구조와 지적 생활'에선 한국인들의 특성, 국내외 인구 분포, 농업이 압도적 중요성을 지닌 한국 사회의 특성과 계층 구조, 교육과 언어, 언론과 출판 및 정치적 견해에 대해 서술했다.

'한국인들의 일본에 대한 감정'을 다룬 둘째 항목에서, 그는 일본의 통치가 벌써 30년이 넘었다는 사실을 지적했다. 그래서 한국인들의 다수가 일본의 통치밖엔 모르며, 일본의 만주와 중국 진출로 한국인들이 경제적 혜택을 입고 있어서 많은 한국인들은 일본의 통치를 따른다고 말했다. 그래도 한국인들의 마음속엔 일본에 대한 울분과 적개심이 자리 잡았고, 그런 민족주의는 갖가지 형태로 표출된다고 지적했다.

'한국의 독립 문제'를 다룬 셋째 항목에서 그는 "독립이 단지 투표로 결정할 수 있는 문제라면, 한국인들은 예외 없이 독립을 택할 것"이라고 진단했다. 그러나 "독립엔 많은 실제적 어려움들과 고려 사항들이 따른다"는 점도 지적했다. 자치의 경험이 없어서 국가의 운영이 어려우리라는 정치적 문제, 군대를 조직할 힘이 없다는 군사적 문제, 그리고 한국인들이 가난하고 한반도 경제는 일본 경제에 예속되어서 자립하기 어렵다는 경제적 문제가 한국의 독립을 어렵게 만든다고 진단했다. 그래서 그는 "한국이 근대국가의 지위를 확립하기까지 적어도 한 세대 동안 강대국들의 보호와 지도와 원조를 받아야 한다"는 처방을 내렸다. 그런 과도적 조치의 효과에 대해 그는 낙관적으로 전망했다. "한국인들은 총명하고, 빨리 그리고 의욕적으로 배우며, 진보적이고 애국적이므로, 자국의 이해관계를 떠난 보호와 지도와 원조가 주어진다면 그들은 틀림없이 한 세대 안에 그들 자신의 발로 일어서서 세계의 번영과 진보에 기여할 수 있을 것이다."

넷째 항목 '독립 절차에 대한 제언'에서 그는 해외에 대표성을 지닌 한국 임시정부를 새로 구성하는 방안을 추천했다. 중경에 있는 대한민국 임시정부의 정통성을 부정한 것이었다. 그래서 "미국은 중국, 러시아, 영국과 협의하고, 적어도 중국 및 영국과 협의하기 전에는 서둘러 한국의 독립을 선포하거나 한국의 어떤 명목만의 조직을 임시정부로 승인하는 일에 말려들지 말아야 한다"고 강조했다.

마지막 항목에서 랭던은 '독립 이전의 잠정 조치'에 대한 견해를 밝혔다. 정치적으로 필요한 잠정 조치는 미국이 대한민국 임시정부를 승인하라는 압력을 물리치고 승인을 보류하는 것이었다. 군사적으로 필요한 조치는 중국에서 활동하는 대한민국 임시정부의 군대를 과대평가하는 것을 조심하고 대신 만주에서 활약하는 "반항자들"을 지원하는 것이었다.

랭던은 임시정부의 광복군을 아주 낮게 평가했다. 그들은 작은 병력인 데다, 중국에 있는 한국인들은 대부분 부랑자들과 일본군 앞잡이들이므로 신뢰할 수 없다고 보았다. 그들보다는 만주의 국경 지대에서 활동하는 "반항자들"이 믿을 만하다고 보았다. 그들은 중국 유격대들과 협동하면서 일본군과 만주군 군대와 싸워 온 훌륭한 전사들이라고 평가했다. 특히 "이름이 알려지지 않는 김金"과 최현崔賢이 거느린 부대들은 활약이 대단하므로, 그들과 접촉해서 재조직하고 무장시키는 것이 낫다고 주장했다. 랭던이 언급한 "이름이 알려지지 않은 김"은 김일성金日成이었다.

랭던의 군사적 평가는 부정확하고 편향된 것이었다. 그의 말대로 대한민국 임시정부의 광복군도 김원봉 휘하의 공산주의 의용군도 큰 병력은 아니었다. 그러나 그들을 부랑자들이나 일본군 앞잡이로 본 것은 터무니없는 편견이었다. 랭던이 만주에서 근무할 때 받은 한국인들의 인상이 그런 편견을 낳았을 것이다. 무기만 갖춘다면 일본군에 가장 효과적으로 맞설 수 있는 군대라는 사실을 그는 놓친 것이었다. 거꾸로 김일성과 최현의 군대에 대한 후한 평가는 그가 대련과 심양에서 근무할 때 "반항자들"에 관한 얘기를 자주 들어서 깊은 인상을 받았다는 사실에서 비롯했다.

어느 모로 보나 랭던의 군사적 주장은 비현실적이었다. 무엇보다도,

그가 "반항자들"이라 부른 군대는 본질적으로 공산군이었다. 비록 조선의 지식인들에게 공산주의는 매력적이었고 적잖은 지식인들이 공산주의자로서 활동했지만, 조선인들의 다수는 공산주의에 대해 우호적이지 않았다. 그래서 그들을 핵심으로 삼아 독립된 조선의 군대를 조직하는 것은 오히려 분열을 깊게 할 터였다. 자유주의 국가인 미국이 공산주의 러시아와 중국 공산당에 충성하는 조선인들을 지원한다는 근본적 문제도 있었다.

다음엔, "반항자들"은 중공군 조직 속의 군인들이었다. 중대 규모의 그들을 따로 떼어 내서 조직하고 확장한다는 것은 현실적으로 불가능했다. 자금과 무기를 미국이 제공하면, 그렇지 않아도 극한적 상황으로 몰린 중공군 지휘관들이 그 탐나는 자산을 순순히 조선족 군대에게 전달할 리 없었다. 중공군에 소속된 조선인들로 군대를 조직한다는 생각은 경험이 없는 외교관의 백일몽이었다.

셋째, 랭던이 보고서를 작성한 1942년 2월엔 만주에 김일성 부대가 없었다. 김일성은 본명이 성주聖柱, 誠柱 또는 成柱로 1912년 평안남도 대동군에서 태어났다. 그는 1930년대 초엽부터 공산당 조직에 가담해서 활동했고, 1932년엔 중국 공산군 제32군의 남만南滿유격대에 소속되어 활동했다. 1930년대 후반 동북항일연군이 조직되었을 때, 김성주는 김일성이란 이름을 쓰며 남만주의 제1로군 산하 제2군 제6사장이 되었다. 그가 올린 전과들 가운데 두드러진 것은 1937년 6월의 '보천보 습격사건'이었다. 보천보는 함경남도 혜산군의 촌락으로, 민간인 308가구와 경찰 주재원 5명이 살았다. 김일성이 이끈 90여 명은 압록강을 건너와서 파출소를 공격했다. 이어 파출소, 마을 사무소, 학교, 소방서, 영림서와 같은 공공시설들을 불태우고 주재소의 총기들과 물품들을 약탈한 뒤 돌아갔다.

뒷날 북한 인민군 정찰국장으로 휴전회담의 북한 대표였던 이상조李相朝 소장은 보천보사건에 대해 "별 성과도 없는 사건을 일으켜 무고한 동포들 수백 명이 곤혹을 치르게 했고, 아까운 생명까지 희생시킨, 하지 말았어야 했을 사건"이라 평했다. 그러나 〈동아일보〉가 보천보사건과 김일성의 활약을 크게 보도하고 일본군이 김일성에 대해 거액의 현상금을 내걸면서, 김일성은 만주의 독립군을 대표하는 인물로 부각되었다. 그러나 김일성이라는 이름을 쓴 독립운동가들이 여럿이고 김성주라는 이름을 쓴 사람의 정체에 대해서도 논란이 일어서, 보천보사건을 지휘한 김성주가 뒤에 북한의 지도자로 등장한 김일성과 같은 인물이 아니라는 주장이 나왔다.

어찌 되었든, 보천보사건으로 일본군의 대대적 토벌을 받자, 동북항일연군은 궤멸되었고 잔여 병력은 중국인 사령관 주보중周保中(저우바오중)의 지휘 아래 러시아로 탈출했다. 김일성이 이끈 병력 20여 명은 1940년 12월에 두만강을 따라 블라디보스토크로 탈출하는 데 성공했다. 그곳에서 동북항일연군은 88정찰여단으로 재편성되었는데, 주보중은 소좌가 되었고, 김일성은 김책金策 및 최현과 함께 대위가 되었다.

따라서 랭던은 두 해 전에 만주에서 사라진 부대를 중심으로 독립된 조선의 국방을 설계하자고 주장한 셈이다. 이런 주장은 우연히 나온 것이 아니었다. 당시 미국 국무부엔 러시아와 국제공산당(코민테른)의 이익을 앞세우는 공산주의자들이 많이 침투해서 정책에 영향을 미치고 있었다. 특히 동아시아 관련 업무를 관장하는 극동국에 그런 인물들이 많았다. 앨저 히스는 잘 알려진 경우다.

이처럼 편견과 허상에 바탕을 둔 랭던의 보고서는 국무부의 조선 독립에 관한 기본 자료가 되었다. 그리고 해방 뒤 조선의 운명에 큰 영향을 미치게 된다.

제8장

둘리틀 습격

장석윤의 비밀훈련 참가

한인자유대회가 끝나고 바로 다음 날인 1942년 3월 2일, 국무부 정례 기자 회견에서 기자들은 섬너 웰스(Sumner Welles) 국무차관에게 한인자유대회에 대해서 질문했다. 그들은 한인자유대회를 통해서 대한민국 임시정부가 「연합국 선언」에 참가하기를 희망했음을 지적하고, 이런 희망에 대한 국무부의 태도에 대해 물었다. 이어, 만일 대한민국 임시정부가 「연합국 선언」에 참가하게 된다면 미국에 있는 다른 자유운동 단체들도 「연합국 선언」에 참가하는 것을 국무부가 지지해야 옳지 않느냐고 물었다.

웰스는 국무부가 한인자유대회나 모든 다른 자유운동 단체들에 대해 최대한의 공감을 지니고 지켜보고 있다고 밝혔다. 이어, 현실적으로 그런 성격의 단체들과 대회들이 많은 문제들을 지녔음을 지적했다. 그리고 "현 시점에서 내가 대답할 수 있는 것은, 제기된 질문들을 포함한 모든 문제들은 신중히 고려되고 있으며 아마도 그때그때 발표가 있으리라는 것이다"라고 결론을 내렸다.

웰스의 답변은 대한민국 임시정부에 대한 국무부의 태도가 바뀌지 않았음을 보여 주었다. 그러나 이승만과 그의 친구들은 기자회견에서 한인자유대회가 언급된 것 자체를 성과로 여겼다. 2월 23일의 라디오 연설에서 루스벨트 대통령이 "한국 인민의 노예 상태"에 대해 언급한 것에 이어, 미국 고위 관리가 한국 문제에 대해 언급한 것이었다.

이러한 성과에 고무된 이승만의 미국인 친구들은 루스벨트 대통령에게 직접 호소하는 방안을 이승만에게 제안했다. 한인자유대회의 성공으로 국무부의 태도가 상당히 호의적이 된 터라, 루스벨트 대통령이 한국 문제에 관심을 보이면 국무부가 대한민국 임시정부를 승인할 수도 있다는 생각이었다. 그들은 물론 몰랐다. 랭던이 임시정부에 매우 부정적인 보고서를 이미 만들어서 보고했고 한인자유대회도 부정적으로 평가했다는 것을.

1942년 3월 6일 해리스, 스태거스 그리고 윌리엄스는 루스벨트 대통령에게 비밀 비망록을 보냈다. 이 비망록에서 그들은 한국을 추축국들과의 전쟁에 참여시키는 것이 합리적이고 시급함을 강조했다. 그들의 논거는 이승만의 주장들이었으므로, 대한민국 임시정부의 역량이 크게 부풀려졌다. 애초에 중경의 임시정부의 역량에 관해서, 특히 광복군의 규모에 관해서 김구가 크게 부풀린 숫자를 제시했는데, 그것이 미국에서 활동하는 독립운동가들에 의해 그대로 받아들여진 것이었다. 그러나 국무부가 의도적으로 대한민국 임시정부의 승인을 막고 있음을 여러 사례들을 들어 지적한 대목은 설득력이 있었다.

세 사람은 "대서양 헌장에서 밝혀진 고귀한 생각들이 생기 없이 누워 있도록 해선 안 됩니다. 그것들이 싸움터의 우리 용감한 군인들의 앞에 서서 행진하여 그들에게 영감을 주도록 합시다"라고 호소했다. 그리고 자신들을 "사반세기가 넘게 보상도 금전적 이익의 기대도 없이 한국인들에 관심을 지녀 온 미국 시민들"이라고 밝혔다. 그러나 적잖은 기대를 품고 루스벨트 대통령에게 쓴 비망록에 대해서도 그들은 답신을 받지 못했다.

"삼천리 강산 금수강산 하나님 주신 동산…."

남궁억南宮檍이 지은 찬송가를 흥얼거리면서 이승만은 봉투를 찾았다. 황성신문의 초대 사장을 지내고 『조선문법』을 지은 개화기의 선각자 남궁억이 서거한 지도 벌써 세 해가 되었다는 생각이 문득 들어 그는 잠시 숙연한 얼굴로 허공을 응시했다.

'세월은 흐르고 인걸은 사라지고….'

속으로 탄식하면서 그는 봉투에 정성스럽게 주소를 썼다. 정보조정국의 굿펠로 중령에게 보내는 감사 편지였다.

사귄 지 얼마 되지 않았지만, 굿펠로는 이승만에게 큰 호의를 베풀었고 한국 문제에 관심을 보였다. 이승만의 부탁을 받자 그는 한인자유대회에 중경과 하와이의 요인들이 참석할 수 있도록 국무부와 교섭했었다. 비록 날짜가 촉박했고 국무부가 미적거려서 성과는 없었지만, 이승만으로선 그의 성의에 깊은 고마움을 느꼈다. 그래서 이승만은 한인자유대회가 성공적으로 치러졌고 나름으로 성과를 거두었으며 그의 지원에 감사한다는 뜻을 편지에 담았다.

이승만이 편지 봉투에 풀을 칠하는데, 한표욱이 편지 봉투 하나를 그의 책상 한편에 조심스럽게 내려놓았다.

"박사님, 편지가 왔습니다."

"아, 그래? 댕큐." 이승만은 풀칠한 봉투를 내려놓고 그 봉투를 집어 들었다. 정한경이 보낸 편지였다.

'정 박사가?'

편지에서 정한경은 자신이 한인자유대회에 참석한 사람들에게 이승만을 다시 대통령으로 추대하자고 제안했음을 밝혔다. 그리고 김호에게 쓴 편지의 사본을 동봉했다.

'이런….'

이승만은 혀를 찼다. 정한경은 판단이 서면 이내 실행하는 사람이었다. 그리고 아주 뜻밖의 일도 아니었다. 미국과 일본 사이에 전쟁이 일어났으므로, 대한민국 임시정부로선 궁벽한 중경보다 세계의 중심인 워싱턴에 있는 편이 훨씬 나았다. 그래서 이번 한인자유대회에 참석한 사람들 사이에선 자연스럽게 임시정부를 워싱턴으로 옮기는 방안이 비공식적으로, 그러나 상당히 진지하게 논의되었다. 물론 임시정부 요인들을 워싱턴으로 초치해야 되겠지만, 외교에 탁월한 이승만이 대통령으로 복귀하는 것이 이치에 맞는다는 얘기도 함께 나왔다. 이승만도 그런 얘기들이 오가는 것을 짐작하고 있었다. 그러나 그런 방안은 지금 상황에 맞지 않았으므로, 그는 모른 척했었다.

'어찌한다?'

그는 씁쓸하게 입맛을 다셨다. 생각할수록 난감했다. 자신이 나서자니 어쭙잖고, 그냥 두자니 오해가 커질 터였다. 그가 어떻게 하더라도 욕을 먹을 수밖에 없었다. 사람들은 그가 자신의 뜻을 측근인 정한경을 통해서 드러냈다고 여길 터였다. 더구나 김호는 그와 뜻과 이익이 같은 사람이 아니었다. 지금은 서로 협력하는 사이지만 상황이 바뀌면 바로 갈라질 터였다. 이승만은 자신이 김호가 대표하는 미국 서부 지역 대한인국민회 사람들의 지지를 받기 어렵다는 것을 잘 알고 있었다. 그러기엔 그가 이끄는 세력과 전에 안창호가 이끌었던 세력 사이에 있어 온 틈이 너무 넓고 깊었다. 정한경의 편지를 받으면 김호로선 이승만이 다시 대통령이 되려 한다고 생각하고서 견제하러 나설 터였다.

김구를 비롯한 임시정부 요인들도 당연히 반발할 터였다. 지금 중경의 김구와 미국의 이승만이 연합해서 중경의 김원봉과 미국의 한길수가 연합한 공산주의 세력을 가까스로 막아 내는 형국이었다. 그런 연합이 김구의 의구심으로 약화되는 것은 자유주의 세력으로선 재앙이었다.

'내가 백범의 처지에 있더라도 크게 섭섭할 텐데….'

이승만은 씁쓸하게 턱을 쓰다듬었다. 잠시 생각한 뒤, 그는 김호에게 해명 편지를 쓰기로 했다. 조만간 김구 귀에도 정한경이 한 얘기가 들어가겠지만, 그것은 그때 처리할 수밖에 없었다. 그는 펜을 집어 들고 정한경에게 답장을 쓰기 시작했다. 김호에겐 정한경에게 보낸 답장의 사본을 보낼 참이었다.

> 친절한 편지와 로스앤젤레스의 재미한족연합위원회 측에 보내기 위하여 동봉한 편지의 복사본에 감사의 말씀을 드립니다.
>
> 박사가 연합위원회에 제출한 제안을 철회해 줄 것을 요청하고자 급히 이 편지를 씁니다.
>
> (1) 본인은 다시 정부에 들어가기를 원치 않습니다. 현재로서는 본인의 위치를 대신할 사람이 없으므로 최선을 다해 임하고 있지만, 우리 정부가 승인을 받는 대로 사임할 것입니다.
>
> (2) 김구 씨는 사심 없는 진정한 애국적 지도자로서, 우리 국민

의 신임을 얻고 있습니다. 나는 그를 진심으로 지지하며, 박사도 나처럼 그를 잘 알게 되면 전적으로 지지할 것이라 확신합니다.

중도에 말을 바꾸는 것은 매우 지혜롭지 못합니다. 그것은 도움보다는 피해를 끼칠 것입니다. 이곳과 중경에 있는 일부 한인은 순전히 자신들의 개인적인 목적만을 위해 교묘한 술수를 쓰며 상황을 어지럽히고 있어서, 정부 안의 어떤 대안도 우리는 제시할 수 없습니다. 박사도 이에 동의할 것이라 믿습니다.

김호 씨에게 이 편지의 사본을 보냅니다.

이어 이승만은 김호에게 편지를 썼다. 그는 정한경의 제안이 "만만불가의 설"이라 평가하면서, 정한경에 보낸 답장의 사본을 동봉했다.

"장석윤 군이 왔습니다."

이승만의 사무실 입구에서 장기영이 말했다.

"박사님, 저 왔습니다."

장기영의 뒤에서 체구가 건장한 장석윤이 인사했다.

"어서 오시게." 이승만이 반겼다. "빨리 왔네그려. 고맙네."

"하던 일 다 그만두고 달려왔습니다." 장석윤이 얼굴에 환한 웃음을 지으면서 체구에 어울리게 묵직한 목소리로 대답했다.

한인자유대회가 끝난 뒤 몬태나로 돌아가는 장석윤이 인사차 들렀을 때, 이승만은 그에게 말했었다.

"자네, 아무 데도 가지 말고 기다려 주게."

"예, 박사님." 장석윤은 선뜻 대답했다. "저를 쓰실 수 있는 기회가 있으면 아무 때고 불러 주십시오."

이승만에게 인사하고 나오는 장석윤을 배웅하면서 장기영이 귀띔해 주었다. "지금 이 박사님께서 미국 정부와 무슨 교섭을 하시는 모양이네."

"아, 그런가?" 두 사람은 같은 연배였고 친했다.

"이 박사님께서 미스터 장이 인재라고 늘 말씀하시니, 곧 연락이 갈 걸세."

열흘 뒤 장석윤은 이승만의 전보를 받았다. 그는 하던 일들을 다 내려놓고 바로 달려왔다.

"자, 앉게." 장석윤과 악수하고서 이승만은 두 사람에게 자리를 권했다. "장기영 군은 잘 알지만, 내가 그동안 정보조정국과 사업을 협의해 왔어요. 이제 계획을 실행할 단계가 되었는데, 적임자가 장석윤 군이라 판단해서 이리 부른 것이오."

"박사님, 감사합니다." 장석윤이 의자에 앉은 채 윗몸을 굽혀 인사했다.

"아주 힘든 일이라서, 나한테 고마워할 일인지 나도 모르겠네."

이승만의 농담에 잠시 웃음판이 되었다.

"내가 과장한 것이 아니라, 실제로 몸과 마음이 함께 굳세지 못한 사람은 엄두를 내지 못할 일일세."

이승만이 진지하게 설명을 시작했다.

정보조정국은 지난 2월 초순에 예정대로 에슨 게일을 단장으로 한 사절단을 중국에 보냈다. 게일 사절단은 3월 8일 중경에 도착해서 활동하기 시작했다. 이어 정보조정국은 특수임무를 띤 부대를 창설했다. 이 부대는 먼저 중국과 한반도에서 활동하다가 궁극적으로 일본 본토로 침투할 계획이었다. 칼 아이플러(Carl F. Eifler) 대위가 이 부대를 이끌었고, 이승만의 추천을 받은 장석윤은 제1기 훈련생 21명 가운데 포함되었다.

"그렇게 된 일일세. 부대원들을 비밀요원들로 양성하기 때문에 훈련이 무척 힘들 것이라 하더군." 이승만은 힘든 일이라는 점을 다시 강조하는 것으로 설명을 마무리했다.

이승만의 설명을 듣자 장석윤은 다시 윗몸을 숙여 인사했다. "감사합니다, 박사님. 열심히 해서 한국인의 명예를 더럽히는 일이 없도록 하겠습니다."

장석윤은 곧바로 아이플러 부대에 참가해서 메릴랜드 산골의 외딴 훈련소로 떠났다. 이 훈련소는 뒤에 '캠프 데이비드'라 불리면서 미국 대통령의 시골 별장이 되었다.

장석윤의 입대는 이승만에겐 특별한 뜻을 지녔다. 조국을 해방시키고 지켜 나갈 군인을 양성하기 시작한 것이었다.

이승만은 한껏 고무되었다. 모든 일들이 잘 풀려 가고 있었다. 한인자유대회의 성공은 미국에서 이승만이 차지하는 위치를 새삼 확인해 주었다. 이승만을 다시 대통령으로 추대하자는 정한경의 제안도 예상보다는 좋은 반응을 얻어서, 그의 사양에도 불구하고 그의 지도력을 부각시켰다. 무엇보다도, 전선에 한국인 청년들을 투입한다는 계획이 착실히 진행되고 있었다. 정보조정국의 계획대로 된다면, 중국에 파견될 한국인 특수요원들은 빠르게 늘어나서 조국의 독립에 직접적으로 기여할 터였다. 그런 전망보다 그의 가슴을 뛰게 만드는 것은 없었다.

그렇게 고무된 마음으로 이승만은 한동안 묵혀 두었던 일을 시작했다.

지난 1월 2일 국무부를 찾아 혼벡과 히스를 만난 뒤, 이승만은 크게 실망했다. 그래서 2월 7일에 헐 국무부장관에게 자신의 견해와 요청 사항을 밝힌 편지를 보냈다. 2월 19일 그는 그 편지의 답장을 애돌프 벌

국무차관으로부터 받았다. 내용은 히스의 얘기와 같았다. 국무부는 일본과 싸우는 일에서 협력적인 한국인들에 관한 정보를 환영하지만, 이런 자유운동들에 관한 국무부의 입장은 이미 1941년 12월 10일 언론에 발표되었다는 얘기였다. 관료주의의 벽에 거듭 막히자, 이승만도 몸과 마음이 함께 지쳤다는 느낌이 들었다. 그래서 국무부의 입장에 대한 반론을 담은 답신을 한 달 넘게 쓰지 못한 참이었다. 그 일이 마음 한구석에 무겁게 얹혀 있었지만, 국무차관의 답장을 받은 것으로 끝내고 싶다는 생각이 들기도 했었다.

3월 24일 마침내 충분히 원기를 되찾은 그는 그동안의 무기력을 떨쳐 내고 벌의 답장에 담긴 내용을 반박하는 편지를 썼다. 그는 먼저 그동안 편지로 오간 얘기들을 찬찬히 살폈다. 그리고 자신의 편지에서 다루어진 내용은 벌의 답장이나 그 답장이 언급한 언론 발표에 해당되지 않는다고 지적했다.

대한민국 임시정부는 한국 인민들이 한국 본토, 만주, 시베리아, 중국 또는 다른 어느 곳에 살든 그들의 유일한 대변자이며, 한국 정부와 미국 정부 사이에 체결된 1882년의 조약에 근거를 두고, 자신을 어떤 뜻에서든 자유운동이 아니라 현존하는 유일한 한국의 정부 기구라 여깁니다.

미국 정부가 위에서 언급된 두 나라 사이의 조약을 어떻게 여기는지 우리 정부는 통보받기를 원합니다. 미국 정부가 이 조약의 존재를 인식하지 않으면 한국 인민들에 대한 일본 정부의 무도한 공격 행위를 더욱 용인하는 것으로 보일 터이므로, 우리 정부는 미국 정부가 이 조약의 존재를 인식할 것을 호소합니다.

이 편지에 국무부는 아예 반응하지 않았다. 국무부가 현재 정책을 고수하는 한 누구도 이승만을 납득시킬 수 없다는 것을, 이승만을 오래 상대해 온 국무부의 실무자들은 잘 알았다.

일본 함대의 인도양 습격

그사이에도 전황은 빠르게 나빠졌다. 곳곳에서 일본군은 이겼고, 연합국 부대들은 일본군의 공격 앞에 무너지고 흩어졌다. 한때 일본을 얕잡아보았던 백인 국가들은 당황했고, 연합국 군인들 사이에선 "어떤 군대도 일본군을 이길 수는 없다"는 신화가 퍼지고 있었다.

미국 시민들이 가장 큰 관심을 지닌 필리핀의 상황은 절망적이었다. 루손섬을 지키던 미군 병력은 해군과 항공대가 오스트레일리아로 먼저 철수한 터라 후퇴할 길이 없었다. 마침내 루스벨트 대통령은 극동군 사령관 맥아더 대장에게 오스트레일리아로 옮기라는 명령을 내렸다. 1942년 3월 12일 밤 맥아더와 참모들은 초계정 4척에 분승해서 민다나오섬으로 탈출했고 그곳 비행장에서 B-17 폭격기를 타고 오스트레일리아에 닿았다. 3월 20일 맥아더는 오스트레일리아 남부의 작은 도시인 테로위에서 한 연설에서 "나는 빠져나왔고, 돌아갈 것입니다(I came through and I shall return)"라고 선언했다. 원래 워싱턴의 미군 지휘부는 맥아더에게 "우리는 돌아갈 것이다 (We shall return)"로 바꿔 달라고 요청했지만, 그는 그 요청을 무시했다.

극동군 사령관이 필리핀에서 탈출하고 지휘부가 옮겨지면서 미군의 패배는 공식적이 되었다. "[맥아더의] 사령부 이탈에 대해 퍼부어지는 적의 선전을 상쇄하기 위해" 미국 정부는 맥아더에게 명예훈장(Medal of Honor)을 수여했다. 맥아더는 필리핀에서 전공을 세운 적이 없고 패배에 대한 직접적 책임이 있었지만, 조지 마셜 육군 참모총장은 그에 대한 포상을 관철시켰다.

버마 전선도 상황이 위급했다. 타이에서 북서쪽으로 진출한 일본군은 버마의 영국군 방어선들을 밀림을 통한 우회로 허물면서 영국군을 거세게 몰아붙였다. 마침내 3월 7일 영국군은 랑군을 포기하고 인도를 향해 물러나기 시작했다. 랑군이 일본군에 넘어가면서, 중국의 지원에 쓰이던 '버마 도로'가 끊겼다.

전략적으로 가장 중요한 싸움은 네덜란드령 동인도에서 벌어졌다. 일본군의 남방 진출의 궁극적 목표가 그곳의 풍부한 석유의 확보였으므로, 일본군으로선 네덜란드 당국이 유전을 파괴하기 전에 점령하는 것이 긴요했다. 그래서 일본군은 대규모 병력을 투입해서 빠르게 진격하는 작전을 폈다. 항공모함 4척, 경항공모함 1척, 전함 4척, 중순양함 13척, 다수의 구축함들과 보조함들, 잠수함 18척, 항공기 331대에 5만의 육군 병력이 작전에 참가했다.

이 거대한 상륙작전은 남방군 총사령관 데라우치 히사이치寺內壽一 대장이 지휘했다. 그는 2대 조선 통감과 초대 조선 총독을 지내고 뒤에 총리가 된 데라우치 마사타케寺內正毅의 맏아들이었다. 그는 연합함대 사령관 야마모토 이소로쿠 제독과 협의해서 작전계획을 세웠다. 그들은 먼저 보르네오를 공격하기로 했다. 동인도에서 가장 큰 섬인 보르네오는 가장 북쪽에 있어서 작전이 쉬울뿐더러, 유전들이 많았다.

1941년 12월 17일 일본군은 사라와크 북부 석유 생산 지역의 중심지인 미리에 성공적으로 상륙했다. 이어 보르네오의 여러 전략적 지점들에 상륙했다. 육상 비행장에서 발진한 항공기들과 함재기들의 근접 지원을 받으면서, 3개 방향으로 진출한 일본군은 빠르게 동인도 제도를 점령했다. 동부군은 필리핀의 졸로와 다바오에서 티모르로 진격했고, 중부군은 보르네오 동해안 타라칸섬과 발릭파난의 유전과 비행장을 점령했으며, 서부군은 수마트라 팔렘방의 유전과 비행장을 목표로 삼았다.

연합군은 일본군의 위협에 대응하기 위해 미국·영국·네덜란드·오스트레일리아 사령부(ABDA)를 설치하고 해당 지역의 모든 육해공군 병력을 지휘하도록 했다. 1942년 1월에 가동된 ABDA의 사령관엔 아치볼드 웨이벌 영국 육군 원수가 임명되었다. 연합국의 병력은 겉보기엔 상당했다. 육군 병력은 15만 가까이 되었고 33척의 함정과 234대의 항공기를 보유했다. 잠수함은 41척이나 되어 일본군보다 오히려 우세했다. 그러나 네 나라는 목표와 전략적 우선순위에서 엇갈렸다. 영국은 싱가포르를 지켜서 일본 함대의 인도양 진출을 막는 것을 최우선으로 삼았다. 미국과 오스트레일리아는 일본에 대한 반격의 기지를 완전히 잃는 것을 걱정해서 아시아 대륙의 기지들을 지키고자 했다. 네덜란드는 3세기 동안 교역하고 통치한 '제2의 모국' 자바와 수마트라를 지키는 것을 목표로 삼았다. 비록 ABDA를 설치해서 지휘권을 일원화했지만, 이처럼 목표와 전략적 우선순위가 서로 달랐으므로 연합국 병력은 제대로 협력하기 어려웠다. 게다가 뚜렷한 목표를 세워 일관된 전략에 따라 병력을 집중적으로 투입하는 일본군에게 방대한 도서 지역을 방어하느라 병력이 분산된 연합군은 밀릴 수밖에 없었다.

그래서 상황은 빠르게 일본군 쪽으로 기울었다. 1942년 1월 말까지 일본군은 셀레베스와 보르네오의 일부를 장악했다. 2월 말까지 일본군은 수마트라에 상륙했고 수마트라 북부 아체에서 원주민들의 봉기를 부추겼다. 두 차례의 자바 해전에서 연합군 함대는 전멸했다. 마침내 3월 1일 ABDA는 창설된 지 두 달이 채 못 되어 해체되었다.

말라야, 싱가포르, 필리핀, 버마에 이어 네덜란드령 동인도를 장악한 일본군의 다음 목표는 인도양으로의 진출이었다. 인도양은 전통적으로 영국이 장악해 온 바다였다. 영국 본토와 인도를 잇는 항로들을 지켜야 '해가 지지 않는' 식민 제국을 유지할 수 있었다. 이제 인도양으로 진출하면, 일본군은 영국의 식민 제국을 근본부터 흔들 수 있었다. 당장 급한 것은 버마 북부로 진격하는 일본 육군을 벵골만을 통해서 지원하는 일이었다. 'C 작전'이라 불린 이 작전을 위해 일본 해군은 주력인 기동부대를 동원했다.

1942년 3월 26일 일본군 기동부대는 셀레베스의 스타링만을 떠나 인도양으로 향했다. 공격 목표는 인도양의 요충인 영국령 실론이었다. 이 거대한 함대는 펄 하버 공격 당시와 구성이 거의 같았다. 사령관은 나구모 주이치南雲 忠一 중장이었고 항공기 편대는 후치다 미쓰오 중좌가 지휘했다. 주력 항공모함들은 아카기, 류조龍驤, 히류, 소류, 쇼카쿠 및 주이카쿠였으니, 펄 하버 공격에 참가했던 6척의 항공모함들 가운데 가가호가 경항공모함 류조호로 바뀌었을 따름이었다. 가가는 오스트레일리아 다윈에 대한 폭격작전에서 산호초와 부딪쳐 손상을 입고 수리를 위해 일본으로 돌아갔다.

일본 해군의 진출을 예상한 영국 동양함대 사령관 제임스 소머빌(James Somerville) 중장은 군함들을 모아 항공모함 2척을 중심으로 이루어진 'A군'과 경항공모함 1척을 중심으로 이루어진 'B군'을 편성했다. 소머빌은 해독된 일본군 전문들을 통해서 탐지한 일본군의 기동 계획에 맞춰 함대를 배치했다. 그러나 일본 함대의 출항이 며칠 늦어지자, 소머빌은 군함들을 모항들로 돌려보내어 예정된 임무들을 수행하도록 했다. 그래서 일본 함대는 영국 함대의 저항을 받지 않고 목표인 실론으로 향했다.

일본 함대의 첫 작전은 벵골만의 영국 해운에 대한 공격이었다. 4월 4일 경항공모함 류조호와 구축함 6척으로 이루어진 임무단은 화물선 23척을 침몰시켰다. 이날 저녁 일본 함대는 실론 350해리 남쪽에서 영국군 정찰기에 발견되었다. 소머빌은 몰디브 제도의 기지에서 함대를 이끌고 출항했으나, 일본 함대의 첫 공격을 요격하기엔 너무 서쪽에 있었다.

4월 5일 후치다가 지휘하는 125대의 항공기들이 실론의 서해안에 있는 수도 콜롬보를 공격했다. 이 공격으로 해군 기지에 있던 무장 상선 순양함 1척과 구축함 1척이 침몰되었다. 일본군 항공기 18대가 방공포화에 격추되었고, 영국군 항공기 손실은 27대였다. 이사이에 일본군 정찰기에 발견된 영국군 중순양함 2척이 일본군 함재기들에 의해 격침되었다. 반면에 영국 함대는 일본 함대의 정확한 위치를 알지 못해서 함재기들에 의한 공격을 수행하지 못했다. 이어 4월 6일엔 일본군 함정들이 연합국 상선 6척을 침몰시켰다.

4월 9일 아침 일찍 일본군 함재기들은 실론 동해안 트린코말리의 영국군 해군 기지를 공격했다. 기지로 돌아오던 영국 B군의 주력 함정인 경항공모함 헤르메스호가 구축함 1척 및 호위함 1척과 함께 격침되었다. 이날 영국군 함재기들이 처음으로 일본군 항공모함들을 공격했지만, 고공 폭격에 의존해서 목표들을 전혀 맞히지 못했다. 다른 편으로는, 일본군 정찰기들은 영국 항공모함들을 찾아내지 못했고 영국 함대에 큰 타격을 줄 기회를 끝내 얻지 못했다.

일본 함대의 전력이 영국 함대보다 우세하다는 것이 드러나자, 소머빌은 A군을 아프리카 동해안으로 옮겼다. 그래서 영국 동양함대는 항공모함 두 척을 포함한 주력을 보존할 수 있었고, 뒤에 전황이 유리해지자 반격에 나설 수 있었다.

영국군 수뇌부는 실론에 대한 일본의 대규모 침공을 예상하고 방어 준비에 나섰다. 육군 3개 사단을 실론에 배치해서 일본군의 상륙과 원주민 싱할라족의 봉기에 대비했다.

4월 10일 나구모는 작전의 종료를 선언했고 일본 함대는 본토 기지들을 향해 회항했다. 일본 함대의 인도양 습격작전은 어느 모로 보나 성공적이었다. 일본군의 손실은 함재기 20여 대뿐이었다. 반면에 영국군은 경항공모함 1척, 중순양함 2척, 구축함 2척, 무장 상선 순양함 1척, 소형 함정 2척, 상선 23척과 40여 대의 항공기를 잃었다. 그리고 영국 동양함대는 인도양 건너편 아프리카 동해안으로 후퇴했다.

그러나 전략의 차원에선 인도양 습격은 별다른 뜻을 지니지 못했다. 습격은 아무리 성공적이어도 일시적 성공에 지나지 않는다. 습격이 점령으로 이어져야 비로소 전략적 의미를 지닐 수 있다. 실론은 인도양을 호령하는 전략적 요충이었다. 만일 실론을 일본군이 점령한다면, 인도양 둘레의 아프리카의 식민지들과 중동과 인도로 이어진 영국 식민 제국은 연결망이 끊어져 오래 버티기 어려울 터였다. 영국도 일본도 그 사실을 잘 알았다. 그러나 일본은 실론을 점령할 계획도 능력도 없었다. 육군의 태반은 중국과의 싸움에 투입되었고, 해군은 미국에 맞서 태평양을 지켜야 했다. 이제 쓸 수 있는 인적 및 물적 자원은 모두 남방 작전에 투입된 판이었다. 당장 급하지 않은 인도양에 눈길을 줄 새가 없었다.

일본군의 인도양 습격작전은 성공적이었으나, 일본은 실론을 점령할 계획도 능력도 없었기에 전략의 차원에선 별다른 뜻을 지니지 못했다.

일본 해군이 원래 인도양에 관심이 없었던 것은 아니다. 펄 하버에 대한 공격이 결정되자, 일본 해군의 전략가들은 후속 장거리 작전계획에 대해 논의했다. 펄 하버에 대한 공격이 성공하면 전략적으로 세 길이 열렸다. 하나는 동쪽으로 진출해서 하와이를 아예 점령하는 길이었다. 다른 하나는 남쪽으로 진출해서 오스트레일리아를 점령하는 길이었다. 셋째는 서쪽으로 진출해서 인도양을 지배하는 길이었다. 이 셋 가운데 인도양으로의 진출이 비교적 쉬웠다.

인도양으로 진출하는 '서방 작전'을 구상한 사람은 연합함대 사령부

선임참모 구로시마 가메토黑島龜人 대좌였다. 그는 야마모토 이소로쿠의 신임을 받아서 전반적 계획의 입안을 맡았다. 펄 하버 공격작전을 입안한 것도 구로시마였다. 그는 일본 해군에서 기인奇人으로 이름이 났다. 어떤 문제를 만나면 그는 자기 방에 틀어박혀 며칠이고 생각했다. 식사도 방에서 혼자 했다. 그리고 문제에 대해 완벽한 해답을 얻은 뒤에야 방에서 나왔다. 금욕적으로 생긴 얼굴 덕분에 그는 '간디'라는 별명을 얻었다. 귀인龜人이라는 이름에 빗댄 '선인仙人'이란 별명으로 불리기도 했다.

구로시마가 입안한 '서방 작전'의 핵심은 독일과의 협력이었다. 독일군과 일본군이 근동과 중동의 영국군을 동시에 동서에서 공격해서, 독일 육군은 이집트와 근동을 점령하고 일본 함대는 인도양의 전략적 지점들을 점령한다는 내용이었다. 만일 독일군이 이집트를 점령하고 일본군이 인도양을 장악하면, 인도는 영국에서 분리되고 영국은 독일에 저항할 힘이 크게 줄어들 터였다. 그런 패배의 충격은 처칠의 사임을 부르고 독일에 유화적인 정권이 들어서도록 할 것이므로, 유럽의 전쟁은 독일의 승리로 끝날 터였다. 그러면 독일은 러시아와의 싸움에 모든 자원을 쓸 수 있어서 러시아에 이길 수 있었다. 결국 미국 혼자서 추축국들과 싸우게 될 터였다.

마침 북아프리카에서 전황이 추축국에게 유리해지고 있었다. 독일군은 서유럽을 단숨에 석권했지만 이탈리아군은 내세울 것이 전혀 없었던 터라, 무솔리니는 북아프리카에서 이탈리아군의 명예를 되찾고 싶어 했다. 1940년 7월 에티오피아에 주둔한 이탈리아군은 영국 식민지인 수단을 침공했고 이어 케냐로 진출한 다음 8월엔 영국령 소말리랜드를 점령했다. 당시 이 지역에서 이탈리아군은 영국군에 대해 병력과 무기에서 압도적으로 우세했다. 그러나 영국군이 증강되자 이탈리아군은 빠르게 무너졌고, 1941년 5월 영국군은 에티오피아를 점령했다.

에티오피아 싸움에서 이탈리아군이 완패하면서 북아프리카 전선의 초점은 이탈리아의 식민지 리비아로 옮겨 갔다. 1940년 9월 리비아의 이탈리아군은 이집트 공격에 나섰다. 당시 이탈리아군은 20만이었고 영국군은 6만 3천이었다. 게다가 이탈리아 함대가 강력했으므로 이탈리아군은 본토로부터 쉽게 보급받을 수 있었지만, 영국군은 보급로가 길었다. 영국군은 처음엔 밀렸으나, 12월에 기습적 반격에 나서서 이탈리아군 주력을 사로잡았다.

상황이 위급해지자, 1941년 2월 히틀러는 프랑스 침공작전에서 명성을 얻은 젊은 전차부대 지휘관 에르빈 롬멜(Erwin Rommel) 중장을 독일군 2개 전차사단과 함께 북아프리카로 보냈다. 롬멜은 사막 지역의 전투는 생소했지만, 현란한 기동작전으로 영국군을 몰아붙이고 있었다.

그러나 일본 해군은 독일 육군과 공동작전을 펴기가 실질적으로 불가능했다. 두 나라의 군사적 협력을 논의할 공식 기구가 없었다. 물론 두 나라는 여러 해 동안 동맹을 맺고 협력해 왔다. 그러나 겉보기와는 달리 그런 협력은 그리 긴밀하지 않았다.

제1차 세계대전에서 서로 싸웠던 일본과 독일이 처음으로 협력적 관계를 맺은 것은 1936년의 '반코민테른 협정(Anti-Comintern Pact)'이었다. 코민테른이 세계 질서에 대한 위협이라는 인식에 따라 맺어진 이 협정은 러시아에 맞서 온 두 나라의 협력을 목표로 삼았다. 그러나 직접적으로 러시아를 거명하는 대신 코민테른을 거명한 데서 드러나듯, 반코민테른 협정은 내용이 빈약했다. 두 나라가 러시아와 정치적 조약을 맺지 않는다는 것이 핵심적 사항이었다. 조약의 당사국들 가운데 한쪽이 러시아와 싸우게 되면 다른 쪽은 호의적 중립을 유지한다는 비밀합의가 그나마 뜻이 있었다. 1937년에 이탈리아와 스페인이 이 조약에 참가해서, 뒷날 추축국 세력(Axis Powers)이라 불리게 된 집단이 형성되었다. 그러나 1939년 독일이 갑자기 러시아와 불가침조약을 맺으면서 이 협정은 실질적으로 폐기되었다.

1940년 9월 독일, 일본 및 이탈리아는 베를린에서 삼국협정(Tripartite Pact)을 맺었다. 이 협정의 목적은 반코민테른 협정을 보완해서 독일과 러시아의 불가침조약으로 소원해진 독일과 일본 사이의 관계를 복원하는 것이었다. 자연히 세 나라 사이의 실질적 협력을 위한 규정은 없었다. 독일은 처음부터 이 협정을 선전에 이용할 생각이었고 실질적 협력엔 관심이 작았다. 이런 행태에서 전체주의 추축국 세력과 자유주의 연합국 세력이 대비된다. 연합국들은 자유주의를 지킨다는 목표 아래 긴밀하게 협력했다. 일본군의 공격을 받으면 바로 연합사령부를 설치하고 모든 군대들을 한데 모아 저항했다. 그러나 자신의 이익만을 추구하는 전체주의 국가들을 한데 묶을 수 있는 고귀한 가치는 없었다. 그래서 추축국들은 이익이 합치될 때에만 협력했고, 필요하면 서슴없이 배신했다.

1942년 1월 18일 독일 정부와 이탈리아 정부는 일본 육군과 해군을 상대로 별도의 비밀작전 협약을 맺었다. 이 두 협약들에서 동경 70도선을 기준으로 서쪽은 독일과 이탈리아의 작전 지역이고 동쪽은 일본의 작전 지역이라는 원칙이 세워졌다. 동경 70도선은 러시아의 유럽 지역과 시베리아를 갈라놓는 선이어서 대륙에선 현실적 기준이라 할 수 있었지만, 바다에선 인도양의 절반을 일본 해군의 영역에서 제외했다. 해군력이 약해서 인도양에 진출할 길이 전혀 없는 독일과 이탈리아가 당시 최강이었던 일본 해군의 인도양 작전을 가로막은 셈이었다.

야마모토 이소로쿠 사령관의 격려를 받으면서 연합함대의 참모들은 독자적으로 구로시마의 '서방 작전'을 다듬었다. 그러나 인도양의 서부가 작전 지역에서 제외된 데다가 독일군과 작전계획을 협의할 길이 없었으므로, 서방으로의 진출 계획을 포기할 수밖에 없었다. 그래서 독일 육군과 일본 해군이 북아프리카에서 협동작전을 통해 영국군을 격파하고 영국의 전쟁 수행 의지에 결정적 타격을 줄 처음이자 마지막 기회는 구체화되기도 전에 사라졌다.

인도양 습격작전은 성공적으로 수행되었지만, 결국 일본은 펄 하버 공격 뒤 누린 해군력의 절대적 우위를 전략적 목적에 쓰는 데 실패했다. 여기서 일본의 전쟁 계획이 근본적으로 부실했던 원인이 다시 드러났다. 천황은 일본 사회의 구심점이었지만, 실제로 국정을 이끌 수는 없었다. 내각은 국정을 담당했지만, 현실적으로는 군부를 통제할 수 없었다. 그래서 두 세력은 협력하지 않았고, 자연히 외교와 군사작전이 따로 놀았다. 내각이 그렇게 약했으므로 육군과 해군의 고질적 분열을 통합할 세력이 없었다. 외국 정부들과의 협정에서 일본 육군과 일본 해군이 따로 참가해서 별도의 협약들을 맺은 데서 이런 사정이 괴롭도록 선명하게 드러났다.

미군의 반격

이처럼 일본군은 모든 전선들에서 이기면서 빠르게 동아시아를 점령해 나갔다. 전황이 점점 불리해지자 미국 시민들은 걱정이 커지고 사기는 떨어졌다. 미국 정부로선 작은 승리라도 얻어서 민심을 진정시켜야 했다. 그러나 오래전부터 중국을 침략하면서 전력을 양성한 일본군과 맞서서 쉽게 이길 길은 없었다. 무엇보다도, 일본 해군이 강력한 상황에선 태평양을 건너 일본을 공격하는 것은 불가능했다.

이런 사정을 고려해서 미군 지휘부는 일본 본토를 공습하는 방안을 전쟁 초기부터 논의했다. 일본 본토에 대한 공습은 효과적으로 미국 시민들의 사기를 높이고 일본 국민들의 사기를 떨어뜨릴 것이었다. 펄 하버에 대한 일본군의 기습으로부터 2주일이 지난 1941년 12월 21일 루스벨트 대통령은 일본 본토를 공습하는 방안을 되도록 빨리 마련하라고 합동참모본부에 지시했다.

이 작전의 개념은 해군본부 대잠수함전쟁 담당 참모 프랜시스 로(Francis Low) 대령이 마련했다. 버지니아주 노퍼크 해군 비행장에서 실험을 거친 뒤, 그는 1942년 1월 10일 육군 쌍발폭격기를 항공모함에서 발진시키는 것이 가능하다고 미국함대 사령관 어니스트 킹(Ernest J. King) 대장에게 보고했다. 이후 작전의 준비와 훈련은 유명한 민간인 조종사이자 항공공학자였던 제임스 둘리틀(James "Jimmy" Doolittle) 미국 육군 항공대 중령이 주도했다.

무거운 폭격기는 항공모함 갑판에서 가까스로 발진할 수 있지만 착륙할 수는 없으므로, 비적성국의 육지 비행장에 내려야 했다. 일본 본토를 폭격하고 내릴 수 있는 비행장은 중국 동해안에만 있었다. 그래서 폭격기들의 항진거리는 무려 2,400해리(4,400km)나 되었다. 폭탄도 무거워서 2천 파운드(910kg)나 되었다. 게다가 익폭(wing span)이 작아서 항공모함의 좁은 비행갑판에 여러 대를 적재하고도 관제탑과 부딪칠 위험이 없어야 했다. 이런 엄격한 조건을 충족시킨 폭격기 기종은 B-25B 미첼(Mitchell) 중형 폭격기였다. B-25 폭격기는 아직 실전에서 쓰이지 않았지만, 항공모함에서의 발진 시험들을 거치면서 작전에 적합하다는 판정을 받았다. 둘리틀은 애초에 일본을 폭격한 뒤 북쪽의 러시아 블라디보스토크에 착륙하는 방안을 제시했다. 이 방안은 항진거리를 600해리(1,100km)나 줄일 수 있어서 중국 동해안보다 훨씬 안전했다. 착륙한 항공기들은 「무기대여법」에 따른 지원으로 여겨 러시아에 무상으로 넘긴다는 조건이었다. 그러나 일본과 불가침조약을 맺은 러시아는 미국의 끈질긴 요청에도 끝내 착륙을 허가하지 않았다.

원래 폭격기들은 전투기 편대들의 호위를 받아 적군 전투기들의 공격을 막아 내는데, 이번 작전은 항진거리가 너무 길어서 작전 초기에만 전투기들의 호위를 받을 수 있었다. 게다가 하중을 줄이기 위해 기관포 포탑 하나를 줄이고 연락용 무전 설비도 덜어 내야 했다. 이처럼 위험한 작전이었지만, B-25 폭격기를 가장 많이 보유한 17폭격기집단의 승무원들을 대상으로 "극도로 위험한" 임무를 위한 지원자들을 모집했을 때 지원자들이 많아서 가장 유능한 승무원들을 가려 뽑을 수 있었다.

1942년 4월 2일 1000시 16대의 B-25 폭격기들과 5인 1조로 이루어진 승무원들 및 정비사들을 태우고 항공모함 호네트호가 캘리포니아의 앨라미다 해군 항공기지를 출항했다. 폭격기마다 500파운드 폭탄 네 개를 실었는데, 셋은 고폭탄이었고 하나는 널리 화재를 일으키도록 특별히 고안된 소이탄이었다. 호네트를 중심으로 한 18임무단(Task Force 18)은 며칠 뒤 하와이 북쪽 중태평양에서 항공모함 엔터프라이즈호를 중심으로 한 16임무단(Task Force 16)과 합류했다. 호네트의 전투기들은 육군 항공대의 폭격기들에 비행갑판을 내주고 아래쪽 격납고들에 있었으므로, 일본 항공기들의 공격은 엔터프라이즈의 정찰기들과 전투기들이 막도록 되었다. 항공모함 2척, 중순양함 3척, 경순양함 1척, 구축함 8척 및 유조선 2척으로 이루어진 이 함대는 16임무단 사령관 윌리엄 홀지(William F. Halsey, Jr.) 중장이 지휘했다. 4월 17일 오후 속도가 느린 유조선들이 함정들에 마지막으로 급유하고 구축함들과 함께 돌아갔다. 항공모함들과 순양함들은 무선 침묵을 유지하면서 20노트(시속 37km)로 일본 해군이 장악한 일본 열도의 동쪽 발진 지점으로 향했다.

4월 18일 0738시 일본으로부터 650해리(1,200km) 떨어진 곳에서 함대는 일본 초계정에 발견되었다. 겨우 70톤 나가는 이 작은 초계정은 미국 순양함의 포격으로 이내 침몰했지만, 일본에 미국함대의 공격을 무선으로 알리는 데 성공했다. 이 초계정을 지휘한 고급 하사관은 포로가 되기보다 죽음을 택했고, 생존한 5명의 승무원들은 미국 순양함에 의해 구조되었다. 둘리틀과 호네트 함장 마크 미처(Marc Mitscher) 대령은 즉시 폭격기들을 발진시키기로 결정했다. 예정보다 10시간 먼저, 그리고 일본에서 170해리(310km) 더 먼 위치에서 공격에 나서게 된 것이었다.

맨 먼저 이륙하는 편대장 둘리틀의 폭격기를 모두 가슴 졸이면서 바라보았다. 둘리틀도 다른 비행사들도 항공모함에서 이륙해 본 적이 없었다. 비행갑판의 활주로 거리 467피트(142m)는 크고 무거운 폭격기가 이륙하기엔 너무 짧아 보였다. 그러나 둘리틀의 폭격기는 활주로를 벗어나 잠시 가라앉더니 이내 기운을 차려 하늘로 날아올랐다. 이어 트래비스 후버(Travis Hoover) 대위가 조종하는 폭격기가 이륙했다. 마지막 16번째로 윌리엄 패로(William G. Farrow) 대위가 조종하는 '지옥에서 온 박쥐'호가 이륙하자, 호네트 갑판에선 함성과 박수 소리가 올랐다. 16대 모두 뜨는 데는 꼭 한 시간이 걸렸다.

0919시 폭격기들은 서너 대씩 무리를 이루어 일본으로 향했다. 일본

일본 본토를 성공적으로 공습한 '둘리틀 습격'은 미국이 갈구하던 최초의 승전이었고, 미국 시민들의 사기는 단숨에 크게 올랐다.

에 가까워져서야 폭격기들은 일본군 레이다를 피해 수면 가까이 일렬 종대를 이루어 날았다.

일본 시간 정오에, 그러니까 호네트에서 발진한 지 6시간 만에 폭격기들은 일본 상공에 이르렀다. 그들은 즉시 정해진 군사 및 산업 목표들을 폭격하기 시작했다. 도쿄의 10개소, 요코하마의 2개소, 그리고 요코스카, 나고야, 고베 및 오사카의 각기 1개소가 폭격을 받았다.

일본군은 일본 열도의 방어에 소홀했다. 펄 하버에 대한 일본군의 성공적 기습으로 크게 약화된 미국 태평양함대가 감히 일본 열도를 공격하리라고는 누구도 생각지 않았다. 설령 공습이 시도되더라도 항공모함의 함재기들을 이용할 터였으므로, 함재기의 짧은 항진거리를 고려해서 초계가 이루어졌다. 장거리 육군 폭격기들이 공습에 나서리라고는 누구도 상상하지 못했다. 그래서 느닷없이 나타난 둘리틀 폭격기 편대에 일본군은 제대로 대응하지 못했다. 일본군 전투기나 대공 포화는 미군 폭격기를 격추시키지 못했고, 오히려 일본군 전투기 3대가 미군기들에 의해 격추되었다.

임무를 성공적으로 수행한 폭격기들은 일본 열도의 남해안을 따라 동남쪽으로 날았다. 동중국해 건너편 절강浙江(저장)성의 중국군 비행장들에 내려서 재급유를 받고 중국 정부가 있는 중경으로 갈 참이었다. 그러나 에드워드 요크(Edward York) 대위가 조종한 폭격기 한 대는 연료가 부족해서 대열에서 벗어나 러시아의 블라디보스토크로 향했다.

중국 비행장들에선 미리 통보받은 중국군이 폭격기들이 무사히 착륙하도록 유도할 터였다. 그러나 이번 임무를 지휘한 홀지 중장은 무선침묵을 깨뜨리는 것이 위험하다고 판단해서, 비행장들의 중국군에 연락하지 않았다. 게다가 비행 조건은 예상 밖으로 나빠졌다. 밤은 다가오는데 연료는 부족했고 기상은 악화되었다. 폭격기들은 13시간의 비행 끝에 중국 동해안에 이르렀지만 중국군 비행장들을 찾을 수 없었고, 탈출하거나 해안에 비상착륙을 시도해야 했다. 결국 중국군에 인도될 폭격기들은 모두 착륙 시에 파괴되었다. 다행히 승무원들의 손실은 비교적 적었다. 그들은 대부분 중국 군인들과 민간인들의 안내를 받아 중경으로 탈출했다. 3명이 죽었고 8명이 일본군의 포로가 되었다. 포로들 가운데 3명이 일본 민간인들에게 기총 소사를 한 죄목으로 처형되었고, 1명은 수감 중 학대로 병사했고, 나머지 4명은 1946년 전쟁이 끝난 뒤 구조되었다.

홀로 러시아로 향한 폭격기는 블라디보스토크 근처에 무사히 착륙했다. 승무원들은 구금되었지만 좋은 대우를 받았다. 미국 정부는 폭격기를 「무기대여법」에 따라 러시아에 양도하겠으니 승무원들을 석방하라고 러시아에 요구했지만, 일본과의 관계를 악화시킬 수 없었던 러시아는 미국의 제안을 거부했다. 승무원들은 이란 국경 근처의 아시가바트로 옮겨졌다. 1943년 5월 요크 대위는 밀수업자를 매수해서 승무원들을 이끌고 이란으로 탈출했다. 이 일은 실은 러시아의 내무인민위원회(NKVD)에서 꾸민 공작이었다.

중국에 불시착한 뒤 둘리틀은 일본 본토 습격작전이 완전히 실패했다고 평가했다. 작전에 참가한 16대의 폭격기들을 모두 잃었는데 일본에 준 타격은 거의 없었다. 그는 승무원들에게 자신이 미국으로 돌아가면 군사재판에 회부되리라 생각한다고 밝혔다.

미국 정부와 시민들의 생각은 전혀 달랐다. 일본 본토를 성공적으로 공습한 일은 미국이 갈구하던 최초의 승전이었고 미국 시민들의 사기는 단숨에 크게 올랐다. 애초에 이 작전을 지시한 루스벨트 대통령이 희망했던 목표를 완벽하게 이룬 것이었다. 둘리틀은 국회의 이름으로 대통령이 직접 수여하는 최고 훈장인 '의회명예훈장'을 받았고 대령 계급을 건너뛰어 곧바로 준장으로 진급했다. 부상한 동료들을 도와서 피신시킨 두 사람은 '은성훈장'을 받았고, 작전에 참가한 80명 전원이 '특수항공십자훈장(Distinguished Flying Cross)'을 받았다. 작전 중에 죽거나 다친 사람들에겐 '상이군인기장(Purple Heart)'이 추가로 수여되었다. 중국 정부도 작전에 참가한 전원에게 훈장을 수여했다.

일본군은 둘리틀 습격에 거세게 반응했다. 중국 전선의 일본군은 중국 동해안 지역의 비행장들이 일본 본토의 공습에 이용되는 것을 막기 위한 '절강~강서江西(장시) 작전'을 전개했다. 둘리틀 폭격기들이 착륙한 지역 둘레 모든 비행장들이 파괴되었다. 둘리틀 부대원들을 수색하는 과정에서 1만 명의 중국 민간인들이 살해되었다고 추산되었다. 일본군은 세균전까지 벌여서 많은 중국 군인들과 민간인들이 해를 입었다. 세균전의 여파로 일본군도 큰 피해를 입어서, 1만 명가량이 병에 걸렸고 이들 가운데 1,700명이 죽었다.

둘리틀 습격의 1차 효과는 아주 작았다. 일본 초계정 5척이 침몰했고 항공기 3대가 파괴되었고 경항공모함이 부분적 손상을 입었고 산업 시설들이 폭격을 받았다. 50명가량 되는 일본인들이 죽었고 400여 명이 부상을 입었다. 그러나 둘리틀 습격의 2차 효과는 무척 컸다. 먼저, 일본군은 전선에 배치된 전투기들 가운에 일부를 본토에 재배치했다. 다음엔, 미국 시민들의 사기가 올라서 미국의 전쟁 수행 능력이 크게 향상되었다.

그러나 가장 중요한 2차 효과는 일본 해군으로 하여금 미국 항공모함함대를 찾아 나서도록 만든 것이었다. 그런 수색작전은 태평양 전쟁에서 가장 결정적 싸움인 '미드웨이 해전'으로 이끌었다. 당시엔 누구도 상상치 못했지만, 아주 작은 작전인 둘리틀 습격은 역사가 문득 굽이친 변곡점이었다.

제9장

미드웨이

위기를 맞은 벚나무들

"어느새 벚꽃이 다 졌네. 세월이 가는 줄도 모르고 사는구나."

버스 창문 너머로 펼쳐지는 풍경을 무심코 바라보던 이승만의 입에서 가벼운 탄식이 나왔다.

"벚꽃이 곱다고 한 것이 엊그젠데…."

"예. 벚꽃이 빨리 집니다." 옆에 앉은 정운수가 말을 받았다.

"벚꽃이 고운 대신 빨리 지지. 비 한번 내리니 꽃잎이 우수수…."

해마다 프란체스카와 함께 즐긴 벚꽃 축제를 올해는 그냥 넘겨 버렸다는 것이 생각나면서, 아내에게 미안한 마음이 들었다.

두 사람은 정보조정국(COI) 워싱턴 지부를 찾았다가 사무실로 돌아가는 길이었다. 이승만의 조선어 단파 방송에 관해 협의했는데, 일이 잘 풀려서 두 사람 다 마음이 부푼 참이었다. 국무부의 비협조적 태도에 질린 이승만은 정보조정국의 호의적 태도와 과감한 결정이 퍽이나 흐뭇했다.

워싱턴에 많이 심어진 벚나무가 '일본벚나무(Japanese cherry trees)'로 불리면서 박해를 받자, 이승만은 '일본벚나무'는 원래 '조선벚나무(Korean cherry trees)'니 이름을 그렇게 바꾸자고 미국 내무부에 제안했다. 내무부는 대신 '동양벚나무(Oriental cherry trees)'라 부르기로 결정했다.

"그런데, 박사님, 여기 벚나무가 모두 일본에서 건너왔답니다. 그래서 일본 나무를 베어 버려야 한다는 얘기가 나오는 모양입니다. 그런 얘기가 있다고 며칠 전 방송에서 나왔습니다. 워싱턴 벚꽃 축제도 취소되었다고 합니다."

"그런가? 그래서 벚꽃 축제가 안 열렸구나." 그는 고개를 끄덕였다. "축제야 그렇다 하더라도, 왜 좋은 나무를 베어 버리나? 나무가 무슨 잘못이 있나? 고운 꽃 피운 게 죈가?"

"그러게 말입니다. 일본인들이 밉다고 일본과 관련된 것들은 모조리 없애자고 하는 사람들이 많은 것 같습니다. 일본이 공격했다고 엄연히 자기 나라 시민인 니세이들을 수용소로 보내는 것을 보면 '이 나라가 정말 미국 맞나' 하는 생각이 듭니다." 정의 말씨에 분노가 스며 있었다.

이승만이 무겁게 고개를 끄덕였다. 정부가 적국 출신 시민들을 강제로 이주시키는 터라서 갖가지 무리한 일들이 나올 수밖에 없었고, 갑자기 날벼락을 맞은 일본계 이주민들은 엄청난 고통을 겪고 있었다. 미국 관리들과 군인들이 보기엔 조선인과 일본인은 같은 집단들이었고 실제로 구별하기도 아주 힘들었으므로, 적잖은 조선인들이 수용소에서 비참하게 살고 있었다. 그들에게 별다른 도움을 줄 수 없다는 사실이 이승만의 가슴을 후볐다.

"이럴 때 선동가가 나오면 어처구니없는 일이 벌어지지."

"예. 일본에 대한 적개심이 너무 커져서 적잖이 걱정이 됩니다."

"원래 결벽증이 무서운 걸세. 개인적으로나 사회적으로나. 옛 말씀에 그랬잖나, '수지청즉무어水至淸卽無魚'라고, 물이 너무 맑으면 고기가 살 수 없다고."

"예. 인지찰즉무도人至察卽無徒구요."

"그렇지." 이승만의 입가에 웃음이 어렸다. "사람이 너무 살피면 사람들이 따르지 않지. 내가 너무 살펴서 자네들 일하기 힘들지?"

"아, 아닙니다. 저희야…." 정이 황급히 대꾸하고 손을 저었다.

"나를 돕던 사람들 가운데 적잖은 사람들이 나를 떠났네. 내가 너무 살피는 것이 아닌가 하는 생각이 들기도 해. 하여튼 결벽증은 경계해야 하네. 우리가 날마다 겪는 인종 차별도 근원은 결벽증이라 할 수 있지. 잘난 백인들 피에 못난 인종들의 피가 섞이는 것이 끔찍하다는 생각이 인종 차별의 밑바닥에 깔려 있거든. 인종이 같고 민족이 같으면 친근하게 되는 것이야 자연스럽지만, 그것이 지나치면 인종적 결벽증이라는 병이 되는 거지."

"예, 잘 알겠습니다."

"우리 독립운동에서도 결벽증을 경계해야 해요. 높은 이상을 앞세우고 현실을 고려하지 않는 것을 고귀하게 여기는 경향이 있잖아?"

"예, 그렇습니다. 일본과 싸워서 이길 역량은 없는데 당장 나가서 싸워야 한다고 외치는 횃대 밑 호랑이들이 너무 많습니다."

이승만이 껄껄 웃었다. "내가 하려는 얘기를 정 군이 다 했네."

앞자리 승객이 불쾌한 얼굴로 돌아보았다. 중년의 백인 사내였다. 이승만은 웃는 얼굴로 고개를 숙여 미안한 뜻을 드러냈다. 그리고 창밖의 가로수들을 가리키면서 영어로 말했다.

"저 나무들, 참 좋죠? 그런데 지금 저 나무들이 위협을 받고 있습니다. 우리는 저 나무들을 살릴 길을 논의하고 있습니다."

사내의 낯빛이 한순간 흔들리더니, 고개를 끄덕였다. "알겠습니다."

"내가 임시정부 대통령으로 추대되었을 때 나를 반대한 사람들이 있었는데, 그 사람들이 반대한 이유가 무엇이냐 하면, 내가 '조선이 국제연맹의 위임통치를 받도록 해 달라'고 윌슨 대통령에게 청원했다는 것이었어. 위임통치 방안은 원래 정한경 박사의 아이디어였는데, 듣고 보니 옳은 얘기라. 당장 일본으로부터 독립할 수 없으면, 중간 단계로 국제연맹의 위임통치를 받으면 희망이 생기잖아? 세계가 조선이라는 나라가 있었다는 사실조차 잊어 가는데, 조선이 부당하게 일본의 식민 통치를 받고 있다는 것을 일깨우는 것만도 어디야? 아, 그런데 그것을 물고 늘어지는 거야. '이승만이는 이완용이보다 나쁜 놈이다. 이완용이는 있는 나라를 팔아먹었지만, 이승만이는 아직 나라를 찾기도 전에 팔아

먹었다'고 욕한 사람도 있어."

"누가 그랬습니까?"

"단재丹齋." 이승만이 씁쓸하게 말했다. "단재가 그랬어."

"신채호 선생님께서요?"

"단재가 원래 발기인으로 임시정부를 세우는 데 나섰었는데, 그렇게 나를 비난했어. 내가 결국 대통령이 되자 임시정부에 참여하지 않았지. 그리고 줄곧 임시정부를 없애려는 사람들과 어울렸어."

그 일이 남긴 상흔이 아직도 가슴에 벌겋게 남아 있어서, 그는 잠시 보지 않는 눈길로 창밖 풍경을 내다보았다.

"그렇게까지…. 전 처음 듣습니다, 그런 얘기는." 정이 조심스럽게 말을 받았다.

"이젠 옛날얘기가 되었네. 단재가 나보다 다섯 살 아랜데, 먼저 저세상으로 갔으니…." 이승만의 목소리에 처연한 기운이 어렸다. "봄날이 정말 좋구먼. 우리 좀 일찍 내려서 걸어갈까?"

"예. 그렇게 하죠."

그들은 사무실 한 정거장 못 미쳐 버스에서 내렸다. 바람이 부드럽고 향긋했다. 그들은 천천히 걷기 시작했다.

"이거 보게." 이승만이 길 옆에 선 아름드리나무를 가리켰다. "우람하잖아? 적어도 삼십 년은 된 것 같잖아? 이건 미국 사람들이 심은 거야. 내가 대학 다닐 때 벌써 워싱턴에 벚나무들이 꽤 많았어. 벚꽃을 보면 고향 생각이 났지. 그 벚나무들은 벚나무 꽃에 반한 미국 사람들이 일본에서 들여와서 심은 것들이지. 그 뒤에 일본 사람들이 미국과의 관계를 좋게 하려고 공식적으로 기증했어."

"아, 그렇습니까?" 정이 껍질이 두꺼운 벚나무를 짚고서 올려다보았다.

"이 벚나무가 실은 우리 조선이 원산지라는 얘기를 들은 적이 있어. 울릉도에 자생하던 벚나무를 일본 사람들이 캐서 자기 나라로 가져가 재배했다는 얘기라."

"아, 그렇습니까?" 정이 반색을 했다.

"찾아보면 그런 사실을 밝힌 자료가 있을 만한데. 이 좋은 나무들을 우리 힘으로 살려 보세."

"아, 예. 알겠습니다. 이 벚나무들이 원래는 조선 나무라는 자료를 찾아보겠습니다."

두 사람은 서두르지 않는 걸음으로 사무실로 향했다.

"박사님, 지금 전황은 어떤가요? 이번에 일본 본토를 공습한 것이 영향을 미칠까요?"

"이번 공습?" 이승만이 잠시 생각을 가다듬었다. "영향을 미치겠지. 폭격기 열몇 대가 날아가서 폭탄을 투하한 것이 군사적으로야 무슨 큰 뜻이 있겠어? 하지만 정치적으로는 상당한 뜻을 지니겠지. 일본 본토에 사는 사람들은 지금까지 전쟁을 실감하지 못했을 것이거든. 일본군이 늘 해외에서 전쟁을 했으니까. 그래서 이번에 수도가 공습당한 것은 일본인들에겐 충격이 클 거야. 그래서 내각과 군부가 상당한 압력을 받을 것이고, 일본군은 어떤 식으로든지 반응하겠지. 아마도 비슷한 방식으로 보복을 하려고 나서겠지. 그리고 미국은 미국대로 이번에 높아진 기세를 이어 가려 하겠지. 미군이 펄 하버 이후 줄곧 일본군에게 밀리다가 처음으로 공세에 나섰으니 시민들이 열광하는 것은 당연하고. 정부는 그런 여론에 떠밀려 공격적으로 나서겠지."

"신문마다 방송마다 온통 일본 공습 얘기뿐입니다. 둘리틀 중령이 최고 영웅이 됐습니다."

"영웅이 될 만하지. 펄 하버 이후 미국 사회는 영웅을 목마르게 기다려 왔는데, 영웅이 될 만한 사람이 나타난 거야. 항공모함에서 거대한 폭격기들을 발진시켜서 일본 본토를 공격한다는 아이디어도 대담한데, 그 어려운 임무를 성공적으로 완수했으니 당연히 영웅이 되는 거지. 이제 미국 정부와 군부엔 일본 본토 공습과 같은 성과를 시민들이 기대한다는 사실이 엄청난 압력으로 작용할 걸세."

"아, 예. 정말 그렇겠네요."

"미국은 처음부터 독일이 가장 큰 위협이라고 판단했지. 그래서 펄 하버 이후에도 일본보다 독일을 먼저 격파한다는 정책을 바꾸지 않았어. 그런 기본 정책에서 두 가지 전략적 목표가 나왔지. 첫째, 영국이 독일에 항복하지 않도록 한다. 둘째, 러시아가 독일에 패배하거나 단독적으로 강화하지 않도록 한다. 그래서 영국과 러시아에 막대한 원조를 해 왔어. 사태를 냉철하게 보는 전문가들에겐 그런 정책이 옳아요."

갑자기 갖가지 감정들이 가슴에서 일어, 그는 잠시 뜸을 들였다.

"그러나 대중은 달라요. 지금 보통 시민들은 일본에 대한 적개심과 혐오감이 끓어오르고 자기 군대가 일본군에게 잇따라 패배하는 것을 통분해 하고 있어. 펄 하버도 있지만, 필리핀에서 많은 미군들이 포로가 된 것은 미국 대중에겐 도저히 받아들일 수 없는 치욕이지. 그 사람들에게, 독일이 훨씬 큰 위협이니 독일과 싸우는 데 주력하고 일본에 대해선 방어만 하겠다고 대통령이 얘기할 수 있겠어? 다른 사람은 몰라도 루스벨트는 그렇게 할 사람이 아냐. 속속들이 정치적인 동물이거든."

악의 없는 평가를 내리고서 그는 클클 웃었다.

"그렇습니다." 정이 싱긋 웃었다.

"그리고 정 군, 이것 봐요. 어느 나라에서나 육군과 해군은 사이가 안

좋거든. 한정된 자원을 놓고 서로 많이 차지하려 다투니 사이가 좋을 수 없지. 요사이는 공군이 중요해져서, 공군까지 어울려 삼파전이 벌어지는 모양이라."

"항공대는 육군 소속 아닌가요?"

"물론 편제상으로는 항공대는 육군에 속하지. 이름도 '아미 에어포스'고. 실제로는 공군은 독자적으로 움직인대. 하여튼 육군과 해군 사이의 경쟁이 겉보기보단 훨씬 심각한 모양이야. 둘 다 자기가 전쟁을 주도하고 싶어 하겠지. 독일은 유럽 대륙을 차지했으니 독일과 싸우려면 지상전을 해야 하고, 자연스럽게 육군의 싸움이 되지. 일본과의 싸움은 태평양에서 벌어지니 자연스럽게 해군의 싸움이 되지. 그래서 일본과의 싸움에서 육군은 소극적이고 해군은 적극적이지."

"아, 그렇군요." 정이 감탄하면서 고개를 열심히 끄덕였다.

"지금 미군은 당장 유럽 대륙에 상륙해서 독일군과 지상전을 벌일 능력이 없어요. 일본과는 이미 태평양에서 치열하게 싸우고 있어요. 그리고 미국 시민들은 일본을 응징하라고 소리 높여 외치고 있어요. 전쟁의 주도권을 쥐고 싶은 미국 해군으로선 기회가 왔다고 판단할 것 아니겠어요? 이런 상황에서 다음 전투가 어디서 일어나 것 같아요?"

정이 고개를 열심히 끄덕이며 생각했다. "그러면, 박사님께선 조만간 태평양에서 미국 해군과 일본 해군이 큰 전투를 벌이리라고 보시는군요. 박사님, 제 생각이 맞습니까?"

영리한 제자가 어려운 문제를 잘 푸는 것을 지켜보는 선생처럼, 이승만이 흐뭇한 낯빛으로 정에게 고개를 끄덕여 보였다.

야마모토의 야심

1942년 4월 18일의 '둘리틀 습격'은 군사적으로는 실패했다. 미군은 열여섯 대의 폭격기들을 모두 잃었지만, 일본의 전력에 대한 타격은 전혀 없었다. 그러나 정치적으로는 큰 성과를 거두었다. 펄 하버 습격 이후 줄곧 일본군에 밀리던 미군이 일본 수도를 공습했다는 소식에 미국인들은 환호했다. 미군 장병들의 사기도 크게 올랐고, 루스벨트 정권도 정치적 곤경에서 벗어났다. 반면에 전쟁을 먼 땅의 일로 여겼던 일본인들은 큰 충격을 받았다.

강대한 미국과 전쟁을 하는 터라, 일본 열도가 미국의 공격을 받는 것은 피할 수 없는 일이었다. 미국 해군의 침공을 막아 내는 임무를 띤 일본 연합함대의 참모들도 도쿄에 대한 미군의 습격을 예측했었다. 그들은 미군이 항공모함에서 항공대 폭격기들을 발진시켜 비행거리를 크게 늘린 아이디어는 높이 평가했지만, 그런 공습의 실질적 효과는 그리 크지 않아서 충분히 견딜 만하다고 판단했다. 문제는 도쿄엔 황궁이 있다는 사실이었다. 지고의 존재인 천황의 안전이 위협받았다는 사실에 그들은 경악했고, 도쿄에 대한 공습은 결코 허용할 수 없다고 판단했다.

자연히 군부를 비판하는 여론이 일었고, 그런 비판은 차츰 연합함대 사령관 야마모토 이소로쿠 대장에게로 집중되었다. 펄 하버 작전의 성공으로 한껏 높아졌던 자신의 명성이 적잖이 훼손되자 야마모토는 마음이 흔들렸고, 하와이 방면으로 연합함대를 진출시켜 미국 함대를 격파해서 다시는 도쿄가 공습을 받지 않도록 하겠다고 결심했다. 야마모토 자신에게나 일본 해군에게나 이것은 펄 하버를 기습하기로 한 결정에 버금가는 중대한 결정이었다.

1941년 12월 연합함대의 기동부대가 펄 하버 공격작전을 성공적으로 수행하고 귀환하자, 야마모토는 연합함대 참모장 우가키 마토메宇垣纏 소장에게 다음 작전계획을 즉시 마련하라고 지시했다. 야마모토는 "즉시 마련하라"고 지시했지만, 실은 그런 지시는 너무 늦은 것이었다. 미국 태평양함대에 대한 기습공격의 성공을 제대로 이용할 다음 작전계획이 이미 마련되었어야 정상이었다. 하긴 야마모토의 지시 자체가 비정상적이었다. 작전계획을 세우는 것은 해군 군령부 작전과 소관이었다. 그곳에서 작전계획을 세우지 못하고 연합함대 참모부에서 마련한다는 것 자체가 이상한 일이었다.

그러나 작전과는 작전계획을 세울 수 없었다. 작전과장 도미오카 사다토시富岡定俊 대좌는 자신이 극력 반대했었지만 야마모토의 사임 위협에 밀려 승인했던 펄 하버 공격작전이 예상보다 크게 성공한 터라서, 전반적 작전계획을 주도적으로 수립할 처지가 못 되었다. 연합함대 참모부로선 펄 하버 작전에 온 정성을 쏟은 터라서 다음 작전을 구상할 여유가 없었다. 미국과의 전쟁이 시작되었는데 일본 해군은 전반적 작전계획이 없는 상황이 된 것이었다.

우가키는 야마모토의 뜻을 반영해서 2단계 작전계획의 초안을 만들었다. 일본 해군은 1942년 6월 이후에 작은 섬들인 미드웨이, 존스턴 및 팔미라를 점령하고, 그 섬들에 항공기들을 배치해서 제공권을 확보한 다음, 연합함대를 보내 미국 함대를 격멸하고 동시에 하와이를 점령한다는 복안이었다. 그는 1월 25일 이 초안을 선임참모 구로시마 가메토黑島龜人 대좌에게 넘기면서 구체화하라고 지시했다. 그러나 구로시마는 우가키의 초안이 비현실적이라 판단하고서 인도양으로의 진출을 주장했다. 작전계획의 귀재라는 평판을 받고 야마모토의 신임이 두터운

구로시마의 주장을 꺾지 못한 우가키는 구로시마의 주장을 받아들였다. 그래서 연합함대 참모부는 인도양으로의 진출을 검토하기 시작했다. 그러나 도조 히데키 수상은 3월에 치를 선거를 고려해서 전쟁 비용을 줄이려 했고, 전비가 많이 드는 해군의 인도양 진출 계획을 거부했다. 연합함대는 곧바로 육군과 협력해서 중경의 중국 정부를 공격하는 작전을 제안했다. 이 제안도 도조 수상의 허가를 얻지 못했다.

결국 연합함대 참모부는 1월에 우가키가 구상한 안을 다시 검토하게 되었다. 이 안의 목표는 둘이었다. 하나는 미드웨이를 점령해서 전진기지로 삼고 거기서 하와이를 공격하는 것이었다. 다른 하나는 미국 태평양함대가 미드웨이와 하와이를 지키려 나서도록 유인해서 격멸한다는 것이었다.

해군 군령부의 생각은 달랐다. 도미오카는 미국이 반격에 나서면 북쪽의 알류샨 열도, 중앙의 마셜 군도, 또는 남쪽의 오스트레일리아의 세 방면 가운데 하나를 고르리라고 보았다. 그리고 그 셋 가운데 오스트레일리아 방면으로의 진출이 일본에게 가장 큰 위협이라고 판단했다. 미국이 오스트레일리아와 힘을 합치는 것을 막기 위해서라도 일본 해군은 남태평양으로 진출해야 한다고 판단했다. 미국으로서도 오스트레일리아와의 해로 단절을 막으려 온 힘을 쏟을 터이므로, 자연스럽게 미국 해군을 싸움터로 끌어낼 수 있었다. 이런 사정을 고려해서 그는 남태평양의 사모아와 피지 군도를 공격하는 방안을 내놓았다.

야마모토는 도미오카의 견해를 받아들이지 않았다. 그리고 자신의 안을 관철시키기 위해 4월 초에 구로시마를 해군 군령부로 보냈다. 1941년 10월에 펄 하버 공격 계획을 관철시키기 위해 구로시마를 도쿄로 보낸 것과 상황이 똑같았다.

구로시마는 해군 군령부 안이 품은 문제들을 지적했다. 첫째, 피지와 사모아는 미국 본토에서 너무 멀리 떨어진 섬들이어서, 설령 일본군이 점령해도 미국 여론은 그리 민감하게 반응하지 않을 터였다. 자연히 미국 태평양함대가 움직이지 않을 가능성이 컸다. 둘째, 일본 함정들은 속력을 높이기 위해 항속거리를 줄였으므로, 본토 기지들에서 멀리 떨어진 남태평양에서 기동하는 것은 실제적이지 않았다. 셋째, 미국 해군의 항공부대가 아직 건재해서 연합함대에 큰 위협이 되었다.

도미오카는 구로시마의 주장을 받아들이지 않았다. 그리고 연합함대의 안이 지닌 문제들을 지적했다. 근본적 문제는 미드웨이의 지리적 조건이었다. 미드웨이는 하와이에 가깝고 일본으로부터는 멀어서, 미군은 지키기 쉽지만 일본군으로선 점령하기도 힘들고 점령한 뒤에 지키고 보급하는 데 어려움이 클 터였다. 게다가 하와이에 주둔한 미국 항공대의 장거리 공습에 계속 시달릴 터였다. 너른 태평양의 작은 섬이라서 미드웨이는 전략적 가치도 없었다. 미드웨이를 하와이 공격작전을 위한 전진기지로 삼는다는 구상에 대해서도 도미오카는 부정적이었다. 지금 일본은 하와이를 공격해서 점령할 만한 병력과 함정들이 없었다. 설령 그렇게 거대한 작전에 동원될 병력과 함정들이 있다 하더라도, 미드웨이는 너무 작아서 도저히 그들을 수용할 수 없었다.

연합함대를 대표한 구로시마와 해군 군령부를 대표한 도미오카는 서로 자신의 주장을 굽히지 않았다. 나흘 동안 격론을 벌였어도, 뛰어난 능력과 큰 자부심을 지닌 두 사람의 견해는 조금도 가까워지지 않았다. 이튿날 구로시마는 "만일 연합함대의 안이 받아들여지지 않으면 나는 사임할 수도 있다"는 야마모토의 발언을 도미오카에게 전했다. 이미 펄 하버 공격 계획에서 야마모토는 사임 위협으로 군령부를 꺾은 바 있었는데, 그 계획의 성공으로 명성이 더욱 높아진 야마모토의 뜻을 이제 와서 군령부가 꺾기는 어려웠다. 결국 군령부는 연합함대의 안을 받아들였다.

이런 행태는 비정상적이고 위험했다. 일본 해군은 해군성, 해군 군령부 및 연합함대로 이루어졌다. 해군성은 전반적 정책과 예산을 다루고, 해군 군령부는 전략을 수립하고 작전계획을 짜며, 연합함대는 작전을 수행했다. 사임 위협으로 자신의 작전계획을 군령부에 강요함으로써 야마모토는 군령부의 기능과 권한을 침해한 것이었다. 아무리 뛰어나고 명망이 높은 사람이라도 그렇게 다른 부서의 기능과 권한을 침해하면 문제를 일으키게 마련이었다. 그러나 누구도 권위가 큰 야마모토의 독주를 견제하지 못했다.

연합함대의 안에 동의하는 대신, 군령부는 알류샨 열도에 대한 공격을 추가했다. 알류샨 열도를 기지로 해서 미군 폭격기들이 일본 열도를 공습하는 것을 막는다는 생각이었다. 이어 둘리틀 습격으로 일본 사회가 충격을 받자, 미드웨이 공격작전에 반대하는 의견은 나올 수 없게 되었다. 미드웨이 작전에 참여하기를 거부했던 육군까지도 태도를 바꾸어 점령작전에 꼭 참여해야 하겠다고 나섰다.

야마모토는 곧바로 미드웨이 공격작전을 준비하기 시작했다. 먼저 그는 5월 27일에 연합함대가 미드웨이를 향해 출항한다고 못 박았다. 그날이 해군기념일이었다. 원래 해군기념일은 러일전쟁에서 일본 해군이 러시아 발틱 함대에 결정적으로 승리한 1904년의 쓰시마 해전을 기리는 날이었다. 지금 야마모토는 그 역사적 해전에서 싸운 유일한 현역 군인이었다. 자연히 그는 그날에 큰 뜻을 두었다.

그러나 야마모토가 그런 감상적 이유만으로 해군기념일을 연합함대의 출항일로 고른 것은 아니었다. 해군기념일에 연합함대를 이끌고 출항함으로써 그는 일본 해군을 상징하는 자신의 존재를 드러내고 싶었다. 나아가서, 미드웨이 공격작전으로 미국 태평양함대를 격파한 뒤 자신의 한껏 높아진 명망을 정치적 자산으로 삼아 일본의 정국을 주도할 생각이었다.

야마모토는 육군이 장악한 현 내각의 전쟁 수행 능력에 깊이 회의적이었다. 도조 수상은 육군상을 겸해서 권력을 완전히 장악했지만, 군인으로서나 정치가로서나 지금 일본이 맞은 위기를 관리할 능력이 부족했다. 무엇보다도 미국과의 전쟁을 끝낼 방안을 내놓지 못했다. 미국과의 전쟁이 길어지면 국력이 훨씬 큰 미국에 일본이 패배하리라는 것은 모두 알고 있었다. 이런 상황에서 미국을 잘 알고 실제로 미국과의 전쟁을 수행하는 야마모토 자신이 정권을 장악하고 미국과의 전쟁을 일본에 유리한 조건으로 끝내는 것은 여러모로 합리적인 방안이었다. 이번 미드웨이 공격작전에서 미국 태평양함대를 격파하고 귀환하면, 그는 천황의 신임과 국민들의 지지를 얻어 자신이 권력을 쥐고 정국을 이끌 수 있으리라고 판단했다. 그래서 겨우 한 달 남짓 남은 해군기념일에 연합함대가 출항한다는 일정을 면밀히 판단하기도 전에 먼저 결정한 것이었다. 이처럼 미드웨이 공격작전은 처음부터 야마모토의 개인적 야심이 작용했고, 그의 정치적 고려가 근본적 수준에서 작전에 영향을 미쳤다.

그런 비군사적 고려 사항들은 더할 나위 없이 중대한 미드웨이 공격작전을 그르치는 요인들로 작용했다. 무엇보다도 준비 기간이 너무 짧았다. 당시 세계에서 가장 강력한 함대인 연합함대가 태평양 한가운데에 있는 미드웨이섬을 점령하고 아울러 미국 태평양함대를 격파한다는 목표를 세우고 출동하는 터라, 엄청난 함정들과 병력들과 물자들이 들었다. 그들을 한데 모으는 데도 시간이 많이 걸릴 터였다. 당시 작전에 참가할 함정들과 병력들은 일본 열도만이 아니라 조선, 중국, 동남아시아, 그리고 태평양의 군도들에 흩어져 있었다.

훨씬 큰 문제는 연합함대의 모든 장병들이 지쳤다는 사실이었다. 펄하버 공격작전 뒤, 연합함대는 남중국해와 남태평양과 인도양에서 줄곧 연합국 함대들과 싸웠다. 그리고 모든 해전들에서 단 한 차례도 패한 적이 없었고 손실도 기적적으로 작았다. 그러나 일본의 내해에 머문 연합함대 사령부를 빼놓고는 모든 병력들이, 특히 주요 작전들을 수행한 기동부대는 전력이 크게 저하되었다. 펄 하버 공격작전에 참가했던 노병들은 많이 죽거나 교체되었다. 새로 보충된 병력들은 훈련을 제대로 받지 못해서 전투력이 약했다. 이런 사정은 숙련도가 가장 중요한 함재기 조종에서 특히 심했으니, 새로 보충된 조종사들은 대낮에도 제대로 이착륙하지 못했다. 일본 해군이 자랑하는 야간 이착륙은 그래서 엄두를 내지 못하는 형편이었다. 그러나 미드웨이 공격에선 일본 해군이 지닌 야간 전투에서의 우위가 활용될 수 있도록 미드웨이 지역에 보름달이 뜰 때 작전을 수행하도록 계획되었다. 함정들과 장비들도 대대적 수리가 필요했다. 병력의 충분한 휴식과 훈련 그리고 함정들과 무기들의 정비로 기동부대가 전력을 제대로 되갖추는 데는 몇 달이 걸릴 터였다. 그러나 일본 내해에서 편히 지낸 야마모토와 그의 참모들은 그런 사정을 찬찬히 살피지 못했다.

길고 힘든 인도양 임무들을 성공적으로 완수한 기동부대는 1942년 4월 22일 일본으로 돌아왔다. 사령관 나구모 주이치 중장과 참모들은 곧바로 세토나이카이瀬戸内海 히로시마만의 하시라지마柱島에 정박한 야마모토의 기함 야마토를 찾았다. 거기서 그들은 미드웨이 공격 계획을 처음으로 들었다. 함대의 실상을 잘 아는 그들은 심신이 아울러 지친 장병들이 휴식하는 것이 당장 급하고, 그 뒤에 훈련을 거쳐 전력을 보강하는 것이 순서라고 생각했다. 현재의 기동부대로 미드웨이를 공격하는 것은 그들에겐 너무 무모한 계획으로 다가왔다.

그래서 참모장 구사카 류노스케草鹿龍之介 소장이 그런 의견을 연합함대 참모부에 전달했다. 그러나 그는 우가키로부터 이미 결정된 계획이니 그대로 따르라는 답변을 들었다. 그는 더 이상 이의를 제기하지 않았다. 그렇게 무리한 계획을 따르더라도 일본 해군은 미국 해군을 쉽게 이길 수 있으리라고 그는 믿었다. 이 점에선 기동부대의 모든 장교들의 의견이 일치했다. 나구모 자신도 야마모토의 계획에 대해선 회의적이었지만, 충분히 미국 함대에 이길 수 있다고 판단해서 그것을 별다른 이의 없이 받아들였다.

강대한 미국 군대를 상대하면서 연합함대의 모든 요원들이 그렇게 자신감을 품은 것은 특이한 일이었다. 그런 자신감은 사기를 높이므로, 싸움에 나서는 병사들에겐 꼭 필요한 것이었다. 그러나 거대한 작전을 계획하면서 지휘관들과 참모들이 장기적으로 결코 이길 수 없다고 인정하는 적군을 가볍게 여기는 것은 아주 위험했다. 동서고금의 모든 병서들은 "적을 가벼이 여기면 패할 수밖에 없다"는 교훈을 강조했다. 이런 위험한 자신감은 미드웨이 공격 작전계획을 아주 허술하고 비합리적으로 만들었다.

먼저, 하나의 목표를 세워서 모든 것들을 거기 맞춘다는 기본 원칙을 어겼다. 야마모토의 계획은 미드웨이섬의 점령이라는 목표와 미국 태평양함대의 격파라는 목표를 동시에 추구했다. 게다가 이 둘은 서로 부딪쳤다. 적군이 점령한 섬을 공격해서 점령한다는 목표는 자연적 조건들에 맞춰 확정된 일정을 따라 수행되어야 했다. 적 함대를 유인해서 격멸한다는 목표는 예측할 수 없고 수시로 바뀌는 상황에서 추구되어야 하므로, 일본 함대는 최대한의 유연성을 지녀야 했다.

다음, 그 두 목표들이 서로 부딪칠 때, 미드웨이섬의 점령을 우선 목표로 삼았다. 이것은 상식에 어긋난 결정이었다. 함대에 직접적 위협이 될 적 함대를 먼저 무력화시키는 것이 당연했다. 섬의 점령이야 적 함대의 위협을 제거한 뒤 여유롭게 진행할 수 있었다.

셋째, 주요 목표인 미드웨이섬을 공격하면서 동시에 알류샨 열도에 대한 공격을 병행함으로써 전력을 분산시켰다. 알류샨 열도를 공격하는 목적엔 일본에 대한 미군의 공습 가능성을 줄인다는 것만이 아니라, 숨은 미국 함대를 싸움터로 끌어낸다는 계산도 들어갔다. 이런 분산 공격에 너무 큰 전력을 쓴 탓에, 일본 해군이 누린 전력에서의 압도적 우위는 작전의 주무대인 미드웨이 지역에선 상당히 줄어들었다.

넷째, 항공모함들로 이루어진 기동부대를 맨 앞에 배치해서 미군의 반격에 노출되도록 했다. 항공모함은 공격에 아주 취약하고 대공포화 능력이 떨어지므로, 튼튼하고 대공포화 능력이 뛰어난 전함들이 앞에서 보호하는 것이 합리적이었다. 특히 전함들은 정찰기들을 띄울 수 있어서 정찰기를 충분히 보유하지 못한 기동부대를 도울 수 있었다. 야마모토가 직접 이끈 본대는 거대한 전함들을 핵심으로 삼은 강대한 함대임에도 불구하고 후방에 머물도록 되었다. 이 전함들은 무척 강력했고, 기함 야마토는 막강한 초전함(superbattleship)이었다. 1921년의 워싱턴 해군회의에서 합의된 주요 함정에 대한 규제를 피하기 위해 만들어진 이 배는 이미 막이 오른 '항공모함 시대'에 뒤늦게 태어났다는 비극적 운명을 지녔지만, 미드웨이 공격작전처럼 항공모함함대와의 협력작전에선 쓸모가 클 터였다. 길이가 263미터고 흘수선 선각의 장갑은 16인치 두께에 만재시 배수는 7만 톤을 넘었다. 1톤이 훌쩍 넘는 포탄을 42킬로미터까지 보낼 수 있는 46센티미터 함포 9문을 주포들로 장착했으므로, 미드웨이 상륙작전을 위한 함포 사격에선 돋보이는 공헌을 할 터였다. 아울러, 방공포 24문은 항공모함의 호위에 큰 힘을 보탤 것이었다. 그러나 야마모토는 어차피 이길 싸움에 자신의 기함이고 일본 해군의 상징인 이 배를 위험에 빠뜨릴 필요가 없다고 생각했다. 대신 미국 해군을 섬멸한 뒤 이 거대한 전함을 타고 위풍당당하게 일본으로 귀환하는 자신의 모습과 그 뒤에 일본의 정치를 이끄는 자신의 역할을 그렸다.

야마모토의 이런 생각을 잘 아는지라, 우가키는 본대를 싸움터로부터 멀찍이 배치해서 실제 전투에 휘말리지 않도록 마음을 썼다. 심지어 야마토의 통신 설비를 기동부대가 이용하도록 해 달라는 구사카의 요청도 거부했다. 야마토의 돛대들은 기동부대 기함 아카기의 돛대들보다 훨씬 높아서 무선 수신에서 효과적이었다. 그러나 우가키는 야마토의 위치가 적군에게 너무 일찍 알려질 위험이 크다면서 일언지하에 거절했다.

우가키의 이런 냉담한 반응은 미드웨이 작전에 예상보다 큰 영향을 미쳤다. 일본 함대가 미드웨이를 향해 출항한 뒤, 도쿄의 해군 정보부대는 미국 잠수함들의 움직임이 부쩍 활발해지고 미국 함대의 교신이 증가했다는 것을 탐지했다. 도쿄로부터 이 정보를 무선으로 전달받은 연합함대 사령부는 기동부대 사령부에 알리지 않았다. 기동함대도 당연히 전달받았으리라 여겼으므로, 무선 침묵을 깨면서까지 연락할 필요가 없다고 판단한 것이었다. 그러나 구사카가 걱정한 대로, 돛대가 낮은 아카기는 도쿄의 무선 통지를 받지 못했다. 만일 나구모가 이 정보를 얻었다면, 결정적 순간에 그가 내린 판단이 달라졌을 가능성이 작지 않다.

다섯째, 일본 해군은 미군 태평양함대의 움직임에 대한 정보가 아주 소략했다. 펄 하버를 공격할 때는 오아후섬에 있는 일본인 외교관들과 첩자들이 태평양함대 함정들의 소재와 움직임에 대해서 실시간으로 상세히 보고했었다. 그러나 펄 하버 직후 미군이 하와이의 일본 첩보망을 제거했으므로, 이번 작전에서 일본군은 미국 함정들의 소재와 움직임에 대한 정보를 전혀 얻지 못했다. 그리고 미국 해군의 통신 암호를 해독하지 못한 터라, 일본 해군은 미국 태평양함대의 통신 첩보를 거의 얻지 못했다.

여섯째, 미군에 대한 정보가 그렇게 빈약하니, 미군이 일본군의 의도와 움직임을 잘 알고 대응할 가능성을 일본 해군 수뇌부는 거의 걱정하지 않았다. 미군이 일본 해군의 암호를 해독하고 있을 가능성을 그들은 전혀 고려하지 않았고, 자신들이 바라는 대로 미군이 움직여 주리라는 가정 아래 작전계획을 세웠다.

연합함대의 전쟁 경기

1942년 5월 1일 연합함대의 기함 야마토에서 미드웨이 공격작전의 첫 전쟁 경기가 열렸다. 2함대 사령관 곤도 노부타케近藤信竹 중장도 이 경기에 참여했다. 그동안 그는 순양함들과 구축함들로 이루어져 독립적 작전 임무를 맡아 온 2함대를 이끌고 둘리틀 습격의 기지가 된 미군 항공모함을 찾아 일본 근해를 수색했었다. 야마모토의 작전계획을 보자, 기동부대 사령관 나구모와는 달리 곤도는 곧바로 야마모토에게 자신의 회의적 견해를 밝혔다. 연합함대 안에서 곤도는 자신의 의견을 뚜렷이 밝히는 편이었다.

"사령관님, 미드웨이 공격에서 결정적 요소는 역시 공군력일 것입니다. 우리가 펄 하버에서 큰 전과를 올렸지만, 미국 태평양함대의 항공모함들은 거의 피해를 입지 않았습니다. 따라서 함재기 대결에서 우리가 미군보다 월등하다고 하기 어렵습니다. 그리고 미드웨이를 방어하는 미군은 지상 항공기들을 투입할 수 있습니다. 우리는 그럴 수 없습니다. 결국 이번 싸움이 보기보다 훨씬 어려울 수 있다고 판단됩니다."

참을성 있게 듣던 야마모토의 낯빛이 굳어졌다. 그래도 곤도는 마음을 도사려먹고 말을 이었다.

"모든 요소들을 종합해 보면, 미드웨이를 공격하는 작전은 너무 위험합니다. 지금 우리가 누리는 해군력에서의 우위를 효과적으로 쓰는 방안은 미국과 호주의 연결을 끊는 작전입니다."

야마모토는 고개를 저었다. "무슨 얘기인지 알겠소. 곤도 사령관, 미국과 호주의 연결을 끊는 작전의 타당성에 대해선 이미 충분히 논의되었고, 지금 다시 거론할 필요는 없소."

"알겠습니다, 사령관님."

"곤도 사령관, 만일 우리가 기습에 성공한다면, 이번 미드웨이 공격작전에서도 우리가 이기지 못할 이유가 없잖소?"

그러나 곤도는 물러서지 않았다. "예. 일이 순조롭게 풀리면, 우리가 미국 함대를 물리치고 미드웨이를 점령할 수 있다고 생각합니다." 그는 흘긋 옆에 선 우가키 참모장을 쳐다보았다. "하지만, 그렇게 미드웨이를 점령하고 수비 병력을 주둔시키면, 보급은 어떻게 하나요? 미드웨이는 하와이에 훨씬 가까우므로, 미군이 반격에 나서면 우리 연합함대로선 그 섬을 오래 지킬 수 없습니다. 우리가 아무리 애써도 미드웨이의 지리적 조건을 바꿀 수는 없습니다."

"보급이 어려운 건 사실입니다." 우가키가 말을 받았다. "만일 보급이 정 어려워서 미드웨이를 도저히 지킬 수 없다고 판단하게 되면, 물러나면 됩니다. 거기 있는 모든 시설들을 다 파괴하고서 물러나면 되잖습니까?"

곤도는 나오던 한숨을 급히 죽였다. 일본의 국운이 걸린 이 중요한 작전을 계획하면서, 연합함대 참모부는 작전이 끝난 뒤의 상황에 대해 충분히 생각지 않은 것이었다. 사령부는 예하 부대들의 보급에 늘 마음을 써야 했다. "보급이 정 안 되면 물러나면 된다"는 답변은 너무 무책임했다. 온 연합함대를 동원해서 힘든 싸움을 거쳐 가까스로 점령한 전방기지를 포기하고 철수하는 것은 결코 간단한 일이 아니었고 그 영향이 작은 것도 아니었다.

곤도는 천천히 고개를 끄덕이면서 우가키를 살폈다. 키가 훤칠하고 머리가 조금 벗겨지기 시작한 우가키는 일본 해군에서 가장 뛰어난 장교로 꼽혔다. 그러나 지금 우가키는 야마모토를 제대로 보좌하지 못하고 있었다. 야마모토의 지위와 평판이 워낙 높았으므로, 연합함대 사령부는 그의 조정朝廷과 같았고 예하 지휘관들과 참모들은 조신朝臣들처럼 행동했다. 모두 야마모토의 뜻을 미리 알아채서 그대로 실행하려 했고, 누구도 야마모토의 뜻을 거스르는 얘기를 하지 못했다. 그래서 야마모토는 객관적 조언을 듣지 못하고 자신의 뜻에 맞는 얘기들만 듣게 되었다. 펄 하버 공격이 성공한 뒤엔 이런 경향이 한결 심해졌다. 그런 상황에서 야마모토가 여러 의견들을 듣고 균형 잡힌 판단을 하도록 할 책임은 그를 가까이서 보좌하는 우가키에게 있었다.

물론 곤도로선 그런 생각을 밝힐 수 없었다. 그는 원래 너무 점잖아서 야전 지휘관에 어울리지 않는다는 평을 듣는 사람이었다. 그리고 야마모토를 존경하고 그의 신임을 받는 터라, 곤도로선 야마모토의 뜻을 거스르기 어려웠다. 그는 야마모토에게 고개를 숙이고 선선히 대답했다.

"사령관님, 잘 알겠습니다."

곤도의 이의 제기가 무산되자, 바로 연합함대의 작전계획에 대한 정식 전쟁 경기가 시작되었다. 연합함대 참모부가 작성한 이 작전계획은 연합함대가 1942년 여름까지 수행할 4단계의 작전들로 이루어졌다.

1단계는 연합함대의 주력으로 미드웨이를 점령하고 임무부대로 알류샨 열도 서부를 점령하는 것이었다. 이런 기동들은 숨어 있는 미국 태평양함대가 싸움터로 나오도록 만들어서 그들을 격멸할 기회를 만들 것이었다.

2단계는 미드웨이~알류샨 열도 작전이 끝난 뒤 다음 작전을 준비하는 것이었다. 전함들의 주력은 일본으로 귀환해서 대기하고, 나머지 전함들은 서태평양 캐럴라인 군도 트루크의 일본 해군 기지에 집결해서 7월로 예정된 뉴칼레도니아와 피지에 대한 작전을 준비하기로 되었다.

3단계는 7월 초에 전함들이 뉴칼레도니아와 피지를 공격하고, 나구모가 이끄는 기동부대는 오스트레일리아 동남부의 주요 도시들을 공습하는 것이었다.

"미드웨이를 공격하는 작전은 너무 위험합니다."
야마모토의 낯빛이 굳어졌다. "작전의 타당성에 대해선 이미 충분히 논의되었소."
아무도 이의를 제기하지 않았다.

4단계는 8월 초에 연합함대 전체가 존스턴섬과 하와이에 대한 공격에 나서는 것이었다.

이런 방대한 작전의 가장 중요한 부분인 1단계 작전의 결행일(N-day)은 6월 7일이었다. 이날 미드웨이 지역엔 보름달이 떠서, 일본 해군의 장기인 야간 전투가 가능했다. 이 거대한 작전엔 무려 200여 척의 함정들이 동원될 것이었다.

맨 먼저 배치될 부대는 고마쓰 데루히사小松輝久 중장이 이끄는 잠수함함대였다. N-5일인 6월 2일 3개 부대로 나뉜 잠수함 13척이 하와이와 미드웨이 사이에 자리 잡고 미군 함정들의 움직임을 감시하고 공격하도록 되었다.

다음에 배치될 부대는 호소가야 모시로細萱戊子郞 중장이 이끄는 북방함대였다. N-3일인 6월 4일에 알류샨 열도를 급습할 이 부대는 항공모함 2척, 중순양함 3척, 경순양함 3척, 보조순양함 1척, 구축함 12척, 기뢰들을 제거하는 소해정 3척, 기뢰부설함 1척, 잠수함 6척, 2,450명의 상륙부대를 태운 병력수송선 3척으로 이루어진 대규모 함대였다.

미드웨이를 향한 주공의 핵심은 나구모가 이끄는 기동부대였다. 이 부대는 펄 하버 공격작전에 참가했던 6척의 항공모함들이 주력이었고, 전함 2척, 중순양함 2척, 경순양함 1척과 구축함 11척이 항공모함들을 지원할 것이었다. 이들은 N-2일인 6월 5일에 미드웨이 서북쪽 250마일 해상에서 공격을 개시할 터였다.

N-1일인 6월 6일엔 후지타 류타로藤田類太郎 소장이 이끄는 수상기水上機 모함부대가 미드웨이에서 60마일 서북쪽에 있는 쿠레섬을 점령할 터였다. 수상기 항공모함 2척과 구축함 1척, 초계정 1정으로 이루어진 이 부대가 쿠레를 확보하면, 함대 전투기 24대와 정찰기 8대가 미드웨이 상륙작전을 돕도록 되었다.

같은 날 서태평양 사이판에서 출발한 다나카 라이조田中賴三 소장의 병력수송선 12척과 구축함-병력수송선 3척이 일본에서 출발한 곤도의 미드웨이 공략군 주력과 만날 터였다.

N일 새벽, 다나카는 그가 수송한 점령군 병력 5천 명을 미드웨이에 상륙시킬 것이었다. 괌에서 출발한 구리다 다케오栗田健男 중장의 근접지원부대 소속 경항공모함 1척, 중순양함 4척과 구축함 2척이 점령군을

근접 지원할 터였다. 전함 2척, 중순양함 4척, 경순양함 1척, 구축함 8척 및 구축함 8척으로 이루어진 곤도의 주력은 미드웨이의 서남쪽에서 점령군 수송함대의 측면을 엄호할 것이었다.

알래스카 해역에서 작전 중인 가쿠타 가쿠지角田覺治 소장의 2항공모함 타격부대는 미드웨이 해역으로 돌아와서 알류샨 열도 공격을 엄호할 터였다.

야마모토가 직접 지휘하는 본대는 실질적으로 두 부대로 나뉘어 기동하도록 되었다. 다카스 시로高須四郎 중장이 이끄는 호위부대는 전함 4척, 경순양함 2척 및 구축함 12척으로 이루어졌는데, 본대의 북쪽에서 알류샨 열도를 공격하는 부대들을 엄호하도록 되었다. 야마토에 탄 야마모토 자신은 전함 2척, 경순양함 1척, 구축함 9척, 경항공모함 1척 및 수상기 항공모함 2척을 거느리고 미드웨이 서북쪽 해상에 자리 잡도록 되었다.

이런 작전계획은 점령군이 미드웨이 상륙을 시도하는 N일에 일본 함대가 중북부 태평양에서 폭 1천 마일이 넘는 지역에 흩어지도록 만들었다. 야마모토 자신은 미드웨이 북서쪽 600마일 해상에 머물고, 다카스의 엄호부대는 거기서 다시 북쪽으로 500마일 되는 해상에 자리 잡고, 가쿠타의 2항공모함 타격부대는 거기서 300마일 동쪽에 머물 터였다. 이번 공격작전의 주력인 나구모의 기동부대는 야마모토의 위치에서 300마일 동쪽에서 기동할 터였다. 이처럼 서로 멀리 떨어졌으므로, 일본 함대들은 막상 미국 함대들과 싸움이 벌어졌을 때 서로 돕기 어려웠다.

당연히, 전쟁 경기에 참여한 사람들은 거의 다 작전계획에 대해 불만과 걱정을 품었다. 그러나 반대 의견을 내놓은 사람은 없었다. 모두 작전계획을 세운 우가키의 반감을 살까 두려워했고, 허술한 작전계획에도 불구하고 일본군이 궁극적으로 미군을 격파하리라고 믿었다. 그래서 우가키의 주재 아래 전쟁 경기는 원만하게 진행되었다. 미군의 우세로 일본군이 곤경에 처하는 상황이 나오면, 우가키가 심판장의 자격으로 해당 심판의 판정을 누르고 일본군이 이기는 것으로 판정하곤 했다.

전쟁 경기가 진행되어 마침내 나구모의 기동부대가 미드웨이를 공격하는 단계에 이르렀을 때, 구로시마가 누구에게랄 것 없이 물었다.

"그런데, 전투기들이 폭격기들을 호송하고 미드웨이로 떠났을 때, 항공모함들을 어떻게 보호하나요?"

"나도 그 생각이 들었어요." 우가키가 덧붙였다. "어떻게 하나요?"

사람들의 눈길이 사령관 나구모 대신 항공참모 겐다 미노루源田實 중좌에게로 쏠렸다. 기동부대의 작전은 겐다가 실질적으로 주도한다는 것을 모두 인정하고 있었다. 항공에 밝지 못한 나구모는 겐다에게 전적으로 의존했고, 다른 참모들도 겐다를 우러러보았다. 솔직히 말하는 사람들은 기동부대를 아예 '겐다 함대'라 부르는 형편이었다.

"갑옷 소매로 한번 스치면!" 겐다가 머뭇거리지 않고 대답했다. 미군 항공기들이 공격해 오면 단숨에 쓸어 버리겠다는 얘기였다. 원래 겐다는 뛰어날 뿐 아니라 자신에 대해서도 냉철하게 판단해서 오만하지 않은 사람이었다. 그러나 펄 하버 이래 모든 싸움에서 이긴 터라, 승리에 취해서 그렇게 호언을 한 것이었다.

겐다의 설명 아닌 설명을 듣자 사람들은 고개를 끄덕였다. 더러 미소를 짓는 사람들도 있었다. 겐다의 호언은 그들의 마음에 굳게 자리 잡은 자신감에 딱 맞았다.

전쟁 경기가 이어지고 얼마 지나지 않아서, 구로시마와 우가키가 걱정한 상황이 실제로 나왔다. 기동부대의 전투기들이 폭격기들을 엄호하고서 미드웨이로 떠난 사이, 미군 항공기들이 일본군 방어선을 뚫고 들어와 항공모함들을 폭격한 것이었다. 심판인 오쿠미야 마사타케奧宮正武 소좌는 적군이 투하한 폭탄 9발이 명중해서 아카기와 가가가 침몰했다고 판정했다.

그러나 우가키는 곧바로 오쿠미야의 판정을 무효로 했다. 그는 3발의 폭탄만 명중해서 가가는 침몰했지만 아카기는 가벼운 피해만 입은 것으로 판정했다. 이어 뉴칼레도니아와 피지를 공략하는 2단계 작전에선 침몰한 가가도 참가하도록 했다. 전쟁 경기에 참여한 누구도 태평양에 가라앉은 항공모함을 부활시켜서 작전에 참가시킨 조치의 비합리성에 이의를 제기하지 않았다.

이것은 우가키의 순간적 방심이나 판단 착오에서 나온 실책이 아니었다. 깊이 파고들어 가면, 문제의 근원이 미드웨이 공격작전이 두 개의 양립하기 어려운 목표들을 품은 데 있다는 것임이 드러날 터였다. 미드웨이 상륙작전을 돕기 위해 폭격기들이 출격하면 전투기들의 다수가 호위해야 했고, 그 전투기들이 돌아올 때까지는 항공모함들은 어쩔 수 없이 미군 항공기들의 공격 위험에 노출되었다. 우가키는 이런 문제들을 잘 알았지만, 이제 와서 작전계획을 바꿀 수 없었으므로 그 문제를 덮고서 전쟁 경기를 속행시킨 것이었다.

야마토에서의 전쟁 경기는 5월 4일 끝났다. 전쟁 경기의 결과에 만족한 해군참모부장 나가노 오사미永野修身 대장은 5월 5일 야마모토에게 명령을 내렸다.

"연합함대 사령관은 육군과 협력하여 서알류샨 열도와 미드웨이섬을 공격하여 점령하라."

니미츠의 대비

일본 연합함대가 미드웨이와 알류샨 열도에 대한 공격작전을 준비할 때, 미국 태평양함대는 임박한 일본 해군의 공격을 막아 내기 위해 바삐 움직였다. 그런 움직임의 중심은 미국함대 사령관 어니스트 킹이었다. 펄 하버가 일본 함대의 기습을 받은 뒤 혼비백산한 미국 해군 수뇌부가 취한 첫 조치는 대서양함대 사령관 킹을 해군을 실질적으로 지휘하는 미국함대 사령관으로 임명한 것이었다. 킹은 매우 뛰어났으나 성격이 거칠고 급해서 적들이 많았다. 임명 소식을 듣자 킹은 "어려운 처지에 빠지면 사람들은 개차반들을 부른다(When they get in trouble they send for the sons-of-bitches)"고 말했다. 난세는 거친 사람들을 부른다는 얘기였다. 뒷날 누가 킹에게 확인하자, 그는 그런 얘기를 한 적이 없다 했다. 그리고 덧붙였다. "만일 당시 그런 생각을 했다면, 그렇게 말했을 것이다."

킹은 새로 태평양함대 사령관에 임명된 체스터 니미츠(Chester W. Nimitz) 대장에게 두 가지 주요 임무들을 부여했다. 하나는 미드웨이섬, 존스턴섬, 하와이로 이어지는 선을 지키는 것이었다. 다른 하나는 사모아와 피지를 지켜서 미국과 오세아니아 사이의 연결을 확보하는 것이었다. 일본 해군의 우세가 드러난 상황에서, 둘 다 무척 힘든 임무였다. 그 사실을 니미츠 자신이 누구보다도 잘 알았다. 그는 아내에게 쓴 편지에서 고백했다. "6개월을 버티면 나로선 행운일 것이오. 국민들은 내가 내놓을 수 있는 것보다 빨리 행동과 결과를 요구할 것이오." 그로선 그렇게 비관적으로 전망할 만했다. 전임자 윌리엄 파이 중장은 펄 하버에 이은 일본군의 웨이크섬 공격에 제대로 대응하지 못해서 겨우 2주일 만에 경질되었다. 그 전임자인 허즈번드 키멜 대장은 펄 하버가 공격받은 뒤 1주일 만에 경질되었다.

1941년 12월 31일 니미츠는 잠수함 그레이링호에서 취임식을 하고 자신의 기를 올렸다. 함대사령관의 취임식은 전함에서 하는 것이 관행이었지만, 전함들이 모두 일본군의 공습으로 파괴된 터라 어쩔 수 없었다. 그는 바로 풀이 죽은 장병들의 사기를 높이는 데 진력했다. 비록 킹의 명령서엔 언급되지 않았지만, 장병들의 사기를 높이는 것은 신임 태평양함대 사령관의 가장 기본적인 임무였다. 니미츠는 자신의 참모들과 함께 키멜과 파이를 보좌한 참모들을 소집했다. 그는 그들에게 자신이 그들의 능력을 믿으며 그들을 계속 쓰겠다고 선언했다. 모든 장교들이 적재적소에서 일하는 것을 목표로 삼아 필요하면 과감하게 직무를 바꾸겠지만, 자리에서 물러난 장교들이 새로운 자리를 찾을 수 있도록 도와주겠노라고 밝혔다. 이런 인사 방침은 태평양함대 병력의 사기를 크게 높였다.

니미츠가 당장 해야 할 일은 일본 해군의 의도를 잘 추측해서 일본 함대의 다음 공격 목표를 방어하는 것이었다. 이 일에서 니미츠가 의지한 사람은 하와이 주재 전투정보국장 조지프 로시포트(Joseph Rochefort) 중령이었다. 로시포트는 '일간 정보 보고'와 '상황 예측'을 작성해서 태평양함대 정보장교 에드윈 레이턴(Edwin T. Layton) 대령을 통해 니미츠에게 보고했다.

전투정보국 요원들의 통상적 주요 업무는 일본 해군의 호출 통신을 감청하는 것이었다. 일본 해군의 함대사령부마다 10 내지 20개의 무선 통신 회선들을 보유했고 이 회선들을 통해서 교신했다. 전투정보국 요원들은 함대들의 호출 부호들을 식별해서 일본 함대들과 함정들의 현재 위치를 추측했다. 수많은 호출 부호들을 분류해서 해석하는 일에는 오랜 경험, 깊은 지식, 그리고 예민한 감수성이 필요했다. 그런 자질들을 갖춘 로시포트와 그의 동료들은 1942년 3월엔 대부분의 일본 함정들의 위치를 300 내지 400마일(480~640km) 이내 지역으로 좁힐 수 있게 되었다.

전투정보국 요원들은 일본 해군의 작전 암호 통신을 해독하는 일에도 힘을 쏟았다. 이 암호는 다섯 자리 숫자 4만 5천 개로 이루어졌다. 그리고 암호 작성자는 무작위 숫자 책에서 많은 숫자들을 뽑아서 전문에 더할 수 있었다. 그렇게 혼란을 주기 위해 더해진 숫자들의 앞뒤엔 특별한 숫자가 있어서, 해독자는 그런 연막 숫자들이 어디서 시작되고 어디서 끝나는지 알 수 있었다. 암호 해독은 이처럼 어려운 일이었지만, 1942년 3월까지 로시포트 팀은 일본 해군 전문들의 내용을 5분의 1에서 4분의 1 정도는 해독하게 되었다.

이것은 대단한 성취였다. 그러나 니미츠는 전투정보국의 업무나 로시포트의 보고에 큰 관심을 보이지 않았다. 그는 잠수함을 오래 탔고 정보 부서에서 일한 적은 없었다.

어느 날 레이턴이 니미츠에게 로시포트의 정보 보고를 설명하고서 높이 평가하자, 사령관은 회의적인 얼굴로 정보장교에게 물었다.

"오케이, 에드. 하지만, 만일 무선 정보가 그렇게 효율적이라면, 어떻게 펄 하버 기습이 가능했나?'

"제 생각엔 두 가지 요인이 작용했습니다." 레이턴은 이내 대답했다. "하나는 일본 함대가 펄 하버에 관한 사항들은 일체 무선으로 통신하지 않았거나, 우리가 해독하지 못한 암호로 했을 가능성입니다. 다른 하나는 나구모의 함대가 완전한 무선 침묵을 지켰다는 사실입니다."

레이턴의 설명을 한참 반추하더니, 니미츠가 고개를 끄덕였다. "알겠네. 전투정보국 요원들에게 잘했다고 전해 주게."

그 뒤로 니미츠는 로시포트의 정보 보고를 보다 깊은 관심을 갖고 살폈다. 마침내 그것의 중요성을 인식하게 되자, 그는 전투정보국의 활동을 적극적으로 지원하기 시작했다. 그리고 로시포트에게 일렀다.

"자네는 일본인들이 무엇을 하려는가 우리에게 말해 주는 임무를 띠었네. 그리고 나는 자네의 말이 옳은가 그른가 판단해서 행동하겠네."

그렇게 사령관의 격려를 받자 로시포트는 자신의 판단을 가감 없이 니미츠에게 보고하기 시작했다.

로시포트 팀의 노력 덕분에 니미츠는 일본 함대가 미드웨이를 공격하려 한다는 것을 확신하게 되었다. 일본 함대가 방대한 거짓 정보를 미군에게 제공했을 가능성을 완전히 배제할 수는 없었지만, 니미츠는 미드웨이가 일본 함대의 공격 목표라는 가정 아래 전투 준비를 진행시켰다.

1942년 4월 29일 일본 내해에 정박한 야마토에서 연합함대 사령관 야마모토 이소로쿠 제독이 참모들과 함께 미드웨이 공격 계획에 대한 최종 검토를 마쳤을 때, 태평양 건너 하와이에선 태평양함대 사령관 체스터 니미츠 제독이 미국함대 사령관 어니스트 킹 제독에게 미드웨이 방어에 관한 전문을 보냈다.

"미드웨이섬은 현재 상당한 공격을 견딜 수 있다고 생각하지만, 대대적 공격엔 함대의 전진 지원이 필요할 것임. 5월 2일경에 점검 시찰을 하겠음."

킹에게 보고한 대로, 5월 2일 니미츠는 미드웨이를 찾았다. 미드웨이는 샌드섬과 이스턴섬으로 이루어진 환초環礁였는데, 크지는 않아도 자족한 섬들이었다. 니미츠는 6해병대대장 해럴드 섀넌(Harold D. Shannon) 중령과 해군 비행장 사령관 시릴 시마드(Cyril T. Simard) 중령과 함께 방어 시설을 둘러보았다. 이어 그는 일본군의 대규모 상륙작전을 격퇴하기 위해 필요한 것들에 대해 두 사람에게 자세히 물었다. 사령부로 돌아온 뒤에야, 니미츠는 미드웨이 방어를 책임진 두 지휘관에게 5월 28일에 있을 것으로 예상되는 일본군의 공격 계획을 알렸다. 그리고 그들의 방어 준비가 훌륭함을 칭찬하고, 두 중령을 대령으로 현장 진급시켰음을 알렸다.

니미츠는 일본 해군의 다음 목표가 미드웨이라 확신하고서 대비하기 시작했지만, 그것은 그로선 무척 위험한 결정이었다. 무엇보다도, 그것은 미국 해군의 가장 근본적인 교리에 어긋났다. "전투 계획은 적군의 예상된 의도가 아니라 적군의 능력에 바탕을 두어야 하며, 적군이 고를 수 있는 가장 위험한 방책에 대비해야 한다"는 교리는 니미츠 자신이 해군전쟁대학에서 배운 터였다. 그러나 지금 그는 전투정보국이 얻어낸 일본군의 '의도'에 바탕을 두고서 방어 계획을 세우고 실행하는 것이었다. 적잖은 해군 지휘관들과 참모들이 일본군은 하와이만이 아니라 미국 서해안을 공격할 능력을 갖추었다고 믿는 상황에서, 그것은 고독한 결단이었다.

자연히 니미츠는 자신의 방어 계획을 제대로 실행할 수 없었다. 해군

작전을 지휘하는 미국함대 사령관 킹은 니미츠의 판단을 지지했지만, 하와이와 미국 서해안을 지키는 임무를 띤 사람들은 그의 판단만을 믿고서 자신이 보유한 병력과 무기를 미드웨이 방어에 내놓으려 하지 않았다. 그들도 물론 적군의 의도가 아니라 능력에 바탕을 두고 작전계획을 세우라는 교리를 잘 알고 있었고 니미츠에게 그것을 거듭 들려주었다. 니미츠로선 그들을 설득할 증거가 필요했다.

당시 전투정보국이 해독한 일본 해군의 전문들은 다음 작전의 목표를 'AF'라 지칭했다. 로시포트와 그의 동료들은 AF가 미드웨이라고 확신했지만, 그런 확신을 떠받칠 직접적 증거는 내놓을 수 없었다.

어느 아침 펄 하버 태평양함대 행정동의 지하에 있는 로시포트의 사무실에 전투정보국의 주요 요원들이 모여 커피를 마시면서 담소하고 있었다. 얘기는 자연스럽게 AF의 정체를 밝힐 방안으로 옮아갔다.

조지프 피네건(Joseph Finnegan) 소령이 가슴에 가득한 좌절감을 긴 한숨으로 토해 냈다. 일본어에 능통한 언어장교인 그는 요 며칠 동안 AF의 정체를 밝힐 정보를 찾고 있었다. 충혈된 눈이 그가 잠을 거의 자지 않고 그 일에 몰두했음을 말해 주었다.

"이제는 일본제국 해군이 우리에게 선물을 줄 때도 됐는데."

토머스 다이어(Thomas H. Dyer) 소령이 무거워진 분위기를 헤치려는 듯 가벼운 농담을 던지고 커피 잔을 로시포트의 책상 위에 내려놓았다. 선임해독장교인 그는 해군에서 가장 뛰어난 암호 해독자로 명성이 높았다. 긴급 임무가 주어지면 그는 거의 잠을 자지 않고 며칠이고 일에 몰두해서 해결하곤 했다.

"일본제국 해군이 선물을 순순히 내놓지 않으면, 우리가 받아 냅시다."

재스퍼 홈스(Jasper Holmes) 소령이 말을 받았다. 그는 해군사관학교를 나와 줄곧 잠수함을 탔었는데, 허리 부상으로 은퇴해서 하와이 대학의 공학 교수로 일했다. 펄 하버가 공격을 받기 직전에 해군에 복귀해서 전투정보장교가 된 터였다. 말없이 묻는 사람들의 눈길을 받으며 홈스는 서두르지 않고 말을 이었다.

"나는 미드웨이에 가 본 적이 없습니다. 그러나 내가 대학에서 재료시험실을 맡았을 적에, 미드웨이에서 건축용 콘크리트를 만들 때 산호와 바닷물을 이용하는 방안에 대해서 조사한 적이 있습니다. 그래서 미드웨이가 안은 문제들을 알게 됐죠. 가장 큰 문제는 담수의 부족입니다."

모두 고개를 끄덕였다.

"따라서 미드웨이에선 담수화 시설이 고장 나면 심각한 문제가 됩니다. 지금 일본군이 웨이크를 비롯한 태평양의 환초들을 많이 점령했으니 담수 부족 문제에 민감할 것입니다. 그리고 하와이와 미드웨이를 연결하는 해저 전선이 있으니, 우리는 공중파를 이용하지 않고 안전하게 통신할 수 있습니다."

피네건이 싱긋 웃으면서 말했다. "만일 일본인들이 미드웨이의 담수 시설이 고장 났다는 것을 알면 틀림없이 웨이크의 송신 시설을 이용해서 도쿄에 보고하겠지."

"맞아요, 조." 홈즈가 미소를 지으면서 고개를 끄덕였다.

로시포트가 생각에 잠긴 눈길로 피네건을 바라보더니 고개를 끄덕였다. "옳은 얘기네, 조."

그것은 말을 아끼는 로시포트로선 큰 칭찬이었다.

로시포트는 곧바로 14해군지역 사령관으로 하와이의 시설들을 관장하는 클로드 블록(Claude C. Bloch) 소장을 찾아가 전투정보국이 세운 계획을 설명했다. 블록은 로시포트의 계획에 찬동하고 적극적으로 나섰

"미드웨이의 담수화 시설이 고장 나서, 미드웨이는 물이 부족할 위험을 맞았다."
다음 날 일본 무선정보팀은 "AF에선 담수화 시설의 고장으로 물이 부족하다"고 도쿄에 보고했다. 그렇게 해서 AF의 정체는 의심의 여지 없이 확인되었다.

다. 니미츠의 허락을 얻자 그들은 미드웨이의 시마드 중령에게 해저 전선으로 암호화된 전문을 보냈다. 그 전문의 지시대로 시마드는 블록에게 "미드웨이의 담수화 시설이 고장 나서, 미드웨이는 물이 부족할 위험을 맞았다"는 내용의 전문을 평문으로 보냈다. 블록은 "평저화물선(barge)으로 담수를 미드웨이에 보내겠다"는 내용의 전문을 역시 평문으로 보냈다.

다음 날 웨이크섬의 일본 무선정보팀은 "AF에선 담수화 시설의 고장으로 물이 부족하다"고 도쿄에 보고했다. 몇 시간 뒤 피네건은 이 전문을 해독했고 레이턴은 그것을 니미츠에게 보고했다. 그렇게 해서 AF의 정체는 의심의 여지 없이 확인되었다.

산호해 싸움

일본군과 미군이 중태평양의 작은 섬 미드웨이로 전력을 모아 결전에 대비하는 사이, 두 나라 군대는 남태평양에서 거세게 부딪쳤다. 이번에도 공세에 나선 것은 일본군이었다.

1941년 12월부터 침공에 나선 일본군은 빠르게 점령 지역을 넓혔다. 태평양에선 미국으로부터 웨이크섬을 비롯한 여러 작은 섬들을 빼앗아 하와이를 위협하고 있었다. 서쪽 버마 전선에선 영국군과 중국군이 일본군에게 패배해서 병력과 장비들을 많이 잃고 이라와디강 서쪽으로 철수했다. 영국군 지휘부는 버마를 지킬 수 없다고 판단하고서 몬순이 시작되기 전에 인도로 철수하기로 결정한 터였다.

필리핀은 실질적으로 일본에 점령되었다. 1942년 3월 11일 맥아더가 미군과 필리핀군의 마지막 근거인 바탄을 탈출한 뒤, 탄약과 식량이 부족한 바탄의 미군은 4월 9일 일본군에게 항복했다. 6만이 넘는 필리핀군과 미군의 포로들은 포로수용소까지 100킬로미터 구간을 이동하도록 강요받았다. 일본군의 준비 부족과 학대로 2,500명으로 추산되는 필리핀 포로들과 500명가량의 미군 포로들이 죽은 이 사건은 뒤에 '죽음의 행진(Death March)'이라 불렸다. 미군 지휘부가 자리 잡은 코레히도르섬의 요새도 일본군의 포격과 폭격으로 곧 함락될 상황이었다.

네덜란드령 동인도를 지키던 연합군은 3월 9일 항복해서, 일본군은 남방 작전의 주목표인 동인도의 풍부한 자원을 장악했다. 남태평양에선 1월에 이미 전략적으로 중요한 비스마르크 군도 뉴브리튼섬의 라바울을 점령해서 대규모 전진기지를 구축했다.

일본군은 이들 점령지들을 일본 본토를 지키는 방위선으로 삼으려 했다. 해군참모부는 그 방위선을 위협하는 기지가 될 만한 오스트레일리아에 대한 침공을 추천했다. 그러나 육군은 방대한 오스트레일리아를 점령할 병력과 수송선들이 부족하다는 사실을 들어 그 안을 거부했다.

그러자 남태평양에서 작전하는 4함대 사령관 이노우에 시게요시井上成美 중장이 산호해(Coral Sea)를 일본군의 내해로 만드는 작전을 제시했다. 산호해 동쪽 솔로몬 제도의 툴라기와 서북쪽 뉴기니의 포트모르즈비를 점령해서 비행장을 건설하면, 오스트레일리아 북부가 일본군 육상기들의 항속거리 안에 든다는 얘기였다. 이들 지역의 장악은 남태평양의 근거인 라바울 기지를 보다 안전하게 한다는 이점도 지녔다. 이노우에는 일본 해군에서 전략가로 이름이 높았다. 원래 항공 분야의 전문가로서 전함 위주의 일본 해군의 전략을 비판하고 항공모함의 건조를 주장했었다.

해군참모부와 육군은 이노우에의 제안을 선뜻 받아들였다. 그리고 툴라기와 포트모르즈비를 전진기지로 삼아 뉴칼레도니아, 피지 및 사모아를 점령해서 미국과 오스트레일리아 사이의 연락을 끊는 작전을 구상했다.

1942년 4월 마침내 해군과 육군은 이노우에의 제안을 발전시킨 작전계획을 완성하고 'MO 작전'이라는 이름을 붙였다. 5월 2일에 툴라기를 공격하고 5월 10일에 포트모르즈비를 점령한다는 것이 작전의 골자였다. 이 작전을 위해 야마모토는 항공모함 2척, 경항공모함 1척, 1개 순양함사단 및 2개 구축함 사단을 보냈다.

일본 해군의 작전 암호를 푼 덕분에, 미국 태평양함대는 일본군의 'MO 작전'에 대해 일찍 알았다. 4월 13일엔 영국이 "항공모함 쇼가쿠호와 주이가쿠호로 이루어진 5항공모함전대가 대만을 떠나 이노우에 휘하로 가고 있다"는 일본 해군의 전문을 해독해서 미국에게 전했다. 그리고 포트모르즈비가 MO 작전의 목표일 가능성이 높다고 덧붙였다.

여러 정보들을 종합해서, 니미츠는 일본군이 5월 초순에 남서태평양에서 주요 작전을 펼칠 것이고 포트모르즈비가 목표일 가능성이 높다고 판단했다. 그는 일본군의 그런 계획을 저지하기로 결정했다. 세계에서 둘째로 큰 섬인 뉴기니의 주요 항구인 포트모르즈비는 뉴기니 북쪽에 상륙해서 남하하는 일본군에 대한 반격의 기지가 될 터여서, 미국으로선 일본군이 점령하도록 할 수 없었다.

4월 29일 니미츠는 태평양함대가 보유한 항공모함 4척 모두를 산호해로 보내는 명령을 내렸다. 프랭크 플레처(Frank J. Fletcher) 소장이 지휘하는 17임무부대는 이미 산호해에 가까운 남태평양에 있었다. 항공모함 요크타운호를 중심으로 해서 순양함 3척, 구축함 6척 및 유조선 2척으로 이루어진 함대였다. 오브리 피치(Aubrey Fitch) 소장이 지휘하는 11임무부대는 산호해 동쪽 뉴칼레도니아와 피지 사이에 있었다. 항공모함 렉싱턴호를 중심으로 순양함 2척과 구축함 5척으로 이루어진 함대였다. 항공모함 엔터프라이즈호와 호네트호로 이루어진 16임무부대는 윌리엄 홀지 중장의 지휘 아래 일본 본토에 대한 '둘리틀 습격'을 마치고 막 펄 하버로 귀환한 상태였다. 니미츠는 남태평양의 연합국 해군의 지휘를 플레처에게 맡기고, 홀지가 도착하면 홀지가 지휘권을 넘겨

받도록 했다. 원래 산호해는 오스트레일리아에 있는 맥아더 대장의 관할 지역이었지만, 니미츠는 플레처와 홀지에게 맥아더가 아니라 니미츠 자신에게 보고하라고 지시했다.

일본 해군은 미국 태평양함대가 보유한 4척의 항공모함들 가운데 3척은 중태평양에 있다고 판단했다. 나머지 1척의 행방은 몰랐지만, 그 배가 남태평양에서 활동할 가능성은 크지 않다고 보았다. 4월 하순에 산호해를 정찰한 2척의 잠수함들도 미국 함정들을 발견하지 못했다. 그래서 일본 해군 지휘부는 MO 작전이 미국 해군의 별다른 저항을 받지 않고 수행되리라고 여겼다.

1942년 4월 30일 시마 기요히데志摩清英 소장이 이끄는 툴라기 공격군이 라바울을 떠났다. 육전대 400명을 태운 수송선을 구축함 2척, 구잠정驅潛艇 2척, 기뢰부설선 2척 및 소해정 6척이 호위했다. 고토 아리토모五藤存知 소장이 이끄는 엄호부대가 공격군을 지원했는데, 이 부대는 경항공모함 쇼호祥鳳호를 중심으로 해서 중순양함 4척과 구축함 1척으로 이루어졌다. 그리고 마루모 구니노리丸茂邦則 소장이 이끄는 지원부대가 경순양함 2척, 수상기모함 1척, 포정砲艇 3척으로 원거리 지원을 제공했다. 툴라기 공격이 성공적으로 마무리되면 엄호부대와 지원부대는 곧바로 포트모르즈비 공격에 가담할 터였다.

5월 4일엔 아베 고소阿部孝壯 소장이 지휘하는 포트모르즈비 공격군이 라바울을 떠났다. 육군 5천 명과 해군육전대 500명을 실은 11척의 수송선들은 경순양함 1척과 구축함 6척의 호위를 받았다. 이들은 1,500킬로미터가 넘는 항해 끝에 5월 10일 목적지에 닿을 예정이었다.

MO 작전을 위해 증파된 항공모함 타격부대는 항공모함 주이가쿠호와 쇼가쿠호를 중심으로 해서 중순양함 2척과 구축함 6척으로 이루어졌다. 항공모함 타격부대는 순양함을 기함으로 삼은 다카기 다케오高木武雄 중장이 지휘했고, 항공모함 항공부대들의 전술적 지휘는 주이가쿠에 탄 하라 추이치原忠一 소장이 맡았다. 산호해에 이르면 항공모함들은 공격부대들을 공중에서 엄호하고 포트모르즈비의 연합국 공군력을 제거하고, 일본군의 공격에 대응하려고 산호해에 진입한 연합국 해군 부대들을 요격해서 깨뜨리는 임무를 띠었다.

5월 1일 아침 미국 태평양함대의 17임무부대와 11임무부대는 뉴칼레도니아 서북쪽 300해리(560km) 해역에서 만났다. 두 부대는 곧바로 유조선들로부터 재급유를 받았다. 이튿날 플레처는 먼저 재급유를 마친 17임무부대를 이끌고 산호해 북쪽 루이지아드 군도를 향해 떠났다. 그는 피처에게 11임무부대가 예상대로 5월 4일 재급유를 마치면 시드니와 뉴칼레도니아의 누메아에서 출발한 44임무부대와 합류하라고 지시했다. 44임무부대는 순양함 3척과 구축함 3척으로 이루어진 오스트레일리아와 미국의 연합함대로 맥아더의 휘하에 있었는데 오스트레일리아 해군의 존 크레이스(John Crace) 소장이 지휘했다.

일본군은 연합국 해군부대의 산호해 접근을 미리 탐지하기 위해 잠수함 4척을 산호해로 보내 정찰선을 치도록 했다. 그러나 플레처의 17임무부대가 산호해로 들어온 뒤에야 잠수함들이 배치되었고, 일본군은 산호해에 연합국 항공모함이 있다는 것을 몰랐다.

5월 3일 아침 시마가 이끄는 툴라기 공격부대는 저항을 받지 않고 툴라기섬 해안에 상륙했다. 이 작은 섬을 지키던 오스트레일리아군 특공대와 공군 수색부대는 미리 철수한 터였다. 일본군 부대는 바로 수상기 기지 겸 통신 기지를 건설하기 시작했다. 작전이 순조롭게 진행되자, 고토는 상륙작전을 엄호하던 경항공모함 쇼호와 다른 함정들을 이끌고 북쪽 부게인빌섬으로 향했다. 거기서 재급유를 받고, 작전계획대로 포트모르즈비 공격작전에 참여하려는 것이었다.

그날 오후 플레처는 일본군이 툴라기로 향하는 것을 발견했다는 보고를 받았다. 그는 다음 날 툴라기의 일본군을 공격하기로 하고 17임무부대를 과달커낼섬으로 향하도록 했다. 5월 4일 요크타운에서 발진한 60대의 함재기들이 시마의 부대를 기습했다. 미군 함재기들은 일본군 구축함 1척과 소해정 3척을 격침시키고 수상기 4대를 파괴했으나 급강하폭격기 1대와 전투기 2대를 잃었다. 미군 함재기들의 공격으로 큰 손실을 입었지만, 일본군은 수상기 기지를 건설해서 5월 6일부터는 툴라기에서 공중 수색 임무를 시작할 수 있었다.

다카기의 항공모함들과 플레처의 항공모함들 사이의 결투는 5월 7일에 시작되었다. 두 항공모함함대들은 가까운 거리에 있었지만 정확한 규모와 위치를 서로 몰랐다. 양쪽 다 정찰기들이 작은 함정들을 항공모함으로 오인해서 보고했으므로 극심한 혼란 속에 싸움이 벌어졌다.

오전에 일본군은 17임무부대에 급유하고 약속된 장소로 이동하던 미군 유조선과 구축함을 발견하고 두 함정을 격침시켰다. 미군은 툴라기 임무를 마치고 북상하던 고토의 부대를 발견하고 경함공모함 쇼호를 격침시켰다.

오후에 일본 항공모함함대는 급강하폭격기 12대와 어뢰폭격기 15대로 미국 항공모함함대를 공격했다. 미군 함대는 11대의 전투기들로 이들을 요격했다. 전투기들의 엄호 없이 공격에 나선 일본군은 급강하폭격기 1대와 어뢰폭격기 8대를 잃었다. 미군은 3대의 전투기들을 잃었다. 항공기 손실이 큰 데다 대형이 많이 흐트러져서 미군 항공모함들을 공격할 능력이 없다고 판단한 일본 편대장들은 모함으로 귀환했다.

이튿날 5월 8일 0820시 미군 정찰기가 일본 항공모함함대를 발견했다. 2분 뒤 일본군 정찰기가 미국 항공모함함대를 발견했다.

0915시 일본 함대는 전투기 18대, 급강하폭격기 33대, 그리고 어뢰폭격기 18대로 이루어진 타격부대를 발진시켰다. 펄 하버 습격작전에서 제1파의 급강하폭격기들을 이끌었던 쇼가쿠의 다카하시 가쿠이치 소좌가 이 부대를 지휘했다.

미국 항공모함들은 따로따로 함재기들을 발진시켰다. 요크타운은 0915분까지 전투기 6대, 급강하폭격기 24대, 그리고 어뢰폭격기 9대를 띄웠다. 렉싱턴은 0925시까지 전투기 9대, 급강하전투기 15대, 그리고 어뢰공격기 12대를 띄웠다.

양국 함대들은 공격에 나선 함재기들의 뒤를 전속력으로 뒤따랐다. 돌아오는 함재기들의 비행거리를 줄이기 위한 이런 기동으로 두 함대 사이는 빠르게 가까워졌다.

먼저 목표를 찾은 것은 미국 함재기들이었다. 요크타운의 급강하폭격기들은 1057시에 쇼가쿠를 공격해서 폭탄 2발을 명중시켰다. 쇼가쿠는 선수루船首樓가 갈라지고 비행갑판과 격납고 갑판에 큰 손상을 입었다. 1130시에 도착한 렉싱턴의 급강하폭격기들은 쇼가쿠에 다시 폭탄 한 발을 명중시켰다. 비행갑판이 크게 손상되고 승무원 223명이 사상을 당하자, 함장은 다카기 사령관의 허가를 얻어 싸움터에서 벗어나 동북쪽으로 철수했다.

'산호해 싸움'에서 입은 조종사들의 손실로 일본 해군의 전력은 눈에 뜨이게 약화되었다. 산호해 싸움은 '항공모함 시대'의 도래를 알렸다. 전술적 차원에선 일본군이 이겼지만 전략적 차원에선 미군이 이겼다.

미국 항공모함들에 대한 일본 함재기들의 공격은 1113시에 시작되었다. 일본 어뢰공격기들은 렉싱턴에 어뢰 2발을 맞혔다. 한 발은 항공유 저장 탱크들을 파괴해서 항공유 증기가 인근 선실들로 스며들게 했다. 다른 한 발은 좌현 급수본관給水本管을 망가뜨려 관련 보일러들이 멈추도록 해서 배의 속력을 떨어뜨렸다. 이어 다카하시가 이끈 급강하폭격기들이 렉싱턴에 폭탄 2발을 맞혔다. 배는 불길에 휩싸였지만, 1233분엔 불길이 잡혔다.

양국 함재기들은 공격 임무를 마치고 모함으로 돌아오는 길에 서로 만났다. 이어진 공중전에서 다카하시의 폭격기가 격추되었다. 일본 해군이 자랑하는 이 뛰어난 항공 지휘관의 죽음은 동료들에게 큰 슬픔을 안겼다. 현실적으로, 그의 죽음은 일본 해군으로선 큰 손실이었다. 다카하시와 함께 40여 명의 조종사들이 산호해에서 전사했다. 경험이 많고 의지할 수 있는 조종사들의 손실을 일본 해군은 쉽게 메울 수 없었고 일본 해군의 전력은 눈에 뜨이게 약화되었다.

한편 렉싱턴에선 1247시에 항공유 증기에 전동기의 불꽃이 튀어서 폭발이 일어났다. 이어 1442시에 2차 폭발이 일어났고 1525시에 3차 폭발이 일어났다. 1538시에 승무원들은 불길을 잡을 수 없다고 보고했고, 1707시에 승무원들은 배를 버리고 탈출하기 시작했다. 승무원들이 다 구출된 1915시에 구축함이 어뢰 5발을 불타는 항공모함에 발사했다. 1952시에 렉싱턴은 바닷속으로 가라앉았다.

이 싸움에서 미국 함대와 일본 함대가 함께 큰 피해를 보았다. 특히 함재기들을 많이 잃었다. 자신을 보호할 전투기들이 충분치 못하다고 판단한 양쪽 항공모함들은 싸움터에서 안전한 곳으로 물러나기 시작했다. 그리고 항공모함들의 지원을 받지 못하게 되자, 이노우에는 포트모르즈비 상륙작전은 무리하고 판단했다. 그는 곧바로 대기하던 포트모르즈비 공격부대를 철수시켰다.

'산호해 싸움(Battle of the Coral Sea)'에서 양국 함대들은 마주 보거나 서로 사격한 적이 없었다. 대신 함재기들이 함대의 포병 노릇을 했다. 이 새로운 형태의 해전은 '항공모함 시대'의 도래를 알렸다.

전술적 차원에선 일본군이 이겼다. 미군은 항공모함 1척, 유조선 1척 및 구축함 1척을 잃었다. 특히 렉싱턴의 침몰로 미국 항공모함 전력은 4분의 1이 줄어들었다. 일본은 경항공모함 1척, 구축함 1척 및 소형선 수척을 잃었다. 톤수로 따지면 미군의 손실은 4만 2,497톤이었고, 일본의 손실은 1만 9천 톤이었다.

전략적 차원에선 미군이 이겼다. 일본군은 작전 목표인 포트모르즈비 점령을 이루지 못했고, 미국과 오스트레일리아 사이의 보급선은 위협받지 않았다. 이것은 일본군의 작전이 실패한 첫 경우였고, 일본군에 연패했던 연합군의 사기를 크게 높였다.

산호해 싸움에서 양쪽은 서로 다른 교훈들을 얻었다. 미군은 자신의 실수들을 분석해서 항공모함 전술과 장비를 개선함으로써 전력을 높였다. 특히 전투기들의 교전 전술, 타격 조정, 어뢰공격기의 운용, 대공 방어 전략의 개선은 중요한 개선들이었다.

반면에, 미군과 비슷한 수의 함재기들로 훨씬 큰 성과를 얻은 일본군은 미군에 대한 경멸감이 더욱 커졌다. 결정적 잘못은 산호해 싸움에서 미국 항공모함 2척을 침몰시켰다고 판단한 것이었다. 조종사들의 판단은 정확할 수 없고 대체로 과장되게 마련이다. 정찰기 조종사가 유조선을 항공모함으로 오판하는 경우들도 드물지 않았다. 자신이 폭탄을 투하한 폭격기 조종사들은 자연스럽게 전과를 부풀린다. 그런 사정을 감안해서 해군본부의 참모들은 조종사들이나 함대 사령관들의 보고를 냉정하게 평가해야 한다. 산호해 싸움에 관해서, 일본 연합함대는 그렇게 하지 못했다.

결정적 차이는 항공모함의 중요성에 관한 인식이었다. 미국 해군은 항공모함의 중요성을 일본 해군보다 늦게 인식했다. 일본 함대의 펄 하버 습격으로 전함들을 거의 다 잃고 항공모함들만 남게 되자 어쩔 수 없이 항공모함을 중심으로 하는 작전을 펴게 되었다. 그리고 산호해 싸움에서 항공모함의 시대가 열렸음을 다시 확인했다. 함정들의 건설에서도 그런 교리의 변화가 반영되어 미국 해군의 항공모함들은 빠르게 늘어났다.

반면에 일본 해군은 아직 전함에 대한 미련을 버리지 못했다. 누구보다도 항공모함의 중요성을 일찍 깨달은 야마모토 자신이 야마토와 같은 초전함들에 애착을 느꼈고, 전함들을 전적으로 항공모함함대의 지원에 쓰는 개혁을 게을리했다. 함재기들의 개량과 조종사들의 육성이 시급했지만, 그는 그런 일에 큰 관심을 쏟지 않았다.

큰 손상을 입은 쇼가쿠는 5월 17일에 히로시마만의 모항 구레로 돌아왔다. 트루크를 거쳐 온 주이가쿠는 5월 21일에야 구레로 돌아왔다. 해군참모부는 쇼가쿠의 수리와 주이가쿠의 조종사 충원에 2개월 내지 3개월이 걸린다고 판단했다. 큰 손상을 입어 돌아오는 길에 폭풍우로 뒤집힐 뻔했던 쇼가쿠의 수리에 상당한 시간이 걸리는 것은 어쩔 수 없었다. 그러나 건재한 주이가쿠의 조종사 부족은 다른 부대들에서 근무하는 조종사들을 다 긁어모으면 충원이 가능했다. 그러나 해군참모부도 연합함대 사령부도 그렇게 하지 않았다. 그리고 두 항공모함을 빼놓고 미드웨이 공격작전을 수행하기로 결정했다. 주력인 기동부대의 전력에서 3분의 1이 줄어드는 상황을 모두 태연하게 받아들인 것이었다. 두 항공모함이 제대로 움직일 수 있을 때까지 두 달 동안 작전을 연기한다는 방안은 아예 거론조차 되지 않았다. 누구도 야마모토의 뜻을 거스르는 얘기를 입 밖에 내지 못했다.

미국의 태도는 달랐다. 니미츠는 상당한 손상을 입은 요크타운을 되도록 빨리 펄 하버로 귀환시키라고 지시했다. 니미츠는 무슨 일이 있어도 그 항공모함이 다가오는 미드웨이 싸움에 참가하도록 하겠다고 마음먹은 터였다. 손상으로 속력이 떨어진 그 배는 5월 27일에야 펄 하버에 도착했다. 그 배가 항공기 항속거리 안에 들어오자, 펄 하버의 수리감독관과 수석판금기사가 해군 조선소의 계획관들 및 추계관들과 함께 항공기를 타고 맞으러 날아갔다. 그들의 손상 평가에 따라, 필요한 수리공들이 부두에서 기다리다가 항공모함이 수리 선거船渠의 용골반목龍骨盤木에 얹히기도 전에 배에 올라와 일을 시작했다. 오하우섬의 용접기들은 모두 동원되었고, 수리에 전기가 워낙 많이 들어서 하와이 전기회사는 주거 지역들에 대해 순차적으로 정전해야 했다. 다행히 배의 기관은 손상을 입지 않았다. 이틀 밤낮에 해군 조선소는 평시에 두 달이 걸릴 작업을 해냈다. 덕분에 완전한 상태는 못 되었고 속력을 제대로 낼 수 없었지만 요크타운은 함재기들을 띄우고 받아들일 수는 있게 되었다. 요크타운은 항공 승무원들도 크게 부족했지만, 1월에 일본 잠수함의 어뢰공격을 받고 아직 본토에서 수리를 받는 사라토가의 항공 승무원들로 보강했다.

스프루언스의 기용

니미츠는 16임무부대 사령관 홀지 중장이 미드웨이에서 일본 함대를 타격할 부대를 지휘하리라고 생각했다. 홀지는 미국에서 가장 유명하고 인기 높은 제독이었다. 미국함대 사령관 킹이나 태평양함대 사령관 니미츠보다 명성과 인기가 훨씬 높았다. 해군 항공의 중요성을 일찍

이 깨달아 스스로 항공 훈련을 받았고 항공모함함대들을 처음부터 이끌었다. 그는 무척 공격적이어서, 일본군의 펄 하버 습격 뒤 과감한 반격에 나서서 마셜 군도를 공략했다. 특히 16임무부대를 이끌고 '둘리틀 습격'에 나선 뒤엔 미국 시민들이 사랑하는 제독이 되었다. 무엇보다도 그는 부하들의 존경과 사랑을 받았다. 태평양함대의 해군 장병들이 모이면 화제는 조만간 홀지에 관한 일화들로 흐르곤 했다.

요크타운보다 하루 먼저 5월 26일에 홀지는 엔터프라이즈와 호네트를 이끌고 펄 하버로 돌아왔다. 그의 16임무부대는 산호해에 너무 늦게 도착해서 싸움엔 참가하지 못하고 급히 돌아온 터였다. 홀지를 보자 니미츠는 곧바로 병원에 입원하라고 지시했다. 몰골이 말이 아니었다. 의사들의 진단은 '전신 피부염'이었다. 미드웨이에서 큰 싸움이 벌어지리라는 것을 알게 된 홀지도 자신이 함대를 지휘할 형편이 못 된다는 것을 알았기 때문에 니미츠의 결정에 항의하지 못했다.

풀이 죽은 홀지를 위로하면서, 니미츠는 후임으로 누가 좋겠냐고 물었다. 홀지는 선뜻 16임무부대의 순양함부대를 이끄는 레이먼드 스프루언스(Raymond A. Spruance) 소장을 추천했다. 니미츠는 흔쾌히 그의 추천을 받아들였다.

몸이 말라서 군복이 헐렁해진 홀지를 배웅하고서, 니미츠는 한숨을 길게 내쉬었다. 홀지가 항공모함함대를 지휘하지 못하게 된 것은 그로선 큰 손실이었다. 능력에서도 경험에서도 부하들의 신뢰에서도 홀지는 누가 대신할 수 없는 지휘관이었다. 홀지와 마찬가지로 니미츠 자신도 스프루언스를 높이 평가했다. 비록 홀지처럼 항공 출신은 아니었지만, 스프루언스도 오랫동안 홀지 아래 항공모함함대에서 근무했으므로 함대를 잘 이끌어 이번 임무를 수행할 수 있을 것이었다. 그래도 스프루언스가 홀지를 대신할 수는 없었다. 뒷날 이날의 결정을 회고하면서 니미츠는 말했다.

"빌 홀지가 입원해야만 되었던 날은 미국 해군에겐 큰 행운의 날이었다."

이 얘기는 홀지에 대한 야박한 평가가 아니었다. 홀지는 위대한 제독이었고 태평양전쟁에서 큰 공들을 세웠다. 다만, 미드웨이 싸움은 그의 싸움이 아니었다. 역사상 가장 규모가 크고 현대 역사에서 가장 중요한 그 해전에서 지휘관이 지녔어야 할 덕목은 냉정하고 흔들리지 않는 판단이었다. 이 덕목에서 홀지는 부족했고 스프루언스는 뛰어났다. 두 사람 다 좋아하고 존중한 니미츠는 "스프루언스는 '제독의 제독'이었고 홀지는 '병사들의 제독'이었다"고 평했다.

스프루언스는 그날 아침에 기함인 순양함 노샘프턴호를 타고 펄 하버로 돌아왔다. 배가 부두에 정박하자 그는 곧바로 홀지를 만나려고 엔터프라이즈에 올랐다. 거기서 그는 홀지가 입원해야만 될 것 같다는 얘기를 들었다. 그는 자신이 홀지의 후임이 되리라고는 생각지 않았다. 그는 항공 출신이 아니었고, 펄 하버엔 그보다 서열이 위인 항공 출신 제독들이 여럿 있었다. 그래서 그는 그들 가운데 하나가 16임무부대 사령관이 되리라고 생각했다.

스프루언스가 홀지의 입원과 후임 사령관의 선택에 대해 생각하는데, 그에게 즉시 태평양함대 사령부로 오라는 지시가 내려왔다. 그를 보자 니미츠는 미드웨이를 공격해서 점령하고 알류샨 열도를 공격하려는 일본군의 계획에 대해 설명했다. 일본군은 적어도 항공모함 4척을 동원하고 강력한 지원부대를 딸려 보낼 것인데, 태평양함대는 모든 자원을 동원해서 일본군의 그런 시도를 좌절시키려 한다고 밝혔다. 이어 홀지가 방금 입원했고 스프루언스가 16임무부대의 지휘를 맡는다고 말했다.

뜻밖의 소식에 흔들린 마음을 다잡고 스프루언스는 차분한 목소리를 냈다.

"제독님, 저를 신임해 준 것에 대해 깊이 감사합니다."

"빌이 당신을 후임자로 추천했소." 니미츠가 환한 웃음을 지었다. "나는 흔쾌히 그의 추천을 받아들였소."

"감사합니다. 제독님의 기대에 어긋나지 않도록 최선을 다하겠습니다. 언제쯤 일본 함대들이 미드웨이를 공격할 것 같습니까?"

"6월 3일이나 4일."

니미츠의 자신 있는 대답에 스프루언스는 한 순간 니미츠의 눈을 응시했다. 적군의 기동 계획에 대해 이처럼 자세하게 안다는 것은 정말로 드문 일이었고, 그 정보가 옳다고 지휘관이 확신할 수 있는 경우는 물론 더욱 드물었다. 그는 서둘러 말을 받았다. "알겠습니다. 6월 3일이나 4일."

니미츠의 눈에 웃음이 어렸다. "일본인들은 이번 공격이 성공하리라 확신한 모양이오. 일본군 사령부는 미드웨이를 점령한 다음 건설할 조선소의 책임자에게 8월 12일까지 미드웨이로 부임하라고 명령을 내렸소."

그러나 니미츠는 그처럼 정확한 정보의 원천에 대해서는 말하지 않았다. 부대의 지휘관에겐 작전에 필요한 정보만을 알려 주는 것이 옳았다. 적군에 관한 정보의 원천을 아는 사람이 늘어나서 좋을 것은 없었다. 그리고 스프루언스는 묻지 않았다. 만일 니미츠가 그 정보의 원천에 대해 16임무부대 사령관이 알아야 한다고 판단했다면 이미 말했을 터였다. 스프루언스는 미군이 일본 해군의 암호를 해독했다는 것을 알고 있었으므로, 정보의 원천이 해독한 암호전문들이리라고 추측했다.

"날짜가 촉박하니, 준비를 서둘러야 하겠습니다."

"모레 5월 28일에 미드웨이로 출항하도록 하시오. 내일 요크타운이 돌아오니, 플레처와 협의할 시간이 있을 거요. 이번 작전은 플레처가 지휘할 것이오."

스프루언스보다 플레처가 선임이었으므로, 미드웨이 작전에 투입되는 항공모함함대는 플레처가 지휘하게 된 것이었다.

"알겠습니다. 그러면 저는 가 보겠습니다."

스프루언스가 돌아가자 니미츠는 창밖을 내다보면서, 스프루언스와 만나서 한 얘기들을 떠올렸다. 두 사람의 대화엔 군말이 없었다는 데 생각이 미치자, 바닷바람과 거센 햇살에 상한 그의 얼굴이 웃음으로 골이 졌다. 자신이 홀지의 후임으로 적임자를 골랐다는 믿음이 따스하게 가슴에 자리 잡았다. 그가 일본군의 미드웨이 공격 예정일을 확정적으로 얘기했을 때 스프루언스가 한순간 놀라면서도 끝내 그 정보의 원천을 묻지 않은 것이 생각났다.

"그게 지금 내가 지닌 유일한 에이스인데…."

그는 소리 내어 생각했다. 그리고 보지 않는 눈길로 창밖 하늘을 바라보았다.

어제 아침 그는 참모회의에 전투정보국장 로시포트를 불렀다. 일본군에 관한 최신의 정보가 절실할 상황이었다. 그러나 로시포트는 30분 넘게 지나서야 나타났다. 짜증이 나서 뭐라고 한마디 하려던 니미츠는 그의 몰골을 보고 나오던 거친 말을 되삼켰다. 후줄근한 군복, 덥수룩한 수염, 창백한 얼굴, 그리고 충혈된 눈이 그가 밤 새워 일본군 암호전문들을 해독했음을 유창하게 말해 주었다.

자기 자리에 앉기 전에 로시포트는 태평양함대 정보장교 레이턴에게 문서 하나를 넘겼다. 건네받은 문서를 훑어본 레이턴은 묻는 눈길로 로시포트를 올려다보았다. 로시포트가 힘주어 고개를 끄덕이자, 레이턴이 일어나 니미츠에게로 다가와서 그 문서를 사령관 앞에 내려놓았다.

니미츠는 그 문서를 훑어본 다음, 다시 찬찬히 읽었다. 그리고 고개를 들어 로시포트를 바라보았다. 사령관의 눈길에 로시포트가 결연히 고개를 끄덕이자, 니미츠는 한숨을 길게 내쉬었다. 로시포트가 가져온 문서에 적힌 사항들은 미드웨이로 향하는 일본 함대들의 실질적 전투서열이었다.

그렇게 작전계획과 전투서열을 모든 해군 부대들에 방송한 뒤 일본 해군은 암호를 바꾸었다. 그래서 몇 주 동안 미군은 일본군의 감청 정보를 해독할 수 없었다. 만일 일본 해군이 암호를 한 달만 빨리 바꾸었어도 미드웨이 싸움의 결과는 상당히 달라졌을 것이고, 태평양전쟁의 역사도 적잖이 달라졌을 것이다.

5월 27일 오후 늦게 니미츠의 사무실에 태평양함대의 수뇌부 다섯이 모였다 사령관 니미츠, 참모장 마일로 드레이멀(Milo F. Draemel) 소장, 정보참모 레이턴, 항공모함 요크타운을 중심으로 이루어진 17임무부대 사령관 플레처, 그리고 엔터프라이즈와 호네트를 중심으로 이루어진 16임무부대 사령관 스프루언스. 스프루언스가 16임무부대를 이끌고 미드웨이로 떠나기 전 마지막으로 열린 작전회의였다.

그동안 니미츠가 마련한 작전계획은 간명했다.

1) 두 임무부대는 미드웨이 북동쪽 일본 함대의 정찰기들의 항속 거리 밖에 집결한다.
2) 미드웨이섬의 미국 정찰기들은 일본 함재기들보다 훨씬 긴 항

속거리를 이용해서 일본 함대를 먼저 발견한다.

3) 두 임무부대는 북서쪽에서 다가오는 일본 항공모함함대를 측면에서 요격한다.

일본의 작전계획을 정확히 알고 일본 함대의 전투서열까지 거의 다 파악한 덕분에 가능한 작전계획이었다. 니미츠는 두 임무부대 사령관들에게 '계산된 위험의 원칙'에 따라 작전을 수행하라고 지시했다. 즉, 우세한 적군과 맞설 때, 아군이 입을 손실보다 적군에 입힐 손실이 훨씬 클 경우에만 싸우라는 얘기였다.

한 시간 넘게 이어진 이 회의에서 가장 중요하고 극적인 장면은 니미츠가 레이턴에게 "언제 그리고 어디에서 우리가 적군과 처음으로 접촉한다고 자네는 예측하는가?"라고 물었을 때였다. 사령관의 물음에 정보 장교는 서슴없이 대꾸했다.

"저는 첫 접촉이 미드웨이에서 발진한 우리 정찰기들에 의해 6월 4일 미드웨이 시간 0600시에 북서쪽 325도 175마일 거리에서 이루어질 것이라고 예상합니다."

잠시 회의실 안에 정적이 내렸다. 네 사람 모두 레이턴의 얼굴을 살폈다. 그의 예상은 전제 조건이나 여러 가능성들에 대한 언급이 없이 정확한 시간과 장소를 짚은 것이었다. 통상적으로 이런 보고를 하는 사람은 예상이 틀렸을 경우에 대비해 되도록 조건들을 달고 여러 시나리오들을 내놓았다. 그리고 최종 결정은 윗사람에게 미루었다. 레이턴의 예상은 대담한 만큼 정확했다. 일본 기동부대의 함재기들은 실제로 그가 예상한 시간과 장소에서 처음 발견되었다.

연합함대의 출격

5월 27일은 일본 해군기념일이었다. 러일전쟁의 '쓰시마 싸움'에서 러시아 함대를 격파한 이 상서로운 날을 골라서 연합함대는 모항 하시라지마를 떠나 미드웨이로 향했다. 선두는 경순양함 나가라長良호였다. 그 뒤를 구축함 11척이 따르고 이어 중순양함 도네호와 지쿠마호가 따르고 그 뒤를 전함 하루나호와 기리시마호가 따랐다. 한 줄로 서서 16노트로 전진하는 행렬의 중심은 기동부대의 기함 아카기를 비롯한 4척의 항공모함이었다. 펄 하버 습격작전에 참가했던 쇼가쿠와 주이가쿠는 끝내 이번 작전에 참가하지 못했다.

이 위풍당당한 함대는 0900시에 엄숙하게 기념식을 거행했다. 모든 함정들의 모든 장병들이 황궁 방향을 향해 몸을 굽혀 예배했다. 정오엔 모든 배들이 규슈와 시고쿠 사이의 분고수도豊後水道를 지나 열린 바다로 나섰다.

그날 밤 후치다 미쓰오 중좌가 급성충수염에 걸려 수술을 받았다. 며칠 뒤엔 겐다 미노루 중좌가 폐렴으로 병상에 누웠다. 기동부대의 항공작전을 실질적으로 기획하고 지휘하는 항공참모와 함재기들을 이끌고 공격에 나서는 지휘관이 함께 작전에서 빠지게 된 것이었다. 일본 함대를 덮친 이 큰 불운은 그러나 순수하게 운의 문제는 아니었다. 펄 하버 작전 이래 기동함대는 반년 넘게 줄곧 연합국 함대들과 싸웠다. 거의 손실을 보지 않고 연합국 함대들을 격파했지만, 장병들은 극도로 지친 터였다. 후치다와 겐다의 와병은 그런 피로로 면역력이 떨어진 데서 나왔다. 자신의 정치적 일정을 고집하면서 자신이 거느린 함대의 사정을 살피지 않은 야마모토의 행태가 이번 작전의 모든 곳들에서 크고 작은 문제들을 일으키고 있었다.

1942년 5월 28일 오전 스프루언스가 이끄는 16임무부대는 펄 하버를 떠나 미드웨이로 향했다. 그들은 먼저 집결 장소에 닿아서 요크타운의 수리가 끝나는 대로 출항할 17임무부대를 기다릴 터였다. 니미츠 자신이 '포인트 럭(Point Luck)'이라고 이름 붙인 이 집결 장소는 미드웨이 동북쪽 520킬로미터 해상이었다.

5월 30일 요크타운의 수리가 끝나자, 플레처는 17임무부대를 이끌고 펄 하버를 출발했다. 6월 2일 1600시 17임무부대는 16임무부대와 포인트 럭에서 합류했다. 두 임무부대가 한 부대로 합쳐졌지만, 지휘권을 지니게 된 플레처는 두 부대가 따로 기동하도록 했다. 어차피 일본 함대보다 힘이 약하니 합쳐서 힘을 모으기보다는 신속한 기동으로 대응하겠다는 계산이었다.

"적을 알고 나를 알면 백 번 싸워도 위태롭지 않다知彼知己, 百戰不殆"는 손자의 병법이 미드웨이 동북쪽에서 대기하는 미군 함대보다 더 잘 적용된 경우는 드물었다. 플레처와 스프루언스는 미드웨이로 오고 있는 일본 함대의 의도와 규모에 대해 정확히 알고 준비했다.

반면에, 기동부대를 이끄는 나구모는 적군에 대해서 아는 것이 거의 없었다. 자신이 거느린 함대에 대해 미군이 잘 알고 있다는 사실조차 몰랐다. 기동부대가 하시라지마를 떠난 뒤, 무선 침묵 때문에 해군참모부나 야마모토의 본대가 아는 정보들조차 나구모에게 전달되지 않았다. 원래 작전계획엔 하와이와 미드웨이의 미군 함정들의 움직임은 6월 2일까지 배치될 잠수함 13척이 탐지하도록 되었다. 그러나 잠수함들이 실제로 배치된 것은 이틀 늦은 하와이 시간 6월 3일이었고(작전계획에 나온 6월 2일은 일본 시간이어서 하와이 시간보다 하루가 빠르다), 미군 항공모함함대들은 이미 포인트 럭에서 합류한 터였다. 그래서 일본군 잠수함들은 작전 기간 내내 엉뚱한 방향을 보고 감시하고 있었다. 이런 사고는 미드웨이 작전계획이 허술하게 작성된 데서 나왔다. 군사 작전에선 예정대로 되지 않는 일들이 많으므로, 잠수함들이 먼바다에 자리 잡는 데는 시간적 여유를 충분히 주어야 했다. 잠수함들은 자신을 쉽게 숨길 수 있고 오래 작전할 수 있으므로, 한두 주 미리 가서 감시하는 것이 합리적이었다. 결국 나구모는 미군 항공모함들이 어디서 무엇을 하는지 전혀 알지 못한 채 적군이 쳐 놓은 함정 속으로 들어간 셈이었다.

6월 4일 0400시 기동부대의 항공모함마다 똑같은 명령이 방송되었다.

"조종사 집합!"

곧 조종사들을 위한 브리핑이 시작되었다. 필요한 정보들을 얻자, 조종사들은 자기 항공기를 찾아갔다. 항공장교가 외쳤다.

"전원 발진 위치로!"

이어 "기관 시동!"의 명령이 떨어졌다. 기관들이 내는 소리와 배기가스 불빛으로 갑판이 덮이는 것을 확인한 항공장교는 함장에게 발진을 위한 항로 변경을 요청했다. 곧바로 4척의 항공모함들은 맞바람을 찾아 항로를 돌리고 속도를 높였다.

0428시 조명등 불빛이 비행갑판을 가득 채웠다.

항공장교가 함장에게 보고했다.

"전 항공기 발진 준비 완료!"

"발진 개시!"

함장의 명령이 떨어지자 항공장교는 녹색 신호등을 길게 휘둘렀다.

"발진 개시!"
0430시 아카기의 첫 전투기가 이륙했다. 15분 안에 1차 공격파가 하늘에 떠 미드웨이로 향했다.

0430시 승무원들의 환호와 성원 속에 아카기의 첫 전투기가 이륙했다. 다른 항공모함들에서도 항공기들이 계획대로 이륙하기 시작했다. 발진은 순조롭게 진행되어서, 15분 안에 미드웨이 1차 공격파는 하늘에 떴다. 고도를 얻고 편대를 이루자, 수평폭격기 35대, 급강하폭격기 36대, 그리고 전투기 36대로 이루어진 공격파는 미드웨이로 향했다. 후치다가 수술을 받았으므로 히류의 도모나가 조이치友永丈市 대위가 이 전대를 이끌었다.

레이턴의 과감한 예상대로, 두 나라 항공모함함대들 가운데 먼저 적군 함대를 발견한 것은 미군이었고, 탐지한 항공기들은 미드웨이에서 발진한 장거리 정찰기들이었다. 5월 4일 0532시 카탈리나 수상기 조종사 하워드 애디(Howard P. Ady) 대위가 "많은 항공모함들"을 발견했다고 보고했다. 20분 뒤 애디는 "항공모함 2척, 전함 2척"을 확인했다고 보고했다.

애디의 보고는 플레처와 스프루언스에게 일본군 항공모함함대의 위치를 파악하는 데 결정적 도움을 주었다. 그들은 곧바로 함재기들을 발진시키기 시작했다.

그러나 정작 미드웨이의 방어에 도움이 된 것은 0544시에 다른 수상기를 조종한 윌리엄 체이스(William Chase) 대위의 보고였다. 상황이 워낙 급박했으므로 그는 평문으로 보고했다.

"많은 항공기들이 방위 320도 거리 150마일에서 미드웨이로 향하고 있음."

미드웨이의 레이더가 90마일(144km) 밖에서 적기들이 다가오는 것을 확인하자, 대기하고 있던 미드웨이의 모든 항공기들이 발진했다.

미군 항공기들의 요격과 대공포화로 1차 공격파 일본 항공기들은 상당한 피해를 입었다. 미군 항공기들도 큰 피해를 입었지만, 공격을 받은 일본군 폭격기들이 정확하게 폭격하기 어려웠으므로 지상의 피해는 그리 크지 않았다.

도모나가는 공격의 성과가 기대에 못 미친다고 평가했다. 폭파된 기름 탱크들이 내는 연기로 섬 전체가 뒤덮였지만, 노련한 도모나가는 현혹되지 않았다. 현 상태에서 일본군 점령군이 상륙을 시도하면 성공이 어렵고, 성공하더라도 큰 희생을 치르리라고 그는 옳게 판단했다. 자신의 무전기가 총격으로 망가졌으므로 그는 칠판에 상부에 대한 건의를 써서 2호기 조종사에게 보였다. 0700시에 전송된 건의는 간단했다.

"2차 공격파가 필요함."

일본 항공모함들의 위치가 알려지자, 그들을 공격하기로 된 미드웨이 기지의 항공기들은 이내 발진했다. 여러 부대들로 구성되었고 부대마다 지닌 기종들이 다른 데다 훈련이 제대로 되지 않아서, 그들로선 잘 짜인 협동작전은 아예 불가능했다. 원래 호네트에 소속되었던 랭던 피벌링(Langdon K. Fieberling) 대위가 이끈 부대는 20여 대의 항공기를 지녔는데 기종은 넷이었다. 육군 항공대 69폭격전대의 제임스 콜린스(James F. Collins) 대위는 4대의 폭격기들을 거느렸다. 이들 작은 육군 항공기전대는 신기록을 세웠으니, 육군 폭격기가 어뢰를 장착한 것은 이번이 처음이었다. 물론 조종사들은 어뢰를 투하해 본 경험이 없었다. 로프턴 헨더슨(Lofton R. Henderson) 소령이 지휘하는 해병대 전대는 16대의 급강하폭격기를 보유했다.

먼저 이륙한 피벌링과 콜린스는 거의 동시에 목표 해역에 닿았다. 0705시 먼저 피벌링의 수평폭격기들이 일본 함대 공격에 들어갔다. 이어 0710시 콜린스의 폭격기들이 공격에 가담했다. 그러나 전투기들의 호위를 받지 못한 터라 그들은 일본 전투기들에 의해 대부분 격추되었다. 훈련도 부족하고 협동작전도 이루어지지 않았으므로, 그들은 용감하게 폭탄과 어뢰들을 투하했지만 모두 빗나갔다. 이어 0748시에 뒤늦게 도착한 헨더슨의 전대가 일본 함대를 공격했다. 이 부대도 큰 손실을 입은 채 전과를 얻지 못했다. 이어 월터 스위니(Walter C. Sweeny Jr.) 중령이 이끄는 14대의 폭격기들이 일본 함대를 공격했다. 이 부대도 앞선 부대들처럼 별다른 성과 없이 큰 손실을 입었다.

나구모의 고뇌

그러나 미드웨이에서 발진한 항공기들의 용감한 공격과 큰 희생이 헛된 것은 아니었다. 0705시부터 0830까지 미드웨이에선 발진한 여러 전대들이 잇달아 공격하는 터라, 나구모의 마음은 온통 미드웨이섬으로 쏠렸다. 그래서 진정한 위협인 미국 항공모함들에 대해선 거의 마음을 쓰지 못했다. 그는 아직도 미국 항공모함들이 하와이 해역에 머문다고 믿었다. 게다가 바로 전날에 그는 도쿄로부터 "우리의 의도를 적이 눈치챘다는 증거는 없음"이라는 전문까지 받은 터였다. 적 함대가 그리 멀지 않은 곳에서 타격 준비를 하고 있을 가능성은 한 번도 그의 마음을 스치지 않았다.

원래 기동부대의 일차적 임무가 미드웨이 점령군이 쉽게 상륙할 수 있도록 미드웨이의 미군을 약화시키는 것이었다는 사정과 미드웨이에서 발진한 미군 항공기 공격이 예상보다 거센 상황은 나구모로 하여금 2차 공격파가 필요하다는 도모나가의 건의를 받아들이도록 만들었다. 아카기의 함교에서 한참 생각하던 나구모가 마침내 결단을 내리자, 겐다는 급히 작전명령 초안을 작성했다.

"2차 공격파에 속한 항공기들은 금일 공격을 수행하기 위해 대기할 것. 폭탄을 새로 장착할 것."

이 명령은 0715시에 각 항공모함들에 내려졌다.

나구모가 지휘하는 기동부대는 2개 항공모함전대로 나뉘었다. 아카기와 가가로 이루어진 1항공전대는 나구모가 직접 지휘했고, 히류와 소류로 이루어진 2항공전대는 야마구치 다몬山口多聞 소장이 지휘했다.

1항공전대의 2차 공격파에 속한 어뢰폭격기들은 적 함대의 출현에 대비해서 어뢰를 장착한 채 대기하고 있었다. 나구모의 명령은 1항공전대의 어뢰폭격기들로 하여금 장착된 어뢰를 폭탄으로 바꾸도록 만들었다. 2항공전대의 항공기들은 나구모의 명령으로부터 영향을 받지 않았다. 그들은 2차 공격파엔 급강하폭격기들만 제공하기로 되었다. 그들의 어뢰폭격기들은 이미 도모나가를 따라 미드웨이 공습에 나선 터였다.

아카기와 가가는 갑자기 혼란스러워졌다. 어뢰를 장착하고 비행갑판에 대기하던 폭격기들을 승강기로 격납고들로 내려서 어뢰를 제거하고 폭탄을 대신 장착해서 비행갑판으로 끌어올리는 일은 더딘 일이어서, 한 시간가량 걸릴 터였다. 만일 2차 공격파가 미드웨이의 기지로 귀환한 미군 항공기들을 지상에서 포착하려면 서둘러야 했다.

0728시 순양함 도네호에서 발진한 정찰기가 "적 수상함정들로 보이는 10척 발견. 미드웨이로부터 10도 240마일. 항로 150도, 속도 20노트 이상"이라 보고했다. 이 정보는 0740시에 나구모에게 보고되었다. 아카기의 함교가 충격으로 조용해졌다. 나구모 사령관 이하 모든 참모들이 이 새로운 정보를 어떻게 받아들일지 몰라서 서로 얼굴만 쳐다보았다.

"적함들로 보이는 함정들의 위치는 이곳으로 보입니다." 정보장교 오노 겐지로小野寬治郎 소좌가 해도에 표시된 지점을 가리켰다. "우리 함대의 현재 위치로부터 320킬로미터 거리입니다."

"우리 함대가 가장 동쪽에 있으니, 이 근처에 있다면 적함들이 분명하지." 나구모가 소리 내어 생각했다.

"그렇습니다." 구사카가 말을 받았다.

"항공모함이 있을 가능성은?" 나구모가 둘러보았다.

바로 그것이 문제의 핵심이었다. 만일 항공모함이 없는 미국 함대라면 기동부대에 아무런 위협이 되지 않았다. 오히려 시간을 두고 공습으로 괴멸시킬 수 있었다. 그러나 항공모함이 있다면 기동함대에 대한 심각한 위협이었다. 그러나 정찰기의 보고는 판단을 내리기엔 너무 막연했다.

"일단 항공모함이 그 속에 있거나 가까운 곳에 있다고 보아야 하지 않을까요? 항공모함이 없이 열 척의 함정들이 이곳에 있으리라고 보는 것은 아무래도 비현실적일 것 같습니다."

구사카가 대답했다. 다른 참모들이 고개를 끄덕였다.

"그러면 미드웨이 2차 공격파를 연기해야 하는데…."

나구모의 목소리에 고뇌가 짙게 배어 있었다. 둘러선 참모들의 마음 속에서 사령관의 고뇌에 대한 이해와 동정의 물살이 차올랐다. 나구모의 고뇌는 본질적으로 기동함대에 주어진 임무에 내재하는 모순에서 나온 것이었다. 미드웨이 점령군의 상륙작전을 돕는다는 일차적 임무와 미국 함대를 격파한다는 이차적 임무가 부딪친 것이다. 바로 그런 상황을 기동부대의 모든 지휘관들과 참모들이 걱정해 온 터였다.

그런 모순을 가장 논리적으로 그리고 거세게 지적한 구사카의 마음엔 연합함대 참모부에 대한 분노와 자신의 견해가 옳았음이 증명되었다는 지적 즐거움이 뒤섞이고 있었다. 그는 속에서 들끓는 감정들을 누르고 차분한 목소리를 냈다.

"예, 사령관님. 그렇게 하시는 것이 좋을 것 같습니다."

나구모가 마침내 마음을 정했다.

"적 함대 부대들에 대한 공격을 준비하라. 아직 폭탄으로 갈아서 장착하지 않은 공격기들은 장착한 어뢰를 그대로 두라."

어뢰를 폭탄으로 바꾸어 장착하라는 첫 명령이 내려간 지 꼭 30분이 지난 0745시에 내려간 이 명령으로 아카기와 가가의 모든 활동들이 멈췄다. 나구모 이하 모든 지휘관들과 참모들이 도네의 정찰기가 보다 정확한 보고를 해 오기만을 기다리게 되었다.

이 뛰어난 정찰기는 0758시에 다시 보고했다.

"0455시 현재 적군은 80도 항로를 20노트로 운항 중임."

정찰기는 도쿄 시간을 쓰고 있었으므로 하와이 시간과는 21시간의 차이가 있었다.

정찰기의 보고는 의미가 작지 않았다. 미국 함대가 항로를 크게 바꾸었다는 것은 항공모함이 함재기들을 띄우려고 역풍을 찾았다는 것을 가리켰다. 그러나 나구모도 참모들도 정찰기의 보고에 담긴 뜻에 마음을 쓰지 않았다. 나구모는 곧바로 정찰기에 지시를 내렸다.

"함정의 종류를 보고하라."

0820시 정찰기가 보고했다.

"적군의 맨 뒤엔 항공모함으로 보이는 함정이 따르고 있다."

0830시에 나구모에게 보고된 이 짤막한 전문은 아카기의 함교를 강타했다. 나구모도 휘하 지휘관들과 참모들도 미국 함대가 항공모함을 포함했을 가능성을 알고 있었다. 그러나 이론적으로 아는 것과 실제로 확인된 것과는 달랐다. 잠시 함교엔 무거운 정적이 흘렀다.

"어떻게 해야 하나?"

흘긋 하늘을 살피고서 나구모가 누구에게랄 것 없이 물었다. 무심한 듯한 그의 목소리에 구사카는 가슴이 저려 왔다. 충성스러운 참모는 자신이 존경하는 지휘관의 생각을 다른 누구보다도 잘 읽는 법이어서, 그는 나구모가 무엇을 묻는지, 왜 고뇌하는지 잘 알았다.

도네 정찰기의 마지막 보고를 받기 몇 분 전에 동쪽 수평선 너머에서 한 무리 거대한 항공기들이 나타났다. 잇달아 미국 항공기들의 공습을 받은 터라, 기동부대의 호위 함정들은 그 항공기들이 또 하나의 미국 항공기들의 줄로 여기고 대공포화를 쏘아 올렸다. 관찰력이 뛰어난 사람들이 그들이 미드웨이 공습을 마치고 돌아오는 아군 항공기들이라는 것을 깨달은 덕분에 손실은 발생하지 않았다. 그래서 도모나가가 이끈 1차 공격파 항공기들은 착륙 허가를 기다리면서 함대 상공을 선회하고 있었다. 바로 그때 미국 함대에 항공모함이 포함되었다는 정찰기의 보고를 받은 것이었다.

지금 나구모는 당장 급한 두 가지 일의 우선순위를 놓고 고뇌하는 것이었다. 하나는 가능한 모든 함재기들을 당장 발진시켜서 미국 함대를 먼저 공격하는 일이었다. 다른 하나는 기동부대 상공을 선회하면서 착륙 허가를 기다리는 도모나가의 항공기들을 착륙시키는 것이었다. 둘 다 시급한 일이었다.

바로 이때 2항공모함전대 사령관 야마구치가 구축함 노와키호를 거친 신호를 통해 나구모에게 건의했다.

"공격군을 즉시 발진시키는 것이 타당하다고 사료됨."

나구모는 야마구치의 건의를 담담하게 받아들였다. 그러나 구사카는 분노가 치밀어서 속으로 야마구치에게 욕을 해댔다.

'이 작자는 늘….'

야마구치의 조언은 실은 불필요했다. 항공모함들 사이의 싸움에선 먼저 발견하고 먼저 함재기들을 띄우는 쪽이 단연 유리하다는 이치는 누구나 알았다. 그러나 지금은 도모나가의 항공기들을 빨리 착륙시키는 것도 중요했다. 착륙이 늦어지면 연료가 다한 항공기들이 바다에 내려서 사라질 터였다. 따라서 지금은 갑판을 비워야 했다.

그러나 정작 구사카의 화를 돋운 것은 야마구치의 독선이었다. 항공

출신으로 중국 전선에서 경험을 쌓은 야마구치는 어뢰 전문가로서 항공 경험이 적은 나구모를 얕보았고, 자신이 기동함대를 더 잘 이끌 수 있다는 생각을 감추지 않았다. 당연히 야마구치와 구사카도 사이가 좋지 않았다.

당장 공격파를 발진시키려 해도 문제가 있었다. 먼저, 어뢰를 장착한 폭격기들이 많지 않았다. 나구모가 미드웨이에 대한 2차 공격을 결정하고 대기하던 어뢰폭격기들이 어뢰 대신 폭탄을 장착하라는 명령을 내렸다가 중단시켰으므로, 폭격기들의 반가량은 폭탄을 장착하고 비행갑판에서 대기하는 참이었다. 어뢰 공격은 일본 해군의 장기였고 가장 성과가 좋았다. 수평폭격기의 폭격은 성과가 아주 낮았고, 급강하폭격기들도 그리 만족스럽지 못했다.

다음, 지금 나구모에겐 폭격기들과 함께 보낼 전투기들이 없었다. 그의 전투기들은 모두 하늘에 떠서 미드웨이에서 끈질기게 찾아오는 미군 항공기들을 요격하고 있었다. 이 전투기들은 모두 연료가 떨어져 가는 형편이었고 손상을 입은 전투기들도 적지 않았다. 전투기들의 호위 없이 폭격기들만 보내는 것은 논외였다. 전투기들의 호위를 받지 않은 폭격기들의 운명은 미드웨이에서 날아와 일본 함대에 별다른 타격을 주지 못한 채 큰 손실을 입은 미군 폭격기들이 아침 내내 실제로 보여준 참이었다.

"아무래도 돌아온 1차 공격파를 먼저 받아들이는 것이 좋겠습니다." 마침내 구사카가 나구모에게 건의했다. "그사이에 폭탄을 어뢰로 바꿀 수 있습니다."

나구모가 고개를 끄덕이고서 겐다를 돌아보았다.

"저도 그렇게 하는 것이 옳다고 생각합니다." 겐다가 동의했다. "전투기의 호위 없이 폭격기들만 보내는 것은 무모합니다."

"그렇게 합시다." 나구모가 결단을 내렸다. "대기 항공기들을 격납고로 내려보내고, 미드웨이에서 돌아온 폭격기들을 받아들이시오."

그러나 이 결정은 논리적이지 못했다. 3대의 승강기들로 비행갑판의 항공기들을 격납고로 내려보내는 것보다는 아예 발진시키는 것이 빨랐다. 그리고 그것이 교리에 맞는 결정이었다. 전투기의 호위가 없더라도, 어뢰 대신 폭탄을 장착했어도, 모든 항공기들을 발진시켜서 공격에 나서는 것이 옳은 결정이었다. 구사카도 그것을 모르지 않았다. 그러나 그는 오만한 야마구치가 나구모에게 범한 결례에 분노했고 야마구치의 건의를 받아들일 수 없었다.

곧바로 나구모의 명령이 기동부대 항공모함들에 내려갔다:

"함재 폭격기들은 2차 공격을 준비하라. 250킬로그램 폭탄들을 장착하라."

250킬로그램 폭탄은 어뢰를 가리켰다. 무거운 폭탄들을 붙였다 뗐다 하는 일을 아침 내내 한 정비병들은 불만이 클 수밖에 없어서, "도대체 사령부는 일을 어떻게 하는 거야?"라는 소리가 곳곳에서 들렸다. 그래도 비행갑판과 격납고 요원들이 정신없이 움직인 덕분에 단 몇 분 만에 비행갑판들이 비었다.

힘든 결정을 내린 나구모는 0835시에 좀 홀가분한 마음으로 모든 함정들에 작전명령을 내렸다.

"귀환 항공기들의 착륙이 끝나면, 북쪽으로 항해한다. 본 함대는 적 임무부대와 접촉해서 파괴한다."

드디어 0837시 항공모함들의 돛가름대끝(yardarm)마다 "착륙 시작" 깃발이 내걸렸다. 지친 조종사들은 연료 계기를 걱정스러운 눈길로 살피면서 자기 차례를 기다렸다. 마지막 항공기는 0918시에야 갑판에 내렸다.

나구모의 계획에 따르면, 아카기와 가가의 항공기들은 1030시까지, 그리고 소류와 히류의 항공기들은 1100시까지 재급유를 하고 어뢰를 장착해서 발진 준비를 마쳐야 했다. 미군 함대에 대한 2차 공격파에선 12대의 전투기가 81대의 폭격기들을 호위할 터였다.

0915시 믿어지지 않을 만큼 충실한 도네 정찰기가 보고했다.

"적군 어뢰공격기 10대가 귀소를 향해 가고 있다."

결국 미군 항공모함이 먼저 함재기를 발진시킨 것이었다.

스프루언스의 결단

수상기 조종사 애디 대위의 보고들로 일본 항공모함들의 대략적 위치가 알려지자, 0607시 플레처는 스프루언스에게 "16임무부대는 남서쪽으로 나아가서 적군의 위치를 확인하는 대로 공격하라"고 지시했다. 그리고 "나는 항공기들을 회수하는 대로 뒤따르겠다"고 덧붙였다.

당시 17임무부대의 중심인 요크타운은 정찰기들을 북쪽 해역으로 내보낸 터였다. 자신의 위치를 일본군에게 알리지 않으려고 무선 침묵을 유지하는 상황이라, 그 정찰기들을 일찍 불러들일 길이 없었다. 아울러 그는 자신이 직접 지휘하는 17임무부대를 예비부대로 운용할 생각이었다. 일본 항공모함들의 위치를 확실히 모르는 상황에선 그렇게 하는 것이 합리적이었다.

플레처의 지시를 받자 스프루언스는 참모장 마일스 브라우닝(Miles S.

Browning) 대령에게 지시했다.

"우리가 가진 모든 항공기들을 되도록 빨리 발진시켜서 적 항공모함들을 공격하시오."

16임무부대는 곧바로 맞바람을 받도록 항로를 바꿨다. 0700시엔 호네트가, 그리고 6분 뒤엔 엔터프라이즈가 항공기 발진을 시작했다. 0720시 스프루언스는 16임무부대를 둘로 나누었다. 엔터프라이즈는 자신이 직접 지휘하고 호네트는 함장 마크 미처(Marc Mitscher) 대령이 지휘하도록 했다. 순양함들과 구축함들도 둘로 나뉘어 각기 항공모함을 지원하게 했다.

공격에 나서는 항공기들의 발진 순서는 느린 기종들이 먼저 이륙한다는 것이 교리였다. 짐이 가장 무겁고 가장 느린 어뢰폭격기들이 먼저 이륙하고, 급강하폭격기들이 그 뒤를 잇고, 빠른 전투기들이 맨 나중에 이륙했다. 그렇게 해야 여러 기종들이 동시에 목표를 공격해서 효과를 극대화할 수 있었다.

호네트에선 미처 함장이 20대의 전투기들을 먼저 발진시키기로 결정했다. 이 전투기들 가운데 10대는 함대 상공을 선회하며 적 항공기를 경계하는 전투항공초계 임무를 수행하고 나머지 10대는 공격기들을 엄호할 터였다. 이어 500파운드 폭탄을 장착한 급강하폭격기 15대와 1천파운드 폭탄을 장착한 정찰기 19대가 이륙할 터였다. 이들 1차 공격파가 발진해서 2만 피트 상공에 이르는 사이, 15대의 어뢰공격기들이 격납고에서 비행갑판으로 올라와서 발진할 터였다.

미처가 이렇게 교리에 어긋나는 발진 순서를 택한 것은 산호해 싸움에서 어뢰공격기들이 전투기 공격에 그리 취약하지 않다는 것이 드러났다는 그의 판단 때문이었다. 그는 1차 공격파의 대응에 적 전투기들이 집중할 때 어뢰공격기들이 공격하면 피해를 입지 않고 성과를 낼 수 있다고 생각했다. 그래서 실제로 편대들을 지휘할 지휘관들의 반대에도 불구하고 그는 10대의 전투기들이 내내 급강하폭격기들과 동행하라고 지시했다.

엔터프라이즈에선 전투항공초계 임무를 띤 전투기들이 먼저 발진하고 18대의 정찰기들과 15대의 급강하폭격기들이 뒤를 잇기로 되었다. 이어 어뢰폭격기 14대가 이륙하면, 엄호 임무를 띤 10대의 전투기들이 맨 나중에 발진하도록 되었다.

요크타운에선 새벽부터 저녁까지 늘 6대의 전투기들이 전투항공초계 임무를 수행하고 있었다. 그래서 어뢰공격기들이 맨 먼저 이륙하고 급강하폭격기들이 뒤를 잇고 전투기들이 맨 나중에 발진하기로 되었다. 전투기들은 가장 취약한 어뢰폭격기들을 엄호하기로 되었지만, 8대에 지나지 않았다. 플레처가 17임무부대에 미국 함대의 측면을 보호하는 임무를 부여했으므로, 예비 전투기들이 더 많이 필요했다. 세 척의 항공모함들 가운데 요크타운의 발진 순서가 가장 합리적이었다.

호네트의 발진 순서는 잘못되었지만, 발진은 별 탈 없이 이루어져서 0755시에 완료되었다. 그러나 미처 함장의 계획대로 작전이 수행된 것은 아니었다. 맨 나중에 발진한 어뢰폭격기 편대를 이끈 존 월드런(John C. Waldron) 소령은 미처에 대한 분노로 가슴이 터질 듯했다. 항공기들이 뭉쳐서 공격해야 한다는 교리를 자의적으로 무시하고 둘로 나눈 것부터, 공격에 가장 취약한 어뢰공격기들이 1차 공격파 덕분에 일본 전투기들의 공격을 받지 않고 일본 항공모함들을 공격할 수 있다는 주장까지, 미처는 판단이 글렀을 뿐 아니라 휘하 항공 지휘관들의 의견을 모조리 무시한 터였다. 특히 일본 항공모함들을 수색하는 방향과 대형에 관해서도 미처는 지휘관들의 의견을 듣는 시늉만 하고 자기 판단을 내세웠다. 월드런은 미처의 판단들을 하나도 믿지 않았고, 출발 전에 대원들에게 아군 전투기들의 보호 없이 일본 전투기들의 공격을 받을 각오를 해야 할 것이라고 일렀다.

이륙 30분 뒤, 월드런은 항공기들을 지휘하는 스태너프 링(Stanhope C. Ring) 중령에게 "지금 가고 있는 항로는 잘못된 것이므로, 어뢰폭격기 편대는 남서쪽으로 항로를 바꾼다"고 통보했다. 이것은 공개적 항명이었다. 절대적으로 지켜야 하는 무선 침묵을 깨트렸고, 부여받은 항로를 고의로 이탈한 것이었다. 조용히 편대를 이끌고 자신이 옳다고 믿는 항로를 선택할 수도 있었지만, 분노에 사로잡힌 월드런은 모든 사람들이 듣도록 공개적으로 항명해서 미처에게 보복한 것이었다.

스프루언스가 직접 지휘하는 엔터프라이즈에선 발진이 제대로 이루어지지 않았다. 폭탄을 장착한 정찰기들과 급강하폭격기들이 발진한 뒤, 어뢰폭격기들이 이륙을 준비하는 데 시간이 너무 많이 걸렸다. 그래서 먼저 이륙한 항공기들은 모함 상공을 선회하면서 소중한 연료를 헛되이 쓰고 있었다. 스프루언스는 속이 탔다. 참모장 브라우닝은 정찰기들과 급강하폭격기들을 먼저 출격시키자고 스프루언스에게 건의했다. 연료가 부족하면, 임무를 완수하더라도 바다에 불시착해서 항공기를 잃고, 조종사는 운이 좋게 함정이 발견해서 구원해 주기를 빌어야 했다. 원래 홀지의 참모들은 지휘관을 닮아서 무척 공격적이었는데, 그들의 우두머리인 브라우닝은 특히 그러했다.

스프루언스는 난감했다. 브라우닝의 건의는 일리가 있었지만, 교리에 어긋났다. 공격파는 한데 뭉쳐서 날아야 했다. 뿔뿔이 공격에 나서면 적군 전투기들에게 차례로 사냥을 당할 터였다. 만일 일본군에게 일찍 발견되면, 지금 폭탄을 장착해서 더욱 둔중해진 정찰기들과 급강하폭격기들은 날렵한 일본 전투기들의 먹이에 지나지 않았다. 자칫하면 어리석기 짝이 없는 지휘관으로 역사에 기록될 수도 있었다. 찬찬히 생각할 시간도 없었다. 그 어려운 결정을 그는 당장 내려야 했다. 어뢰폭격기들이 모이고 있는 비행갑판 후미를 살피고서 그는 숨을 깊이 쉬었다. 그리고 고개를 끄덕였다.

"그럽시다. 먼저 보내시오."

클래런스 머클러스키(Clarence W. McClusky Jr) 소령이 이끄는 폭격기들이 바로 일본 함대를 향해 날아갔다. 브라우닝이 다시 건의했다.

"제독님, 어뢰폭격기들이 준비가 덜 되었으니, 엄호 전투기들을 먼저 발진시키는 것이 좋을 것 같습니다."

전투기는 활주 거리가 비교적 짧으므로 비행갑판 후미에서 출발하지 않아도 되었다. 상황에 맞는 얘기라 스프루언스는 선뜻 승인했다.

"오케이. 그렇게 하시오."

그래서 계획과 달리 제임스 그레이(James S. Gray) 대위가 이끄는 전투기들이 어뢰폭격기들보다 먼저 발진했다. 그러나 아무도 그레이에게 머클러스키의 급강하폭격기들이 먼저 출발했다고 알려 주지 않았다. 당연히 그는 급강하폭격기들이 근처에서 대기하고 있다고 여겼다. 어뢰폭격기들의 발진이 워낙 느려서, 전투기 편대는 모함 상공을 계속 선회하면서 지정 고도인 2만 2천 피트로 올라가야 했다. 그 과정에서 그레이는 유진 린지(Eugene E. Lindsey) 소령이 이끄는 어뢰폭격기 편대를 시야에서 놓쳤다. 마침 호네트에서 발진한 월드런의 어뢰폭격기 편대가 그의 눈에 들어왔다. 그 어뢰폭격기 편대를 자기가 보호해야 할 편대로 착각하고, 그레이는 월드런의 편대를 따라가기 시작했다.

뒤늦게 이륙한 린지는 상공에 그레이의 전투기들이 엄호하고 있으려니 믿고서, 어뢰폭격기들을 이끌고 지정된 항로를 따라 일본 항공모함들을 찾아 떠났다. 그래서 엔터프라이즈의 항공기들은 세 집단으로 나뉘어 뿔뿔이 적군을 향해 날아갔다. 이처럼 어처구니없는 혼란이 나온 것은 엄격한 무선 침묵 속에서 여러 부대들이 협조해서 대형을 짜야 했기 때문이었다. 이런 혼란은 두 항공모함의 어뢰폭격기들에 비극적 운명을 강요했다.

운명적 순간

전투 상황에서 함대는 끊임없이 움직이고 방향을 바꾼다. 특히 항공모함들은 함재기들을 발진시키려고 맞바람을 받고 전속력으로 달린다. 그래서 정확한 정보에 바탕을 두고 위치를 예측했더라도 항공모함 함대를 실제로 찾아내는 일은 어렵다. 당연히 이 일에선 공격 항공기 지휘관의 경험과 직관이 결정적으로 중요하다.

이날 호네트의 어뢰폭격기들을 이끈 월드런의 판단은 신들린 것처럼 정확했다. 미처 함장에 대한 분노로 명령에 공개적으로 항명해서 심리적으로 불안했음에도 불구하고, 그는 확신에 차서 편대를 이끌었다. 그의 인솔에 따라 어뢰폭격기들은 서북서 방향으로 기수를 돌렸고 곧 일본 함대를 발견했다.

월드런의 편대를 먼저 발견한 것은 지쿠마였다. 0918시 미드웨이를 공격하고 돌아온 폭격기 편대의 마지막 폭격기가 아카기에 내린 순간, 지쿠마는 두 개의 연막을 설치하고 대공포화를 쏘아 올리기 시작했다. 전투

항공초계 임무를 맡은 일본 전투기들이 월드런의 편대로 몰려들었다.

대공포화와 전투기들의 공격을 받는 순간에도 월드런은 먼저 스프루언스에게 일본 함대의 위치와 구성을 보고했다. 아쉽게도, 고도가 워낙 낮았고 거리가 멀어서 그의 보고는 스프루언스나 다른 항공기 조종사에게 닿지 못했다.

원래 월드런은 아카기를 공격하려 했다. 그러나 일본군의 대공포화가 치열하고 요격하는 전투기들이 워낙 많아서, 그는 가운데 항공모함을 공격하기로 바꾸었다. 그는 자신의 편대에 명령을 내렸다.

"즉시 공격하라."

그러나 곱절이 넘는 일본 전투기들의 요격을 받자, 월드런이 이끈 15대의 어뢰폭격기들은 어뢰를 발사하기도 전에 빠르게 격추되었다. 월드런 자신의 항공기는 왼쪽 연료 탱크에 불이 붙었고 그는 탈출하지 못했다. 15대의 승무원들 가운데 조종사 조지 게이(George H. Gay) 대위만이 소류를 향해 어뢰를 발사했고, 격추된 뒤에 항공기 잔해 속에 숨어서 살아남았다.

호넷 어뢰폭격기들이 모두 격추되고 20분가량 지난 0945시, 엔터프라이즈 어뢰폭격기들을 이끈 린지는 일본 함대를 발견했다. 이들은 둘로 나뉘어 가가에 대한 협격挾擊에 들어갔다. 그러나 몰려든 일본 전투기들의 요격을 받고 린지 자신의 항공기가 먼저 격추되었다. 이어 8대의 어뢰폭격기들이 격추되었다. 2대는 어뢰를 발사하는 데 성공했지만 적함을 맞히지는 못했다. 살아남은 5대 가운데 한 대는 불시착해서 6월 21일에야 구출되었다.

이처럼 호네트와 엔터프라이즈의 어뢰폭격기들이 전투기들의 보호도 받지 못한 채 장렬하게 싸우다 격추되는 사이, 정작 그들을 보호했어야 할 엔터프라이즈 전투기들은 상공을 맴돌기만 했다. 이들을 이끈 그레이는 월드런의 호넷 어뢰공격기들이 공격할 때는 구름 때문에 그들을 놓쳤고, 린지의 엔터프라이즈 어뢰공격기들이 공격할 때는 린지의 신호를 받지 못해서 도울 기회를 놓쳤다. 그레이는 일본 함대의 구성과 움직임을 상부에 보고하면서, 머클러스키가 이끈 급강하폭격기들이 도착하기를 기다렸다. 그러나 연료가 부족해지자 전투기들을 이끌고 모함으로 귀환했다.

머클러스키가 이끈 엔터프라이즈 급강하폭격기 32대는 0920시에 예측 요격점에 닿았다(함께 이륙한 33대 가운데 한 대는 기관 고장으로 회항했다). 그러나 그곳은 빈 바다였다. 머클러스키는 남서쪽으로 15분 동안 더 날아간 뒤 북서쪽으로 기수를 돌렸다. 적 함대를 수색하는 표준 절차인 '상자형 수색' 절차에 들어간 것이었다. 그러나 0955시에 미국 잠수함을 공격하고 본대로 귀환하는 일본 구축함을 발견하자, 그는 그 일본 함정의 항로와 평행인 항로를 골랐다. 5분 뒤 머클러스키는 35마일 전방에서 일본 함대를 발견했다.

"여기는 머클러스키. 적군을 발견했음."

그는 급히 보고했다. 적 함대를 발견했다고 흥분해서, 그는 적 함대의 위치를 보고하는 것을 잊었다.

"즉시 공격하라."

브라우닝이 지시했다. 그도 덩달아 흥분해서 적 함대의 위치를 보고하라고 지시하는 것을 잊었다. 급강하폭격기들을 이끌고 적 함대를 찾아 나선 지휘관에게 "즉시 공격하라"는 지시가 무슨 뜻이 있겠는가?

이 우스꽝스러운 보고와 지시가 교환된 뒤, 머클러스키는 가장 가까운 항공모함 두 척을 공격하기로 결정했다. 왼쪽 배는 아카기였고 오른쪽 배는 가가였다. 머클러스키는 공격 목표에 관한 지시를 내렸다. 정찰기 편대를 이끈 얼 갤러허(W. Earl Gallaher) 대위에겐 오른쪽 배인 가가를 공격하라고 지시하고, 급강하폭격기 편대를 이끈 리처드 베스트(Richard H. Best) 대위에겐 왼쪽 배인 아카기를 공격하라고 지시했다. 머클러스키 자신은 갤러허의 편대와 함께 공격하기로 하고 갤러허에게 "얼, 나를 따르게"하고 지시했다.

당시 맨 앞쪽엔 베스트의 급강하폭격기들이 있었다. 그리고 왼쪽의 아카기가 오른쪽의 가가보다 가까웠다. 교리에 따르면, 앞선 폭격기들은 먼 데 있는 적함을 공격하도록 되었다. 그렇게 해야 공격이 동시에 이루어질 수 있었다. 베스트는 당연히 자기 편대의 목표가 먼 오른쪽 배라고 여겼다. 그는 자기 편대를 셋으로 나누어 각기 가가의 중앙, 좌현 및 우현을 공격하도록 지시했다. 그리고 머클러스키에게 보고했다.

"교리에 따라 공격하겠음."

그러나 머클러스키의 지시와 베스트의 보고는 동시에 이루어져서, 둘 다 상대의 얘기를 듣지 못했다. 게다가 머클러스키는 원래 전투기 조종사 출신이어서 급강하폭격기의 교리를 몰랐다. 1022시 자신의 지시가 혼란을 초래했다는 것을 모른 채, 머클러스키는 오른쪽 가가를 향해 급강하하기 시작했다. 갤러허의 정찰기들이 뒤를 따랐다.

베스트는 급히 기수를 올리고 상황을 판단한 다음 아카기를 향해 내려갔다. 그의 분대에 속한 두 대는 그를 따랐지만, 나머지 2개 분대는 그의 지시대로 가가를 공격했다. 결국 아카기를 공격한 것은 3대의 급강하폭격기들뿐이었고 나머지 29대의 항공기들은 가가를 공격했다.

머클러스키는 일본 전투기들이 거세게 요격하리라 예상했었다. 이상하게도, 항공모함 상공을 선회하면서 전투항공초계 임무를 수행하는 일본 전투기는 단 한 대도 보이지 않았다. 이 믿어지지 않는 행운에 희열에 가까운 감정을 느끼면서 그는 적군 항공모함을 향해 급강하했다.

이때 일본 함대는 무척 혼란스러웠다. 미드웨이 기지에서 발진한 미국 육군 폭격기들이 잇달아 공격했으므로, 일본 함정들은 급격히 기동하느라 전열이 흩어졌다. 일본 전투기들은 함대 상공을 초계하고 미국 폭격기들을 요격하느라 쉬지 않고 움직였다. 급격한 기동으로 연료를 빨리 쓴 전투기들은 모함에 착륙해서 연료를 채우고 다시 이륙했다. 제대로 쉬지 못하고 음식을 들지 못한 채 초계, 전투, 이착륙을 이어 가면서 조종사들은 극도로 피로해졌다.

이어 호네트와 엔터프라이즈의 어뢰폭격기들이 닥쳤다. 일본 전투기들의 요격을 받아 아군 전투기들의 호위 없이 돌진한 이 영웅적 어뢰폭격기들은 모두 격추되었지만, 일본 함대는 더욱 혼란스러워졌고, 연료가 떨어져 가고 심신이 지친 전투기 조종사들은 모함의 착륙 허가만을 기다리고 있었다. 그렇게 혼란스러운 상황에서 함대 상공에서 전투항공초계 임무를 수행하는 전투기가 없게 된 것이었다. 게다가 머클러스키의 급강하폭격기들은 햇살을 등에 지고 구름 뒤에 숨었다가 공격했다. 1022시 가가의 경계병이 "급강하폭격기다!" 하고 외쳤을 때, 그 항공모함이 자신을 지키기 위해 할 수 있는 것은 없었다.

가가를 공격한 급강하폭격기들 가운데 선두 셋은 목표를 맞히지 못했다. 그러나 넷째였던 갤러허가 750미터 상공에서 투하한 폭탄은 가가의 우현 선미에 떨어졌다. 마침 그곳엔 미드웨이에 대한 2차 공격을 위해 이륙을 준비하던 25대의 폭격기들이 있었다. 폭격기들에 장착된 폭탄들이 연쇄적으로 터지면서 선미는 지옥이 되었다.

다음 두 발은 배를 맞히지 못했다. 이 틈을 타서, 방화장교 휘유마 대위가 함교로 뛰어 올라갔다. 함교에선 함장 오카다 지사쿠岡田次作 대좌가 지금 자기 배에 일어나고 있는 일을 받아들이지 못하는 눈길로 허공을 응시하고 있었다.

"함장님." 휘유마는 급히 보고했다. "비행갑판 아래 모든 통로들이 불타고 있습니다. 그래서 거의 모든 승무원들이 갇혔습니다. 모든 동력이 끊겼습니다."

"알았네." 감정이 없는 목소리로 오카다가 대꾸했다.

"함장님, 배가 기울기 시작합니다. 어서 피하십시오. 묘갑판錨甲板으로 가셔서 탈출하십시오."

다급한 마음에 휘유마는 평시라면 감히 입 밖에 낼 생각도 못 했을 얘기를 함장에게 건의했다. 그러나 오카다는 꿈속에서 헤매는 듯한 모습으로 무겁게 고개를 저었다.

"나는 내 배와 함께 있겠네."

함장 곁에서 상황을 점검하던 통신장교 미토야 세슈 소좌는 급히 함교에서 내려갔다. 준비실을 통해서 기관실과 연락하려는 생각이었다. 그것이 불가능함을 깨달은 미토야가 다시 비행갑판으로 올라왔을 때, 함교는 없었다. 오카다 함장도 휘유마 대위도 함께 사라졌다. 그가 함교를 비운 사이에 일곱 번째 폭탄과 여덟 번째 폭탄이 거의 동시에 명중한 것이었다.

이 두 폭탄들은 전방 승강기 가까이 떨어졌는데, 한 발이 승강기를 뚫고서 격납고 갑판의 함재기들 가운에서 터졌다. 이 함재기들은 폭탄을 장착하고 급유를 받고 대기하던 미드웨이 2차 공격파에 속했다. 다른 한 발은 사령탑 바로 앞에 있던 연료 차량을 맞혔고, 거기서 나온 불길이 사령탑을 덮쳐서 함교에 있던 함장과 참모들이 모두 죽은 것이었다. 이어 아홉 번째 폭탄이 좌현 한가운데에 명중했다. 네 발의 명중탄으로 가가의 운명은 결정되었다.

바로 뒤의 폭격기 2대만을 이끌고 아카기를 공격한 베스트는 750미터 상공에서 폭탄을 투하했다. 그러나 그 폭탄은 뱃머리 왼쪽 바다에 떨어졌다. 바로 뒤의 폭격기가 투하한 폭탄은 중앙 승강기 근처에 떨어져서 승강기를 뒤틀어 놓고 격납고로 들어가서 폭발했다. 마지막 폭격기가 투하한 셋째 폭탄은 비행갑판 좌현에 명중했다. 이 폭탄이 치명적이었다. 항공모함은 전함보다 훨씬 약하지만, 폭탄 두 발로 심각한 피해를 입는 일은 드물다. 그러나 당시 아카기와 가가에선 미드웨이 폭격을 위해 폭탄을 장착하고 연료를 가득 채운 폭격기들이 대기하고 있었다. 급유 설비들은 갑판에 어지럽게 널려 있었고 장착되지 못한 폭탄들은 안전한 탄약고에 들어가지 못한 상태였다. 그래서 명중한 폭탄들은 연쇄 폭발을 일으켰고 불길은 걷잡을 수 없이 번졌다.

1042시 아카기는 조타 기구가 작동을 멈췄고 기관이 정지했다. 무선 장비와 안테나가 파괴되어서 통신도 두절되었다. 움직이는 무기라곤 기관총 2정과 대공포 1정뿐이었다. 참모장 구사카는 배를 버릴 때가 되었다고 판단했다.

"사령관님," 구사카는 나침반 옆에 석상처럼 서 있는 나구모에게 말했다. "이제 아카기를 버리고 다른 배로 옮겨 탈 때가 되었습니다. 새 기함에 승선할 때까지 아베 히로아키阿部弘毅 제독에게 기동부대의 지휘권을 위임하시는 것이 좋을 것 같습니다."

아베는 8순양함전대장으로 서열이 나구모 바로 아래였다.

일을 그르쳤다는 자책감이 나구모를 사로잡았다. 초계 임무를 소홀히 한 탓에 적의 급강하폭격기 편대의 기습을 받아 단 몇 분 안에 항공모함 두 척을 눈 뜨고 잃은 것이었다.

그러나 나구모는 대꾸 없이, 보지 않는 눈길로 앞만 바라보았다. 일을 그르쳤다는 자책감이 그를 무쇠 팔처럼 사로잡은 것이었다. 단 몇 분 안에 일어난 참사였다. 공격해 온 미군 항공기들을 모조리 격추시켜서 전투에서 이겼는데, 전투항공초계 임무를 소홀히 한 탓에 적군 급강하 폭격기 편대의 기습을 받아 항공모함 두 척을 눈 뜨고 잃은 것이었다. 믿어지지 않는 현실이었다.

"사령관님," 구사카는 다시 건의했다. "이제 떠나야 합니다. 아베 제독에게 지휘권을 위임하시고 늦기 전에 기함을 옮기셔야 합니다."

나구모는 여전히 석상처럼 서서 대꾸하지 않았다. 상황은 위중했다. 이미 비행갑판으로 내려가는 계단에 연기가 자욱했다. 이때 아카기 함장 아오키 다이지로青木泰二郎 대좌가 구사카에게 가까이 다가와 조용히 말했다.

"참모장, 이 배의 함장으로서 내가 모든 책임을 지고 이 배를 운항하겠소. 그러니 참모장은 사령관님 모시고 다른 참모들과 함께 이 배를 떠나시오. 기동부대의 지휘는 끊어지면 안 되오."

아오키는 구사카의 해군사관학교 동기였다. 아오키의 얘기에 용기를 얻어 구사카는 목소리를 높였다.

"사령관님, 지휘관은 싸움터에서 침착하게 상황을 판단해서 냉정하게 결정을 내려야 합니다. 지금 사령관님께선 감정에 사로잡히셔서 이성이 마비되신 것 같습니다. 싸움에 지더라도 최선을 다해야 다음을 기약할 수 있잖습니까? 지금 우리 기동부대의 사령관과 참모진이 그대로 있으니, 남은 배들로 한번 싸워야 하지 않겠습니까? 사령관님께서 자책하시는 일은 나중에 하셔도 됩니다. 지금은 기함을 옮겨야 할 때입니다."

참모장의 격렬한 항의를 받자, 나구모도 마침내 절망의 늪에서 고개를 들었다.

"알겠네. 하선하도록 하게. 지휘권을 아베 히로아키 소장에게 넘기게."

야마구치의 반격

기동부대 사령관 나구모 중장이 직접 지휘하는 1항공모함전대의 가가와 아카기가 엔터프라이즈에서 발진한 급강하폭격기 편대의 공격으로 파괴될 때, 야마구치 소장이 지휘하는 2항공모함전대의 소류는 요크타운에서 발진한 폭격기들의 공격을 받았다. 소류의 상공에도 전투항공초계 임무를 수행하는 전투기들이 없어서, 맥스웰 레슬리(Maxwell F. Leslie) 소령이 이끄는 17대의 급강하폭격기들은 정확하게 폭탄을 투하할 수 있었다.

1025시부터 3분 동안 폭탄 3발이 소류를 맞혔고, 비행갑판은 불길에 휩싸였다. 이어 폭탄 탄약고와 어뢰 탄약고 및 연료 탱크에서 폭발이 일어나면서, 소류는 피습된 세 항공모함들 가운데 맨 먼저 치명적 손상을 입었다.

불길이 거세지자 함장 야나기모토 류사쿠柳本柳作 대좌는 함교 오른쪽 신호탑에 올라가서 구조 활동을 지휘했다. 1055시 다른 방도가 없다고 판단한 야나기모토는 외쳤다.

"하선하라!"

불길에서 살아남은 승무원들이 항공모함 옆에 대기한 구축함 하마카제호와 이소카제호로 옮겨 타기 시작했다. 폭발로 배에서 튕겨나가 물에 빠진 사람들도 구조되었다. 그렇게 혼란스러운 하선 과정에서 누가 함장이 없다는 것을 깨달았다. 함장을 찾던 사람들은 아직도 신호탑 위에 서서 생존자들을 격려하는 함장을 보았다. 함장이 자기 배와 함께 가라앉겠다는 뜻임을 깨닫자, 승무원들은 경악했다. 야나기모토는 일본 해군에서 부하들로부터 가장 큰 사랑과 존경을 받는 함장들 가운데 하나였다. 승무원들은 함장을 구출하기로 결정하고 해군 레슬링 챔피언인 아베 상등병조上等兵曹를 대표로 뽑았다. 완력이 센 그를 올려보내서, 필요하면 힘으로라도 함장의 뜻을 꺾어 하선시키기로 했다. 아베는 신호탑으로 올라가서 함장에게 경례했다. 그리고 간절히 말했다.

“함장님, 저는 모든 승무원들을 대신해서 함장님을 안전한 곳으로 모시고자 왔습니다. 모두 함장님께서 내려오시기를 기다리고 있습니다. 함장님, 저와 함께 구축함으로 내려가십시오.”

야나기모토는 부하의 얘기를 듣지 못한 것처럼 앞만 바라보고 있었다. 필요하면 완력을 써서라도 함장을 구해 오라는 임무를 띠었으므로, 아베는 함장을 안아 들려고 다가섰다. 함장은 천천히 고개를 돌려 다가서는 부하를 쳐다보았다. 아베는 그 자리에 얼어붙었다. 함장의 눈길은 깎아지른 바위와 같았다. 아베는 손을 들어 함장에게 마지막 경례를 했다. 함장이 손을 들어 답례했다.

눈물을 흘리면서 돌아선 아베의 귀에 함장이 갈라진 목청으로 간절함을 담아 부르는 노랫소리가 들어왔다.

임금의 치세는
천 대千代까지 팔천 대八千代까지
작은 돌
바위 되어
이끼 덮이도록.

싸움터에 나선 일본 군인들이 마지막으로 부르는 노래, 일본 국가國歌 〈기미가요〉였다.

0445시 1차 공격파 107대의 항공기들이 미드웨이를 향해 날아간 때부터 1021시 미국 항공모함들에 대한 공격을 준비하고 있을 때까지

5시간이 넘는 전투에서 일본군은 일방적으로 승리했다. 미드웨이에 대한 폭격은 효과가 그리 크지 않았지만, 미드웨이에서 발진한 미군 폭격기들은 많은 손실을 입고도 일본 함대에 아무런 피해를 주지 못했다. 호네트와 엔터프라이즈에서 발진한 어뢰폭격기들은 일본 항공모함들에 아무런 손상을 입히지 못한 채 모두 격추되었다.

그러다가 1022시 가가의 경계병이 "급강하폭격기다!" 하고 외친 순간부터 6분 동안 일본 함대는 항공모함 3척을 잃었다. 함대 상공을 선회하면서 경계하는 전투항공초계 임무를 맡은 전투기들이 없었다는 사실 하나로, 전투기 호위도 없이 닥친 미국 급강하폭격기들에게 손을 쓰지 못하고 당한 것이었다. 인류 역사의 수많은 싸움들 가운데 이처럼 짧은 시간에 극적 반전이 나온 경우는 없었다.

이제 일본 기동부대에 남은 항공모함은 히류뿐이었다. 그러나 야마구치는 평소의 그답게 위급한 상황에서도 전혀 위축되지 않고 바로 반격에 나섰다. 미드웨이 공격에서 돌아온 폭격기들을 받아들이느라 격납고로 내려간 항공기들이 있었으므로, 당장 출격할 수 있는 폭격기들은 얼마 되지 않았다. 그나마 그 폭격기들은 항공모함 공격에 적합한 어뢰 대신 미드웨이 2차 공격파를 위해 폭탄을 장착한 터였다. 폭탄을 어뢰로 바꾸어 다는 것보다는 그대로 공격하기로 야마구치는 결정했다.

발진을 위해 비행갑판 후미에 정렬한 항공기들은 급강하폭격기 18대와 전투기 6대였다. 야마구치와 히류 함장 가쿠 다메오加來止男 대좌는 출격하는 24명의 조종사들과 일일이 악수를 했다. 건재한 미국 항공모함들을 공격하고서 살아남아 돌아올 항공기는 아주 드물리라는 것을 모두 잘 알고 있었다.

1058시 이륙을 마친 항공기들은 고바야시 미치오小林道雄 대위의 지휘 아래 미국 항공모함들을 찾아 나섰다. 1140시 히류의 공격 전대는 미국 함대를 발견하고 모함에 보고했다.

"적 항공대는 3대의 항공모함이 핵심임. 이들은 22대의 구축함을 거느렸음."

일본 항공기들이 미국 함대를 발견한 것과 비슷한 시간에 요크타운의 레이더는 72킬로미터 밖에서 다가오는 일본 항공기들을 포착했다. 17임무단은 곧바로 대응에 들어갔다. 모든 함정들이 속도를 높이고 항공모함을 호위할 수 있는 위치에 자리 잡도록 했다. 요크타운에선 화재 통제 조치에 들어갔다. 연료주입관에서 항공유를 빼고 이산화탄소를 대신 채웠다. 항공유가 든 보조 탱크는 바다로 밀어 넣었다.

드디어 적 항공기들을 요격하기 위해 12대의 전투기들이 발진했다. 이어 스프루언스가 보낸 16임무단 소속 전투기 6대가 합류했다. 이들 18대의 전투기들은 요크타운 24킬로미터 밖에서 부딪쳤다. 두 항공기 집단들은 뒤엉켜 싸우면서 요크타운으로 밀려왔다. 이 과정에서 10대의 일본 항공기들이 격추되었다.

요크타운에 도달해서 실제로 폭탄을 투하한 일본 폭격기들은 몇 안 되었다. 첫 폭격기가 강하를 시작하자, 대공포화가 항공기를 동강 냈다. 그러나 폭탄은 배에 떨어졌다. 비행갑판에 거대한 구멍을 낸 이 폭탄은 격납고 갑판에 있던 3대의 항공기들에 불을 냈다. 그러나 승무원들의 빠른 대응으로 스프링클러가 작동하면서 위험은 사라졌다.

둘째 폭격기는 폭탄을 투하하자마자 대공포화로 동강이 났다. 폭탄은 배에서 조금 벗어나 터졌고 미군들 몇이 부상을 입었다.

그 뒤로 폭격기 몇 대가 급강하를 했지만 대공포화에 맞아서 모두 격추되었고, 오직 두 대만 폭탄을 투하했다. 둘째 폭탄은 지연신관이 장착되어서, 비행갑판을 뚫고 배 깊숙이 들어간 뒤 연돌煙突에서 터졌다. 그 충격으로 보일러들의 불이 꺼졌고, 20분 뒤 배는 멈춰 섰다. 셋째 폭탄은 맨 앞쪽 승강기를 뚫고 들어가 4번 갑판에서 터졌다. 신속한 방화 활동 덕분에 이 두 발의 명중탄도 큰 피해를 주지 못했다.

플레처는 요크타운이 기함으로 적합하지 않다고 판단했다. 요크타운 함장 엘리어트 버크매스터(Elliott Buckmaster) 대령과 그의 참모들은 아직 기능을 완전히 회복하지 못한 배를 운전하는 데 전념하도록 하고, 17임무부대 참모들은 다른 배에서 임무단의 운영에 전념하는 것이 합리적이라고 생각한 것이었다. 그는 바로 곁에 있는 순양함 애스토리어호를 기함으로 골랐고, 1313시 그의 참모들은 항공모함의 우현을 내려가 순양함으로 옮겨 타기 시작했다.

놀랄 만한 정비 기술 덕분에 요크타운은 폭탄이 터진 뒤 70분 뒤에 고장 신호기를 내리고 "속도 5노트" 신호기를 올렸다. 승무원들의 환호성이 올랐다. 마침내 1437시 배는 19노트의 속력을 낼 수 있었다.

1320시 야마구치는 2차 공격파를 발진시켰다. 어뢰폭격기 10대와 전투기 6대로 이루어진 편대였다. 이 작은 편대를 이끄는 지휘관은 오전에 미드웨이 1차 공격파를 이끌었던 도모나가였다. 출격하는 조종사들도, 그들을 보내는 지휘관과 참모들도, 숨 죽이고 바라보는 승무원들도, 모두 잘 알았다. 그들이 살아서 돌아오지 못하리라는 것을. 특히 도모나가는 자신의 폭격기 연료 탱크에 총탄을 맞아서 연료가 절반밖에 되지 않았으므로 모함으로 귀환할 길은 없었다.

남은 폭격기들을 다 모아 마지막 공격에 내보내면서, 야마구치와 가쿠는 조종사들과 일일이 손을 잡았다. 야마구치는 조종사들에게 "잘 싸우게" 하고 격려했다. 조종사들은 미소를 짓고 자신의 항공기에 올랐다. 그리고 적 함대를 향한 실질적 편도 항로에 올랐다.

요크타운의 레이더는 53킬로미터 거리에서 일본 항공기 편대를 발견했다. 항공모함은 곧바로 대응에 들어갔다. 전투기들에 대한 재급유를 중단하고 방화 조치들을 시작했다. 함대 상공에서 전투항공초계 임무를 수행하던 6대의 전투기들에게 요격을 지시하고, 갑판에 있던 전투기 10대 가운데 연료가 충분한 8대를 발진시켰다. 그리고 16임무부대에 지원을 요청했다.

미국 요격기들은 24킬로미터 거리에서 일본 공격기들을 만났다. 1차 공격과 마찬가지로 두 나라 항공기들이 뒤엉켜 싸우면서 요크타운으로 몰려왔다. 미국 요격기들과 대공포화를 뚫고 표적 지역에 이른 일본 폭격기들은 모두 5대였다.

1432시 도모나가는 편대원들에게 명령을 내렸다.

"공격 대형 준비!"

2분 뒤 그의 마지막 명령이 나왔다.

"전 편대 공격!"

일본 폭격기들이 투하에 성공한 어뢰 4발 가운데 2발이 표적을 찾았다. 거대한 폭발들이 일어나고, 요크타운은 바로 기울기 시작했다. 10분 뒤엔 26도나 기울어서 항공모함으로서의 기능을 잃었다. 동력이 끊겨서 배를 바로 세울 수 없다고 판단한 함장은 1455시에 하선을 명령했다.

"항공모함 1척, 전함 2척, 중순양함 3척, 구축함 4척, 북위 31도 15분, 서경 179도 05분, 진로 000, 속도 15."

1445시에 요크타운 정찰기가 보낸 이 짧은 전문은 미국함대 지휘부에 전류처럼 저릿하게 흘렀다. 일본 항공모함들 가운데 혼자 살아남은 히류의 위치가 밝혀진 것이었다. 그것도 호위 함정들을 거느리고 미국 함대를 향해 다가오고 있었다.

플레처로부터 그 정보를 받자 스프루언스는 곧바로 명령을 내렸다. 날 수 있는 급강하폭격기들을 모두 띄우라고.

1550시 24대의 폭격기들이 갤러허의 지휘 아래 일본 함대를 향해 날아갔다. 호위하는 전투기는 없었다. 스프루언스는 모든 전투기들을 항공모함의 호위 임무에 투입했다.

폭격기들을 보내고 나자, 스프루언스는 플레처에게 보고했다.

"16임무부대 항공전대는 귀하의 정찰기가 보고한 항공모함을 지금 공격하고 있습니다. … 내게 내리실 지시 사항이 없습니까?"

스프루언스의 예의 바른 문의는 실제로는 플레처에게 무척 힘든 결정을 강요했다. 미드웨이 작전은 공식적으로 플레처가 지휘했다. 그러나 우세한 일본 함대를 맞아 미국함대는 플레처가 직접 지휘하는 17임무부대와 스프루언스가 지휘하는 16임무부대가 독자적으로 작전하기로 되었고 실제로 그렇게 해 왔다. 이제 17임무부대의 요크타운은 피격되어 버려졌고 플레처 자신은 기함을 순양함으로 옮긴 터였다. 따라서 일본 함대와의 싸움은 엔터프라이즈와 호네트를 그대로 지닌 16임무부대를 중심으로 이루어질 터였다. 순양함에서 두 나라 항공모함들 사이의 결전을 원격 조종하는 것은 너무 비효율적이었다. 따라서 플레처와 참모들이 호네트로 옮겨 가는 방안이 옳은데, 지금은 시간이 너무 오래 걸려서 비현실적이었다. 따라서 스프루언스에게 지휘권을 넘기는 것이 현실적 선택이었다. 그리고 플레처는 망설이지 않았다.

"없소. 귀하의 기동에 맞추겠소."

플레처는 곧바로 회신했다.

1645시 갤러허의 폭격기 전대는 일본 함대를 찾았다. 1701시 갤러허를 선두로 급강하폭격기들이 히류를 향해서 급강하했다. 히류는 빠른 기동으로 첫 폭탄을 피했으나, 폭탄 네 발이 잇따라 뱃머리에 명중했다. 히류는 이내 화염에 휩싸였다. 1712시 호네트에서 발진한 15대의 폭격기들이 이르렀을 때 히류는 이미 표적의 가치를 잃어서, 그들은 호위 함정들을 대신 공격했다. 그렇게 해서 길고 긴 6월 4일의 싸움이 끝났다.

"적 지상 기지와 항공모함의 항공기들의 공격으로 가가호, 소류호, 그리고 아카기호가 화염에 휩싸였음. 우리는 히류호로 하여금 적 항공모함들과 싸우도록 할 계획임. 그사이 우리는 북쪽으로 물러나 전력을 집결시키겠음."

나구모가 새 기함으로 옮길 때까지 잠시 기동부대의 지휘를 맡았던 아베가 1050시에 보낸 이 전문으로 연합함대 사령부는 처음으로 전황을 알았다. 믿어지지 않는 패전 소식에 사령부는 절망의 골짜기가 되었다. 이제 남은 희망은 히류의 반격뿐이었다. 그러나 1730시에 나구모가 보낸 전문은 그런 희망을 꺼뜨렸다.

"히류호는 폭탄들을 맞아 불타고 있음."

그래도 일본군 지휘부는 포기하지 않고 마지막 반전을 노렸다. 비록 항공모함들을 모두 잃었지만, 일본 함대는 수상함들에선 미국 함대보다 우위를 지녔다. 특히 거대한 함포를 장착한 전함들과 중순양함들에선 일본 함대의 우위가 두드러졌다. 그리고 일본 함대는 야간 전투에 능했다. 이런 이점을 이용해서 미국 함대와 야간 해전을 벌이는 방안이 자연스럽게 채택되었다.

연합함대 사령부는 나구모에 대한 불신이 깊었다. 그래서 나구모가 싸움을 피하려 한다 판단하고서, 그에게서 미드웨이 작전지휘권을 박탈하고 2함대 사령관 곤도 노부다케 중장에게 지휘를 맡겼다. 곤도는 곧바로 기동부대의 모든 부대들에 명령을 내렸다. 뱃머리를 동쪽으로 돌려 미국 함대를 공격하라고.

야간 해전의 가능성에 대해선 미군 지휘부도 물론 심각하게 고려했다. 그리고 일본군 지휘부와 마찬가지로, 야간 해전은 일본 함대에 상대적으로 유리하다는 결론을 내렸다. 그래서 날이 저물자 스프루언스는 미국 항공모함들이 동쪽으로 물러나도록 했다.

스프루언스의 결정은 그의 참모들의 반발을 샀다. 공격적인 홀지의 참모들이었으므로, 그들은 항공모함들을 잃은 일본 함대를 몰아쳐야 한다고 주장했다. 그러나 스프루언스는 자신의 결정을 바꾸지 않았다.

첫째, 그의 임무는 미드웨이를 보호하는 것이었다. 일본 함대를 추격하면, 미드웨이에 일본군이 상륙할 수 있었다.

둘째, 태평양함대 사령관 니미츠 대장이 그와 플레처에게 준 작전 지침은 '계산된 위험'이었다. 그리고 니미츠의 '계산된 위험'의 핵심은 대치가 불가능한 항공모함들을 위험에 노출시키지 말라는 것이었다. 일본 항공모함 네 척과 미국 항공모함 1척을 맞바꾼 것은 받아들일 만한 위험이었지만, 지금 일본 함대엔 미국 항공모함과 맞바꿀 만한 핵심적 자산이 없었다.

셋째, 야간 해전에선 일본이 상대적으로 유리했다. 일본은 위력이 큰 함포들을 갖추고 선체가 견고한 수상함들이 미국보다 훨씬 많았다. 반면에, 항공모함은 야간에 함재기를 띄울 수 없으므로 공격 무기라기보다 표적이 될 터였다.

야마구치의 선택

결국 일본 함대는 마지막 희망을 걸었던 야간 해전의 단서를 찾지 못하고 목표 없이 움직이기만 했다. 이사이에도 불타는 항공모함들이 가라앉기 전에 승무원들을 구출하려는 필사적 노력은 이어졌다.

1915시에 소류가 맨 먼저 가라앉았다. 1925시엔 가가가 가라앉았다. 2000시엔 아카기에서 전원 하선 명령이 내려졌다. 다음 날인 6월 5일 0500시에 구축함 3척이 아카기에 접근해서 어뢰를 1발씩 발사했다. 기동부대의 기함으로 태평양과 인도양을 누비면서 일본제국 해군의 상징이 된 이 웅장한 항공모함은 그렇게 비참한 상황에서 바닷속으로 사라졌다.

마지막까지 투혼을 발휘했던 히류에서도 자정을 넘기자 상황이 급속히 악화되었다. 생존자들은 불길을 피해 비행갑판 뒤쪽에 모여 있었다. 참모들 사이에서 야마구치 사령관을 안전한 곳으로 옮겨야 한다는 얘기가 나왔다. 필요하면 강제로 사령관을 이송하자는 의견도 나왔다. 그러나 이토 선임참모가 그런 의견에 반대했다.

"지금 억지로 사령관님을 하선시켜도, 의지가 강한 사령관님은 뒤에 자결하실 것이오. 사령관님께선 이미 마음을 정하셨소. 우리로선 그분 뜻을 따르는 것이 사려 깊은 행동이오."

그러자 모든 참모들이 자기도 사령관 곁에 남겠다고 선언했다. 그리고 이토를 대표로 뽑아 야마구치에게 그런 결의를 보고했다. 이토의 보고를 받자, 야마구치는 고개를 저었다.

"나와 함께 남겠다는 자네 참모들의 결의에 마음이 매우 기쁘고 감동을 받았네. 그러나 젊은 사람들은 후일을 기약해야 하네. 모두 배에서 내리도록 하게. 이것은 명령일세."

이튿날인 6월 5일 0230시 가쿠 함장의 하선 명령이 내려졌다. 20분 뒤 800명가량 되는 생존자들에게 야마구치 사령관이 작별 인사를 했다.

"친애하는 히류호 승무원 여러분, 애석하게도 우리는 적과의 싸움에서 이기지 못했습니다. 그래서 이제 우리는 사랑하는 우리 배와 작별하게 되었습니다. 제2항공모함전대 사령관으로서 나는 히류호와 소류호의 손실에 대해 혼자 그리고 전적으로 책임을 져야 합니다. 따라서 나는 이 배와 운명을 같이하기로 결심했습니다. 그러나 여러분들은 모두 하선해서 후일을 기약해야 합니다. 살아서 천황 폐하를 위해 모든 힘을 다해 싸워 달라는 부탁을 나의 마지막 명령으로 삼으려 합니다. 그동안 고마웠습니다."

이어 가쿠 함장이 승무원들에게 작별의 인사를 했다.

"여러분들과 함께 우리 대일본제국을 위해 싸운 것은 영광이었습니다. 사령관님께서 간곡히 당부하신 것처럼, 여러분들은 살아서 천황 폐하를 위해 모든 힘을 다해 싸우기를 간곡히 부탁합니다."

'천황 폐하에 대한 경배'와 만세 삼창이 뒤를 이었다. 이어 전투기와 지휘기가 내려졌다.

하선 의식이 끝나자, 이토가 야마구치에게 작별 선물을 하사해 달라고 요청했다. 사령관은 선뜻 자신의 전투모를 벗어 선임참모에게 건넸다. 그리고 참모들과 작별했다. 사령관과 함장은 참모들과 함께 옆에서 대기하는 구축함에서 받아 온 물통에서 따른 물로 '영원한 작별'을 위한 건배를 했다.

0315분 마침내 가쿠는 전원 하선 명령을 내렸다. 이때는 이미 항공모함은 바다에 뜬 용광로였다. 하선은 0430시에 끝났다. 0510시 구축함에서 발사된 어뢰가 히류를 맞혔고, 끝까지 용감하게 싸운 이 항공모함

"나는 이 배와 운명을 같이하기로 결심했습니다. 여러분들은 살아서 천황 폐하를 위해 모든 힘을 다해 싸우기를 간곡히 부탁합니다."
하선 명령이 내려졌다. 항공모함은 사령관과 함장을 실은 채 바닷속으로 가라앉았다.

은 사령관과 함장을 실은 채 바닷속으로 가라앉았다.

구사카의 선택

반격의 목표를 찾지 못해서 야간 해전의 가능성이 사라졌음을 깨닫자, 6월 5일 0255시 야마모토는 미드웨이 점령작전을 취소하는 작전명령을 내렸다. 그리고 생존한 함정들은 모두 북위 33도, 동경 170도 해상으로 모이라고 지시했다.

야마모토가 야간 해전의 가능성을 포기했을 때, 스프루언스는 일본 함대를 추격할 준비를 시작했다. 동이 틀 때까지 2시간 남짓한 0200시, 그는 16임무부대의 진로를 서쪽으로 바꾸었다. 항공모함들을 다 잃고 전투기들의 엄호 없이 서쪽으로 패주하는 일본 함대로선 끔찍한 시련이 시작된 것이었다.

그러나 일본군을 당장 위협한 것은 비분강개한 장교들의 자결 충동이었다. 임무를 이루지 못하고 천황 폐하의 소중한 항공모함들만 잃었다는 자책감과 고국에서 기다리는 천황 폐하와 국민들을 볼 낯이 없다는 수치심에 사로잡힌 젊은 참모들 사이엔 스스로 목숨을 끊어서 책임을 지자는 생각이 널리 퍼지고 있었다. 그런 생각은 당연히 기동부대 참모부에서 가장 뚜렷했다.

정오를 막 지난 시간, 기동부대의 기함이 된 나가라의 병동에서 구사카는 아카기를 탈출할 때 입은 화상을 치료받고 있었다. 눈을 감은 채 그는 참선하는 마음으로 둘레의 소리와 움직임을 받아들였다. 독실한 불교 신자인 그는 시간이 날 때마다 참선을 했다. 매끄럽게 바다를 가르는 날렵한 경순양함의 몸짓이 그의 육신에 부드럽게 닿았다.

'나무아미타불. 나무관세음보살.'

끊임없이 밀려오는 아픔의 물결이 그의 절망하는 마음을 부축하고 있었다. 아픔은 목숨이 아직 다하지 않았다는 것을 일깨워 주었고 그는 그것이 고마웠다. 기동부대의 참모장으로서 그는 패전에 대해 누구보다도 큰 책임이 있었다. 최종적 결정이야 기동부대 사령관 나구모가 했지만, 그런 결정에 이르도록 한 것은 구사카 자신이 모은 자료들에 바탕을 둔 최종적 건의였다.

조심스럽게 치료하던 위생병이 더욱 조심스럽게 물었다.

"참모장님, 많이 아프시면, 모르핀을 쓰시는 것이…?"

희미한 웃음을 입가에 띠고서 구사카는 고개를 저었다.

"견딜 만하네. 모르핀이 있으면, 나보다 더 필요한 사람에게 주게."

지금 마음이 흔들리는 그를 지탱하고 있는 것은 육신의 아픔이었다. 그리고 지금 그는 마음이 진통제로 무뎌질 여유가 없었다. 패전의 뒤처리는 힘들고 괴롭고 긴 법이었다. 그리고 그 뒤처리를 할 사람은 참모들을 이끄는 그였다.

그는 마지막 희망이었던 히류가 불길에 휩싸였다는 보고를 받았던 때를 떠올렸다. 아득해진 마음속으로 그는 세상의 종말이 왔다고 느꼈었다. 하긴 그가 알고 자랑스럽게 여긴 세상은 끝난 것이었다. 마음속 깊은 곳에서 그는 알고 있었다. 이번 싸움에서 패배함으로써 일본이 미국에 이길 가능성은 사라졌다는 것을.

"참모장님," 위생병이 조심스럽게 말했다. "응급처치는 했습니다. 혹시 이상이 있으면, 즉시 제게 알려 주십시오."

"수고했네." 구사카는 얼굴에 웃음을 띠고 고개를 끄덕였다.

위생병이 경례하고 떠나자, 구사카는 눈을 감고 마음을 가다듬었다. 배의 움직임이 몸에 느껴졌다. 익숙한 그 움직임이 그의 너덜거리는 마음을 어루만졌다. 문득 마음을 덮을 것처럼 일렁이는 절망의 잿빛 물살 아래에서 붉은 무엇이 솟구쳤다.

"이렇게 끝낼 수는 없지."

그 자신도 모르게 그의 입에서 신음 비슷한 말이 새어 나왔다.

그랬다. 아직은 절망할 때가 아니었다. 한 판 싸움으로 전쟁이 결정되는 것은 아니었다. 일단 기동부대를 일본으로 귀환시켜야 했다. 절망은 그때 가서 해도 되었다.

"참모장님," 선임참모 오이시 다모쓰大石保 대좌가 들어왔다. "치료는 다 받으셨습니까?"

"어서 오게." 오이시의 굳은 얼굴을 보자, 구사카는 좋은 소식은 아니라고 생각했다. "화상이니, 뭐, 치료라고 해 봤자…."

"참모장님, 전 참모들이 결심을 했습니다." 오이시가 삐걱거리는 목소리로 말했다.

"결심?"

"예. 모두 책임을 지고 자결하기로 결심했습니다. 사령관님께서도 그렇게 하십사 건의해 주십시오."

"자네 지금 정신이 있나? 아직 적군과 싸우고 있는데, 자결이라는 말을 입에 올려? 미국놈들 좋아할 일을 하겠다는 거야? 그리고 감히 사령관님께서도 그렇게 하십사 건의해 달라고? 자네 선임참모 맞나?"

구사카의 격앙된 질책을 받자, 오이시는 얼어붙은 채 대꾸를 못 했다.

"가서 기동부대 참모들 전원을 여기 집합시켜."

"알겠습니다."

구사카는 상황이 심각하다는 것을 깨달았다. 일본군 장교가 책임감과 수치심에서 자결하겠다는 것은 흔히 있는 일이었다. 그러나 자신이 모신 상관에게 함께 자결하자고 요구하는 일은 아직 들어 본 적이 없었다.

"직접 모셔 본 자들이 그런 말을 해?"

사령관 나구모에 대해 참모들이 은연중에 품은 불신이 그런 터무니없는 얘기가 나오도록 했다는 데 생각이 미치면서, 그의 입에서 분노의 질책이 새어 나왔다.

나구모가 항공모함함대인 기동부대의 사령관에 적합한 인물이 아니라는 것은 구사카도 선선히 인정했다. 나구모는 항공모함의 함장을 지낸 적이 없다는 결정적 약점이 있었다. 이번 미드웨이 작전에서 그런 약점이 모든 사람들의 눈에 띈 것도 사실이었다. 그러나 나구모는 성실했고, 전문적 지식을 지닌 참모들의 의견을 존중했다. 펄 하버 작전 이래 여러 작전들에서 거둔 놀랄 만한 전과는 그냥 얻어진 것이 아니었다. 이번 작전의 실패에서 나구모 자신이 직접 책임져야 할 부분은 찬찬히 따져 보면 그리 크지 않았다. 이번 작전이 실패한 근본적 원인은 잘못된 작전계획이었고, 그 책임은 연합함대에 있었다. 그 계획의 실행 과정에서 기동부대가 저지른 잘못들은 싸움터에서 예상할 수 있는 수준이었다. 그리고 그런 잘못들에 대해서 나구모 자신이 져야 할 책임은 그리 무겁지 않았다. 나구모가 내린 결정들은, 치명적으로 판명된 것들까지도, 구사카 자신이나 겐다가 건의한 것들이었다.

나구모가 안은 문제의 뿌리는 그가 야마모토의 신임을 받지 못한 것이라고 구사카는 생각했다. 그런 불신의 틈새를 연합함대 참모장 우가키와 2항공모함전대 사령관 야마구치가 연합해서 크게 늘린 것이었다. 우가키와 야마구치는 해군사관학교 동기였고 나구모에 대한 경멸을 공유했다. 야마모토가 나구모의 지휘권을 박탈하고 곤도에게 작전을 맡긴 것에서 그 점이 다시 증명되었다. 나구모를 그렇게 물러나게 한 이유는 아직도 밝혀지지 않았지만, 그 조치는 부당했고 어리석었다. 먼 후방에서 뒤늦은 정보로 방대한 항공모함함대를 원격 지휘하겠다는 발상 자체가 문제였다. 누가 구사카에게 이번 작전의 실패에 대해 가장 큰 책임을 질 사람을 꼽으라 한다면, 그는 서슴없이 우가키를 꼽을 터였다.

구사카가 가슴에서 끓어오르는 우가키에 대한 혐오와 분노를 삭히려 애쓰는 동안, 기동부대 참모들이 들어와서 한 줄로 그의 앞에 섰다. 구사카가 오이시에게 화를 냈다는 것을 들었으므로, 모두 그와 눈길이 마주치지 않게 고개를 숙이고 있었다.

"참모장님, 다 모였습니다."

오이시가 경례하고 보고했다. 아카기의 함교에서 탈출하다 양 발목을 다친 터라 구사카는 앉아서 답례했다.

"오이시 선임참모에게서 여러분들이 자결을 하겠다는 뜻을 품었다는 것을 보고받았소. 그런 뜻을 품게 된 사정을 물론 나는 충분히 이해하오. 그런 뜻을 품는 사람이 없다는 것도 이상할 것이오. 이번 작전에서 우리 기동부대는 참담하게 패배했고, 우리 참모부가 패전의 책임을 전적으로 지는 것은 당연하오."

그는 잠시 붕대로 덮인 자신의 두 손을 내려다보았다. 화상에서 전해오는 아픔이 자꾸 처지는 그의 마음을 기둥처럼 떠받치고 있었다.

"그러나 책임을 지는 일은 쉽지 않소. 책임을 현명하게 지는 것은 생각보다 어렵소. 아직 싸움이 끝나지 않은 지금, 자결하는 것이 과연 책임감 있는 행동인가, 너무 쉬운 선택은 아닌가, 여러분들이 죽고 나면 뒤처리는 누가 할 것인가, 여러분들이 지금 자결하는 것이 적군에게 무슨 타격이 되겠는가, 이런 물음들을 여러분들에게 하고 싶소."

구사카는 지팡이로 쓰는 쇠막대기를 짚고 일어섰다.

"여러분들은 아녀자들과 같소. 작은 승리에도 흥분해서 천하무적인 듯 행동하더니, 싸움 한번 졌다고 목숨을 끊겠다고 나서는 것이 꼭 지각 없는 아녀자 같소."

모두 고개를 더욱 숙인 가운데 오이시가 말했다. "죄송합니다. 저희가 어리석은 생각을 했습니다."

"이번에 분고수로를 나올 때 우리는 알았소. 우리 가운데 상당수는 다시 돌아오지 못하리라는 것을. 그렇다면, 적군 한 명이라도 더 없애고 죽어야 할 것 아니오?" 사람들이 자신의 얘기를 새기도록 뜸을 들인 다음, 구사카는 말을 이었다, "아직 우리 대일본제국이 전쟁에서 진 것은 아니오. 우리가 천황 폐하와 대일본제국을 위해 싸우다 죽을 기회는 얼마든지 있소. 지금 자결하는 것은 그런 기회를 버리는 일이오. 무슨 얘긴지 알겠소?"

스프루언스의 16임무부대는 6월 5일과 6일에 걸쳐 퇴각하는 일본 함대를 추격했지만, 성과는 거의 없었다. 더 추격하는 것은 실익이 없고 위험만 키운다고 판단한 스프루언스는 6월 6일 1900시에 항공 작전을 마치고 함대를 동쪽으로 돌렸다. 이로서 미드웨이 싸움은 실질적으로 끝났다.

이보다 앞서 1245시에 니미츠는 미드웨이 싸움에서 미군이 완벽한 승리를 거두었다고 밝혔다. 호놀룰루의 〈스타불리틴(Star-Bulletin)〉이 보도한 첫 공식 발표에서 그는 미드웨이에서의 승리로 "우리 목표의 중간쯤(about midway to our objective)"에 도달했다고 평가했다.

야마모토의 선택

1942년 6월 9일 야마모토는 자신의 기함 야마토 가까이 나구모의 기함 나가라를 불렀다. 연합함대 참모들과 기동부대 참모들이 함께 미드웨이 작전을 평가하고, 패전의 원인을 분석해서 교훈을 얻고, 나아가서 연합함대를 새로 편성하는 방안을 협의하려는 생각이었다.

회의가 열리기 전, 연합함대 참모부 요원들은 기동부대 참모부에 패전 책임이 있다고 비난했다. 그런 얘기를 듣자 야마모토는 자기 참모들에게 명령을 내렸다.

"우리 참모부 외의 사람들에겐 잠수함함대와 기동부대가 미드웨이에서의 실패에 대해 책임이 있다는 얘기를 하지 않도록 하라. 미드웨이에서 실패한 것은 나 자신이다."

야마모토의 방에서 열린 회의에서, 지팡이에 의지한 채 구사카는 패전의 원인들에 대해 길게 보고했다. 그는 여섯 가지를 지적했다.

> 집결의 어려움 때문에 전투 전야에 무선 침묵을 깨뜨려야 했던 일,
> 정찰기들이 회귀하는 과정에서야 뒤늦게 적군을 발견한 것,
> 2차 공격파를 준비할 때 항공기들을 회수하느라 빚어진 혼란,
> 폭격기들의 폭탄을 바꾸어 장착하느라 초래된 지연,
> 1차 공격파의 도착을 기다리느라 빚어진 지연,
> 항공모함들의 지나친 집중이 부른 불리점.

구사카는 기동부대의 행동에 대해서만 보고했을 뿐, 미드웨이 작전에서 나온 문제들이나 다른 부대들에서 나온 문제들은 언급하지 않았다. 불평이나 변명은 없었다. 이어, 이번 작전의 실상을 일본 국민들에게 자세히 밝히는 것이 현명한 방책임을 지적했다. 이번 전쟁에서 이기려면 일본 국민들 모두가 참여해서 총력을 집중해야 하는데, 그렇게 하려면 국민들이 전황에 대해 제대로 알아야 한다는 얘기였다.

해군 수뇌부는 미드웨이 패전의 실상 대신 조작된 결과를 발표했다. 진실 대신 거짓을 선택한 결과, 일본이 대전을 보다 합리적으로 수행할 기회도 사라졌다.

침중한 얼굴로 고개를 끄덕이는 야마모토에게 구사카가 말했다. "사령관님, 제가 군인으로서 사령관님께 개인적으로 청원할 사항이 하나 있습니다."

"말해 보게." 야마모토가 부드러운 목소리로 허락했다.

"기동함대를 지휘한 나구모 사령관과 참모장으로 사령관을 보좌한 저는 이번 패전에 대해 중대한 책임이 있습니다." 담담한 목소리로 말하고서, 구사카는 고개를 숙였다. "그 책임에 대해서 저희는 어떤 벌이라도 감수하겠습니다. 그래도 사령관님께서 저희에게 적군과 싸워 오늘의 패배를 되갚을 기회를 저희에게 내려 주시기를 청원합니다."

좀처럼 감정을 드러내지 않는 야마모토의 눈가에 눈물이 어렸다. 탁해진 목소리로 연합함대 사령관은 기동부대 참모장에게 말했다. "알았네. 열심히 하게."

미드웨이 해전에서 참패했다는 사실을 일본 국민들에게 정직하게 밝혀야 한다는 얘기는 오직 구사카만이 할 수 있는 얘기였다. 일본 해군에는 그런 생각을 할 만한 사람도 드물었고, 모두 금기로 여길 그런 얘기를 연합함대 사령관에게 공개적 회의에서 건의할 사람은 그 말고는 없었다. 그러나 그의 건의는 받아들여지지 않았다.

본국이 가까워지자, 뜻밖의 패전으로 의기소침했던 일본 함대의 승무원들은 차츰 사기가 올랐다. 그러나 히로시마만으로 귀환한 해군 함정들의 승무원들은 배에서 내릴 수 없었다. 심지어 외부 연락이 금지되어 가족과도 연락하거나 통화할 수 없었다. 병사들만이 아니라 함장들까지도 발이 묶였다. 필수적인 연합함대 사령부 요원들만 출입이 허용되었다. 패전 소식이 밖으로 새어 나가는 것을 막으려는 조치였다.

이런 조치와 함께, 해군 수뇌부는 패전의 실상 대신 조작된 결과를 발표했다. 해군의 공식 발표에 따르면, 미드웨이 해전에서 일본이 입은 손실은 "항공모함 1척 손실, 항공모함 1척 대파, 순양함 1척 대파, 그리고 항공기 35대 실종"이었다. 이것보다 더 구체적인 정보가 필요한 해군 내부에선 "손실된 항공모함은 가가호이고 대파된 항공모함과 순양함은 각기 소류호와 미쿠마호"라는 얘기가 유포되었다. 모든 해군 부대장들에겐 이런 발표에 따르고 거기 어긋나는 발언을 하지 말라는 함구령이 내려졌다.

전과의 조작에서 문제가 된 것은 부상병들이었다. 이긴 싸움치고는 부상병들이 너무 많다는 얘기가 나오지 않도록, 해군 수뇌부는 극단적 조치를 취했다. 500명가량 되는 부상병들은 병원선으로 옮겨져 요코스카 기지로 이송되었다. 그들은 밤중에 인적 드문 부두에 내려졌고 해군 헌병들이 통제하는 길을 따라 기지 병원으로 이송되었다. 그리고 2개 병동에 격리되었다. 방문객은 차단되었고 심지어 아내들까지도 그들을 면회할 수 없었다. 당연히, 미드웨이 해전에서 용감히 싸운 부상병들은 분노했고 사기가 떨어졌다.

이처럼 전염병 환자들처럼 격리된 부상병들 가운데엔 펄 하버 1차 공격파를 지휘한 일본 해군의 영웅 후치다도 들어 있었다. 그는 해군 수뇌부의 조치를 도저히 받아들일 수 없었다. 미국은 해전의 실상을 잘 알고 있었고, 곧 세상에 알릴 터였다. 사실을 감추는 데는 한계가 있었으므로, 일본이 거짓말을 한다는 것을 곧 세상이 다 알게 될 터였다. 항공모함 4척과 거기 실렸던 300대가 넘는 항공기들을 모두 잃었다는 것을 밝히는 것은 일본 국민들에 대한 믿음을 드러내는 일이었다. 얼마 지나면 거짓으로 드러날 얘기를 꾸며서 발표하는 것은 일본군과 일본 국민들 사이에 불신의 장벽을 높이 쌓는 짓이었다. 국민들이 전쟁의 실상을 알지 못하고 군대를 믿지 못하면 어떻게 힘든 전쟁을 치를 수 있겠는가? 이것이 아카기의 비행갑판에서 입은 부상이 회복되기를 기다리면서 후치다가 소리 없이 부르짖은 한탄이었다.

현실적으로, 그렇게 패전의 실상을 밝혀서 일본 사회를 덮은 음습한 기운을 걷어 낼 수 있는 사람은 야마모토뿐이었다. 연합함대 사령관으로서 그는 그렇게 실상을 해군대신과 천황에게 보고하고 죽거나 다친 자기 부하들의 가족들에게 알려야 할 공식적 및 도덕적 책임이 있었다.

그리고 그렇게 할 수 있는 권위를 지녔다. 애초에 미드웨이 작전을 반대하는 해군참모부를 꺾고 자기 뜻을 관철시킨 터였다. 그리고 그는 물론 그렇게 실상을 밝히는 것이 일본을 위해서 좋다는 것도 알았다. 이미 그렇게 하는 것이 옳다는 구사카의 용감한 건의도 받은 터였다. 구사카와 후치다가 본 것을 그가 보지 못했을 리 없었다.

그러나 야마모토는 실상을 밝히지 못했다. 이미 오래 전에 군부는 일본의 으뜸가는 기득권 세력이 되었다. 만일 일본 해군이 미드웨이에서 대패했다는 것이 알려지면 군부의 막강한 권한과 독재적 행태에 대한 비판이 갑자기 쏟아질 것이고, 군부의 기득권은 많이 허물어질 수밖에 없었다. 특히 해군은 육군에 더욱 밀리게 될 터였다. 해군을 실질적으로 이끄는 야마모토로선 이 점이 가장 마음에 걸렸다. 그래서 그는 진실 대신 거짓을 선택했다. 그리고 그의 선택으로 일본이 제2차 세계대전을 보다 합리적으로 수행할 수 있도록 체제와 정책을 근본적으로 바꿀 기회도 사라졌다.

결국 야마모토는 히로히토 천황에게 미드웨이 해전의 실상을 보고하고 끝냈다. 심지어 육군에도 알리지 않았다. 그래서 육군은 미드웨이 해전에서 기동부대가 입은 손실을 조금씩 알게 되었다. 이런 해군의 행태는 당연히 육군의 분노와 경멸을 사서, 육군과 해군 사이의 메울 수 없는 불신의 골을 더욱 깊게 했다.

당장 문제가 된 것은 해군의 발표를 그대로 믿은 육군이 상황을 제대로 판단하지 못하게 된 것이었다. 그래서 육군은 일본 해군의 능력을 과대평가하고 미국 해군의 능력을 과소평가하게 되었고, 그런 판단은 미드웨이 해전 두 달 뒤에 시작된 '과달커낼 싸움'에서 일본군이 잘못된 작전계획을 세워서 궁극적으로 패배하는 데 한몫 단단히 했다.

미드웨이의 교훈과 영향

워낙 크고 중요한 싸움이었으므로, '미드웨이 싸움(Battle of Midway)'은 일본과 미국에서 깊이 분석되었다.

일본 사람들은 모두 '승리병病'이 패전의 원인이라고 지적했다. 펄 하버 습격 이후 일본 해군은 크고 작은 해전들에서 모두 승리했다. 실은 그런 승리의 전통은 러일전쟁의 쓰시마 해전부터 세워진 터였다. 따라서 일본 해군에선 자신감이 모르는 새 오만으로 변질되었다는 얘기였다. 무리한 계획을 세우고 준비가 부족한 상태에서 작전에 들어가면서도, 사령관과 참모들은 '어떻게 하든 또 이기겠지' 하는 태도를 보였다. 따라서 일본 해군은 언젠가는 잘 준비된 적군에게 대패하게 되어 있었다고 양식을 지닌 군인들은 진단했다.

그러나 일본 해군은 자신의 과오들을 철저하게 분석하고 반성해서 교훈을 얻지 못했다. 미국 해군에게 참담하게 패배했다는 사실을 외부에 철저히 감추려 시도하는 터에, 심지어 자기 육군 수뇌부에게도 감추려 하는 터에, 그저 패배를 감춘 것이 아니라 적극적으로 전과를 조작해서 외부에 발표하고 공식 자료로 삼은 터에, 어떻게 패전의 과정을 철저히 분석하고 괴로운 교훈들을 받아들이겠는가? 치명적인 것은, 외부를 속이기 위한 거짓이 차츰 내부로 스며들어 와서 해군의 양심과 양식을 오염시켰다는 점이었다. 그래서 잘못된 결론들이 도출되었고, 진정한 약점들은 제대로 논의되지 않았다.

미드웨이 해전의 평가에 참여한 미국 해군 전문가들은 모두 승리에 가장 크게 기여한 요인으로 일본 해군 통신 암호의 해독을 꼽았다. 일본 해군의 의도와 작전계획에 대해 소상히 알 수 있었다는 사실에서 모든 다른 성공들이 나왔다. 그러나 일본 해군 지휘부는 자신들의 암호가 미군에 의해 해독되었을 가능성에 대해 미드웨이 해전이 끝난 뒤에도 심각하게 걱정하지 않았다. 이 문제를 맨 먼저 심각하게 거론한 것은 실제로 함재기를 몰고 미군 항공기들과 싸운 항공모함들의 조종사들이었다. 그들이 지적한 것은 미국이 보유한 항공모함 세 척이 모두 미드웨이 근해에서 대기하다 동시에 일본 항공모함들을 공격했다는 사실이었다. 그들은 미국 함대가 일본 함대의 움직임을 미리 알고 있지 않았다면 그런 일은 일어날 수 없다고 얘기했다. 그러나 그들의 생각은 패전의 원인을 분석하는 자리에 반영되지 않았다. 패전 소식이 외부에 알려지는 것을 극력으로 막는 상황에서 조종사들의 의견이 상부에 전달될 길은 없었다.

철저한 분석을 통해 교훈을 얻으려는 태도는 승리한 미국 해군에서 훨씬 진지했다. 니미츠가 작전 기간에 확인한 많은 잘못들을 고치기 위한 조치들이 적극적으로 추진되었고, 덕분에 미국 해군의 전력은 크게 향상되었다.

역사상 가장 큰 해전이었고 우세한 일본 해군이 열세인 미국 해군에 참패한 터라, 미드웨이 싸움의 영향은 클 수밖에 없었다. 묘하게도, 일본에서나 미국에서나 미드웨이 싸움의 중요성은 그리 널리 알려지지 않았다. 일본에선 패전이 승전으로 조작되어서 국민들이 실제로 일어난 일들을 알 길이 없었다. 미국에선 신문들과 방송들이 미국 함대가 거둔 승리의 크기를 아주 조심스럽게 보도했다. '산호해 싸움'에서 미군 당국이 조종사들의 과장되게 마련인 전과 보고를 그대로 집계해서 발표했고, 언론 기관들은 미군 당국을 믿었다가 심각한 오보를 했었다. 그런 경험 때문에 이번엔 언론 기관들은 보도에 지나치게 신중했고, 그런 태도가 미드웨이 싸움의 중요성이 일반 시민들에게 알려지는 것을 방해했다.

비록 당시에 미드웨이 싸움의 중요성을 깨달은 사람들은 그리 많지 않았지만, 그 싸움은 태평양전쟁의 과정과 모습에 결정적 영향을 미친 '전환점'이었다.

먼저, 항공모함의 절대적 중요성이 널리 받아들여지면서, 해군의 조직과 작전이 항공모함 위주로 바뀌었다. 이제 함대의 주요 무기는 함포들이 발사하는 포탄이라는 미사일이 아니라 함재기들이 싣고 가서 투하하는 폭탄이나 어뢰라는 미사일로 바뀌었다. 미사일의 사거리가 엄청나게 늘어나고 정확해진 것이었다.

다음엔, 일본 해군이 지녔던 우위가 단숨에 무너지면서 미국 해군이 태평양전쟁의 주도권을 쥐게 되었다. 일본 항공모함함대가 입은 손실은 메울 수 없는 손실이었다. 일본이 잃은 항공모함 4척과 300대가 넘는 항공기들은 그 자체로도 심대한 손실이었지만, 함께 잃은 조종사들과 승무원들은 도저히 대체할 수 없는 인적 손실이었다. 그들은 중일전쟁과 펄 하버 이후의 작전들에 참여한 경험 많은 요원들이었고, 그들의 죽음과 함께 엄청난 지식과 경험이 함께 사라졌다. 그래서 신병들의 훈련을 맡을 교관들이 부족해서, 일본 해군이 자랑하던 정예 조종사들과 숙련된 승무원들 대신 훈련을 제대로 받지 못한 병력들이 일본 함대들을 채웠다.

원래 야마모토의 전략은 초기의 결정적 전투에서 미국 함대를 크게 깨뜨려서 주도권을 장악하는 것이었다. 그런 바탕에서 미국과 협상을 시작해서 승산이 없는 미국과의 전쟁을 최대한 유리한 조건으로 마무리한다는 것이 그의 복안이었다. 이제 주도권이 미국에게 넘어갔으므로, 그는 미국이 압도적 군비를 갖춰 공격에 나서는 것을 기다릴 수밖에 없었다. 애초에 그가 그렇게도 두려워한 상황이 현실이 된 것이었다.

그러나 미드웨이 싸움의 근본적 중요성은 전략적 차원에 있었다. 모든 자원들을 동원한 일본 해군의 공격을 좌절시키면서, 미국은 일본과의 전쟁에서 주도권을 얻었다. 만일 미드웨이에서 미국 함대가 패배했다면, 미국은 하와이는 물론 본토 서해안까지 일본군의 위협에 노출되었을 터였다. 그렇게 되면 미국 시민들과 야당은 정부와 해군을 비난하고 대책을 세우라고 아우성을 쳤을 터였다. 루스벨트 정권은 어쩔 수 없이 대서양에 투입한 자원들을 태평양으로 돌렸을 것이고, '독일 먼저 상대한다'라는 미국의 기본 전략도 수정되었을 터였다. 이런 전략적 방향 수정은 미군의 유럽 상륙작전을 늦추어서, 러시아가 독일 전체를, 어쩌면 서부 유럽의 대부분을 점령하도록 만들었을 것이다. 그런 뜻에서 미드웨이 싸움은 태평양전쟁의 '전환점'이었을 뿐 아니라 세계 역사의 '분기점'이었다.

제10장

조국을 향한 단파 방송

낯설어진 조국

1942년 5월 7일 저녁, 남태평양 산호해에서 미국과 일본의 함대들이 부딪치기 직전, 워싱턴에선 이승만이 서재에서 연설문 원고를 쓰고 있었다. 정보조정국(COI)과의 협의가 끝나서, 6월 중에 이승만의 연설을 샌프란시스코의 방송국에서 조선을 향해 단파로 방송하기로 된 것이었다.

가슴에 들끓는 감정들을 가라앉히려 애쓰면서 그는 펜을 들었다.

"나는 이승만입니다."

문득 마음이 아득해졌다. 할 말이 하도 많아서 추리고 또 추려야 하리라 생각했었는데, 막상 펜을 잡으니 자신이 지금껏 조선에서 살아온 동포들에 대해서 잘 모른다는 생각이 들었다. 고국을 떠난 지 꼭 30년이었다. 강산이 세 번 바뀌었을 세월이었다. 그가 고국을 떠난 뒤에 태어난 사람들이 인구의 절반을 훌쩍 넘을 터였다. 그들은 일본 국민으로 태어나 천황의 신민으로 살아왔다. 모든 면들에서 억압적이고 철저한 일본의 통치를 받았으니, 그들은 지식도 생각도 제약되고 편향되었을

1942년 6월 중에 이승만의 연설을 샌프란시스코의 방송국에서 조선을 향해 단파로 방송하기로 되었다.
이승만은 펜을 들었다.
"나는 이승만입니다."
문득 마음이 아득해졌다. 고국을 떠난 지 꼭 30년이었다.

터였다. 그들에게 조선왕조는 기억에 없는 과거였고, 대한민국 임시정부는 어쩌다 풍문으로 들리는 이국의 일일 터였다.

한숨을 길게 내쉬고서, 그는 펜을 내려놓았다. 들여다볼수록 깊어지는 어둠 앞에 선 심정이었다.

'일본의 국민으로 일본의 통치를 받고 자신의 앞날을 설계하면서 살아온 사람들인데… 무슨 생각을 하고 어떻게 살아갈까? 먼 이국에서 30년을 살아온 늙은이가 들려줄 만한 이야기가 과연 있을까?'

이승만이 아득해진 마음으로 깨달은 것처럼, 조선 사회는 그가 알던 사회가 아니었다. 그가 조국을 떠날 때 조선 사회는 본질적으로 중세 사회였다. 이제 조선은 근대 사회였다. 비록 식민지로 전락했지만, 조선 사회는 역동적이었고 빠르게 발전하고 있었다.

전통적 조선 사회를 규정한 가장 근본적 조건은 엄격한 신분제였다. 그리고 그 신분제의 바탕은 혹독한 노예제였다. 고대와 중세의 사회들은 신분제에 바탕을 두었고 노예들이 없는 사회는 드물었지만, 전통적 조선 사회처럼 혹독한 노예제를 시행한 사회는 없었다. 그래서 조선 사회는 노예제를 중심으로 돌아갔고, 조선 사회의 모습과 운명은 노예제에 의해 다듬어졌다.

한반도는 원래 노비奴婢라 불린 노예가 많은 곳이었다. 긴 삼국시대에 고구려, 백제, 신라가 서로 어지럽게 싸우면서 포로들을 노예로 삼는 관행이 정착되었다. 신라가 당과 연합해서 백제와 고구려를 멸망시키고 한반도의 대부분을 차지하자 노비 계층이 부쩍 늘어났다. 곤궁해진 피정복민들이 노비로 전락하거나 스스로 힘있는 자들의 노비가 되었다.

고려조에서 노예제는 사회의 공식적 제도로 인정받았다. 고려조는 노비안검법奴婢按檢法과 노비환천법奴婢還賤法을 만들고 노비도감奴婢都監을 통해 이 법들을 실행했다. 신라의 지배계층이 고려조의 지배계층을 이루었으므로 이런 제도적 진화는 필연적이었다.

조선조는 더욱 철저하고 억압적인 노예제를 운영했다. 노비변정도감奴婢辨正都監과 장례원掌隷院을 설치해서 노비들을 국가에서 집중적으로 관리했다. 임진왜란과 병자호란을 겪고 사회 체제가 근본적으로 허물어진 17세기엔 도망친 노비들을 찾아내는 추쇄도감推刷都監을 세워서 노비제의 부활을 시도했다.

조선조는 법의 지배가 확립된 적이 없었고 재산권은 원시적 형태에 머무른 사회였다. 그러나 노예에 대한 재산권만은 아주 자세하게 규정해 놓았고 엄격히 실천했다. 『경국대전經國大典』의 '사내종이 계집종을 얻어서 낳은 자식들(천취비산賤取婢產)' 조에선 "공천公賤이나 사천私賤이 제 계집종을 얻어 낳은 자식은 자기를 소유한 관아나 주인에게 주고, 제 아내의 계집종을 얻어 낳은 자식은 아내를 소유한 관아나 주인에게 준다. 만일 양인인 여자를 얻고 다시 그 양처良妻의 계집종을 얻어 낳은 자식은 자기를 소유한 관아나 주인에게 준다. 만일 그 양처가 다른 남편에게서 자식을 낳았다면 그 자식에게 준다"고 규정했다. 이 규정은 물론 더할 나위 없이 비정하지만, 노비들은 인간이 아니라 가축과 같은 주인의 재산이라는 전제를 한번 받아들이고 나면 그 논리적 추론은 거의 최면적 효과를 지닐 만큼 합리적이다.

15세기 후반에 완성되어 조선조 사회의 기틀을 마련했지만, 『경국대전』은 법전으로선 무척 허술하다. 위의 조항이 속한 「형전刑典」은 독자적 규범을 제시하지 못하고 중국 명明의 법전인 『대명률大明律』을 근간으로 삼았다. 그래서 「형전」의 조항들은 『대명률』을 조선 사회에 적용하는 과정에서 나오는 문제들만을 규정해 놓았다. 그런 상황에서 노비들에 관한 규정들만은 그렇게 자세하고 논리적으로 만든 것이었다.

이처럼 국가가 노예제의 수립과 보존에 힘을 쏟은 경우는 드물다. 노예가 존재하는 사회들은 '노예 소유 사회'와 '진정한 노예사회'로 나뉜다. 전자는 노예들이 경제에서 필수적 기능을 맡지 않은 사회들이니, 고대 이집트, 서남아시아, 인도 그리고 중국이 여기 속한다. 후자는 노비들이 없으면 경제가 제대로 움직이지 않는 사회들이니, 고대 그리스와 로마, 남북전쟁 이전의 미국 남부 및 카리브해 지역이 여기 속한다.

노비들이 대략 구성원들의 3분의 1가량 되었고, 지배계급이 노동을 전혀 하지 않아도 노비들의 노동에 의존해서 유복하게 살아갈 수 있었으며, 공노비들이 없이는 궁정과 관청들이 마비될 수밖에 없었던 전통적 조선 사회는 '진정한 노예사회'의 이상형에 가까웠다. 노예들 없이는 경제활동이 중단되고 관청의 업무가 마비되었으므로, 노예를 해방시키는 것은 실질적으로 금지되었다. 고관이라 할지라도 공노비를 속량贖良하려면 먼저 노비를 구해서 대신 공노비로 만들어야 했다. 노예의 해방이 실질적으로 불가능했다는 사실이 조선과 다른 '진정한 노예사회'들을 갈라 놓는다.

로마 제국의 법은 노예제를 "어떤 사람이 천성을 거슬러 다른 사람의 힘에 지배받도록 하는" 제도라고 정의했다. 즉, 노예는 법의 보호를 받는 사람이 아니라 주인의 재산이라는 얘기다. 사람은 결혼해서 자식을 낳고 키워서 대를 이으므로, 사람의 기본적 권리는 가족을 꾸리는 권리다. 한 사람이 다른 사람의 재산이 되면 이 기본적 권리마저 박탈당한다. 노예들은 자신들의 물질적 생산만이 아니라 육신적 생산에 대해서도 자유와 권리가 전혀 없었고, 노예 신분은 그들의 자식들에게로 세습된다. '진정한 노예사회'들 가운데 이 마지막 걸음을 내디뎌서 '완전한 노예사회'로 이행한 사회들로는 남북전쟁 이전의 미국 남부와 조선이 꼽힌다.

비록 미국 남부가 악명이 높았지만, 노예제의 진화에선 조선이 미국 남부보다 훨씬 앞섰다. 조선에선 궁정과 관청의 일들을 대부분 공노비들에 의존했으므로, 민간 부문에서만 노예노동에 의존한 미국 남부보다 노예제에 대한 의존도가 훨씬 컸다. 게다가 공노비들 가운데엔 기생이라 불린 성노예들이 있었다. 그들은 지배계급에 성적 향락을 제공하

조선 사회가 천 년 넘게 시행한 잔인하고 철저한 노예제는 조선 사회를 근본적 수준에서 규정했다. 노예제는 조선 사회의 모든 면들에 부정적 영향들을 깊이 미쳤다.

도록 강요되었고 그들의 신분은 자식들에게 세습되었다.

조선 사회가 천 년 넘게 시행한 잔인하고 철저한 노예제는 조선 사회를 근본적 수준에서 규정했다. 왕조가 바뀌어도, 외적의 침입으로 사회가 황폐해지고 국가 기관들이 무너져도, 노예제는 조금도 허물어지지 않았다. 당연히 노예제는 조선 사회의 모든 면들에 부정적 영향들을 깊이 미쳤다. 실제로 노예제를 고려하지 않고선 조선 사회의 두드러진 특질들을 제대로 설명할 수 없다.

먼저, 노예들이 입은 손실이 너무 커서, 조선을 정신적으로나 물질적으로나 빈곤한 사회로 만들었다. 노비의 수는 적을 때도 국민의 20퍼센트 이하로 줄지 않았고 많을 때는 50퍼센트 가까이 되었다고 추산된다. 이 방대한 인구가 입은 손실은 짐작하기도 어렵다. 인간으로 살기 어려운 환경에서 인간으로 살아남기 위해서, 노예들은 특별한 심리적 특질들을 갖추어 자신들의 처지에 적응해야 한다. 그런 심리적 특질들이 무엇인지, 그리고 그것들이 그들의 정신을 어떻게 억압하고 뒤틀리게 하는지, 세습적 노예가 되어 본 적이 없는 사람은 알 길이 없다. 부모들이 노예였고 자신이 노예로 살아가야 하고 자식들도 영원히 노예들로 살아가야 한다는 사실이 기괴하게 변형시킨 사람들의 마음을 누구의 상상력이 제대로 헤아릴 수 있겠는가? 분명한 것은 조선 사회에선 많은 구성원들이 극도로 비참했다는 사실이다.

다음엔, 노예제는 조선 사회를 더할 나위 없이 억압적인 사회로 만들었다. 노예도 사람이니 당연히 노예의 처지에서 벗어나려 애쓴다. 재산치고는 다루기 어렵고 말썽 많은 재산이다. 이런 재산이 재산으로 머물도록 하려면, 사회가 노예들을 극도로 억압해야 한다. 그래서 노비 문제를 다룬 법들은 『경국대전』에서도 형전에 속했고, 노비 문제를 다룬 기관인 장례원은 형조刑曹에 속했다. 그렇게 노예들에게 억압적인 조치는 필연적으로 사회 구조 전체를 억압적으로 만들었다. 개인들은 인권이나 재산권을 누릴 수 없었고, 국가 기구를 운영하는 세력은 자의적으로 백성들을 침탈해서 관존민비官尊民卑라 불리는 질서가 나왔다.

개항 바로 뒤에 조선에 온 외국인들이 이구동성으로 개탄한 것이 자의적이고 잔혹한 형벌이었다. 피의자들이 잔혹한 고문을 받는 것은 당연하게 여겨졌고, 증인들도 일단 관아에 불려 가면 관아의 위엄을 세운다는 명목으로 행해지는 고문을 피하기 어려웠다. 피의자들과 증인들이 갇힌 감옥은 시설이 나쁘고 옥리들이 행패를 부려서 지옥이었다. 그래서 한번 관아에 불려 들어가면 성한 몸으로 나오기 어려웠다.

셋째, 노예제는 조선 사회를 변화를 거부하는 사회로 만들었다. 노예제를 유지하려면 사회가 변화해선 안 된다. 어떤 변화도 노예들을 '생각하는 존재'로 만들어 도망과 반란을 부르므로, 모든 변화는 억제되어야 한다. 그래서 노예제에 바탕을 둔 기성 체제를 옹호하는 이념과 관행들만이 허용되고 사회의 개혁에 관한 논의는 봉쇄된다.

실제로 이런 경향이 점점 진행되어, 조선조에선 이념적 통제와 변화의 거부가 극대화되었다. 왕조의 정통성과 기득권을 정당화하는 데 쓸모가 큰 유교가 유일하게 공인된 이념이 되었고, 유교의 해석에서도 송宋의 성리학이 유일한 정설이 되었다. 그래서 중국이나 일본보다 이념적 공간이 크게 좁아졌고 새로운 이념이나 학설이 나올 여지가 실질적으로 사라졌다. 변화를 극도로 경계하는 태도는 외국과의 왕래나 교역에도 부정적 영향을 미쳐서, 외국과의 교역은 법으로 금지되었고 국내의 상업도 극도로 억제되었다. 아라비아의 상인들인 대식국大食國 사람들이 수도의 외항인 벽란도에 찾아와서 교역하던 고려조는 서양 세력이 밀려드는 상황에서 혼자 쇄국 정책을 고집하는 조선조로 퇴보했다.

넷째, 노예제는 조선 사회가 야만적 특질들을 지니도록 만들었다. 노예를 소유하고 부리려면 사람은 육체적으로나 정신적으로나 무자비해져야 한다. 다른 사람을 사람이 아닌 재산으로 대하려면 사람의 정신이 뒤틀리게 마련이다. 그래서 노예제가 철저해지면 사람들의 심성이 거칠어지게 되고 사회 전반에 야만적 특질들이 짙어지게 된다. 조선 사회에선 노예들이 같은 민족이었다는 사실은 이런 특질들을 더욱 짙게 만들었다. 미국 남부의 경우, 노예들은 아프리카에서 납치된 흑인들이었다. 애초에 인종적으로나 문화적으로 엄격히 구별되는 사람들이었다. 그래서 남부의 백인들은 노예들을 잔인하게 대했지만, 자신들의 삶에선 의식적으로 세련된 문화를 유지하려 애썼다. 조선 사회는 사정이 전혀 달랐다. 노비들은 혈연과 문화에서 같은 민족이었을 뿐 아니라 현실적으로 함께 살던 사람들이었다. 노비들의 상당수는 원래 지배계급에 속했으나 권력 투쟁에서 져서 화를 입은 양반들의 가족들이었다. 교류하고 함께 일하던 사람들의 가족들을 노예들로 대하고 부리는 상황은 조선의 지배계급을 미국 남부의 백인들보다 훨씬 더 야만적으로 만들 수밖에 없었다.

다섯째, 노예제는 남녀 관계를 위선적으로 만들었고 궁극적으로 극도의 여성 차별을 불렀다. 남성 주인들은 여자 노예들에게 성적으로 쉽게 접근할 수 있었다. 관직에 나아간 남성들은 국가에서 공인하고 유지하는 성노예들인 기생들의 성적 향응을 항시 받았다. 이처럼 방종한 남성들의 성적 관행은 지배계급의 여성들에 대한 순결의 강조를 낳았다. 지배계급의 남성들이 가장 두려워한 것은 집안에 거주하는 수많은 사노私奴들이 자신들의 여성들과 관계를 맺는 상황이었다. 그래서 사노와 관계를 맺은 양반계급의 여인들은 처형되었다. 심지어 정승의 부인이었다가 남편이 정쟁에서 져서 역적으로 몰려 죽고 자신은 관비官婢가 된 여성도 천인과 관계를 맺으면 처형되었다. 그렇게 큰 두려움은 남녀가 자연스럽게 사귀고 함께 일하는 것을 불가능하게 만들었다. 여성이 사회적으로 활동할 공간이 사라지면서 여성의 사회적 지위는 점점 낮아졌고, 궁극적으로 극도의 여성 차별이 나왔다.

결국 노예제가 낳은 여러 부정적 영향들이 깊어지면서 조선 사회는 제대로 발전하지 못했다. 국가는 국왕을 정점으로 한 지배계급의 수탈을 돕는 기구로 전락했고, 경제는 발전할 동력을 잃었다. 조선조 말기 동학란을 진압하기 위해 정부가 보낸 군대가 겨우 800명이었다는 사실에서 조선 사회의 실상이 드러난다. 그래서 외국 군대 몇천 명이 들어오면 곧바로 왕실이 그들의 포로가 되었다.

인류 역사에서 가장 비인간적인 노예제가 천 년 넘게 이어졌어도, 조선 사회에서 그것을 비판한 지식인은 단 한 사람도 나오지 않았다. 사회 개혁을 얘기한 지식인들은 적지 않았지만, 노예제를 바탕으로 사회를 조직한 것이 문제라는 것을 깨달은 사람은 없었다. 임진왜란에서 노비들이 왜군의 군정軍政에 기꺼이 순응하는 것을 보면서도 노예제에 관한 '개념적 돌파'에 성공한 지식인이 없었다. 어쩌다 신분제의 모순에 대해 성찰한 지식인이 나오더라도, 적자嫡子와 서자 사이의 차별과 같은 피상적 수준을 넘지 못했다. 왜란과 호란으로 나라의 체제가 크게 무너져서 노예제가 흔들릴 때도 아예 노예제를 철폐하자는 주장은 나오지 못했다. 현실에서 이미 무너진 규범들을 뒤늦게 인정하는 방식으로 노예제를 떠받쳤다. 신분제에 대해 성찰할 만한 계기가 된 기독교의 도래도 조선의 지식인들을 일깨우지 못했다.

더욱 암울한 현상은 신분제의 가장 큰 피해자들인 기생들의 태도였다. 비록 성노예들이었지만 그들은 글을 아는 지식인들이었다. 그러나 그들이 남긴 적잖은 문학작품들 가운데 그들이 자신의 처지를 부당하다고 여기고 해방을 꿈꾼 자취는 없다. 그저 시를 잘 짓는다는 수령의 칭찬을 최고의 영예로 알았다. 엄격한 신분제를 정당화하는 이념들만 통용된 세상에서 살면서 자신들의 처지가 당연하다고 세뇌된 것이었다.

이승만의 노예제 폐지 호소

조선 사회는 1894년에 시작되어 이듬해까지 이어진 갑오경장甲午更張으로 혁명적 변화를 겪었다. 청일전쟁에서 이기고 동학란을 완전히 진압해서 한반도를 실질적으로 점령한 일본은 곧바로 조선 정부에 개혁을 강요했다. 먼저, 개혁을 실제로 추진할 정부 기구로 군국기무처軍國機務處를 설치했다. 의정부議政府 총리대신 김홍집金弘集이 겸직한 총재관總裁官 아래 17인의 회의원들로 꾸며진 이 기구는 모든 중요한 일들을 심의했고 실질적 권한이 국왕이나 정부보다 컸다.

이 기구가 취한 가장 중요한 조치는 조선에 대한 중국의 종주권을 부인한 것이었다. 이 조치로 조선은 마침내 공식적으로 독립국가가 되었다. 실질적으로 가장 근본적인 개혁은 신분제의 폐지였다. 양반의 특권들을 없애고 노비 제도를 철폐해서, 모든 조선 사람들이 법 앞에 평등하도록 만들었다. 이런 법적 평등은 조선의 긴 역사에서 처음 나왔다. 그런 법적 평등에서 정치적, 사회적 및 경제적 평등이 나오게 되었다. 의정부와 궁내부宮內府의 분리로 국왕 개인의 일과 정부의 일을 구별해서 근대적 정부 조직을 마련한 것, 인신매매와 조혼을 금지하고 과부의 재가再嫁를 허용한 것, 고문과 연좌제를 폐지해서 근대적 형법 체계를 도입한 것은 두드러진 개혁 조치들이었다. 덕분에 이론적으로는 조선조가 비로소 근대 국가의 틀을 갖추었다.

실제로는 갑오경장의 개혁 조치들은 제대로 실행되지 못했다. 철폐된 구질서의 최대 수혜자는 왕실이었으므로, 고종과 민비를 중심으로 한 집권 세력은 개혁 조치들을 제대로 실천할 마음이 없었고, 기회가 나올 때마다 개혁을 무력화시키려 애썼다. 마침 만주에 진출한 러시아가 한반도에 대한 영향력을 강화하자 왕실은 러시아에 의존하기 시작했고, 일본의 영향력이 줄어들었다. 자연히 갑오경장은 동력을 잃었다.

당시 조선 지식인들은 이런 상황을 크게 걱정했다. 이들 가운데 정세를 가장 잘 파악하고 조선 사회가 나아갈 길을 가장 뚜렷이 제시한 사람은 한성의 감옥에 갇힌 이승만이었다. 옥중 동지들의 헌신적 도움을 받아 그는 독서와 집필에 매진할 수 있었고, 그런 지적 활동의 결정이 『독립정신』이었다. 이 뛰어난 저서에서 그는 노비제의 철폐가 제대로 실행되지 않은 사정을 통탄했다.

이승만은 『독립정신』에서 '미국 남북방전쟁 사적'이라는 장을 따로 두고 미국이 남북전쟁을 통해서 노예제를 폐지한 과정을 상세히 설명했다. 그리고 그런 조치가 가져온 혜택이 크다는 점을 강조했다.

> 일천팔백육십삼년에 노례 속량하난 령을 반포하니 전국에 그 가긍한 흑인들이 일시에 굴네를 벗셔 자유로 도라가니 그 목숨들의 즐겨함도 측량할 수 업거니와 그 호대한 은택이 어대까지 미치리오.

그리고 세계적으로 노예제 폐지 운동이 일어서 이제는 조선과 중국만이 이 야만적 제도를 지녔다고 지적했다.

> 이후로 영영히 노례 부리난 풍속을 금하기로 법률을 뎡하야 지금 미국셔난 죵이라난 일홈도 업스며 차차 그 쥬의가 번셩하야 디구샹 각국이 이 법을 모본하매 지금 셰샹에난 '대한'과 '청국' 외에

죵 부리난 풍속을 폐하지 안은 나라이 업는지라.

이어 노예제를 버릴 것을 조선 사회에 간곡히 호소했다.

슯흐다, 우리 '대한' 형데들아. 각기 옛 법의 습관된 소견을 깨치고 셰상에 공번된 사상으로 밧고어 생각하야 보시오. 뎌 사람은 어이하야 남의 권리 보호하기랄 이러틋 힘쓰거날 우리는 어이하야 우리 국민의 당당한 권리랄 찻고져 아니하며 내 나라 동포들을 압졔하고 학대하여 우마갓치 대졉하며 노례갓치 부리기를 당연하게 녁이난가. 우리나라에셔도 갑오경쟝초에 노례법을 혁파하야 률문을 뎡하엿으나 상하가 다 그 본의를 깨닷지 못하여 그 법을 바리면 곳 텬디에 떳떳한 리치를 억의난 줄로 녁이난고로 지금껏 그 법이 실시되지 못함이라.

양녕대군讓寧大君의 후손으로 지배계급의 최상층에 속하는 이승만이 최하층의 천민들인 노비들의 해방에 그렇게 마음을 썼다는 것은 그의 인품과 식견에 대해 뜻깊은 얘기를 들려준다.

신분제의 폐지

일본의 식민 통치가 시작되자 비로소 신분제는 실제로 사라졌다. 노비 출신 시민들에 대한 사회적 편견은 완고했고 농업에 절대적으로 의존하는 원시적 경제 체제에서 농토를 갖지 못한 노비 출신 시민들은 경제적 자립이 어려웠지만, 그들이 자유롭게 활동해서 자신의 처지를 보다 낫게 만들 법적 바탕은 마련된 것이었다. 그런 변화는 사람답게 살지 못했던 그들의 마음속에 숨어 있던 힘과 상상력을 풀어 놓았다. 자신만이 아니라 자식들까지 자유롭게 살아갈 수 있다는 사실 앞에서 그들의 태도는 근본적으로 바뀌었다. 주인의 눈치를 보고 스스로 판단하는 일이 없는 사람에서, 스스로 꿈을 다듬고 계획을 세우고 자식을 가르치는 사람으로 바뀐 것이었다. 이런 변화는 통일신라 이후 조선 사회에서 나온 가장 혁명적인 변화였다.

노비제의 폐지는 노비들만이 아니라 양반들도 해방했다. 노예제 사회에서 지배계급은 노예제의 유지를 위해 도입한 압제적이고 비합리적인 체제 안에 조만간 자신들도 갇힌다. 내가 남을 붙잡으면 나도 남에게 붙잡히는 것이다. 비록 강요된 조치였지만 노비들을 해방함으로써 양반들은 억압적이고 비합리적인 사회 체제로부터 자신들을 해방했다.

이 점은 1894년 7월에 나온 의안議案 「휴관休官 후에 임편任便 영상營商케 하는 건」에서 선연히 드러난다. 신분제를 구성 원리로 삼은 사회에선 지배계급과 피지배계급을 뚜렷이 변별하는 일이 근본적 중요성을 지닌다. 그래서 의복에서 직업까지, 사회의 모든 분야들에서 엄격한 분리 정책을 편다. 이런 정책은 어쩔 수 없이 지배계급 자신에도 많은 제약을 강요하게 된다. 다른 신분제 사회들과 마찬가지로 조선조 사회는 각 계급들이 종사할 수 있는 직업들을 엄격히 구분했다. 지배계급은 모든 육체노동이 자신들의 높은 신분에 걸맞지 않는다고 여겨서 아래 계급들에 떠넘겼다. 그들이 높이 여기고 탐낸 직업은 정부 관료였다. 그들은 어려서부터 관료가 되기 위해 준비했으니, 글을 배우는 것도 책을 읽는 것도 모두 관료가 되기 위한 활동이었다. 사농공상士農工商으로 엄격히 구분된 사회인지라, 스스로 사대부라 부른 이 지배계급에 속한 사람들이 한껏 낮추어 고를 수 있었던 직업은 노비들을 부려서 짓는 농사였다. 공업과 상업은 그들이 신분을 포기하지 않는 한 종사할 수 없는 천한 직업들이었다. "관직에서 물러난 뒤엔 사정에 따라 장사를 할 수 있게 한다"는 의안은 천하다고 여겨져 온 직업들에 양반들이 진출할 수 있도록 했다. 비록 다른 개혁 조치들보다 주목을 덜 받았지만, 이 조치는 다른 계급들에 기생했던 양반계급이 신분의 속박에서 벗어나 새로운 경제 영역으로 진출할 수 있도록 했고, 양반들만이 아니라 사회 전체에 활기를 불어넣었다. 그리고 일본의 통치는 그렇게 폭발한 조선 사람들의 의욕과 상상력이 제대로 움직여 성과를 낼 수 있는 사회적 공간을 마련해 주었다. 식민 통치라는 근본적 한계를 지녔음에도 불구하고, 덕분에 일본의 조선 통치는 빠르게 성과를 얻었다.

일본의 조선 통치가 그렇게 조선 사람들이 활동할 사회적 공간을 마련해 줄 수 있었던 요인들은 물론 여럿이었다. 가장 근본적인 요인은 일본의 통치를 통해 조선 사회에 들어온 지식들이 본질적으로 우세한 서양 문명의 지식들이었다는 사실이다. 1870년대의 개항 뒤, 조선 왕실은 발전된 서양 문명을 제대로 받아들이지 않았다. 당장 필요해서 받아들이려 하다가도, 그런 개혁이 왕실의 거대한 기득권을 위협하는 상황이 되면 서둘러 멈췄다. 결국 조선조 사회는 서양 문명의 혜택을 입지 못했고, 바로 그런 사정 때문에 일본에 병탄된 것이었다. 일본의 경우, 미국의 강요로 개항한 뒤 내전을 거쳐 통치 권력이 막부幕府에서 황실로 옮겨갔다. 덕분에 우세한 서양 문명을 빠르게 받아들여서 근대화에 성공했다. 그리고 그렇게 얻은 지식들을 조선의 통치에 이용했다. 따라서 일본의 통치를 통해서 조선 사회에 들어온 지식들은 본질적으로 서양 문명이었고 덕분에 조선 사회는 빠르게 근대화되었다. 즉, 일본은 조선에 서양 문명을 공급한 도관導管이었다.

적극적으로 서양 문명을 받아들이려 애쓴 조선 지식인들이 서양 문명을 만난 곳도 일본이었다. 일본의 강요로 개항한 뒤 조선 정부가 처음으로 해외 사정을 알아보려 파견한 신사유람단紳士遊覽團이 시찰한 곳이 바로 일본 사회였다. 3·1 독립운동을 주도하고 상해임시정부의 수립에 결정적 공헌을 했으며 근대 한국을 대표하는 지식인으로 꼽히는 이광수가 서양 문명을 섭취한 곳도 20세기 초엽의 도쿄였다.

일본이 수행한 서양 문명의 도관 역할은 조선의 해방 뒤에도 상당한 수준으로 지속되었다. 특히 과학과 기술 분야에서 그런 역할이 두드러졌으니, 기계 부품의 교역에서 한국이 일본에 대해 줄곧 보여 온 대규모 적자는 이런 사정을 괴롭게 보여 준다.

정치적으로 중요한 요인은, 일본이 조선을 단순히 경제적 이익을 얻는 해외 식민지가 아니라 자신의 영토로 삼으려 했다는 사실이었다. 이런 정책은 식민 통치 기구인 조선총독부로 하여금 수탈적 기구의 특질들만이 아니라 진정한 통치 기구의 특질들도 짙게 띠도록 만들었다. 비록 식민 통치 기구라는 한계를 지녔고 일본 사람들의 이익을 우선적으로 추구했으며 조선 사람들의 독립 의지를 꺾는 데 주력해서 압제적이었지만, 조선총독부는 조선 사회의 발전을 목표로 삼았다.

그런 정책은 자연스럽게 사회적 자본을 늘리는 투자로 이어졌다. 도로, 철도, 항만, 통신 시설에 대한 열정적 투자는 원시적 수준에 머물렀던 한반도의 교통과 통신을 단숨에 근대화했다. 덕분에 조선 사회는 경제적으로 단일 공동체가 되었다. 이전에는 물자들을 산지에서 소비지로 효과적으로 나를 길이 없어서, 경제적 이익을 제대로 늘리지 못했고 산업도 발전하지 못했다. 심지어 한 지역에 흉년이 들면 다른 곳들에서 식량에 여유가 있어도 구황救荒이 힘들었다. 경제적으로 단일 공동체가 되면서 조선 사회의 사회적 응집력도 부쩍 커졌다.

일본이 특히 열정적으로 투자한 것은 철도였다. 조선총독부는 조선반도에 유기적 철도망을 건설하기로 계획하고, 우선순위에 따라 조직적으로 철도를 놓았다. 맨 먼저 놓은 것은 서울과 외항인 인천을 연결하는 경인선(1899)이었다. 다음엔 조선반도의 동남부와 서북부를 연결하는 경부선(1905)과 경의선(1906)을 놓았다. 이어 조선반도의 서남부와 동북부를 연결하는 호남선(1914), 경원선(1914) 및 함경선(1928)을 놓았다. 이로써 서울을 중심으로 전국이 사방으로 연결되었다. 1927년엔 「조선국유철도 12개년계획」을 세워서 도문선圖們線, 혜산선, 만포선, 동해선, 경전선과 같은 경제적 또는 전략적 중요성을 지닌 철도를 놓았다(도문선은 함경북도 회령에서 두만강을 따라 동해안의 나진에 이르는 철도로, '도문'은 두만강의 중국식 이름이다). 1943년엔 험난한 동부 산악 지역을 관통하는 중앙선이 완공되었다. 이사이에도 철도의 성능을 개선하기 위한 투자는 꾸준히 이루어졌고, 일본과 만주를 잇는 경부선과 경의선에선 세계에서 가장 빠른 열차들이 달렸다.

사회적 자본에 대한 투자들 가운데 장기적으로 중요했던 것은 교육에 대한 투자였다. 신분제에 바탕을 둔 사회인지라, 조선 사회의 지배계급은 지식을 독점하고 피지배계층이 지식을 얻는 길을 원천적으로 봉쇄해서 권력을 독점했다. 양반만이 학교에 다니고 글을 깨쳐 지식을 얻을 수 있었다. 그런 지식도 왕실을 중심으로 한 지배계층의 이익에 봉사하는 것들에 국한되었다. 조선총독부는 모든 조선인들이 교육을 받도록 하고 교육 기관들을 빠르게 늘렸다. 비록 식민 지배를 위한 목적에서 나왔고 그래서 어쩔 수 없이 뒤틀린 면들도 많았지만, 조선인 모두가 서양의 발전된 지식을 얻을 기회가 마련된 것은 조선 사회의 근대화에 결정적 도움을 주었다.

조선을 그저 수탈하는 식민지가 아니라 자신의 영토로 삼겠다는 일본의 정책은 산업 발전에서 두드러진 성과를 얻었다. 조선을 일본제국의 방대한 시장 속에 편입시키고 농업과 공업을 아울러 발전시킨다는 정책은 투자와 일자리를 빠르게 늘렸다. 특히 이전엔 조선에 존재하지 않았던 중화학공업이 창출되어 조선의 산업이 양적으로나 질적으로나 큰 발전을 보았다. 압록강의 수력을 이용한 발전소들이 건설되었고 그 전력으로 흥남에 거대한 공업단지가 세워졌다.

일본의 그런 정책은 자연스럽게 합리적 제도들의 도입을 불렀다. 근대화 과정에서 일본 사회가 시행착오를 통해서 다듬어 낸 것들인지라, 이 제도들은 본질적으로 서양의 제도들을 동양의 사정에 맞게 다듬은 것들이었다. 일본이 러일전쟁에서 백인 강국인 러시아를 물리치자, 일본의 제도들은 모든 비백인 국가들의 이상이 되었다. 그래서 조선만이 아니라 다른 동양 사회들이 일본의 제도들을 많이 본받았다.

이런 제도들 가운데 근본적 중요성을 지닌 것은 재산권이었다. 근대 서양에서 자유주의 사상가들이 밝힌 것처럼, 재산권은 사회의 구성과 진화에서 결정적으로 중요한 제도다. 누구나 자신의 노동으로 재산을 만들고 그 재산으로 살아가므로, 재산권이 확립되어야 인권도 보장된다. 조선 사회에선 전통적으로 재산권이 확립된 적이 없었다. 사회 구성원의 3분의 1가량이 노예들이어서 사람대접을 받지 못하고 재산 취급을 받는 터라 보편적 재산권은 시행될 수 없었다. 그렇다고 지배계급이 재산권을 누린 것도 아니니, 임금의 미움을 사거나 권력 투쟁에서 지면 자신만이 아니라 가족까지 목숨을 잃고 재산을 빼앗겼고, 살아남은 여성 가족들은 노예들로 전락했다.

영국 〈데일리 메일(Daily Mail)〉의 조선 특파원으로 일본이 조선에서 저지른 갖가지 만행들을 고발한 캐나다 저술가 프레더릭 맥켄지(Frederick A. McKenzie)는 『조선의 비극(The Tragedy of Korea)』(1908)에서 당시 조선 정부가 안은 근본적 문제들을 간결하게 지적했다.

> [조선] 정부의 두 가지 주요 문제들은 징세의 도급과 일반 시민들의 부담으로 [양반들에게] 특권들을 허여한 것이다.

징세의 도급은 지방의 수령들과 아전들이 인민들을 한껏 착취하도록 만들었고, 그런 착취는 인민들이 열심히 일하고 재산을 모을 의욕이 나올 여지를 없앴으며, 자신들은 일하지 않고 일반 인민들의 노동에 기대어 살아가는 것을 당연하고 자랑스러운 일로 여긴 양반계급은 사회 전체의 짐이 되었다는 얘기다.

> 언젠가 "왜 내가 더 많은 작물들을 심고 더 많은 땅을 경작하지 않느냐구요?"라고 조선인 농부가 내게 되물었다. "왜 내가 그래야 합니까? 더 많은 작물은 원님이 더 많이 수탈해 간다는 것을 뜻하는데요?"

맥켄지가 소개한 이 짧은 일화에서 조선조의 근본적 문제가 아프도록 선명하게 드러났다.

조선총독부는 근대적 재산권을 도입하고 재산권을 보장할 행정적 및 사법적 기구들을 갖추었다. 조선총독부는 토지를 실제로 측량해서 소유권을 명확히 한 토지대장을 만들었다. 인민들의 재산권을 공식적으로 확인한 것이었다. 조선 사회에선 인민들의 재산권을 공식화한 적이 없었다. "온 하늘 아래 임금의 땅이 아닌 것은 없다普天之下, 莫非王土"라는 고대 중국에서 유래한 절대왕정의 이념이 재산권의 성장을 처음부터 가로막았다. 조선총독부 체제 아래서 자신의 재산권을 국가가 보장하자, 모두 열심히 일해서 재산을 모으기 시작했고 자식들을 가르치기 시작했다.

마지막으로, 그러나 더할 나위 없이 중요하게도, 조선에 대한 일본의 의도와 정책을 실행한 조선총독부는 유능하고 청렴한 관료들로 채워졌다. 이것이 일본의 조선 통치가 성과를 얻도록 만든 마지막 요인이었다. 아무리 의도와 정책이 좋더라도 그것들을 실제로 집행하는 관료들이 무능하거나 부패하면 성과를 얻을 수 없다. 당시 조선총독부의 관료들이 뛰어났다는 것은 널리 인정받았다. 그 점은 역대 조선 총독들의 됨됨이에서 잘 드러난다.

조선 총독은 수상인 내각 총리대신에 버금가는 자리였고, 육군이나 해군에서 뛰어난 경력을 쌓은 장군들이 임명되었다. 초대 총독 데라우치 마사타케와 2대 하세가와 요시미치長谷川好道는 육군 원수였고, 3대와 6대 사이토 마코토齋藤實는 해군 대장이었고, 4대와 7대 우가키 가즈시게宇垣一成와 5대 야마나시 한조山梨半造, 8대 미나미 지로南次郎, 9대 고이소 구니아키小磯國昭, 10대 아베 노부유키阿部信行는 육군 대장이었다. 이들 가운데 데라우치, 사이토 및 고이소는 뒤에 총리대신을 지냈고, 아베는 총리대신을 먼저 하고 조선 총독이 되었다. 특히 사이토와 우가키, 고이소는 조선 통치에서 큰 업적을 남겼다는 평가를 받았고 일본 정치계에서도 지도적 위치를 누렸다. 이들은 군부가 내각보다 우위에 선 일본에서 군부 지도자로서 지니게 된 자신의 권위를 활용해서 소신에 따라 조선을 통치했다. 조선의 쌀농사를 둘러싼 조선총독부와 일본 내각 사이의 대립에서 이 점이 잘 드러난다. 조선총독부가 수리 시설을 갖추고 개간을 장려해서 조선의 쌀 생산이 빠르게 늘어나자 일본 시장에 조선 쌀이 많이 수출되었고, 자연히 쌀값이 크게 내렸다. 일본 농민들의 항의를 받은 내각은 조선총독부에 쌀 증산을 멈추라고 지시했지만, 우가키 총독은 본토 농민들을 위해서 가난한 조선 농민들을 희생시킬 수 없다고 맞섰다.

조선 총독들의 이런 행적은 조선조 왕실의 행적과 극명하게 대조적이다. 나라가 위기에 처했어도 조선조 왕실은 나라 대신 왕실의 안전과 이익을 먼저 생각했다. 흥선대원군이 힘들게 모은 왕실의 재정은 고종과 민비의 향락으로 소진되어, 궁궐을 지킬 군사조차 제대로 확보하지 못했다. 왕실 재정이 궁핍하자 왕실은 드러내 놓고 매관매직을 했고, 그렇게 벼슬에 오른 관리들은 백성들을 착취했다. 독립운동에 나선 지사들 가운데 조선왕조의 복원을 주장한 이가 없었다는 사실은 조선조 왕실의 행태에 대해 유창하게 증언해 준다.

원래 일본은 부패가 적은 사회였고 조선 총독들이 뛰어나고 청렴한 군인들이었으므로, 조선총독부에서 일한 관료들도 대체로 열성적이었고 청렴했다. 그들은 일본의 통치에 대해 이의를 제기하거나 독립정신을 고취하는 행위들은 잔혹하게 탄압했지만, 나름으로 사명감을 품었고 부패하지 않아서 조선 사회의 번영에 공헌했다.

조선 사회의 발전

이처럼 개인들이 활동할 수 있는 사회적 공간이 크게 열리자, 조선의 민중은 능동적이고 창의적으로 반응했다. 천 년 동안 억압되었던 민중의 창조적 에너지가 단번에 분출하는 듯했다. 그래서 조선의 경제는 빠르게 성장했고 사회는 근본적으로 변모했다.

20세기 전반에 조선 사회가 이룬 발전은 무역액에서 가장 선명하게 드러난다. 1910년의 무역액은 중국이 5억 5,700만 달러, 일본이 5억 3,400만 달러, 대만이 5,400만 달러였고 조선은 3천만 달러였다. 1941년의 무역액은 중국이 2억 8,200만 달러, 일본이 19억 8,100만 달러, 대만이 2억 1,500만 달러였고 조선은 5억 8,400만 달러였다. 30년 동안에 중국은 57퍼센트로 줄어든 반면 일본과 대만은 각기 3.7배, 4.0배 늘었고, 조선은 무려 19.5배 늘었다. 단 한 세대 만에 조선이 해외무역이 거의 없던 사회에서 해외로 열린 사회로 바뀐 것이다.

이런 변화는 조선의 경제가 구조적으로 바뀌었음을 뜻한다. 원래 조선 사회는 상업을 극도로 천시하고 억압해서 시장이 발달하지 못했다. 상품의 유통은 5일마다 열리는 장시場市들을 통해서 이루어졌다. 전국적 교역은 보부상褓負商들이 맡았고, 정부의 세곡을 지방의 창고들에서 수도의 창고들로 이송하는 조운漕運을 빼놓으면 해운은 없었다. 그나마 19세기엔 생산성이 낮아지고 경제가 피폐해져서 장시들이 적잖이 줄어들었다.

이런 사정은 조선의 경제가 단일 시장으로 작동하지 못하도록 했다. 시장의 가격 기구가 전국적으로 작동하지 못하니 자원이 효율적으로 배치될 수 없었다. 게다가 수령들이 자기 관할 지역에서 다른 지역으로 곡식이 반출되는 것은 막는 방곡령防穀令을 자주 내려서, 잦은 흉년으로 민중이 겪는 어려움을 더욱 크게 만들었다. 이처럼 원시적인 시장경제 체제가 단숨에 동아시아 전체를 상대로 교역하는 발전된 시장경제 체제로 발전한 것이었다. 이렇게 발전한 시장경제는 해방 뒤 대한민국이 이룬 경이적 발전의 튼실한 바탕이 되었다.

실제로 조선의 경제는 모든 산업 분야들에서 빠르게 발전했다. 조선의 수출에서 공산품의 비중은 빠르게 높아졌으니, 1910년에 10퍼센트 수준이던 공산품은 1941년엔 51.9퍼센트가 되었다. 상업과 공업에 종사하는 기업들의 수와 규모가 가파르게 늘어났고, 기술 인력도 거기 맞춰 늘어났다. 사회 구조도 그런 변화에 맞춰 자연스럽게 바뀌었으니, 남부 농촌으로부터 중북부의 신흥 상공업 지역으로 많은 인구가 이동했다.

이런 발전과 변화에서 일본인들과 일본 자본은 긍정적 영향을 미쳤다. 조선에 진출한 일본인들은 1910년 17만에서 1942년엔 75만으로 늘어났다. 조선 사회의 전체 자산에서 그들이 소유한 자산의 비중은 더욱 빠르게 늘어났다. 종주국의 시민들로서 그들은 식민지 조선에서 여러 형태의 특권들을 누렸다. 그러나 이런 변화는 조선총독부가 조선인들의 자산을 수탈해서 그들에게 넘기거나 가난해진 조선인들이 그들에게 자산을 헐값에 팔아넘긴 데서 나온 것은 아니었다. 일본인들이 조선에 투자한 자본은 조선에 새로운 생산 시설을 마련하고 이윤을 늘렸다.

조선 사회가 보인 활기찬 경제 활동은 조선의 국내총생산을 크게 늘렸으니, 1911년에 5억 원 남짓했던 총생산은 1940년에 46억 원으로 늘었다. 총생산의 연간 증가율이 당시엔 드물었던 3.7퍼센트에 이른다.

적어도 20세기 중엽까지, 사회적 발전과 경제적 번영은 궁극적으로 인구의 증가로 나타났다. 조선의 역사에서 가장 참혹한 재앙은 고구려의 멸망, 고려 중기 몽골의 침입과 조선 중기 임진왜란이었다. 고구려를 점령한 당唐은 고구려의 강역을 차지했을 뿐 아니라 고구려의 지배계층 몇십만 명을 포로로 잡아갔다. 이 민족적 재앙으로 조선인의 활동 공간은 한반도로 움츠러들었다. 몽골의 군대는 32년 동안 한반도를 유린했다. 이 참사로 고려의 국력이 꺾였고 조선 사회의 활기와 역량은 끝내 회복하지 못했다. 7년 동안 이어진 임진왜란은 조선을 쇠잔하게 했고 조선 사회는 가난과 무기력에서 끝내 벗어나지 못했다.

이런 참화들은 인구의 급격한 감소를 불렀다. 임진왜란으로 인구는 4분의 1 이하로 줄었다. 왜란과 호란의 충격에서 가까스로 벗어난 숙종 4년(1678)에 조선의 인구는 525만이었다. 그 뒤로 인구가 점차 늘어 순조 7년(1807)에 756만에 이르렀다. 그러나 세도정치 속에서 사회가 어지러워지자, 인구가 줄어들어서 고종 41년(1904)엔 593만이 되었다.

한국이 일본에 병합된 1910년의 조선 인구는 조선총독부의 통계에 따르면 1,313만이었다. 조선조의 통계들에서 누락된 사람들이 무척 많았다는 얘기다. 어쨌든 조선의 인구는 식민지 시기에 빠르고 안정적으로 늘어서 1942년엔 2,552만이 되었다. 해외 동포들이 많았으므로 이 시기에 '삼천만 동포'라는 말이 나오게 되었다.

위에서 살핀 것처럼, 식민지 시기(1910~1942)에 조선 인구는 2.09퍼센트의 연평균 증가율을 보였다. 조선조 후기(1678~1876)에 조선인은 0.12퍼센트의 인구증가율을 보였다. 따라서 식민지 조선은 조선조 후기보다 훨씬 안정되고 풍요로운 사회였다는 얘기다. 식민지 시기에 조선인의 연평균 인구증가율 2.09퍼센트는 주목할 만큼 높은 수치였으니, 같은 기간 일본 본토 거주 일본인의 1.24퍼센트보다 크게 높았고, 20세기 전반 아시아인들의 0.84퍼센트나 세계 인구증가율 0.85퍼센트의 곱절이 넘었다.

자주에 대한 열망

조선 사회가 발전해서 안정과 풍요를 누리게 되자, 역설적으로 조선인들의 식민 통치에 대한 반감은 점점 커졌다. 닫힌 사회에서 열린 사회로 바뀌고, 외국의 문물들이 쏟아져 들어오고, 교육을 받은 젊은 세대가 자라나면서, 조선 사회는 조선 사람들이 스스로 운영해야 옳다는 생각이 점점 확고하게 자리 잡았다. 일상적으로 일본인들에 비해 열등한 대우를 받는 것에 대한 불만을 넘어, 이민족의 통치를 받는다는 사실이 참을 수 없는 불의로 인식된 것이었다.

이런 의분은 1919년의 3·1 독립운동으로 폭발했다. 일본 유학생들이 주도했고 국내 학생들이 만세운동을 실질적으로 주선했다는 사실이 가리키듯, 조선은 이미 세계로 열렸고 새로운 지식과 개혁의 열정을 갖춘 젊은이들이 주도하는 역동적 사회였다.

조선총독부와 일본 정부는 조선인들의 독립 열망을 권력만으로 꺾는 것은 어렵다고 판단했다. 그래서 비교적 유연한 '문화 정책'으로 대응하려 했다. 먼저, 현역 장군들이 임명되던 조선 총독에 문관도 임명될 수 있도록 규정을 바꾸었다. 다음엔 헌병경찰 제도를 보통경찰 제도로 바꾸었다. 셋째, 일본인 학생들을 크게 우대했던 교육 정책을 바꾸어 조선인 학생들도 평등한 교육의 기회를 누리도록 했다. 아울러, 언론 기관에 대한 엄격한 통제를 누그러뜨려 조선인들이 경영하는 조선어 신문의 발행을 허용했다. 마침 일본에선 다이쇼大正 천황의 치세(1912~1925)로 '다이쇼 데모크라시'라 불린 민주적 정치가 나왔다. 이런 사정은 식민지 조선에도 좋은 영향을 미쳐서, '문화 정책'이 부분적으로나마 실행되도록 도왔다.

그러나 '문화 정책'은 일본의 식민 통치가 안은 모순을 오히려 심각하게 만들었다. 조선인들이 뜻을 드러낼 수 있는 매체로 허용된 동아일보, 조선일보, 시대일보와 같은 조선어 신문들은 민중에게 정보들을 빠르게 알려서 민중의 식견을 높이고 식민 통치의 문제들을 인식하도록 했다. 조선총독부는 엄격한 검열로 그런 영향을 줄이려 했지만, 검열로 누더기가 된 지면들 자체가 조선이 식민 통치를 받는다는 사실을 일깨워주었다.

조선 학생들에 대한 고등교육의 기회를 늘린 것도 식민 지배에 대한 반감을 더욱 크게 만들었다. 식민지에선 사회 기구들이 제대로 발전할 수 없으므로 민중운동이 자라나기 어렵다. 자연히 민중운동은 학생들이 핵심이 되게 마련이니, 3·1 독립운동에서 이 점이 드러났다. 학생들이 빠르게 늘어나면서 조선의 민중운동 역량도 늘어났다. 1920년대 말엽에 독립의 열망이 학생운동을 통해서 분출된 것은 그래서 자연스러웠다.

1929년 10월 30일 오후 광주로 통학하던 학생들을 태운 기차가 나주역에 닿았다. 그때 일본인 남학생들이 조선인 여학생 셋에게 모욕적 언동을 했다. 사소한 일이었지만 민족이 다른 학생들 사이에서 나온 불상사라 이 일은 조선인 학생들을 자극했고 패싸움이 벌어졌다. 싸움은 점점 커져서 11월 3일에는 광주에서 시가전의 양상을 띠게 되었다. 사태의 수습에 나선 경찰은 편파적으로 일을 처리해서 조선인 학생들에게 책임을 돌리고 구속했다. 그러자 광주의 모든 조선인 학생들이 일어나 검거된 학생의 석방을 요구하는 시위를 하면서 "민족 차별 철폐", "약소민족 해방", "제국주의 타도"와 같은 구호들을 외쳤다. 학생 시위는 전국으로 확산되어 이듬해까지 이어졌다. 조선총독부는 강경하게 대응해서

1,642명이 검거되었고 582명이 퇴학 처분을 받았으며 2,330명이 무기 정학을 당했다.

이처럼 조선인들의 식민 통치에 대한 거부감과 독립에 대한 열망은 빠르게 커졌다. 그러나 일본 정부와 조선총독부는 오히려 식민 통치를 강화하기 시작했다. 1929년에 닥친 대공황은 경제적으로 허약한 일본 사회에 격심한 충격을 주었다. 그런 위기를 맞아 일본 정부와 지식인들이 내놓은 해법은 해외 팽창 정책이었다. 자연히 일본의 조선 통치는 더욱 강압적이 될 수밖에 없었다. 조선인들의 독립을 향한 점점 커지는 열망과 그것을 더 세게 억누르려는 일본 정부의 정책은 조선 사회를 극도로 억눌러 폭발의 위험을 안은 사회로 만들었다.

참사를 부를 수 있는 이런 폭발적 상황에 안전판으로 작용한 것이 만주국의 수립이었다. 일본이 세워서 실질적으로 운영한 만주국은 조선인들에게 너른 활동 공간을 제공해 주어, 조선 사회에서 억눌렸던 에너지가 생산적으로 분출될 수 있도록 했다.

만주국

1931년 만주사변을 일으켜 장학량(장쉐량)의 동북군을 몰아낸 뒤, 일본 관동군은 만주와 내몽골을 아우르는 광대한 지역에 만주국을 세웠다. 만주가 원래 청淸의 근거였다는 역사적 사실을 괴뢰 정권의 정통성을 떠받치는 데 이용하려고 일본은 청의 마지막 황제 선통제宣統帝였던 애신각라 부의愛新覺羅溥儀(푸이)를 수반으로 삼았다. 주민들의 다수는 한족이었고 만주족은 그리 많지 않았다. 만주국의 존속 기간 내내 조선인과

일본 관동군은 만주와 내몽골을 아우르는 광대한 지역에 만주국을 세웠다. 괴뢰 정권의 정통성을 떠받치는 데 이용하려고 일본은 청의 마지막 황제 선통제였던 부의를 수반으로 삼았다.

일본인이 빠르게 늘어났다. 몽골족, 백계 러시아인, 폴란드인 및 유대인도 적지 않았고, 모두 서른이 넘는 민족들이 만주국 안에서 살았다.

부의는 일본의 뜻에 따라 수동적으로 움직인 것은 아니었다. 1908년 겨우 2살에 즉위해서 1911년에 신해혁명으로 퇴위한 터라 그는 평생을 자신이 물려받아서 잃은 청 왕조를 되살리려는 열망으로 살았다. 자연히 그는 중화민국의 정통성을 인정하지 않았고 장개석의 국민당 정권에 적대적이었다. 그는 줄곧 일본의 보호를 받았고 일본과의 협력으로 잃은 황제의 자리를 되찾으려 시도했다. 그에게 청의 고토인 만주에 세워진 만주국은 자신의 꿈이 실현된 조직이었다.

당시 만주 주민들의 다수는 만주국의 수립에 대체로 호의적이었다. 오랜 무질서와 전쟁과 약탈에 시달린 터라, 일본군이 실질적으로 만주를 점령하고 중화민국 정부도 동북군도 잃은 영토를 회복할 힘이 없는 상황에서 일본군의 지원을 받는 국가의 출현은 거의 모든 주민들에게 반가운 소식이었다. 주민의 절대다수인 한족이 부의에 대해 거부감을 품을 가능성 때문에 그에게 섭정이라는 애매한 직위를 부여했던 일본이 두 해 뒤 그를 황제로 옹립한 것은 이런 민심에 고무되었기 때문이었다.

만주의 실력자들은 만주국 창설에 적극적으로 참여했다. 그들은 러일전쟁 이래 일본이 지닌 힘을 잘 알았고, 장학량이 일본과 맞서다 패망한 것에서 교훈을 얻었다. 그들은 중국 본토와 변별되는 만주의 역사와 인종을 깊이 의식했고, 자연히 중국 본토와 분리되는 것을 꺼리지 않았다. 아울러 그들은 공산주의 러시아가 만주를 차지할 가능성에 극도의 공포를 느꼈고 중국 공산당의 성장도 크게 걱정했다. 물론 그들의 충성심은 궁극적으로 만주국에 속했고 관동군으로 향한 것은 아니었다.

만주국은 부의가 섭정이었던 1932년부터 1934년까지 그 이름으로 불렸다. 1934년 3월 그가 황제로 옹립되어 강덕제康德帝가 되자, 입헌군주제와 일당국가一黨國家를 채택하고 만주제국滿洲帝國을 국호로 삼았다. 만주 중앙에 자리 잡은 장춘(창춘)을 수도로 삼아 신경新京이라 불렀다.

만주제국 정부는 부의에 충성한 신하들로 꾸려졌다. 그러나 행정부인 국무원의 부서들을 맡은 만주족 부서장들은 실권이 없었고 일본인 차장들이 업무를 수행했다. 궁극적 결정권은 만주국 주재 일본 대사를 겸한 관동군 사령관이었으니, 그는 황제의 결정에 대해 거부권을 행사할 수 있었다. 만주국이 세워진 직후 부의를 대신해서 일본과의 교섭을 맡았고 만주국 초대 국무총리가 된 정효서鄭孝胥(정샤오쉬)는 수도 신경에 처음 이르렀을 때, 총리로서의 포부를 묻는 일본 기자에게 서글픈 웃음을 띠고서 대답했다.

"나는 고용된 뜨내기 배우지 무대감독이 아니오. 대본이 다른 사람에 의해 씌어졌기 때문에 나는 그저 줄거리만을 들었소. 그래서 나는 당신의 질문에 대답할 수 없소."

만주국의 인구는 건국 초기에 3천만 남짓했는데, 빠르게 늘어서 말기엔 4,300만가량 되었다. 일본군이 제공한 안보, 일본 관료들의 뛰어난 행정 능력, 일본 정부와 기업들의 막대한 투자가 만주의 너른 땅과 풍부한 자원을 만나자 만주국은 빠르게 거대한 경제력을 갖추었다. 특히 중공업이 발달해서 일본군의 전쟁 수행 능력을 떠받쳤다.

만주국이 성공적으로 수립되고 운영되자 일본군은 중국의 점령지들에 만주국을 본딴 괴뢰 정권들을 세웠다. 1935년 11월엔 하북河北(허베이)성을 근거로 삼아 기동冀東(지둥)방공자치정부를 세웠고, 1936년 5월엔 차하르 지역에 내몽골군사정부를 세웠고, 1937년 10월엔 몽골연합자치정부를 세웠고, 1937년 12월엔 북경을 중심지로 삼아 중화민국 임시정부를 세워 기동정부를 흡수했고, 1938년 3월엔 남경에 중화민국 유신정부를 세웠다. 마침내 1940년 3월엔 이 모든 정권들을 아우르는 중화민국 국민정부를 수립하고 왕조명王兆銘(왕자오밍)을 수반으로 삼았다. 중국 본토 안에 세운 친일 괴뢰 정권들이 뿌리를 내리지 못하고 단명했던 것과는 대조적으로, 만주국은 처음부터 국가의 모습을 갖추었고, 여러 나라들의 인정을 받았고, 사회적 안정을 누렸으며, 인민들의 상당한 지지를 받았다. 덕분에 일본이 패망할 때까지 13년 5개월 동안 존속했다.

만주국은 설계된 국가였다. 관동군이 처음부터 철저하게 설계를 하고 그대로 국가를 만들어 냈다. 그 일에서 주도적 역할을 한 사람은 관동군 참모부의 핵심이었던 이시와라 간지石原莞爾 중좌였다.

1920년대에 일본 군부는 독일 군부의 영향을 받아 일본을 '국방국가'로 만드는 일을 추구했다. 독일에 유학해서 군사학을 공부한 이시와라는 그런 조류의 중심인물이었다. 그가 구상한 '국방국가'는 명령경제 체제를 갖춘 일당 체제의 전체주의 국가였다. 이 체제에서 정당들은 해산되고 부패한 정치가들과 탐욕스러운 재벌들은 역할이 배제되었다. 적어도 명목적으로는 입헌군주제를 채택하고 문민정부가 다스리는 일본 본토에서 이런 구상은 실현되기 어려웠다. 그래서 관동군을 장악한 참모들은 만주국을 자기들의 설계대로 세우려 했다. 그런 설계에는 이상향의 꿈이 어려서, 많은 사람들이 그것에 매혹되었다.

정치적으로 만주국은 구성원인 모든 민족들이 평화롭게 협력하는 것을 목표로 삼았다. 만주족, 몽골족, 한족, 일본인 및 조선인의 '오족협화五族協和'를 통해 '왕도낙토王道樂土'를 이룬다는 얘기였다.

경제적으로는 명령경제를 철저하게 추구했다. 일본 군부는 자본주의에 적대적이었고 재벌들에 대해서 호의적이 아니었다. 그들이 이념적으로 전체주의를 지향했으므로 그런 태도는 당연했다. 전체주의에 속한 정권들은 이탈리아의 파시스트 정권이든 독일의 민족사회주의(나치) 정권이든 일본의 군국주의 정권이든 사유재산과 시장경제에 적대적이었다. 그들은 러시아의 공산주의 정권과 동질적이었다. 다만, 러시아의 공산주의 체제가 전체주의의 이상형에 훨씬 가까이 갔을 따름이다. 민족사회주의를 추구한 이탈리아, 독일 및 일본의 추축국들이 공산주의 러시아에 공개적으로 적대적이고 자신들이 공산주의를 막아 낸다고 선전했으므로 이런 동질성이 가려졌다. 제2차 세계대전 뒤 러시아 정보기관들이 '역정보(disinformation) 공작'의 차원에서 그런 오해를 적극적으로 조장해서, 이들 전체주의 세력이 '극우'로 불리게 되었다. 좌우를 나누는 전통적 기준인 개인들의 자유와 시장경제의 추구를 기준으로 삼아 살펴야 비로소 이들 추축국들의 정체가 드러난다.

당연히, 자본주의 체제를 버리고 명령경제를 택해서 경제 발전을 이룬 공산주의 러시아의 명령경제는 만주국이 지향하는 모형이 되었다. 그래서 만주국은 러시아의 '경제개발 5개년계획'을 본따서 '경제발전 5개년계획'을 세우고 강제적 공업화를 시행했다. 자본주의에 적대적인 군부는 처음엔 재벌들의 참여를 막고 군부가 직접 소유한 기업들을 통해서 공업을 발전시키려 했다. 그러나 1935년부터 만주국의 산업 부문을 실질적으로 관장한 기시 노부스케岸信介는 공업 발전에 필요한 자금을 조달하려면 재벌들의 참여가 필요하다고 관동군 지휘부를 설득했다. 이후 재벌들이 경제 개발에 참여하면서 만주국의 경제력은 빠르게 늘어났다. 그래서 1930년대 말엽엔 철강 생산에서 만주국은 일본 본토를 앞질렀다. 이런 성취는 중국인 노동자들에 대한 착취에 바탕을 두었다. 나치 독일이 점령지에서 징발된 노동자들의 착취로 공업 생산을 늘린 것과 마찬가지로, 일본군은 중국인 노동자들을 무자비하게 착취했다.

설계는 이상을 추구하지만, 궁극적으로 현실과 타협한다. 사회 조직의 설계에선 이런 사정이 특히 두드러진다. 현실의 힘이 워낙 절대적이므로, 대부분의 사회적 설계들은 조만간 폐기되거나 알아보기 어려울 정도로 변형된다.

만주국을 설계한 사람들은 나름으로 이상을 추구했다. 그들이 내건

'오족협화에 바탕을 둔 왕도낙토의 구현'은 정치적 구호만은 아니었다. 그러나 만주국이 궁극적으로 일본의 이익을 위해 설립되었다는 현실 속에서 그런 이상은 설 자리가 거의 없었다. 일본인들의 제국주의는 중국인들의 민족주의와 부딪칠 수밖에 없었고, 그런 충돌은 만주국이 진정한 국가로 자라나는 것을 근본적 수준에서 제약했다. 만주국의 이런 특질에 막혀 이상적 면모를 지녔던 만주국의 설계자들이 좌절하는 모습을 가장 아프게 드러낸 것은 만주 겐고쿠대학建國大學이다.

겐고쿠대학을 세운 사람은 만주사변과 만주국 수립에서 주도적 역할을 한 이시와라 간지였다. 이시와라를 비롯한 관동군 참모들은 원래 일본군이 만주와 몽골을 점령해서 직접 통치하는 방안을 추진했다. 그러나 관동군보다는 사리와 정세를 잘 아는 일본 정부와 육군참모본부가 명목적으로는 독립된 국가를 세우는 방안을 추진했고, 이시와라는 "눈물을 머금고" 만주국 수립에 동의했었다.

그러나 이시와라는 차츰 일본의 해외 팽창 정책에 회의를 품게 되었다. 육군참모본부 작전과장으로 근무하던 1936년, 황도파皇道派 군인들이 '2·26 반란'을 일으키자 그는 반란군을 진압하는 데 목숨을 걸고 앞장섰다. 이어 중일전쟁이 일어나자 그는 도조 히데키를 중심으로 한 육군의 주류에 맞서 중국과의 전쟁을 확대하는 것에 반대했다. 결국 그는 관동군 참모부장副長으로 밀려났다. 신경에 부임하자 그는 관동군의 타락과 무능을 거세게 비판했다. 특히 자신의 직속상관인 참모장 도조의 무능을 공개적으로 경멸해서 "도조 상등병"이라 부르기까지 했다. 이런 행태는 그를 고립시켰지만, 젊은 장교들의 열렬한 지지를 받았으므로 이미 관동군의 실권을 장악한 도조도 그를 드러내 놓고 박해하지는 못했다. 도조는 그를 한직으로 돌렸다가 1941년에 퇴역시켰다.

군복을 벗은 뒤 이시와라는 저술에 몰두했다. 그는 러시아를 경계했고 동아시아의 단결을 호소했다. 전쟁이 끝난 뒤, 만주사변의 주동자였지만 그는 전범으로 기소되지 않았다. 도조에 공개적으로 맞섰던 일과 중일전쟁에 반대했다는 점이 참작된 것이었다. 그가 전범재판소에 증인으로 출석했을 때, 비록 몸은 죽음을 앞둔 병자였지만 정신은 여전히 굳세었다. 살벌한 재판정 분위기에 주눅 들지 않고, 대규모 폭격으로 많은 일본 민간인들을 살상한 트루먼 미국 대통령을 전범으로 처단해야 한다고 주장함으로써, 그는 '일본 육군의 이단아'라는 호칭이 허명이 아니었음을 증명했다.

육군참모본부에 있을 때 이시와라는 관동군의 실권자인 이타가키 세이시로板垣征四郎의 도움을 얻어 만주국을 떠받칠 인재들을 양성하는 대학을 구상했다. 만주국을 설계할 당시 자신이 품었던 이상을 조금이라도 실현하려는 마지막 시도였다. 원래 그는 '아시아 대학'을 구상했는데, 이타가키의 후임으로 도조가 부임한 뒤 규모도 줄고 성격도 바뀌었다. 비록 이시와라의 구상과는 크게 달랐지만, 겐고쿠대학은 '오족협화'의 정신에 따라 민족적 차별이 없었다. 학생들은 학비를 내지 않고 무료 기숙사에서 기거하면서 용돈까지 받았다. 만주 군관학교들에서도 일본인 생도들은 쌀밥을 먹고 조선인 생도들은 쌀과 잡곡이 섞인 밥을 먹고 중국인 생도들은 잡곡밥을 먹었을 정도로 민족 차별이 심했던 만주국에서, 겐고쿠대학은 민족 차별이 없었던 유일한 공간이었다.

그러나 겐고쿠대학의 그런 이상적 모습이 인위적임을 학생들은 잘 알았다. 1945년 8월 17일 겐고쿠대학이 문을 닫았을 때, 한 무리의 조선인 및 중국인 학생들이 그들이 존경한 일본인 교수를 찾아가 작별 인사를 올렸다. 그 자리에서 한 조선인 학생이 말했다.

"교수님, 아마도 교수님은 모르시겠지만, 제주도에서 온 학생 한둘을 빼놓고는 저희 겐고쿠대학 조선인 학생들은 모두 조선인들의 독립을 위한 조직에 들었습니다. 그러나 조선이 일본의 지배에서 해방되어 독립하면, 처음으로 조선과 일본 사이의 진정한 협력이 형성될 수 있을 것입니다. 저는 조국의 재건과 독립을 위해 이제 조선으로 돌아갑니다."

진정한 협력은 지배자와 피지배자 사이에선 존재할 수 없고 자유롭고 독립된 사람들 사이에서만 나올 수 있다는 진리를 명쾌하게 밝힌 이 조선인 학생의 이름은 아쉽게도 기록되지 않았지만, 그의 얘기는 만주국의 설계자들이 품었던 이상이 좌절될 수밖에 없었던 근본적 이유를 정확하게 짚었다.

만주국이 빠르게 발전하고 일본의 정치, 경제 및 국방에서 점점 중요해지자, 만주국과 일본을 보다 긴밀하게 만들려는 노력이 나왔다. 지리적으로 두 나라 사이에 자리 잡았으므로 조선은 자연스럽게 일본과 만주를 아우르는 체제에 유기적 부분으로 편입되었다. 이 체제의 지리적 중심인 부산은 '동아東亞의 관문'이라 불렸다. 1930년대엔 부산 부두에서 경성을 거쳐 만주국의 주요 도시들인 봉천, 신경, 하얼빈으로 직접 가는 특급열차들이 출발했다. 이 철도가 시베리아 횡단 철도에 연결되었으므로 부산에서 바로 유럽까지 갈 수 있었다. 부산에서 파리까지는 14일가량 걸렸다. 이어 일본의 오사카, 조선의 경성, 만주국의 봉천을 잇는 내선만內鮮滿 항공로가 열렸다.

일본과 만주의 지리적 연결은 부산의 빠른 성장을 낳았다. 1925년에 10만 남짓했던 부산 인구는 1935년엔 18만으로 늘어서 평양을 제치고 조선 제2의 도시가 되었다. 일본인 주민이 30퍼센트가 넘고 외국인들이 많이 찾아서 국제적 도시의 면모를 지니게 되었다. 1936년 이후엔 6,500톤이 넘는 대형 연락선들이 취항했고, 유럽과 아메리카 항로의 정기선들이 들러서 국제항으로 발전했다. 자연히 부산은 일본 본토의 유행이 조선에 상륙하는 전초 기지 노릇을 했다.

억압적인 식민지 사회에서 자신의 꿈을 펼칠 최소한의 기회도 얻지 못한 조선인들에게 만주는 큰 가능성을 보이는 땅이었다. 그래서 점점 많은 조선인들이 만주로 향했다. 조선총독부도 관동군도 일본 정부도 모두 이런 흐름을 적극적으로 강화했다. 점점 커져 폭발의 위험을 지닌 조선 사회의 불만을 누그러뜨릴 안전판으로 바로 이웃인 만주가 안성맞춤이라는 점을 조선총독부는 잘 알았다. 만주의 개발에 인력이 필요한 터라 관동군은 조선인들의 이주를 환영했다. 조선인들이 일본 본토로 들어와서 생기는 사회 문제들을 누그러뜨리기 위해 일본 정부는 조선인들의 만주 이주를 반겼다.

1930년대 초엽부터 이어진 조선 남부의 극심한 흉년은 조선총독부가 조선인의 만주 이주를 적극적으로 추진하도록 만들었다. 가뭄과 홍수가 번갈아 나와서 남부 주민들은 말 그대로 초근목피로 연명했다. 1936년엔 가뭄에 이어 대홍수가 나서 이재민이 100만을 넘었다. 선정善政을 폈다고 평가받은 우가키 총독이 책임을 지고 물러났을 만큼 조선 사회는 충격을 받았다. 인구는 느는데 농지는 늘어날 수 없는 터라, 조선인들의 만주 이주가 '항구적 복구책'으로 등장했다. 조선총독부는 '선만척식주식회사鮮滿拓殖株式會社'를 설립해서 매년 1만 호의 자작농을 15년 동안 만주에 정착시킨다는 정책을 발표했다. 그리고 희망자들에게 만주 이주에 필요한 교육을 실시하기 시작했다. 이를 계기로 전국적으로 만주 이주 바람이 일었고, 큰 재해를 입은 경상도와 강원도에서 많은 주민들이 간도 지역으로 이주했다. 만주사변이 일어난 1931년엔 1만 남짓했던 만주 이민이 1940년엔 17만으로 늘어났다.

이런 추세에 따라 만주 거주 조선인들은 가파르게 늘어났다. 1910년대에 20만가량 된다고 추산된 만주의 조선인들은 1920년엔 46만으로 늘었고, 1930년엔 60만이 되었고, 1940년엔 145만이나 되었다. 이들은 대부분 시골에서 농사를 지었다. 공업과 상업에 종사한 사람들은 그리 많지 않았다. 대신 관공리官公吏와 교원의 비중은 상당히 높았다. 1940년 조선인 관공리는 1만가량 되었고 교사는 3천, 그리고 전문직 종사자들은 2천 남짓했다. 비록 일용직이나 촉탁과 같은 하급직이 많았지만, 우수한 인재들이 만주국 정부에 참여하면서 상당한 지위에 오른 이들도 적잖이 나왔다.

모든 민족들이 조화롭게 살아간다는 '민족협화'를 최고의 정치적 구호로 삼았지만, 만주국에서 일본인들은 모든 면들에서 특권들을 누렸다. 일본인들과 다른 민족 사람들이 누린 권리와 혜택에서의 차이는 무척 컸다. 조선인들은 중국인들보다 약간 나은 대우를 받았다. 조선인들이 공식적으로는 일본 국민에 속했다는 사정도 어느 정도 작용했고, 일본의 통치를 받고 일본식 교육을 받아 일본어를 잘하고 일본의 제도와 관행에 익숙하다는 점 덕분에 일본이 주도하는 만주국 사회에서 비교적 생산성이 높았다는 사정도 반영되었다.

그러나 조선이 일본의 식민지라는 사실은 만주의 조선인들의 처지를 애매하게 만들었다. 일본인들은 조선인들을 동류로 여기지 않고 차별했고, 만주국 정부는 그들을 진정한 만주국민으로 여기지 않았다. 그래서 만주국에 거주하는 조선인들의 법적 지위는 모호할 수밖에 없었다. 이런 모호성 때문에 조선인 청년들은 만주국의 병역 의무를 지지 않는 집단이 되었다. 이미 전쟁을 하고 총동원령이 내려진 일본제국에서 이런 비정상적 상황은 방치될 수 없었다. 그래서 나온 것이 간도특설대間島特設隊였다.

1939년에 창설된 이 대대 규모 부대는 일본인 장교들이 지휘했지만 초급 장교들과 병사들은 조선인들이었다. 조선인 초급 지휘관들 가운데엔 만주국의 군관학교 출신들이 많았다. 2년제 봉천군관학교를 졸업한 조선인 군관들은 87명이었고, 4년제 신경군관학교를 졸업한 조선인 군관들은 48명이었다. 봉천군관학교 졸업생들 가운데에선 김응조金應祚, 김백일金白一, 김석범金錫範, 김일환金一煥, 송석하宋錫夏, 신현준申鉉俊, 정일권丁一權, 백선엽白善燁이 두드러졌다. 신경군관학교 졸업생들 가운데에선 김동하金東河, 박임항朴林恒, 윤태일尹泰日, 이주일李周一, 박정희朴正熙, 이한림李翰林, 최주종崔周種, 강문봉姜文奉, 김윤근金潤根이 두드러졌다.

설계에 따라 세워진 만주국은 일본 정부의 거대한 사회적 실험실이 되었다. 복잡한 사회 문제들에 대한 대책들은 "만주에서 실험하고, 일본에 적용한다"는 방침을 따라 흔히 먼저 만주에서 시행되고 보완되어 일본에서 시행되었다. 만주국은 일본 정부의 정책 실험장이었고 인력 훈련장이었던 셈이다. 자연히, 전후 일본 정부엔 만주국의 수립과 운영에 참여했던 사람들이 많았고 압도적 영향력을 지녔다. 만주국의 경제를 설계하고 관장했던 기시 노부스케가 총리가 되어 일본 경제의 틀을 짰다는 사실은 상징적이다.

규모야 물론 훨씬 작았지만 비슷한 현상이 대한민국에서도 일어났다. 조선인들이 조선총독부의 행정 조직에 참여할 기회는 극도로 제한되었으므로, 대한민국이 섰을 때 행정 경험을 지닌 인력이 크게 부족했다. 비록 하위 직급들에서 일했지만 만주국의 행정 조직에서 일했던 사람들은 그래서 대한민국의 수립과 운영을 맡은 소중한 인적 자원이었다. 특히 만주국의 군관학교들을 나온 군인들은 대한민국 군대의 근간이 되었다. 그들은 중공군의 조선족 병사들을 핵심으로 삼은 북한군의 침입을 막아 내는 데 결정적으로 공헌했다. 이어 5·16 군부 정변의 중심 세력이 되어, 사회 혼란을 극복하고 경제 발전을 이루는 데 성공했다.

그런 직접적 영향 말고도 만주국은 다른 길로 대한민국에 큰 영향을 미쳤다. 만주국에서 5개년계획을 짜고 수행했던 경제 관료들은 전후 일본에서 경제기획청에 자리 잡고서 일본의 정부 주도 경제 발전 전략을 시행했다. 이런 경제 발전 전략은 성공해서, 일본 경제는 놀랄 만큼 빠르게 성장했다. 박정희 정권은 이런 경제 정책을 충실히 본받았고, 대한민국 경제는 일본의 경이적 경제 성장에 못지않은 성공을 거두었다.

만주국의 수립은 조선에 사회적으로나 경제적으로만 영향을 미친 것이 아니었다. 만주는 문화적으로도 조선 사회에 새로운 지평을 제공했고 조선 사람들의 상상을 자극했다.

만주국의 문화적 영향은 일본 본토가 먼저 받았다. 청일전쟁에서 이겨 얻은 만주에서의 이권을 '삼국 간섭'으로 잃었다가 러일전쟁에서 이겨 러시아가 만주에서 지녔던 이권을 물려받은 이래, 일본인들에게 만주는 민족적 상상이 늘 지향하는 땅이었다. 광활한 평원을 달려 지평 너머로 사라지는 역마차의 심상은 일본 대중의 마음을 사로잡았고 상상을 자극했다. 그래서 만주를 찾는 사람들이 갑자기 늘어났고 만주를 소재로 한 예술작품들이 많이 나왔다.

차츰 조선에도 '만주 붐'이 일었다. 점점 많아지는 만주와 관련된 기사들과 창작들은 조선의 국경 안에 머물렀던 조선인들의 지적 지평을 크게 넓혔다. 만주와 중국에 관한 기사들은 조선 지식인들에게 조선 문제를 동아시아의 맥락에서, 나아가서 세계적 맥락에서 성찰할 기회를 제공했다. 만주를 소재로 삼은 예술작품들이 일본으로부터 밀려들어오고 조선에서도 점차 많이 만들어져서 대중에게 만주를 이상향으로 소개했다. 무엇보다도 만주는 조선인들이 그리 어렵지 않게 찾아갈 수 있는 땅이었다. 식민지 조선의 억압적 사회에서 벗어나 너른 만주 벌판을 떠도는 것만으로도 울분과 절망을 털어 버릴 수 있었다.

조선 대중에게 만주를 가까이 불러온 것은 대중가요였다. 만주를 소재로 한 일본 노래들이 들어와서 조선에서 널리 불렸다. 이향란李香蘭이라는 예명으로 활약해서 동아시아에 이름을 날린 일본 여배우 야마구치 요시코山口淑子는 조선에서도 인기가 높았고 그녀가 출연한 영화들은 만주에 대한 동경을 불러일으켰다.

이 시기에 뛰어난 조선인 작곡가들이 나와서 일본 엔카演歌의 영향 아래 서양 트로트를 토착화시켜서 조선인들의 감성에 맞는 노래들을 많이 만들어 냈다. 대중가요가 말 그대로 대중의 감성에 맞는 음악이므로, 당시 조선인들의 눈에 비친 사회의 모습은 이런 대중가요들이 가장 충실하게 반영했다.

1941년에 나온 〈만포선 길손〉은 대표적이다. 처녀림處女林(박영호朴英鎬의 예명)이 작사하고 이재호李在鎬가 작곡해서 백년설白年雪이 부른 이 노래는 그때까지 조선 사회에서 소외되었던 북쪽 지방의 삶을 그렸다. 거기에 1930년대에 조선 사회를 변혁시킨 중요한 움직임들이 반영되었다.

> 만포진滿浦鎭 구불구불 육로길 아득헌데
> 철쭉꽃 국경선에 황혼이 설이는구나

날이 새면 정처 업시 떠나갈 양치기 길손
뱃사공 한 세상을 뗏목 우에 걸었다.

오국성五國城 부는 바람 피리에 실려올 제
꾸-냥에 두레박엔 봄 꿈이 처절철 넘네
봄이 가면 지향 업시 흘러갈 양치기 길손
다시야 만날 날을 칠성님께 빌었다.

낭림산狼林山 철쭉꽃이 누렇게 늙어 간다
당신에 오실 날자 강물에 적어 보냈소
명마구리 우러 우러 망망한 봄 물결 우에
님 타신 청포 돗대 기대리네 그리네.

만포선은 일본이 만주를 장악하면서 안동, 봉천, 장춘(신경), 하얼빈으로 이어진 간선철도의 동쪽 지역에 조선으로부터 접근하기 위해 부설한 철도다. 평안남도 순천에서 시작해서 적유령狄踰嶺을 넘어 평안북도 북변의 주요 도시인 강계를 거쳐 압록강 남안의 만포진에 이르는데, 만주사변이 일어난 1931년에 착공되어 1939년에 완공되었다. 그해에 압록강을 건너는 철교도 완공되어, 건너편 즙안楫安(지안)과 연결되었다. 즙안은 고구려 전기의 수도였던 국내성國內城이 자리 잡았던 곳이다(노랫말 속의 '오국성'은 국내성을 잘못 일컬은 것으로 보인다. 오국성은 송의 휘종과 흠종이 금의 포로가 되어 끌려간 곳으로 만주 북부에 있다). 거기서 북쪽으로 뻗어 간 철도는 조선인들이 많이 사는 길림吉林(지린)성의 성도 길림에 이르렀다.

노래 속의 주인공인 '양치기 길손'은 1930년대에 갑자기 나타난 면양

목축에 종사하는 사람이었다. 우가키 총독은 조선의 산업 발전에 진력한 통치자로 농업을 바탕으로 공업을 발전시킨다는 산업 정책을 추진했다. 그리고 기초 산업인 방직업의 원료를 확보하기 위해 조선의 남쪽에선 면화를 재배하고 북쪽에선 면양을 기른다는 '남면북양南綿北羊'을 농업 개혁의 지침으로 삼았다. 〈만포진 길손〉엔 이런 사회적 변화들이 담겼다.

만주를 주제로 삼은 노래들도 많이 나왔다. 이 노래들은 새로운 세계에 대한 관심을 보임으로써 조선 사회의 예술적 공간을 늘렸고 신선하고 건강한 조류를 일으켰다. 그렇게 넓어진 예술적 상상력의 공간은 만주를 넘어 황하, 몽골 사막, 러시아로 확대되었다.

만주를 소재로 삼은 조선 노래들은 100편이 넘는데, 대표적인 것은 전창근全昌根이 감독한 영화 〈복지만리福地萬里〉의 주제가들인 〈복지만리〉와 〈대지의 항구〉였다. 만주로 이주해서 농사를 짓는 조선인들의 모습을 그려 조선총독부의 정책을 지지한 〈복지만리〉는 연인원 3천 명이 동원된 대규모 작품이었다. 김영수가 작사하고 이재호가 작곡한 〈복지만리〉와 남해림이 작사하고 이재호가 작곡한 〈대지의 항구〉는 백년설이 불러서 널리 애창되었다.

달 실은 마차다 해 실은 마차다
청대콩 벌판 우에 휘파람을 불며 불며
저 언덕을 넘어가면 새 세상의 문이 잇다
황색 기층氣層 대륙 길에 어서 가자 방울 소리 울리며.

백마를 달리던 고구려 쌈터다

파무친 성터 우에 청노새는 간다 간다
이 고개를 넘어스면 새 천지의 종이 운다
다함 없는 대륙 길에 빨리 가자 방울 소리 울리며.

조선 가요들 가운데 가사와 곡조가 보기 드물게 힘찬 〈복지만리〉는 3절이 일본어로 되었다. 그래서 서울 거리에선 조선인들과 조선 거류 일본인들이 〈복지만리〉를 각기 자기 말로 불렀다.

일본인들에게나 조선인들에게나 매력적인 만주에서 가장 매혹적인 곳은 하얼빈이었다. 만주 북부 흑룡강성의 성도인 하얼빈은 작은 마을이었는데, 만주에 진출한 러시아가 1898년에 여순항과 연결되는 철도를 건설하자 빠르게 중심 도시로 자라났다. 러시아 내전 뒤 적군赤軍에 패해 만주로 쫓겨 온 백계 러시아인들을 비롯한 여러 유럽 민족들이 함께 살면서 유럽의 풍취를 지닌 도시로 변모했다. 그래서 만주에 관심을 보인 사람들에게 하얼빈은 만주를 상징했다. 만주 공연에 나섰던 반야월半夜月이 그린 하얼빈 풍경에 이재호가 곡을 붙인 〈꽃마차〉는 노래를 부를 때는 진방남秦芳男이란 예명을 쓴 반야월 자신이 불러 조선 사회에서 줄곧 사랑을 받았다.

노래하자 하루삔 춤추는 하루삔
아카시아 숲 속으로 꽃마차는 달려간다
하늘은 오렌지색 꾸냥의 귀거리는 한들한들
손풍금 소리 들려온다 방울 소리 들린다.

푸른 등잔 하루삔 꿈꾸는 하루삔

매력적인 만주에서 가장 매혹적인 곳은 하얼빈이었다. 만주에 관심을 보인 사람들에게 하얼빈은 만주를 상징했다.

알곰삼삼 아가씨들 콧노래가 들려온다
송화강松花江 출렁출렁 숨쉬는 밤하늘엔 별이 총총
쌕스폰 소리 들려온다 호궁 소리 들린다.

울퉁불퉁 하루삔 고코 하루삔
뾰죽신발 바둑길에 꽃양산이 물결 친다
이국의 아가씨야 내일의 희망 안고 웃어 다오
대정금 소리 들려 온다 노래 소리 들린다.

이처럼 1930년대의 조선 사회는 발전되고 역동적인 사회였다. 개항한 뒤 60년 동안에 서양 문명을 빠르게 받아들여서 현대사회로 진화한 것이었다. 그런 진화가 일본의 식민 통치를 통해서 이루어졌다는 사정은 엄격한 제약을 주었지만, 조선 사회가 독립국가로 일어서는 데 큰 장애가 될 수준은 아니었다. 재산권이 확립되어 경제 활동은 활발했고 기업들이 빠르게 늘어났다. 사회 기반 시설에 대한 투자가 충실해서 도로, 철도, 항만, 발전소는 세계적으로 높은 수준에 이르렀다. 농업과 공업을 아울러 발전시킨다는 정책의 성공으로 산업 구조도 건실했다. 노예제의 철폐는 사회적 동질성과 응집력을 크게 늘렸고, 교육을 받은 젊은 세대들이 사회의 중심으로 자라나서 정치적 식견을 갖춘 시민 계층이 형성되고 있었다. 일본 본토와 만주로 이주한 많은 교민들은 조선 사회의 외연을 넓히고 있었다.

조선이 독립국가를 이루는 데 필요한 요소들 가운데 아직 갖추지 못한 것은 정치적 지도력이었다. 일본이 정치적 자유를 완전히 빼앗았으므로 조선인 정치 지도자들은 나올 수 없었다. 다행히 정치적 지도력은 해외에서 독립운동을 해 온 지도자들이 제공할 수 있었다. 독립운동은 나라와 민족을 위해 스스로 나서서 험난한 삶을 살아가는 일이므로, 자연스럽게 진정한 지도자들을 골라내게 된다. 인품과 식견과 정치적 지도력이 없으면 독립운동의 지도자로 자라나고 생존할 수 없다. 대한민국 임시정부는 이미 20년 동안 존속하면서 조선민족이 선뜻 지도자로 받아들일 수 있는 독립운동가들을 많이 배출한 터였다.

이제 압제적인 일본의 식민 통치 기구를 깨뜨리면 조선 사회는 바로 독립할 수 있었다. 이승만이 예견한 대로 일본과 미국이 싸워서 일본이 패망해야 그 힘든 일이 이루어질 수 있었는데, 이승만의 예견은 그 자신이 놀랄 만큼 빠르게 현실이 되어 가고 있었다.

그러나 조선이 일본의 지배로부터 해방되려면 먼저 혹독한 세월을 견뎌 내야 했다. 일본이 미국과의 전쟁에서 져서 해외 영토를 모두 잃으려면, 그 전쟁은 일본이 철저하게 패망할 만큼 치열해야 했다. 그 전쟁에 일본은 모든 역량을 동원할 터였으므로, 일본제국의 한 부분인 조선도 모든 역량을 그 총력전에 바쳐야 할 터였다. 압제에서 벗어나기 위해 먼저 압제하는 자를 전력으로 도와야 한다는 이 역설이 조선 사회가 안은 근본적 문제였다. 그 문제로 조선 사회는 혹독한 고통을 겪어야 했고, 후유증들도 많고 클 수밖에 없었다.

1937년에 일어난 중일전쟁은 일본 정부가 미리 전쟁 계획을 세워 놓은 전쟁이 아니었다. 그리고 일본군 지휘부는 중국군을 얕잡아 보아서, 중국군이 얼마 버티지 못하고 항복할 것으로 예상했다. 전황이 예상과 달리 돌아가자 일본 정부와 군부는 뒤늦게 1938년에 「국가총동원법」을 제정해서 전시 체제를 갖추었다. 전쟁 수행에 필요한 물자와 노동력을 정부가 동원할 수 있도록 해서 명령경제 체제를 도입하는 조치였다. 1940년엔 대정익찬회大政翼贊會에 모든 권력이 집중되는 전체주의 체제를 수립했다.

전체주의 체제의 도입은 식민지 조선에 대한 통치를 더욱 혹독하고 무자비하게 만들었다. 1939년엔 「조선미곡배급조정령朝鮮米穀配給調停令」을 제정해서 조선 농민들이 자가소비와 종자를 제외한 쌀을 조선총독부에 일정한 가격에 제공하도록 했다. 농민들에 대한 수탈인 이런 공출供出은 가난한 농민들을 더욱 어렵게 했다.

그러나 조선인들을 훨씬 크게 괴롭힌 것은 노동력의 착취였다. 조선인들에 대한 징용徵用은 많은 조선인들을 탄광이나 군사 시설에서 강제 노동에 종사하도록 강요했다. 부녀자들도 정신대挺身隊라는 이름으로 동원되어서 혹독한 환경에서 일해야 했다.

조선인들에게 특히 큰 괴로움을 주고 깊은 후유증을 남긴 것은 일본 정부가 조선인 젊은 여자들을 강제로 '종군 위안부'들로 만든 일이다. 이들은 일본군의 관리 아래서 성노예로 일해야 했다. '종군 위안부'들의 숫자는 일본의 패망 직후 일본군의 문서 파괴로 전모를 알기 어렵지만, 줄여 잡아도 8만을 넘는다. 공문서에 의해 확인된 한도 안에서 '종군 위안부'로 징집된 사람들의 국적은 일본인, 조선인, 대만인, 중국인, 필리핀인, 인도네시아인, 베트남인, 버마인, 네덜란드인이었는데, 이들 가운데 조선인들이 두드러지게 많았다.

조선인들에 대한 사상 통제도 점점 가혹해졌다. 조선의 역사와 문화에 대한 관심과 연구는 무자비한 탄압을 받았다. 조선의 정체성을 허물려는 시도들은 강화되어서, 1940년 2월엔 '창씨개명創氏改名'을 조선인들에게 강요하는 지경에 이르렀다. 외부로부터 들어오는 정보를 막고자 1942년 4월엔 방송 전파 관제를 시행해서 외국인이 소유한 단파 수신기들도 모두 압수했다. 이어 8월엔 〈동아일보〉와 〈조선일보〉를 폐간시켜 조선인들이 정보를 얻는 마지막 통로를 막았다.

이승만의 방송 연설

일본의 식민지가 된 뒤 조선 사회가 변모한 과정과 현재의 모습에 대해 이승만은 잘 알았다. 지난 30년 동안 세계의 중심인 미국에서 독립운동을 하면서 그는 세계정세를 살피고 세계 역사의 맥락에서 조선의 앞날을 가늠해 왔다. 임시정부를 통해서 조선과 중국의 정세에 관한 정보들을 얻었고, 미국을 찾은 조선 사람들과 조선에서 추방된 미국인 선교사들을 통해서 조선 사회의 실상도 꽤 상세히 알았다. 조선의 상황에 대해 그만큼 자세하게 알고 균형 잡힌 판단을 내리는 독립운동가도 없었다.

그래도 이승만은 두려웠다. 자신이 고국에서 살아온 동포들의 마음을 모른다는 생각에 두려웠다. 아니, 실은 잘 알기 때문에 더욱 두려웠다. 무엇에 대해 잘 알게 될수록 자신이 모른다는 것을 비로소 깨닫게 되는 일들은 점점 많아지는 법이었다. 자신이 해외에서 떠돈 30년 동안 조선 사회가 급격히 변모했으므로 당연히 거기 사는 사람들의 생각도 욕구도 희망도 크게 바뀌었는데, 그들의 마음을 알기 어렵다는 사실 앞에서 그는 두려움에 사로잡힌 것이었다.

숨을 깊이 쉬면서 이승만은 마음을 다잡았다. 조선조 시대의 기억이 없이 일본 천황의 신민으로 살아온 사람들이 다수였지만, 하나는 분명했다. 조선 사람마다 마음 깊은 곳에선 독립된 조선에서 살고 싶다는 소망을 품었다는 것, 그것만큼은 분명했다. 그리고 지금 자신이 고국의 동포들에게 할 얘기는 그런 소망이 곧 이루어질 터이니 마음을 도사려 먹고 참고 견디면서 희망을 잃지 말라는 당부였다. 그는 다시 펜을 잡았다.

이승만이 고국의 동포들에게 들려주는 이야기는 1942년 6월 13일 처음 태평양을 건넜다. 정보조정국(COI) 대외홍보처의 후신인 전시정보국(Office of War Information)이 운영하는 샌프란시스코의 〈미국의 소리〉 단파 방송이었다. 조선에서 활동하다가 간첩 혐의로 지난 5월에 추방된 선교사 에드윈 쿤스(Edwin Koons)가 한국어 방송을 감독했다.

> 나는 이승만입니다. 미국 워싱턴에서 해내 해외에 산재한 우리 이천삼백만 동포에게 말합니다. 어디서든지 내 말을 듣는 이는 자세히 들으시오. 들으면 아시려니와, 내가 말을 하려는 것은 제일 긴요하고 제일 기쁜 소식입니다. 자세히 들어서 다른 동포들에게 일일이 전하시오. 또 다른 동포를 시켜서 모든 동포들에게 다 알게 하시오.

목소리는 떨렸지만 말씨는 또렷했다. 30년 만에 고국의 동포들에게 소식을 전한다는 감격이 물기로 목소리에 배어 있었다.

> 나 이승만이 지금 말하는 것은 우리 이천삼백만의 생명의 소식이요, 자유의 소식입니다. 저 포악무도한 왜적의 철망, 철사 중에서 호흡을 자유로 못 하는 우리 민족에게 이 자유의 소식을 일일이 전하시오. 독립의 소식이니 곧 생명의 소식입니다.
>
> 왜적이 저의 멸망을 재촉하느라고 미국의 준비 없는 것을 이용해서 하와이와 필리핀을 일시에 침략하야 여러천 명의 인명을 살해한 것을 미국 정부와 백성이 잊지 아니하고 보복할 결심입니다. 아직은 미국이 몇 가지 관계로 하야 대병을 동하지 아니하였으매 왜적이 양양자득揚揚自得하야 왼 세상이 다 저의 것으로 알지만은, 얼마 아니해서 벼락불이 쏟아질 것이니, 일황 히로히토裕仁의 멸망이 멀지 아니한 것을 세상이 다 아는 것입니다.

단파 방송을 수행하는 사람들도 방송이 큰 효과를 내리라고 기대하지는 않았다. 단파 방송을 들으려면 수신기가 있어야 하는데, 조선 사회에서 그런 장비를 지닌 사람은 드물 터였다. 듣는 사람 없는 방송이 될 가능성도 없지 않았다. 단 한 사람이라도 듣는다면 그것으로 만족하겠다는 것이 이승만의 마음이었다. 기대가 크면 실망도 크고, 실망이 이어지면 마음이 지쳐서 끝내 독립운동을 포기하게 된다는 것이 오랜 망명에서 그가 얻은 교훈이었다.

> 우리 임시정부는 중국 중경에 있어 애국 열사 김구, 이시영, 조완구, 조소앙 제씨가 합심 행정하여 가는 중이며, 우리 광복군은 이청천, 김약산, 유동열 여러 장군의 지휘 하에서 총사령부를 세우고 각방으로 왜적과 항거하는 중이니, 중국 총사령장 장개석 장군과 그 부인의 원조로 군비 군물을 지배하며 정식으로 승인하야 완전한 독립국 군대의 자격을 가지게 되었으며, 미주와 하와이와 멕시코와 쿠바의 각지의 우리 동포가 재정을 연속 부송하는 중이며, 따라서 군비 군물의 거대한 후원을 연속히 보내게 되리니, 우리 광복군의 수효가 날로 늘 것이며 우리 군대의 용기가 날로 자랄 것입니다.
>
> 고진감래가 쉽지 아니하나니 삽십칠 년간을 남의 나라 영지에 숨어서 근거를 삼고 얼고 주리며 원수를 대적하던 우리 독립군이 지금은 중국과 영·미국의 당당한 연맹군으로 왜적을 타파할 기회를 가졌으니, 우리 군인의 의기와 용맹을 세계에 드러내며 우리 민족의 정신을 천추에 발포할 것이 이 기회에 있다 합니다.

단파 방송을 들을 이가 없으리라는 방송 관계자들의 비관적 예측은 맞았다. 그래도 요행히 조선총독부가 통치하는 경성부의 경성중앙방송국 스튜디오에선 한 조선인 젊은이가 이승만의 방송 연설을 듣고 있었다.

우리 내지[조선]와 일본과 만주와 중국과 시베리아 각처에 있는 동포들은 각각 행할 직책이 있으니, 왜적의 군기창은 낱낱이 타파하시오. 왜적의 철로는 일일이 파상하시오. 적병이 지날 길은 처처에 끊어 버리시오. 언제든지 할 수 있난 경우에는 왜적을 없이 해야만 될 것입니다.

이순신李舜臣, 임경업林慶業, 김덕령金德齡 등 우리 역사의 열렬한 명장 의사들의 공훈으로 강포무도한 왜적을 타파하야 적의 섬 속으로 몰아넣은 것이 역사상 한두 번이 아니었나니, 우리 민족의 용기를 발휘하는 날은 지금도 또다시 이와 같이 할 수 있을 것입니다. 내지에서는 아직 비밀히 준비하야 숨겨 두었다가 내외의 준비가 다 되는 날에는 우리가 여기서 공포할 터이니 그제는 일시에 일어나서 우리 금수강산에 발붙이고 있는 왜적은 일제히 함몰하고 말 것입니다.

내가 워싱턴에서 몇몇 미국 친구 친우들의 도움을 받아 미국 정부와 교섭하는 중이며, 우리 임시정부의 승인을 얻을 날이 가까워 옵니다. 승인을 얻는 대로 군비 군물의 후원을 얻을 것입니다. 그러므로 희망을 가지고 이 소식을 전하니, 이것이 자유의 소식입니다. 미국 대통령 루스벨트 씨의 선언과 같이, 우리의 목적은 왜적을 타파한 후에야 말 것입니다. 우리는 백 배나 용기를 내어 우리 민족성을 세계에 한번 표시하기로 결심합시다. 우리 독립의 서광이 비치나니, 일심합력으로 왜적을 파하고 우리 자유를 우리 손으로 회복합시다.

가뭄으로 갈라진 논바닥에 스며드는 빗줄기처럼, 이승만이 떨리는 목소리로 전한 얘기들은 그 젊은이의 마음속으로 스며들었다. 반가움과 서러움이 뒤엉킨 가슴 속의 물살이 눈물이 되어 그의 볼을 흘러내렸다.

나의 사랑하는 동포여! 이 말을 잊지 말고 전파하며 준행하시오. 일후에 또다시 말할 기회가 있으려니와, 우리의 자유를 회복하는 것이 이때 우리 손에 달렸으니 분투하라! 싸워라! 우리가 피를 흘려야 자손만대의 자유 기초를 회복할 것이다. 싸워라! 나의 사랑하는 이천삼백만 동포여!

마침내 이승만의 얘기가 끝났다. 그 젊은이의 목에서 참았던 울음이 녹슨 문 열리는 소리처럼 터져 나왔다. 〈미국의 소리〉 소개 음악인 〈공화국 전투 찬가(The Battle Hymn of the Republic)〉가 다시 나오면서, 그의 흐느낌은 깊어졌다.

이어 "오늘, 그리고 이제부터 날마다, 우리는 아메리카에서 전쟁에 관해서 얘기하기 위해 당신들과 함께할 것입니다. (…) 소식들은 우리에게 좋을 수도 있고 나쁠 수도 있을 것입니다—우리는 언제나 당신들에게 진실을 말할 것입니다" 하는 약속과 함께 방송이 끝났다. 그 젊은이는 눈물을 닦고 일어났다. 그는 이승만의 얘기에서 중요한 사항들을 수첩에 적었다. 수첩을 윗옷 안주머니에 간수한 다음, 그는 수위 혼자 지키는 방송국을 나와 조선의 캄캄한 밤 속으로 사라졌다.

경성방송국 편성원 양제현楊濟賢이 몰래 청취한 이승만의 단파 방송은 조선 사회로 조용히 동심원을 그리면서 퍼져 나갔다. 그리고 조선 인민들의 마음을 덮은 칠흑의 어둠속에 촛불로 켜졌다.

양제현으로부터 이승만의 단파 방송에 대해 맨 먼저 들은 사람은 경성방송국에 같이 근무하던 아동문학가 송남헌宋南憲이었다. 이어 송남헌으로부터 소식을 들은 홍익범洪翼範이 양제현을 만나 자세한 소식을 들었다. 홍익범은 미국에 유학할 때 이승만을 돕는 대한인동지회에 참가해서 활동한 이승만 지지자였는데, 귀국한 뒤 동아일보 기자로 일했다. 홍익범은 양제현으로부터 전해 들은 이승만의 단파 방송 내용에다 자신이 미국에서 알았던 이승만에 관한 정보들을 합치고 자신의 시국에 대한 전망을 덧붙여서 친한 인사들에게 전했다. 동아일보 사장을 지낸 송진우宋鎭禹와 백관수白寬洙, 편집국장을 지낸 함상훈咸尙薰, 영업국장을 지낸 국태일鞠泰一, 명망 높은 변호사들인 허헌許憲, 김병로金炳魯, 이인李仁 및 윤보선尹潽善이 홍익범에게서 소식을 들었다. 그들은 물론 다른 사람들에게 소식을 전했다.

이처럼 널리 퍼진 소문이 조선총독부 경찰에 탐지되는 것은 시간문제였다. 1942년 12월 27일 단파 방송 비밀 청취와 관련된 인사들에 대한 대대적 검거가 시작되었다. 무려 300 가까운 인사들이 조사를 받았고 혹독한 고문을 받았다. 소식의 전파에서 중심적 역할을 한 홍익범은 징역 2년을 선고받았다. 모진 고문의 후유증으로 보석이 되어 요양하다가, 광복을 끝내 보지 못하고 1944년에 세상을 떠났다.

제11장

과덜커낼

한미협회의 지원

일본의 펄 하버 기습으로 전쟁이 났어도, 이승만의 기대와는 달리 국무부는 대한민국 임시정부를 승인할 기미가 없었다. 논리적 설명이 효과를 볼 수 없다고 판단하자, 이승만은 공개적으로 국무부를 압박하는 길을 골랐다. 그는 승인받지 못한 대한민국 임시정부의 기구인 주미외교위원부보다는 명망 높은 미국인들이 여럿 참여한 한미협회가 그런 일에 나으리라고 판단했다.

고맙게도 한미협회의 지도자들은 그의 요청에 흔쾌히 동의했다. 1942년 5월 5일 한미협회장인 제임스 크롬웰은 코델 헐 국무장관에게 편지를 보냈다. 조선을 실질적으로 대표하는 대한민국 임시정부를 승인하는 것은 미국이 「대서양 헌장」을 이행할 의지가 있음을 온 세계 사람들에게 보이고 미국의 군사적 이익을 크게 하리라는 내용이었다.

이승만이 크롬웰을 통해서 국무부를 압박하자, 국무장관 특별고문 스탠리 혼벡은 이승만에게 차갑게 말했다.

“이 박사님, 미국 국무부의 견해로는 이 박사님은 조선 안에선 전혀 알려지지 않은 인물이고 임시정부는 망명자들의 일부가 만든 클럽에 지나지 않습니다. 그리고 우리는 그런 견해를 떠받칠 증거들을 충분히 갖고 있습니다.”

혼벡과 오랫동안 교섭해 왔고 그의 식견을 존경했던 터라 이승만은 그의 발언에 적잖은 충격을 받았다. 그리고 지금까지 대한민국 임시정부와 이승만에 대해 상당히 호의적이었던 혼벡이 그렇게 생각을 바꾼 연유를 차근차근 물어보았다. 놀랍지 않게도 문제를 일으킨 것은 한길수였다.

1942년 1월 금전적 부정과 허위 사실 유포가 문제가 되어 미국 국방공작봉사원 직책에서 물러나 실질적으로 재미한족연합위원회로부터 축출되자, 한길수는 이승만에 대해 독기 서린 공격을 시작했다. 그는 이승만과 대한민국 임시정부 및 주미외교위원부를 비방하는 글들을 부지런히 써서 발표하고 미국 정부에도 보냈다. 그의 글들은 거짓으로 가득했지만, 대한민국 임시정부를 승인하지 않으려는 국무부엔 좋은 구실이 되었다.

이승만은 한미협회의 친구들에게 사정을 알리고 조언을 구했다. 진지한 논의 끝에, 그들은 국무부가 줄곧 대한민국 임시정부를 승인하지 않고 조선인들의 자발적 도움조차 거부해 온 것이 이승만의 위치에 대한 회의적 견해에서 유래했을 가능성이 있다고 판단했다. 그리고 한길수를 비롯한 반대파의 존재를 국무부로선 무시할 수 없으므로 국무부의 태도를 비합리적이라 규정하기도 어렵다는 결론을 내렸다. 그들은 난감했다. 다른 반대자들은 몰라도 한길수를 설득할 길은 없었다.

그러자 존 스태거스가 국무부의 회의적 견해를 걷어 낼 방도를 제시했다. 조선에 사는 조선인들의 뜻을 물을 길은 물론 없었고, 미국에 사는 조선인들의 다수가 밝힌 뜻은 국무부가 이미 무시한 터였다. 중국 정부가 사실상 인정한 대한민국 임시정부도 국무부 관리들에겐 중요한 고려 사항이 아니었다. 그래도 국무부가 의심할 수 없을 만큼 신뢰도가 큰 증인들이 존재한다고 스태거스는 지적했다. 바로 조선에서 일하다가 근년에 일본에 의해 추방된 미국인 선교사들이었다. 조선어를 배웠고 최근까지 조선 사람들과 함께 살았으므로, 그들은 조선 사람들의 진심을 알 수 있는 유일한 미국인 집단이었다. 그리고 그들은 성품과 행동에서 높은 평판을 지녔으므로, 그들의 증언들은 무게를 지닐 터였다. 만일 그들이 조선 사람들의 생각과 태도에 관해 증언해 준다면 국무부 관리들도 생각을 바꿀 만했다. 스태거스의 제안에 모두 찬동했다. 이승만은 스태거스의 우정에 감동했지만, 자신에 관한 일이라서 그것이 너무 힘든 일이라는 점을 지적하고 입을 다물었다.

스태거스는 바로 그 일에 착수했다. 그는 감리교, 장로교, 천주교 및 기독교청년회(YMCA)로부터 조선 선교 경험이 있는 선교사들의 이름과 현주소를 얻었다. 그리고 그들에게 조선 사람들이 자신들을 정치적으로 대표하기를 바라는 정치 지도자들의 이름을 열거해 달라는 설문서를 보냈다. 선교사들의 답장들은 거의 다 이승만이 조선 사람들이 가장 신뢰하는 정치 지도자임을 밝혔다.

캐나다 주재 대사를 지낸 크롬웰의 편지는 무게를 지녀서, 헐은 5월 20일에 답신을 보내왔다. 추축국에 점령된 나라들의 망명자 단체들이 저마다 대표성을 주장하는 상황에서 미국으로선 대한민국 임시정부를 인정하기 어렵다는 내용이었다.

6월 3일 크롬웰은 헐에게 답신을 썼다. 그는 일본과의 전쟁이 일어난 뒤 6개월 동안 미국은 자국에 도움이 될 수 있는 한국인들에게 아무런 도움을 주지 않아서 결국 한국인들의 도움을 받지 못했다는 점을 지적했다. 그리고 한국인들을 도와서 미국 자신이 이익을 보아야 한다고 강조했다. 그는 편지에 문서 둘을 첨부했다. 하나는 대한민국 임시정부의 역사를 기록한 긴 문서였다. 다른 하나는 조선에 오래 머물렀던 미국 선교사들의 증언들이었다. 스태거스의 헌신적 노력으로 얻어 낸 성과였다.

선교사들의 편지들을 들고서 스태거스는 국무부를 찾았다. 그는 혼벡의 책상 위에 그 편지들을 내려놓고 찾아온 사정을 설명했다.

"아, 그렇습니까? 그러면, 시간이 날 때 한번 읽어보겠습니다." 혼벡이 가볍게 말했다.

"아닙니다." 스태거스가 굳은 얼굴로 단호하게 선언했다. "이 정보를 얻기 위해 나는 큰 노력과 비용을 들였습니다. 나는 당신이 이 서류를 다 읽을 때까지 여기 앉아서 기다리겠습니다."

스태거스의 기세가 워낙 거셌으므로 혼벡은 고개를 끄덕이고서 부드럽게 대답했다. "알겠습니다." 그리고 선교사들의 답장들을 하나씩 꼼꼼히 읽어 나갔다.

반시간 가까이 지나 혼벡은 읽기를 마쳤다. "이 문서들은 상당한 실체가 있는 증언들인 것 같습니다. 따라서 우리 국무부의 가장 진지한 고려를 받을 가치가 있다고 생각합니다."

스태거스는 혼벡으로부터 그 이상의 반응을 끌어낼 수 없다는 것을 깨달았다. 외교 부서의 관리들이 선뜻 언질을 주리라고 기대할 수는 없었다. 대신 조선 사람들 사이에서 이승만이 차지하는 위치에 관한 국무부의 의심은 가실 것 같다고 그는 느꼈다.

“이 문서들은 조선에서 포교하면서 조선 사람들과 함께 산 분들의 증언들입니다. 나는 국무부에서 그 증언들을 진지하게 고려하기를 희망합니다.”

“그렇게 하겠습니다. 수고 많으셨습니다.”

그렇게 힘들여 얻은 증언들을 첨부했지만, 크롬웰의 편지는 국무부로부터 차가운 반응을 얻었다. 6월 23일자 답신에서 헐은 크롬웰이 정부의 정책 결정 과정에선 여러 요소들이 고려된다는 사실을 놓쳤다고 지적했다. 그리고 대한민국 임시정부의 승인은 다른 망명정부들과 함께 다루어져야 하고 연합국들과 다른 국가들의 의견도 고려되어야 한다고 설명했다. 그동안 국무부가 되풀이한 얘기들을 한 번 더 한 것이어서, 헐의 얘기는 실망스러웠다. 그러나 헐은 편지 끝에 국무차관보 아돌프 벌(Adolf A. Berle)과 만나서 구체적인 얘기를 하라고 말했다.

크롬웰이 벌을 찾아가자, 벌은 국무부가 맞은 어려움을 설명했다. 국가는 국토와 국민과 주권을 갖춰야 온전한데, 그런 조건들을 갖추지 못한 망명정부들이 모두 자신을 정통성을 지닌 정부로 인정해 달라는 상황이었다. 그들이 미국에 우호적인 것은 분명했지만, 그들을 정부로 인정할 경우에 생기는 현실적 문제들도 있었다. 따라서 국무부로서는 망명정부들의 승인에 신중할 수밖에 없었다. 아울러, 미국이 어떤 망명정부를 정통성을 지닌 정부로 인정하면 미국은 그 정부에 최소한의 지원을 해야 할 책임을 지게 되는데, 지금 미국은 그런 책임을 질 준비가 덜 되었다.

벌의 얘기가 나름으로 일관성과 현실성을 지녔다는 것을 크롬웰은 선선하게 인정했다. 그러나 그는 지적했다. 대한민국 임시정부는 이미 상당한 실체를 지녔다는 사실을. 결국 크롬웰과 벌의 면담도 양쪽의 입장 차이만 확인한 셈이었다.

한미협회는 대한민국 임시정부를 승인하라고 국무부를 계속 공개적으로 압박했다. 8월 14일 「대서양 헌장」 선포 1주년을 맞자, 한미협회는 모든 민족들의 자결과 자치를 지향한 대서양 헌장의 정신을 살려서 국무부는 대한민국 임시정부를 승인해야 한다고 주장하는 보도 자료를 배포했다. 이어 그동안 한미협회와 국무부 사이의 교섭 과정을 담은 『한국은 왜 승인받지 못하는가?(Why Isn't Korea Recognized?)』라는 소책자를 발간해서 미국 시민들과 의회를 상대로 홍보 활동을 전개했다.

1919년 대한민국 임시정부가 세워진 뒤 이승만이 줄기차게 미국에 임시정부의 승인을 요구해 온 것은 물론, 그것이 조선의 독립에 꼭 필요한 절차였기 때문이었다. 태평양전쟁이 일어난 뒤 그가 미국 국무부와 공개적으로 맞서면서까지 임시정부의 승인을 위해 노력한 것은 상황이 점점 절박해진다는 판단 때문이었다.

올해 벽두에 혼벡의 보좌관인 앨저 히스를 만난 뒤, 그는 하늘 한구석에 걸린 검은 구름이 점점 커져서 하늘을 덮어 가는 느낌을 받아 왔다. 조선 문제는 조선에 대한 러시아의 이권을 고려해서 처리해야 하며, 아직 러시아와 일본이 적대적 관계가 아니므로 조선 문제를 처리할 수 없다는 히스의 얘기에 그는 경악했다. 미국 국무부의 관리가 미국의 이익이 아니라 러시아의 이익을 먼저 보살피는 것을 어떻게 해석해야 할지 몰라서 그는 두고두고 그 일을 반추했다. 이미 '국제공산당(Comintern)'에 현혹된 조선 사람들이 러시아를 조국으로 여기는 것을 경험한 터라,

그는 히스가 그런 종류의 사람일 가능성을 염두에 두고 히스를 대했다. 지난 몇 달 동안 국무부 안에서 히스의 영향력이 커지면서 임시정부에 비교적 호의적이었던 혼벡의 영향력은 줄어들었다. 그런 변화는 이승만의 마음에 어린 러시아에 대한 경계심을 일깨웠다.

『일본내막기』에서 명쾌하게 얘기한 대로, 이승만은 일본이 해외 팽창을 멈추지 않을 것이고 결국엔 미국과 전쟁을 하게 될 것이라 보았다. 그 전쟁에서 일본이 패망할 터이므로 조선은 독립할 기회를 얻을 터였다. 실제로 일본의 공격으로 두 나라 사이에 전쟁이 일어났다. 그러나 이승만의 예측은 일본과 미국 사이의 관계에 초점을 맞춘 이론이었다. 현실은 물론 여러 나라들도 참여해서 자기 이익을 극대화하려 끊임없이 경쟁하는 경기였다. 그의 예측이 옳았다 하더라도, 국제 상황이 그대로 전개될 리는 없었다.

온 세계를 휩쓴 전쟁은 크게 보면 연합국들과 추축국들 사이의 싸움이었다. 여기서 얄궂은 변수는 공산주의 러시아였다. 연합국들은 모두 자유주의 국가들이었다. 러시아만 빼놓고. 추축국들은 모두 전체주의 국가들이었다. 따라서 러시아는 독일, 일본, 이탈리아를 중심으로 한 전체주의 세력에 가담하는 것이 자연스러웠다. 자유주의 국가들의 자본주의 체제를 무너뜨리고 공산주의 체제를 강요한다는 것이 러시아의 목표였으므로, 개인들의 자유를 억압하고 시장경제 대신 명령경제를 도입하려는 추축국들과 목표가 본질적으로 같았다. 세계 정복을 꿈꾼다는 점에서도 같았다.

러시아의 공산주의 체제와 독일의 민족사회주의 체제가 모습이 상당히 상이한 것은 두 나라의 역사와 구조가 서로 크게 달랐기 때문이었다. 러시아는 오랫동안 중세적 문화와 압제적 체제를 지녀 온 사회였다.

그래서 개인들의 자유와 재산권을 지켜 줄 사회 기구들이 아주 허약했다. 그런 사회에선 전체주의 세력은 혁명을 통해서 단숨에 체제를 바꿀 수 있다. 독일은 문화가 발전했고 시민 사회의 제도와 기구들이 자리 잡은 사회였다. 그런 사회에선 혁명으로 단숨에 전체주의 체제를 도입하기 어렵다. 그래서 사회 기구들을 차츰 장악해서 왜곡시키는 우회 전략을 추구하게 된다.

이런 사정은 권력의 핵심인 군대의 장악에서 잘 드러난다. 볼셰비키는 혁명 초기에 러시아 제국 군대에 침투해서 다수 병력을 자신의 군대로 편입시켰다. 나치는 프로이센 왕국의 전통을 지닌 독일군을 단숨에 장악할 길이 없었다. 그래서 무장 친위대(Waffen SS)를 만들고 많은 자원을 투입해서 정규군에 대응하는 정예 부대로 육성하는 길을 골랐다.

무솔리니와 히틀러가 집권 과정에서 자신이 거느린 세력이 공산주의 러시아를 효과적으로 막을 수 있다고 선전한 탓에, 많은 사람들은 추축국의 이념이 우파라고 여기게 되었다. 전쟁이 끝난 뒤엔 러시아 정보기관 KGB가 그런 오해를 확산시키는 데 주력했다. "개인들의 자유는 자체로 가치가 크고 개인들에 대한 사회적 강제는 되도록 줄이는 것이 바람직하다"는 자유주의의 근본적 신조에 비추어 보면, 추축국과 공산주의 러시아가 추구한 이념의 성격이 또렷이 드러난다.

지금 싸움이 가장 치열한 곳은 독일군과 러시아군이 싸우는 동유럽 전선과 일본군과 미군이 싸우는 태평양 전선이었다. 러시아는 미군이 빨리 서유럽에 상륙해서 독일군의 배후에 제2 전선을 형성하기를 원했고, 미국은 러시아군이 빨리 만주의 일본군을 공격해서 제2 전선을 형성하기를 원했다. 두 나라가 서로 상대에게 먼저 나서라고 요구하면서 밀고 당기는 협상을 하고 있었다. 그리고 언젠가는 그렇게 될 터였다.

문제는 러시아가 조선의 이웃이고 늘 조선을 탐냈다는 사실이었다. 러시아가 일본을 공격하게 되면, 러시아군의 첫 공격 목표는 만주의 관동군일 터였다. 관동군을 효과적으로 공격하려면 조선을 먼저 점령해서 일본 본토와 조선으로부터의 보급을 끊고 만주를 포위하는 것이 긴요했다. 러시아가 참전해서 태평양전쟁의 제2 전선을 열면 조선은 러시아군이 점령하는 것이었다. 미군은 일본 본토를 점령하기 바쁠 터이니 러시아군이 조선을 점령하고 만주의 관동군을 공격하는 것을 환영할 것이었다.

한번 러시아군이 점령하면 조선은 영구적으로 러시아에게 병합되는 것이었다. 유럽의 가장 동쪽 나라인 러시아가 한번 우랄산맥을 넘자 시베리아의 수많은 국가들과 민족들이 러시아에게 병합되었고, 그들 가운데 단 하나도 독립을 되찾지 못했다. 20세기 초엽까지도 러시아는 농노제에 바탕을 둔 압제적인 중세 사회에 머물렀다. 러시아 혁명으로 공산주의 사회가 된 뒤엔 더욱 압제적인 사회가 되었다. 그런 러시아의 통치를 받는 것은 조선의 앞날과 관련해서 상상할 수 있는 가장 나쁜 시나리오였다. 공산주의 러시아의 통치는 지금 조선이 받는 일본의 통치와는 성격이 전혀 다를 터였다. 일본의 통치를 받는 조선이 연옥煉獄이라면, 러시아의 통치를 받는 조선은 지옥일 터였다. 연옥에선 언젠가 독립할 수 있다는 희망을 지닐 수 있지만, 지옥에선 독립의 희망을 버려야 했다.

태평양전쟁이 일어난 뒤 이승만이 그리도 줄기차게 대한민국 임시정부의 승인을 미국에 요구하고 때로는 상식의 범위를 훌쩍 넘는 방식으로 미국 국무부를 공개적으로 압박해 온 것은 러시아가 조선반도를 차지할 위험 때문이었다. 그리고 그 위험은 빠르게 커지고 있었다. 잠자리에 들어 잠을 청하는 그의 마음에 마지막으로 어리는 생각도 바로 그런 위험에 대한 두려움이었다. 그런 두려움이 현실이 되는 것을 막는 길은 임시정부가 미국의 승인을 받아 조선을 대표하게 되어 전후 처리 협상에서 발언권을 얻는 길뿐이었다.

그러나 대한민국 임시정부의 승인을 방해하는 세력은 집요했다. 불행하게도 이런 반대 세력의 핵심인 한길수는 나름으로 유능하고 부지런했다. 그는 자신이 그동안 만들어 놓은 미국인 인맥을 활용해서, 이승만이 쌓아 올린 성과들을 효과적으로 허물고 있었다.

한길수는 조선혁명당 명의의 전단 「반드시 알아야 할 것」에서 헐 국무장관이 크롬웰 대사에게 보낸 5월 20일자 답신을 소개하고서 야유를 퍼부었다.

> 크롬웰 씨에게 보낸 미 국무경 헐 씨의 글을 보면 조선민족은 누구나 씨[이승만]를 좋은 낯으로 대하기는 어렵게 되었다. 그 글의 내용을 살펴보면 외교위원부의 정책을 헐 씨는 손살같이 꿰뚫고 한 편지일다. 헐 씨의 글을 일고 그 뜻을 바로 해석할진대 크롬웰 씨는 외교위원부에 출입할 면목이 없을 터일다. 따라서 외교위원부니 한미협회니가 미국 정부를 향하여 외교를 하고저 함이 최고의 목적인바 헐 씨의 글을 보면 다시는 무슨 면목으로 대할 수가 없이 되었다. 그런즉 외교위원부와 한미협회는 워싱턴에서 문을 닫치고 행장을 수습해 가지고 차라리 다른 나라로 옮아가는 것이 상당한 일일다. 동포 여러분, 헐 씨의 글을 보고도 그냥 외교위원부의 현 책임자들을 후원하며 발전을 도모하시렵니까?

동포 사회의 분열을 지적하면서 대한민국 임시정부의 승인을 거부하는 국무부를 두둔하고 이승만과 그의 미국인 동지들의 노력을 비난하는 이 글은 동포들의 분개를 샀다. 그러나 한길수는 7월 3일엔 크롬웰과 이승만을 비난하는 편지를 직접 헐 국무장관에게 보냈다.

올리버와의 만남

"이 박사님, 나는 조선이 독립해야 한다고 확신합니다. 유감스럽게도 나는 아직 조선에 대해 아는 것이 아주 적습니다. 앞으로 조선에 대해서 잘 알게 되면, 조선을 위해서 내가 할 수 있는 일들을 하고자 합니다."

두 손으로 식탁을 짚고서 로버트 올리버(Robert T. Oliver)가 진지하게 말했다.

"고맙습니다, 올리버 박사님. 지금 조선은 친구들이 정말로 필요합니다. 친구 한 사람이 늘어나면 그만큼 조선의 독립이 당겨집니다. 정킨 목사님, 조선의 좋은 친구를 소개해 주셔서 정말로 고맙습니다." 이승만이 진심으로 감사하고서 두 사람에게 가볍게 고개를 숙여 보였다.

"조선은 내겐 또 하나의 조국입니다. 조선의 독립을 위한 일보다 내게 더 기쁜 일은 드뭅니다." 잔잔한 웃음을 얼굴에 띠고서, 에드워드 정킨(Edward Junkin)이 말을 받았다. "지금 조선은 미국 시민들과 정부의 관심이 필요합니다. 그 일엔 소통 전문가이신 올리버 박사님께서 소중한 도움을 주실 수 있을 터입니다."

주문한 음식이 나왔다. 잠시 얘기가 멈추자, 점심 시간의 식당에서 나는 소리들이 파도처럼 밀려들었다. 백악관에서 그리 멀지 않은 코네티

컷 애비뉴에 자리 잡은 카페테리아여서 급한 점심을 드는 관료들이 많이 찾았다.

이 자리를 주선한 정킨은 조선에 파견된 장로교회 선교사의 아들로 조선에서 태어났다. 지금은 펜실베이니아 루이스버그의 교회에서 일했다. 이승만과 친교가 깊진 않았지만 그는 이승만을 높이 평가해서 조선을 대표하는 지도자로 여겼다. 그의 주선으로 이승만은 펄 하버 공격 바로 다음 날 하원 군사위원회 위원인 펜실베이니아 출신 하원의원 찰스 패디스(Charles I. Faddis)를 찾아가서 조선 문제를 설명했다. 패디스는 곧바로 헐 국무장관에게 조선의 독립을 승인하라는 편지를 보냈다.

올리버는 서른을 갓 넘긴 젊은이였다. 연설과 소통의 전문가로 루이스버그의 버크넬 대학에서 가르쳤다. 전쟁이 일어나자 워싱턴으로 올라와서 민간방위국(Office of Civil Defense)의 연설 담당 부서와 전시식량부(War Foods Department)의 식량 절약 부서에서 일하고 있었다.

"조선은 긴 역사를 지닌 나라로 알고 있습니다." 샌드위치를 들면서 올리버가 말했다.

"예. 우리 조선 사람들은 '반만년 역사'라고 합니다. 실제로 기록된 역사는 삼천 년가량 됩니다. 중국보다는 좀 늦고 일본보다는 좀 빠릅니다. 조선은 중국 대륙과 일본 열도 사이에 자리 잡았습니다. 그래서 고대엔 발달된 중국 문명이 조선을 거쳐 일본으로 유입되었습니다. 지금 우리 처지가 그러한지라, 우리는 기회가 나올 때마다 그 사실을 강조하죠." 이승만이 싱긋 웃었다.

"아, 알겠습니다." 올리버도 싱긋 웃었다. 연설과 소통의 전문가인지라 그는 화술에 민감했다. 이승만이 무겁게 가라앉을 수 있는 얘기를 가벼운 유머로 떠받친 것이 마음에 들었다.

"조선은 역사도 오래고 독자적 문화를 지닌 나라입니다. 아름다운 땅이죠." 정킨이 그리움이 담긴 눈길로 회상했다.

"예. 크게 보면 조선은 중국 문명권에 속합니다. 그러나 중국, 일본, 월남, 조선이 모두 자기 나름의 문화를 발전시켜서 뚜렷한 정체성을 지녔습니다. 자신의 언어와 문자를 갖추었죠." 이승만은 조선의 문화가 발전되었다는 것을 설명하기 시작했다. "조선은 세계에서 가장 먼저 금속활자를 사용해서 서적을 펴냈습니다."

"아, 그렇습니까?" 올리버가 큰 관심을 보였다.

"예. 금속 활자로 찍어 낸 글자들이 참 아름답습니다. 그리고 나침반도 유럽보다 먼저 사용했습니다. 그리고 조선의 표음문자는 아주 합리적이어서 세계 모든 언어들을 어렵지 않게 표현할 수 있습니다."

"이 박사님 얘기가 맞습니다." 정킨이 동의했다. "조선 문자는 아주 합리적이어서 배우기 쉬워요 비록 능숙하지는 못하지만 나도 쓸 줄 압니다."

"흥미로운 얘기네요." 올리버가 가볍게 감탄했다. "지금 조선어 글자들을 볼 수 있습니까?"

"예." 이승만이 잠시 생각하더니, 윗옷 안주머니에서 수첩을 꺼내서 폈다. "여기 이것이 조선 문자입니다."

그가 올리버에게 보인 것은 〈주미외교위원부통신〉 발간사 원고였다. 올해 들어 한길수를 중심으로 한 임시정부 반대파들의 공격이 부쩍 심해져서 그 폐해가 무시할 수 없는 수준에 이르렀다. 외교위원부와 이승만이 무슨 일을 해도 그것을 비틀고 비방해서, 임시정부와 외교위원부에 대한 동포들의 인식에 나쁜 영향을 끼쳤다. 외교위원부는 업무가 미국을 비롯한 외국들과의 교섭이므로 문서들은 거의 다 영어로 작성되었다. 그러다 보니 동포들이 실상을 잘 몰라서 반대파의 터무니없는 공격도 효과를 보곤 했다. 이승만은 한글로 된 주보週報나 순보旬報를 발행해서 임시정부와 주미외교위원부의 소식들을 알리고 반대파의 비난과 음해에 맞서기로 결정했다. 그리고 다음 달에 나올 창간호 발간사의 초안을 구상해서 요점들을 수첩에 적어 놓은 것이었다.

"유럽 언어들과 달리, 조선 문자는 오른쪽 위에서 세로로 씁니다."

"흥미롭네요. 그런데…" 수첩의 글자들을 들여다보며 올리버가 고개를 들었다. "일본 문자도 이렇게 오른쪽 위에서 세로로 쓰지 않나요?"

"맞습니다." 이승만이 밝은 웃음을 지었다. "실은 중국 문자도 그렇습니다. 중국에서 그렇게 쓰기 시작해서 동양 삼국이 다 그렇게 쓰게 된 것이죠."

"아, 그렇군요." 올리버가 고개를 끄덕였다.

"조선 문자는 자음이 열넷이고 모음이 열입니다. 그리고 음절마다 독립적으로 적습니다. 그래서 배우기 쉽습니다."

"알겠습니다. 한번 배워 보겠습니다." 올리버의 얘기에 웃음판이 되었다.

이어 얘기는 조선과 일본 사이의 관계로 옮아갔다. 이승만은 일본이 해외 팽창 정책을 추구하면서 조선을 병탄한 내력을 간단히 설명했다. 그는 일본이 처음엔 선의를 내세우다가, 세력이 커지자 태도를 바꾸었다고 설명했다.

정킨도 자신이 겪은 일들을 얘기했다. 그리고 목사다운 결론을 내렸다. "사람이나 국가나 힘이 세지면 교만하고 포악해지게 마련이죠. 하지만 그것이야말로 위험한 것이지요. 성경 말씀대로, '교만은 패망의 선봉이요 거만한 마음은 넘어짐의 앞잡이니라.' 일본은 곧 패망할 것입니다."

"옳은 말씀입니다." 이승만이 힘이 들어간 목소리로 동의했다. "목사님께서 문제의 핵심을 짚어 주셨네요."

"그렇습니다. 이번 미드웨이 해전에서 우리가 이겼으니 일본이 정점을 지난 것 같습니다." 올리버가 말을 받았다.

"맞습니다. 원래 일본과 미국 사이의 국력 차이가 크기 때문에 장기전으로 가면 일본이 이길 길은 없습니다. 러일전쟁에서도 일본이 이기긴 했지만, 당시 일본의 국력은 바닥이 나서 미국에 휴전을 주선해 달라고 부탁했었습니다."

"아, 그랬나요?" 올리버가 말했다.

"예. 일본이 결정적으로 길을 잘못 든 것이 바로 러일전쟁 뒤였습니다. 일본이 러시아에 이긴 것은 온 세계를 뒤흔든 사건이었습니다. 그때까지 비백인 국가가 백인 국가를 전쟁에서 이긴 적이 없었거든요. 더구나 러시아는 유럽의 강대국이잖아요? 나폴레옹의 프랑스도 이기지 못한 나라인데 동양의 작은 나라 일본이 이긴 거죠. 당연히 온 세계가 놀랐죠. 특히 백인들의 압제적 통치를 받던 비백인 민족들이 크게 고무되었죠. 그때 일본 앞엔 두 길이 있었습니다. 하나는 그런 기대를 저버리지 않고 백인 국가들의 식민지가 된 비백인 국가들의 수호자가 되어 그들을 압제로부터 해방시키는 길이었습니다. 다른 하나는 제국주의 열강에 합류해서 그들처럼 식민지들을 얻는 길이었습니다. 그 갈림길에서 일본은 머뭇거리지 않고 후자를 골랐습니다. 그런 선택은 많은 비백인 국가들이 일본에게 걸었던 기대를 저버렸고 끝내 자신을 패망의 길로 인도했습니다. 일본의 문제는 국력의 부족이 아니라 도덕성의 부족입니다."

"참으로 좋은 말씀입니다. 일본이 그렇게 기대를 저버리더니, 이제는 조선에서 예수 믿는 사람들을 박해합니다. 그렇게 행동하고 하나님의

벌을 어떻게 피할 수 있겠어요?" 정킨이 힘주어 말했다.

"잘 알겠습니다. 그런데 이 박사님, 지금 전선이, 일본군과 연합군의 전선이 어떻게 형성되었나요?" 올리버가 물었다. "하도 복잡해서…."

"정말 복잡하죠?" 이승만이 웃음을 지었다. "지금 전선에서 싸움이 가장 치열한 곳은 남태평양과 버마인 것 같습니다. 일본군이 네덜란드령 동인도와 필리핀으로 진출하면서 자연스럽게 오스트레일리아가 일본군의 목표가 되었습니다. 그러나 일본군은 오스트레일리아를 점령할 힘이 없습니다. 그래서 일본은 오스트레일리아와 미국 사이의 보급선을 끊어서 오스트레일리아를 약화시키는 전략을 씁니다. 물론 우리는 일본의 그런 시도에 맞서죠. 그래서 남태평양에서 싸움이 벌어지고 있습니다. 오월에 '산호해 싸움'이 있었죠? 섬들을 점령하는 싸움이라 산발적 전투들이고 양쪽의 대군들이 부딪치는 큰 싸움은 아닙니다. 그래도 전략적으로는 중요한 싸움이죠."

"그렇군요." 올리버가 고개를 끄덕였다. "오스트레일리아에 있는 맥아더 장군의 군대가 고립되면 안 되죠."

"맞습니다. 그리고 버마에선 일본군에 패배한 연합군이 반공에 나섰다고 합니다. 곧 그쪽에서도 상황이 좋아질 것 같습니다." 이승만은 자신 있게 진단했다.

1942년 6월 루스벨트 대통령은 정보조정국을 둘로 나누어 새로운 기구들을 만들었다. 해외 군사 정보 수집과 비밀공작은 전략사무국(Office of Strategic Services, OSS)이 맡았다. [전략사무국은 제2차 세계대전 뒤 해체되었다가 중앙정보국(CIA)으로 부활할 터였다.] 해외 선전은 전쟁정보국(Office of War Information, OWI)이 맡았다. [전쟁정보국은 뒷날 미국정보처(United States Information Agency)로 발전할 터였다.]

전략사무국의 첫 책임자로는 정보조정국장 윌리엄 도노번 대령이 임명되었다. 이승만이 접촉해 온 프레스턴 굿펠로 대령은 부책임자가 되었다. 전략사무국은 6월 하순에 이승만에게 22세에서 44세 사이의 조선인 청년 50명을 해외 공작 요원들로 추천해 달라고 요청했다. 10명은 무선통신을 배우고 10명은 해상 전술 훈련을 배우고 나머지 30명은 여러 종류의 작전들을 지도하고 관리하는 것을 두 달 동안 배울 터였다. 훈련이 끝나면 요원들은 미국, 중국, 조선 및 다른 동아시아 지역에서 복무하도록 되었다. 이미 장석윤이 버마 전선에서 요원으로 활동하는 터라 이승만은 크게 고무되었다.

"아, 그렇습니까?"

"예." 이승만은 싱긋 웃고 설명했다. "6월에 정보조정국의 해외 군사 정보 수집 및 비밀공작 업무를 전담하는 전략사무국이 설치되었거든요. 그래서 우리 요원들이 적 후방에 들어가서 활동을 하게 되었습니다. 태평양 지역에서 처음 파견될 곳은 버마 전선일 가능성이 높습니다."

실은 이승만의 판단은 전선의 상황과는 거리가 있었다. 그는 전략사무국의 훈련생 추천 요청과 장석윤이 버마 전선에서 활동한다는 사실에서 버마 전선의 상황을 유추한 것이었다. 아직은 영국군은 일본군을 막아 내기도 힘이 부치는 상황이었다. 장석윤의 활동은 군사 기밀이라고 여겨서 그는 자랑하고 싶은 충동을 눌렀다.

"국무부와의 교섭은 잘되어 가나요?" 정킨이 물었다.

이승만은 야릇한 웃음을 지었다. "국무부와의 일은 무엇이든 더딥니다. 한미협회에서 적극적으로 나선 덕분에 그래도 일이 잘 풀려 갑니다." 그는 그동안 국무부와 교섭해 온 상황을 간략하게 설명했다. 그리고 덧붙였다. "한미협회가 대한민국 임시정부를 위해 큰일을 했습니다.

특히 크롬웰 대사와 스태거스 씨가 헌신적으로 노력했습니다. 언젠가 우리 조선 사람들이 일본의 압제에서 벗어나 자유로운 나라를 세우면, 두 분을 비롯한 한미협회 회원들에게 공식적으로 감사할 수 있을 것입니다."

"그런 날이 빨리 오기를 진심으로 기원합니다." 정킨이 말했다.

"아멘." 올리버가 바로 받자 소리 없는 웃음판이 되었다.

"오늘 목사님 덕분에 이렇게 올리버 박사님을 만나게 되어서 정말로 기쁩니다. 오늘 여기서 하지 못한 얘기들이 많습니다. 올리버 박사님과 다시 만나서 얘기하고 싶습니다. 제가 식사에 초대하고 싶은데, 괜찮으시겠습니까?"

"기쁘게 응하지요." 올리버가 밝은 웃음을 지었다.

처음 만난 사이였지만 두 사람은 얘기하면서 서로 호감을 품게 되었다. 그러나 그들은 이것이 그들에게 운명적인 만남인 줄은 예감하지 못했다. 그들이 자주 만나 친한 사이가 되기엔 60대 후반의 동양인 망명객과 30대 초반의 서양인 교수는 처지가 너무 다른 것처럼 보였다. 그러나 그 뒤로 둘 사이의 우정은 깊어 갔고, 올리버는 이승만의 가장 충실한 조력자가 되었다.

해방 뒤 미군정 시기에 올리버는 이승만의 오랜 친구들과 함께 그의 개인 고문으로 일하면서, 군정 당국과 자주 충돌해서 처지가 옹색했던 이승만을 충실히 도왔다. 6·25전쟁 뒤엔 이승만의 전기 『이승만: 신화 뒤의 사람(Syngman Rhee: The Man Behind the Myth)』을 저술했다. 학자로서도 업적을 쌓았고 50권이 넘는 저술을 낸 그는 한국 역사에 큰 관심을 지녀서, 1993년엔 『현대의 조선 사람들: 1800년에서 현재까지(A History of the Korean People in Modern Times: 1800 to the Present)』를 펴냈다.

망루 작전

정킨의 소개로 올리버를 만났을 때 이승만이 예측했던 남태평양의 전투는 실은 2주 전에 이미 시작된 터였다.

1942년 8월 7일 0910시에 미국 해병대는 솔로몬 군도의 맨 남쪽 섬인 과덜커낼을 점령하기 위해 상륙작전을 개시했다. 당시엔 '망루(Watchtower)'라는 이름이 붙여진 그 작전이 태평양전쟁의 향방을 바꾸는 전투가 될 줄은 미군 수뇌부도 일본군 수뇌부도 몰랐다.

6월 초순의 '미드웨이 싸움'이 끝난 뒤, 패배한 일본 해군은 물론이고 승리한 미국 해군도 다음 작전에 성큼 나서지 못했다. 모든 전력을 싸움에 투입했던 터라, 숨을 고르고 기력을 회복해서 다음 작전에 나서기까지는 상당한 시간이 걸릴 수밖에 없었다. 그런 사정을 고려해서 니미츠 태평양함대 사령관은 다음 공격작전을 마련하지 않았다. 오히려 숙련된 함재기 조종사들의 상당수를 본토의 훈련소들에 파견해서 조종사 요원들을 가르치도록 했다.

사태를 급박하게 만든 것은 킹 미국 함대사령관의 판단이었다. 그는 태평양전쟁의 주도권을 해군이 쥐어야 한다고 믿었다. 그는 오스트레일리아에서 서남태평양을 관할하는 맥아더와 태평양전쟁의 주도권을 놓고 경쟁하는 사이였다. 전략에서도 의견이 맥아더와 서로 달라서, 그는 일본군의 남태평양 근거인 라바울을 바로 공격하자는 맥아더의 계획이 비현실적이라고 판단했다.

킹은 대서양함대의 전력을 태평양으로 돌리는 일 없이 태평양함대의 전력만으로도 남태평양에서 공세에 나설 수 있다고 여겼다. 실은 그는 맥아더의 도움 없이도 남태평양에서 태평양함대가 작전을 수행할 수

미 1해병사단 병력 1만 6천 명은 험악한 날씨 덕분에 일본군에 탐지되지 않고 과덜커낼과 인근 섬들에 상륙할 수 있었다. 미군은 반쯤 건설된 비행장과 건설 기계들과 보급품들을 얻었다. 이것은 미군에게 결정적 행운이었다.

있다고 판단했다. 그에겐 해병대가 있었다. 그는 태평양함대가 일찍 공세에 나서면, 상식적으로 생각할 일본군에 대해 전략적으로나 전술적으로나 기습의 효과를 얻을 수 있다고 생각했다. 그래서 태평양함대가 전혀 준비가 안 된 상태에서도 과덜커낼 점령작전을 지시했고, 많은 반대 의견들에도 불구하고 끝까지 자신의 계획을 밀어붙였다.

앨리그잰더 밴더그리프트(Alexander A. Vandegrift) 소장이 이끄는 1해병사단 병력 1만 6천 명은 험악한 날씨 덕분에 일본군에 탐지되지 않고 과덜커낼과 인근 섬들에 상륙할 수 있었다. 인근 섬들에 상륙한 미군들은 그곳에 주둔한 일본군의 거센 저항을 받았지만, 6월 9일까지 섬들을 완전히 장악했다. 이 과정에서 900명의 일본군은 항복하지 않고 끝까지 싸우다 죽었다.

과덜커낼 북쪽 해안에 상륙한 미국 해병대는 1만 1천 명이었다. 당시 일본군은 그곳에 비행장을 닦고 있었는데, 2,800명의 노동자들 가운데 2,200명은 조선인들이었다. 예기치 않은 공격이었고 적군이 워낙 많았으므로 일본군은 제대로 저항할 생각을 못 하고 서쪽 밀림으로 도주했다. 그래서 미군은 반쯤 건설된 비행장과 건설 기계들과 보급품들을 얻었다. 이것이 미군에게 결정적 행운이었음이 뒤에 드러났다.

'망루 작전'이 시간적으로 상식에 어긋나는 작전이었으므로, 일본군 지휘부는 군사적으로만이 아니라 심리적으로도 미군의 기습작전에 제대로 반응하지 못했다. 일본군 지휘부는 통신 정보를 통해서 남태평양에서 대규모 미군 병력이 움직인다는 것을 알았지만, 그들은 그것이 오스트레일리아를 강화하기 위한 조치라고 여겼다. 미군이 과덜커낼을 점령한 뒤에도 그들은 한참 지난 뒤에야 그 작전의 중요성을 깨닫기 시작했다. 그래서 과덜커낼에 상륙한 미군이 아직 공격에 취약했던 초기에 적절한 규모의 대응 조치를 하지 못했다.

이런 사정이 반영되어서, 일본군 참모부는 과덜커낼에 주둔한 미군의 병력을 비현실적으로 낮게 추산했다. 과덜커낼의 폭격에 참여한 조종사들이 최고 20척에 이르는 수송선들이 과덜커낼 근해에 있다고 보고했어도, 일본군 참모들은 미국 해병대 병력을 2천 명 정도로 추산했다. 실제보다 5분의 1 아래로 추산한 것이었다. 계속된 전투들을 거치면서 일본군의 추산은 점점 올라가서 10월엔 1만 명이 되었다. 이 숫자도 크게 틀렸으니, 당시 미군 병력은 2만 명이 넘었다.

이처럼 미군 병력을 과소평가했으므로 일본군은 아주 작은 병력으로 미군을 공격했다. 그나마 병력을 모아 결전에 나서지 않고 작은 부대들을 축차적으로 투입해서 큰 손실을 입고 물러나곤 했다.

과덜커낼 작전에 투입된 일본 육군은 햐쿠다케 하루기치百武晴吉 중장이 지휘하는 17군이었다. 이 부대는 군단 규모였지만, 이미 뉴기니 작전에 참가한 상황이어서 과덜커낼 작전에 바로 투입할 병력은 얼마 되지 않았다. 그래서 가장 가까운 곳에 있던 28보병연대가 먼저 과덜커낼로 향했다. 8월 19일 밤 미군 진지에서 14킬로미터 동쪽에 있는 해변에 상륙한 1진 917명 병력은 연대장 이치키 기요나오一木清直 대좌의 지휘 아래 곧바로 미군 진지를 공격했다. 진지를 완성하고 기다리는 1개 사단 병력을 1개 대대 남짓한 병력으로 포병의 지원도 없이 공격했으니, 일본군은 일방적으로 손실을 입을 수밖에 없었다. 동이 트자 미군이 반격에 나서서 일본군 생존자들을 다수 죽였다. 결국 일본군 1진에서 연대장 이치키 대좌를 포함한 789명이 죽었다. 살아남은 128명은 진지로 물러나서 본부에 패전 소식을 알렸다.

일본군으로부터 노획한 건설 장비들을 이용해서 미군은 8월 18일 비행장을 완공했다. 미드웨이 싸움에서 폭격기 편대를 이끌고 출격했다가 격추된 해병대 조종사 로프턴 헨더슨(Lofton R. Henderson) 소령을 기려 '헨더슨 비행장'이라는 이름을 지니게 된 이 원시적 비행장에 전투기들이 착륙하면서, 과덜커낼의 해병대는 일본군 항공기들의 공격을 막아 낼 수 있게 되었다. 아울러 미군은 시급한 보급은 항공편으로 받을 수 있게 되었다. 자연히 헨더슨 비행장은 싸움의 중심이 되어, 양군은 그것을 차지하기 위해 줄기차게 싸웠다.

일본군으로부터 노획한 건설 장비들을 이용해서 미군은 헨더슨 비행장을 완공했다. 원시적 비행장에 전투기들이 착륙하면서, 과덜커낼의 해병대는 일본군 항공기들의 공격을 막아 낼 수 있게 되었다.

지상에선 일본군이 상대적으로 작은 병력으로 야간 공격을 통해 비행장을 차지하려 시도했고, 번번이 큰 손실을 보고 물러났다. 공중에선 거의 날마다 라바울 기지에서 발진한 일본 폭격기들이 비행장을 폭격했고 그곳에서 발진한 미국 전투기들의 저항을 받았다. 공중전에서도 미군은 큰 이점들을 누렸고 덕분에 우위를 지킬 수 있었다.

미군이 누린 근본적 이점은 지리였다. 비스마르크 군도의 라바울에서 솔로몬 군도의 과덜커낼까지는 900킬로미터였다. 그 먼 거리를 날아와서 공격하는 일본 폭격기들은 현장에서 바로 발진해서 요격하는 미군 전투기들에 비해 너무 불리했다. 먼저, 항속거리가 짧은 기종의 전투기들이 나설 수 없었으므로 폭격기들을 호위하는 전투기들은 절반으로 줄었다. 당연히 폭격기들의 손실이 예상보다 컸다. 다음엔, 장거리 비행은 작전의 단순화를 불러서 미군의 요격을 쉽게 했다. 셋째, 격추된 미군 조종사들과 승무원들은 바로 구조되었지만, 격추된 일본군 조종사들과 승무원들은 그렇지 못했다. 귀환하는 길이 멀었으므로 항공기들이 입은 비교적 작은 손상들도 치명적이 되었다. 넷째, 적군의 저항 속에서 폭격 임무를 수행하고 왕복 1,800킬로미터 거리를 비행해야 했던 항공기들은 빠르게 피폐해졌고 조종사들과 승무원들은 극도의 피로로 능력이 줄어들었다.

이처럼 전황이 일본군에 불리하게 돌아간 데엔 일본군이 제공권을 잃었다는 사실이 근본적 조건으로 작용했다. 미드웨이 싸움에서 항공모함 4척을 잃은 일본 해군은 남태평양의 작전들에 항공모함을 배정할 수 없었다. 반면에 미국 해군은 항공모함 2척을 배정해서 제공권을 확보했다. 그래서 과덜커낼 작전에 참가한 일본군 함정들은 낮에는 미군 항공기들의 공격을 받아 큰 손실을 보았고 주로 밤에 움직였다. 그러나 라바울에서 과덜커낼까지 병력과 물자를 나르는 수송선들은 여러 날 걸리는 항해에서 미군 항공기들의 폭격을 피할 길이 없었다.

그래서 나온 대책이 빠른 구축함으로 수송하는 방안이었다. 일본군이 '쥐 수송'이라 불렀고 미국은 '도쿄 특급(Tokyo Express)'이라 부른 이 수송편은 성공적이어서 일본군이 과덜커낼 작전을 지속할 수 있도록 했다. 그러나 격심하게 기동해야 하는 구축함들은 야포나 건설 장비와 같은 무거운 짐들을 실을 수 없었다. 그래서 일본군은 화력 지원 없이 진지를 구축한 미군을 공격해야만 했다.

이처럼 불리한 상황에서도, 일본 해군은 미국 해군과의 대결에서 전과를 거둠으로써 자신이 아직 강력한 군대임을 증명했다. 8월 8일 밤 미가와 구니치三川軍一 중장은 순양함 7척과 구축함 1척으로 이루어진 함대를 이끌고 시보섬 근해에서 미국과 영국 함대들을 공격했다. 이 해전에서 일본 함대는 오스트레일리아 순양함 1척과 미국 순양함 3척을 격침시키고 미국 순양함 1척과 구축함 2척에 손상을 입혔다. 미가와는 근처에 있다고 여겨진 미국 항공모함 함재기들의 공격을 걱정해서 과덜커낼의 미군 보급선들을 공격하지 않고 회항했다. 덕분에 '사보섬 싸움(Battle of Savo Island)'에서 패배했어도 미군의 작전은 별다른 영향을 받지 않았다.

10월 26일엔 산타크루즈 제도 북쪽 바다에서 양쪽 항공모함함대가 대결했다. 남태평양의 미군 항공모함함대를 격멸한다는 계획에 따라 야마모토 사령관은 대규모 함대를 보냈다. 항공모함 3척과 경항공모함 1척을 중심으로 한 이 함대는 곤도 노부타케近藤信竹 중장이 지휘했다. 미드웨이 싸움에서 교훈을 얻어, 양측 다 먼저 상대의 위치를 알아내어 즉시 이용할 수 있는 항공기들을 띄워서 공격에 나서려고 시도했다. 레이더를 장착한 정찰기 덕분에 미명에 미군이 먼저 일본 함대를 발견했다. 그러나 보고가 제때에 이루어지지 못해서, 함대사령관 토머스 킨케이드(Thomas Kinkaid) 소장은 공격파를 발진시키지 못했다.

새벽에 양측은 거의 동시에 상대의 위치를 파악했다. 결국 일본군이 먼저 공격파를 내보냈다, 덕분에 이 '산타크루즈 싸움(Battle of Santa Cruz)'에서 일본군이 상대적으로 큰 전과를 올렸다. 미드웨이에서 공을 세운 호네트호가 침몰하고 엔터프라이즈호는 큰 손상을 입었다. 일본 항공모함 쇼가쿠호와 경항공모함 주이호瑞鳳호는 그리 크지 않은 손상만을 입었다.

11월 13과 14일의 '과덜커낼 해전(Naval Battle of Guadalcanal)'에선 일본 함대가 미국 함대에 대해 우세를 보였다. 이 싸움에서 미군 지휘관들인 대니얼 캘러헌(Daniel J. Callaghan) 소장과 노먼 스콧(Norman Scott) 소장이 전사했다.

양국 함대들 사이의 싸움들은 태평양전쟁 초기에 일본 해군이 세계에서 가장 잘 조직되고 훈련된 해군임을 보여 주었다. 일본 함대는 야간 전투에서 특히 월등했다. 그러나 제공권을 미군에게 넘겨준 터라서, 일본 함대는 끝내 과덜커낼에서 싸우는 일본 육군 부대들에 대한 보급로의 확보라는 임무를 달성할 수 없었다. 그래서 일본 함대는 전술적 승리를 거두고도 전략적 패배를 안아야 했다.

이사이에도 과덜커낼에서 싸우는 일본군의 처지는 점점 어려워졌다. 무엇보다도 보급이 너무 부족해서 굶주림과 열대병으로 병사들이 속절없이 죽어 갔다. 12월로 접어들자 상황이 절망적임을 인식한 일본군 지휘부가 무기력에서 벗어나 과덜커낼에서 철수하는 방안을 고려하기 시작했다.

마침내 12월 28일 스기야마 하지메杉山元 육군참모총장과 나가노 오사미永野修身 해군 군령부총장이 히로히토 천황에게 과덜커낼 철수 계획을 상주했고, 3일 뒤 천황은 철수 계획을 공식적으로 승인했다. 1943년 1월 14일 철수작전의 후위를 맡을 1개 대대 병력이 '도쿄 특급'을 타고 과덜커낼에 상륙했다. 라바울 본부의 참모가 햐쿠다케 사령관에게 철수 계획을 통보했다. 제공권을 잃은 상황에서 해상 철수는 무척 위험했지만, 하시모토 신타로橋本信太郎 소장의 과감한 지휘 아래 20척의 일본 구축함들은 2월 4일부터 7일까지 1만 652명의 일본군을 과덜커낼에서 철수시키는 데 성공했다.

일본 육군이 과덜커낼에 투입한 총병력 3만 1,400명 가운데 2만 800명이 죽었다. 해군 병력의 손실은 4,800명이었다. 이처럼 많은 사망자들은 주로 굶주림과 병으로 죽었다. 전투 손실은 20퍼센트에 지나지 않았다. 전투가 길고 치열했다는 사정을 감안하면 미군의 손실은 아주 작았다. 투입 병력 6만 명 가운데 1,769명이 죽었다. 이런 차이는 미군이 헨더슨 비행장 둘레의 잘 마련된 진지에서 소화기만으로 공격해 오는 일본군을 상대했다는 사정을 반영했지만, 보급 사정이 일본군보다 훨씬 나았다는 사정이 더 큰 몫을 했다.

과덜커낼 싸움에서 패배함으로써 일본은 전략적 주도권을 미국에 내주었다. 이 싸움에서 일본군이 입은 병력과 무기의 손실이 워낙 컸으므로 일본군의 전력은 크게 약화되었다. 국력이 훨씬 크고 산업이 발전한 미국은 병력과 무기의 손실을 쉽게 회복할 수 있었지만, 일본은 그렇게 할 능력이 없었다. 심리적 영향도 컸다. 미국은 군대만이 아니라 시민들까지 사기가 올랐지만, 일본은 자신감을 잃고 위축되었다. 과덜커낼 싸움의 결과를 보고받자 루스벨트 대통령은 "이 전쟁에서 마침내 전환점에 도달한 것 같다"라고 평했다.

과덜커낼의 일본군은 극한 상황에서 싸웠다. 그래도 일본군 부대들은 무너지지 않고 끝까지 조직적으로 용감하게 싸웠다. 그들의 높은 기백과 지구력은 그들과 싸운 한 미군 소대장이 유창하게 증언했다.

"일본 군인은 그 모든 것들을 사내답게, 영웅처럼 받아들였다. 그에게 항복은 없었다."

40여 년이 지난 1984년엔 치열한 싸움이 벌어졌던 오스틴산의 발치에 일본군 전사자들의 넋을 위로하는 위령비가 섰다.

그러나 미국 해병대가 처음 상륙한 날 과덜커낼에서 비행장을 닦던 조선인 노무자들은 잊혔다. 미군에게 붙잡힌 몇 명을 빼놓고는, 2,200명이나 되었던 그들은 모두 밀림 속에서 굶어 죽었다. 그리고 사람들의 기억에서도, 역사에서도 사라졌다.

제12장

워싱턴의 벚나무

코리언 체리 트리

"곱기도 해라."

활짝 핀 벚꽃들을 내다보면서 프란체스카가 탄성을 냈다.

"정말로 곱네." 고개를 끄덕이면서 이승만이 따라서 감탄했다.

"갑자기 지난날이 그리워지네요." 프란체스카가 남편을 돌아보면서 웃음을 지었다. "그때는 벚꽃을 본 기억도 없는데."

"벚꽃은 어쩐지 사람 마음에서 아쉬움과 그리움을 불러내는 것 같아요." 이승만이 말하고서 잠시 생각에 잠겼다. "저리 흐드러지게 피면 다른 꽃도…. 그래도 벚꽃만큼 사람 마음에서 아쉬움과 그리움을 불러내는 꽃은…."

화사한 벚나무들이 늘어선 버스 창밖의 풍경을 내다보던 그의 눈에 아이를 데리고 가는 젊은 부부의 모습이 눈에 들어오면서, 그의 가슴에 아프도록 짙은 슬픔이 어렸다.

'난 한 번도 태산이를 데리고 저렇게….'

필라델피아의 공동묘지에 묻힌 아들의 모습이 마음을 가득 채웠다. 이어 한 줄기 죄책감이 그의 마음을 아프게 후볐다. 헌신적인 아내와 함께 중요한 행사에 가는 길에서 죽은 아들을 생각한다는 것이 어쩐지 못할 일처럼 느껴졌다.

'나는 행복해져야 한다. 나를 사랑하고 아끼는 아내를 위해 행복해질 의무가 있다. 나는….'

아내에게 속마음을 들킬 것 같은 두려움에 그는 고개를 돌렸다.

"박사님, 저렇게 핀 벚꽃을 보니 고향 생각이 납니다."

그와 눈길이 마주치자, 통로 건너편 자리에 앉은 한표욱이 웃으면서 말했다.

얼굴에 웃음을 올리면서 이승만이 고개를 끄덕였다. "비가 와도 눈이 와도 고향 생각이 나는데, 저리 우리나라 꽃이 피었으니…."

"그래도 저희는 고향을 떠난 지 얼마 안 되었지만, 박사님께선…." 창쪽에 앉은 정운수가 조심스럽게 말을 보탰다.

"고향을 떠난 지 오래되었다고 고향이 더 그리워지는 것은 아닌 것 같아. 이국에서 떠도는 것에 익숙해지는 면도 있거든." 이승만이 싱긋 웃었다. 그리고 둘레에 폐가 안 되는지 버스 안을 둘러본 다음 말을 이었다. "내가 임 대령하고 상해로 밀항할 때였는데…."

그는 잠시 생각을 가다듬었다.

임 대령은 임병직을 가리켰다. 1942년 2월에 로스앤젤레스에서 동포 78명이 한인경위대韓人警衛隊를 결성했다. 이어 5월엔 샌프란시스코에서 20여 명이 한인경위대를 결성했다. 이 두 조직은 캘리포니아주 국방경위군의 요청을 받아 재미한족연합위원회가 조직했다. 임병직은 샌프란시스코 경위대의 결성을 주도했는데, 이승만은 그를 대령 계급의 주미외교위원부 무관으로 임명한 다음 캘리포니아로 파견해서 경위대 업무를 관장하도록 했다.

"어느 날 밤 임 대령이 망을 보고 병실로 돌아왔어요. 그때 우리는 병실을 숙소로 쓰고 있었거든. 임 대령이 갑판에 서서 망을 보는데, 아득히 불빛이 보였다는 거라. 곁에 선 선원에게 물었더니, 우리 배가 나가사키長崎 항구 가까이 지나고 있다는 거라. 조금 북쪽에 조국이 있다는 생각에 임 대령은 고향 생각이 사무쳤지. 8년 동안 찾지 못한 고향이니, 고향이 얼마나 그립겠어? 그래서 병실로 돌아오자 나한테 그 얘기를 한 거라. 우리 배가 나가사키 외항을 지났다고, 그리고 고향이 그립다는 얘기를 푸념 비슷하게 했어요."

"고향이 그립기는 박사님께서 더 그리우셨을 텐데요." 정이 웃으면서 말을 받았다.

"꼭 그렇지도 않았어요. 우리 배가 나가사키 외항을 지났다는 얘기를 듣고 나도 고향 생각이 났지만, 실은 한편으로는 마음이 놓였거든." 이승만이 싱긋 웃으면서 왼손으로 목을 쓰다듬었다. "내 목에 거액의 현상금이 걸렸다는 얘기가 돌았거든."

"예. 아주 거액의 현상금이 걸렸다고 들었습니다."

"난 일본 정부가 그런 현상금을 내걸었을 가능성은 작다고 보았어요. 아무리 생각해 봐도 현상금을 걸어서까지 나를 붙잡거나 없앨 이유를 찾을 수가 없었거든. 그런데 중요한 것은 일본 정부가 실제로 내 목에 거액의 현상금을 걸었느냐 아니냐가 아니고, 사람들이 그렇게 믿는 것이었지. 사람들이 그렇게 믿으면 나를 일본 정부에 넘길 사람들이 나오는 거지. 그래서 적잖이 걱정이 되었어요. 임 대령이 우리 배가 나가사키 외항을 지났다고 얘기하는 순간 내 마음 한구석에선 안도감이 들었어요. '아, 우리 배의 선장이 나를 일본 당국에 넘기지는 않는구나.' 그래서 느긋한 마음으로 고향 떠나 이역에서 떠돈 회포를 담아서 시를 지어 임 대령에게 보였지."

"아, 그러셨군요." 정과 한이 감탄하면서 고개를 끄덕였다.

"덕분에 괜찮은 시 한 수를 얻었지."

이승만의 농담에 소리 없는 웃음판이 되었다.

그들은 아메리칸 대학교로 가는 참이었다. 오늘 1943년 4월 8일은 대한민국 임시정부 수립 24주년이었고, 기념 행사로 '조선벚나무'를 아메리칸 대학교 교정에 심기로 되어 있었다.

워싱턴에 많이 심어진 벚나무가 '일본벚나무(Japanese cherry trees)'로 불리면서 박해를 받자, 이승만은 정운수와 한표욱의 도움을 받아 벚나무 구하기에 나섰다. 이승만은 그 벚나무의 원산지가 조선이라고 믿었다. 삼국시대에 왜倭에 발전된 문화를 전해 주고 지배층이 된 백제 사람들이 수도 나라奈良에 벚나무를 심어서 일본 열도에 퍼지게 되었다는 얘기였다. 작년에 그는 한미협회를 통해서 내무장관에게 건의했다. '일본벚나무'는 원래 '조선벚나무(Korean cherry trees)'니 이름을 그렇게 바꾸자고. 그러나 내무부장관은 확실한 근거 없이 이름을 고치기는 어렵다고 대답했다. 그래서 그는 정과 한에게 근거를 찾아보라 했고, 두 사람은 미국 국회 도서관에 있는 일본 백과사전에서 '일본벚나무'가 울릉도 원산이라는 구절을 찾아냈다. 이승만은 기뻐서 두 사람을 칭찬하고서 그 자료를 내무부에 제시했다. 그래도 내무부는 '조선벚나무'라 부르기는 곤란하다 밝히고서 대신 '동양벚나무(Oriental cherry trees)'라 부르기로 결정했다고 통보해 왔다.

이승만은 그런 결과가 흡족하지 않았다. 해를 입을 뻔한 벚나무들을 살린 것은 물론 작지 않은 성취였다. 그리고 침략적인 일본에 대한 적개심이 애꿎은 나무에게로 향하는 것은 중요한 심리적 자산을 낭비하는 일일뿐더러, 모든 일본적인 것들에 대한 증오로 발전해서 해를 끼칠 위험도 있었다. 조선이 공식적으로 일본제국에 속했으므로 조선 사람들에겐 그런 위험이 그저 이론적인 것이 아니었다. 하와이에선 아직도 미군 당국이 조선 사람들을 일본 사람들과 구별하지 않고 함께 다루어서 동포들이 어려움을 겪고 있었다. 이승만은 여러 차례 국무부에 그런 사정을 알리고 시정을 요청했지만, 국무부의 노력에도 불구하고 사정은 크게 나아지지 않았다.

그러나 이승만이 애초에 목표로 삼은 것은 미국 사회에 'Korea'라는 이름을 알리는 것이었다. 그렇게 'Korea'가 사람들의 의식 속에 익숙한 존재로 자리 잡아 잊혀지지 않아야 조선의 독립을 이룰 수 있었다. 그의 목표는 'Japan'을 지우는 것이 아니라 'Korea'를 내세우는 것이었다. 당연히 그로선 '동양벚나무'라는 타협안이 마음에 차지 않았다.

'동양벚나무'라는 이름으로 귀결된 것에 대해 이승만이 아쉽다는 생각을 밝히자, 아메리칸 대학교 총장인 폴 더글라스(Paul F. Douglass) 박사가 그에게 제의했다.

"이 박사님, 우리 학교 교정에 '코리언 체리 트리스'를 심읍시다."

더글라스는 이승만이 새로 조직한 기독교인친한회(The Christian Friends of Korea)의 회장으로 이승만을 돕고 있었다. 더글라스는 채 마흔이 되지 않았는데, 원래는 버몬트에서 정치인으로 활약했었다.

태평양전쟁이 예상보다 빨리 끝날 가능성이 커진 터라, 이승만은 대한민국 임시정부의 승인을 돕고 전쟁이 끝난 뒤 세워질 대한민국을 후원해 줄 조직이 시급하다고 판단했다. 그는 조선에서 일한 선교사들이 도움을 줄 수 있다고 생각했다. 그들 선교사들을 설득할 사람으로는 그의 은사인 올리버 에이비슨(Oliver R. Avison)이 자연스럽게 떠올랐다.

에이비슨은 1860년에 영국에서 태어나 캐나다에서 공부한 의사였다. 그는 1893년에 조선으로 건너와서 의술을 통한 선교에 종사했고, 빼어난 의술로 고종의 신임을 얻어 제중원濟衆院의 책임자로 일했다. 1900년 휴가를 얻어 귀국했을 때 미국에서 열린 선교단 회의에서 조선의 의료 실태에 관해 연설했다. 철강 재벌로 자선가인 루이스 세버런스(Louis Severance)가 그의 연설에 감동해서 거금을 내놓았고, 에이비슨은 그 자금으로 숭례문 앞에 새로 병원을 지어 '세브란스 병원'이라 불렀다. 이어 세브란스 의학교와 간호학교를 세워서 의사들과 간호사들을 배출했다. 이런 업적으로 그는 '조선 현대 의술과 의학 교육의 창시자'라 불렸다. 1935년 그가 은퇴해서 캐나다로 돌아갈 때 경성역엔 그의 은혜를 기리는 사람들 800여 명이 나와서 그를 환송했다.

이승만 자신에게도 에이비슨은 은인이자 스승이었다. 배재학당에 다니면서 서양 문명에 눈뜬 뒤, 이승만은 자신의 상투에 대해 심각하게 생각했다. 당시 조선의 전통에서 상투는 부모로부터 물려받은 몸을 상징했다. 그는 여러 날의 번민 끝에 에이비슨의 조언과 도움을 받아 상투를 잘랐다. 이승만이 한성감옥에 갇혔을 때 감옥에 콜레라가 돌았다. 이승만은 급히 에이비슨에게 도움을 청했고, 그가 보내준 약 덕분에 감옥의 콜레라가 멎었다.

이승만의 얘기를 듣자 에이비슨은 흔쾌히 승낙했다. 그는 아시아에 기독교 문명을 전파하려면 독립된 조선이 기지가 되어야 하며, 대다수 조선인들은 이승만을 자신들의 지도자로 여기니 그를 도와야 한다고 조선에서 일한 적이 있는 선교사들을 설득했다. 82세의 나이에도 불구하고 정력적으로 활동한 에이비슨 덕분에 기독교인친한회는 짧은 시일 안에 발족했다. 이사진과 집행부는 한미협회에 이미 참여한 사람들이 대부분이어서, 두 단체들이 협력하기가 수월했다.

이승만 일행이 아메리칸 대학교에 이르렀을 때, 행사장인 교정엔 사람들이 많이 모여 있었다. 반가운 인사가 끝나자 이승만은 행사장을 둘러보았다. 어림잡아 300명은 될 듯했다. 사람들이 적을까 걱정했던 터라 그는 마음이 푸근해졌다. 날씨도 야외 행사에 딱 맞았다. 워싱턴 인근에 사는 동포들만이 아니라 먼 곳에서 찾아온 동포들이 꽤 많아서 고맙고 흐뭇했다. 서해안에서 온 동포들도 있었다. 하와이에선 그의 지지자들인 재미한족연합위원회 의사부 위원장 이원순李元淳과 서기 김원용金元容이 왔다. 고운 한복을 차려입은 부인들이 조선인들의 행사임을 유창하게 보여 주었다.

타이 공사가 온 것은 좀 뜻밖이었다. 타이는 일본과 협력해서 일본군의 점령을 피한 상태였다. 미국 국무부 특별고문 혼벡의 부인과 체코슬로바키아 망명정부의 공사 부인이 참석한 것이 그로선 무척 고마웠다.

동포들 사이에선 지난 3월 29일 하원에서 존 랭킨(John E. Rankin) 미시시피 출신 하원의원이 '일본벚나무'를 '조선벚나무'로 바꿔 부르자고 제안한 것이 화제였다. 랭킨의 제안을 〈로스앤젤레스 타임스〉가 크게 다루어서 서해안 동포들까지 잘 알고 있었다. 이승만은 웃음 띤 얼굴로 잠자코 듣기만 했다. 남부 출신인지라 랭킨은 지독한 인종 차별주의자여서 흑인들을 경멸하고 차별했다. 일본과의 전쟁이 일어나자 일본계 미국인들을 혹독하게 다루라고 촉구한 터였다. 그러나 찬밥 더운밥 가릴 처지가 못 되는 이승만으로선 그런 얘기를 꺼낼 수 없었다.

주미외교위원부와 한미협회, 기독교인친한회가 공동 주최한 대한민국 임시정부 수립 24주년 기념식과 '조선벚나무' 기념식수는 10시 정각에 시작되었다. 먼저 하와이 대한인부인구제회가 기증한 벚나무 네 그루가 심어졌다. 주 단위가 아니라 연방 전체를 단위로 삼은 대학을 수도 워싱턴에 세우고 싶다는 조지 워싱턴(George Washington) 초대 대통령의 뜻을 받들어 19세기 말엽에 세워진 아메리칸 대학교는 평판이 높았다. 그런 대학교의 교정에 고국의 나무가 고국의 이름을 달고 심어졌다는 사실에 동포들은 감격했다. 식수가 끝나자 연설이 이어졌다. 연설은 이승만과 한미협회장 제임스 크롬웰이 했다.

기념식수가 주요 행사인지라 이승만은 연설을 아주 짧게 했다. 그는 24년 전 압제에 항거한 동포들의 피로 세워진 대한민국 임시정부가 줄곧 활동해 왔다고 말했다. 실은 세계에서 가장 오래된 망명정부임을 지적했다. 이어 일본의 미친 정복의 행진의 첫 희생자인 조선이 일본의 위험을 맨 먼저 경고했다는 점을 담담히 밝힌다고 말했다. 그리고 "진리는 땅에 추락했어도 다시 일어날 것입니다"라는 말로 맺었다.

열린 창으로 봄밤의 향긋한 공기가 밀려들어 왔다. 두 손으로 창턱을 짚고서, 이승만은 밤 풍경을 내다보았다. 은은한 즐거움이 아직 몸속에 남아 있었다. 오늘 벚나무 심기 행사는 기대보다 훨씬 성공적이었다. 대한민국 임시정부 수립 기념 행사였지만, 조선 사람들만의 잔치가 아니었다는 점이 그의 가슴을 뿌듯하게 했다.

멀리 동물원에서 사자 울음소리가 들려왔다. 우리에 갇힌 맹수의 답답한 마음이 밴 그 울음에 그의 마음이 문득 무거워졌다. 그의 마음 밑

바닥에 고여 있던 걱정의 검은 기운이 마음속으로 퍼지기 시작했다.

온 세계를 휩쓴 전쟁은 이제 판세가 뚜렷해졌다. 남태평양, 북아프리카, 그리고 러시아 평원에서 벌어진 싸움들에서 연합국 군대가 추축국 군대에 결정적 승리를 거둔 것이었다. 남태평양의 과덜커낼에서 반년 동안 이어진 싸움에서 미군이 일본군을 완전히 격파했다는 것이 알려지자, 미국 사회는 환호했다. 펄 하버가 공격받은 뒤 처음으로 일본군에 완벽한 승리를 거둔 것은 미국 시민들의 사기를 높였다. 신문들과 방송들은 과덜커낼에서 취재한 종군기자들의 보고들로 덮였다. 미국 사회가 문득 밝아진 듯한 느낌이 들었다.

엘알라메인 싸움

남태평양의 과덜커낼 싸움보다 훨씬 중요한 싸움은 북아프리카에서 있었다. 1942년 10월 23일부터 11월 11일까지 이집트의 엘알라메인에서 벌어진 싸움에서 영국군은 독일군에 결정적 승리를 거두었다.

제2차 세계대전이 일어나자, 이탈리아는 5년 전 식민지로 삼은 아비시니아(에티오피아)를 기지로 삼아 동아프리카에서 영국 식민지들을 공격했다. 처음엔 병력이 압도적으로 우세한 이탈리아군이 이겨서 영국 식민지들을 점령했다. 그러나 영국군 병력이 증강되고 원주민들이 영국군을 도우면서, 상황이 빠르게 반전되었다. 곳곳에서 이탈리아군은 패배해서 병력 대부분이 포로가 되었고, 이탈리아는 동아프리카의 영토를 모두 잃었다.

북아프리카에선 이탈리아군이 식민지 리비아를 기지로 삼아 동쪽의 이집트를 공격했다. 영국군은 이탈리아군보다 훨씬 적었지만, 지휘관들이 뛰어났다. 결국 반격에 나선 영국군에 이탈리아군은 패배했고, 20만 가까운 이탈리아군은 거의 다 영국군의 포로가 되었다.

다급해진 무솔리니의 구원 요청을 받자, 히틀러는 기갑사단을 파견하고 에르빈 롬멜 중장으로 하여금 독일과 이탈리아의 연합군을 지휘하게 했다. 롬멜은 대담한 기동과 능숙한 임기응변으로 상황을 반전시켰다. 그의 현란한 기동에 감탄한 서방 기자들은 롬멜에게 '사막 여우(Desert Fox)'라는 별명을 붙였다.

1942년 6월 21일 영국군의 주요 거점인 리비아 항구도시 토브루크가 독일군에게 함락되었다. 승세를 타고, 독일군은 영국군의 주저항선인 엘알라메인까지 진격했다. 롬멜은 마음이 급했다. 북아프리카의 독일군은 전력이 한계에 이르렀는데, 이집트의 영국군은 미국의 지원을 받아 점점 강력해지고 있었다. 롬멜은 영국군이 더 강력해지기 전에 결판을 내려고 시도했다. 그러나 독일군은 엘알라메인의 영국군 방어선을 뚫을 힘이 없었다. 무엇보다도 독일군은 보급에서 큰 어려움을 겪었다. 제공권을 잃었고 '이니그마 암호'가 영국군에게 해독된 터라, 지중해를 건너는 수송선들과 유조선들의 70퍼센트가 영국군의 공습에 격침되었다.

공격작전이 비현실적이라는 것을 깨닫자 롬멜은 방어작전으로 전환했다. 이 지역은 지중해 연안의 좁은 평지로만 기동할 수 있어서 전투 정면이 아주 좁았다. 롬멜은 무려 50만 개의 대인 및 대전차 지뢰들을 세 겹으로 매설해서 뚫기 어려운 방어선을 구축했다(반어적으로, 이들 지뢰들은 거의 다 토브루크에서 얻은 영국군 지뢰들이었다). 그리고 간염과 저혈압을 치료하기 위해 독일로 귀환했다.

난공불락으로 여겨진 토브루크의 상실은 처칠을 아주 어려운 처지로 몰아넣었다. 토브루크가 함락되었을 때, 그는 워싱턴에서 루스벨트와 '제2 전선' 문제를 상의하고 있었다. 체면이 크게 깎인 그는 일기에 자신의 심정을 토로했다.

"나는 내가 받은 충격을 [루스벨트] 대통령에게 숨기려 하지 않았다. 그것은 쓰디쓴 순간이었다. 패배는 그렇다 치더라도, 치욕은 또 다른 것이다."

미국에서 귀국하자 처칠은 하원의 견책 동의안에 대해 자신을 변호해야 했다. 국내외에서 지도력에 상처를 입은 처칠은 북아프리카의 영국군 사령관을 바꾸었다. 새로 사령관이 된 버나드 몽고메리(Bernard Montgomery) 중장은 부대를 아주 공격적이고 효율적인 방식으로 움직인다는 평가를 받았다.

1942년 10월 23일 몽고메리는 영국군에게 공격 명령을 내렸다. 먼저 공병대가 지뢰를 제거하면 그 좁은 길로 보병부대와 기갑부대가 진격했다. 그러나 롬멜이 설치한 지뢰 장벽이 워낙 방대해서, 영국군의 진격은 느렸다. 만일 독일군에게 근접 지원을 할 수 있는 항공기들이 있었다면, 영국군은 꼼짝하지 못하고 큰 손실을 입은 채 물러났을 것이다.

롬멜의 후임이 급사하자, 히틀러는 요양소에서 치료받던 롬멜에게 엘알라메인으로 복귀하라고 명령했다. 다시 전선에 선 롬멜은 부족한 병력을 효과적으로 운용해서 영국군이 방어선을 돌파하는 것을 막았다. 그러나 보급이 되지 않는 부대로 점점 증강되는 영국군을 막는 데는 한계가 있었다. 11월 2일 롬멜은 히틀러에게 절망적 상황을 보고했다. 다음 날 그는 히틀러로부터 진지를 사수하라는 명령을 받았다. 히틀러의 명령을 어길 수 없었던 롬멜은 방어선을 약간 뒤로 물리는 방안으로 적

몽고메리는 영국군에게 공격 명령을 내렸다. 롬멜은 히틀러에게 후퇴 허가를 요청한 뒤 대답을 기다리지 않고 부대들에 후퇴 명령을 내렸다. '엘알라메인 싸움'은 영국에 온 국민이 갈망하던 승리를 안겨 주었다.

군의 압력에 대응했다. 그러나 영국군의 압력은 더욱 거세졌고 영국 항공기들의 폭격은 큰 피해를 강요했다.

11월 4일 롬멜은 히틀러에게 후퇴 허가를 요청한 뒤 대답을 기다리지 않고 부대들에 후퇴 명령을 내렸다. 적군의 압박 속에 후퇴하는 터라, 기동력이 있는 독일 기갑부대만 전선에서 빠져나올 수 있었고 이탈리아군은 후위 작전을 수행하다 괴멸되었다.

'엘알라메인 싸움(Battle of El Alamein)'은 영국에 온 국민이 갈망하던 승리를 안겨 주었다. 영국은 군대와 국민이 모두 사기가 올랐다. 토브루크의 상실 이후 궁지로 몰렸던 처칠은 득의에 차서 외쳤다.

"'알라메인 이전엔 우리는 승리한 적이 없고, 알라메인 이후엔 우리는 패배한 적이 없다'고 거의 말할 만하다."

스탈린그라드 싸움

엘알라메인 싸움은 중요한 싸움이었지만, 러시아 남부 스탈린그라드에서 벌어진 싸움은 훨씬 더 중요했다.

1941년 12월 모스크바 근교에 이른 독일군은 끝내 모스크바를 점령하지 못했다. 독일군이 지쳤음을 깨달은 러시아군 사령관 게오르기 주코프(Georgi Zhukov) 원수는 12월 5일 반격에 나섰다. 힘이 부친 독일군은 러시아군의 공격에 맥없이 물러났다. 독일군 지휘관들은 1812년에 모스크바를 점령했다가 패배한 나폴레옹 군대의 운명을 떠올렸다.

그러나 히틀러는 지휘관들에게 후퇴의 위험성을 지적하면서 그 자리에서 버티라고 독려했다. 자신의 명령을 어기고 후퇴한 지휘관들을 모조리 갈아치웠다. 그리고 병약한 총사령관 발터 폰 브라우히치(Walther von Brauchitsch) 원수를 해임하고 자신이 직접 독일군을 지휘하기 시작했다. 브라우히치의 해임은 히틀러에게 작전의 실패에 대한 희생양과 자신이 군대를 직접 지휘할 길을 아울러 제공했다. 히틀러의 강경한 방침으로 혹한 속에 러시아군의 공세를 받은 전선의 독일군은 극도의 고통과 막대한 손실을 보았지만, 패주의 위험은 피할 수 있었고 전선은 차츰 안정이 되었다. 러시아군의 겨울철 공세는 3개월 넘게 이어졌지만, 독일군은 방어선의 거점 도시들을 결사적으로 지켰다.

비록 패주를 피했지만, 극한 상황에서 거점들을 지킨 터라 독일군은 엄청난 손실을 입었다. 대부분의 사단들은 병력이 절반 이하로 줄어들었고 전쟁이 끝날 때까지 제대로 충원되지 않았다. 거점 도시들에 물자를 공수한 독일 공군은 큰 피해를 입었고 인력과 항공기들이 아울러 피폐했다. 이런 사정은 독일군의 작전에 큰 제약이 되었다. 독일군 참모부는 그런 사정을 인식했지만, 그들은 이미 히틀러의 결정에 영향을 미치지 못했다. 히틀러의 압력은 그들이 견디기 어려울 만큼 커졌고, 그들은 히틀러의 무모한 결정들을 그대로 야전군 지휘관들에게 전달했다. 이처럼 히틀러가 독일군의 작전에 직접 개입하게 된 것은 이후의 전황에 근본적 수준에서 악영향을 미쳤다.

1942년 봄 히틀러는 다시 대규모 공격작전을 구상했다. 그의 작전계획은 경제적 필요에 의해 큰 영향을 받았다. 그의 경제 관료들은 석유의 부족이 독일군의 치명적 약점이 되리라는 전망을 내놓았다. 그리고 러시아 남부 캅카스(코카서스) 지역의 풍부한 석유를 확보해야 한다고 히틀러를 설득했다. 그들의 얘기는 상식에 맞았으므로, 히틀러는 중동의 유전을 확보하기 위한 거대한 전략을 세웠다. 이 전략은 두 부분으로 이루어졌으니, 북쪽 부분은 독일군 남부군이 러시아 남부에서 캅카스로 진격하는 것이었고 남쪽 부분은 지중해 연안의 독일군과 이탈리아군이 아라비아와 시리아로 진격하는 것이었다. 두 군대는 카스피해의 석유도시 바쿠에서 만날 터였다. 이런 전략에 따라 히틀러는 러시아 남부를 장악하는 작전을 계획했다.

1942년 5월 러시아군은 철도망과 중공업의 중심지인 하리코프를 탈환하기 위한 작전에 나섰다. 그러나 준비가 덜 된 러시아군은 하리코프를 얻지 못했고 오히려 독일군에 역습의 기회를 주었다. 광활한 초원은 독일군 기갑부대들에 좋은 무대를 마련해 주었고, 러시아군은 방어선을 칠 수 없었다. 스탈린은 이번에도 독일군이 모스크바를 목표로 삼으리라고 예상하고서 중부 전선에 주력을 배치했다. 자연히 남부 전선엔 독일군의 진격을 효과적으로 막을 러시아군이 없었다.

7월 하순 독일군 주력은 돈강 하류의 주요 도시 로스토프를 장악했다. 여기서 그들은 둘로 나뉘었다. 1기갑군과 17군은 유전이 많은 캅카스 지역을 향해 남쪽으로 진격했다. 4기갑군과 6군은 동북쪽 스탈린그라드를 목표로 움직였다.

스탈린그라드는 볼가강의 주요 항구도시로, 볼가강과 돈강을 연결하는 운하의 동쪽 종점이었다. 17세기 후반 카자크(코사크)족과 도망친 농노들을 이끌고 돈강과 볼가강 유역에서 반란을 일으켰던 스텐카 라진(Stenka Razin)이 근거로 삼았던 곳이기도 했다. 독일의 침공을 받은 뒤부터 러시아는 이란에서 카스피해를 거쳐 볼가강으로 연결되는 보급로를 통해서 미국의 원조를 받고 있었다. 서남쪽으로 흐르던 볼가강이 스탈린그라드에서 굽이돌아 동남쪽으로 흐르므로, 스탈린그라드는 볼가강 연안 도시들 가운데 가장 서쪽에 있었다. 자연히 스탈린그라드는 독일군의 목표가 되었다.

독일군은 동맹군인 이탈리아군, 헝가리군 및 루마니아군에게 양측면을 보호하는 임무를 맡겼다. 비록 독일군 지휘관들은 이 군대들을 얕잡아보았지만, 이들은 강인한 군대였고 용감히 싸웠다. 그러나 이들은 무기를 제대로 갖추지 못했고, 특히 독일군 기갑부대의 지원을 받지 못했다. 그런 상태에서 그들은 몇백 킬로미터의 전선을 방어해야 했다. 이처럼 측면 보호에 허술했던 것이 독일군의 치명적 약점으로 판명되었다.

독일군의 의도가 명확해지자, 러시아군은 서둘러 스탈린그라드 방어에 모든 가능한 자원을 투입했다. 그리고 부대들과 병사들에게 진지를 사수하라는 명령을 내렸다. 총을 잡을 수 있는 민간인들은 모두, 심지어 여성들까지 총을 잡고 전선으로 나가라고 독려했다. 스탈린그라드 지역의 러시아 사람들은 군인 민간인 가리지 않고 그런 호소에 호응해서 용감하고 완강하게 독일군과 싸웠다. 특히 돈강의 동쪽 연안에 자리 잡고 볼가~돈 운하의 서쪽 종점인 칼라치에선 돈강을 건너는 독일군에게 큰 손실을 강요했다. 스탈린그라드 방어에 투입된 부대들은 62군으로 재편되었고 사령관엔 바실리 추이코프(Vasili Chuikov) 중장이 임명되었다. 이어 64군이 추가로 투입되었다.

8월 23일 독일군 6군은 스탈린그라드 교외에 이르렀다. 패배한 러시아군 62군과 64군은 스탈린그라드 시내로 물러났다. 독일군이 예상보다 늦게 닿았으므로 러시아 정부는 곡물, 가축 및 철도 차량을 볼가강 건너로 실어 날랐다. 그러나 스탈린은 민간인들의 존재가 도시를 방어하는 병력들의 저항을 강화하리라는 생각에서 민간인들의 피난을 불허했다. 그래서 당시 스탈린그라드엔 40만의 러시아 민간인들이 있었고, 이들은 독일군의 격심한 공습을 견뎌야 했다.

독일 공군은 러시아 공군을 압도해서 제공권을 확보했다. 공군의 근접 지원은 독일군의 진격을 효과적으로 도왔고 러시아군의 반격들은 저지했다. 그래도 러시아군은 쉽게 물러서지 않고 폐허가 된 시내에서 시가전으로 저항했다. 시가전은 치열해서, 건물 하나하나가 싸움터였고, 한 건물 안에서도 층 사이에 싸움이 벌어졌고, 한 층에서도 방마다 싸워서 점령해야 했다. 요충인 철도역은 6시간 동안 14차례나 주인이 바뀌었다. 스탈린은 허가받지 않고 후퇴 명령을 내리는 지휘관들은 군법회의에 회부한다고 선언했다. 그리고 비밀경찰(NKVD)의 독전 요원들은 이탈자들을 체포해서 처형했다. 전투 대열을 유지하기 위해서 이렇게 처형된 병사들은 1만 4천 명에 이른다. "한 걸음도 물러나지 않는다!"와 "볼가강 너머엔 땅이 없다!"가 스탈린그라드를 지킨 러시아군의 구호였다.

도시 하나를 점령하기 위해 큰 부대가 시가전을 벌이는 것은 독일군으로선 최악의 선택이었다. 광활한 러시아의 평원에서 기갑부대의 기동력을 바탕으로 삼아 보병, 포병 그리고 공군의 근접 지원을 결합해서 러시아군을 포위한 다음 섬멸하는 것이 독일군이 즐겨 쓰고 거의 언제나 성공한 작전이었다. 시가전에선 그런 작전을 쓸 수 없었고, 독일군과 러시아군은 대등한 조건으로 싸웠다. 특히 러시아군 저격병들의 활약이 컸으니, 가장 유명한 러시아군 저격병인 바실리 자이체프(Vasili Zaitsev)는 225명의 확인사살을 기록했다.

스탈린그라드가 요충이었지만, 독일군이 그 도시를 꼭 점령해야 할 이유도 없었다. 스탈린그라드를 봉쇄하고 볼가강의 운송을 막으면 되었다. 무엇보다도, 스탈린그라드의 점령에 자원을 집중함으로써 독일군은 작전의 원래 목표인 캅카스의 유전을 확보하는 일에 전력을 쏟지 못하게 되었다. 북아프리카에서 롬멜의 공세가 성공하지 못한 데엔 스탈린그라드 싸움에 독일군의 자원이 너무 많이 투입되었다는 사실도 큰 몫을 했다.

그러나 독일과 러시아가 스탈린그라드 싸움에 전력을 쏟는다는 것이 널리 알려지자, 스탈린그라드는 히틀러와 스탈린의 체면이 걸린 도시가 되었다. 그래서 히틀러는 큰 대가를 치르더라도 스탈린그라드를 점령하라고 6군 사령관 프리드리히 폰 파울루스(Friedrich von Paulus) 대장에게 명령했다. 그리고 1942년 9월 30일의 공개 연설에서 독일군은 결코 스탈린그라드를 포기하지 않을 것이라고 선언했다.

파울루스는 주로 참모로 일해서 참모 업무에는 뛰어났지만, 지휘관 경험은 대대를 지휘한 것뿐이었다. 큰 부대를 지휘한 경험이 없는 그에게 30만가량 되는 대군을 지휘하고 그 결과에 대한 책임을 지는 일은 힘에 부치는 임무였다. 그는 러시아군의 완강한 저항을 뚫고 스탈린그라드를 점령하는 일에 몰두했고, 큰 그림을 보고 판단하는 일을 소홀히 했다. 특히 러시아군의 필연적 반격에 대한 준비에서 소홀했다. 그는 볼가강 서안에 남은 러시아군의 교두보들을 없애는 일에 관심을 두지 않았고, 덕분에 반격에 나선 러시아군은 쉽게 볼가강을 건널 수 있었다. 러시아군의 반격에 대비해서 돈강의 자연적 방어선을 강화하는 일에도 마음을 쓰지 않았다. 보급로와 퇴로의 확보에 꼭 필요한 요충인 칼라치의 방어에도 마음을 쓰지 않았다. 무엇보다도, 양측면을 보호하는 동맹군들의 전력을 높여서 러시아군의 반격에 대응할 수 있는 수준으로 만드는 데 소홀했다. 동맹군들이 대전차 능력이 너무 부족하다고 호소해도 별다른 지원을 하지 않았다.

역사상 가장 치열했던 시가전을 통해서 독일군은 차츰 스탈린그라드를 장악해 나갔다. 11월 초순까지 독일군은 스탈린그라드의 90퍼센트를 장악하고, 러시아군 진지는 볼가강 부두 둘레 작은 거점 둘로 국한되었다. 그러나 러시아군은 대대적 반격작전을 위해 볼가강 동쪽에 10개 야전군, 1개 기갑군 및 4개 항공군으로 이루어진 대군을 이미 집결시켰다. 이 러시아군 병력은 미국의 원조로 충분히 보급을 받아서 전력이 향상되었다. 이처럼 대규모 러시아군 병력이 집결하는데도 독일군은 러시아군의 움직임을 전혀 탐지하지 못했다.

1942년 11월 19일 러시아군 3개군이 스탈린그라드의 북쪽에서 공격을 개시했다. 독일군 6군의 왼쪽 측면을 보호하던 루마니아군 3군은 효과적으로 저항할 길이 없었다. 러시아군의 반격에 대한 준비를 소홀히 했던 터라, 독일군도 대응이 혼란스러웠고 비효과적이었다. 날씨까지 나빠서, 상대적으로 우위를 지닌 독일 공군도 지상군의 작전을 근접 지원할 수 없었다.

다음 날 20일엔 러시아군 2개군이 스탈린그라드 남쪽에서 공격을 개시했다. 독일군 오른쪽 측면을 보호하던 루마니아군 4군의 방어선은 이내 무너졌다. 러시아군 양익의 기갑부대들은 빠르게 전진해서 23일엔 칼라치에서 만났다. 이렇게 완성된 포위망을 러시아군은 서둘러 강화했다. 포위망은 두 겹으로 이루어져서, 안쪽 망은 스탈린그라드에 갇힌 독일군 6군의 돌파를 저지하고, 바깥쪽 망은 독일군 구원군을 물리치는 임무를 맡았다.

6군이 러시아군에게 포위되자, 독일 육군 수뇌부는 6군이 포위망을 돌파해서 돈강 서쪽에 전선을 형성하는 방안을 히틀러에게 추천했다. 그러나 11월 24일 6군과 4기갑군을 통할하는 돈 집단군의 사령관 에리히 폰 만슈타인 원수는 자신이 러시아군의 포위망을 돌파해서 6군을 구할 수 있으므로 6군에게 포위망을 뚫고 나오라는 명령을 내리지 말아 달라고 히틀러에게 건의했다. 공군 총사령관 헤르만 괴링 원수는 공군이 스탈린그라드에 '항공 교량(air bridge)'을 건설해서 구원작전이 끝날 때까지 6군에 필요한 물자를 공수할 수 있다고 장담했다. 이런 의견들은 히틀러 자신의 의향과 맞았으므로, 히틀러는 파울루스에게 스탈린그라드를 사수하라는 명령을 내렸다.

돈 집단군을 실제로 지원하는 4공군함대 사령관 볼프람 폰 리히트호펜(Wolfram von Richthofen) 대장은 이 결정을 번복하려 애썼다. 괴링은 그의 의견을 듣지 않았으므로 싸움터의 실상을 전혀 모른 채 히틀러에게 장담한 것이었다. 독일군이 스탈린그라드에 전력을 집중한 터라, 6군 병력은 독일군 정식 편제보다 거의 곱절이 되었다. 그리고 4기갑군의 1개 군단이 포위망 안에 갇혀 있었다. 이들 부대들은 날마다 최소한 750톤의 물자가 필요했지만, 4공군함대의 일간 최대 공수 능력은 107톤이었다. 리히트호펜의 설명을 듣고 비로소 물자 공수의 어려움을 깨달은 만슈타인은 11월 28일 총참모부에 현장의 실제 상황을 보고하고, 6군이 스탈린그라드를 포기하고 포위망을 돌파하는 것이 최선이라고 건의했다. 그러나 자신의 굳은 의지만이 독일군의 패주를 막을 수 있다고 믿은 히틀러는 스탈린그라드 사수 명령을 바꾸지 않았다.

포위된 6군을 구출하려는 독일군의 작전은 초기엔 상당히 성공적으로 나아갔다. 12월 17일 만슈타인의 부대는 스탈린그라드에서 48킬로미터 떨어진 곳까지 진출해서 스탈린그라드의 포성을 들을 수 있었다. 그러나 정작 6군은 돌파를 위해 기동하지 않았다.

12월 19일 만슈타인은 정보참모를 항공기편으로 파울루스에게 보내서 포위망을 돌파하라고 설득했다. 그러나 파울루스는 만슈타인의 돌파 권고를 듣지 않았다. 파울루스는 스탈린그라드를 사수하라는 히틀러의 명령이 아직 그대로 있다는 사실을 지적했다. 그리고 병력은 지치고 무기와 탄약과 물자가 부족한 6군이 돌파에 성공할 가능성은 아주 낮다고 평가했다. 특히 연료가 부족해서, 6군 전차들은 4기갑군 선두를 향한 돌파에서 겨우 30킬로미터를 진격할 수 있는 연료만이 있었다. 연료의 보급에 대한 보장이 없는 상황에서 선불리 돌파에 나서는 것은 너무 무모하다는 얘기였다. 마지막으로 파울루스는 스탈린그라드의 포기가 불러올 영향을 걱정했다. 러시아군이 스탈린그라드 전선에 많은 전력을 투입한 터에 6군이 탈출하면 다른 전선에 나쁜 영향을 미칠 것이고, 특히 캅카스로 진격한 17군과 1기갑군이 퇴로를 잃을 수 있었다. 이런 이유들을 들면서 파울루스는 만슈타인의 권고를 받아들이지 않았다.

12월 21일 파울루스의 설득에 실패한 만슈타인은 직접 히틀러에게 건의했다. 스탈린그라드를 포기하고 돌파작전에 나서라는 명령을 파울루스에게 내리라고. 히틀러는 만슈타인의 건의를 받아들이지 않았다. 그는 이미 스탈린그라드의 6군을 희생해서 시간을 벌어 새로운 전선을 형성하기로 결정한 터였다. 이사이에 돈강과 볼가강 사이의 초원에 폭설이 내려서 기갑부대의 기동이 어렵게 되었다. 12월 23일 만슈타인은 6군의 구원을 위한 공격작전을 포기하고 러시아군의 새로운 공세에 대응하는 방어작전으로 전환했다. 이렇게 해서 스탈린그라드에 갇힌 독일군의 운명은 결정되었다.

1943년 1월 7일 러시아군 최고사령부는 파울루스에게 항복을 권고하는 서한을 보내고, 항공기 전단과 확성기로 그 사실을 공표했다. 이에 맞서 독일군 최고사령부는 "우리 군대가 버티는 하루하루가 러시아 사단들이 다른 전선에 투입되는 것을 막는다"고 파울루스에게 통보했다. 독일군 점령 지역이 점점 줄어들어 스탈린그라드 시내에 국한되면서, 공군이 이용할 수 있는 비행장도 한 군데로 줄어들었다. 오래 이어진 공수작전으로 피폐해진 독일 공군은 수송 능력이 급격히 떨어졌고, 마침내 1943년 1월 23일 마지막 항공기가 스탈린그라드에 착륙했다. 파울루스는 자신의 결혼반지를 뽑아 조종사에게 주면서 자기 아내에게

스탈린그라드 시가전에서 독일군은 절망적인 상황에서도 용감히 싸웠다. 그러나 버티는 데도 한도가 있었다. 독일은 전쟁에서 이길 수 없다는 것을 깨닫게 되었다.

전해 달라고 부탁했다.

스탈린그라드 시내에서 시가전으로 버티는 독일군은 최악의 상태였다. 모든 것들이 부족했지만, 특히 식량이 부족했다. 보급품이 공수되기 시작했을 때, 구출작전이 단기간에 끝나리라는 생각에서 식량보다는 탄약과 연료를 먼저 공수한 것이 독일군을 굶주림으로 몰아넣었다. 그처럼 절망적인 상황에서도 독일군은 용감히 싸웠다. 그러나 버티는 데도 한도가 있었다. 1월 22일 파울루스는 히틀러에게 항복을 허락해 달라고 요청했다. 히틀러는 독일군의 명예에 관한 일이라면서 파울루스의 요청을 거부했다. 1월 24일 파울루스는 부상병이 1만 8천 명인데 붕대조차 없다고 보고했다. 그래도 히틀러는 항복을 허락하지 않았다.

1943년 1월 30일 히틀러의 집권 10주년을 기념하면서, 독일 선전상 요제프 괴벨스(Joseph Goebbels)는 볼가강에서 영웅적으로 싸우는 독일군의 공헌을 칭송했다. 이날 히틀러는 파울루스를 원수로 승진시켰다. 프로이센 왕국 이래 독일군에서 원수가 항복한 일은 없었다. 만일 파울루스가 러시아군에 항복하면, 그는 독일군 역사에서 가장 높은 계급의 항장降將이 되는 것이었다. 그래서 히틀러는 파울루스가 끝까지 싸워 전사하거나 자결하리라 계산한 것이었다. 그러나 파울루스는 히틀러의 얄팍한 계산에 반발했고, 2월 2일 러시아군에 항복했다.

스탈린그라드에서 러시아군의 포로가 된 독일군은 9만 1천 명가량 되었다. 이들 가운데 뒷날 독일로 귀환한 병사들은 5천 명 남짓했다. 나머지는 러시아의 강제수용소에서 강제노역을 하다 죽었다. 파울루스 자신은 히틀러를 비난하면서 러시아에 부역했다가 동독으로 돌아와 여생을 마쳤다.

'스탈린그라드 싸움(Battle of Stalingrad)'은 제2차 세계대전에서 가장 중요한 싸움들 가운데 하나였다. 그 싸움 이전엔 동부 전선에서 독일군은 승승장구했다. 1941년 겨울 모스크바 공격에서 실패해서 한때 후퇴했던 경우를 빼놓으면, 독일군은 패한 적이 없었다. 스탈린그라드 싸움 뒤 독일군은 여름 전투들에서도 러시아군에 결정적 승리를 거두지 못했다. 상징적 효과도 물론 컸다. 러시아 국민들은 자신감을 회복해서 승리를 확신하게 되었다. 다른 연합국들과 중립국들도 러시아의 승리를 확신하게 되었다. 반면에 독일과 다른 추축국들은 전쟁에서 이길 수 없다는 것을 깨닫게 되었다.

조선에 관한 음모

"결국 시간 싸움인데…."

우리 속에서 서성거릴 사자를 떠올리면서, 이승만은 소리 내어 생각했다.

이제 추축국들이 패배하는 것은 분명해졌다. 그러나 독일과 유럽의 독일 동맹국들은 일본과 연합전선을 편 것이 아니라, 연합전선을 편 연합국들과 따로 싸우고 있었다. 그래서 독일과 일본이 패배하는 시점은 상당히 다를 터였다. 그리고 그 시점에 따라 조선의 운명이 바뀔 터였다. 독일이 먼저 패망하면 러시아는 곧바로 일본에 선전포고를 하고 만주와 조선을 점령할 것이었다. 그렇게 되면 조선은 독립하지 못하고 러시아의 식민지가 되거나 아예 합병될 터였다. 조선 사람들에게 중세적 전통과 공산주의 체제를 지녀 가장 압제적인 러시아의 지배를 받는 것보다 더 나쁜 운명은 없었다. 만일 일본이 먼저 패망하면 조선은 미국이 점령하게 되어, 조선의 독립은 거의 확실할 터였다.

스탈린그라드 싸움에서 독일이 대패하면서, 독일만이 아니라 서부 유럽까지 러시아 차지가 될 가능성이 커졌다. 러시아가 만주와 조선을 차지할 가능성도 따라서 커졌다. 미국 국무부 사람들은 국제 정세의 전문가들이니 당연히 이런 상황을 잘 알 터였다. 그리고 그런 정세에 바탕을 두고 정책을 세울 것이었다.

"러시아에 넘기기로 결정한 것인가?"

이승만은 소리 내어 생각했다.

작년 여름부터 그는 국무부 관리들이 조선을 러시아에 넘기기로 적어도 암묵적으로 결정했다는 느낌을 받아 왔다. 대한민국 임시정부를 승인해야 할 필요는 부쩍 커졌는데, 국무부는 오히려 노골적으로 그와 임시정부에 대한 적대감을 드러냈다. 국무부가 임시정부 승인에 반대하는 이유로 드는 임시정부의 대표성도 점점 공허하게 들렸다. 오늘 연설에서 그가 자랑스럽게 지적한 것처럼, 대한민국 임시정부는 세계에서 가장 오래된 망명정부였다. 일본과 같은 강대국에 맞선 망명정부가 24년 동안 존속했다는 것은 결코 작지 않은 성취였다. 그리고 임시정부는 처음부터 대다수 조선인들의 지지를 받아 왔다.

이승만 자신도 적어도 미국에선 대부분의 동포들의 지지를 받았다. 그의 적대 세력이 내세우고 국무부가 대단한 존재처럼 여기는 한길수는 엄밀한 뜻에서 지도자는 못 되었다. 누구도, 한길수를 지지하고 부추기는 사람들까지도 그를 지도자로 여기는 것은 아니었다. 행적, 학식, 인품, 업적, 지지 세력, 국내외의 명성—어느 것을 보더라도 한길수는 이승만 자신과 비교할 수 없었다. 전에는 국무부가 임시정부와 이승만 자신의 대표성에 대해 회의적일 수도 있겠다는 생각이 들었지만, 작년 여름부터는 국무부가 조선을 러시아와의 흥정에서 맨 먼저 버릴 패로 삼고 있다는 생각이 들었다. 러시아가 일본을 공격하도록 유인하려면 러시아에 보상을 제시해야 할 터인데, 미국으로선 조선이 가장 쉽게 버릴 수 있는 패였다.

영국은 조선을 독립시킬 생각이 없을 터였다. 지금 영국의 악몽은 힘에 부친 러시아가 독일에 항복해서 평화조약을 체결하는 상황이었다. 그렇게 되면 영국은 혼자서 독일의 막강한 군대를 상대해야 했다. 러시아와 독일 사이의 평화조약을 막는 미끼로 조선을 던져 주는 방안은 영국 사람들 마음에 이내 떠오를 것이었다. 아울러, 전쟁 전의 식민지들에 대한 종주권을 되찾아 대영제국을 재건하려는 영국으로선 조선이 독립하는 것보다는 러시아의 식민지가 되는 것이 나을 터였다. 일본과 힘에 부치는 전쟁을 가까스로 이어 가는 중국에 열린 유일한 해외 수송로인 '버마 도로'를 영국이 봉쇄했을 때, 이승만은 영국에 대해 품었던 생각을 근본적으로 바꾸었다. 그 조치는 도덕적으로나 법적으로나 그를 뿐 아니라 현실적으로도 어리석기 그지없었다.

요즈음은 중국의 태도도 수상했다. 작년 6월에 미국을 방문한 중국 외교부장 송자문은 루스벨트 대통령에게 낸 보고서에서 중국에 있는 조선인 사회가 둘로 분열되어 있다는 점을 강조했다. 대한민국 임시정부의 승인을 보류하라는 얘기나 마찬가지였다. 송자문의 누이 송미령宋美齡(쑹메이링)은 장개석의 부인이었으므로, 송자문은 장개석 정권의 핵심이었다. 원래 대한민국 임시정부에 우호적이었던 장개석 정권과 송자문이 그렇게 태도를 바꾼 것은 만주국 때문이라고 이승만은 추측했다. 만주국은 꽤 많은 나라들의 승인을 받았고 벌써 10년 넘게 존속했으므로, 중국에서 분리된 나라라는 주장이 나올 수 있었다. 러시아가 만주국의 영토를 중국의 한 부분으로 인정하도록 유인하려면, 중국으로선 대신 다른 영토로 보상해야 했다. 그때 편리한 것이 조선이었다.

그래서 이승만은 미국, 영국, 중국의 세 강대국 사이에 조선을 러시아에 내주자는 합의가 은연중에 익어 간다고 의심했다. 굳이 문서로 합의하지 않아도, 러시아가 알아들을 수 있도록 암시하는 것으로 족했다. 공식적으로는 조선이 일본제국의 한 부분이니, 러시아가 조선을 차지해도 누가 내놓으라고 할 것도 아니었다. 일본까지도 나중에 조선은 자기 영토라고 주장할 수 없었다. 조선을 국제 신탁통치 아래 두자는 얘기가 나올 때마다, 그는 조선을 러시아에 넘기려는 계략으로 의심했다.

'내가 지금 패러노이아에 걸린 것인가?'

답답한 마음을 긴 한숨으로 토해 내면서 이승만은 자신에게 물었다.

우리에 갇힌 듯한 느낌이 들어, 이승만은 창으로 가슴을 내밀고 숨을 깊이 쉬었다. 그에게 화답하는 듯, 향긋한 야기夜氣를 타고 멀리서 사자 울음이 들려왔다.

그러나 조선을 러시아에 넘기기로 연합국들이 이심전심으로 합의했다는 의심은 이승만의 '패러노이아(편집증)'가 아니었다. 20일 뒤인 4월 27일 〈시카고 선〉의 런던 주재 기자는 지난 3월 "앤서니 이든(Anthony Eden) 영국 외상이 미국을 방문했을 때 루스벨트 대통령과 조선의 처리에 대해 논의했다"고 보도했다. 조선을 독립시키기 전에 잠정적으로 국제 신탁통치 아래 두는 방안을 이든이 루스벨트에게 제안했다는 얘기였다.

밖으로 공개되지 않았지만, 루스벨트는 이든의 제안에 호의적이었다. 3월 27일 루스벨트는 헐 국무장관에게 "조선을 중국, 미국과 하나나 둘의 다른 나라들이 참여하는 국제 신탁 아래 두는 방안"을 제시했다. 이런 방안은 조선이 궁극적으로 러시아의 영향 아래 놓이리라는 인식에 바탕을 두었다. 이처럼 조선을 러시아에게 넘기는 방안이 점점 뚜렷해지는 상황이라, 대한민국 임시정부는 미국이나 다른 나라의 승인을 받기 어려웠다.

제13장

비바람 속의 중경임시정부

전략사무국 작전의 좌절

"프란체스카 여사님 덕분에 오래간만에 좋은 영화를 보았습니다."

한표욱이 웃음 띤 얼굴로 말했다. 이승만이 웃음을 지으면서 고개를 끄덕였다.

"덕분에 나도…."

어제 저녁엔 프란체스카의 제의로 이승만 내외, 이원순 내외, 그리고 한표욱이 함께 영화를 보았다. 지난 7월에 개봉되어 엄청난 인기를 누리는 〈누구를 위하여 종은 울리나〉였다.

"마지막 장면이 정말로 감동적이었습니다."

"그랬지? 원작이 좋기도 하지만, 게리 쿠퍼가 잘했지?"

"예. 헤밍웨이가 '인터내셔널 브리게이즈'로 스페인 내전에 참전한 경험을 정말로 잘 쓴 것 같습니다. 저도 그때는 '인터내셔널 브리게이즈'에 참여하고 싶었습니다."

인터내셔널 브리게이즈(International Brigades, 국제여단)는 1936년에서

1939년까지 이어졌던 '스페인 내란'에서 인민전선(Popular Front) 정부를 도와서 프란시스코 프랑코(Francisco Franco) 장군이 이끈 민족주의 반군에 맞서 싸운 해외 지원병들의 부대를 가리켰다. 코민테른이 조직한 부대라서 주로 공산주의자들이 참여했는데, 공산주의자가 아닌 젊은 지식인들도 파시스트에 대항한다는 생각에서 참여했다. 어니스트 헤밍웨이(Ernest Hemingway)와 조지 오웰(George Orwell)은 참전 경험을 글로 남겼다.

이승만은 고개를 끄덕였다.

"정의를 추구하는 젊은 지식인들로선 그럴 만했지."

그때나 지금이나 인터내셔널 브리게이즈에 대한 이승만의 생각은 양가적兩價的이었다. 젊은 지식인들이 파시스트로 규정된 반군으로부터 공격받은 정당한 정부를 도우려 나선 것은 일단 높은 평가를 받아야 했다. 그러나 피 끓는 젊은이들이 도우려 나선 인민전선 정부가 실제로 정당한 정부였느냐 하는 문제에 대해선 이견이 있을 수밖에 없었다.

마누엘 아사냐(Manuel Azaña)가 이끄는 인민전선 정부가 들어선 뒤, 스페인 사회는 이내 무질서와 폭력으로 뒤덮인 세상이 되었다. 감옥들마다 문이 열려 죄수들이 탈옥했다. 농민들은 무리를 지어 토지를 점령하고 재산권을 보호하는 법들을 가볍게 무시했다. 천주교회와 관련된 건물들은 성당이든 신학교든 수도원이든 공격과 방화로 파괴되었고, 재산가들의 집들과 사무실들은 불탔고, 총잡이들에 의해 주요 인사들이 잇달아 살해되었다. 인민전선 정부도 직접 정치적 보복에 나서서, 대통령을 해임하고 친위대를 이용해서 보수 정치인을 살해했다. 심지어 산티아고 카사레스 키로가(Santiago Casares Quiroga) 수상은 "파시즘과 관련

천주교회와 군대가 한편이 되고 인민전선 정부와 노동조합이 다른 편이 되어 벌어진 스페인 내전은 양편 다 전체주의 세력들이어서 유난히 무자비하고 잔인했다.

해서, 정부는 전쟁의 당사자다"라고 선언하고 적대 세력에 대한 박해를 공식화했다.

이런 상황에서 식민지 모로코에 주둔한 군대의 사령관인 프랑코가 반란을 일으키자, 스페인 각지에 있던 군부대들이 일제히 호응했다. 그러나 노동조합의 세력이 컸던 마드리드와 바르셀로나에선 군대의 봉기가 실패해서 인민전선 정부는 붕괴를 면했다. 그렇게 해서 전통적 가치를 보존하려는 천주교회와 군대가 한편이 되고 공산주의를 실천하려는 인민전선 정부와 노동조합이 다른 편이 된 내전이 벌어졌다.

내전은 늘 무자비하고 잔인하게 마련이다. 거기에 스페인 내전은 양편 다 전체주의 세력들이어서 유난히 무자비하고 잔인했다. 인민전선

정부의 힘이 미치는 곳에선 교회들이 불타고 훼손되었으며 공개적 신앙 행사들은 금지되었다. 10명의 주교들과 수천 명의 신부들과 신앙심이 깊은 민간인들이 아무런 죄도 없이 처형되었다. 민족주의 세력은 대량 학살을 자행했고, 게르니카에선 민간인들을 공습했다.

그래서 이승만은 영화를 보면서 헤밍웨이가 인민전선 정부를 일방적으로 미화했다고 생각했다. 지금 미국이 공산주의 러시아와 연합해서 파시스트 독일 및 이탈리아와 싸우는 터라 그런 편향은 오히려 환영을 받았다. 실제로 미국 정부는 공산주의 러시아의 참혹한 실상을 미국 시민들에게 감추기 바빴다. 1930년대 후반 스탈린이 주도한 '대숙청'의 기억들이 아직 생생한데도, 미국 정부와 대중매체들은 스탈린을 '조 아저씨(Uncle Joe)'로 둔갑시켜 친근한 이웃 아저씨의 심상을 퍼뜨리고 있었다. 올해 1월엔 〈타임(Time)〉 잡지가 스탈린을 '올해의 인물'로 선정해서 그 사악한 독재자를 칭송했다. 3월엔 〈라이프(Life)〉 잡지가 러시아 체제를 칭찬하는 기사들만으로 잡지를 꾸몄다. 그 기사들의 압권은 레닌을 "아마도 현대사의 가장 위대한 인물"이라고 평가한 대목이었다. 미국의 상황이 그러했으므로, 인민전선 정부의 실상을 제대로 그린 영화가 나왔다면 아마도 상영되기 어려웠을 터였다.

거의 세 해 동안 이어져 100만 명이나 죽었다는 스페인 내전을 지켜보면서, 이승만은 독립된 조선이 맞을 어려움들에 대해 성찰하곤 했다. 독립을 얻으면 조선 사회가 이념적 분열과 경제적 대립으로 큰 어려움을 겪으리라는 것은 분명했다. 중국에서 독립운동을 하는 조선인들이 이념적으로 점점 깊이 분열되어 가는 모습은 갑자기 독립을 얻은 조선 사회의 모습을 미리 보여 주는 듯했다. 그런 좌우익의 대립에서 좌익은 노동조합이라는 결정적 이점을 지녔다. 보편적으로 인정받고 활동이 보장된 데다가 노동쟁의들을 통해서 잘 조직되고 훈련된 조직이므로, 노동조합은 어느 사회에서나 좌익의 핵심 세력이었다. 영국의 경우에서 보듯, 흔히 좌익 정권은 노동조합의 정치부서(political arm)에 지나지 않았다. 스페인 내전에서도 인민전선 정부가 오래 버틸 수 있었던 것은 노동조합이 미리 내전을 예상하고 무기들을 비축한 덕분이었다. 조선도 이제 공업이 발전했으므로, 노동조합이 큰 세력을 지닐 터였다.

스페인 사회를 결정적으로 흔든 것은 자기 땅이 없는 농민들이 불법적으로 지주들의 토지를 점거하고 물러나지 않으려 한 상황이었다. 법과 재산권을 크게 흔들지 않으면서도 자신의 농지를 가지려는 농민들의 소망을 충족시키는 것은 독립된 조선이 맞을 가장 중요하고 아마도 가장 어려운 사회적 과제일 터였다. 그 과제를 잘 수행하면, 사회적 안정을 이루어 농민들이 급진적 변혁을 추구하는 노동조합을 억제할 수 있을 터였다. 실패하면, 조선은 공산주의자들이 다스리는 사회가 될 가능성이 높았다.

"다리를 폭파하는 장면에선 가슴이 뛰면서도, 마음 한편으로는 '저런 일을 우리 오에스에스 요원들이 해야 하는데' 하는 생각이 들었습니다."

한표욱이 쓸쓸한 웃음을 지으면서 고개를 저었다.

"나도 그랬어. 우리 요원들이 바로 그렇게 적군 후방에 들어가서 활약해야 하는데…."

이승만이 씁쓸하게 입맛을 다셨다.

이승만이 추천한 전략사무국(OSS) 요원 후보들 가운데, 1942년 12월부터 3개월의 훈련을 마치고 최종 선발된 사람들은 9명이었다. 이들에 대한 이승만의 기대가 큰 것을 잘 아는 제이 윌리엄스는 1943년 2월

13일 어려운 훈련을 마친 이들을 위해 알링턴의 자기 집에서 만찬회를 열었다. 이승만 내외와 조지 피치 목사 내외, 존 스태거스 등이 참석해서 장기영을 비롯한 아홉 사람을 축하했다.

그러나 4월 15일에 이들을 중경으로 파견하기로 되었던 전략사무국의 계획은 갑자기 중단되었다. 전략사무국은 계획 중단이 "시설 부족" 때문이라고 설명하고서, 훈련생들은 민간인 신분으로 돌아갈 수도 있고 미군에 입대할 수도 있다고 통보했다. 아홉 사람은 모두 입대를 희망했다.

중경 파견 계획이 중단된 근본적 이유는 전황의 변화였다. 미국은 이제 일본 본토를 직접 공격할 수 있게 되어서, 중국 전선에 자원을 투입할 필요가 없게 되었다. 전략사무국이 중국에서 활동하는 것에 대해 중국 정보기관과 중국에 파견된 미국 해군 기관이 무척이나 부정적 태도를 보였다는 사정도 거들었다. 전략사무국은 신설된 기구인 데다, 성격상 이미 자기 영역을 확보한 거대하고 힘센 기구들의 협조를 얻어야 했다. 자연히 활동에서 큰 제약을 받았다.

이승만은 크게 실망했다. 게다가 중단된 이유를 어렴풋이 짐작만 하니 속이 답답했다. 독립운동이 좌절의 연속이므로 어지간한 좌절은 철학적으로 대하게 된 터였지만, 이번 전략사무국 사업엔 자신이 깊이 간여했고 큰 기대를 걸었던 터라 의지가 굳은 이승만도 한동안 침울했었다. 조선처럼 작은 나라의 독립운동에선 외교를 중시하고 폭력이나 군사력은 결정적 시기가 왔을 때 써야 한다고 주장했던 그로선 이번 사업이 자신의 주장을 실천하는 계기였다. 현실적으로, 전략사무국과 같은 미국의 공식 기관과 협력하는 것은 여러모로 임시정부와 이승만의 위상을 높여서, 임시정부가 중국과 미국의 승인을 받는 데 큰 도움이 될 터였다. 나아가서 전략사무국의 훈련을 받은 요원들은 광복군의 확충에 크게 기여할 터였다. 언젠가 조선이 독립했을 때, 실력을 갖춘 광복군은 공산주의 세력에 맞서 자유주의 세력을 지켜 줄 터였다.

이번 사업과 같은 사업이 다시 나올 때까지 느긋하게 기다리기엔 시간이 없었다. 과덜커낼 싸움에서 일본군이 참패한 뒤, 전략적 주도권은 미국에 넘어갔다. 이제 일본군은 미군에게 힘 한번 제대로 쓰지 못하고 밀리고 있었다. 지난봄에 야마모토 이소로쿠 연합함대 사령관이 전사한 사건은 일본의 열세를 상징적으로 보여 주었다.

과덜커낼 싸움에서의 패배로 떨어진 사기를 높이고자, 야마모토는 남태평양을 순시하기로 결심했다. 1943년 4월 13일 미국 해군 전투정보국 요원들은 야마모토의 남태평양 순방 계획을 담은 전문들을 가로채서 완벽하게 해독했다. 그래서 미군은 야마모토 일행이 탈 항공기들과 찾을 비행장들과 시간을 정확하게 알게 되었다. 니미츠 태평양함대 사령관은 이 정보를 곧바로 해군본부에 보고했고, 루스벨트 대통령은 야마모토를 요격하라고 지시했다. 4월 17일 니미츠는 다음 날 라바울 비행장에서 이륙해서 부겐빌 근처의 발랄라에 비행장으로 향하는 야마모토 일행을 요격하는 작전을 허가했다.

4월 18일 아침 야마모토는 미군의 요격을 걱정하는 현지 지휘관들의 취소 건의를 물리치고 계획대로 시찰에 나섰다. 그의 일행이 탄 폭격기 2대는 전투기 6대의 호위를 받았다. 야마모토의 일정에 맞춰 미군 육군 전투기 16대가 과덜커낼 비행장에서 이륙했고, 그들은 야마모토가 탄 폭격기를 요격해서 격추시켰다. 야마모토의 시체는 다음 날 일본군 수색대에 의해 파푸아뉴기니의 밀림에서 발견되었다.

야마모토는 현지에서 화장되었다. 그의 유골은 그의 마지막 기함인 전함 무사시호에 실려 도쿄로 운반되었다. 1943년 6월 5일 치러진 국장에서 그에게 원수 계급이 추서되었다.

야마모토의 명성이 워낙 높았고 그에 대한 일본인들의 믿음이 워낙 컸으므로, 그의 갑작스러운 전사는 일본군과 일본 국민들의 사기에 큰 타격을 주었다. 그가 누린 명성과 신뢰가 근거가 없는 것은 결코 아니지만, 그가 훌륭한 군인이었고 부하들이 그에게 바친 온전한 충성심은 자연스러웠지만, 그리고 순응주의적인 일본 사회에서 그가 보인 너그럽고 자유로운 성품과 행적도 높은 평가를 받아야 하지만, 그는 군사 지휘관으로서는 결정적 약점들을 지녔었다. 펄 하버의 성공은 그만이 이룰 수 있었던 승리였지만, 미드웨이 해전의 패배는 온전히 그의 잘못이라 할 수 있다. 그래서 미군 태평양함대 고급 장교들 사이에서 그를 요격하는 방안이 처음 논의되었을 때, 그가 연합함대를 지휘하는 편이 오히려 낫다면서 요격에 반대한 사람들이 있었다. 연합함대 사령관의 직책은 고가 미네이치古賀峯一 대장이 이었다.

쿠르스크 싸움

"정운수 군은 훈련받느라 힘들겠지."

커피 한 모금을 맛있게 들고서 이승만이 말했다. 정운수는 지난 6월에 미국 육군 항공대 간부후보생 과정(OCS)에 지원해서 훈련을 받고 있었다.

"훈련을 받으면 아무래도 좀 힘들겠죠." 이원순이 받았다.

"똑똑하고 기개가 있으니, 군사 경험까지 쌓으면 장차…." 이승만이 혼잣소리처럼 말했다. 그는 정운수에 큰 기대를 걸고 있었다.

작년 6월 이승만은 워싱턴에 체류하던 중국 외교부장 송자문을 중국 대사관으로 찾아가서 만났다. 1933년 이승만이 만주사변과 만주국 문제를 다루는 국제연맹 회의에 참석하려고 제네바에 갔을 때, 그는 중국의 국제연맹 상주대표 호세택胡世澤(후스쩌)과 긴밀히 협력했었다. 마침 호세택이 워싱턴에 머물면서 외교 활동을 하고 있어서, 그의 주선으로 송자문을 만나게 된 것이었다.

송자문과 덕담을 나눈 뒤, 이승만은 송자문이 얼마 전에 루스벨트 대통령에게 대한민국 임시정부에 불리한 보고서를 제출한 것을 지적했다. 그 보고서에서 송자문은 중국에 있는 조선인 독립운동가들이 두 파로 분열되었다고 기술한 것이었다. 송자문은 자기 얘기가 사실이 아니냐고 되물었다. 이승만은 임시정부의 대표성을 흠집을 내려는 개인들이 있을 따름이라고 대답했다. 이승만이 그렇게 송자문과의 첫 대면을 마무리하고 일어서려는데, 그를 따라온 정운수가 송자문에게 항의했다.

"대사께선 한국인들의 분열을 말씀하십니다만, 중국인들 가운데는 왕정위王精衛(왕징웨이)와 그 밖의 사람들이 있습니다. 그러한 비애국적 인사들을 어떻게 중지시킬 수 있습니까?"

정운수의 당돌한 행동에 모두 놀랐다. 그의 말은 물론 맞았지만, 그래도 외교관들이 만난 자리에서 하급 외교관이 격식에 맞지 않는 언행을 한 것이었다. 송자문과 호세택은 놀란 얼굴로 대꾸하지 않았고, 이승만은 서둘러 작별 인사를 했다. 이승만이 송자문의 방에서 나오자, 호세택이 따라 나와서 이승만에게 그동안에 있었던 일들을 설명하면서, 한길수가 이승만을 비방하는 편지들을 보내오니 대응하는 것이 좋겠다고 충고했다.

돌아오는 길에 뒤늦게 자신의 언행이 마음에 걸린 정운수가 이승만에게 사과했다.

"박사님, 제가 외람된 행동을 해서 일을 그르쳤습니다."

이승만은 짧게 대답했다. "그르친 것 없어. 사실 아닌가?"

그 일로 이승만은 정운수를 기개 있는 젊은이로 여겼다. 정운수는 작년엔 워싱턴의 일본벚나무의 원산지를 밝히는 과정에서 끈기를 보여주었다.

"지금 전황은 어떠한가요? 박사님 말씀대로, 독일이 먼저 패망하느냐 일본이 먼저 패망하느냐에 따라 우리 운명이 크게 달라질 텐데, 박사님께서 보시기에 지금 전황은 어떠한가요?" 한표욱이 조심스럽게 물었다.

"아무래도 독일이 먼저 패망할 것 같아. 미스터 한, 자네가 보기엔 어떤가?" 이승만이 되물었다.

그는 한표욱의 식견을 높이 평가했다. 연희전문에서 영문학을 공부하고 시러큐스 대학에서 철학을 공부했는데, 외교관의 자질도 갖추어서 이승만은 기대를 걸고 있었다. 이승만이 되묻자, 한표욱은 잠시 생각을 가다듬었다.

"저도 그런 생각이 들었습니다. 미국은 지금 일본과 남태평양에서 싸우고 있습니다. 어느 세월에 일본 본토까지 밀고 올라갈지 답답합니다. 반면에 독일은 러시아에 많이 밀리고 있습니다. 이번 '쿠르스크 전투'가 결정적 전투였다는 얘기가 나오는데, 그 말이 맞는 것 같습니다."

이승만이 클클 웃었다. "저번엔 스탈린그라드가 결정적 전투였다고 모두 떠들었는데, 독일군이 되살아났잖아? 하지만 미스터 한의 판단엔 나도 동의하네. 결정적인 것은 싸움에서의 승패보다도 전쟁을 수행할 능력이지. 연합국이나 추축국이나 병력과 무기에서 엄청난 손실을 입었는데, 그런 손실을 보충하는 능력에서 추축국이 크게 달리거든. 이번 쿠르스크 전투도 그런 관점에서 봐야 되겠지."

이승만과 한표욱이 얘기한 '쿠르스크 싸움'은 러시아 서부에서 독일군과 러시아군 사이에 벌어진 대규모 전투로, 지난 7월 초에 시작되어 8월 하순에 끝났다.

스탈린그라드 싸움에서 참패한 독일군은 1943년 여름에 러시아군이 공세를 펼칠 역량을 줄이는 것을 목표로 삼았다. 그런 목표를 위해 독일군은 '쿠르스크 돌출부'를 양익 포위해서 거기 있는 러시아군을 섬멸한다는 계획을 세웠다. 아울러, 남북으로 250킬로미터고 동서로 160킬로미터나 되는 이 돌출부를 제거하면 독일군은 전선을 줄여서 병력에서의 열세를 줄일 수 있었다.

그러나 러시아군은 여러 경로로 독일군의 작전계획을 알게 되었다. 특히, 영국 정보기관에서 암약하는 첩자 덕분에, 영국 정보기관이 해독한 독일군 암호 전문들을 그대로 얻었다. 이런 정보들에 따라 러시아군은 독일군의 공세가 집중될 돌출부의 목에 해당하는 지역에 대규모 방어 진지를 마련했다. 독일군은 서둘러 공격하지 않고 대형 전차들이 준비되기를 기다렸는데, 이런 시간적 여유를 이용해서 러시아군은 종심縱深이 무려 300킬로미터에 이르는 대전차 진지를 마련했다.

독일군이 '성채城砦 작전'이라 부른 이 공격작전에 대해 독일군 지휘관들은 거의 다 회의적이었다. 가장 뛰어난 지휘관들인 9군 사령관 발터 모델(Walter Model) 대장, 남부집단군 사령관 만슈타인 원수 그리고 기갑부대 감찰총감 구데리안 대장은 적극적으로 반대 의사를 히틀러에게 밝혔다. 히틀러도 그들의 주장에 동의했으나, 정치적 요인을 중시한 터

독일군은 북쪽과 남쪽에서 러시아군을 공격했다. 그러나 러시아군이 구축한 방어선이 워낙 견고하고 깊어서 독일군은 진격하기 힘들었다. 연합군이 시칠리아를 공격하자, 히틀러는 전차부대를 이탈리아 전선으로 돌렸다. 러시아군이 반격에 나서 독일군은 상당한 지역을 잃었다.

라 그는 승산이 없는 이 작전을 고집했다.

독일군이 공격작전을 계획한다는 것을 알자, 스탈린은 선제공격을 구상했다. 그러나 방어를 책임진 주코프 원수는 쿠르스크 돌출부를 함정으로 이용하는 계획을 내놓았다. 돌출부의 기동부대들을 동쪽으로 철수시키고 깊은 방어 진지를 마련해서, 독일군 전차부대들이 방어 진지에서 전력을 소모하기를 기다려 전략적 예비부대들로 반격에 나선다는 얘기였다. 스탈린은 주코프의 계획을 선뜻 받아들였다.

'성채 작전'은 1943년 7월 4일 개시되었다. 독일군은 북쪽과 남쪽에서 러시아군을 공격했다. 그러나 러시아군이 구축한 방어선이 워낙 견고하고 깊어서 독일군은 진격하기 힘들었다. 어렵게 돌파구를 만들어도 병력과 무기에서 우세한 러시아군은 이내 돌파구를 메웠다. 북쪽에서 공격한 독일군은 7월 10일에 완전히 멈췄다. 남쪽에서 공격한 독일군은 러시아군의 1차 방어선을 뚫었지만, 결정적 승리를 얻지 못했다. 연합군이 시칠리아를 공격하자, 히틀러는 '성채 작전'을 중단시키고 전력적 예비였던 전차부대를 이탈리아 전선으로 돌렸다. 독일군이 원래 위치로 물러나자 러시아군이 반격에 나섰다. 독일군은 패주를 면했지만, 상당한 지역을 러시아군에게 잃었다.

쿠르스크 싸움에서 양측은 엄청난 손실을 보았다. 병력과 무기의 손실은 러시아군이 훨씬 컸지만, 자원이 풍부한 러시아는 그런 손실을 만회할 수 있었다. 반면에, 상대적으로 자원이 적은 독일은 손실을 회복할 길이 없었다. 이 작전 이후로 동유럽에서의 작전 주도권은 러시아군에게 넘어갔고, 독일군은 러시아군의 공격에 수동적으로 반응할 수밖에 없었다.

김구의 사퇴

"박사님, 중경에서 전보가 왔습니다."

한표욱이 이승만의 책상 위에 전보를 내려놓았다. "김구 주석께서 보내셨습니다."

점심을 먹고 라디오를 들으면서 느긋한 마음으로 국제 정세를 생각하던 이승만은 자세를 바로 하고 전보를 당겨 놓고 읽기 시작했다.

> 나는 우리의 운동에 임하야 완전한 지도권을 소유키 불능하다. 근자 조선민족혁명당은 (…) 내용으로 한 작은 책자를 배부하였는데, 개인의 위신뿐 아니라 우리 전체 독립운동을 극히 훼손하였다. 그러므로 한국 임시정부는 조선민족혁명당에 향하여 그 작은 책자를 취소하라고 명령하였으나, 조선민족혁명당은 주지하는 바와 같이 반항하였다. 한국 임시정부는 질서의 문란이 없이, 또는 우리 민족에 부끄러움이 없이는 조선민족혁명당을 처벌할 수 없는 처지에 이르렀으므로, 나는 시국을 처리할 수단이 없으므로 완전히 책임을 사면하야 써 우리 운동의 완전을 구하고자 한다. 다른 각원들도 역시 사면하였으나 김규식, 장건상, 유동열, 조소앙 등이 남아 있어 책임지고 오는 의정원 회의까지 임시정부의 직능을 유지할 것이다. 자세한 것은 편지로 하겠다.

전보의 내용이 워낙 중대한지라, 이승만은 다시 찬찬히 뜻을 음미하면서 읽었다. 그리고 고개를 들어 창밖 하늘을 내다보았다.

'결국 이리 되었구나.'

한표욱이 밭은기침을 했다. 한숨을 길게 내쉬고서 이승만은 전보를 손가락으로 가리켰다.

"중경에 비바람이 사납게 치는 모양일세."

"예, 박사님. 박사님께서 걱정하신 일이 기어이 벌어진 것 같습니다."

"그런 것 같군. 공산주의자들을 받아들이면 속을 다 파먹힌다는 사실이 다시 한 번 증명된 셈이지." 가볍게 탄식하면서 이승만은 턱을 쓰다듬었다.

"예."

"자세한 것은 편지로 알린다고 했지만, 중요한 일이니 일단 사람들에게 알리는 것이 좋을 텐데."

"알겠습니다. 알려야 할 사람들에게 알리겠습니다."

한표욱이 전보를 들고 나가자, 이승만은 일어나서 창가로 다가섰다. 보지 않는 눈길로 하늘을 바라보면서 그는 혼잣소리를 했다.

"아무리 힘들었어도 그때 막았어야 하는데…."

중경임시정부를 이끄는 김구는 공산주의자들과 협력하라는 압력을 줄곧 받아 왔다. 일본과 전력을 다해 싸우는 상황에서 독립운동 진영이 좌우로 나뉘어 다투는 것은 잘못이며 한데 합쳐야 한다는 주장은 일단 당연하게 들렸다. 공산주의자들은 다른 사람들과 본질적으로 다르므로 그들과 협력하는 것은 어리석고 위험하다는 반론은 보통 사람들에겐 설득력이 약했다. 공산주의자들의 행태를 실제로 겪어 본 사람들만이 그런 반론의 타당성을 이해할 수 있었다. 세월이 지나면서, 임시정부 지지자들 사이에서도 임시정부를 무너뜨리려고 악랄한 술책들을 쓴 공산주의자들과 맞섰던 경험을 지닌 사람들이 줄어들었고 좌우합작에 호의적인 사람들이 늘어났다. 김구와 그를 도와 임시정부를 꾸려 온 민족주의 독립운동가 집단은 이제 소수가 되었다. 그것이 김구가 맞은 근본적 문제였다.

당장 견디기 어려운 압력은 중국 국민당 정부에서 나왔다. 중국 사람들이 볼 때, 얼마 안 되는 중국 안의 조선인들이 두 진영으로 나뉘어 사사건건 다투는 상황은 한심했다. 그들은 중국 자신이 반일 세력과 친일 세력으로 나뉘었고, 반일 세력도 국민당 정권과 공산당 정권으로 나뉘어 대판 싸움을 벌여 온 사실을 조선인들의 분열을 꾸짖을 때는 편리하게 잊었다. 그들은 김구에게 임시정부를 활짝 열어서 공산주의자들도 받아들이라고 강요했다.

국민당 군부의 압력은 훨씬 노골적이고 직접적이었다. 군부 지도자들은 공산주의자들의 군대인 조선의용대를 광복군 체제 속으로 받아들이라고 김구와 광복군 총사령 이청천에게 강요했다. 조선의용대를 이끄는 김원봉은 장개석이 교장이었던 황포군관학교 출신이어서 국민당 군부 안에 친구들이 많았다. 광복군과 조선의용대의 통합을 추진한 중국 군사위원회 참모총장 하응흠何應欽(허잉친)은 김원봉의 희망 사항을 김구와 이청천에게 직접 제시하면서 수락을 강요했다. 임시정부로선 선택의 여지가 없었으므로, 중경에 남은 조선의용대원 30여 명은 광복군 제1지대로 재편성되고 김원봉 자신은 광복군 부사령에 취임했다.

이어 임시정부도 공산주의자들에게 문을 활짝 열었다. 임시정부를 주도해 온 한국독립당은 임시정부를 무너뜨리려 줄곧 공작해 온 조선민족혁명당에도 임시정부에 참여할 기회를 주기로 결정했다. 그런 결정에 따라 임시의정원 의원 보궐선거가 치러졌고, 정치적 술수에 능한 조선민족혁명당 세력이 임시의정원을 실질적으로 주도하게 되었다.

지난 2월 김구는 이런 상황을 이승만에게 편지로 알려왔다. 김구는 김규식과 협력하기로 합의한 일을 이승만에게 특히 자세히 설명했다.

> 저는 김규식 박사가 도착한 이래로 우리의 전체 활동을 가속화시키기 위한 가장 효율적인 방법을 찾기 위한 목적 하에 그와 여러

차례의 비밀회담을 가졌습니다. 지난번 회담의 말미에 김 박사께서 통일에 대한 다음과 같은 생각을 개진해 주셨습니다.

"제 개인적인 생각으로는 한길수나 김약산 모두 그다지 중요하지 않습니다. 제 생각에는 저와 김 주석 그리고 이승만 박사 사이의 지속적이고 진실한 협조가 미국인과 중국인들에게 한국인들이 정말로 단합되어 있다는 점을 설득하는 데 필수적이라고 생각합니다. 따라서 우리 세 사람은 우리가 초당적인 관계라는 것과 오직 우리 정부와 조국의 이익을 위해 복무한다는 점을 증명하기 위해 최선을 다하여 모든 계파적인 차이를 묵인하여야 할 것입니다.

한길수는 더 이상 존재하지 않는 중한민중동맹단의 명의로 활동을 하고 있습니다. 동맹단은 상해에서 창설되었고 당시 저를 미국 대표단에 임명하였습니다. 그 동맹단은 제가 중국으로 돌아온 후 해체되었고 더 이상 존재하지 않습니다. 한길수는 자신을 더 이상 존재하지 않는 조직의 대표라고 칭하고 있습니다. 김호에 관해서는, 그는 저의 예전 학생입니다. 저는 두 사람이 우리의 단합을 저해하는 추가적인 행위를 하지 않도록 설득할 수 있을 것이라 확신합니다!"

김구의 편지에 이승만은 마음이 씁쓸했다. 그 편지엔 김구와 김규식의 계산이 드러나 있었다. 어려운 처지로 몰린 김구는 비교적 온건한 좌파인 김규식을 받아들여서 좌파의 중심인 김원봉을 견제해 보려는 생각이었다. 임시정부를 떠난 뒤 밖에서 떠돌며 임시정부를 없애려고 시도했던 김규식은 이 기회에 임시정부 안으로 다시 들어오려는 생각이었다. 두 사람 다 이승만이 김규식을 신뢰하지 않는다는 것을 잘 알았으므로, 이승만이 양해해 달라고 요청한 것이었다.

김규식에 대한 이승만의 부정적 평가는 오래전에 내려진 터였다. 1919년 파리 평화회의에 관련된 임무가 끝나자, 김규식은 이승만에게 워싱턴에서 외교 활동을 하고 싶다는 뜻을 밝혔다. 마침 구미위원부를 창설하던 이승만은 김규식이 위원장을 맡도록 주선했다. 구미위원부를 맡자, 김규식은 대통령 이승만의 지시를 무시하고 자기 권위를 세우기 시작했다. 이승만의 명시적 지시를 어기고 이승만의 반대파들과 손을 잡아서 아직은 권위가 약한 임시대통령의 권위를 더욱 약하게 만들었다. 심지어 사람들에게 구미위원부는 대통령의 "편리한 도구"가 아니라고 말했다. 임시정부의 근거가 상해라서 주요 업무들은 모두 상해의 내각에서 처리하고 대통령인 이승만은 미국에서 외교에 전념하는 터라, 이승만이 실제로 거느리는 기관은 구미위원부뿐이었다. 그런 상황에서 구미위원부를 자기 뜻대로 움직이지 못한다면 이승만은 허수아비가 될 수밖에 없었다.

독립운동에 나선 사람들은 대체로 권력에 대한 욕심이 컸다. 이승만 자신도 자신의 권위에 대한 도전을 용납하지 못하는 성격이었다. 그래서 이승만은 김규식이 그렇게 자신의 권위와 권한을 늘리려는 태도를 이해했고, 이승만 자신이 직접적으로 타격을 받지 않으면 김규식의 부당한 처사들도 받아들이려 애썼다. 그러나 김규식이 드러낸 야박한 성품은 이승만이 김규식과 가까워지는 것을 막았다. 1920년 김규식은 뇌종양 수술을 받았다. 수술비는 2천 달러가 넘었지만, 이승만의 배려로 구미위원부가 전액을 냈다. 김규식도 이승만의 후의에 감사했다. 그러나 김규식은 하와이로 떠나는 이승만에게 활동비 505달러 가운데

410달러는 해명이 되지 않았다고 입금을 요구했다. 그래서 이승만은 그 돈을 입금했다. 대통령으로서 활동비를 공개하기 어려운 부분이 있다는 사정도 외면하고 대통령이 돈을 유용한 것처럼 되어서 나올 권위의 훼손을 걱정하지 않는 김규식의 태도에 이승만은 마음속으로 그와의 인간적 관계를 끊었다.

그래서 이승만은 중국으로 간 김규식이 끝내 임시정부를 배반하고 공산주의자들과 어울릴 때도 놀라지 않았다. 1923년 '창조파'로 불린 이르쿠츠크파 공산당이 임시정부에 맞서 소비에트 체제의 정부를 수립했다. 그러나 그들의 행태는 거의 모든 독립운동가들의 규탄을 받았고, 설 자리가 없어진 그들은 러시아의 도움을 받으려고 블라디보스토크로 갔다. 그 소비에트 정부의 수반으로 추대되자, 김규식은 그들과 동행했다. 러시아 정부에 의해 쫓겨난 뒤로는 임시정부를 적대시하더니, 이제는 김원봉이 주도하는 조선민족혁명당에 얹혀서 임시정부 안으로 들어오려는 것이었다.

원래 김규식은 진정한 공산주의자도 못 되었다. 이동휘나 김원봉처럼 공산주의를 신봉하고 공산주의를 위해 목숨을 바치려는 마음이 없었다. 공산주의자들은 자신들의 조직이나 주장이 보다 너른 지지를 받는다고 선전하기 위해 중도적 인물로 여겨지는 김규식을 대표로 내세웠고, 독자적 기반이 없는 김규식은 그들 공산주의자들에게 얹혀서 자신이 설 땅을 찾으려 했다. 그런 역할을 통해 김규식은 독립운동을 보기보다 크게 해쳐 왔다고 이승만은 평가했다. 그리고 진정한 공산주의자들인 이동휘나 김원봉보다 김규식을 더 낮게 평가했고 더 경계했다.

이승만은 김호와 한길수를 설득해서 이승만에 대한 공격을 멈추도록 할 수 있다는 김규식의 얘기에 비위가 몹시 상했다. 김호나 한길수는 이제 동포 사회에서 나름의 입지를 마련한 터였고, 한길수는 미국 정치가들의 후원을 받고 있었다. 그들에게 김규식은 오래전에 흘러간 강물에 지나지 않았다. 김호가 자기 제자이니 자기가 설득할 수 있다고 김규식이 말한 대목에서 이승만은 실소했다. 살아가기 힘든 이역에선 신의를 지키기 어려웠다. 한때 배운 선생에 대한 신의는 이념과 이해가 엇갈리는 상황에선 아주 가볍게 벗어 던지는 인연이었다. 제자 얘기를 하자면, 한길수는 어릴 적에 하와이에서 이승만에게 배운 제자였고, 지금 중경에서 김구를 괴롭히는 손두환孫斗煥은 김구가 기대를 걸었던 동향 제자였다.

보다 근본적으로, 이승만을 반대하는 세력은 그렇게 해야 할 정치적 이유들이 있었다. 김호가 영향력을 지닌 캘리포니아의 동포 사회는 처음부터 안창호를 따르는 '서북파'의 본거지였다. 그리고 이제는 커다란 세력을 이루어 기득권을 누리고 있었다. 이승만이 무슨 양보를 하더라도 그들이 자신들의 기득권을 버리고 이승만과 연합할 리 없었다.

이승만은 씁쓸하게 입맛을 다셨다. 그는 김구가 김규식에 관해 잘못 판단하고 있다고 생각했다. 김규식은 김구가 제어할 수 있는 인물이 아니었다. 한번 임시정부 안에 들어오면, 김규식은 첫 기회에 김구를 배신하고 공격할 터였다. 공산주의자들에 얹혀서 그들의 조종을 받는 김규식으로선 그렇게 할 수밖에 없을 터였다. 당장엔 김규식의 참여가 임시정부를 개방해서 다른 정파들을 받아들이라는 압력을 줄이는 데 도움이 되고, 김규식의 중재로 공산주의자들과의 협상도 쉬워질 수 있을 터였다. 그러나 궁극적으로는 김규식은 공산주의자들이 이용하고 버릴 존재에 지나지 않았다.

이승만은 김구에게 공산주의자들을 임시정부에 받아들이지 말라고 충고하는 답신을 보냈다. 김구의 처지가 무척 어렵고 아마도 그가 중국 정부의 압력을 견디기 어려우리라고 판단했지만, 그래도 임시정부를 지키려면 공산주의자들을 받아들여선 안 된다고 이승만은 생각했다. 지금 버티는 것이 뒤에 공산주의자들을 몰아내는 것보다 훨씬 쉽고 손실도 작으리라는 생각이었다.

중경에서 이런 일이 벌어지던 시기인 1942년 7월 중국 공산당의 본거지인 연안에 있던 조선인 공산주의자들은 '화북조선독립동맹'을 결성했다. 김두봉金枓奉이 주석으로 선출되었다. 그는 한글을 연구한 학자로 상당한 학문적 업적을 남겼다. 골수 공산주의자가 아닌 그가 주석으로 선출된 것은 화북조선독립동맹이 좌우를 통합한 조직이라는 점을 부각시키기 위한 것이었다. 중경에서 조선민족혁명당이 김규식을 대표로 내세운 것과 똑같은 전술이었다. 최창익崔昌益과 한빈韓斌이 부주석이 되었고 무정武亭, 허정숙許貞淑, 박효삼朴孝三, 박일우朴一禹, 이춘암李春岩이 집행위원이 되었다.

아울러, 조선의용대 화북지대를 조선의용군 화북지대로 개편하고 화북조선독립동맹 산하에 두었다. 무정이 조선의용군 총사령에, 박효삼과 박일우가 부사령에 임명되었다. 이로써 김원봉의 조선의용대에 대한 지휘권은 형식적으로도 사라졌다. 갑자기 세력 기반을 완전히 잃은 김원봉은 그 뒤로 임시정부에서 지위를 확보하는 데에 매달렸고, 좌우파의 다툼은 더욱 거세어졌다.

거대한 흐름들이 만들어 낸 이런 상황은 어쩔 수 없이 김구의 권위를 약화시켰다. 1930년대 초엽 윤봉길과 이봉창의 거사로 한껏 높아졌던 김구의 명성과 권위도 세월이 흐르면서 차츰 삭았고, 공산주의의 위세가 점점 높아지면서 그의 노선에 도전하는 세력이 점점 커졌다. 1943년 5월에 열린 한국독립당 전당대표대회에서 조소앙이 김구를 누르고 중앙집행위원장이 되면서 이런 추세는 더욱 확연해졌다. 한국독립당은 모든 혁명 단체들의 통일을 통해 독립운동을 하자는 '통일파'와 그런 주장에 반대하는 '반통일파'로 나뉘었는데, 전자는 홍진, 조소앙, 유동열 등이 주도했고, 후자는 김구, 조완구, 박찬일 등이 주도했다. 조소앙의 당선은 한국독립당 안에서도 김구가 이끄는 세력이 소수가 되었음을 보여 주었다.

조소앙이 한국독립당 중앙집행위원장으로 선출된 뒤 며칠 지나지 않아서, '권총 도난사건'으로 임시정부가 분란에 휩싸였다. 조선민족혁명당 소속 임시의정원 의원 왕통王通과 임시정부 국무위원회 비서 황민黃民은 김구를 비롯한 민족주의자 간부들의 암살을 모의했다. 두 사람은 임시정부 경위대원 박수복朴守福을 매수해서 권총을 얻어 암살에 쓰려 했다. 박수복은 지급받은 권총을 감추고서 경위대장 김관오金冠五와 경비대원 송복덕宋福德이 훔쳐갔다고 주장했다. 이 사건을 조사한 내무부장 조완구는 왕통과 황민의 모의를 밝혀내고 황민과 박수복을 구속했다. 조완구는 세 사람 외에 조선민족혁명당 간부들과 한국독립당 소속 광복군 제2지대 요원들도 이 음모에 가담했다고 밝혔다. 이어 황민은 사건의 경위를 자세히 밝힌 '진정서'를 경위대에 제출했다.

그러나 조선민족혁명당은 임시정부가 밝혀낸 사실들을 인정하지 않고 오히려 한국독립당이 조선민족혁명당을 음해하려고 날조한 사건이라 주장했다. 그리고 박수복과 황민은 조완구와 엄항섭의 고문을 받으면서 허위 자백을 강요받았다고 설명했다. 박수복이 권총을 분실했다면서 경비대장과 동료 경비대원을 모함한 것이 사건의 발단이었으므로, 조완구가 사건을 처음부터 날조했다는 주장은 조리가 닿지 않았다. 황민의 자백도 조완구가 미리 꾸며서 박수복과 황민에게 고문으로 강요했다고 보기엔 너무 사실적이었다. 그러나 조선민족혁명당은 임시정부 내무부장의 발표를 순수한 날조로 몰면서 중국 법정에서 진위를 가리자고 나섰다.

이런 주장이 나온 뒤, 중경시 경찰관들이 갑자기 들이닥쳐 황민과 박수복을 연행해 갔다. 두 사람은 경위대의 고문을 받고 조완구가 요구하는 대로 자백했다고 진술했다. 결국 중경시 경찰국은 증거불충분으로 사건을 종결했다. 사법권이 없는 임시정부는 그 결정을 따를 수밖에 없었다. 이 '권총 분실사건'은 임시정부의 분열을 깊게 했고 권위를 크게 손상시켰다.

국제적 추문이 된 이 사건이 진행되는 사이, 조선민족혁명당은 김구가 중국 정부의 보조금을 규정대로 지급하지 않는다고 공격했다.

1942년 5월 김구는 국민당 조직부장 주가화朱家驊(주자화)를 통해 임시정부에 차관을 제공해 달라고 중국 정부에 요청했었다. 중국 정부는 우선 100만 원의 차관을 제공하기로 하고 임시정부에 60만 원을, 그리고 한국독립당과 조선민족혁명당엔 20만 원씩을 배정했다. 이런 조치는 임시정부의 권위를 크게 떨어뜨리는 일이어서, 본래 임시정부를 지켜온 원로들은 분노했다. 그러나 가족들의 생계를 해결해야 하는 임시정부는 중국 정부의 배분을 받아들이기로 했다. 물론 조선민족혁명당은 이런 조치를 크게 환영했다.

그러나 주가화가 지방 시찰에 나서는 바람에 차관의 지급은 미루어졌다. 그러자 동포들 사이에서 차관이 이미 임시정부에 지급되었다는 소문이 돌았다. 조선민족혁명당은 김구에게 차관의 지급에 대해 거듭 문의했고, 그때마다 김구는 아직 지급이 되지 않았다고 설명했다. 조선민족혁명당은 김구가 이미 돈을 받았다고 판단하고서 김구에게 자기들 몫을 내놓으라고 거세게 요구했다. 김구는 자신의 해명을 믿지 않고 일방적 주장을 펴는 그들을 비판했다. 임시정부의 김구 세력과 조선민족혁명당 사이에 돈 문제로 공개적 분쟁이 일어난 상황에서, 중재에 나서야 할 조선민족혁명당 주석 김규식은 실세인 총서기 김원봉을 따라 김구 공격에 앞장을 섰다. 지난날에 김규식이 저지른 여러 허물들을 덮고서 너그럽게 받아 준 김구를 김규식은 다시 배신한 것이었다.

김구가 중국 정부가 제공한 자금을 유용했다고 확신한 조선민족혁명당은 김구의 제거를 위한 마지막 단계를 시작했다. 그들은 「박정일, 조완구 등 반통일파의 공금 착복 및 '김구 암살음모사건'의 진상 날조」라는 책자를 인쇄해서 배포하고 이어 영문으로 번역해서 중경 주재 동맹국들의 영사관과 통신사들에 보냈다. 그 책자의 '박정일'은 한국독립당의 원로 박찬익朴贊翊을 가리켰다.

주가화가 지방 시찰에서 돌아오자, 김구는 그동안의 경과를 설명하고 진상을 밝혀 달라고 요청했다. 주가화는 관련자들에게 해명 서한을 보내서 돈이 늦게 나가게 된 사정을 설명했다.

주가화는 이번 사건에서 김규식에게 가장 큰 책임이 있다고 판단했다. 그는 김규식을 불러, 차관은 자기 주가화와 관련이 있는데 조선민족혁명당이 자기에게 물어보지도 않고 경솔한 행동을 했다는 점을 지적했다. 그리고 덧붙였다.

"이번 문제는 조선의 독립운동가들로선 수치로 여겨야 할 일입니다. 당쟁은 중국에도 있습니다. 그러나 집안싸움을 밖으로 드러내지는 않습니다. 이 문제는 진상을 선포할 것인데, 시간과 장소를 고려하고 있습니다."

김규식은 당황해서 급히 해명했다. "이 문제는 김원봉이 주동하여 일으킨 것입니다. 부장께서 김원봉을 만나서 상의하셔야 할 것입니다."

규식의 답변은 주가화의 분노를 폭발시켰다. "보시오. 선생은 조선민족혁명당의 주석이오. 스스로 책임져야 마땅하오. 나는 김원봉을 만나고 싶지 않소."

주가화의 해명 서한을 받자, 임시정부 국무회의는 조선민족혁명당이 배포한 책자의 처리 방안에 대해 의결했다.

> 조선민족혁명당에서 공표한 문서는 그 내용이 사실이 아닐 뿐 아니라 그 문서를 공표한 결과는 우리 독립운동에 큰 손해를 준 것이요, 더욱이 우리 독립운동의 중추기관인 임시정부에 큰 손해를 준 것이므로 우리 독립운동 내부의 정세와 국제적 사정을 고려하야 이 문제를 다시 거론하지 말고 조선민족혁명당으로 하여금 스스로 취소 석명케 하기로 함.

국무회의의 결의는 합리적이고 온건했다. 그래도 조선민족혁명당은 그 결의를 받아들이지 않았다. 오히려 자신이 옳았다고 주장하면서, "민족혁명당의 위신을 위하여, 우리 스스로의 양심을 위하여, 또한 한국 자자손손을 위하여 7월 12일에 본당이 선포한 문서는 취소할 수 없다"고 선언했다.

조선민족혁명당의 이런 행태에 김구를 비롯한 한국독립당 소속 국무위원들은 격분했다. 공산주의자들은 함께 일을 도모할 집단이 아니라는 사실을 다시 한 번 확인한 것이었다. 그러나 한국독립당 소속 국무위원들이 취할 수 있는 조치는 아무것도 없었다. 공산주의자들이 이미 임시정부 안으로 깊숙이 들어온 터라, 그들을 힘으로 밀어내는 것은 실질적으로 불가능했다. 당장 견디기 어렵더라도 공산주의자들을 임시정부 안으로 받아들이지 않는 편이 궁극적으로 나으리라는 이승만의 얘기가 옳았음이 드러났지만, 때는 이미 늦은 것이었다. 그래서 김구와 그를 지지하는 국무위원들은 국무위원직을 사퇴하기로 결정했다. 그리고 함께 중경 시내를 떠나 동포들이 사는 토교土橋(투자오)로 들어갔다.

비록 국무위원직에서 물러나는 것은 소극적 행위였지만, 그것엔 적극적 함의도 있었다. 민족주의자들의 그런 행동은 본질적으로 중국 국민당 정부에 대한 항의였다. 애초에 공산주의자들을 임시정부 안에 받아들이도록 강요한 것은 국민당 정부였다. 자신들은 중공 정권과 경쟁하고 때로 전쟁까지 하면서, 조선 사람들에겐 불가능한 일을 강요한 것이었다. 그 과정에서 국민당군 간부들은 황포군관학교 동문이라는 사사로운 인연을 앞세워서 김원봉을 지나치게 두둔했다.

이번 사건의 발단인 차관 배분만 하더라도, 중국 정부의 부당한 처사가 근본 원인이었다. 김구가 요청한 것은 임시정부의 차관이었으므로, 임시정부에 전액을 지급하는 것이 옳았다. 그것을 임시정부에 60퍼센트만을 지급하고 한국독립당과 조선민족혁명당에 20퍼센트씩 지급하기로 한 것은 사리에 크게 어긋났다. 임시정부와 두 정당을 같은 수준에 놓은 것이니, 임시정부의 권위를 크게 훼손했다. 그런 조치는 김원봉과 조선민족혁명당을 직접적으로 지원해서 중경의 조선 독립운동 세력을 '나누어 지배한다'는 중국 정부의 의도를 노골적으로 드러낸 것이었다. 그래서 한국독립당 안에선 모욕적 차관을 거부하자는 주장도 나왔었다.

방금 이승만이 본 전보는 김구가 토교로 떠나던 날 발표한 성명서를 김구의 측근인 엄항섭이 보낸 것이었다.

'이렇게 되리라고 얘기했건만… 김규식이 끼어들면 일이 꼭 어그러진다는 것을 깨닫지 못하고….'

이승만은 긴 한숨을 내쉬었다. 김구가 적들에게 포위된 형국이니, 이제 그 자신도 여러 모로 어려워질 터였다.

김구의 사퇴는 동포 사회들에 큰 충격을 주었다. 많은 단체들과 개인들이 김구에게 사퇴를 번복하고 적극적으로 활동해 달라고 요청했다. 원래 김구의 사퇴는 중국 정부의 처사에 대한 항의의 성격이 강했으므로, 김구는 사태를 관망하다가 1943년 9월 하순에 직무에 복귀했다.

김구의 업무 복귀로 사태가 수습되자, 상황을 살피던 이승만은 〈주미외교위원부통신〉에 김구를 두둔하는 글을 실었다.

> 1919년에 전국이 일어나서 충애남녀의 무한한 피를 흘리고 임시정부를 세워서 우리 재외동포의 피땀 흘려 버는 돈푼을 모아서 24년 동안을 신성히 옹대하여 오는 중인데, 소수 반대분자들이 어떻게 방해와 치욕을 심히 하였든지 천신만란을 무릅쓰고 정부를 지켜오던 각원들이 견딜 수 없어 총사직을 하기에 이르렀으니, 우

리 민중의 애국심 부족한 것을 우리는 각각 자책할 일이다.

이어 그는 조선민족혁명당을 신랄하게 비판했다.

아직도 어떤 단체 하나이 정부 반대하는 태도를 고치지 않는다 하니, 그 단체는 무슨 중대한 관계가 있는지 모르거니와 우리 한족 전체에 대하야는 독립 회복하는 일보다 더 큰 일은 다시 없을 것이다. 우리는 그 단체가 애국심을 발하야 정부를 복종함으로써 통일이 속성되기를 충고하노니, 만일에 자기들의 사욕을 고집하야 민족 전체를 반항할진대 이는 불충불의의 극함이니 그제는 해외 한인 전체가 한 소리로 그 죄상을 성토할 것이다.

사퇴를 번복하고 업무에 복귀한 김구로서는 이승만의 적극적 두둔이 고마울 수밖에 없었다. 김구는 바로 이승만에게 감사의 전보를 보내왔다.

격려해 주셔서 감사합니다. 저와 제 동료 6명은 의정원을 비롯하여 조선민족혁명당(KNRP)을 제외하고 이곳과 미국에서 활동하는 여러 단체와 개인들의 요청에 의하여 지난 21일에 다시 업무를 시작하였습니다.

그러나 김구의 업무 복귀로 임시정부가 안정을 되찾은 것은 아니었다. 형세는 여전히 고단하고 분열은 더욱 깊어졌다. 중국 오지의 고단한 임시정부를 흔드는 비바람은 더욱 거세어지고 있었다.

제14장

애실런드 한국승인대회

카이로 선언

“이 박사님, 카이로 회담에 관한 한국 사람들의 생각은 어떠한가요? 여전히 부정적인가요?”

고기를 썰면서 제임스 크롬웰이 이승만에게 물었다.

“격앙되었던 감정이 좀 가라앉기는 했습니다. 그러나 의구심은 쉽사리 가시지 않을 것 같습니다.”

감자 한 조각을 집어 들다 멈추고서 이승만이 조심스럽게 대답했다.

“우리 한국 사람들이 걱정하는 것은 러시아의 의향이죠. 전황이 러시아에 유리하게 돌아가니 러시아의 발언권이 더욱 커질 터이고, 한국 사람들의 걱정도 늘어날 것입니다.”

크롬웰이 무겁게 고개를 끄덕였다. “그렇겠지요.”

“러시아가 전통적으로 만주와 한반도를 탐냈다는 사실이 한국 사람들의 마음에 검은 구름장으로 걸려 있거든요. 한반도가 국제 신탁통치를 받게 되면 조만간 한반도는 러시아의 영향권으로 들어갈 가능성이 크다고 보죠. 나는 이번 '한국승인대회'가 그런 걱정을 많이 가시게 하기를 기대합니다. 대사님, 정말로 감사합니다." 이승만이 가볍게 한미협회 회장인 크롬웰에게 목례했다.

"별말씀을. 어쨌든, 이번 모임은 좋은 모임이 될 것 같습니다." 크롬웰이 웃음을 지으면서 손으로 호텔에 걸린 태극기들과 성조기들을 가리켰다.

"예." 크롬웰의 손길을 따라 깃발들과 환영 문구가 적힌 안내판들을 돌아보면서 이승만이 흐뭇한 웃음을 지었다.

"축제 분위기가 제대로 나요." 속에서 나온 기쁨으로 얼굴이 달아오른 피치 여사가 말을 받았다.

1943년 여름부터 미국에선 일본이 항복한 뒤 한국을 국제 신탁통치 아래 둔다는 방안이 공개적으로 논의되기 시작했다. 루스벨트는 장개석을 대신해서 미국을 방문한 그의 부인 송미령에게 미국은 한국을 미국, 러시아, 중국의 세 나라가 공동 관리하는 방안을 추진하겠다고 밝혔다. 송미령의 보고를 받은 장개석은 루스벨트의 방안을 선뜻 받아들였다.

가을이 되자, 한국을 국제 신탁통치 아래 두는 방안이 활발하게 논의되었다. 오하이오주에서 발행되는 주간지 〈타운 미팅(The Town Meeting)〉 10월 7일자는 라디오에 출연하여 한국을 국제 신탁통치 아래 둔다는 미국의 방안을 설명한 미네소타 출신 하원의원 월터 저드(Walter Judd)의 발언을 실었다. 이승만은 〈주미외교위원부통신〉에 "한국을 몇 나라 통치 하에 두자는 망언망설이 있으니, 모든 애국 동포는 이 통분한 욕을 각국 친구들에게 설명도 하며 친구들을 권하야 미 하원의원 저드 씨에게 편지하야 교정하도록 힘쓰시오"라고 써서 동포들에게 국제 신탁통치 방안을 막는 운동에 나서라고 권했다.

이어 이승만은 〈주미외교위원부통신〉 다음 호에 실린 글에서 신탁통치를 가볍게 여기는 생각에 대해 경고했다.

> 혹은 몇 나라가 합해서나 한 나라가 혼자 담보로나 몇 해 연한을 정하야 그 기한에는 독립을 주기로 하고 그동안은 우리를 보호하며 도와준다면 그다지 반대할 필요가 없다고 생각할 이도 있을지 모르겠으나, 우리는 이것을 결단코 반대하여 완전 독립을 찾고야 말 것이다.
>
> 반만년 누려 오던 금수강산을 잃은 것이 우리 자격이 없어서 잃은 것이 아니요 임금과 부패한 정부가 타국의 약조를 의뢰하다가 왜적의 간교 수단에 빠져서 싸움도 할 여지가 없이 만들어 놓아 전국이 눈뜨고 도적맞은 것이요, 이때까지 참고 온 것은 미일 전쟁이 오기를 기다린 것이지 남의 노예라도 되어서 살라고 한 것은 아니다.

그러나 1943년 12월 1일 라디오 방송을 통해 공개된 '카이로 선언(Cairo Declaration)'은 연합국 지도자들이 한국을 국제 신탁통치 아래 놓기로 결정했음을 알렸다. 11월 22일에서 26일까지 이집트 카이로에서 루스벨트, 처칠 그리고 장개석이 만나서 일본과의 전쟁에 관해 협의했다. 그 '카이로 회담(Cairo Conference)'에서 결정된 내용을 담아 11월 27일에 나온 공동선언이 며칠 늦게 공표된 것이었다.

카이로 선언은 미국, 영국, 중국 세 나라의 군사 사절단들이 일본에 대한 군사작전에 관해서 의견의 일치를 보았다고 강조했다. 세 나라는 일본의 침략을 제지하고 징벌하기 위해 전력으로 싸워 왔고, 자국의 이득을 요구하지 않고 영토 확장의 의사도 없으며, 일본의 무조건 항복을 받아내기 위해 진력한다고 밝혔다. '무조건 항복'은 1943년 1월에 모로코의 카사블랑카에서 루스벨트와 처칠이 회담했을 때 처음 언급되었다. 러시아와 중국에 미국과 영국의 전쟁 의지를 확인시켜, 추축국들이 연합국들을 이간시킬 여지를 없애기 위해 나온 원칙이었다. 카이로 선언은 이 원칙을 재확인한 것이었다.

카이로 선언의 실질적 항목들은 넷이었다.

1) 1914년 제1차 세계대전이 일어난 뒤 일본이 빼앗거나 점령한 태평양의 모든 섬들을 일본으로부터 박탈한다.
2) 만주, 대만, 팽호도를 포함해서, 일본이 중국인들로부터 도취한 모든 영토를 중화민국에 반환한다.
3) 일본이 폭력과 탐욕으로 차지한 모든 다른 영토들로부터 일본을 축출한다.
4) 한국 인민의 노예 상태에 유의하여 적당한 시기에 한국이 자유롭고 독립되게 한다.

연합국이 한국의 독립을 보장한 것은 카이로 선언이 처음이었다. 많은 식민지들을 영유해서 식민지의 독립 문제를 다루기를 꺼리는 영국이 참여한 회담에서 일본의 식민지인 한국의 독립이 공인된 것은 큰 성과였다. 그것은 대한민국 임시정부가 스무 해 넘게 해 온 독립운동이 맺은 열매였다.

그러나 "적당한 시기에(in due course)"라는 구절이 문제가 되었다. 그동안 일본의 패망 뒤 한국을 바로 독립시키지 않고 신탁통치 아래 둔다는 방안이 논의되었던 터라, 한국인들은 모두 그 문구가 신탁통치를 뜻한다고 여겼다. 그리고 "적당한 시기에"는 짧을 수도 있고 무한정 길 수도 있었다. 그래서 처음엔 기뻐하던 사람들이 실망하고 분노했다.

국제 신탁통치 반대 운동을 추진하던 이승만은 자신의 걱정이 현실이 되자 크게 실망하고 걱정했다. 그러나 그는 카이로 선언에 한국의 독립이 명시적으로 언급되었다는 사실의 중요성을 놓치지 않았다. 일본의 한국 병합을 국제사회는 처음부터 공인했다. 그래서 수많은 국제회의들에 대한민국 임시정부 대표들은 참석하지 못했었다. 그런 상황에서 한국의 독립이 명시적으로 거론된 것은 중요한 성취였다.

어찌 되었든, 연합국 수뇌들의 결정을 번복시킬 힘이 없는 한국 사람들의 처지에서 최선의 길은 신탁통치 기간을 줄일 방안을 찾는 것이었다. 그렇게 하려면 대한민국 임시정부의 외교력을 강화시켜야 했고, 당장 주미외교위원부의 역량이 강화되어야 했다. 아무것도 갖지 못한 처지에서 스스로 역량을 기르면서 독립운동을 해 온 터라, 이승만은 이번 위기도 임시정부와 자신의 역량을 강화하는 기회로 삼았다. 그는 〈주미외교위원부통신〉에 카이로 선언의 내용을 알리면서 임시정부와 주미외교위원부에 대한 지지와 지원을 호소했다.

> 우리 대통령 김구 씨는 카이로 선언 중에 "점차"라고 한 용어에 대하야 불만족하게 생각한다고 천명하였다. 위원부도 이에 대하야 동감을 가지나, 이 선언은 다만 우리의 길을 열었으니 앞길은 우리가 하기에 있다. (…)
>
> 한국 임시정부를 인정하는 것이 동양 문제 해결에 제일 긴급할

뿐만 아니라 원동遠東 문제를 간단히 해결할 수 있게 된다. 적어도 전쟁이 끝나기 전에 우리의 승인을 얻는 것이 절대로 긴요한 것을 알아 누구를 막론하고 단체나 개인이나 다 합하야 우리 정부와 위원부를 후원하는 것이 절대 필요한 것을 알아야 한다.

이런 생각에 따라 이승만은 1944년 봄에 '한족대회'를 열어서 독립운동 단체들을 통합하는 것을 계획했다. 마침 오하이오 애실런드에서 미국 시민들이 1944년 1월에 '한국승인대회'를 열기로 했다. 애실런드의 사회단체들이 '한미협회'를 초청해서 한국 문제를 논의하고 선전함으로써 미국 정부가 대한민국 임시정부를 승인하도록 돕겠다는 뜻이었다. 애실런드는 인구가 1만이 좀 넘는 작은 도시였는데, 놀랍게도 그런 행사를 계획했다. 오하이오엔 한국 문제에 관심을 지닌 사람들이 많았다. 1943년 8월에 오하이오 신시내티에서 열린 오하이오주 재향군인회 총회에 이승만이 참석해서 연설했는데, 총회는 그때 미국 국무부에 대한민국 임시정부를 승인할 것을 촉구하는 결의안을 채택했었다.

이승만은 애실런드의 시민대회를 한족대회를 여는 징검다리로 삼기로 했다. 그래서 이 대회를 동포들에게 알리고 참석을 독려했다. 참가자들에겐 태극기를 지니고 부인들은 한복을 준비해 오라고 당부했다. 프란체스카는 일이 있어서 오지 못했지만, 장기영, 이순용, 정운수 등 미군 군복을 입은 젊은이들이 동행했다.

그렇게 해서 오늘 여기에 이승만과 그를 지원하는 한미협회 요원들이 모인 것이었다. 회장 크롬웰을 비롯해서, 유타 출신 상원의원을 네 차례 역임한 변호사 윌리엄 킹(William H. King), 조선의 독립을 위해 진력해 온 호머 헐버트, 아메리칸 대학교 총장 폴 더글러스, 뉴욕의 중국의료원조 미국사무국 부회장 모리스 윌리엄(Maurice William), 피치 여사 등이 참석했다. 대회는 내일 1월 21일 열려서 23일까지 이어질 터였다.

테헤란 회담

"대사님, 테헤란 회담은 어떻게 평가하시나요?"

피치 부인이 크롬웰에게 물었다.

"우리가 예상할 수 있었던 내용인 것 같습니다." 잠시 생각을 정리하더니, 크롬웰이 신중하게 말했다. "미국은 러시아에 빨리 일본과의 전쟁에 동참하라 하고, 러시아는 우리에게, 미국과 영국에, 빨리 서부 유럽에 제2 전선을 형성하라 하고. 함께 공동의 적과 싸우지만, 서로 이해가 엇갈리니 합의가 쉽지 않았겠죠."

"비밀협약 같은 것은 없었나요? 정상회담을 하면 민감한 얘기들은 빼놓고 발표한다고 하던데요."

크롬웰이 빙그레 웃었다. 그는 정치가였지만, 캐나다 주재 대사를 지낸 외교관이기도 했다.

"그런 일도 있죠. 이번엔 비밀이 많은 스탈린과의 협의라서, 아마도 발표하지 않은 부분이 있을 가능성이 크죠."

1943년 11월 26일 카이로 회담이 끝나자 장개석은 중경으로 돌아갔다. 그러나 루스벨트와 처칠은 스탈린과의 협의를 위해 테헤란으로 향했다. 그동안 중국은 추축국에 맞서 싸우는 연합국의 일원이었지만, 강대국 반열에 오르지 못해서 미국, 영국 및 러시아가 주도하는 협의들에 참여하지 못했었다. 그러나 중국이 엄청난 손실과 고난에도 불구하고 일본과 끈질기게 싸워서 일본군의 태반을 중국 대륙에 묶어 놓은 현실을 고려하고, 전쟁이 끝난 뒤 동아시아의 질서를 개편하는 과정에서 중국이 힐 역할이 중요하리라는 전망을 침작해서, 루스벨트는 일본과의 전쟁을 다루는 카이로 회담에 장개석이 참석하도록 주선했다. 그러나 유럽의 전쟁을 다루는 테헤란 회담엔 중국이 참석할 필요가 없다는 이유로 장개석은 제외되었다.

원래 루스벨트와 처칠은 카이로에서 만나자고 스탈린에게 제안했었다. 그러나 스탈린은 장개석과 만나는 것은 일본과의 외교적 마찰을 부를 가능성이 있다는 이유를 내세워 카이로로 오기를 거부했다. 1941년에 러시아와 일본 사이에 맺어진 불가침조약은 시효가 5년이었다. 미국과 영국도 일본과 전쟁을 하는 상황이었지만, 스탈린은 회담에서 유럽의 전쟁만을 다룬다는 허구를 내세웠다. 장개석과 중국 국민당 정권을 격상시키는 조치는 모택동과 중국 공산당 정권을 격하시키는 효과를 지닐 터여서, 스탈린으로선 탐탁지 않았을 것이다. 그러나 스탈린이 카이로 회담을 거부한 실질적 이유는 자리를 비우고 해외로 나들이하는 것을 꺼리는 독재자의 심리였다. 의심이 유난히 많은 스탈린은 그런 심리가 더욱 강했을 터였다.

그래서 나온 대안이 테헤란 회담이었다. 당시 이란의 북부는 러시아가 점령했고 남부는 영국이 점령하고 있었다. 1925년 군부 지도자인 레자 샤 팔라비(Reza Shah Pahlavi)가 왕위에 올라 혼란스러운 페르시아 사회를 안정시켰다. 그는 근대화를 적극적으로 추진했고 국호도 페르시아에서 이란으로 바꾸었다. 이란은 영국과 러시아의 제국주의적 행태에 시달렸으므로, 레자 샤 팔라비는 독일과 가깝게 지냈다. 제2차 세계대전이 일어나자, 영국은 이란의 유전을 확보할 필요가 절실해졌다. 이어 러시아가 독일과 싸우게 되자, 러시아는 미국의 원조 물자들을 이란을 경유해서 받아야 했다. 이란은 중립을 표명했지만, 영국과 러시아는 이란을 확실하게 장악하기로 하고 1941년 가을에 이란을 침공했다. 두 강대국 군대는 작은 이란군을 쉽게 격파하고 이란을 점령한 다음, 레자 샤 팔라비를 몰아내고 그의 아들 모하마드 레자 팔라비(Mohammad Reza Pahlavi)를 왕으로 세웠다. 테헤란도 두 나라가 남북으로 나누어 점령했다. 공식 회담이 테헤란의 러시아 대사관에서 열렸으므로, 스탈린은 실질적으로는 러시아 국경을 벗어나지 않고 루스벨트와 처칠을 만난 것이었다.

유럽에서 전쟁이 일어난 뒤 루스벨트와 처칠은 여러 번 만났지만, 두 사람과 스탈린은 이번에 처음 만났다. 그래서 테헤란 회담은 세 나라 지도자들이 추축국과의 전쟁을 수행하는 기본 전략을 협의하고 전쟁이 끝난 뒤의 질서를 구상하는 중요한 자리였다. 11월 28일부터 12월 1일까지 열린 회담은 스탈린이 주도했다. 러시아군이 '스탈린그라드 싸움'에 이어 '쿠르스크 싸움'에서도 독일군에 이겨 전쟁의 주도권을 확보한 터라 스탈린의 권위는 한껏 높아졌고, 그런 권위를 바탕으로 그는 루스벨트와 처칠에게 많은 것들을 요구했다. 처칠은 스탈린을 불신했으므로 버티려 애썼지만, 루스벨트는 스탈린에 대해 호의적이어서 그의 엄청난 요구를 들어주면서 달래기 바빴다.

회담이 본격적으로 시작되기 전에 열린 첫 만찬에서 스탈린이 넌지시 제안했다.

"독일이 전쟁을 또 일으키지 못하도록, 독일군 장교들을 5만에서 10만 정도 처형합시다."

"아마도 4만 9천 명이면 족할 것입니다." 루스벨트가 농담으로 받았다.

처칠은 사태가 심상치 않다고 판단했다. 그는 정색하고 스탈린을 비판했다. "자기 조국을 위해 싸운 군인들을 냉혈적으로 처형하는 것은 부당합니다. 오직 전범들만이 재판을 받아야 합니다. 그리고 전범들의 재판은 '모스크바 문서'에 따라 진행되어야 합니다." 그리고 자신의 뜻을 분명히 하기 위해 그는 분연히 일어나서 만찬장을 나갔다.

머쓱해진 스탈린이 농담이었다고 해명하자, 처칠은 돌아왔다.

"스탈린 원수가 한 얘기가 농담이라니, 나로선 반갑소."

그러나 그는 스탈린이 다른 두 사람의 반응을 떠본 것이라고 생각했다.

사정이 그러했으므로, 테헤란 회담에서 합의된 사항들은 주로 스탈린의 요구들을 반영했다.

1) 유고슬라비아의 공산주의자 빨치산들은 보급품과 장비의 지원을 받는다.
2) 터키가 전쟁이 끝나기 전에 연합국 측에 가담하는 것이 바람직하다. 터키가 연합국에 가담해서 불가리아가 터키를 공격하면, 러시아는 불가리아를 공격할 것이다.
3) 미군과 영국군이 영불 해협을 건너 서부 전선에서 독일군을 공격하는 작전은 1944년 5월에 개시된다. 이 작전에 맞춰 러시아는 독일군을 공격한다.

그러나 테헤란 회담에서 결정된 가장 중요한 사항은 군사적 결정이 아니라 정치적 결정이었다. 스탈린은 러시아와 폴란드의 국경이 커즌 선(Curzon Line)이 되어야 한다고 주장했다. 커즌 선은 제1차 세계대전

중에 영국 외상 조지 커즌(George Curzon)이 폴란드와 러시아 사이의 국경으로 제시한 선이었다. 그러나 두 나라 사이의 국경은 두 나라가 전쟁을 하고 휴전한 1921년에 맺은 리가 조약(Treaty of Riga)에 의해 획정되었다. 1939년 히틀러가 폴란드를 공격하자, 스탈린도 폴란드를 침공해서 폴란드를 독일과 나누어 차지했다. 그렇게 불법으로 점령한 폴란드 영토를 스탈린은 내놓지 않겠다는 얘기였다.

스탈린은 커즌 선 동쪽의 영토를 잃은 데 대한 보상으로 폴란드가 오데르강과 나이세강 이동의 독일 영토를 할양받으면 된다고 말했다. 루스벨트는 다가오는 대통령 선거에서 폴란드계 미국인들의 표를 의식해서 이 논의에서 빠졌다. 스탈린의 탐욕스럽고 부당한 요구에 맞서서 한 나라의 영토를 지켜 주는 대신 자신의 개인적 이익만을 챙긴 이 행태는 세계에서 가장 강대하고 자유와 정의를 추구하는 나라의 지도자로선 더할 나위 없이 부끄러운 짓이었고, 공산주의의 위협을 키운 어리석은 선택이었다. 독일군에 패해 거의 다 망한 러시아를 막대한 원조로 되살렸고 독일로부터 직접적 위협을 받지 않는 미국의 지도자라서 스탈린에 대해 발언권이 큰 루스벨트가 그렇게 비열하게 빠졌으니, 러시아가 독일에게 패망하거나 독일과 타협하면 당장 위태로워지는 영국의 지도자라서 스탈린에 대해 발언권이 전혀 없는 처칠이 스탈린에 맞설 리 없었다. 결국 처칠도 스탈린의 제안을 그대로 받아들여 폴란드 국경을 획정했다.

당시 폴란드 망명정부는 런던에 있었고, 멸망한 조국에서 탈출한 폴란드 군인들로 이루어진 폴란드군은 영국군에 배속되어 독일군과 용감하게 싸우고 있었다. 특히 폴란드 공군은 독일 공군의 대규모 폭격으로부터 영국을 지켜 낸 '영국 싸움(the Battle of Britain)'에서 중요한 역할을

테헤란 회담에서 스탈린은 "한국인들은 아직 독립된 정부를 운영할 능력이 부족하므로, 40년가량 후견(tutelage) 아래 두어야 한다"고 말했다.

했다. 그리고 육군은 이탈리아 전선에서 완강한 독일군의 저항을 무너뜨리는 충격부대(shock troop) 역할을 하고 있었다. 따라서 폴란드 망명정부와의 협의 없이 일방적으로 러시아의 부당한 요구를 들어준 것은 충실한 우방 폴란드에 대한 영국의 배신이었다. 이미 1939년에 폴란드의 안전을 보장해 놓고서 막상 독일군이 폴란드를 침공하자 단 한 사람의 병사도 보내지 않고 선전포고를 하는 것으로 끝낸 데 이어, 다시 폴란드를 배신한 것이었다.

일본과의 마찰을 걱정해서 카이로 회담을 마다했지만, 스탈린은 일본이 패망한 뒤 동아시아의 질서를 새로 마련하는 일에선 적극적으로 의견을 제시했다. 그리고 독일과의 전쟁이 끝나면 러시아는 일본에 대해 선전포고를 하겠다고 약속했다. 한국과 관련해선, 스탈린은 "한국인들은 아직 독립된 정부를 운영할 능력이 부족하므로, 40년가량 후견(tutelage) 아래 두어야 한다"고 말했다.

"루스벨트 대통령의 활약이 대단해요. 그렇게 멀리까지 가서 회담들을 한 것이 대단하고, 특히 장개석 총통을 만난 것은 정말로 잘한 일이죠."

피치 여사가 말했다. 중국에서 활약해 온 터라, 피치 목사 내외는 중국 국민당 정권을 열렬히 지지했다.

"그렇습니다." 크롬웰이 말을 받으며 환한 웃음을 지었다. "루스벨트 대통령과 처칠 수상은 러시아가 독일과, 그리고 중국이 일본과 단독으로 협상하는 것을 걱정해 왔거든요. 두 나라가 잘 싸웠지만, 힘이 부치면 단독 협상을 택할 가능성은 늘 있었죠. 그래서 스탈린과 장개석을 만나서 모든 문제들을 협의한 것은 정말로 잘한 일이죠."

"옳은 말씀입니다."

이승만이 한마디 거들었다. 실은 그는 이번 카이로 회담과 테헤란 회담의 결과에 대해 상당히 비판적이었다. 카이로 회담에서 한국의 독립에 대해 "적당한 시기에"라는 단서를 붙인 것만을 얘기하는 것은 아니었다. 그는 일본에 대해 '무조건 항복'을 요구하는 것이 일본 사람들의 심리와 가치 체계를 모르는 데서 나온 비현실적 태도라고 속으로 생각해 왔다. 항복한 뒤에 일본이 지킬 수 있는 것들을 명시해 주어야 일본이 항복 협상에 나올 터였다. 그리고 그렇게 지킬 수 있는 것들엔 천황제가 꼭 들어가야 했다. 그렇지 않으면 일본 국민들은 끝까지 싸울 터였다. 그런 상황은 불필요한 살육과 파괴를 부를 터였고, 조선의 앞날은 훨씬 어두워질 수밖에 없었다.

테헤란 회담에 대해선 그는 더욱 비판적이었다. 그 회담의 내용은 아직 비밀이었으므로, 그로선 회담에 대해 자세히 알 수 없었다. 작년 성탄절 전야에 루스벨트가 '노변 담화(Fireside Chat)'에서 얘기한 것이 그가 아는 전부였다. 그래도 그는 루스벨트의 스탈린에 대한 태도가 퍽이나 못마땅했다. 루스벨트는 스탈린과 잘 어울렸다고 자랑하면서 그를 "엄청나고 물러서지 않는 결심과 꿋꿋하게 밝은 마음이 결합된 사람"이라고 평가했다. 학살과 숙청을 일상적으로 하는 공산주의 독재자를 루스벨트가 그렇게 평가하는 것을 그로선 도저히 이해할 수 없었다.

이승만이 보기엔 루스벨트가 회담의 시기도 장소도 잘못 잡았다. 그래서 결과가 좋을 수 없었으리라는 것이 그의 생각이었다. 지금은 '스탈린그라드 싸움'과 '쿠르스크 싸움'의 승리로 스탈린의 위세가 대단했다. 당연히 스탈린은 루스벨트와 처칠에게 무리한 요구들을 할 터였고, 두 사람은 그런 요구들을 물리치기 힘들 터였다. 회담이 늦어진다 하더라도 미국으로선 답답할 것이 없었다. 지금 미국은 일본과의 싸움에서 완연한 우위를 누리고 있었다. 그러나 러시아는 미국의 원조가 없으면 독일과 싸우기 힘든 처지였다. 그래서 스탈린이 카이로 회담을 거부했을 때 루스벨트는 회담을 미룰 수 있었다. 그리고 루스벨트가 그렇게 할 의향을 내비쳤다면 아마도 스탈린은 자신의 체면을 세우는 길을 찾아내서 카이로 회담에 응했을 것이라고 이승만은 생각했다.

회담을 테헤란에서 연 것도 중대한 실책이었다. 이란은 원래 중립을 선언했고 영국과 러시아에게 침공할 이유를 주지 않았다. 따라서 영국과 러시아가 이란을 침공하고 분할 점령한 것은 중대한 불법행위였다. 이번에 연합국을 대표하는 세 강대국 정치 지도자들이 테헤란에서 공식적으로 회담함으로써, 미국은 그런 불법행위를 추인한 셈이었다. 공산주의 국가인 러시아의 유난히 사악하고 탐욕스러운 지도자인 스탈린과 공식 회담을 하면서 그런 불법행위를 눈감아 준 것은 결코 상서로운 조짐이 아니었다.

만일 루스벨트가 전쟁을 효과적으로 수행하고 전쟁이 끝난 뒤 보다 나은 질서를 세우기 위해 스탈린에게 양보했다면, 루스벨트의 정책들에 회의적인 이승만도 그를 이해하려 애썼을 터였다. 그러나 루스벨트의 결정들에선 그런 고귀한 목적에서 나왔다는 느낌보다 자신의 정치적 이해 판단에서 나왔다는 냄새가 짙게 풍겼다. 루스벨트는 그동안 스탈린과 공산주의의 실체와 위협을 미국 국민들에게 가리려 애써 왔고, 그런 태도는 그가 올해 네 번째 임기에 도전하고 있다는 사실과 관련이 있었다. 원래 미국에서 대통령의 임기는 두 번으로 한정되었다. 헌법에 명기된 것은 아니었지만, 초대 대통령 조지 워싱턴이 두 번 임기로 끝낸 뒤 그런 관행이 불문율로서 자리 잡은 것이었다. 그러나 1940년에 루스벨트는 전쟁 기간이라는 명분을 내세워 세 번째 임기에 도전해서 당선되었다. 이어 1944년 11월에 치러질 대통령 선거에서 네 번째 임기에 도전하고 있었다.

이승만은 그러나 자신의 생각을 밝히지 않았다. 지금 인기 높은 루스벨트를 비판하는 것은 비외교적이었다. 더구나 크롬웰은 루스벨트의 열렬한 지지자였다.

"루스벨트 대통령의 건강이 좋지 않다는 얘기가 떠돌던데, 정말로 그런가요?" 피치 여사가 물었다.

"건강이 아주 좋은 것 같지는 않습니다." 크롬웰이 조심스럽게 받았다.

요즈음 신문에 실리는 루스벨트의 사진은 건강한 모습은 아니었다.

그러나 그의 건강에 관한 공화당의 집요한 물음들에 대해서 민주당은 적극적으로 부인하고 있었다.

이승만이 무난한 얘기를 생각하는데, 방에서 여장을 푼 더글러스 총장이 들어왔다. 인사가 끝나고 식사를 주문하자, 더글라스는 로비 쪽을 가리켰다.

"우리 협회를 위한 환영 준비가 대단한데요."

"그렇죠? 거리엔 큰 현수막도 내걸리고. 여기 호텔에도 환영 포스터가 붙고. 애실런드시 전체가 축제 분위기예요." 좌중을 둘러다보면서 크롬웰이 환한 웃음을 지었다. "벌써 여러 주 동안 선전한 덕분에 애실런드 시민들이 모두 우리 대회에 대해 알고 있답니다."

"상당한 비용이 들었을 텐데…."

"아, 우리 협회 애실런드 지회장 마이어스 부인이 이곳의 가장 큰 기업인 '마이어스'의 창업자 가족에 속해요." 크롬웰이 설명했다. "그 회사는 펌프 제조 회사들 가운데 가장 크다고 합디다. 애실런드는 작은 도시지만 그 회사는 세계적 기업이죠. 덕분에 여기 유력자들이 우리 대회에 관심을 가지게 된 모양입니다."

사람들이 찬동의 뜻을 나타냈다.

"내가 아까 마이어스 부인을 만났어요." 피치 여사가 말했다. "참으로 친절한 부인이세요. 우리 협회를 위해 큰일을 한 것에 대해 고맙다고 했더니, 좋은 일을 도울 수 있게 되어서 자신이 기쁘다고 했어요. 같이 온 사람에게 들으니, 마이어스 가족이 원래 자선사업을 많이 한다고 했어요."

한국승인대회

이튿날 한미협회 애실런드 대회가 시작되었다. 대회 사무소는 애실런드 상업회의소였다. 미국 각지에서 온 동포 50여 명이 등록했다. 개회식엔 애실런드 시장이 참석해서 축하 연설을 했다. 대회는 교회, 학교, 그리고 컨트리클럽과 같은 공공장소들로 자리를 옮기면서 오찬 연설회와 만찬 연설회로 진행되었다.

대회의 절정은 1월 22일 오후 2시부터 애실런드 중학교 강당에서 열린 라디오 방송 연설회였다. 대회 명예회장 캐서린 마이어스(Katherine M. Myers) 부인이 개회사를 했다. 그녀는 여기 모인 한국인들이 '잊힌 나라'가 된 코리아를 대표한다고 말하면서, 애실런드 주민들은 그들을 알고 공감하게 된 최초의 미국인 사회라고 지적했다. 이어 그녀는 "지난 가을에 우리는 자유를 위해 싸우는 열렬한 십자군 용사"인 이승만을 만났다고 술회하면서 그의 활동에 기대를 걸고 있다고 말했다.

이어 킹 변호사가 연설했다. 그는 81세로 이승만보다도 열두 살이나 위였지만 아직 정정했다. 평생 선거운동을 한 정치가답게, 그는 미국이 대한민국 임시정부를 승인해야 할 이유들을 설득력 있게 설명해서 열렬한 박수를 받았다.

다음엔 의사인 신상근(James Shin)이 연설했다.

이어 등단한 이승만은 먼저 한국의 역사와 현황을 설명했다. 고대부터 발전된 문명을 누렸고, 한때는 일본에 의해 '잊힌 나라'가 되었지만, 이제는 카이로 선언으로 다시 세계에 이름을 알렸다고 말했다. 그리고 한국은 1882년에 맺은 「조미 수호통상조약」을 폐기한 적이 없다고 주장했다. 이승만이 역설한 부분은, 늘 그러했듯이, 미국이 대한민국 임시정부를 승인해야 사리에 맞는다는 얘기였다.

"미국 정부에 의한 한국 임시정부의 승인이 우리 국민의 독립을 의미하는 것이 아니라는 사실을 기억하시기 바랍니다. 우리는 우리 자신이 싸워야 한다는 것을 잘 알고 또 싸울 준비가 되어 있습니다. 그러나 승인은 여러분의 '민주주의의 무기고'에서 나오는 항공기와 대포와 탄약의 일부가 지금과 같이 우리에게 거부되지 않는다는 것을 의미합니다. 우리는 여러분이 공동의 목표를 위해 받아들일 것을 기대하면서 우리의 막대한 인력을 제공하고자 합니다. 또한 한국인과 싸우는 왜적은 미국 군인과 싸우는 왜적의 수를 그만큼 줄인다는 사실도 기억하시기 바랍니다."

이승만은 도덕적 차원의 호소로 연설을 마무리했다. 그의 높은 식견과 깊은 도덕심에서 우러난 이런 호소는 늘 미국인들의 큰 호응을 얻었다.

"여러분께선 제가 미국은 언제나 위기에서 그 영혼을 찾는다고 말씀드렸던 것을 기억하실 것입니다. 저는 정화淨化의 정신을 감지할 수 있습니다. 그렇습니다. 저는 전쟁이 시작된 이래 이 축복받은 땅에서 재생을 느낄 수 있습니다. 불행과 재난은 제 자신의 나라 인민들에게도 비슷한 효과가 있었습니다. 우리는 여러분이 세계의 도덕적 사상과 정의의 지도자이기를 기대합니다. 한때, 오래전에, 여러분은 우리에게 도움의 손을 내밀었고 우리를 여러 나라들과 관계를 맺도록 인도해 주었습니다. 그때와 같은 손을 지금, 우리의 손이 여러분에게 뻗쳐져 있을 때에, 부디 거부하지 않기를 바랍니다."

이 연설들은 114개 방송국을 통해 중계되었다. 이승만의 연설이 끝나자 중계방송도 끝났지만, 연설회는 이어졌다.

호머 헐버트 박사가 이승만의 뒤를 이었다. 동갑인 킹 변호사와 마찬가지로 헐버트 박사도 아직 정정했다. 평생 조선 사람들을 위해 봉사했고 조선의 독립을 위해 애쓴 그는 조선의 실상을 실감나게 설명했다. 가난으로 굶어 죽은 조선 사람들의 정황을 설명하다가 그가 목이 메어 말을 잊지 못하자 청중은 눈물을 흘렸다.

이 승인대회의 연설문들은 오하이오주 출신 하원의원인 해리 맥그리거(J. Harry McGregor)의 발의로 1944년 2월 7일자 미국 하원 의사록에 수록되었다.

연설회가 끝나자 시가행진이 있었다. 오하이오 재향군인회 군악대의 선도로 미국인들과 한국인들이 성조기와 태극기를 들고 애실런드 시가를 행진했다. 행렬에서 단연 이채롭고 주목을 끈 것은 한복을 곱게 차려입은 한국 여인들이었다.

애실런드 한국승인대회가 기대보다 훨씬 큰 성공을 거두자, 이승만은 재미 독립운동 단체들이 모두 참가하는 '한족대회'를 적극적으로 추진하기 시작했다. 카이로 선언이 나온 뒤 부쩍 높아진 동포들의 독립운동에 대한 관심과 지지를 한데 모아서 독립운동을 보다 효과적으로 수행하려는 뜻이었다. 특히 독립운동 단체들이 단합된 모습을 미국 사회에 보이면 대한민국 임시정부가 미국 정부의 승인을 얻는 데 도움이 될 터였다. 물론 이 과정에서 임시정부와 주미외교위원부의 위상도 자연스럽게 높아질 터였다. 그는 이미 1944년 1월 7일에 그런 뜻을 담은 성명을 발표하고 1944년 3월 1일에 워싱턴에서 대회를 열자고 구체적 제안까지 한 터였다.

그러나 이승만에 대해 적대적 태도를 점점 노골적으로 보여 온 재미한족연합위원회는 그의 제의를 외면했다. 재미 독립운동 민간단체들 가운데 가장 큰 이 단체는 북미국민회가 핵심 세력이었다. 미국에 일찍 정착한 동포들로 이루어졌고 안창호가 이끌었던 터라, 북미국민회는 이승만에 대해서 호의적인 태도를 보인 적이 없었다.

이승만은 실망하지 않고 3월 31일에 워싱턴에서 한족대회를 열기로 하고 각 독립운동 단체에 공문을 보냈다. 그리고 비교적 계파 색채가 옅고 많은 사람들과 교분이 있으며 재력도 있는 이원순으로 하여금 미국 각지의 동포들을 찾도록 했다. 그러나 재미한족연합위원회는 끝내 참가를 거부했고 결국 이승만의 계획은 좌절되었다.

재미한족연합위원회는 이승만이 제안한 한족대회를 거부하는 데 그치지 않고 아예 주미외교위원부를 무력화시키는 방안을 추진했다. 그래서 1944년 4월 2일부터 일주일 동안 로스앤젤레스에서 열린 제3차 전체위원회에선 재미한족연합위원회 워싱턴 사무소를 개설하는 방안이 의제로 상정되었다. 워싱턴에 사무소를 설치하는 이유는 이승만이 이끄는 주미외교위원부가 미국과의 외교에 실패했다는 것이었다. 이런 방안은 주미외교위원부의 권위를 부인하고 재미한족연합위원회의 워싱턴 사무소가 그 기능을 대신한다는 얘기였으므로, 그것은 궁극적으로 대한민국 임시정부의 권위를 부인하는 것이었다. 이런 부당성을 들어 그 방안에 반대하는 목소리들이 높았지만 재미한족연합위원회 지도부는 표결을 강행했고, 워싱턴 사무소를 설치한다는 의안은 가결되었다. 그리고 워싱턴에 사무소를 실제로 설치하는 작업에 들어갔다.

이처럼 재미한족연합위원회가 임시정부와 주미외교위원부의 권위에 대해 심각하게 도전했어도, 임시정부를 이끄는 김구 주석은 단호히 대처하지 못했다. 그동안 재미한족연합위원회 세력은 주미외교위원부와 이승만에 대해선 드러내 놓고 적대적 태도를 보였지만, 임시정부와 김구에 대해선 우호적 태도를 보였고 상당한 후원금을 제공해 온 터였다. 자기들의 경쟁자인 이승만의 권위를 낮추면서 이승만과 김구 사이를 벌리려는 전략이었다. 자연히 김구로선 두 세력의 다툼에 끼어드는 것을 피하려 애썼다.

이처럼 김구가 소극적으로 대응하는 터에, 재미한족연합위원회의 부당한 처사에 항의하고 나선 것은 뜻밖에도 좌익 조선민족혁명당 미주총지부였다. 모처럼 중경임시정부에 참여해서 실권을 장악한 터라 조선민족혁명당으로선 임시정부의 권위가 약화되는 것을 좋아할 리 없었다. 조선민족혁명당 미주총지부는 외교는 반드시 정부 기관을 통해서 이루어져야 한다고 지적하고 한족연합위원회를 탈퇴했다. 북미대한인유학생총회도 민간 외교가 필요할 때까지 워싱턴 사무소의 설치를 삼가야 한다고 주장하면서 탈퇴했다. 북미국민회 내부에서도 이 일로 분란이 일어나서 임원들이 사임했다.

재미한족연합위원회의 워싱턴 사무소 개설로 주미외교위원부가 약화될 상황에 처하자, 이승만은 위원부의 외곽을 지킬 기구가 필요하다고 판단했다. 결심하면 머뭇거리는 법이 없는 그는 자신을 지지하는 사람들로 주미외교위원회 협찬부를 만드는 일에 착수하여 5월 24일에 협찬부를 구성했다고 발표했다.

이어 6월 4일엔 22명의 위원들이 워싱턴 주미외교위원부 사무실에 모여서 정식으로 협찬부를 발족시켰다. 이원순의 사회로 진행된 회의에서 내무부, 교육부, 경제부, 정치부 및 전무부戰務部의 5개 위원부를 두고 27명의 위원들이 나누어 맡았다. 뉴욕에서 유학생 독립운동을 해 온 황창하가 내무부장에, 컬럼비아 대학원을 졸업하고 미국 연방정부 투자 및 경제분석관으로 일하는 김세선金世旋이 경제부장에, 프린스턴 대학을 졸업하고 모교에서 교수가 된 임창영林昌榮이 교육부장에, 임병직이 정치부장에, 그리고 의사이면서 근년에 강연 활동을 활발하게 하는 신상근이 전무부장에 선임되었다.

협찬부는 주미외교위원부를 돕는 외곽 시민단체였으므로, 명시적 목적과 활동 범위는 당장의 문제들에 대응하는 것이었다. 그러나 이승만의 눈길은 훨씬 먼 곳을 향하고 있었다. 일본군의 패퇴가 가속되어 한국이 일본의 지배에서 해방될 날이 점점 가까워지는 터라, 이제는 해방 이후의 일들을 생각하고 준비할 때였다. 카이로 선언이 나온 뒤로 재미한족연합위원회가 부쩍 이승만과 주미외교위원부에 적대적이 된 것도 따지고 보면 해방 이후의 정국에서 북미국민회 세력이 자신의 몫을 챙기려는 의도와 무관하지 않았다. 조만간 유럽에서 서부 전선이 형성되고 독일의 패망이 뚜렷해지면 북미국민회는 더욱 공격적이 될 터였다. 그래서 이승만은 협찬부를 통해 자신과 함께 일할 젊은이들을 모으고 협찬부를 발전시켜 자신의 정치적 기반으로 삼으려는 꿈을 품었다.

전황은 이승만이 생각하는 것보다 훨씬 빨리 연합국 쪽으로 기울고 있었다. 전쟁 초기에 추축국이 거둔 승리들이 워낙 컸으므로, 독일과 일본이 쉽게 무너지리라 예상한 사람들은 드물었다. 해방은 이승만이나 다른 독립운동 지도자들이 예상한 것보다 훨씬 빠르게 왔고, 그들이 마련한 여러 계획들은 결국 실행되지 못했다.

일본과 미국 사이의 전쟁은 주로 남태평양에서 치러지고 있었다. 일본군은 남태평양의 섬들에 거점들을 마련해서 둘레에 영향을 미치는 전략을 추구했다. 거점이 된 섬을 강력한 육군 병력이 지키고, 거기 마련된 비행장에 해군 항공기들이 주둔해서 적군의 접근을 막는다는 계획이었다. 해군 항공기들이 주로 항공모함에 탑재되는 일반적 관행과 달리, 일본 해군의 항공기들은 지상 비행장들을 많이 이용했다.

이런 전략과 전술은 일본 해군이 우세했을 때는 합리적이고 효과적이었다. 그러나 미드웨이 싸움에서의 패배로 일본이 제해권과 제공권을 잃자, 이런 거점들은 고립되기 시작했다. 과덜커낼 싸움에서 드러난 것처럼, 미국 항공기들의 폭격으로 수송선들이 많이 격침되면서, 일본군은 전선에 병력과 물자를 공급하기가 점점 어려워졌다. 제해권과 제공권을 누리게 되자, 미군은 일본군의 모든 거점들을 공격하는 대신, 꼭 점령할 필요가 있는 거점들만을 공격하고 나머지는 보급을 끊어 고사시키는 '섬 건너뛰기 전략(island-hopping strategy)'을 추구했다. 그래서 많은 병력이 주둔한 일본군 거점들이 시든 넝쿨에 달린 수박덩이들처럼 고립된 채 시들어 갔다. 대표적인 경우는 남태평양 작전의 중심이었던 라바울이었다. 미군은 강력한 병력이 주둔한 라바울을 점령하지 않고 폭격으로 그곳에 주둔한 함정들과 항공기들을 무력화시킨 뒤 우회해서 북쪽으로 올라갔다. 10만 명이 넘는 라바울의 일본군은 고립되어 보급이 끊긴 채 서서히 말라 죽어 갔다.

미군은 두 갈래로 북상했다. 맥아더가 이끄는 육군이 맡은 서부 전선에선 미군과 영연방군이 뉴기니를 거의 다 수복했다. 뉴기니의 섬들에서 저항하는 일본군을 완전히 꺾으면, 그들은 필리핀을 향해 서북쪽으로 전진할 터였다. 동부 전선에선 니미츠의 지휘 아래 해군이 마셜 군도를 장악한 터였다. 다음 목표는 마리아나 군도였다. 남태평양과 일본 본토의 중간에 자리 잡은 터라 마리아나 군도는 전략적으로 무척 중요했다. 자연히 공격하는 미국도 방어하는 일본도 전력을 기울일 터여서 치열한 싸움이 예고되었다.

1943년 여름의 쿠르스크 싸움 이후, 유럽의 동부 전선에선 독일군이 러시아군에게 점점 밀렸다. 풍부한 인적 자원과 미국의 막대한 원조 덕분에 러시아군은 점점 강력해지는데, 독일군은 병력과 물자의 손실을 빠르게 보충할 길이 없었다. 다른 전체주의 지도자들과 마찬가지로 히틀러도 영토에 대한 욕심이 커서, 한번 장악한 땅은 내놓기를 극도로 싫어했다. 게다가 그는 자신의 강한 의지만이 독일군의 패주를 막을 수 있다고 믿었다. 그래서 그는 독일군 지휘관들의 후퇴 요청을 제때에 받아들인 적이 없었다. 독일군의 장기인 기동전을 하지 못하고 우세한 러시아군과 지역을 다투다 보니, 독일군은 '질서 있는 철수'를 하지 못하고 흔히 패주하게 되었다. 전쟁 초기부터 독일군에 치명적이었던 히틀러의 간섭이 독일군의 패배를 재촉한 것이었다.

1943년 겨울에 러시아군은 독일군을 거세게 압박했다. 혹독한 러시아의 겨울은 추위에 익숙한 러시아군에게 일방적으로 유리했다. 독일군 병사들은 형언하기 어려운 혹한 속에서 힘든 싸움을 하면서 온 전선에서 물러났다. 마침내 1944년 1월 독일군에게 포위되었던 레닌그라드가 872일 만에 해방되었다. 현대에서 가장 길고 파괴적이었던 이 도시 봉쇄로 150만이 넘는 러시아인들이 죽었다.

봄이 되자 러시아군의 공세는 독일군을 압도했다. 러시아군의 진격이 워낙 빨랐으므로, 히틀러의 명령으로 지킬 수 없는 지역을 지키다 러시아군에 포위된 독일군 부대들이 많았다. 이런 패전의 책임을 히틀러는 지휘관들에게 돌렸다. 그래서 남부 전선의 집단군 사령관들인 만슈타인 원수와 에발트 폰 클라이스트(Ewalt von Kleist) 원수를 각기 발터 모델(Walter Model) 원수와 페르디난트 쇠르너(Ferdinand Schörner) 대장으로 바꾸었다. 만슈타인과 클라이스트는 독일군에서 가장 훌륭한 지휘관들로 특히 전차부대의 기동전에 뛰어났지만, 히틀러의 비합리적 명령들을 고분고분 따르지 않았고 나치에 대한 충성심도 뚜렷하지 않았다. 반면에 모델과 쇠르너는 만슈타인이나 클라이스트보다 지휘관의 자질이 떨어졌지만, 나치에 충성했고 히틀러를 맹종했다. 히틀러는 패전 책임을 고분고분하지 않은 지휘관들에게 떠넘기고서 전쟁의 수행에 보다 깊숙이 간여하겠다고 나섰다.

지중해에서도 추축국의 패퇴는 가속되고 있었다. 북아프리카에서 영국군에 패배하면서 이탈리아군은 결정적 타격을 입었다. 러시아의 스탈린그라드 싸움에선 22만 명의 이탈리아군이 사라졌다. 이제 이탈리아군은 속이 빈 군대가 되었다.

이처럼 전황이 기울자, 이탈리아 지배층은 연합국에 항복하는 방안을 은밀히 추진했다. 애초에 이탈리아와 독일의 동맹은 자연스러운 관계가 아니었다. 제1차 세계대전에서 이탈리아는 연합국의 일원으로 독일과 오스트리아·헝가리 제국에 맞서 싸웠다. 역사적으로 이탈리아 국민들은 영국과 미국에 호의적이었다. 무솔리니가 집권한 뒤에도, 국왕 비토리오 에마누엘레 3세(Vittorio Emmanuele III)와 국왕에 충성하는 군부 지도자들은 무솔리니가 자신들의 이익을 해치지 않는 한도까지만 지지했다.

1943년 7월 10일 미군과 영국군은 시칠리아 남쪽 해안에 상륙했다. 이 섬을 지키던 이탈리아군과 독일군은 잘 싸웠지만, 상륙군은 빠르게 섬을 장악해 나갔다. 이탈리아 지배층은 전쟁을 계속하는 것이 의미 없

이탈리아는 1943년 9월 3일 항복 문서에 서명했다. 이탈리아군은 이제 동맹군이었던 독일군에 맞서 싸우기 시작했다.

다고 판단하고서 7월 25일 무솔리니에게 사임을 요구했다. 무솔리니가 국왕의 호출을 받고 순순히 궁전으로 들어오자, 국왕은 무솔리니를 체포했다. 이어 군대를 자신의 직접 통제 아래 둔 다음 선임장교인 피에트로 바돌리오(Pietro Badoglio) 원수를 수상에 임명했다. 마침내 9월 3일엔 연합국의 무조건 항복 요구를 받아들여 항복 문서에 서명했다.

시칠리아를 장악한 연합국은 곧바로 이탈리아반도 진공작전에 나섰다. 1943년 9월 3일 몽고메리 대장이 이끄는 영국군이 이탈리아반도 동남단 레지오에 상륙했고, 9월 9일엔 마크 클라크(Mark Clark) 중장이 이끄는 미군과 영국군의 혼성부대가 나폴리 바로 남쪽 살레르노에 상륙했다. 연합군의 상륙에 맞춰 이탈리아군의 다수가 동맹군이었던 독일군에 맞서 싸우기 시작했다.

그러나 히틀러는 이런 상황을 예견하고 대비한 터였다. 그는 알베르트 케셀링(Albert Kesselring) 원수에게 남쪽에 상륙한 연합군을 막는 임무를 맡기고, 롬멜 원수에겐 이탈리아 북부의 이탈리아군을 진압하도록 했다. 원래 공군 지휘관이었던 케셀링은 뛰어난 전략가여서 이탈리아의 지리적 조건에 맞는 방어작전을 폈다. 이탈리아반도 한가운데를 달리는 아펜니노산맥은 험준할뿐더러 동서로 지맥들을 많이 뻗어서 가파른 골짜기들과 강들을 품었다. 그래서 남쪽에 상륙한 연합군은 서쪽 티레니아해와 동쪽 아드리아해를 따라 난 좁은 해안도로들을 따라 북쪽으로 진격해야 했는데, 이 도로들은 천연적 요새가 된 높은 산줄기에서 감제瞰制(내려다보며 제어함)되었다. 케셀링은 이런 지형적 조건을 십분 이용해서 튼튼한 방어선들을 설치했다.

케셀링이 연합군의 북상을 저지하는 사이, 롬멜은 알프스산맥을 넘은 부대들을 이끌고 적대적인 이탈리아군 부대들을 어렵지 않게 진압해서 상황을 안정시켰다. 9월 16일엔 오토 슈코르체니(Otto Skorzeny) 무장친위대 중령이 이끈 독일군 공수부대가 지상 접근이 어려운 산속의 별장에 갇힌 무솔리니를 구출했다. 무솔리니는 '이탈리아 사회주의 공화국'의 존재를 선언하고 자신을 따르는 병사들로 군대를 구성했다. 그래서 이탈리아 북부에선 국왕에게 충성하는 세력과 무솔리니에게 충성하는 세력 사이에 치열하고 잔인한 내전이 일어났다.

더디게 진격한 연합군은 로마와 나폴리 사이에 케셀링이 구축한 '구스타프 선(Gustav Line)'에 막혀 더 나아가지 못했다. 이 강력한 방어선의 중심은 서쪽 해안도로를 감제하는 카시노 수도원이었다. 1,400년 전에

성 베네딕트(Benedictus de Nursia)가 몬테카시노에 세운 이 수도원은 워낙 견고한 요새여서, 세 차례에 걸친 연합군의 대대적 공세에도 함락되지 않았다. 해를 넘겨 1944년 5월 17일 폴란드군 2군단이 자기희생적 공격 끝에 가까스로 카시노 수도원을 점령했다. '구스타프 선'에 막혀서 넉 달 동안 한 발자국도 전진하지 못했던 연합군은 다시 북쪽으로 움직이기 시작했다. 그리고 1944년 6월 4일 로마를 해방시켰다. 대서양 건너 워싱턴에서 이승만이 22명의 위원들을 모아 주미외교위원부 협찬부를 발족시킨 바로 그날이었다.

제15장

노르망디

1944년 6월 4일은 중대한 일들이 일어난 날이었다.

이미 전쟁의 형세는 분명해졌다. 연합국이 이기고 추축국이 패망하는 것은 정해진 운명이었다. 그러나 그런 형세 판단으로 전쟁이 멈추는 것은 아니었다. 한번 시작된 전쟁은 나름의 논리에 따라 쓰디쓴 결말을 보아야 끝나는 것이었다. 한쪽이 기권하면 끝나는 운동 경기가 아니었다. 그래서 승패가 결정된 전쟁에서도 나름으로 이정표들이 세워지게 마련이었다.

먼저, 워싱턴에선 이승만이 주미외교위원부 협찬부를 조직했다. 일본의 패망이 확실해진 상황에서, 그는 자신의 정치적 기반을 마련하는 일을 시작한 것이었다. 그동안 그는 모든 당파로부터 초연해지려 애썼다. 대한민국 임시정부의 초대 대통령을 지냈고 줄곧 미국에서 외교 활동을 해 온 그로선 당연한 자세였다. 그래서 기호파畿湖派에 속하는 그를 지도자로 받아들이려 하지 않고 기회가 나올 때마다 그를 공격해 온 서북파도 포용하려 애썼다. 그러나 서북파가 장악한 재미한족연합위원회가 워싱턴 사무소를 개설해서 공개적으로 대한민국 임시정부의 외교 부서인 주미외교위원부에 맞서자, 그는 고단한 주미외교위원부를 지키는 외곽 조직의 필요성을 절감하고 협찬부를 결성한 것이었다.

내친 김에 그는 협찬부를 자신의 정치적 기반을 구축하는 핵심 조직으로 삼기로 했다. 조선이 식민지 상태에서 곧장 독립하면 어쩔 수 없이 정치적 공백이 생길 터이고, 그런 공백을 채울 정치적 자산이 부족할 터였다. 따라서 그가 자신의 뜻을 펴려면, 특히 세력이 크고 잘 조직된 공산주의 세력에 맞서 자유로운 사회를 세우려면, 그를 충실히 지지하는 정치적 핵심 조직이 필요했다. 아울러, 그런 조직은 정부를 조직할 때 필요한 인재들도 제공할 터였다. 한 세대 넘게 일본의 식민 통치를 받은 터라, 조선에서 정부의 중요 부서를 맡을 만한 인재들을 찾기가 쉬울 리 없었다.

노련하고 재력이 있는 이원순이 협찬부의 조직을 주도하는 터라 이승만은 그 일을 일일이 챙기지 않아도 되었다. 똑똑하고 독립의 열망이 뜨거운 젊은이들이 협찬부에 참여한 것이 이승만은 퍽이나 흐뭇했다. 그는 그 젊은이들에게 독립된 조국에서 함께 일하자는 뜻을 밝혔고, 그들은 뛰어난 지도자와 함께 일할 생각에 마음이 부풀었다.

대서양 건너 이탈리아에선 연합군이 로마를 해방시켰다. 알베르트 케셀링(Albert Kesselring) 원수의 뛰어난 방어 전략에 고전했던 연합군은 자유 폴란드군의 희생적 공격 덕분에 독일군의 마지막 방어선을 무너뜨렸다.

연합군을 이끈 마크 클라크(Mark Clark) 미군 중장은 후퇴하는 독일군을 따라잡을 기회를 맞았다. 그러나 로마를 해방시킨 영예를 탐낸 클라크는 상관인 전구戰區사령관 해럴드 앨리그잰더(Harold Alexander) 영국군 원수의 명령을 무시하고, 독일군을 쫓는 대신 군사적 가치가 거의 없는 로마로 향했다. 로마의 해방은 정치적 의미가 작지 않았지만, 독일군이 물러나면 로마는 자동적으로 해방될 터였다. 어쨌든 로마의 해방으로 이탈리아는 공식적으로 독일의 지배에서 벗어났고 연합국에 협력하게 되었다. [한국전쟁에서 클라크는 1952년 5월 매슈 리지웨이(Matthew B. Ridgway)의 후임으로 국제연합군 총사령관이 되었다. 그리고 1953년 7월의 휴전협정문에 국제연합군을 대표해서 서명했다.]

미군과 일본군이 치열하게 싸우는 태평양에선 결정적 전투가 막 시작되는 참이었다. 1943년 8월에 시작되어 이듬해 2월에 끝난 과덜커낼 싸움에서 이긴 미군은 솔로몬 군도, 길버트 군도, 마셜 군도와 뉴기니의 파푸아반도를 차례로 점령했다. 일본군이 아직 장악한 태평양의 섬들은 필리핀, 캐럴라인 군도, 팔라우 군도, 그리고 마리아나 군도였다.

미군 지휘부는 캐럴라인 군도와 팔라우 군도를 건너뛰어 가장 북쪽에 있는 마리아나 군도를 점령하기로 결정했다. 마리아나 군도를 점령하면 미군은 남쪽으로 진출한 일본군을 본국으로부터 격리시킬 수 있었다. 아울러 마리아나 군도의 비행장에서 일본 본토를 직접 공습할 수 있었다. 마리아나 군도에서 일본 열도는 2,100킬로미터였는데, 미국이 최근에 개발한 장거리폭격기 B-29의 작전 반경은 2,400킬로미터나 되었다.

6월 4일 펄 하버의 태평양함대 사령부는 아연 활기를 띠었다. 예정대로 6월 15일에 마리아나 군도를 공격하는 작전이 개시된다고 최종적으로 결정된 것이었다. 5상륙군단장 홀랜드 스미스(Holland M. Smith) 중장이 이끄는 2해병사단, 4해병사단, 그리고 27보병사단을 실은 거대한 선단은 이미 출항해서 서쪽으로 바삐 움직이고 있었다.

대왕 작전

그러나 가장 중요한 일은 영국 남부에서 이루어지고 있었다. 오래 준비된 연합군의 프랑스 상륙작전인 '대왕 작전(Operation Overlord)'이 드디어 시작되는 것이었다.

1941년 6월 독일이 러시아를 침공해서 러시아가 뒤늦게 연합국에 합류한 뒤로, 스탈린은 줄곧 미국과 영국에 요구했다. 유럽 서부에 '제2 전선'을 열어서 러시아군에 대한 독일군의 압박을 줄여 달라고. 마침내 1943년 말에 열린 테헤란 회담에서 루스벨트와 처칠은 1944년 5월에 '대왕 작전'을 개시하기로 스탈린에게 약속했다. 그리고 연합원정군최고사령부(Supreme Headquarters Allied Expeditionary Force)를 설치하고 드와이트 아이젠하워(Dwight D. Eisenhower) 미군 대장을 사령관에 임명해서 스탈린을 달랬다. 원정군의 지상군 병력을 아우르는 21집단군 사령관에는 북아프리카에서 롬멜의 독일군에 이긴 몽고메리 영국군 대장을 임명했다.

대왕 작전을 위해 연합국은 엄청난 규모의 병력을 프랑스에 가까운 영국 남부에 집결시켰다. 미군이 170만, 영연방군이 100만, 그리고 프랑스, 폴란드, 체코, 벨기에, 노르웨이 및 네덜란드의 망명정부군들이 참가해서 모두 300만가량 되었다. 갑자기 몰려든 이 많은 병력을 수용하는 일은 그것 자체로 거대한 작전이었다. 게다가 200만 톤의 물자가 영국 남부로 들어왔다. 이 병력들과 물자를 수용하기 위해 163개의 비행장들이 추가로 건설되었고 270킬로미터의 철도가 새로 놓였다.

6월 4일 내내 아이젠하워는 영국 남부의 큰 항구 포츠머스의 근교에 있는 자신의 트레일러에서 서성거렸다. 연합원정군 최고사령부의 전방 지휘소는 '사우스윅 하우스'라는 우아한 장원莊園을 빌려 자리 잡았는데, 그는 자신이 지휘하는 병사들에게 조금이라도 가까이 다가가려고 천막 몇 개와 트레일러 몇 대로 이루어진 소규모 전투본부를 설치하도록 한 것이었다. 날씨가 너무 나빠서, 작전 첫날에 상륙할 원정군 제1진이 출항 준비를 마치고도 날씨가 좀 개기를 기다리고 있었다.

이미 하루를 연기한 터였다. 다시 연기한다는 것은 끔찍한 일이었다. 그렇다고 험악한 날씨에 바다를 건너 적군이 기다리는 해안에 상륙한다는 것은 참사를 부를 수 있었다. 그리고 지금 몇십만 병력이 그의 결정을 기다리고 있었다. 책임이 무거울 수밖에 없었다.

지난 5월 17일 아이젠하워는 상륙작전 개시일(D-Day)이 6월의 사흘—5일, 6일 및 7일—가운데 하나가 될 것이라고 결정했다. 상륙작전에 좋은 기상 조건들을 충족시키는 시기가 그 사흘이었다.

노르망디 상륙작전을 위해서 절대적으로 필요한 기상 조건은 둘이었다. 하나는 늦게 뜨는 달이었다. 상륙작전을 이끌 부대는 상륙 해안의 후방에 먼저 투하되어 독일군의 저항을 약화시킬 공수부대였다. 이 임무를 수행할 3개 공수사단의 낙하산병들과 글라이더를 이용한 공수보병들은 낙하에 달빛이 필요했다. 그러나 그들의 기습이 성공하려면, 낙하 지점에 이를 때까지 어둠이 필요했다. 그래서 달이 늦게 떠야 했다.

다른 하나는 새벽 간조干潮였다. 조수가 낮아야 독일군이 해수면 아래 설치한 해안 방어 장벽들이 드러날 터였다. 새벽에 간조가 닥쳐야 오후 늦게 상륙하는 후속 부대들도 어둠이 덮이기 전의 간조에 맞춰 상륙할 수 있었다.

절대적으로 필요한 조건들인 '늦게 뜨는 달과 새벽 간조'는 선택의 폭을 크게 줄였다. 간조는 한 달에서 이용가능한 날들을 엿새로 줄였고, 그 엿새에서 사흘은 달이 없었다. 6월에서 이 두 조건이 충족되는 시기가 아이젠하워가 선택한 사흘이었다.

이 두 절대적 조건들 말고도, 상륙작전의 성공에 긴요한 조건들은 여럿이 있었다. 먼저, 낮이 길고 시야가 좋아야 했다. 노르망디 앞바다인 센만灣은 서쪽 코탕탱반도의 셰르부르와 동쪽 센강 하구의 르아브르 사이의 좁은 바다였다. 거기서 5천 척이나 되는 각종 함선들이 적의 저항 속에 동시에 해안을 향해 움직여야 했다. 상륙 목표 해안을 식별하고, 공군과 해군의 타격 표적들을 찾아내고, 함정들의 충돌 위험을 줄이려면 좋은 시계視界를 오래 확보해야 했다.

다음엔, 바다가 잔잔해야 했다. 거센 파도가 치면 배들이 충돌할 위험이 커질 뿐 아니라, 병사들이 뱃멀미를 해서 힘을 제대로 낼 수 없었다.

셋째, 바다에서 내륙으로 부는 약한 바람이 있어야 했다. 포격으로 해안이 연기에 덮이면 표적들을 찾기가 어려우므로, 바람이 연기를 걷어 내는 것이 바람직했다.

넷째, 이런 조건들이 D데이 이후 적어도 3일 동안 유지되는 것이 필요했다. 기습적으로 상륙해서 해두보海頭堡들을 마련하면 연합군은 빠르게 병력을 증강해서 내륙으로 진출해야 했다. 그렇게 하지 못하면 독일군의 대대적 반격에 상륙 부대들이 위험해질 수 있었다.

물론 이런 조건들이 모두 충족되는 날을 기대할 수는 없었다. 아이젠하워나 그의 참모들이 바란 것은 상륙작전이 가능한 최소한의 조건들을 갖춘 날이었다. 그러나 기상참모들은 6월에 노르망디에서 그런 최소한의 조건을 갖춘 날이 나올 가능성은 10분의 1가량 된다고 예측했다. 6월에 상륙작전이 가능한 5일, 6일, 7일 가운데 그는 5일을 D데이로 잡았다. 만일에 그날 작전을 할 수 없으면 하루 미루어 6일에 작전을 개시할 수 있었다. 노르망디를 향해 출항했다가 날씨가 끝내 개지 않아서 작전을 취소해도, 6일에 함정들의 재급유를 마치고 7일에 다시 출항할 수 있었다. 그러나 6일을 D데이로 잡아 출항했다 끝내 날씨가 나빠서 작전을 취소하면, 재급유 때문에 7일에 작전을 개시할 수는 없었다.

날씨가 내내 나빠서 6월 7일까지 작전을 개시하지 못하면, 그에겐 두 길이 있었다. 하나는 조수의 수위가 적당한 6월 19일까지 작전을 미루는 방안이었다. 그러나 19일엔 달이 없었다. 그래서 적진 후방의 낯선 땅에 투하되는 공수사단 병력 1만 8천 명이 길을 잃을 위험을 감수해야 했다. 아니면 7월까지 한 달 연기하는 방안이었다. 이미 승선하고 대기하는 20만이 넘는 병력들을 다시 하선시키는 일이 너무 힘들고 300만이나 되는 병력을 한 달 동안 더 묶어 두는 일은 너무 손실이 커서, 그는 이 방안은 아예 고려하지 않았다. 실제로 아이젠하워 휘하의 지휘관들 가운데 가장 조심스러운 장군들도 차라리 8일이나 9일에 공격하는 것이 낫다고 주장했다.

아이젠하워는 트레일러의 문간에 서서 바람에 쓸리는 나무들 너머 구름 덮인 하늘을 올려다보았다. 비바람 몰아치는 날씨가 잠잠해질 기색은 없었다. 그는 한숨을 조용히 내쉬었다. 마음이 무거울 뿐 아니라 몸도 피곤했다.

지난밤을 그는 날씨를 살피며 꼬박 새웠다. 그리고 이른 새벽에야 5일에 작전을 개시하는 것을 포기하고, '날씨가 허락하면, 6일이 D데이가 된다'는 결정을 내렸다. 그리고 그의 사령부 요원들이 그 결정을 각 부대들에 서둘러 통보하는 사이 잠시 눈을 붙였다.

하품을 하고서, 그는 출발지로 되돌아오는 함정들을 떠올렸다. 여러 항구들에서 속도가 다른 함정들이 동시에 센만으로 모이는 터라, 먼 항구에서 출발하는 느린 함정들은 D데이 이전에 먼저 출항해야 했다. 그렇게 먼저 출발한 함정들은 거친 풍랑 속에 노르망디 가까이 갔다가 되돌아오고 있을 터였다. 그런 배마다 터졌을 "뭣들 하는 거여?" 하는 투덜거림이 귀에 쟁쟁해서, 그는 고개를 저었다.

'오늘은 결단을 내려야 하는데….'

그는 나오던 한숨을 죽였다. 지금 항구마다 풍랑에 쉬지 않고 흔들리는 함정들에서 병사들이 뱃멀미를 하고 있을 터였다. 선체가 평평한 상륙정(landing craft)들이 특히 크게 흔들렸다. 그런 배들에선 지급된 구토 봉투는 이미 오래전에 동이 났고, 배마다 바닥이 토사물로 뒤덮였다고 했다. 그렇게 쇠약해진 병사들로 독일군이 지키는 해안에 상륙한다는 것은 생각만 해도 끔찍했다.

종일 트레일러에 갇혀 있었더니 몸도 마음도 더 답답해지는 것 같았다. 그는 트레일러 문을 열었다. 시원한 바람이 그의 얼굴을 스쳤다. 어려운 결정을 내려야 할 때면 으레 하듯, 그는 생각에 잠겨 트레일러 앞을 서성거리기 시작했다.

바람 한 무더기가 소리치며 지나가자, 그는 걸음을 멈추고 고개 들어 바람에 흔들리는 나뭇가지들을 어두운 눈길로 바라보았다. 다시 걸음을 옮기기 시작한 그의 눈에, 그의 전방 지휘소에 배당된 기자들 가운데 하나인 NBC 기자 메릴 '레드' 뮬러(Merrill "Red" Mueller)가 들어왔다.

"레드, 산책 나가세."

손으로 앞쪽을 가리키면서 그는 뮬러에게 제안했다. 그리고 돌아보지도 않고 숲길로 들어섰다.

"예, 장군님."

급히 대꾸하고서 뮬러는 뒤를 좇았다. 아이젠하워는 여느 때처럼 두 손을 바지 주머니에 넣은 채 빠르게 걸었다. 자신의 생각에 깊이 빠져, 그는 급히 따라온 뮬러가 옆에서 걷는 것도 깨닫지 못한 듯했다.

뮬러로선 물론 아이젠하워에게 묻고 싶은 것들이 많았다. 그러나 그는 어려운 문제들과 씨름하느라 깊은 생각에 빠져 말이 없는 최고사령관에게 말을 걸 용기가 나지 않았다. 그저 최고사령관의 사색에 방해가 되지 않도록 조심하면서 걸었다.

그렇게 대화 없는 산책이 끝나자, 아이젠하워는 뮬러에게 건성으로 작별 인사를 했다.

"레드, 다시 보세."

"예, 장군님. 좋은 하루 보내십시오."

아이젠하워는 고개를 끄덕이고 손을 흔든 다음 트레일러의 알루미늄 계단을 천천히 올라갔다.

답례를 하고, 뮬러는 힘겹게 계단을 올라가는 최고사령관을 바라보았다. 무거운 짐에 눌린 듯, 아이젠하워는 몸을 앞으로 숙였다. 그의 양 어깨에 달린 별 넷이 한 톤이나 되는 듯 최고사령관을 짓누르고 있었다. 뮬러는 사람이 감당하기 힘든 책임감에 짓눌린 최고사령관을 동정 어린 눈길로 지켜보았다.

그날 저녁 9시가 지나자, 전방지휘소인 사우스윅 하우스의 도서실에 연합원정군 최고사령부의 지휘관들과 참모들이 모여들었다. 잘 꾸며진 도서실은 너르고 편안했지만, 서가엔 책들이 별로 없어서 좀 황량한 느낌이 들었다. 불빛이 새어 나가지 않도록 두 겹으로 쳐진 두꺼운 휘장들은 바깥에서 들리는 소리를 막아 주었지만, 날씨에 예민해진 사람들은 창문을 두드리는 빗소리와 건물을 휩쓰는 바람 소리에 무거운 마음으로 귀를 기울였다. 날씨가 좋아질 가능성은 없는 것처럼 보였고, 최고사령관이 내릴 결정을 나름으로 가늠해 보느라, 고위 장교들이 모두 모였어도 대화는 간헐적이었다.

9시 30분 정각에 도서실 문이 열리고, 암청색 전투복을 입은 아이젠하워가 들어왔다. 모인 사람들과 인사를 나누는 그의 얼굴엔 잠시 그의 유명한 웃음이 어렸다. 그러나 회의가 열리자, 그의 얼굴엔 웃음기가 사라지고 대신 걱정이 자리 잡았다. 모두 현재 상황과 내려질 결정의 중대성을 잘 아는 터라 긴 얘기가 필요 없었다. 아이젠하워가 기상 정보를 듣기로 하자, 대기했던 '대왕 작전'의 최고 기상 전문가들 셋이 들어왔다.

기침 소리도 없이 조용해진 속에서, 기상반장인 스태그(J. N. Stagg) 영국 공군 대령이 보고를 시작했다. 그는 지난 24시간의 기상 상황을 개략적으로 보고했다. 모두 아는 대로, 상황은 최악이었다. 도저히 바다를 건너 노르망디에 상륙할 수 있는 기상이 아니었다.

이어 스태그 대령은 조용한 목소리로 덧붙였다.

"여러분, 그러나 기상 상황에서 급하고 예상하지 못한 변화가 일어났습니다."

암담한 마음으로 브리핑을 듣던 사람들이 얼굴에 한 줄기 기대를 띠고 스태그를 바라보았다. 그들의 기대를 저버리지 않고, 스태그는 아주 작은 희망을 제시했다.

조금 전에 영국 서남부 해상에서 새로운 기상 전선이 발견되었다. 이 전선은 동쪽으로 움직여서, 서너 시간 뒤엔 영국 해협에 도달할 것으로 예상된다. 그래서 상륙작전 지역이 점차 갤 것이다. 이런 기상 조건의 개선은 6일 아침까지 이어질 것으로 예상된다. 그 뒤엔 다시 날씨가 나빠질 것이다. 날씨가 좋아지는 기간엔 바람이 상당히 약해지고 하늘은 개어서, 적어도 5일 밤과 6일 낮엔 폭격기들이 작전할 수 있을 것이다. 그런 얘기였다.

스태그의 브리핑이 끝나자 사람들의 질문들이 쏟아졌다. 대부분 그의 예측이 얼마나 신빙성이 있는지 확인하려는 물음들이었다. 그러나 날씨가 워낙 빨리 바뀌어 예측하기 어려웠으므로, 기상 전문가들이 자신할 수 있는 데는 한계가 있을 수밖에 없었다.

세 기상 전문가들이 물러가자, 아이젠하워와 그의 지휘관들의 논의가 이어졌다. 그러나 길게 논의할 시간은 없었다. 6일에 상륙작전이 시작되려면, '오마하 해변'과 '유타 해변'에 상륙할 미군 임무부대들은 반 시간 안에 출동 명령을 받아야 했다. 만일 이 부대들이 그보다 늦게 출발했다가 작전이 어려워져 회항하게 되면, 재급유에 걸릴 시간 때문에 7일에 작전을 펼 수 없을 터였다.

아이젠하워는 차례로 지휘관들의 의견을 들었다. 참모장 월터 스미스(Walter B. Smith) 소장은 6일에 공격해야 한다고 말했다. 어차피 도박이지만, 해야 할 도박이라는 얘기였다. 연합원정군 부최고사령관 아서 테더(Arthur W. Tedder) 영국 공군 대장과 연합원정군 공군 사령관 트래퍼드 리맬러리(Trafford Leigh-Mallory) 영국 공군 대장은 6일의 공격이 "위

"갑시다(I would say, Go)." 1944년 6월 6일이 노르망디 상륙작전의 D데이로 결정되었다.

험하다"고 말했다. 기상 전문가들이 예측한 갠 날씨에도 구름이 많이 덮을 수 있어서, 공군의 폭격 지원 없이 상륙작전이 수행될 수도 있었다. 연합원정군 지상군 사령관인 몽고메리 원수는 그날 새벽에 작전을 하루 연기할 때도 공격에 나서야 한다고 주장했었다. 그는 아이젠하워의 물음에 짧게 대꾸했다.

"갑시다(I would say, Go)."

이제 최고사령관이 결정을 내릴 때였다. 아이젠하워가 책상에 올려놓은 두 손을 맞잡고 보지 않는 눈길로 책상을 내려다보면서 모든 가능성들을 저울질하는 동안, 무거운 침묵이 도서실에 내렸다. 모든 사람들의 눈길이 최고사령관에게로 쏠렸다. 참모장 스미스 소장은 자신의 직속

상관에 대한 동정으로 가슴이 저렸다. 그에겐 사람들의 강렬한 눈길들이 최고사령관을 다른 사람들로부터 격리시키는 얼음집처럼 느껴졌다. 그 얼음집 속에서 감당하기 힘든 책임의 무게에 짓눌려 아이젠하워는 외롭게 웅크리고 있었다.

마침내 아이젠하워가 무겁게 고개를 들었다. 그리고 천천히 말했다.

"우리가 명령을 내려야 한다고 나는 확신합니다…. 나로선 그런 결정이 싫습니다만, 어쩔 수 없습니다…. 나는 우리가 다른 것을 할 수 있다고 보지 않습니다."

사람들이 고개를 끄덕이고 조용히 한숨을 내쉬었다. 1944년 6월 6일이 노르망디 상륙작전의 D데이로 결정된 것이었다.

아이젠하워는 천천히 일어섰다. 그의 움직임엔 힘이 없었고 얼굴엔 피곤한 기색이 짙게 어렸다. 그래도 도서실을 나가는 그의 몸엔 힘든 결정을 내리고 난 뒤의 홀가분함이 어렸다. 빈 도서실의 시계가 9시 45분을 가리켰다.

독일군의 대비

영국 해협 건너편 프랑스 서북부에선 독일군이 임박한 연합군의 침공에 대비하고 있었다. 그러나 프랑스 서해안은 군대의 움직임이 없이 평화스러웠다. 지난 며칠 동안 날씨는 나빴고, 지금 영불 해협에선 시속 30 내지 50킬로미터의 바람이 불고 있었다. 6월 4일 0500시에 나온 파리 주둔 독일 공군의 기상 정보는 구름이 점점 많아지고 바람은 거세지고 비는 더 많이 내릴 것이라고 예측했다(독일 공군의 기상 전문가들은 영국 공군 기상 전문가들보다 동쪽에 있었으므로, 그들은 영국 서남부 해상에서 새로 형성된 기상 전선을 알 수 없었다).

자연히, 독일군 지휘부는 연합군이 당장 침공해 올 가능성은 전혀 없다고 판단했다. 그래서 많은 지휘관들과 참모들이 모처럼 찾아온 여유로운 시간을 그동안 하지 못했던 일들에 쓰려고 지휘소를 떠났다. 서부 전선을 책임진 서부총사령관 게르트 폰 룬트슈테트(Gerd von Rundstedt) 원수는 파리 근교의 사령부를 떠나 그동안 미루었던 전선 시찰에 나섰다. 연합군의 상륙작전에 맞설 부대들을 실제로 지휘하는 B집단군 사령관 롬멜 원수는 휴가를 얻어 파리와 노르망디 사이에 있는 사령부를 아침 일찍 떠나 독일로 행했다. 상륙작전에 대비하느라 롬멜은 심신이 극도로 지친 터였다. 그는 아내의 생일인 6월 6일을 집에서 아내와 함께 보내고 싶었다.

연합군이 독일군이 점령한 유럽 대륙을 침공할 가능성이 커지자, 1942년 3월 히틀러는 '대서양 장벽(Atlantic Wall)'의 건설을 명령했다. 연합군의 침공이 임박했음이 드러나자, 1943년 11월 히틀러는 롬멜에게 프랑스 해안 방위 책임을 맡겼다.

북부 프랑스 해안을 둘러본 롬멜은 방어 준비가 너무 허술함에 놀랐다. 룬트슈테트는 '대서양 장벽'이 선전용이었다고 고백했다. 롬멜은 즉시 '대서양 장벽'의 건설에 매진했다. 그러나 그는 생각이 다른 사람들로부터 거센 견제를 받았고, 방어 준비에 쓰일 소중한 시간은 허비되었다.

연합군의 예상된 침공에 대응하는 방안을 놓고 독일군 수뇌부는 의견이 엇갈렸다. 룬트슈테트는 연합군 해군의 화력 때문에 독일군이 해안에서 연합군을 저지할 수 없다고 보았다. 1943년 9월의 이탈리아 살레르노 상륙작전에서 미국 해군의 함포 사격의 위력에 깊은 인상을 받은 그는 독일군 방어부대를 해안 가까이 배치하는 것은 아주 비현실적 조치이므로, 기갑부대들을 예비부대로 삼아 파리 가까이 대기시켰다가 연합군이 상륙해서 내륙으로 진출하면 전통적 방식으로 격파해야 한다고 주장했다. 연합군엔 퇴로가 없으므로, 독일군은 기동 예비부대의 대규모 양익兩翼 포위로 연합군을 섬멸할 수 있다고 그는 판단했다. 룬트슈테트의 전략은 서부 기갑부대 사령관 레오 가이어 폰 슈베펜부르크(Leo Geyr von Schweppenburg) 대장의 지지를 받았다.

롬멜의 생각은 달랐다. 룬트슈테트가 추천한 기동 전략은 1940년에 프랑스 침공에서 쓰인 이래 줄곧 쓰였고, 아직도 독일 공군이 활동하는 동부 전선에선 유효했다. 그러나 연합군이 제공권을 완전히 장악한 서부 전선에선 독일군 기동부대가 집결해서 기동하는 것이 실질적으로 불가능했다. 그는 이미 북아프리카 작전 말기에 연합군의 대대적 공습을 받아 패배한 터였다. 그래서 그는 연합군이 상륙하는 것을 해변에서 막고, 상륙한 연합군에 대해선 해안 가까이 대기하던 기갑부대로 반격하는 것이 연합군의 침공에 대응하는 유일한 길이라고 주장했다.

연합군의 침공 방향에 관해서도 독일군 수뇌부는 의견이 엇갈렸다. 가장 유력한 것은 칼레 해협을 건너 프랑스 북부에 상륙하는 것이었다. 영국에서 가장 가까웠고, 좋은 항구가 있어서 병력의 상륙에 편리했고 물자의 보급이 수월했다. 그리고 연합군의 최종 목표인 독일에 상대적으로 가까웠다. 그래서 룬트슈테트를 비롯한 대부분의 지휘관들과 참모들이 연합군이 칼레에 상륙하리라고 확신했다.

히틀러와 롬멜은 연합군이 노르망디에 상륙할 가능성도 작지 않다고 보았다. 히틀러는 노르웨이에 상륙할 가능성까지 고려했다. 연합군이 적극적으로 기만작전을 폈으므로, 독일군 수뇌부는 D데이까지 연합군의 의도를 알지 못했다.

히틀러는 룬트슈테트의 전략과 롬멜의 전략 사이에서 흔들렸다. 결국 그는 두 전략들을 절충해서 1944년 4월에 기갑부대들을 파리 부근에 주둔시키기로 결정했다. 절충안이 흔히 그러하듯, 히틀러의 결정은 어느 쪽도 만족시키지 못했다. 파리는 롬멜에 도움이 되기엔 너무 멀고, 룬트슈테트의 작전을 따르기엔 너무 가까운 지점이었다. 그리고 롬멜에게 3개 기갑사단의 작전지휘권을 주고, 룬트슈테트가 4개 기갑사단을 지휘하도록 하고, 3개 기갑사단은 G집단군에 배속했다. 롬멜의 B집단군에 속한 부대들은 7군, 15군 및 네덜란드를 지키는 부대들이었다.

이런 상황에서도 롬멜은 '대서양 장벽'을 선전용에서 군사용으로 바꾸는 데 온 힘을 쏟았다. 그는 연합군이 노르망디에 상륙할 가능성을 다른 지휘관들보다 훨씬 높게 보았고, 칼레 지역의 방어 시설은 상대적으로 견고했으므로, 그는 노르망디의 방어 시설을 강화하는 데 주력했다.

독일군 병사들과 징용된 노동자들을 동원해서 그는 적군의 상륙이 가능한 곳들엔 원시적이지만 효과적인 장애물들을 설치했다. 해안을 따라 전략적 지점들에 콘크리트 포진지들을 설치했고, 금속을 씌운 뾰쭉한 막대기들, 금속 삼발이, 대전차 장애물과 같은 것들을 만조 수위와 간조 수위 사이의 개펄과 해변에 설치해서 상륙용 주정들의 접근과 전차들의 움직임을 어렵게 만들었다. 철조망과 부비트랩은 보병의 접근을 어렵게 만들었다. 연합군이 제공권을 지녔으므로, 롬멜은 대규모 공수부대의 투입을 예상했다. 그는 부비트랩이 설치된 나무 장애물들을 들판과 목장마다 설치했다. 그러나 롬멜이 가장 공을 들인 것은 지뢰의 매설이었다. 그는 해안에 설치된 지뢰의 양을 세 곱절 늘려서, 지금은 500만 개가 넘는 지뢰들이 프랑스 해안에 매설되었다. 그는 궁극적으로 6천만 개의 지뢰를 매설할 계획이었다.

가을날 바이올린들의 긴 흐느낌은

6월 4일 험악한 날씨를 믿고서 많은 독일군 지휘관들이 가벼운 마음으로 자기 지휘소를 떠났지만, 독일군 군사정보부(Abwehr)는 여전한 긴장 속에 근무했다. 날씨는 정보 수집과 관련이 없었다.

벨기에 국경에 가까운 15군 본부에선 정보장교 헬무트 마이어(Hellmuth Meyer) 중령이 제대로 잠을 자지 못해서 피곤한 모습으로 자료를 검토하고 있었다. 그는 30명으로 이루어진 무선감청반의 책임자였다. 그동안 무선감청반은 영국에 집결한 연합군에 관해 많은 정보들을 얻었다. 특히 유용했던 정보의 원천은 부대들을 호송하는 영국군과 미군의 헌병 차량들 사이의 교신이었다. 헌병들의 교신을 통해서, 마이어는 영국에 집결한 연합군 부대들의 전투 서열과 움직임을 정확히 파악할 수 있었다. 그러나 얼마 전부터 연합군의 무선 교신이 거의 사라졌다. 철저한 무선 침묵이 시행된다는 얘기였다. 그 사실 자체도 중요한 정보였으니, 무선 침묵은 연합군의 유럽 대륙 침공이 임박했음을 가리켰다.

그러나 연합군의 침공이 임박했다는 결정적 단서는 이미 사흘 전 6월 1일에 마이어가 확보한 터였다. 지난 1월 당시 군사정보부 사령관이던 빌헬름 카나리스(Wilhelm Canaris) 해군 대장은 마이어에게 연합군이 침공 직전에 프랑스 저항운동(la Résistance) 세력에 무선 신호를 보낼 것이라고 알려 주었다. 연합군의 침공에 독일군이 제대로 대응하지 못하도록 저항운동 요원들이 일제히 일어나 파괴 활동(sabotage)에 나설 계획인데, 그 계획을 실행하라는 신호를 무선으로 보내리라는 얘기였다.

카나리스에 따르면 그 무선 신호는 두 부분으로 되어 있는데, 전반부는 "연합군의 침공이 이루어지는 달의 1일이나 15일에 방송"되고, 후반부는 "방송된 날의 다음 날 0000시부터 48시간 안에 침공이 시작된다"는 뜻이었다. 그 무선 신호들은 폴 베를렌(Paul Verlaine)의 널리 애송되는 시 「가을의 노래(Chanson d'automne)」의 한 절이었다.

Les sanglots longs
Des violons
De l'automne
Blessent mon coeur
D'une langueur
Monotone.

Tout suffocant
Et blême, quand
Sonne l'heure
Je me souviens
Des jours anciens
Et je pleure.

Et je m'en vais
Au vent mauvais
Qui m'emporte
Deçà, delà,
Pareil à la
Feuille morte.

가을날
바이올린들의
긴 흐느낌은
단조로운
나른함으로
내 가슴을 아프게 하네.

온통 숨 막히고
창백한 채
시간 알리는 소리 들리면
오래전의 날들을
나는 떠올리고
나는 우네.

그리고 나는 사악한 바람에
떠밀려 가느니
죽어 버린

잎새처럼
이곳으로, 저 너머로
나를 데려가네.

무선 신호의 전반부는 첫 연의 처음 세 줄 "Les sanglots longs / Des violons / De l'automne"이고, 후반부는 그다음 세 줄 "Blessent mon coeur / D'une langueur / Monotone"였다. 카나리스는 마이어에게 신신당부했다. 연합군 방송은 침공을 앞두고 저항운동 세력들에 많은 전언들을 방송할 터인데, 오직 폴 베를렌의 시구만이 D데이에 관한 진정한 전언이고 나머지는 다 독일군을 속이기 위한 거짓 전언들이니, 주의 깊게 살펴서 진정한 전언을 놓치지 말라고.

마이어는 처음엔 카나리스의 얘기에 회의적이었다. 베를린의 군사정보부 본부에서 보낸 정보들은 거의 다 거짓 정보들이었다. 군사정보부의 정보 수집 능력은 원래 낮았지만, D데이와 관련된 정보들은 모두 믿을 수 없는 것들이었다. 서로 맞는 정보들이 없었다. 카나리스가 준 정보는 너무 허황된 것처럼 보였다.

연합군은 BBC 방송을 저항운동 세력들에 대한 통신 경로로 삼았다. 날마다 BBC의 정규 뉴스 방송이 끝나면 프랑스어, 네덜란드어, 덴마크어 및 노르웨이어로 된 암호 전문들이 방송되었다.

6월 1일 오후 9시 BBC 뉴스가 끝나자, 아나운서가 프랑스어로 말했다.

"이제 개인적 전언들 몇 개를 들으시기 바랍니다."

지하 벙커에서 도청하던 마이어 정보반의 발터 라이힐링(Walter Reichling) 하사는 바로 녹음기를 켰다. 잠시 침묵이 이어지더니, 아나운서가 말했다.

6월 1일 오후 9시 BBC 뉴스가 끝나자, 아나운서가 프랑스어로 말했다. "가을날 바이올린들의 긴 흐느낌은…."

"Les sanglots longs / Des violins / De l'automne (가을날 바이올린들의 긴 흐느낌은)."

라이힐링은 두 손을 들어 귀에 낀 이어폰을 쳤다. 그리고 이어폰을 벗고서 마이어의 사무실로 달려갔다.

"반장님, 전언의 전반부, 그것이 나왔습니다."

라이힐링의 녹음을 확인하자, 마이어는 곧바로 15군 참모장 루돌프 호프만(Rudolf Hofmann) 소장에게 보고했다.

"참모장님, 전언의 전반부가 나왔습니다. 이제 무슨 일이 벌어질 것 같습니다."

"그런가?" 호프만은 잠시 생각했다. "절대적으로 확신하나?"

"예, 참모장님. 저희가 녹음했습니다."

호프만이 무겁게 고개를 끄덕였다. "알겠네. 수고했네."

그는 즉시 15군 전체에 비상경계 명령을 내렸다.

마이어는 텔레타이프로 군 최고사령부(OKW)에 연합국이 프랑스 저항운동 세력들에 보낸 전문을 획득했다고 보고했다. 이어 서부 총사령관 룬트슈테트의 본부와 B집단군 사령관 롬멜의 본부에 전화로 그런 사실을 알렸다.

군 최고사령부에서 마이어의 전문은 작전참모 알프레트 요들(Alfred Jodl) 대장에게 보고되었다. 그러나 그 전문은 요들의 책상에 머물렀다. 요들은 비상경계 명령을 내리지 않았다. 그는 룬트슈테트가 이미 비상경계 명령을 내렸으리라고 생각했다. 그러나 룬트슈테트는 아무런 조치를 취하지 않았다. 그는 롬멜이 비상경계 명령을 내렸으리라고 생각한 것이었다. 그러나 연합군의 침공을 저지할 임무를 띤 독일군 부대들을 직접 지휘하는 롬멜도 비상경계 명령을 내리지 않았다. 그래서 B집단군에서 경계에 들어간 부대는 프랑스 북부를 지키는 15군뿐이었다. 정작 연합군이 상륙할 노르망디 지역을 지키는 7군은 아무런 대비를 하지 않았다.

롬멜이 그렇게 군 정보국의 정보를 무시한 까닭은 둘이었다. 연합국의 의도에 대해서 끊임없이 생각해 온 터라 롬멜은 나름의 생각을 갖고 있었다. 그래서 군 정보국의 정보를 많이 에누리해서 들었다. 그리고 그는 평소에 군 정보국의 능력을 높이 평가하지 않았고 최근에는 더욱 낮추어 보았다. 특히 군 정보국이 지난 2월에 해체된 터라, 거기서 나온 정보를 그대로 믿기 어려웠다. 그래서 그는 별다른 조치를 취하지 않고 독일로 휴가를 떠난 것이었다.

롬멜의 시큰둥한 태도에서 드러나듯, 독일군 정보국은 독일군 내부에서 존경을 받지 못했다. 실은 다른 나라의 정보기관들 사이에서도 그러했다. 가장 근본적 이유는 역사가 짧아서 능력을 제대로 갖출 여유가 없었다는 사정이었다.

제1차 세계대전에서 독일이 패배한 뒤 맺어진 베르사유 조약은 독일이 독자적 정보 기구를 설치하지 못하도록 규정했다. 그래서 1920년에 국방부에 정보 기구가 비밀리에 설치되었지만 제대로 능력을 갖추기 어려웠다. 나치가 득세하고 독일군이 확충되자 군 정보국도 확장되었다. 그러나 뛰어난 정보 요원들을 양성하는 것은 힘들고 오래 걸리는 일이었다. 급작스럽게 커진 군 정보국은 어쩔 수 없이 몸집에 비해 능력이 낮았다. 특히 다른 나라들의 정보 기구들이 첩자들을 많이 침투시켜서, 적국에 의해 농락된 경우들이 많았다.

게다가 군 정보국은 나치 정보 기구(SD)의 견제를 받았다. SD를 장악한 라인하르트 하이드리히(Reinhard Heydrich)는 친위대(SS) 사령관인 하인리히 히믈러(Heinrich Himmler)의 지원을 받아 군 정보국을 약화시키고 궁극적으로 자신이 모든 정보 기구를 장악하려고 시도했다. 이런 견제는 군 정보국의 능력을 제약했고 끝내 조직 자체가 와해되도록 만들었다.

아울러, 군 정보국이 수집한 정보들은 흔히 나치 지도자들이 정치적으로 받아들일 수 없는 것들이었다. 러시아 침공작전이 개시된 뒤 군 정보국이 잇달아 비관적 전망을 내놓자, 히틀러를 비롯한 나치 지도부는 군 정보국의 견해가 패배주의적이라고 비판했다.

군 정보국의 가장 큰 실패는 러시아의 군사적 능력을 과소평가한 것이었다. 러시아의 병력을 실제보다 훨씬 작게 평가했고, 특히 기갑부대를 아주 작게 추산했다. 아울러, 군 정보국은 러시아의 엄청난 동원 능력을 고려하지 않았다. 이것은 결정적 실패였으니, 히틀러와 독일군 지휘부는 러시아가 예비 자원을 동원하기 전에 러시아군을 격파해야 한다는 점을 충분히 인식하지 못했다.

북아프리카 작전에서도 군 정보국은 큰 실패를 겪었으니, 영국 정보기관의 침투를 허용해서 영국군에 관해서 잘못된 정보들을 얻었다. 그래서 연합군의 북아프리카 상륙작전과 시칠리아 상륙작전을 전혀 예측하지 못했다.

군 정보국의 능력을 낮춘 또 하나의 요인은, 1935년부터 1944년까지 군 정보국을 지휘한 카나리스가 히틀러에 반대하고 나치 정권을 무너뜨리려 했다는 사실이었다. 그는 나치 지지자가 아닌 장교들을 둘레에 모았고, 그들은 독일군 안에서 히틀러에 대항한 사람들의 핵심을 이루었다.

원래 카나리스는 나치와 히틀러에 대해 호의적이었다. 그는 공산주의의 확산을 경계했으므로 나치의 득세를 반겼다. 권위주의적 성향을 지닌 터라 그는 국가 주도 체제를 지향하며 베르사유 조약의 제약에서 벗어나 독일군을 재건하려는 히틀러를 열정적으로 지지했다. 그러나 히틀러의 야만성을 알게 되고 히틀러가 전쟁을 일으키려 한다는 것을 깨닫게 되자, 1939년부터 카나리스는 나치 정권에 적극적으로 대항하기 시작했다. 히틀러가 도저히 이길 수 없는 전쟁을 일으켜 독일을 파멸로 이끌리라고 확신했으므로, 그는 히틀러에 반대하는 집단을 이끌었고 기회가 나올 때마다 나치 정권의 전복을 시도했다.

1939년 9월 독일군이 폴란드를 침공하자 카나리스는 전선을 방문했다. 그는 독일군이 자행한 파괴에 충격을 받았다. 불길에 휩싸인 바르샤바를 보고 눈물을 글썽이면서 그는 말했다.

"우리의 자식들의 자식들은 이것에 대해서 비난을 받을 것이다."

폴란드 전역에서 친위대가 저지른 갖가지 전쟁 범죄들을 보고받자, 그는 최고사령부를 찾아가서 참모총장 빌헬름 카이텔(Wilhelm Keitel) 대장에게 그대로 보고했다. 그러자 카이텔은 히틀러가 이미 결정한 사항이니 더 이상 말하지 말라고 경고했다. 독일군이 러시아를 침공한 뒤 러시아군 포로들을 학대하라는 지침이 내려오자 카나리스는 다시 카이텔에게 항의했다. 카이텔은 러시아와의 전쟁은 "공산주의 이념을 박멸하는 일"이므로 "기사도에 따른 전쟁"이 아니라고 대답했다.

카나리스의 인품은 나치의 유대인 박멸 정책에 대한 태도에서 잘 드러났다. 그는 고위 장교들과의 회의에서 "군 정보국은 유대인의 박해와 아무 관련이 없다"고 선언했다. 그래서 군 정보국은 유대인들을 요원들로 쓰고 유대인들이 독일에서 탈출하는 것을 도왔다. 그는 군 정보국 요원들이 양심에 따라 행동하도록 허용했고, 자신이 지휘하는 기관이 '살인 조직'이 되는 것을 강하게 막았다. 원래 그는 반유대주의적 성향을 지녔었지만, 유대인들을 박멸하는 히틀러의 정책엔 깊은 혐오감을 드러낸 것이었다. 그를 인도한 것은 프로이센 시절부터 이어진 독일군의 기사도 정신이었다.

카나리스는 자신의 소신에 따라 대담하게 행동했다. 1940년 12월 히틀러는 독일과 함께 연합국들에 맞서 싸우자고 스페인을 설득하기 위해 카나리스를 특사로 삼아 마드리드로 파견했다. 영국령 지브롤터는 전략적 가치를 지녔으므로, 스페인을 설득해서 지브롤터를 점령하면 독일은 지중해의 패권을 다투는 싸움에서 크게 유리해질 터였다. 스페인 내전에서 독일에 큰 빚을 졌고 이념적으로 나치에 가까웠던 터라, 프랑코 총통이 독일로 기울 가능성은 컸다. 그러나 카나리스는 프랑코를 설득하는 대신, 다가오는 전쟁에서 독일이 패할 것이 분명하므로 스페인은 전쟁에서 빠지는 것이 좋다고 프랑코에게 말했다. 그리고 독일로 돌아와선 "영국이 항복하기 전에는 프랑코가 참전할 수 없다 한다"고 히틀러에게 보고했다. 그래서 스페인은 제2차 세계대전 내내 독일에 우호적인 중립을 지켰고, 덕분에 참화를 면했다. [1945년 카나리스가 반역죄로 처형된 뒤 전쟁이 끝나자 스페인 정부는 카나리스의 부인에게 연금을 지급해서 감사의 뜻을 표시했다.]

카나리스는 독일의 스위스 침공을 막기 위해서도 애썼다. 원래 히틀러는 독일과 이탈리아가 함께 스위스를 침공해서 분할하기로 무솔리니와 약속했었다. 일시적으로 점령한다는 것이 아니라, 독일계 주민들을 아예 독일제국 안으로 편입시키고 이탈리아계 주민들은 이탈리아가 흡수한다는 방안이었다. 프랑스를 단숨에 점령하자, 히틀러는 스위스 침공 계획을 구체화했다. 그의 뜻에 따라 독일군 참모본부는 스위스 침공 계획인 '전나무 작전(Operation Tannenbaum)'을 입안했다. 독일군 참모부는 침공작전이 쉬울 뿐 아니라, 일단 독일군이 국경을 넘으면 군사적 열세와 정치적 상황 때문에 스위스는 싸우지 않고 항복하리라 판단했다. 카나리스는 히틀러에게 직접 거짓 정보를 제공하고 스위스 침공작전을 포기하도록 설득했다. 실제로 히틀러는 끝내 스위스를 점령하지 않았는데, 카나리스의 만류도 한몫 했을 가능성이 있다.

카나리스는 영국 정보기관들과 여러 경로들을 통해서 접촉했다. 독일의 패배가 확실해지자, 그는 독일의 파멸을 막기 위해 연합국과 항복

조건을 협의했다. 1943년엔 파리에서 현지 영국 정보 책임자와 비밀리에 만나 항복 조건을 물었다. 2주일 뒤 돌아온 처칠의 대답은 "무조건 항복"이었다. 카나리스는 자신의 부하이며 반나치 운동의 핵심인 한스 오스터(Hans Oster) 소장을 통해 미국 전략사무국(OSS) 스위스 지부장인 앨런 덜레스(Allen Dulles)와도 정기적으로 접촉했다. 카나리스가 미국에 항복 조건을 물었을 때, 그가 받은 루스벨트의 대답 역시 "무조건 항복"이었다. 무조건 항복이라는 조건으로는 항복하자고 사람들을 설득할 수 없었으므로 카나리스의 평화 협상은 실패했다.

카나리스의 이런 행태는 나치 정보 조직에 탐지될 수밖에 없었다. 1944년 베를린의 반나치 모임이 국가 비밀경찰(Gestapo)에 적발되었는데, 거기 연루된 터키 주재 군 정보국 요원들이 본국으로 돌아오라는 통보를 받자 영국으로 망명했다. 군 정보국이 외국 첩자들에 의해 침투되었다고 의심했던 히틀러에게 이 사건은 결정적 증거가 되었다.

카나리스와의 마지막 만남에서 히틀러는 카나리스가 군 정보국이 와해되도록 했다고 격렬하게 비난했다. 카나리스는 차분하게 대꾸했다.

"존경하는 퓌러(Führer, 총통), 당신 말씀이 맞습니다. 그러나 독일이 전쟁에서 지고 있으니 놀랄 일은 아닙니다."

분노가 폭발한 히틀러는 그 자리에서 카나리스를 해임했다. 이어 군 정보국을 해체하고 국가중앙안보국(RSHA)이 그 기능을 흡수하도록 했다. 몇 주 뒤 카나리스는 예편되었고 가택에 연금되었다. 연합국의 프랑스 침공이 임박한 지금도 카나리스는 자기 집에 갇힌 처지였다.

프랑스 북부 해안 지역을 방어하는 독일군 15군의 정보장교 헬무트 마이어 중령이 기다리던 '전언의 후반부'는 6월 5일 오후 10시 조금 지나서 방송되었다(더블 서머 타임을 시행한 영국과 독일 사이의 시차는 1시간이었다). BBC의 아나운서가 "Blessent mon coeur / D'une langueur / Monotone (단조로운 나른함으로 내 가슴을 아프게 하네)"라고 말한 순간, 마이어의 감청반 벙커에선 소리 없는 환성이 터졌다. 이제 연합군의 프랑스 상륙작전은 오늘 밤 자정부터 48시간 안에 개시되는 것이었다.

마이어는 감청한 전언이 적힌 종이를 들고 식당으로 달려갔다. 식당에선 15군 사령관 한스 폰 잘무트(Hans von Salmuth) 대장이 참모들과 브리지를 하고 있었다.

"장군님."

마이어는 흥분을 가까스로 억누르면서 묻는 눈길로 말없이 쳐다보는 사령관에게 보고했다.

"전언이, 후반부가 왔습니다. 여기 있습니다."

잠시 무거운 정적이 식당에 내렸다. 폰 잘무트는 잠시 생각하더니, 조용히 맞은편에 앉은 참모장에게 말했다.

"최고 경계경보를 내리게."

그리고 웃음이 담긴 눈길로 마이어에게 말했다.

"잘했네."

사무실로 돌아오자, 마이어와 그의 참모들은 관련 부대들에 연합군의 침공이 임박했다는 정보를 전파하기 시작했다.

"텔레타이프 2117/26호. 긴급전문. 배포처 67, 81, 82, 89군단; 벨기에와 북프랑스 군정장관; B집단군; 16고사포사단; 해협 해안 제독; 벨기에와 북프랑스 공군 사령관. 6월 5일 2115시 BBC 전언은 처리되었음. 우리에게 이용 가능한 기록들에 따르면, 그것은 '6월 6일 0000시부터 48시간 안에 침공이 개시되는 것으로 기대하라'임."

마이어의 전문 배포처엔 실제로 노르망디를 지키는 7군이 들어 있지 않았다. 7군에 배포하는 것은 B집단군 사령부였다. 그러나 롬멜이 독일로 떠나서 자리를 비운 B집단군은 7군에 이 중요한 정보를 통보하지 않았다. 서부 총사령관 룬트슈테트도 해안을 경비하는 자신의 병력 전부에 경계경보를 발령하지 않았다. 그래서 7군은 평시와 다름없이 느슨하게 대기하고 있었다.

첫 공격파

영국 해협을 건너 노르망디를 침공하는 연합군의 지상군은 21집단군으로 편성되었다. 이 부대를 지휘하게 된 몽고메리 대장은 1944년 1월 1일에 이탈리아를 떠나 이튿날 런던에 도착했다. 그는 침공 초기에 2개 군을 투입하는 대규모 작전계획을 수립해서 최고사령관 아이젠하워의 승인을 받았다.

이 작전계획은 다섯 단계로 이루어졌다.

1) 카랑탕 하구 북쪽에서 오른강까지의 해안을 점령해서 노르망디 해안에 해두보를 확보한다.
2) 노르망디의 주요 항구인 셰르부르와 인근 브르타뉴의 항구들을 점령해서 병력과 물자의 신속한 상륙을 가능하게 한다.
3) 이 지역을 확보한 뒤엔 캉 지역의 영국군 1개 군으로 돌파를 시도하는 것처럼 기동해서 적군의 예비병력을 이 지역으로 유인한다.

4) 이런 유인작전이 수행되면, 미군 2개 군으로 서쪽 측면을 돌파해서 루아르강을 향해 남쪽으로 진출한다.
5) 이어 캉을 중심으로 전선을 시계 반대 방향으로 회전시켜 우익으로 센강을 향해 동쪽으로 진출한다.

이런 개념을 따른 작전에서 초기에 투입되는 부대들의 전투 서열은 아래와 같았다.

공수부대: 미군 82공수사단, 101공수사단 및 영국군 6공수사단
미군 1군: 7군단—4사단, 90사단, 9사단 및 79사단; 5군단—1사단, 29사단 및 2사단
영국군 2군: 30군단—50사단(8기갑여단 포함), 7기갑사단 및 49사단; 1군단—3캐나다 사단(2캐나다 기갑여단, 특공대, 4특별임무여단 포함), 3사단(27기갑여단, 1특별임무여단 포함), 51하이랜드 사단(4기갑여단 포함)

이 부대들이 상륙할 해안은 서쪽부터 '유타 해변'(미군 7군단), '오마하 해변'(미군 5군단), '골드 해변'(영국군 30군단), '주노 해변'(영국군 1군단, 3캐나다 사단) 및 '소드 해변'(영국군 1군단 3사단)이란 이름이 붙여졌다. 이 지역의 측면을 보호하기 위해 서쪽 끝엔 미군 82공수사단과 101공수사단이, 그리고 동쪽 끝엔 영국군 6공수사단이 먼저 투하될 터였다.

침공작전을 위한 준비들 가운데 가장 중요한 것은 전략적 공습이었다. 연합국의 제공권은 완벽했으므로, 전략적 공습은 독일군의 전투 능

력을 효과적으로 줄일 수 있었다.

1940년 5월 처칠은 독일의 산업적 기반과 주거 지역을 파괴하기 위해 독일 도시들에 대한 폭격을 개시했다. 그러나 독일의 군수품 생산은 별다른 영향을 받지 않았고 독일 시민들의 사기도 떨어지지 않았다. 그래서 노르망디 침공을 앞두고 보다 합리적인 공습 정책이 필요하다는 점에 모두 동의했다. 그런 실패가 공습의 표적들이 너무 분산되었다는 사실에서 비롯했다는 점에 대해서도 모두 동의했다. 그래서 결정적으로 중요한 표적들인 수송과 합성석유 공장들에 대한 공격에 집중하기로 합의되었다. 그리고 당장엔 효과가 빠르게 나올 수송에 대한 공격에 집중하기로 결정되었다.

마침내 1944년 3월 30일 노르망디 침공을 위한 전략적 폭격이 시작되었다. 프랑스와 벨기에의 철도망과 다리들이 조직적으로 파괴되었고, D데이엔 수송량이 평시의 13퍼센트로 줄어들었다. 노르망디를 지키는 독일군 7군은 보급도 증원군도 받지 못하는 처지가 되었다. 아울러 해안의 방어 시설, 레이더 기지 및 비행장들이 많이 파괴되었다.

독일군 15군의 정보장교 마이어 중령이 연합군의 침공 전언을 감청하고 독일군 부대들에 알렸을 때, 침공 부대들을 실은 연합군 함대는 이미 영불 해협을 건너고 있었다. 침공 함대의 집결지는 연합원정군 최고사령부의 전방지휘소가 자리 잡은 포츠머스의 바로 남쪽에 있는 섬 아일오브와이트의 남쪽 바다였다. 이 집결지로 영국 남부 항구들을 떠난 함정들이 모여들었다. 웅장한 전함들과 중순양함들에서 날렵한 해안경비대 함정들과 소해정들까지, 대양 정기 여객선에서 녹슨 화물선까지, 기름 범벅 유조선들에서 단정한 병원선들까지, 온갖 배들이 모여

아일오브와이트의 남쪽 바다. 전함과 중순양함, 해안경비대 함정과 소해정, 대양 정기 여객선과 화물선, 유조선에서 병원선까지, 온갖 배들이 모여들었다.

들었다. 가장 많은 것은 상륙정들이었다. 가장 큰 것은 100미터나 되는 이 평저선平底船들은 높은 파도에 크게 흔들려서 이미 기진한 병사들을 끊임없이 괴롭혔다. 이 다양하고 거대한 함대를 이룬 배들이 몇 척인지는 아무도 몰랐다. 최고사령부는 대략 5천 척이 되리라 짐작했다.

집결지에서 배들은 상륙할 해변에 따라 배정된 곳을 찾아 대형을 갖추었다. 집결지를 벗어나자, 함대는 부표들로 표시된 5개의 수로들을 따라 프랑스로 향했다. 노르망디에 가까워지자 5개의 수로들은 10개로 세분되었다. 각 해변을 향하는 수로가 둘로 나뉘어 하나는 빠른 배들이,

다른 하나는 느린 배들이 따랐다.

폭이 32킬로미터나 되는 대열의 맨 앞에선 소해정들이 파도를 헤쳤고, 그 뒤를 전함들과 순양함들이 따랐다. 이어 레이더와 무선 안테나들로 뒤덮여 고슴도치 같은 지휘선 5척이 자리 잡았다. 이 배들은 침공작전의 신경망의 중심들이 될 터였다. 함대 우익 미군 호송선단을 지휘하는 앨런 커크(Alan G. Kirk) 소장의 기함은 중순양함 오거스타호였고, 함대 좌익 영국군 호송선단을 지휘하는 필립 비언(Philip Vian) 소장의 기함은 순양함 실라호였다. 함대 위에는 적군 항공기의 접근을 막는 방공기구들이 떠 있었고, 전투기 편대들이 구름장 사이로 날아다녔다.

역사상 가장 웅장한 함대가 '적군의 저항 속에 수행되는 상륙작전'이라는 가장 위험한 군사 임무를 수행하기 위해 험악한 날씨에 일렁이는 잿빛 파도를 헤치는 광경은 보는 사람들의 가슴을 감동으로 뻐근하게 만들었다. 모두 자신이 역사가 이루어지는 현장에 참여하고 있다는 생각을 했다. 그리고 한시바삐 노르망디 해안에 상륙해서 오랫동안 훈련하고 준비한 일을 끝내기를 고대했다. 무엇보다도, 작전이 하루 연기되는 바람에 파도에 쉴 새 없이 흔들리는 배에서 부대낀 병사들은 흔들리지 않는 대지에 발을 딛기를 원했다. 상륙작전을 앞두고 배마다 가장 좋은 저녁을 만들어서 장병들에게 제공했는데, 이 '마지막 식사'를 맛있게 먹은 사람들도 이내 갑판의 난간 너머로 먹은 것들을 다 토해 냈다.

목표에 가까워지고 출항의 흥분이 사라지자, 어쩔 수 없이 노르망디 해변에서 기다리는 위험이 점점 병사들의 마음을 짓누르기 시작했다. 상륙하는 과정에서 큰 인명 손실이 날 것이 분명했으므로, 자기 나름으로 마음의 평정을 유지하려 애썼다. 모두 마지막 편지를 썼고, 친한 전우들끼리 모여 노르망디에서 기다리는 위험들에 대해 얘기했다. 평소에는 다른 사람들에게 하지 않는 이야기들을 낯선 사람들에게 털어놓았다. 상륙작전을 경험한 고참병들은 두려워하는 신병들을 안심시켰다. 책을 읽는 사람들도 있었다. 가장 많이 읽힌 책은 물론 성경이었다. 그러나 대부분은 카드놀이로 걱정과 무료함을 달랬다.

죽음을 마주하게 되면 사람들은 신앙에 의지하게 된다. 자연히 군목들이 바빴다. '유타 해변'으로 향하는 미군 4사단 12보병연대의 군목인 루이스 쿤(Lewis F. Koon) 대위는 유대인 중대장 어빙 그레이(Irving Gray) 대위로부터 "개신교 신자든, 천주교 신자든, 유대교 신자든, 우리 모두가 믿는 신에게 우리 임무가 수행되고, 만일 가능하다면 우리가 무사히 집으로 돌아갈 수 있도록 해 주십사 하는 기도"를 인도해 달라는 요청을 받았다. 쿤은 기꺼이 승낙하고 "통조림 속 정어리들처럼" 배에 꽉 들어찬 중대원들과 함께 기도를 올렸다.

모두 잠이 오지 않는 상황에서 잠깐이나마 눈을 붙이려 애썼다. 프랑스 해안을 향하는 함대에서 가장 감회가 깊었을 사람들은 자유 프랑스군 가운데 유일하게 첫 공격파에 속한 자유 프랑스 1해군특공대대 요원들이었다. 그 부대의 지휘관인 필리프 키페(Philippe Kieffer) 중령은 흔들리는 상륙함에서 잠을 청했다. 담요 속으로 들어가자, 문득 17세기 제1차 영국 내전에서 활약한 제이컵 애스틀리(Jacob Astley) 경의 유명한 기도가 떠올랐다. 그는 누운 채 기도를 올렸다.

"오 주여, 당신은 오늘 제가 얼마나 바쁠지 아십니다. 비록 제가 당신을 잊더라도, 당신은 저를 잊지 마소서."

그리고 담요를 뒤집어쓰고 이내 잠이 들었다.

공수부대의 분전

첫 공격파를 실은 5천 척의 함대가 먼저 출발했지만, 맨 먼저 적진에 이를 부대는 적진 후방에 투하되어 상륙 부대들의 측면을 방어할 공수부대들이었다. 저녁이 되자, 영국 각지의 비행장들에서 공수부대원들이 얼굴에 검게 야간 위장을 하고 낙하 장비를 멘 채 항공기들에 올랐다. 미리 투하되어 공수부대의 투하 지역을 표시하는 임무를 띤 투하유도원들(pathfinders)을 태운 항공기들은 이미 프랑스로 향한 터였다.

아이젠하워는 101공수사단 본부가 자리 잡은 뉴버리를 찾았다. 그는 이번 침공작전에서 맨 처음 수행되는 공수작전을 크게 걱정했다. 원래 공수작전은 적군 후방에 작은 부대를 먼저 투입하는 일이라 위험할 수밖에 없었지만, 이번엔 준비를 단단히 하고 기다리는 독일군 후방에 투하되는 것이었다. 아이젠하워 휘하의 지휘관들 가운데 몇은 공수부대의 사상자가 80퍼센트에 이르리라는 비관적 전망을 내놓았을 정도였다. 그로선 82공수사단보다 101공수사단에 마음이 더 쓰였다. 맨 먼저 창설된 공수사단인 82사단은 이미 이탈리아에서 두 차례 공수작전을 수행했지만, 101사단은 이번이 처음이었다.

101사단 본부에 도착하자, 아이젠하워는 출동 준비를 마친 병사들을 찾았다. 무사히 작전을 마칠 가능성이 그리 크지 않은 병사들을 격려하면서, 최고사령관은 가슴을 묵직하게 누르는 걱정이 좀 가벼워지는 것을 느꼈다. 한 시간 넘게 병사들과 얘기하고서 그는 사단 본부로 들어섰다. 그리고 이륙을 준비하는 항공기들을 살폈다.

마침내 사단장 맥스웰 테일러(Maxwell D. Taylor) 소장이 말했다.

"장군님, 가 보겠습니다."

아이젠하워는 희미한 미소를 지었다.

"잘 싸우시오."

경례를 하고 돌아선 테일러는 천천히 나무토막처럼 뻣뻣하게 움직였다. 실은 그는 그날 오후에 스쿼시를 하다가 오른쪽 무릎의 인대를 다친 것이었다. 최고사령관이 알면 출전을 보류시킬 가능성이 있었다. [테일러는 한국전쟁에서 제임스 밴 플리트(James A. Van Fleet) 대장의 후임으로 1953년 2월에 미군 8군 사령관 겸 주한 국제연합군 사령관이 되었고, 휴전협정이 발효될 때까지 국제연합군을 지휘했다.]

낙하산병들과 공수보병들을 태운 항공기들이 차례로 활주로를 달려 무겁게 이륙했다. 공수보병들이 탄 글라이더들을 이끌고 폭격기들이 이륙할 때는 보는 사람들 모두가 가슴을 졸였다. 항공기들은 들판 위를 돌면서 대형을 갖추었다. 아이젠하워는 두 손을 호주머니에 넣은 채 어둑한 밤하늘을 선회하는 편대들을 올려다보았다. 마지막 바퀴를 돈 항공기들은 남쪽으로 날아가기 시작했다. 먹먹한 가슴으로 올려다보던 NBC 기자 레드 뮬러는 옆에 선 최고사령관을 흘긋 살폈다. 아이젠하워는 하늘을 우러른 채 가득한 눈물을 흘리지 않으려 애쓰고 있었다.

얼마 뒤, 영국 해협에서 침공 함대에 탄 사람들은 항공기들이 내는 우레 같은 소리를 들었다. 점점 커지던 그 소리는 편대들이 지날 때마다 머리 위에서 굉음을 냈다. 그리고 점점 멀어져 갔다. 배에 탄 사람들은 자신들보다 먼저 적진으로 향하는 항공기들과 거기 탄 사람들에게서 감동과 위안을 받았다. 아무도 입을 열지 않았다. 마지막 항공기 편대가 바다를 건너는 사람들에게 구름 사이로 불빛을 깜박여서 신호를 보냈다. 천천히 보낸 불빛 신호는 3개의 점(dot)과 1개의 선(dash)이었다. 모스 부호의 V였다.

공수부대를 태운 항공기들이 영불 해협을 건널 때, 선발대인 투하유도원들은 이미 투하된 터였다. 맨 먼저 투하되므로 투하유도원들은 가장 큰 위험을 맞는다. 그래서 그들은 모두 이번 임무에 자원한 장병들이었다.

상륙 지역의 맨 서쪽을 점령할 미군 공수부대의 투하유도원들은 82공수사단과 101공수사단의 장병들이었다. 그들은 82공수사단 부사단장인 제임스 개빈(James M. Gavin) 준장이 설치한 특별학교에서 훈련을 받았다. 개빈은 으레 전투 지역에 장병들과 함께 낙하해서 작전을 지휘한 덕분에 '낙하하는 장군(Jumping General)'이란 별명을 얻었다. 그는 투하유도원들에게 일렀다.

"귀관들이 노르망디에 내리면, 귀관들은 단 하나의 친구가 있을 것이다. 하느님."

그는 그들에게 빠르고 은밀하게 움직이는 것이 긴요하다고 거듭 강조했다. 적군을 만나도 교전하지 말고, 본대의 투하를 돕는 신호를 보내는 임무를 수행하라는 당부였다.

개빈의 경고대로, 6월 6일 0015시 그들이 노르망디 땅에 발을 디뎠을 때, 그들이 의지할 것은 하나도 없었다. 먼저, 그들을 태운 항공기들이 너무 빠르고 낮게 날아들어서 그들을 제대로 투하하기 어려웠다. 덕분에 독일군의 방공포들이 제대로 겨냥하지 못했지만, 120명 가운데 목표 지점에 제대로 투하된 것은 38명뿐이었다. 나머지는 몇 킬로미터 떨어진 곳들에 내렸다. 지도로만 익힌 낯선 지형에 밤에 내렸으니 방향을 분간하기가 무척 어려웠다. 그래도 사상자들은 예상보다 훨씬 적었으니, 워낙 갑작스러운 투하여서 독일군이 제대로 대응하지 못한 것이었다.

온갖 어려움들을 극복하고 그들은 자기 표적 지역을 찾았다. 그리고

0115시로 예정된 본대의 투하를 유도할 신호를 올렸다.

'유타 해변' 뒤쪽의 미군 투하 지역에서 동쪽으로 80킬로미터 떨어진 '소드 해변' 뒤쪽의 영국군 투하 지역에선 상황이 훨씬 복잡하고 격렬했다. 6공수사단의 투하유도원들과 강습 요원들은 서쪽의 미군보다 조금 먼저 노르망디에 착륙했다. 영국군 6공수사단 본진은 0050시에 투하될 예정이었다. 모두 4,255명이 이번 작전에 참가할 터였다.

영국군 지휘부는 미군보다 훨씬 야심 찬 임무를 선발대에 부여했다. 투하유도원들과 함께 강습 요원들을 보내서, 다리 둘을 점령한다는 계획이었다. 이 다리들을 확보하면 노르망디 해안을 지키는 독일군은 연합군에 포위되어 외부로부터 지원을 받기가 무척 어려워질 터였다. 공수부대를 이용한 완벽한 포위라는 작전 개념은 후일에 '수직 포위(vertical envelopment)'라는 개념으로 진화했다.

다리들을 점령할 임무를 맡은 부대는 존 하워드(John Howard) 소령이 지휘하는 '옥스퍼드셔와 버킹엄셔 경보병여단' 2대대의 D중대였다. 이 강습 요원들은 여섯 대의 폭격기들이 끄는 글라이더들에 대략 30명씩 탔다. 폭격기들은 해안선을 넘자, 끌고 온 글라이더들을 풀어 놓았다. 글라이더들은 1,500미터 내지 1,800미터 높이에서부터 거대한 맹금들처럼 소리 없이 하강하기 시작했다. 그들의 목표는 캉 운하와 오른강을 건너는 서로 연결된 다리 둘이었다. 나중에 상륙한 영국군이 해두보를 확장할 때 이용되어야 하므로, 독일군이 다리를 폭파하기 전에 장악해야 했다. 자연히 다리를 지키는 독일군 부대들을 급습하는 것이 필요했고, 글라이더들은 두 다리 사이에 비상착륙할 참이었다.

달빛 속으로 글라이더들은 부드러운 바람 소리를 내면서 가라앉았다.

글라이더가 착륙하면 충격을 견디지 못한 착륙 장치가 부서져 나가고, 덮개가 깨어져 날아간 조종석으로부터 파편들이 날아들었다. 글라이더는 운전자의 통제를 벗어난 화물차처럼 찢어지는 소리를 내면서 좌우로 미친 듯 흔들렸다. 세 대의 글라이더에서 쏟아져 나온 강습 요원들은 중대장의 지휘 아래 일제히 캉 운하를 건너는 다리를 향해 달렸다. 한밤에 기습을 받은 터라 다리를 경계하던 독일군은 제대로 저항하지 못했다. 그래서 적은 사상자를 내고 영국군은 캉 운하 다리를 점령했다. 500미터 동쪽에 있는 오른강 다리를 공격하기로 된 세 대의 글라이더들 가운데 한 대는 다른 데에 착륙했지만, 나머지 두 대의 병력만으로도 오른강 다리는 이내 점령되었다.

중요한 목표들인 다리 둘을 점령하는 데 걸린 시간은 15분이 채 못되었다. 하워드 소령이 겨우 150명의 병력으로 독일군의 역습에 대비하는 사이, 독일군 초소 안에서 에드워드 타펜던(Edward Tapennden) 상등병은 무전기로 작전 성공 신호를 보냈다.

"햄 앤드 잼… 햄 앤드 잼… 햄 앤드 잼…."

강습 요원들은 목표들을 단숨에 이루었지만, 여섯 대의 경폭격기에서 뛰어내린 60명의 투하유도원들은 불운했다. 먼저, 날씨가 아주 나빴다. 낙하엔 바람이 가장 큰 위험인데, 이들이 항공기에서 뛰어내릴 때 느닷없이 돌풍이 일었다. 그래서 사람들과 장비들이 목표 지점에서 멀리 떨어진 곳들로 날려갔다. 독일군이 물을 채운 늪으로 날려 가서 익사한 사람들도 있었다. 옅은 안개가 끼어서 항공기 조종사들은 목표 지점을 제대로 찾기 어려웠다. 게다가 독일군의 치열한 대공포화에 조종사들이 본능적으로 반응해서 회피 행동을 했으므로, 항공기들이 목표들을 벗어나거나 아예 잃었다. 그렇게 멀리 흩어진 투하유도원들 가운데 상당수는 갖가지 어려움들을 극복하고 목표들을 찾아갔다. 그리고 곧 투하될 본진에 투하 지점을 알리는 신호를 밤하늘로 올려 보냈다.

예정대로, 0050시부터 영국군 6공수사단의 본진이 '소드 해변' 뒤쪽에 켜진 투하 유도 신호등들의 안내를 받아 투하되기 시작했다. 선발대와 마찬가지로 본진도 혼란스럽게 투하되었다. 독일군 대공포화는 치열했고, 조종사들의 회피 행동으로 낙하산병들은 목표들에서 멀리 벗어나 투하되었다. 달빛 어린 노르망디의 들판 곳곳에서 영국 사냥 각적(hunting horn)들이 낯설고 기괴한 목청을 높였다. 그 소리를 찾아 낙하산병들이 하나 둘 모여들었다.

사냥 각적 소리로 병사들을 모으는 것은 은밀히 기동하는 공수부대로선 너무 위험해서 아직 쓰인 적이 없었지만, 지금은 시간이 너무 촉박했다. 6공수사단의 주요 임무들은 여럿이었는데, 하나같이 힘들어서 완벽한 협력이 필요했다. 가장 급한 것은 오른강과 캉 운하의 다리 둘을 장악해서 지키는 존 하워드 소령 휘하의 강습 요원들을 지원하는 일이었다. 동쪽의 디브강에 걸린 다섯 개의 다리들을 폭파해서 독일군 기갑부대들이 다가오는 것을 지연시키는 일도 급했다. 이런 임무들을 수행하기 위해선 캉 동북쪽에 있는 고지들을 확보해야 했다.

가장 급하고 중요하면서도 위험한 임무는 메르빌의 독일군 해안 포대를 공격해서 무력화하는 임무였다. 이 임무는 3공수여단 9대대가 맡았다. 그러나 투하 지역의 동쪽에 내린 9대대는 조종사들의 실수로 독일군이 물을 채운 디브 계곡에 낙하했다. 그래서 익사자들이 많이 나왔고 합류하는 데 긴 시간이 걸렸다. 여러 날 뒤에야 본대에 합류한 장병들도 있었다.

메르빌의 독일군 해안 포대엔 네 문의 거대한 야포들이 있었는데, 이 무기들을 육중한 콘크리트 요새가 덮고 종심縱深 깊은 방어망이 촘촘하게 감싸고 있었다. 포대의 중심부에 이르려면 9대대는 지뢰밭과 대전차 도랑(antitank ditch)들을 지나 5미터 폭의 철조망을 뚫고 다시 지뢰밭을 지나 기관총들이 지키는 교통호들을 뚫은 뒤 요새 안으로 들어가야 했다. 200명이 지키는 이 요새를 독일군은 난공불락이라 여겼다.

그러나 9대대장 테런스 오트웨이(Terence Otway) 중령은 그 요새가 난공불락이라 여기지 않았다. 큰 희생을 치러야 하겠지만, 과감하게 공격하면 요새를 점령할 수 있다고 믿었다. 그리고 그런 희생은 할 만한 가치가 있었다. 거대한 야포 네 문이 포격하면 '소드 해변'에 상륙하는 영국군은 큰 피해를 입을 터였다. 메르빌의 독일군 포대를 무력화시키는 것이 워낙 중요했으므로, 6공수사단장 리처드 게일(Richard Gale) 소장은 오트웨이에게 지시했다.

"직접 돌격에서 귀관으로선 실패를 생각할 수 없다는 것이 귀관의 정신 자세이어야 한다."

오트웨이는 독일군 포대를 점령하기 위해 정교한 계획을 세웠다. 먼저, 100대의 랭카스터 폭격기들이 4천 파운드짜리 폭탄들로 침투폭격(saturation bombing)을 해서 포대를 파괴할 것이었다. 이어 11개 조로 이루어진 대대가 공격에 나설 터였다. 정찰조가 포대 지역을 정찰하고, 공병조가 지뢰들을 제거해서 안전 통로를 표시하면, 돌파조가 '방갈로어 어뢰'라 불리는 폭약으로 채워진 파이프들로 철조망을 폭파하고, 공격조들을 엄호할 저격수들과 박격포반들과 기관총조들이 자리를 잡을 터였다. 마지막으로, 병력을 실은 글라이더 세 대가 바로 요새 위에 비상착륙해서 지상에서 돌격하는 9대대 병력과 함께 요새를 공격할 것이었다.

오트웨이의 공격 계획이 정교했으므로, 모든 팀들이 시간에 맞춰 자기 임무를 수행해야 성공할 수 있었다. 게다가 시간도 넉넉지 못했다. 독일군 포대를 무력화시키는 것이 워낙 중요했으므로, 오트웨이의 부대가 임무를 완수하지 못하면 0530시부터 포대에 대한 함포 사격이 시작될 터였다. 그래서 모든 것들이 계획대로 진행되더라도, 공격을 시작한 지 한 시간 안에 임무를 완수하지 못하면 오트웨이는 부하들을 이끌고 그 지역에서 나와야 했다. 한밤에 낯선 땅에 내린 낙하산병들을 한데 모으는 것도 어려운데, 폭격을 맡은 공군 부대와 글라이더 강습 부대는 아예 오트웨이의 통제 밖에 있었다. 그래서 그가 지휘하는 작전이 그의 계획대로 풀릴 가능성은 처음부터 높지 않았다. 그래도 그가 실제로 맞은 상황은 그가 상상한 최악의 경우보다 훨씬 나빴다.

먼저, 병력이 너무 작았다. 사냥 각적 소리를 듣고 대대장 둘레로 모여든 9대대 병사들은 750명 가운데 150명에 지나지 않았다. 독일군 200명이 지키는 잘 방어된 요새를 공격하기에는 너무 작은 병력이었다. 그때는 이미 계획의 첫 단계가 완전한 실패로 끝난 상황이었다. 0030시에 시작된 공습에서 단 한 발의 폭탄도 요새를 맞히지 못했다.

훨씬 큰 문제는 필수적인 보급품들이 도착하지 않은 것이었다. 포대의 방어망을 뚫는 데 필요한 대전차포, 화염방사기, 지뢰 탐지기, 박격포, 알루미늄 사다리와 같은 장비들을 실은 특수 글라이더들이 다른 곳으로 가 버린 것이었다. 오트웨이 둘레에 모인 병력이 지닌 무기들은 병사들의 개인 화기인 소총들, 경기관총들, 수류탄들에다 중기관총 1정과 방갈로어 어뢰 몇 개였다.

그렇게 잃은 보급품들 가운데 가장 절실한 것은 박격포들이었다. 요새를 강습할 요원들을 태운 글라이더들은 오트웨이가 박격포로 오성신호탄을 발사해야 내릴 터였다. 오트웨이가 비장의 카드로 여겼던 공중 강습은 이제 없었다.

잘 훈련된 9대대로서도 이런 상황은 절망적이었다. 그러나 오트웨이는 부하들을 독려하면서 어려움들을 하나씩 극복해 나갔다. 먼저, 선두에 선 병사들이 부비트랩 인계철선을 제거하고 대검으로 지뢰를 찾아내 제거하면서 앞으로 나아갔다. 그리고 절단기로 외곽 철조망을 뚫고 방갈로어 어뢰들을 안으로 밀어 넣었다. 다른 병사들은 폭탄 구덩이와 도랑과 나무 울타리에 몸을 숨기고 기다렸다. 그사이에 독일군의 기관총들은 쉴 새 없이 사격했다.

예정된 시각에 요새를 강습할 병력을 태운 글라이더 두 대가 나타났다. 원래 세 대였으나, 한 대는 예인선이 끊어져 영국으로 돌아갔다. 글라이더들은 천천히 고도를 낮추면서 오트웨이의 신호를 기다렸다. 오트웨이는 달빛에 몸을 드러낸 글라이더들이 독일군의 치열한 기관총 사격을 받으면서도 지상의 신호를 찾아 용감하게 선회하는 것을 참담한 마음으로 지켜보았다. 기관총 예광탄들이 약한 글라이더의 동체들을 뚫는 것을 보면서, 오트웨이는 이를 악물고 눈물을 참았다.

마침내 신호 찾기를 포기한 글라이더들이 기수를 올려 포대를 벗어났다. 한 대는 6킬로미터 밖에 착륙했고, 아주 낮게 날았던 다른 한 대는 가까운 숲에 커다란 소리를 내면서 비상착륙했다. 안타깝게 바라보던 병사들 몇이 본능적으로 글라이더에 탄 사람들을 도우려고 몸을 일으켰다. 그러자 장교들이 거세게 속삭였다.

"움직이지 마라! 자기 자리를 지켜라!"

더 기다릴 것이 없어지자, 오트웨이는 돌격 명령을 내렸다.

"전원 앞으로!"

150명의 부대원들이 함성을 질렀다.

"전원 앞으로!"

방갈로어 어뢰가 폭발하면서 철조망에 큰 구멍이 뚫렸다. 마이크 다울링(Mike Dowling) 중위가 외쳤다.

"앞으로! 앞으로!"

이어 앨런 제퍼슨(Alan Jefferson) 중위의 사냥 각적이 혼란스러운 싸움터 속으로 퍼졌다. 함성을 지르고 총을 쏘면서, 낙하산병들이 화약 연기와 냄새를 뚫고 앞으로 달렸다. 그들 위에 조명탄들이 잇달아 터지면서, 독일군 병사들이 기관총과 소총을 쏘아 대기 시작했다. 영국 낙하산병들은 총탄을 피해 구덩이들과 도랑들로 굴러 들어갔다. 그리고 지뢰가 터지고 전우들이 다치고 죽는 사이에도 기회를 보아서 지뢰밭 속으로 나아갔다.

제퍼슨 중위가 지뢰를 밟자, 옆에 있던 병사들이 도우려 달려들었다. 그러나 그는 손짓하면서 외쳤다.

"앞으로! 앞으로!"

그리고 땅에 누운 채 다시 사냥 각적을 불기 시작했다.

영국 낙하산병들이 독일군 교통호들로 돌입해서 독일군 병사들과 육박전을 전개하자, 병사들의 함성과 비명에 수류탄 불빛과 폭음이 더해졌다. 이어 요새 안에서 격렬한 싸움이 벌어졌다.

오트웨이와 다울링의 지휘 아래 낙하산병들은 독일군을 제압했다. 요새를 지키던 독일군 병사들은 정예 독일군 병사들이 아니었고, 항복해서 독일에 협력한 러시아군 병사들도 많았다. 그래서 기회가 나오면 항복했다.

다울링은 병사들을 데리고서 네 문의 야포들 가운데 두 문을 완전히 파괴하고 두 문을 임시로 무력화시켰다. 그리고 오트웨이를 찾아 보고했다.

"명령대로 포대를 점령했습니다. 야포들은 파괴되었습니다."

"수고했네."

군복은 흙과 피로 덮이고 얼굴은 검댕과 땀으로 번지르르한 얼굴로 보고하는 부하에게 대대장이 모처럼 웃음을 보였다.

그렇게 해서 독일군 포대는 점령되었다. 작전에 걸린 시간은 15분이었다. 오트웨이는 권총으로 황색 신호탄을 쏘아 올렸다. 포대 점령작전이 성공했다는 신호였다. 그의 신호는 영국 공군의 관측기가 포착해서 인근 해역에서 대기하던 영국군 순양함 아레슈서호에 무선으로 연락했다. 이 순양함이 포대에 대한 포격을 시작하기 15분 전이었다. 대대장이 신호탄을 쏘자, 9대대 통신장교도 그곳까지 품에 안고 온 전서傳書 비둘기를 날려 보냈다. 그 비둘기 발에 매인 플라스틱 통에는 임무의 성공을 뜻하는 '해머'라는 암호가 들어 있었다.

한숨을 돌린 오트웨이는 인원을 점검하기 시작했다. 다울링이 죽었다는 보고에 그는 놀라서 외쳤다.

"조금 전에 보고를 받았는데?"

그는 급히 다울링이 누운 곳으로 갔다. 다울링의 가슴 왼쪽이 피로 흥건했다. 그제서야 그는 다울링이 오른손으로 가슴 왼쪽을 감싼 채 보고했다는 것을 떠올렸다. 임무 완수를 보고할 때, 다울링은 이미 죽어 가고 있었던 것이었다.

포대를 지키던 200명가량 되는 독일군 가운데 포로가 된 병사들은 22명뿐이었다. 180명가량 되는 독일군 병사들이 죽거나 치명상을 입었다. 영국군 150명 가운데 65명이 죽거나 부상을 당했다.

서쪽에선 예정대로 0115시에 미군 82공수사단과 101공수사단이 '유타 해변' 뒤쪽 여섯 개의 투하 지역들에 내리기 시작했다. 이것은 그때까지는 가장 큰 공수작전이었다. 82사단은 해안에서 좀 멀리 떨어진 서쪽 지역에 내렸고, 101사단은 해안에 가까운 동쪽 지역에 내렸다. 그들이 점령할 지역의 중심은 교통의 요지인 생트메르에글리즈였다. 이 작은 도시와 둘레 지역은 882대의 항공기에서 낙하한 1만 3천 명의 미군 낙하산병들로 뒤덮였다.

'유타 해변' 뒤쪽에 내린 미군들의 임무는 상륙작전 지역의 서쪽을 장악해서 상륙군의 오른쪽 측면을 지키는 것이었다. '소드 해변' 뒤쪽에 내린 영국군의 임무가 왼쪽 측면을 지키는 것과 성격이 같았다. 다만, 미군은 영국군보다 임무가 훨씬 무거웠다. 동쪽 디브강 계곡을 강물로 가득 채워서 늪을 만든 것과 마찬가지로, 롬멜의 공병대는 서쪽에도 늪을 만들어서 상륙군의 기동을 어렵게 만들었다. 다만, 서쪽에선 강과 운하를 이용해서 훨씬 대규모의 늪을 만들어서, '유타 해변'은 실질적으로 섬처럼 되어 버렸다. 그 섬에서 내륙으로 진출하는 길은 둑길 다섯 개뿐이었다. 미군 2개 공수사단들의 임무는 투하 지역에 공두보(airhead)를 설치해서 그 다섯 개 둑길들을 확보함으로써 '유타 해안'에 맨 먼저 상륙할 4보병사단이 내륙으로 진출하는 것을 보장하는 것이었다.

이것은 보기보다 훨씬 힘든 임무였다. '유타 해변'이 속한 코탕탱반도를 지키는 독일군은 3개 보병사단들이었다. 그리고 이내 출동할 수 있는 거리에 강인한 6낙하산연대가 있었다. 투하된 미군 1만 3천 명에 대해 독일군은 즉시 4만 병력을 동원할 수 있었다.

82사단과 101사단의 투하도 동쪽 영국군 6사단의 경우처럼 어쩔 수 없이 혼란스럽고 희생이 컸다. 항공기들이 서쪽에서 코탕탱반도 아래

작은 도시 생트메르에글리즈와 둘레 지역은 882대의 항공기에서 낙하한 1만 3천 명의 미군 낙하산병들로 뒤덮였다.

쪽을 가로질러 비행했으므로, 너무 일찍 낙하한 병사들은 바다에 빠졌고 너무 늦게 낙하한 병사들은 반대쪽 늪이나 바다에 빠졌다. 게다가 장비 손실이 커서, 무선통신 장비들과 박격포들을 포함한 60퍼센트 가량의 장비들이 사라졌다.

동쪽에서 영국군이 사냥 각적으로 병사들을 불러 모으는 사이, 미군은 어린애들의 '장난감 귀뚜라미'를 사용해서 아군을 찾았다. 장난감 귀뚜라미로 딱 소리를 한 번 내면 상대는 딱 소리를 두 번 내야 했다.

이어 딱 소리 한 번으로 응답하면 확인 절차가 마무리되었다(82사단의 경우는 암구호가 뒤따랐다). 그러면 나무 울타리나 도랑에 몸을 숨겼던 병사들이 나타나서 한데 모이곤 했다. 달빛 아래 누운 벌판에 퍼지는 사냥 각적 소리만큼 멋지진 못해도, 장난감 귀뚜라미 소리는 실용적 대안이었다.

투하가 혼란스럽고 병력이 널리 흩어졌으므로, 두 사단 병력들이 뒤섞였다. 그래서 101사단 장교의 인솔 아래 82사단 병사들이 101사단 목표로 향하는 경우들과, 그 반대의 경우들이 나왔다.

처지가 고단하기는 지휘관들도 병사들과 다를 바 없었다. 사단장들과 연대장들이 참모도 없고 통신할 길도 없고 지휘할 병력도 없는 경우가 태반이었다. 101사단장 테일러 소장은 둘레에 모인 장교 몇과 병사 두셋을 둘러보면서 농담 삼아 진담을 했다.

"이처럼 적은 사람들이 이처럼 많은 사람들의 지휘를 받아 본 적은 없다."

82사단장 매슈 리지웨이 소장은 아예 혼자였다. 권총을 빼어 든 채 들판에 혼자 서서 그는 철학적으로 생각했다.

'전우는 없지만, 적병도 없으니….'

리지웨이는 미국 공수부대의 창설을 주도한 장군이었다. 낙하산병을 이용한 공격은 제1차 세계대전 말기에 진지하게 논의되기 시작했다. 초기엔 이탈리아와 러시아가 공수부대를 창설하는 데 앞장섰다. 그러나 정작 공수부대를 잘 이용해서 성과를 거둔 것은 독일이었다. 제2차 세계대전 초기의 전투들에서 독일군 공수부대들은 승리에 크게 기여했다. 그러나 1941년 5월의 크레타섬 공수작전에서 사상자가 너무 많이 나자, 히틀러는 공수작전을 억제했다. 크레타 침공작전의 실패는 독일군 '이니그마 암호'가 영국군에 의해 해독된 데서 비롯했지만, 독일군은 이 사실을 전쟁이 끝날 때까지 몰랐다. 반면에, 영국과 미국은 독일군과의 교전에서 공수작전의 효용을 절감하고 공수부대의 창설에 나섰다.

미군은 5개 공수사단을 새로 만들기로 결정했다. 그렇게 해서 처음으로 창설된 부대가 바로 지금 리지웨이가 지휘하는 82공수사단이었다. 1943년 7월의 시칠리아 침공작전과 9월의 이탈리아 본토 살레르노 침공작전에서 그는 82사단을 이끌었다.

뒷날 한국전쟁이 일어났을 때, 리지웨이는 국방부에서 육군 작전 및 행정 담당 부참모장으로 근무하고 있었다. 1950년 12월 미군 8군 사령관으로 주한 국제연합군 사령관을 겸직해서 공산군의 침입을 막아 내던 월턴 워커(Walton Walker) 중장이 서울 북쪽에서 교통사고로 사망했다. 그의 후임이 된 리지웨이는 중공군의 우세한 병력에 아군의 우세한 화력으로 대응한다는 전략을 세웠다. 그리고 포병을 증강해서 잘 운용함으로써, 파죽지세로 남하한 중공군을 한반도 중부에서 저지하는 데 성공했다.

리지웨이의 전임자로서 북한군의 기습공격을 잘 막아 낼 워커 소장은 지금 조지 패튼(George S. Patton Jr.) 중장이 지휘하는 3군 예하 20군단의 사령관으로 노르망디 상륙을 준비하는 참이었다. 그리고 리지웨이의 후임이 될 제임스 밴 플리트 대령은 4보병사단 예하 8보병연대장으로 '유타 해변'에 맨 먼저 상륙할 예정이었다. 이처럼 한국전쟁에서 미군 8군 사령관으로 국제연합군을 지휘할 워커, 리지웨이, 밴 플리트 그리고 테일러가 모두 노르망디에서 활약했다. 더할 나위 없이 치열했던 노르망디 싸움에서 더할 나위 없이 강렬한 '불의 세례'를 받아 단련된 네 지휘관들 덕분에 북한군 수뇌부가 '도저히 질 수 없는 전쟁'이라고 자신한 한국전쟁에서 벼랑 끝으로 몰렸던 대한민국이 공산군을 물리치고 되살아난 것이다.

82사단 부사단장인 제임스 개빈 준장은 사단장으로부터 몇 킬로미터 떨어진 늪에서 혼란스러운 상황을 수습하려 애쓰고 있었다. 그는 사단의 주력인 3개 낙하산보병연대들과 부속 부대들을 이끌고 주요 목표들을 확보하도록 되어 있었다. 불운하게도, 그는 늪 속에 빠져 무릎까지 찬 물속에서 몇 안 되는 병력을 지휘하는 처지였다. 그는 둘레에 모인 낙하산병들을 독려해서 늪의 물속으로 가라앉은 장비 꾸러미들을 건져 올리고 있었다. 날이 밝으면 야포들과 전차들을 갖춘 독일군이 공격해 올 터인데, 공수사단은 가벼운 무기들만을 갖추었으니 싸움이 힘들 수밖에 없었다. 그 무기들조차 지금은 물속에 잠긴 것이었다. 늪 속으로 잠수한 사람들이 하나씩 꾸러미를 찾아 올라왔다. 늪 밖엔 부상병들이 누워 있었는데, 군의관이나 위생병도 없는 터라 그들을 어떻게 도와야 할지 엄두가 나지 않았다.

개빈을 더욱 초조하게 만든 것은 지금 자신이 있는 곳이 어디인지 모른다는 사정이었다. 독일군 공병이 일부러 만든 늪 속에서 허우적거리니, 현재의 위치도 집결지가 있는 방향도 짐작할 수 없었다. 처음 착륙했을 때 그는 멀리 늪 끝에서 붉은 빛들과 파란 빛들이 비치는 것을 보았다. 그는 그 불빛들이 근처에 내리기로 된 2개 대대의 집결지 표지일 수도 있다고 생각했다. 그래서 그 불빛들이 무엇인지 알아보라고 부관 휴고 올슨(Hugo Olson) 대위를 보냈는데, 한 시간 가까이 지났어도 올슨은 돌아오지 않았다. 개빈의 마음은 점점 초조해졌다.

독일군에게 발견되면 꼼짝없이 저격당할 상황 속에서도, 물속에 가라앉은 장비 꾸러미를 회수하는 작업은 이어졌다. 갑자기 늪에서 사람 하나가 불쑥 나타났다. 물에 젖은 군복에 진흙투성이가 된 올슨이었다. 그는 문제의 불빛이 철도의 신호등이었다고 보고했다. 지금 개빈 일행이 있는 곳에서 늪을 지나면 높은 제방이 나오는데 그 위로 철로가 놓였다는 얘기였다.

부관의 보고를 받자 개빈은 안도의 한숨을 내쉬었다. 이 지역에서 철도는 셰르부르와 카랑탕을 잇는 철도뿐이었다. 이제 자신이 내린 곳이 어디인지 알게 된 것이었다.

이처럼 병력이 널리 흩어졌고 지휘 계통이 끊겼어도, 낙하산병들은 자신에게 배당된 임무를 수행하기 위해 어둠 속에서 열심히 움직이고 있었다. 준비가 덜 된 상황에서도 예정대로 공격에 나선 부대도 있었다.

101사단의 클리블랜드 피츠제럴드(Cleveland Fitzgerald) 대위가 맡은 임무는 푸카르빌 마을의 독일군 요새를 점령하는 것이었다. '유타 해변'을 굽어보는 이 요새는 '유타 해변' 뒤쪽의 큰 도로를 감제瞰制했다. 이 도로는 독일군 전차부대들이 '유타 해변'의 해두보에 접근하는 데 이용할 도로였다. 당연히 그 독일군 요새를 점령하는 것은 무척 중요했다. 참호들과 기관총 진지들과 대전차포 진지들로 이루어진 그 요새를 점령하는 데는 중대 병력 전원이 있어야 했다. 그러나 피츠제럴드 둘레에 모인 병사들은 11명뿐이었다. 그래도 그들은 곧바로 요새 공격에 나서기로 결정했다. 그들은 요새의 지휘부까지 다가갔고 치열한 싸움이 벌어졌다. 피츠제럴드는 가슴에 총탄을 맞았지만, 총을 쏜 독일 경계병을 죽이고 쓰러졌다. 결국 미군 병사들은 중과부적으로 물러나서 동료들이 더 모이기를 기다렸다. 이 짧고 강렬한 전투는 공수작전에 처음 참가한 101사단이 처음으로 치른 공식 전투였다.

다행히, 82사단의 505낙하산보병연대가 목표 지점인 생트메르에글리즈에 계획대로 내렸다. 에드워드 크라우즈(Edward Crouse) 중령이 이끄는 선두는 치열한 시가전을 예상했지만, 시가는 조용했다. 소수의 저격병들만 남겨 놓고 독일군 주력은 이미 철수한 것이었다. 크라우즈는 주머니에서 낡은 성조기를 꺼냈다. 505연대가 이탈리아 공수작전에서 나폴리를 해방시키고 내걸었던 깃발이었다. 그리고 시청으로 걸어가서 출입문 옆에 선 깃대에 그 성조기를 걸었다. 미군이 해방시킨 첫 프랑스 도시에 성조기가 걸린 것이었다. 영국 시간 6월 6일 0430시였다.

독일군의 대응

이처럼 노르망디의 동쪽과 서쪽에 영국군 1개 공수사단과 미군 2개 공수사단이 투하되어도, 독일군은 아무런 반응을 보이지 않았다. 침공한 군대와 마주친 독일군 병사들은 즉각적으로 그리고 용감하게 싸웠지만, 독일군의 각급 지휘부는 상황을 제대로 파악하지 못했고 아무런 대응도 하지 않았다.

가장 근본적인 이유는 독일군이 연합군의 의도와 움직임을 제대로 파악하지 못했다는 사정이었다. 독일은 영국이나 미국의 암호들을 제대로 해독하지 못했고, 첩자들을 깊이 침투시키지 못해서 연합군에 관한 정보가 아주 적었다. 게다가 공군이 실질적으로 괴멸되어서, 독일군은 프랑스 상륙작전을 위해 영국 남부에 결집한 연합군의 움직임을 정찰하지 못했다. 영국 해안에 접근한 몇 대의 정찰기들은 모두 격추되었다.

이런 사정은 연합군에 대규모 기만작전들을 펼 여지를 제공했다. 영국에서 가장 가까운 파드칼레가 상륙작전에 가장 적합하다는 사실을 고려해서, 연합군은 지속적으로 파드칼레 쪽에 대규모 부대가 주둔해서 침공을 준비하고 있다고 거짓 정보들을 독일군에게 제공했다. 그래서 독일군은 강력한 15군을 파드칼레에 주둔시키고 방어를 강화했다. 연합군의 거짓 정보들이 워낙 그럴듯해서, 독일군 지휘부는 파드칼레에 연합군의 주력이 상륙한다고 굳게 믿었다. 그래서 노르망디에 연합군이 상륙한 뒤에도 독일군 지휘부는 한동안 그것이 '견제 공격(diversionary attack)'이라 여겼다.

험악한 날씨는 독일군 지휘관들로 하여금 연합군의 침공이 불가능하다고 판단하도록 해서, 연합군의 침공을 완벽한 기습으로 만들었다. 부대들은 경계 상태를 늦추었고, 많은 지휘관들이 일제히 임지를 떠났다.

그동안 여러 차례 거짓 경보들이 울렸던 터라서, 각급 부대마다 상급부대에 적군 출현 보고를 하는 것을 꺼렸고, 적군의 존재가 확인된 뒤에야 보고한다는 태도를 보였다. 자연히 보고가 늦어졌다.

독일군 지휘관들 가운데 처음으로 연합군의 침공 사실을 상부에 보고한 사람은 캉 북부 해안 지역을 관할하는 716사단장 빌헬름 리히터(Wilhelm Richter) 소장이었다. 그는 영국 시간 0211시에 84군단장 에리히 마르크스(Erich Marcks) 대장에게 적군 낙하산병들이 오른강 동쪽에 착륙했다고 전화로 보고했다. 마르크스는 곧바로 7군 참모장 막스요제프 펨젤(Max-Josef Pemsel) 소장에게 전화를 걸어 적군의 착륙을 알렸다. 펨젤은 0215시에 7군에 최고 경계령을 내렸다. 마침내 연합군의 침공이 시작된 지역을 담당한 독일군이 경계 태세에 들어간 것이었다.

펨젤은 유고슬라비아 작전에 참가한 장군으로 성실하고 판단력이 뛰어났다. 그는 곧바로 7군 사령관 프리드리히 돌만(Friedrich Dollmann) 대장에게 전화를 걸어 상황을 보고했다. 그리고 덧붙였다.

"장군님, 저는 이것이 침공이라고 믿습니다. 지금 곧바로 이리로 오시는 게 어떻겠습니까?"

펨젤이 돌만 사령관이 도착하기를 기다리는데, 84군에서 다시 보고가 올라왔다. 코탕탱반도의 몽트부르와 생마르쿠프에 낙하산병들이 내렸고, 부분적으로 병력들이 교전 중이라는 얘기였다. 펨젤은 이내 B집단군 사령부로 전화를 걸어 롬멜의 참모장인 한스 슈파이델(Hans Speidel) 소장에게 상황을 보고했다.

비슷한 시각, 15군 사령관 한스 폰 잘무트 대장은 벨기에에 있는 자신의 사령부에서 상항을 점검하고 있었다. 비록 적군 공수부대의 공격이 자신의 관할 구역에서 멀리 떨어진 곳에서 나왔지만, 그의 휘하인 711사단은 7군과의 전투지경선 바로 동쪽에 자리 잡고 있었다. 바로 711사단에서 적군 낙하산병들이 사단본부 가까이 내렸다고 보고한 것이었다. 상황을 직접 들어 보려고 그는 711사단장 요제프 라이헤르트(Joseph Reichert) 소장에게 전화를 걸었다.

"사단장, 도대체 무슨 일이 벌어진 것인가?"

"장군님," 라이헤르트는 다급한 목소리로 대답했다. "괜찮으시면 장군님께서 직접 들어 보십시오."

잠시 뒤 잘무트의 귀에 기관총 소리가 크게 들렸다.

"알았네. 수고하게."

전화를 끊자 잘무트는 곧바로 B집단군 사령부로 전화를 걸어서 "711사단 본부에서도 전투 소리가 들렸다"고 보고했다.

펨젤과 잘무트의 보고로 롬멜의 사령부는 연합군의 공격이 있었다는 것을 처음 알았다. 영국 시간으로 0240시경이었다. 그러나 롬멜의 참모들은 즉각 반응하지 않았다. 파드칼레가 연합국의 상륙 지역이라고 굳게 믿는 상황에서, 노르망디에 대한 공격은 견제 공격일 가능성이 크다고 판단한 것이었다. 게다가 보고가 혼란스럽고 상충되어서, 실제 상황을 제대로 알기 어려웠다. 서부 총사령관 룬트슈테트의 참모들도 생각이 비슷했다. 결국 B집단군 사령부와 서부 총사령부는 "일단 기다려 보자"는 태도를 취했다.

7군 사령부는 생각이 달랐다. 0300시가 되자, 펨젤은 연합군의 주공이 노르망디로 향한다고 확신했다. 그의 상황판은 연합군 공수부대들이 노르망디의 서쪽 끝인 코탕탱반도와 동쪽 끝인 오른강의 동쪽에 내리고 있다는 것을 보여 주었다. 상륙 지역의 양측면을 공수부대들이 지키도록 하려는 의도가 분명해진 것이었다. 게다가 셰르부르의 해군 기지들에선 걱정스러운 보고들이 올라왔다. 음향과 전파를 이용한 탐지 장비들이 노르망디 해안의 앞바다인 센만에서 함정들이 기동하는 신호들을 획득했다는 것이었다.

펨젤은 다시 롬멜의 사령부로 전화를 걸어서 슈파이델에게 보고했다.

"공수부대의 착륙은 적군의 더 큰 행동의 첫 단계입니다."

슈파이델의 반응은 시큰둥했다. "알았소."

펨젤은 덧붙였다. "바다에서 엔진 소리들이 들려옵니다."

그러나 슈파이델은 펨젤의 의견을 받아들이려 하지 않았다. "이 일은 아직도 작은 지역들에 국한된 것이오. 나는 현재로선 이 일이 대규모 작전이라고 판단할 수 없소."

펨젤과 슈파이델 사이의 대화를 보고받은 서부 총사령부 참모장 보도 치머만(Bodo Zimmermann) 중장은 슈파이델의 판단을 지지했다. 결국 슈파이델은 롬멜에게 상황을 보고하지 않았다. 그래서 독일군을 지휘해야 할 지휘관은 결정적 순간에 멀리 독일에서 잠자고 있었다.

H아워

연합군 상륙작전의 H아워(개시 시간)는 0630시였다. 그러나 동이 트기 전부터 센만에 가득 들어찬 연합군 함대에선 모두 분주히 움직이고 있었다. 큰 배들은 정박했지만 작은 배들은 분주히 돌아다니면서 마지막 준비들을 했다.

구름 두껍게 덮인 하늘 아래 일렁이는 파도에 흔들리는 배마다 전투 깃발들이 거센 바닷바람에 펄럭였다. 온갖 소리들 사이로 함정의 확성기가 독려하는 말들을 토해 냈다.

"자신의 병력을 해안에 상륙시키기 위해 싸우고, 자신의 배들을 구하기 위해 싸우고, 그리고 힘이 남아 있다면 자신의 목숨을 건지기 위해 싸우라" 하고 외쳐 대는 것은 상륙 병력을 호송하는 해군이었다.

"됭케르크를 기억하라! 코번트리를 기억하라! 그대들 모두에게 신의 가호가 있기를" 하고 독려하는 것은 독일군에게 갚을 것이 많은 영국군이었다. '됭케르크'는 물론 1940년 5월 말에서 6월 초에 걸쳐 독일군과의 초기 전투에서 참패하고 됭케르크에서 간신히 해상 철수를 한 일을 가리켰다. '코번트리'는 잉글랜드 중부의 도시 코번트리를 독일 공군이 거듭 폭격해서 많은 사람들이 죽고 도시가 파괴된 일을 가리켰다.

"사랑하는 조국 프랑스의 모래 해변에서 죽을지언정, 우리는 돌아서지 않는다"는 비장한 선언은 물론 자유 프랑스 부대원의 외침이었다.

출발 시간이 가까워지자, 부대마다 군목이 마지막 기도를 이끌었다.

프린스 레오폴드호에 탄 영국군 2유격대대(ranger battalion)와 5유격대대의 군목인 조지프 레이시(Joseph Lacy) 중위는 출발을 기다리는 병사들 사이를 돌아다니면서 격려했다.

"이제부터는 여러분들의 기도를 내가 대신한다. 여러분들이 오늘 하게 될 일은 그것 자체가 기도다."

레이시 중위의 얘기보다 덜 경건하지만 보다 시적인 얘기는 영국군 3사단의 1차 공격파에 속해 '소드 해변'으로 향하는 '뱅어' 킹(C. K. "Banger" King) 소령이 했다. 그는 셰익스피어의 『헨리 5세』에 나오는 한 구절을 인용하면서 자신의 격려사를 끝냈다.

> 오늘 살아남아서 집으로 무사히 돌아오는 사람은
> 오늘이 얘기될 때마다 [부푸는 가슴에] 까치발로 설 것이다….

> He that outlives this day, and comes safe home,
> Will stand a tip-toe when this day is named . . .

헨리 5세는 영국과 프랑스 사이의 '백년전쟁'에서 활약한 영국 국왕이었다. 1415년의 '아쟁쿠르 싸움(Battle of Agincourt)'에서 그는 장궁수들(longbowmen)을 활용하여 우세한 프랑스 군대를 격파하고 200년 만에 프랑스에 잃었던 노르망디를 되찾았다. 아쟁쿠르는 파드칼레 지역에 있는 마을이다.

보다 산문적인 장면들도 있었다. '유타 해변'과 '오마하 해변'에 맨 먼저 상륙해서 지뢰들을 제거해야 하는 특공공병대의 존 오닐(John O'Neill) 중령이 "지옥이 오든 만조가 되든, 그 망할 놈의 장애물들을 걷어 내라!"라는 당부로 격려사를 마치자, 한 병사가 옆의 전우에게 하는 얘기가 잠시 내린 정적 속으로 또렷이 들렸다.

"저 개새끼도 겁에 질린 것이 틀림없어(I believe that son of a bitch is scared, too)."

미군들이 상륙할 노르망디 서쪽 해안 앞바다에 정박한 커크 소장의 기함 오거스타호에서 미군 1군 사령관 오마 브래들리(Omar N. Bradley) 중장은 근심스러운 얼굴로 상황을 살폈다. '유타 해변'과 '오마하 해변'에 맨 먼저 상륙할 선발대와 1차 공격파는 이미 해안 가까이 다가가고 있었다. 후속 공격파 병력들도 목표들을 향해 차츰 속도를 내고 있었다. 상륙작전은 예정대로 진행되고 있었지만, 그의 마음은 어두웠다. 몇 시간 전까지 그는 독일군 716사단이 '오마하 해변'과 영국군 지역을 지키고 있다고 믿었다. 716사단은 전투력도 약하고 너른 지역에 분산된 "정태적" 사단으로 평가되었다. 그러나 출항하기 직전에 연합군 정보부서는 그 지역으로 전투력이 강한 352사단이 증파되었다는 정보를 그에게 전했다. 출항 준비를 마친 예하 부대들에 그는 그 정보를 전하지 못했다. 이제 1사단과 29사단은 전투 경험이 많은 독일군 부대가 지킨다는 사실도 모른 채 '오마하 해변'으로 향하고 있었다.

왼쪽 영국군 지역에서 포성이 들려왔다. 영국군은 이미 이십 분 전에 함포 사격을 시작한 터였다.

'함포 사격이 제대로 해 주어야 하는데….'

초조한 마음을 가라앉히려 애쓰면서, 브래들리는 흘긋 시계를 보았다. 이번 함포 사격엔 전함 7척, 중순양함 5척, 경순양함 20척에 구축함 및 호위함 139척까지 가세할 터였다.

"영국 친구들이 신나게 쏘는데요." 브래들리의 마음을 읽은 커크가 한마디 했다.

브래들리는 희미한 웃음을 지으면서 고개를 끄덕였다. "우리도 곧 춤을 시작할 것입니다."

"기대가 큽니다." 브래들리는 솜을 꺼내 귀에 넣고 쌍안경을 들어 해안을 살폈다.

함대의 다른 쪽에선 자유 프랑스 해군 장병들이 조국의 해변을 감개무량한 눈길로 응시하고 있었다. 경순양함 '몽칼름호'에선 함장 로베르 조자르(Robert Jaujard) 해군 소장이 휘하 장병들에게 북받치는 감정을 가까스로 억누르면서 탁한 목소리로 말했다.

"다른 땅도 아니고 바로 우리의 조국을 포격해야만 한다는 것이 끔찍하고 기괴한 일이지만, 나는 귀관들이 오늘 그 일을 하기를 바란다."

0550시 센만 서쪽 바다가 함포 소리로 진동했다. 이어 노르망디 서쪽 해안이 폭발해서 뒤집혔다. 검은 포연이 하늘을 가리기 시작했다. 육중한 전함들과 순양함들은 8 내지 10킬로미터 밖에서, 그리고 날렵한 구축함들은 2 내지 3킬로미터 밖에서 해변을 포격했다. 이제 맨 서쪽의 '유타 해변'에서 맨 동쪽의 '소드 해변'까지 노르망디의 모든 해안이 연합군의 치열한 포격으로 불바다가 되었다.

이어 폭격기들이 날아왔다. 무려 9천 대의 폭격기들이 하늘을 가득 채웠다. 함포 사격에 공중 폭격이 더해지면서, 노르망디 해안은 사람들이 살아남을 수 없는 곳이 되었다. 적어도 바다에서 바라보며 성원하는 연합군 병사들에겐 그렇게 보였다.

H아워가 가까워 오자, 1차 공격파를 태운 상륙정들이 일제히 해안을

향해 달렸다. 그러나 앞머리가 일자로 되었고 바닥이 평평한지라 상륙정들은 파도를 헤치는 것이 아니라 파도를 들이받았다. 파도를 맞을 때마다 배는 요동쳤고 물보라가 병사들을 적셨다. 이미 오랜 뱃멀미로 기진한 병사들은 장비들과 탄약으로 무거워진 몸으로 빨리 뭍에 닿기만을 기다렸다. 함포 사격과 폭격으로 해안에 독일군이 살아남지 못했을 터이므로, 상륙만 하면 된다고 여겼다.

그러나 그들이 해안에 닿기 전에 상륙정들이 문제를 일으켰다. 배가 새서 물이 들어오기 시작한 것이었다. 처음엔 철모로 물을 퍼냈지만, 사태가 심각해지자 병사들은 힘들게 지니고 온 물품들을 버리기 시작했다. 그렇게 하고도 끝내 가라앉은 상륙정들이 많았다. '오마하 해변' 앞바다에서 10척이, 그리고 '유타 해변' 앞바다에서 7척이 가라앉았다. 가라앉은 상륙정들에 탄 사람들은 뒤에서 따라오던 구조정들에 의해 구조되기도 했고 여러 시간 동안 떠 있다가 구조되기도 했지만, 무거운 짐을 미처 벗지 못하고 익사한 사람들도 적지 않았다.

해안에 가까워지자 새로운 위험들이 나타났다. 롬멜이 부지런히 고안해서 설치한 수중 지뢰들에 부딪치는 상륙정들이 나왔다. 수륙양용 전차들을 실은 배가 지뢰에 부딪치면서 전차들이 하늘로 튀어 올랐다. 다친 사람들의 비명과 건져 달라는 사람들의 애원이 가득했다. 그러나 그들을 구원할 길은 없었다. 승무원들은 "사상자들에 마음 쓰지 말고 병력을 시간에 대어 하선시켜라"라는 명령을 받은 터였다. 조종사가 본능적으로 물에 빠진 사람들에게로 배를 돌리면 뒤따르던 쾌속정이 막아서면서 임무를 상기시켰다.

"당신 배는 구조선이 아니다! 해안으로 향하라!"

그렇게 죽어 가는 전우들을 남기고 해안으로 향하는 병사들은 뱃전 너머로 토할 것 없는 뱃속에서 쓴 물을 토해 냈다.

오마하 해변

'오마하 해변' 앞바다에선 1사단과 29사단을 지원하기로 된 741전차대대가 재앙을 만났다. 이 부대의 수륙양용전차 64대는 해안에서 3 내지 5킬로미터 밖에서 하선해서 스스로 상륙할 예정이었다. 1사단을 지원하기로 된 32대의 전차를 실은 상륙함들은 예정 해역에 도착해서 램프들을 열었다. 방수포 부양 장치를 부풀어 오른 치마처럼 입은 전차들이 바다로 들어갔다. 그러나 파도가 워낙 거세어서 전차들은 나뭇잎들처럼 흔들렸다. 곧 방수포들이 찢어지고 지지대가 꺾이면서, 전차들은 물속으로 가라앉았다. 더러 해치를 열고 물 위로 나온 병사들도 있었지만, 대부분의 승무원들은 강철 관 속에 갇혀 버렸다. 겨우 2대만이 파도를 헤치고 가까스로 해안에 닿았다. 27대의 전차들이 싸우지도 못하고 사라진 것이었다. 3대는 상륙함의 램프가 작동하지 않아서 화를 면했다. 29사단을 지원할 전차들을 싣고 온 상륙함의 함장들은 전차들이 가라앉는 광경에 압도되었다. 그들은 전차들을 싣고 해안 가까이 다가가기로 결정했다.

1차 공격파 병력이 해안으로 다가가자, 뒤쪽의 상륙함들이 로켓을 쏘기 시작했다. 상륙하는 병력들 머리 위로 수천 발의 로켓들이 날아갔다. 상륙정들에 탄 미군 병사들에겐 함포 사격에다 폭격에다 로켓 사격까지 더해졌으므로 독일군이 살아남기 어려울 것처럼 보였다. 살아남았다면 모두 도망가기 바쁠 터였다.

상륙정 램프가 열려 병사들이 물로 뛰어들면 독일군의 기관총탄이 쏟아졌다. 오마하 해변은 도살장이 되었다.

그들의 생각을 증명해 주듯 독일군으로부터는 아무런 반응이 없었다. 선두 상륙정들과 해변까지의 거리는 이제 400미터도 안 되었다. 상륙할 병력을 고려해서 이제 포격은 해변에서 내륙으로 옮겨 가고 있었다.

바로 그때 독일군이 반응했다. 포탄들과 기관총탄들이 해변에 가까이 간 배들을 거세게 때렸다. 1차 공격파가 상륙한 '오마하 해변' 6킬로미터 전면에 걸쳐 독일군은 미군을 거세게 공격하기 시작했다.

해변에 가까워져 높아진 파도에 끊임없이 흔들려서, 원래 조종하기 힘든 상륙정들은 조종하기가 더욱 힘들었다. 게다가 지뢰들이 설치된 장애물들 사이로 움직이면서 해안으로 접근해야 했다. 이런 상륙정들은 절벽들과 단애斷崖들에 자리 잡고 해안을 굽어보는 독일군들에겐 '앉아 있는 오리들'이었다. 독일군 박격포탄들은 상륙정들을 겨냥했고, 상륙정 램프가 열려 병사들이 물로 뛰어들면 기관총탄이 쏟아졌다. 오래지 않아서 '오마하 해변'은 도살장이 되었다. D데이에 '오마하 해변'에 상륙했던 사람들은 뒷날 자신들이 겪은 지옥을 "피의 오마하(Bloody Omaha)"라 불렀다.

이처럼 큰 미군의 희생엔 여러 요인들이 겹쳤다. 먼저, 모든 상륙정들이 목표보다 다소간 동쪽에 닿았다. 작전계획을 수립할 때 해안을 따라 동쪽으로 흐르는 해류가 고려되지 않아서, 통제선들(control boats)이 자기 위치에서 벗어났다. 해변의 불타는 풀들이 내는 연기가 시야를 가려서 목표를 찾기가 어려웠다. 특정 목표를 획득하도록 훈련받은 중대들이 목표를 찾지도 못하고 큰 손실을 입었다.

육군과 해군이 협동해서 구성한 폭파공병대가 목표 지역에서 멀리 벗어나 제때에 해변의 장애물들을 뚫고 안전 통로를 내지 못한 것도 상황을 악화시켰다. 게다가 그들에게 필요한 폭약들과 기폭 장치들을 실은 상륙정들이 독일군 포탄에 폭발했다. 폭파공병들은 착륙한 곳에서 길을 내려 애썼지만 제대로 작업하기 어려웠다. 더할 나위 없이 위험한 작업을 하는 그들 사이로 보병들이 지나갔고, 폭파할 장애물 뒤에 몸을 숨긴 병사들도 있었다. 파도에 밀린 상륙정들이 그들을 덮치기도 했다. 그들을 내려다보는 독일군은 그들이 폭약을 설치하기를 기다려 기관총이나 박격포로 장애물에 부착된 지뢰들이나 폭약들을 폭파시켰다. '오마하 해변'에 배치된 '육해군 특별공병임무단'이 입은 손실은 50퍼센트나 되었다. 그래도 폭파공병들은 다섯 개 반의 통로를 냈다. 원래 목표는 16개였다.

1사단을 지원하기로 된 전차들이 거의 다 물속에 가라앉은 것은 치명적 불운이었다. 절벽들과 단애들에 마련된 진지들에서 굽어보면서 상륙하는 미군 보병들을 공격하는 독일군에 효과적으로 대항할 부대가 사라진 것이었다.

0700시 2차 공격파가 닥쳤다. 파괴된 상륙정들, 불타는 전차들, 주인 잃은 장비들과 무기들, 보급품들, 그리고 해변에 발을 딛기도 전에 죽은 병사들로 가득한 해안에서 그들은 독일군의 공격을 받았다.

중상을 입은 병자들이 하도 많아서, 군의관들과 위생병들은 누구를 먼저 치료해야 할지 모를 지경이었다. 의료 장비들과 약품들을 거의 다 잃어서, 군의관들과 위생병들이 할 수 있는 치료에도 한계가 있었다.

6공병특별여단의 위생병 앨프리드 아이젠버그(Eigenberg) 중사는 "다리가 무릎에서 골반까지 외과의가 해부용 칼로 절개한 것처럼 찢어진" 병사를 만났다. 상처가 하도 깊어서 대퇴동맥이 뛰는 것이 보였다. 깊은 충격에 빠진 그 병사는 차분한 목소리로 위생병에게 말했다.

"나는 설파 필을 먹었습니다. 그리고 설파 가루들을 모두 상처에 털어 넣었습니다. 나는 무사하겠지요?"

부상병에게 모르핀 주사를 놓고 나서, 열아홉 살 난 위생병은 대꾸했다. "그럼요. 당신은 무사할 거요."

이어 그 병사의 깔끔하게 절개된 다리의 두 쪽을 한데 합치고서 안전핀들로 꿰맸다. 그것이 그가 생각해 낸 유일한 치료였다.

이런 혼란과 죽음의 현장으로 3차 공격파가 닥쳤다. 그리고 멈춰 섰다. 이어 4차 공격파가 닥쳤다. 그리고 멈춰 섰다.

그들은 갈 곳이 없었다. 서로 어깨를 맞대고 장애물들과 죽은 전우의 시체 뒤에 웅크리고서 독일군의 총탄을 피하려 애썼다. 함포 사격과 항공기들의 폭격에다 상륙함들의 로켓 공격으로 완전히 무력화되었으리라고 여겼던 독일군이 건재해서 총탄과 포탄을 퍼붓고 해변이 살육과 파괴로 가득하다는 현실에 충격을 받아, 병사들은 모두 얼어붙었다. 적잖은 병사들은 이미 싸움에서 졌다고 생각했다.

27대의 전차들을 바다에서 잃은 741전차대대의 윌리엄 맥클린톡(William McClintock) 중사는 바닷가에서 넋을 놓은 병사를 만났다. 그 병사는 둘레에 기관총탄들이 쏟아지는 것을 알지 못하는 듯 돌멩이들을 바다로 던지면서 소리 없이 울고 있었다.

상황이 하도 어려워서, 오거스타호에서 살피던 1군 사령관 브래들리 중장은 '오마하 해변' 작전의 중단을 고려하고 있었다. 상륙한 병력을 철수시키고 아직 상륙하지 않은 병력은 '유타 해변'이나 영국군 지역으로 돌리는 방안이었다.

그래도 상황은 조금씩 나아졌다. 지휘관들은 겁에 질려 움직이지 못하고 해변에 웅크린 병사들을 격려해서 해변 안쪽으로 움직이도록 만들었다. 29사단 지역 오른쪽에선 부사단장 노먼 코타(Norman Cota) 준장이 독일군의 총탄이 우박처럼 쏟아지는 속에서 권총을 빼어 들고 병사들에게 해변에서 벗어나 절벽으로 가서 몸을 숨기라고 독려했다. 29사단 지역 왼쪽에선 116연대장 찰스 캐넘(Charles D. Canham) 대령이 다친 손목을 피로 물든 손수건으로 싸매고서 병사들을 독려해서 움직이도록 했다.

이미 시칠리아와 이탈리아 본토 침공작전을 경험한 1사단은 29사단보다 일찍 충격에서 벗어났다. 경험이 많은 하사관들은 절벽을 기어 올라가서 독일군 기관총 진지들을 파괴했다. 16연대장 조지 테일러(George A. Taylor) 대령은 터지는 포탄들과 쏟아지는 총탄들 속을 걸어 다니면서 병사들에게 외쳤다.

"이 해변엔 두 종류의 사람들이 있다. 죽은 자들과 곧 죽을 자들이다. 빨리 여기를 벗어나라."

한번 일어나서 움직이기 시작하자 상륙군은 동력을 되찾았다. 공포는 분노로 바뀌어, 겁에 질렸던 신병들이 한순간에 노병怒兵들이 되었다. 그렇게 해서 상륙군은 조금씩 조금씩 내륙으로 밀고 들어갔다. 마침내 1330시에 브래들리는 상황 보고를 받았다.

"지금까지 '이지 레드 해변', '이지 그린 해변', '폭스 레드 해변'에서 제압당했던 병력들은 해변 후방 고지들로 진격 중임."

D데이가 끝났을 때, 그들은 내륙으로 2킬로미터 가까이 진격할 수 있었다. 2,500명의 사상자들을 대가로 치르고 얻은 해두보였다.

유타 해변

'오마하 해변'에서 서쪽으로 16킬로미터 떨어진 '유타 해변'에선 4사단 병력이 상륙하고 있었다. 독일군의 저항이 거세리라는 병사들의 예상과 달리, 상륙작전은 예행연습처럼 순조롭게 진행되었다. 포탄 몇 발이 해변에 떨어졌고 기관총 사격과 소총 사격이 산발적으로 나왔다. 장애물도 예상보다 허술해서 폭파공병들이 쉽게 길을 뚫었다. 영국에서 여러 달 받은 혹독한 훈련에 비기면 실제 상륙작전은 싱거운 느낌이 들정도였다.

4사단 부사단장 시어도어 루스벨트(Theodore Roosevelt Jr.) 준장은 해변을 돌아다니면서 1차 공격파인 8연대 장병들을 보살폈다. 한 손에 지팡이를 들고 다른 손엔 지도를 들고서, 어린 병사들의 할아버지뻘인 57세의 이 노병은 둘레에 떨어지는 박격포탄을 아랑곳하지 않고 병사들을 독려했다.

루스벨트는 26대 대통령 시어도어 루스벨트의 장남이었다. 그는 제1차 세계대전에서 프랑스 원정군에 지원하여 싸웠고 중령까지 올랐다. 그 뒤 해군차관보를 비롯한 여러 공직을 역임하고 기업가로서도 활동했다. 그사이에도 꾸준히 군사학교들을 이수해서, 1941년 12월 미국이 참전하자 대령으로 현역에 복귀했다. 북아프리카와 이탈리아 작전에 참가해서 보병연대를 이끌었고 이제는 4사단 부사단장으로 1차 공격파를 지휘하고 있었다. 그리고 스물다섯 살 난 그의 아들 퀜틴 루스벨트(Quentin Roosevelt) 대위는 1사단 소속 포병장교로 '오마하 해변'에 1차 공격파로 상륙해서 싸우고 있었다.

오늘 연합군의 상륙작전에서 1차 공격파에 참가한 장군은 루스벨트뿐이었다. 처음 그가 1차 공격파에 참가하겠다고 하자, 사단장 레이먼드 바튼(Raymond O. Barton) 소장은 일언지하에 거부했다. 그러자 그는 사단장에게 편지를 써서 "내가 자기들과 함께 있다는 것을 알면, 병사들은 마음이 안정될 것입니다" 하고 자신의 주장을 폈다. 바튼은 내키지 않는 마음으로 그의 요청을 허가했다. 루스벨트와 작별할 때, 바튼은 루스벨트를 다시 보지 못할 줄로 여겼다.

상륙작전이 워낙 순조로워서, 이제 3차 공격파가 상륙하고 있었다. 이때 독일군 야포 포탄들이 떨어졌다. 10여 명이 한꺼번에 쓰러졌다.

몇 초 지나자 한 사람이 포연 속에서 걸어 나왔다. 그의 얼굴은 연기를 뒤집어썼고 철모와 장비들은 사라졌다. 충격을 받아 그는 보이지 않는 눈으로 걸었다. 위생병을 부르면서, 루스벨트는 그 병사에게로 달려갔다. 그리고 그를 팔로 두르고서 부드럽게 일렀다.

"여보게, 자네를 배에 태워서 보내 주겠네."

이때까지 '유타 해변'에 상륙한 4사단 병력이 상륙 목표가 아닌 지점에 잘못 상륙했다는 사실을 루스벨트와 몇몇 장교들만 알고 있었다. 함포 사격과 폭격의 연기로 위치를 식별할 지형들이 가려진 데다가, '오마하 해변'의 경우와 마찬가지로 해안을 따라 동쪽으로 흐르는 해류에 떠밀려서 통제선이 원래 목표보다 2킬로미터 가량 남쪽으로 상륙정들을 이끈 것이었다. 이런 불상사가 실은 행운이 되었으니, 미군들은 독일군이 강력한 방어 진지들을 구축한 곳들을 피해서 거의 저항을 받지 않고 상륙한 것이었다.

상륙 부대로선 가장 시급한 것이 '유타 해안'을 둘러싼 늪을 건너 내륙으로 진출하는 것이었다. 작전계획엔 상륙 부대는 다섯 개 제방도로들로 이어지는 출구들 가운데 3번 출구와 4번 출구로 독일군 포위망을 돌파하게 되어 있었다. 실제로 로버트 콜(Robert G. Cole) 중령이 이끈 101공수사단과 82공수사단의 낙하산병들 75명은 막 3번 출구의 서쪽 끝에 닿아서 몸을 숨기고 4사단 병력을 기다리고 있었다. 그러나 4사단 병력이 상륙한 곳은 2번 출구였다.

이제 루스벨트는 어려운 결정을 내려야 했다. 곧 후속 공격파들이 닥치고, 모두 3만 명의 병력과 3,500대의 차량이 상륙할 터였다. 그 병력들을 예정에 없었지만 안전한 이 지역으로 상륙시키면, 2번 출구 하나로 돌파해야 했다. 만일 그 출구가 막히면, 좁은 해안 지역에 사단 전체가 갇히는 것이었다. 예정대로 3번 출구와 4번 출구가 있는 지역으로 병력을 유도하면, 독일군의 거센 저항을 받아야 했다. 대신 3번 출구와 4번 출구를 함께 이용할 수 있어서, 돌파작전은 수월할 터였다.

루스벨트는 대대장들을 한데 불러서 의견을 들었다. 대대장들의 의견은 2번 출구를 이용해서 신속히 내륙을 향해 돌파하자는 쪽이었다. 루스벨트는 그들의 의견을 받아들였다. 이제는 속도가 중요했다. 독일군이 연합군 상륙의 충격에서 벗어나지 못했을 때 빠르게 진격해야 했다.

루스벨트는 1공병특수여단장 유진 캐피(Eugene Caffey) 대령을 돌아보면서 일렀다.

"나는 병력과 함께 앞으로 가겠소. 당신은 해군에 연락해서 병력을 상륙시키라고 하시오. 우리는 이곳에서 전쟁을 시작하는 것이오."

고지의 젊은이(Highland Laddie)

동쪽 영국군 제2군 진영엔 묘한 분위기가 감돌았다. 치열한 전투를 앞둔 부대마다 각오와 즐거움이 뒤섞였다. 원래 영국군은 오래된 의식을 따르며 위험 앞에서도 애써 태연함을 지니는 전통이 있었다. 이번 상륙작전은 그들에게 특별한 뜻이 있었다. 그들이 4년 동안 고대한 이 날에 그들은 그저 유럽 대륙의 해변을 공격하는 것이 아니라 그들의 부끄러운 기억들도 함께 공격해서 깨뜨리려는 것이었다. 굴욕적인 뮌헨 회담부터 됭케르크 철수를 거쳐 독일군의 공습과 잠수함 공격을 혼자 견뎌 낸 일들까지, 그들이 깨뜨리고 싶은 치욕의 기억들은 많았다.

캐나다군은 두 해 전 '디에프 침공작전'에서의 실패를 되갚아 주는 날이었다. 1942년 8월 19일 6천 명 남짓한 연합군 부대가 파드칼레 지역의 작은 항구 디에프를 침공했다. 캐나다군 5천 명을 중심으로 영국군 1천 명과 미군 육군 유격대 50명이 가세한 부대였다. 여러모로 뜻밖이었던 이 침공작전의 목표는 독일군의 해안 방어 상태에 관한 정보를 얻고, 중요한 항구를 점령함으로써 유럽에 제2 전선을 열겠다는 영국의 의지와 능력을 온 세계에 보이는 것이었다. 그러나 독일군의 강력한 반격에 침공군은 이내 고립되어서 한나절도 견디지 못하고 철수했다. 결국 6,086명의 침공군 가운데 3,623명이 죽거나 독일군에 붙잡혔다. 캐나다군으로선 이 참패의 치욕을 이번에 씻겠다는 각오가 단단했다.

프랑스 해안을 향하는 부대들 가운데 가장 감회가 깊은 부대는 물론 필리프 키페 중령이 이끄는 자유 프랑스 1해군 특공대대였다. 특공대를 맨 먼저 창설해서 경험이 많은 영국의 도움으로 창설된 이 부대의 177명 요원들은 '소드 해변'에 맨 먼저 상륙하는 영국 1특별임무여단에 배속되어 고국의 해안에 발을 딛는 것이었다.

그래서 온갖 위험들이 도사린, 틀림없이 많은 사람들이 죽고 다칠 싸움터로 향하는 함대엔 축제 같은 분위기가 어렸다. 배마다 군가들과 승선한 부대의 부대가를 틀었다. 그리고 많은 병사들이 따라 불렀다.

1차 공격파가 해안에 닿기 전에 먼저 투입된 부대는 120명으로 이루어진 수중폭파반이었다. 이들의 임무는 장애물들을 제거하고 30야드 폭의 통로들을 내는 것이었다. 그들이 발견한 장애물들은 육중하고 서로 연결되었고 지뢰들이 붙어 있었다. 게다가 그들에게 주어진 시간은 20분이었다. '프로그맨(frogman)'이라 불린 그들은 자신의 안전을 생각지 않고 위험한 임무를 수행하려 최선을 다했지만, 롬멜이 설치한 장애물들은 너무 거대했고 시간을 너무 짧았다. 그래서 해안으로 다가온 상륙정들이 장애물들에 부딪쳐 많이 폭파되었다. 맨 처음 상륙하는 병력이 특공대였으므로, 특공대가 가장 큰 손실을 입었다.

영국군 지역의 맨 서쪽인 '골드 해변'에선 47영국 해병 특공대 병력을 실은 16척의 상륙정들 가운데 4척이 폭침되고 11척이 손상을 입어 해변으로 인양되었고 1척만이 모함으로 돌아갔다.

'골드 해변'의 바로 동쪽인 '주노 해변'에 상륙한 48영국 해병 특공대는 장애물들을 뚫기도 전에 독일군 박격포 공격까지 받았다. 함포 사격과 공중 폭격에다 상륙함들의 로켓 공격에도 불구하고, 독일 포대들은 온전했다.

맨 동쪽의 '소드 해변'에 상륙한 특공대는 1특별임무여단이었다. 상륙정들이 해안 가까이 다가가자, 여단장 사이먼 프레이저(Simon Frazer) 준장은 필리프 키페 중령이 이끄는 자유 프랑스 1해군 특공대대가 맨 먼저 상륙하도록 배려했다. 그래서 프랑스 특공대원들을 태운 두 대의 상륙정들이 맨 앞으로 나섰다. 프랑스 특공대들은 오른강 하구 서쪽의 작은 도시 위스트레암의 모래밭을 밟았다. 그리고 많은 병사들이 다시 밟은 조국의 해변에서 삶을 마쳤다.

프레이저는 스코틀랜드의 오래된 가문들 가운데 하나인 프레이저 오브 로바트 가문의 25대 추장으로 15대 로바트 경(Lord Lovat)이었다. 영국군이 처음 특공대를 창설했을 때부터 특공대에 참여해서 여러 번 성과를 거두었다. 참혹한 실패로 끝난 '디에프 침공'에서도 1개 중대를 이끌고 목표인 독일군 포대를 파괴하고 피해 없이 철수했다. 상륙정들이 해안에 이르자, 프레이저는 백파이프 취주병인 빌 밀린(Bill Millin) 일등병에게 말했다.

백파이프 취주병은 여단가 <고지의 젊은이>를 불었다. Oh my bonnie bonnie Highland laddie ….

"빌, 해변에 닿으면 곧바로 군가들을 연주하게. 아이들의 사기를 돋우어 주게."

밀린은 고개를 저었다. "장군님, 그렇게 하는 것은 규정에 어긋납니다. 전투 시에 취주병은 후미에 머물러서 연주하도록 되어 있습니다."

프레이저는 태연히 대꾸했다. "아, 그러나 그것은 잉글랜드 국방부 규정이지. 자네와 나는 스코틀랜드 출신이니 그것은 해당되지 않네."

밀린이 상륙정에서 내리자, 물이 겨드랑이까지 찼다. 백파이프를 껴안고 해변으로 힘들게 걸어 나가는 그를 향해 프레이저가 외쳤다.

"우리에게 〈고지의 젊은이〉를 불어 주게나."

채 물에서 나오기 전부터 밀린은 백파이프를 불기 시작했다. 포탄들이 터지고 기관총탄들이 휩쓰는 해변으로 동료들이 상륙하는 것을 독려하면서, 전우들이 독일군 진지들을 공격하고 쓰러지는 사이에도, 그는 혼자 물가를 행진하면서 여단가 〈고지의 젊은이(Highland Laddie)〉를 불었다.

Oh my bonnie bonnie Highland laddie,
Oh my bonnie bonnie Highland laddie . . .

스코틀랜드 병사들이 있는 곳마다 불리는 민요들을, 〈섬들로 가는 길(The Road to the Isles)〉을, 〈국경 너머 푸른 모자들(Blue Bonnets Over the Border)〉을, 탁하면서도 날카로운 백파이프 소리로 높였다.

특공대들이 독일군과 싸우는 사이, 1차 공격파들이 세 해변에 상륙했다. 바다는 상륙정들로 가득했고 모랫벌은 병사들로 덮였다. 독일군이 설치한 장애물들은 줄곧 상륙정들과 병사들을 괴롭혔지만, 막상 독일군의 저항은 예상보다 약했다. 독일군이 가장 거세게 저항한 곳은 '주노 해변'이었지만, 그런 저항을 극복하는 데는 그리 오래 걸리지 않았다. 그래서 상륙한 부대들은 빠르게 해두보들을 확장할 수 있었다. 이런 상황은 아직 해두보를 확보하지 못한 채 고전하는 서쪽 미군 1군의 처지와 대조적이었다.

영국군의 빠른 성취는 물론 독일군의 미약한 저항 덕분이었다. 서쪽 지역을 방어하는 독일군 352사단은 전투 능력과 사기가 높았고 능숙하게 미군을 공격했다. 그러나 동쪽 지역을 지키는 716사단은 항복한 러시아와 폴란드 군인들이 많이 섞인 부대여서 전투 능력이 낮았고 사기는 더욱 낮았다. 그래서 영국군이 공격해 오면 끝까지 싸우기보다 항복할 기회를 찾았다.

영국군 2군 사령관 마일스 뎀프시(Miles C. Dempsey) 중장의 탁월한 지휘도 중요한 요인이었다. 그는 뒹케르크 철수작전에서 여단을 지휘해서 후위 작전을 성공적으로 수행함으로써 지휘관 자질을 증명했다. 이어 시칠리아 침공작전과 이탈리아 본토 침공작전의 입안과 실행에 참여해서, 상륙작전 경험이 많았다. 이번 작전에도 그런 경험을 살려서 계획과 준비를 충실히 했다. 수륙양용전차들을 충분히 활용했고, 긴 쇠사슬로 땅을 후려쳐 지뢰들을 폭파시키는 '도리깨' 전차들은 지뢰들로 인한 사상자들을 크게 줄이고 전진 속도를 높였다. 다른 장갑 차량들은 작은 교량들과 둘둘 만 강철 양탄자들을 실어서 어지간한 시내들과 무른 땅을 통과할 수 있었다. 담을 넘거나 대전차호를 메우는 데 쓸 통나무들을 실은 차들도 있었다. 그리고 뎀프시는 미군보다 훨씬 오래 포격을 하도록 해서 독일군을 '부드럽게' 만들었다. 덕분에 영국군은 상륙 과정에서 혼란과 손실을 상당히 줄일 수 있었다.

영국군이 이루는 데 실패한 목표는 세 '해변'을 연결해서 하나의 전선을 형성하는 것이었다. '골드 해변'에 상륙한 영국군 50사단과 '주노 해변'에 상륙한 캐나다군 3사단 사이엔 틈새가 없었고 두 '해변'은 이내 연결되었다. 그러나 '주노 해변'과 '소드 해변' 사이엔 10킬로미터가 넘는 틈새가 있었다. 이 틈새를 메울 임무는 '주노 해변'에 상륙한 48해병 특공대와 '소드 해변'에 상륙한 41해병 특공대였다. '주노 해변'에서 동쪽으로 강행군한 48특공대는 2킬로미터도 못 가서 막혔다. 랑그뤈이라는 작은 도시 전체가 독일군 요새가 되어 있어서, 병력이 작고 중화기들을 갖추지 못한 특공대로선 대응할 길이 없었다. '소드 해변'에서 서쪽으로 강행군한 41특공대는 작은 도시 리옹쉬르메르에서 독일군의 거센 반격을 받았다. 탄막 사격과 기관총 저격에 막혀, 지원하던 3대의 전차를 잃은 채 길을 뚫지 못했다. 결국 D데이가 끝날 때까지 두 해변 사이엔 10킬로미터 가까운 틈새가 남았다.

독일군의 지체된 반응

이처럼 연합군의 대규모 상륙작전이 빠르게 진행되는 동안, 독일군 지휘부는 여전히 상황의 심각성을 깨닫지 못했다. 7군 참모장 펨젤 소장의 경고는 무시되고, 출동 준비를 마친 부대들엔 진격 명령이 내려지지 않았다.

그사이에도 노르망디를 향하는 연합군의 세력이 모든 예상들을 뛰어넘는다는 7군의 보고들은 롬멜의 사령부와 룬트슈테트의 사령부에 쌓이고 있었다. 먼저 반응한 것은 룬트슈테트였다. 그는 노르망디로 향하는 연합군이 '견제 공격군'이라고 여전히 믿었지만, 즉각적 대응이 필요할 만큼 심각하다고 판단했다. 그는 파리 근처에 있는 예비부대인 12SS 기갑사단과 기갑훈련사단에, 집결해서 노르망디 해안으로 진출하라는 예비명령을 내렸다. 이 두 강력한 기갑사단들은 전략적 예비부대로 히틀러가 직접 승인해야 움직일 수 있었다. 룬트슈테트는 총통이 자신의 승인 요청을 거부할 리 없다고 판단해서 예비명령을 내린 것이었다. 그리고 군 최고사령부(OKW)에 두 예비사단을 노르망디에 투입하는 것을 승인해 달라고 요청했다. 룬트슈테트의 작전참모부장인 치머만 중장은 군 최고사령부 작전참모부의 상황장교에게 룬트슈테트가 이미 예비명령을 내렸다는 것을 전했다.

바이에른 남동쪽의 작은 휴양 도시 베르크테스가덴에 자리 잡은 군 최고사령부에서 룬트슈테트의 전문은 군 작전참모부장 알프레트 요들 대장의 사무실에 전달되었다. 전문을 받은 요들의 참모들은 그 전문이 취침 중인 요들을 깨울 만큼 중요하지 않다고 판단했다. 그래서 그 전문은 요들의 책상에 머물렀다.

군 최고사령부 본부에서 채 5킬로미터가 안 되는 총통의 산악 휴양지에선 히틀러가 연인 에바 브라운(Eva Braun)과 함께 자고 있었다. 히틀러는 여느 때와 마찬가지로 0400시경에 개인 주치의 테오도어 모렐(Theodor Morell)이 처방한 수면제로 잠이 든 것이었다.

0500시경에 총통의 해군보좌관 카를 예스코 폰 푸트카머(Karl Jesko von Puttkamer) 소장은 요들의 참모로부터 프랑스에 연합군이 상륙했다는 보고가 올라왔다는 얘기를 들었다. 보고가 너무 애매해서, 푸트카머는 히틀러를 깨워서까지 보고할 내용이 없다고 판단했다.

이 과정에서 상황의 심각성을 깨달은 사람은 작전참모부부장인 발터 바를리몬트(Walter Warlimont) 대장이었다. 그는 0400시부터 상황을 면밀하게 추적하고 있었고, 룬트슈테트의 전문을 받자 룬트슈테트의 참모장 블루멘트리트 소장과 전화로 상황을 검토했다. 그는 예비부대를 동원해야 한다는 룬트슈테트의 판단에 동의했다.

요들이 일어나자, 바를리몬트는 전화로 보고했다.

"장군님, 블루멘트리트가 기갑 예비부대들에 관해 전화했습니다. 서부 총사령부에선 그 부대들을 즉시 침공 지역으로 이동시키고자 합니다."

요들은 한참 동안 생각하더니, 바를리몬트에게 되물었다. "당신은 이것이 침공이라고 확신하오?"

바를리몬트가 무어라 대꾸하기도 전에, 요들은 자기 물음에 스스로 대답했다. "내가 받은 보고들에 따르면, 그것은 견제 공격일 수 있소. 기만 작전의 일환일 수 있소. 지금 서부 총사령부는 충분한 예비부대들을 가졌소. 서부 총사령부는 자기 예하 병력으로 공격군을 소탕하도록 노력해야 하오. 나로선 지금이 서부 총사령부 예비병력을 풀어 줄 때라고 생각할 수 없소. 우리로선 상황이 보다 명확해질 때까지 기다려야 하오."

바틀리몬트로부터 요들의 결정을 전해 들은 서부 총사령부는 충격을 받았다. 모두 믿을 수 없다고 고개를 저었다. 특히 룬트슈테트는 분기충천해서 붉어진 얼굴로 알아들을 수 없는 소리를 질렀다. 그러나 요들이 결정한 터라, 군 총사령부의 누구도 서부 총사령부의 주장과 호소를 받아들이려 하지 않았다. 치머만이 상황을 설명하고 호소하자, 육군 작전참모부장 트로이슈 폰 부틀라르브란덴펠스(Treusch von Buttlar-Brandenfels) 소장은 "하라는 대로 하시오!" 하고 전화를 끊었다.

이제 움직일 사람은 룬트슈테트였다. 야전군 원수로서 그는 총통에게 직접 전화를 걸 수 있었다. 그리고 룬트슈테트의 권위와 책임을 고려해서 히틀러가 예비부대들을 곧바로 풀 가능성도 작지 않았다. 그러나 D데이 내내 상황이 급박해져도 룬트슈테트는 히틀러에게 전화를 걸지 않았다. 룬트슈테트는 독일의 오래된 가문 출신으로 제1차 세계대전에서 소령으로 활약했다. 그래서 당시 하사였던 히틀러를 "그 보헤미안 하사"라고 불렀다. 1875년에 태어난 그는 나이가 너무 많다고 은퇴하기를 희망했으나, 히틀러가 간청해서 현역으로 복무하는 참이었다.

상황이 워낙 다급했으므로, 서부 총사령부의 참모들은 계속 군 총사령부의 참모들에게 호소했다. 그러나 그들 가운데 누구도 요들이 내린 결정을 번복할 생각을 하지 않았다. 그들은 다급해서 매달리는 룬트슈테트의 참모들에게, 현장의 지휘관들과 참모들보다 독일에 있는 자신들이 상황을 더 잘 파악하고 있다고 말했다.

롬멜의 B집단군 사령부엔 상당히 낙관적인 기운이 감돌았다. 참모장 슈파이델 소장은 요들의 결정을 아직 몰랐고, 그래서 2개 기갑사단이 이미 노르망디로 향하고 있다고 여겼다. 그리고 강력한 21기갑사단이 이미 캉 남쪽 집결지로 이동하고 있었다. 롬멜의 참모들은 2년 전 '디에프 침공'처럼 곧 연합군을 다시 바다로 몰아낼 수 있다고 전망했다.

연합군의 공격을 실제로 막아 내고 있는 7군 사령부의 분위기는 더욱 낙관적이었다. 7군 참모들은 352사단이 비에르빌과 콜빌 사이의 해안에서, 즉 '오마하 해변'에서 연합군을 바다로 몰아낸 것으로 생각했다. 그런 낙관적 전망의 근거는 '오마하 해변'을 굽어보는 진지에서 전투를 지켜보던 장교 하나가 상황을 아주 낙관적으로 판단하고 올린 보고였다. 그는 독일군이 엄폐물이 없는 해변의 연합군을 아주 효과적으로 공격해서 큰 전과를 올렸고, 이제 연합군은 "함정들로부터 내리는 것을 멈췄다"고 보고했다. 7군 사령부의 참모들은 이 보고에 큰 뜻을 부여했다. 그래서 15군 사령관 잘무트 대장이 346보병사단을 보내서 지원하겠다고 제안했을 때, 그는 7군으로부터 "필요없다"는 대답을 들었다.

7군 사령부가 이처럼 상황을 오판하게 된 원인들 가운데 하나는, 해안에서 실제로 싸우는 사단들과 후방의 군단 사령부나 군 사령부 사이의 통신이 아주 힘들었다는 사정이었다. 프랑스 저항운동 세력이 모든 전화선들을 끊었으므로 유선통신은 아예 불가능했다. 그래서 7군 사령부는 연합군이 코탕탱반도의 동쪽 해안에, 즉 '유타 해변'에 상륙했다는 사실도 아직 몰랐다.

오전 8시 조금 못 미쳐, 독일 공군 26전투비행단장 요제프 프릴러

(Josef Priller) 대령은 공군사령부 작전장교로부터 연합군의 침공이 시작되었으니 출동하라는 명령을 받았다. 그러나 120대가 넘은 그의 전투기들은 모두 6월 4일에 후방의 3개 지역으로 떠난 터였다. 그는 침공이 임박한 상황에서 전투기들을 옮기는 것이 부당하다고 거세게 항의했지만, 사령부는 들으려 하지 않았다. 지금 프랑스 북동쪽 릴에 자리 잡은 그의 본부엔 그와 그의 부관 하인츠 보다르치크(Heinz Wodarczyk) 상사의 전투기 2대만 남아 있었다.

전투기에 오르기 전, 96대의 적기들을 격추한 독일 공군의 전설은 단 하나 남은 편대원에게 다가갔다.

"내 얘기를 잘 듣게. 이제 우리 둘뿐일세. 우리는 떨어지면 안 되네. 무슨 일이 있더라도 내가 하는 대로 그대로 하게. 내 뒤를 날면서 내가 하는 모든 것들을 따라서 하게."

"예, 단장님. 잘 알겠습니다."

존경하는 지휘관이 진지하게 하는 얘기니 보다르치크로선 당연히 깊이 새겼다.

오랫동안 함께 지낸 부하에게 지금 상황을 분명하게 알리는 것이 도리라고 프릴러는 생각했다.

"지금 우리는 혼자 들어가는 걸세. 그리고 나는 우리가 돌아오리라고 생각하지 않네."

"예, 단장님. 잘 알겠습니다." 보다르치크가 애써 감정을 누르는 목소리로 대답하고서 경례했다.

0900시에 이륙한 프릴러의 편대는 곧 노르망디 해안에 닿았다. 너무나 거대한 함대에 프릴러는 압도되었다. 너무 많은 배들과 항공기들과 병력이 있는 해변이라서, 그는 격추되기 전에 해변을 한 차례 공격할 수 있으리라고 판단했다.

"얼마나 멋진 쇼인가! 얼마나 멋진 쇼인가!"

프릴러는 무전기에 대고 외쳤다. 이제 무선 침묵은 필요 없었다.

"여기엔 모든 것들이 있다—어디로 보아도 그렇다. 내 말을 믿어라, 이것은 침공이다."

그러고서 그는 충실한 부관에게 말했다. "보다르치크, 우린 들어간다. 행운을 빈다."

그들은 시속 700킬로미터 가까운 속도로 400미터 남짓한 고도를 유지하면서 영국군이 상륙한 해변을 날았다. 조준할 시간이 없었으므로, 그는 그저 조종간의 단추를 눌렀다. 두 대의 전투기들은 영국군의 '소드 해변'에서 시작해서 '주노 해변'과 '골드 해변'을 거쳐 미군의 '오마하 해변'까지 공격했다. 해변에 있던 모든 방공포들이 퍼붓는 총탄들 사이로 임무를 마치고, 무사히 기지로 귀환했다.

영국 시간 0930시 영국 해협 건너 포츠머스에선 아이젠하워가 가벼운 마음으로 아주 쉬운 결정을 내렸다. 침공작전에 관한 정보들이 들어오기를 기다리면서, 그는 밤새 트레일러를 서성였다. 그는 늘 하던 대로 서부 소설(Westerns)을 읽으면서 긴장된 마음을 풀려 했지만 소용이 없었다. 그래서 아픈 허리를 주무르면서 밤새 서성인 것이었다.

드디어 첫 보고들이 들어오기 시작했다. 단편적이었지만 내용은 좋았다. 공수부대들은 임무를 잘 수행했고, 5개 해변 모두에 해두보가 마련되었다. 그는 자신이 혼자 종이에 적었던 발표문을 마지막으로 읽어 보았다.

"셰르부르~르아브르 지역의 아군 상륙은 만족스러운 발판을 얻는 데 실패했고 나는 병력을 철수시켰다. 그 시간과 장소에 공격하기로 한 나의 결정은 이용 가능한 가장 좋은 정보에 바탕을 두었다. 육군 병력, 공군과 해군은 용기와 책임감이 할 수 있는 모든 것들을 다했다. 그 시도에 관련된 어떤 책임이나 잘못이 있다면 그것은 오로지 나의 것이다."

가벼운 한숨을 내쉬고서, 그는 전화기를 들었다.

0933시 아이젠하워의 공보부관 어니스트 듀퓨이(Ernest Dupuy) 대령은 아이젠하워가 작성한 다른 발표문을 온 세계에 방송했다.

"연합군 해군은 강력한 공군의 지원을 받아 연합군 육군 병력을 오늘 아침 프랑스 북부 해안에 상륙시키기 시작했다."

연합군 사령부의 발표는 히틀러의 측근 참모들로 하여금 히틀러를 깨울 용기와 구실을 주었다. 영국 시간으로 10시(독일 시간으로 9시)가 조금 지나서, 총통 부관인 루돌프 슈무트(Rudolf Schmudt) 소장이 히틀러를 깨웠다. 잠옷 차림으로 나온 히틀러는 보고를 받자 군 총사령부 참모장 빌헬름 카이텔 원수와 작전참모부장 요들을 불렀다.

이어진 회의는 불안한 분위기 속에서 진행되었다. 정보가 워낙 부족했으므로 깊이 있는 논의가 이루어지기 어려웠다. 그래도 이용 가능한 정보에 바탕을 두고, 히틀러는 이번 침공이 '주침공'이 아니라고 판단했다. 히틀러가 그 점을 계속 강조했으므로 참석자들은 다른 의견을 내놓을 엄두를 못 냈다. 그러고서 히틀러는 갑자기 회의를 끝내고 나가 버렸다. 그래서 군 총사령부 휘하의 2개 기갑사단을 푸는 문제는 논의조차 되지 않았다.

가장 긴 하루

히틀러가 첫 보고를 받던 시각, 롬멜도 참모장 슈파이델로부터 전화로 보고를 받았다. 충격을 받고 마음이 흔들렸지만, 롬멜은 긴 보고를 참을성 있게 들었다. 슈파이델이 보고를 마치자, 롬멜은 모든 감정이 씻긴 듯한 목소리로 조용히 말했다.

"내가 바보구나. 내가 바보구나."

1540시 룬트슈테트의 참모장 블루멘트리트 소장은 롬멜의 참모장 슈파이델 소장에게 전화로 통보했다.

"군 총사령부가 12기갑사단과 기갑훈련사단을 풀었소."

기다리던 소식을 전하는 사람도 그 소식을 듣는 사람도 목소리에 힘이 없었다. 두 장군은 알고 있었다. 너무 늦었다는 것을. 히틀러와 그를 둘러싼 참모들은 두 기갑사단을 10시간 넘게 붙잡아 두었고, 이제 그 강력한 사단들은 오늘 안에 노르망디에 닿을 수 없었다.

이제 독일군의 마지막 희망은 21기갑사단이었다. 그러나 0200시 조금 지나서부터 출동 준비를 마친 전차연대가 해안으로 출동하라는 명령을 받은 것은 오후였다. 전차연대장 헤르만 폰 오펠른브로니코프스키(Herman von Oppeln-Bronikowski) 대령은 전차들을 이끌고 해안으로 향했다. 그러나 그의 부대는 캉을 지나갈 수 없었다. 캉 시내는 폭격으로 완전히 폐허가 되어서 길마다 건물 파편들로 덮였고, 피난민들이 접근로를 메워서 전차들이 나아갈 수 없었다. 할 수 없이 그의 부대는 캉을 우회해야 했고, 독일군 전차들이 해안에 닿았을 때는 이미 영국군이 대전차 진지들을 마련하고 대기한 상태였다. 결국 그의 부대는 우세한 영국군 전차들과 대전차포들의 공격에 많은 전차들을 잃고 멈춰 섰다.

독일의 집에서 오후 1시에 출발한 롬멜은 밤늦게 라로슈기옹의 B집단군 사령부에 도착했다. 긴 회청색 원수 야전 외투를 입은 채 그는 참모장으로부터 상황을 보고받았다. 그때는 이미 21기갑사단의 반격이 실패했다는 것이 알려진 터였다. 참모장의 보고가 끝나자 롬멜은 고개를 끄덕이고서 조용히 자기 방으로 향했다.

그의 수행부관 헬무트 랑(Hellmuth Lang) 대위가 걱정스럽게 물었다.

"원수님, 우리가 그들을 물리칠 수 있다고 보십니까?"

롬멜은 어깨를 추스르고 두 손을 벌렸다. "랑, 우리가 할 수 있기를 바라야지. 나는 지금까진 거의 언제나 성공했네."

그는 부관의 어깨를 손으로 다독거렸다.

"피곤해 보이는데, 좀 자게나. 오늘은 긴 하루였잖나?"

"예, 원수님."

롬멜은 돌아서서 복도를 지나 자기 방으로 들어갔다. 육중한 문이 소리 없이 닫혔다.

늘 자신감이 넘치고 단호한 원수가 보인 나약한 면모에 충격을 받은 수행부관은 패전의 예감과 존경하는 상사에 대한 동정심이 들끓는 가슴으로 닫힌 방문을 한참 바라보았다. 그리고 쓰디쓰게 뇌었다.

"가장 긴 하루…."

지난 4월 22일 '대서양 장벽'의 건설을 독려하던 롬멜은 불쑥 그에게 말했었다.

"내 말을 믿게, 랑. 침공의 첫 24시간이 결정적일 걸세…. 독일의 운명은 그 결과에 달렸네…. 독일만이 아니라 연합국에도, 그날은 가장 긴 하루일 걸세."

랑은 나오는 한숨을 되삼켰다. 원수의 충고는 옳았다. 절망과 슬픔 속에서도 잠은 자야 했다. 그가 무거운 걸음을 떼어놓는데, 생상송 교회의 종소리가 들려왔다. 어느덧 자정이었다. 그렇게 '가장 긴 하루'가 끝났다.

상륙작전의 성공

1944년 6월 6일 D데이에 16만 가까운 연합군 병력이 영국 해협을 건너 노르망디 해안에 상륙했다. 그들은 독일군의 거센 저항을 뚫고 다섯 개의 해두보들을 마련하는 데 성공했다. 그들의 영웅적 성취는 그러나 목표에 미치지 못했다.

작전계획에 따르면, D데이에 상륙군은 내륙으로 10 내지 15킬로미터 진출해야 했다. 그리고 서쪽 '오마하 해변'에서 동쪽 '소드 해변'까지 4개 해두보들이 연결되어 단일 전투 정면을 형성해야 했다. 실제로는 '오마하 해변'에서 미군 1사단과 29사단은 내륙으로 2킬로미터가량 진출했다. 영국군 50사단이 점령한 '골드 해변'과 캐나다군 3사단이 점령한 '주노 해변'은 연결이 되어 20킬로미터 길이에 10킬로미터 폭의 진지를 만들었다. 그러나 영국군 3사단이 점령한 '소드 해변'과의 연결엔 실패했다. 맨 서쪽 미군 4사단이 점령한 '유타 해변'에선 상륙군이 미리 투입된 101공수사단과 만나는 데 성공했다. 그러나 연합군 지역에 독일군 요새들과 부대들이 남아서 제대로 전선이 형성되지 않은 상태였다.

물론 사상자들도 많았다. '피의 오마하'에서 가장 많은 사상자들이 나왔다. 확인된 사망자들이 4,414명이었고 사상자 총수는 적어도 1만 명에 이르렀다. 독일군의 손실은 1천 명가량 되었다.

그래도 전략적 차원에서 살피면 이런 결과는 연합군이 D데이의 싸움에서 승리했다는 것을 뜻했다. 완벽한 제해권과 제공권을 누리는 터라, 연합군은 이제 다섯 해두보들을 통해 영국 남부에 집결한 거대한 군대를 프랑스 전선에 빠르게 투입할 수 있었다(연합군이 노르망디 작전에 배정한 항공기들은 4,029대였고 폭격과 방어에 배정한 항공기들은 5,514대였다. 독일군이 프랑스, 벨기에 및 네덜란드에 배치한 항공기들은 570대였다). 반면에, 연합군의 폭격에 고스란히 노출된 독일 지상군은 후방의 병력을 전선에 제대로 투입할 수 없어서 크게 불리한 싸움을 하게 되었다. 즉, D데이에 연합군 상륙 부대를 바다로 되밀어 넣어야 독일군으로선 승산이 있었다. D데이가 "가장 긴 하루"가 되리라는 롬멜의 얘기는 바로 이런 상황을 예측한 것이었다.

'대왕 작전'을 추진하면서, 연합군 사령부는 6월에 노르망디에 상륙한다는 계획을 독일군에게 감추는 데 힘을 쏟았다. 그리고 7월에 파드칼레에 상륙한다고 독일군이 믿도록 하는 데 모든 역량을 동원했다. 수많은 이중간첩들을 이용해서 여러 경로들을 통해 독일군에 거짓 정보들이 끊임없이 제공되도록 했다. '미군 1집단군'이라는 가공의 조직을 만들어 사령관 조지 패튼 중장의 지휘 아래 켄트와 서섹스에서 파드칼레 침공을 준비하고 있다는 시나리오를 점점 충실하게 다듬어 냈다. 실제로 패튼은 7월 6일까지 영국에 머물면서 그 시나리오대로 연출을 계속했다.

연합군의 이런 기만작전의 영향을 받아, 히틀러와 룬트슈테트, 롬멜은 연합군의 유럽 침공작전에 관해 모처럼 의견의 합치를 보았다. 프랑스 전선에서 독일군의 작전을 결정하는 그 세 사람은 노르망디에 상륙한 연합군은 '견제 공격'이고 주력은 7월에 파드칼레에 상륙한다고 믿었다. 그래서 파드칼레를 지키는 15군을 그대로 두고 7군만으로 노르망디 작전을 수행하기로 결정했다.

해두보를 확보한 상륙군은 시간이 지날수록 강력해지므로, 독일군으로선 한시바삐 반격에 나서야 했다. 이 반격작전의 주력은 21기갑사단, 12SS기갑사단 그리고 기갑훈련사단이었다. 그러나 21기갑사단은 이미 캐나다군과 교전하고 있어서 반격작전에 참가하기 어려웠고, 기갑훈련사단은 연합군의 공습으로 큰 피해를 입어서 아직 도착하지 못했다. 결국 12SS기갑사단 혼자 반격에 나섰는데, 캐나다군의 저항이 강력해서 독일군의 반격은 효과를 얻지 못했다.

6월 9일이 되자, 그동안 상륙한 부대들로 늘어난 연합군의 전력은 독일군을 압도했다. 제공권까지 연합군이 장악한 터라 작전의 주도권은 연합군이 쥐게 되었다. 온 역량을 집중해서 연합군이 해두보들에서 탈출하지 못하도록 반격해야 할 독일군은 점점 수동적으로 대응하게 되었다.

6월 10일에 히틀러에게 올린 긴 보고에서 롬멜은 독일군이 맞은 어려움을 간명하게 설명했다.

"낮엔 실질적으로 아군의 모든 수송이—도로, 철도, 그리고 개활지에서—강력한 전투폭격기 및 폭격기 편대들에 제압당해서 싸움터에서 아군의 움직임들은 거의 다 마비되고, 반면에 적군은 자유롭게 움직입니다. 아군 후방의 모든 수송 대열들은 연속적 공격을 받아서, 필수적 보급품들과 탄약과 석유를 병력들에게 보급하는 것이 매우 어렵습니다."

6월 12일까지 연합군은 노르망디의 해두보들을 확장해서 내륙으로 진출할 발판을 만들었다. D데이에서 이날까지 일주일 동안 연합군은 병력 32만 6천 명, 차량 5만 4천 대, 그리고 보급품 10만 4천 톤을 상륙시켰다. 연합군이 장악한 제공권과 제해권을 고려하면 승패는 이미 결정된 셈이었다.

롬멜이 상륙한 연합군을 바다로 되밀어 넣는 데 실패해서 의기가 소침했던 독일군 진영에선 6월 13일에 희망이 되살아났다. '날아가는 폭탄(V1)'의 첫 발이 런던에 떨어진 것이었다. 1톤의 탄두를 지닌 무인 펄스제트 항공기인 V1은 새로운 무기였고 런던을 크게 파괴해서, 독일군 지휘부는 큰 기대를 걸었다. 이어 9월 8일엔 V1의 개량형인 V2의 첫 발이 런던에 떨어졌다. 이 무기는 음속보다 빠른 속도로 300킬로미터 넘게 날았다. 그러나 너무 부정확해서 민간인들에 대한 '테러' 무기 이상이 되지 못했다. '보복 무기(Vergeltungswaffen)'라는 이름이 가리키듯 V1과 V2는 독일 도시들에 대한 연합군의 대규모 공습에 대한 보복으로 쓰였다.

냉정히 평가하면, '보복 무기'는 전략적으로 비합리적인 무기들이었다. 전쟁은 후방에 대한 테러로 이기는 경기가 아니다. 실제로 V1과 V2는 전쟁에서 이기겠다는 영국 시민들의 결의를 오히려 굳게 해 주었다. 현실적으로, 그런 무기들을 개발하고 만드는 데 든 자원은 효과에 비해 너무 컸으니, '보복 무기' 사업에 들어간 자원은 미국이 원자탄을 개발하는 '맨해튼 사업'에 들어간 것보다 50퍼센트가량 더 들어갔다. '보복 무기'에 쓰인 연료 알코올은 감자로 생산했는데, 당시 독일 국민들은 굶주리고 있었다. 연합국에 대한 증오심과 복수심을 만족시키느라 너무 큰 비용을 치른 것이었다.

21집단군 사령관으로 프랑스 침공작전의 지상군을 지휘하는 몽고메리는 셰르부르와 캉을 주요 목표로 삼았다. 코탕탱반도 북부의 셰르부르는 이 지역의 가장 중요한 항구였다. 따라서 지속적 작전을 위해선, 셰르부르를 통해서 인력과 물자를 공급받아야 했다. 이번 상륙작전에서 연합군은 '오디(mulberry)'라 불린 조립식 인공항을 이용했지만, 양륙揚陸 시설의 부족은 어쩔 수 없이 작전의 병목이 되었다. 연합군이 상륙한 해변들은 수심이 얕아서 큰 배가 접근할 수 없었다. 그리고 부두에서 내륙으로 통하는 도로와 철도가 있어야 양륙한 물자들을 내륙으로 수송할 수 있었다.

캉은 연합군이 상륙한 지역에서 가장 큰 도시로 교통의 요지였다. 캉을 얻으면 연합군은 전후좌우로 쉽게 움직일 수 있었다. 독일군 방어선을 돌파해서 내륙으로 진출하려는 연합군에 캉은 결정적으로 중요한 목표였다. 그러나 독일군 21기갑사단이 지키는 터라 연합군은 쉽게 캉을 얻을 수 없었다.

캉 지역이 전선이 교착되었으므로, 몽고메리는 셰르부르의 점령에 힘을 쏟았다. 롬멜은 이런 시도를 분쇄하려고 이용할 수 있는 기갑부대들을 다 동원해서 반격에 나섰다. 그러나 이번에도 독일군은 힘이 부쳐서 돌파에 실패했다. 마침내 6월 18일 연합군은 코탕탱반도 서쪽 해안 도시 바른빌에 도착했다. 코탕탱반도의 독일군이 완전히 포위된 것이었다. 갑작스러운 폭풍으로 800척의 수송선들이 좌초하는 바람에, 셰르부르를 겨냥한 진공은 사흘 뒤에 재개되었다. 독일군은 분전했으나, 보급과 증원이 끊긴 상황이라 함포 사격에 이은 지상군의 공격에 오래 저항할 수 없었다. 6월 26일 요새에서 저항하던 709보병사단장 카를빌헬름 폰 슐리벤(Karl-Wilhelm von Schlieben) 소장이 포로가 되었다. 슐리벤은 기갑사단을 이끌고 스탈린그라드 싸움과 쿠르스크 싸움에 참가한 노병이었다. 결국 셰르부르의 독일군 3만 9천 명이 연합군의 포로가 되었다.

'대왕 작전'으로 고대하던 '제2 전선'이 프랑스에서 열리자, 6월 23일 러시아군은 '하계 공세'에 나섰다. 이미 전략적 기동 능력을 상실한 독일군은 자신의 허락 없이는 후퇴하지 말라는 히틀러의 엄격한 명령으로 기동적 수비조차 할 수 없었다. 그래서 힘이 부친 독일군은 전선을 유지할 수 없었고 독일군 부대들이 러시아군에 포위되어 괴멸했다.

전황이 급격하게 나빠지자, 히틀러는 룬트슈테트와 롬멜을 자신의 본부로 불렀다. 6월 29일의 회의에서 룬트슈테트는 서부 총사령관인 자기에게 작전에 관한 모든 권한을 넘겨 달라고 요구했고, 롬멜은 7군을 센강 너머로 빼내야 한다고 역설했다. 그러나 히틀러는 이런 제안들을 거부했다. 결국 7월 3일 룬트슈테트는 사의를 밝혔고, 동부 전선에서 중부집단군을 지휘하던 귄터 폰 클루게(Günther von Kluge) 원수가 후임이 되었다.

히틀러 암살 음모

이제 독일이 패전을 피할 길은 없었다. 따라서 독일로선 되도록 일찍 연합국에 항복해서 피해를 줄일 길을 찾는 것이 합리적이었다. 그러나 히틀러는 항복할 생각이 없었다. 아직도 자신의 의지와 '군사적 천재'로 전황을 반전시킬 수 있다고 믿었다. 만일 자신이 죽게 되면 독일도 구차하게 사는 것보다 자신과 함께 '장엄한 최후'를 맞는 편이 낫다고 생각했다.

원래 히틀러는 큰 재능과 함께 몽상적 기질을 갖춘 인물이었다. 자신이 불러일으킨 전쟁이 불리해지자, 그의 불안한 성격이 더욱 불안하고 몽상적이 되었다. 그런 상태로 전쟁을 직접 지휘하다 보니 그는 엄청난 심리적 압박을 받았다. 그런 압박을 견디기 위해 그는 개인 주치의 모렐의 처방에 의존했다. 놀랍지 않게도 모렐은 히틀러에게 벌써 여러 해째 마약을 처방하고 있었다. 아침 늦게 일어나면 히틀러는 기운이 없었지만, 모렐이 주사를 놓으면 이내 원기를 되찾았다. 그래서 그는 모렐에게 점점 더 의지하게 되었다.

히틀러가 자신이 마약에 점점 깊이 중독되어 간다는 것을 깨달았는지는 명확하지 않다. 그러나 그의 가장 가까운 측근들은 알았다. 원래 모렐은 1936년에 히틀러의 복통과 다리의 발진을 치료해서 그의 신임을 얻었다. 히틀러는 측근들 가운데 누가 아프면 으레 모렐의 치료를 받도록 했다. 사악한 지도자의 측근들은 사악하고 교활하며 의심이 많은 사람들이므로, 그들은 모렐이 처방한 약을 선뜻 복용하지 않고 비밀리에 전문가들에게 그 약의 성분을 분석하도록 했다. 그렇게 해서 히틀러, 괴링 그리고 전쟁 물자의 생산을 맡은 알베르트 슈페르(Albert Speer)와 같은 히틀러의 측근들은 모렐이 히틀러에게 마약을 처방한다는 사실을 알게 되었다. 모렐은 히틀러에게 메탐페타민, 헤로인, 모르핀과 같은 마약과 다량의 수면제들을 처방했다.

히틀러의 심신이 점점 더 비정상적으로 되어 가고 그의 지도력이 독일을 파멸로 이끌자, 그동안 독일군 안에서 은밀히 진행되던 히틀러 암살 음모가 동력을 얻었다. 마침내 1944년 7월 20일 히틀러를 폭탄으로 암살하려는 음모가 실제로 시도되었다. 히틀러는 약간의 부상만 입고 목숨을 건졌지만, 이 암살 시도는 독일 사회와 군부를 뒤흔들었다.

인종주의적 세계관을 선동과 폭력으로 실현하려 했으므로, 히틀러는 처음부터 극도의 경계와 증오를 받았다. 그래서 그가 전국적으로 알려지기 전인 1921년에 벌써 그를 암살하려는 시도가 나왔다. 나치가 집권한 뒤엔 보다 조직적인 암살의 시도들이 나왔다. 아직 독일이 군사적으로 열세인데 히틀러의 유난히 공격적인 해외 팽창 정책이 독일을 파멸로 이끌리라는 걱정에서 그를 제거하려는 움직임이 독일군 지휘부에서 일었다. 그러나 히틀러의 해외 팽창 정책이 영국과 프랑스의 유화 정책 덕분에 예상과 달리 성공적으로 수행되자 히틀러는 독일 국민들의 열렬한 지지를 받았고, 그를 제거하려는 움직임은 힘을 잃었다.

러시아 침공작전이 예상과 달리 길어지고 스탈린그라드 싸움에서 독일군이 패배해서 전황이 뚜렷이 불리해지자, 히틀러를 암살하려는 움직임이 활기를 되찾았다. 히틀러를 제거하려는 세력의 핵심은 독일제국 귀족 출신 군인들과 정치가들이었다. 그들은 보수적이고 민족주의적이었다. 그래서 처음엔 나치를 지지했고, 히틀러를 제거해서 권력을 쥔 뒤에도 나치 정권 아래 독일이 차지한 영토들을 그대로 지녀야 한다고 생각했다. 인종적 편견에선 나치보다야 덜했지만, 자유주의를 따르는 사람들은 거의 없었다.

히틀러를 반대하는 세력의 중심인물은 헤닝 폰 트레스코프(Henning von Tresckow)였다. 그는 300년 동안 독일제국 장군 21명을 배출한 프로이센의 귀족 가문에서 태어났다. 그의 아버지도 기병 장군이었고 1871년 카이저 빌헬름 1세(Kaiser Wilhelm I)가 독일제국 황제로 대관식을 할 때 참석했었다. 그의 장인은 제1차 세계대전 초기에 참모총장으로 독일군을 지휘한 에리히 폰 팔켄하인(Erich von Falkenhayn) 대장이었다. 트레스코프는 제1차 세계대전의 '2차 마른강 싸움(Second Battle of the Marne)'에 중위로 참가해서 뛰어난 용기와 창의적 행동으로 공을 세웠고 '철십지훈장 2등급'을 받았다.

트레스코프가 속한 부대는 1보병근위연대였는데, 이 부대는 프로이센 군대에서 가장 영예로운 부대였다. 프로이센 국왕들은 이 연대의 '최고대령(Colonel-in-Chief)'이었고 연대 제복을 입었다. '최고대령'은 연대의 의례적 직책으로 왕족이 맡는다. 이런 직책은 유럽의 왕국들에서 널리 채택된 관행이었는데, 1740년 프로이센의 프리드리히 2세(Friedrich II)가 정예 중기병연대의 '최고대령'이 된 데서 비롯했다. 독일제국이 해체되고 공화국이 되면서, 1보병근위연대는 '보병연대 9포츠담'으로 바뀌어 그 전통을 이어받았다. 트레스코프는 이 보병연대에 근무했다.

1920년 그는 군대에서 나와 법학과 경제학을 공부했다. 그리고 1926년에 파울 폰 힌덴부르크(Paul von Hindenburg) 원수의 추천을 받아 군대에 복귀했다. 1934년엔 '전쟁학교'의 총참모부 훈련 과정에 들어가 1936년에 수석으로 졸업했다. 이어 총참모부 작전국에서 루트비히 베크(Ludwig Beck), 베르너 폰 프리치(Werner von Fritsch), 아돌프 호이징어(Adolf Heusinger) 그리고 에리히 폰 만슈타인과 같은 뛰어난 장군들을 도왔다.

제2차 세계대전이 일어난 뒤, 트레스코프는 프랑스 침공작전에서 A집단군에서 룬트슈테트와 만슈타인의 참모로 복무했다. 러시아와의 전쟁에선 그는 중부집단군 작전참모로 페도어 폰 보크(Fedor von Bock) 원수와 귄터 폰 클루게 원수를 보좌했다. 1943년 겨울엔 442수류탄병연대장으로 드네프르강 서안을 지켰고 그 뒤 죽을 때까지 2군 참모장으로 복무했다.

많은 독일군 장교들과 마찬가지로 트레스코프도 처음엔 열렬한 나치 지지자였다. 베르사유 조약의 조건들이 독일에 지나치게 가혹하다고 여겼던 터라, 그는 베르사유 조약을 무시하고 독일군의 건설과 라인란트 재무장을 추진한 히틀러를 지지했다. 그러다가 1934년 6월 30일에서 7월 2일까지 히틀러가 '긴 칼들의 밤'을 일으켜서 나치의 준군사 조직인 '돌격대(SA)' 지휘부를 제거했다('긴 칼들의 날'은 독일어에서 '보복 행위'를 뜻하는 말이다). 히틀러가 그렇게 법의 지배를 무너뜨리고 권력을 독점하자, 트레스코프는 나치와 히틀러가 독일 사회에 제기하는 근본적 위협을 깨달았다. 1938년 히틀러가 군대를 직접 지휘하는 조치를 취하자 나치와 히틀러에 대한 그의 반감은 더욱 깊어졌다. 국가가 허용하고 격려한 유대인들에 대한 박해인 1938년 11월 9일의 '수정의 밤(Kristallnacht)'이 벌어지자, 그는 그것을 인류 문명의 타락으로 여겼고 개인적 수치로 받아들였다('수정의 밤'은 유대인 상점들과 유대교회들이 파괴되어 거리가 유리 조각들로 뒤덮인 데서 나왔다. 이 대규모 박해로 수백 명의 유대인들이 목숨을 잃었다). 그는 친구 파비안 폰 슐라브렌도르프(Fabian von Schlabrendorff)에게 "독일과 유럽을 야만으로부터 구하기 위해 히틀러와 나치의 몰락을 꾀하는 데 우리가 최선을 다해야 한다고 의무와 명예가 함께 우리에게 명령한다"고 말했다.

트레스코프는 국제 정세에 대해서도 놀랄 만큼 식견이 뛰어났다. 독일군이 단숨에 프랑스군을 깨뜨리고 영국군을 유럽 대륙에서 몰아내자, 희열에 찬 낙관이 독일 사회를 휩쓸었고 히틀러의 인기는 절정에 이르렀다. 제1차 세계대전에서 패배한 지 20년 만에 독일이 유럽 대륙에 군림한 것이었다. 그러나 트레스코프는 그런 낙관적 사조에 휩쓸리지 않았다. 그는 뒷날 알프레트 요들의 부인이 될 비서에게 자신의 생각을 내비쳤다.

"만일 처칠이 미국을 설득해서 전쟁에 참가하도록 할 수 있다면, 우리는 [미국의] 물질적 우세에 의해 천천히 그러나 확실히 파괴될 것이다. 그러면 우리에게 남겨질 수 있는 최대치는 브란덴부르크 선거후의 영토일 것이고, 나는 궁정근위대장이 될 것이다." (브란덴부르크는 그의 집안의 고향이었다.)

그 뒤로 트레스코프는 적극적으로 나치와 히틀러에 대항하는 일에 몸을 바쳤다. 그의 출신, 인맥, 인품 그리고 재능은 사람들로 하여금 나치와 히틀러에 대항하는 그의 노력을 진지하게 대하도록 만들었다. 특히 그가 제1차 세계대전에서 1보병근위연대에서 그리고 바이마르 공화국에선 보병연대 9포츠담에서 복무하면서 독일군의 정예들과 맺은 인연은 그의 노력에 결정적으로 중요한 자산이 되었다.

트레스코프는 야전군 최고 지휘관들인 원수들까지 설득하려 했다. 비록 적극적으로 가담한 원수는 없었지만, 아무도 그를 만류하거나 히틀러에 밀고하지 않았다. 그의 꿋꿋한 활동 덕분에, 그가 작전참모로 근무한 중부집단군 사령부는 히틀러에 저항하는 세력의 중추가 되었다.

트레스코프의 부관이 된 슐라브렌도르프의 노력으로 1942년엔 트레스코프를 핵심으로 한 동부 전선의 저항 조직과 루트비히 베크 대장 둘레에 모인 베를린의 저항 조직이 연결되었다. 1938년 외교 정책에 관해서 히틀러와 다른 주장을 펴다가 참모총장을 사직한 베크 둘레엔, 서부 총사령관을 지낸 에르빈 폰 비츨레벤(Erwin von Witzleben) 원수, 물가관리관을 지낸 시장경제 신봉자 카를 괴르델러(Carl Goerdeler), 군 정보국 참모장 한스 오스터 소장, 베를린을 관장하는 예비군의 참모장 프리드리히 올브리히트(Friedrich Olbricht) 대장, 그의 참모인 클라우스 폰 슈타우펜베르크(Claus von Stauffenberg) 중령 등이 모였다. 동부 전선 조직과 베를린 조직이 연결되면서, 저항 조직은 비로소 군부 정변을 일으킬 역량을 갖추게 되었다. 군부 정변의 기본 개념은 동부 전선에서 트레스코프의 조직이 히틀러를 암살하여 불을 당기면, 베를린에서 올브리히트가 병력을 동원해서 수도의 기관들을 장악한다는 것이었다.

이런 계획에 따라 트레스코프는 히틀러가 동부 전선을 방문했을 때 다섯 차례나 그의 암살을 시도했다. 그러나 히틀러의 변덕스러운 일정으로 허사가 되거나, 암살을 맡은 당사자가 막판에 심약해져서 결행을 하지 못하거나, 히틀러의 항공기에 설치한 폭탄이 터지지 않아서 번번이 실패했다.

시간이 지날수록 히틀러의 암살은 어려워졌다. 전황이 불리해지자 히틀러는 전선을 시찰하지 않았다. 나중엔 아예 공개 석상에 나타나지 않았고, 베를린도 거의 찾지 않았다. 그는 시간의 대부분을 동프로이센 라스텐부르크 근처에 건설된 '늑대 요새(Wolfsschanze)'에서 보냈고, 휴양할 필요가 있으면 바이에른의 휴양지 오베르잘츠베르크를 찾았다(히틀러는 종종 자신을 '늑대'에 비겼다. 그래서 '늑대 요새'라는 이름이 나왔다). '늑대 요새'는 검문소가 3개나 될 만큼 경계가 엄중했고 방문은 엄격히 제한되었다.

1944년 여름이 되자, 국가비밀경찰이 저항 세력의 존재를 눈치채고서 포위망을 좁혀 오기 시작했다. 묘하게도, 국가비밀경찰을 지휘하는 히믈러는 저항 세력과 접촉한 터였다. 1943년 8월 카를 괴르델러 조직의 일원인 프로이센 재무상 요하네스 포피츠(Johannes Popitz)가 히믈러를 찾아가서 "만일 히믈러가 히틀러를 밀어내려 움직이고 연합국과 협상해서 전쟁을 끝내려 한다면, 저항 세력은 그를 지지하겠다"고 제안했다. 히믈러는 그 제안에 대해 반응하지 않았지만, 그렇다고 즉시 포피츠를 체포하지도 않았다. 전쟁이 끝나 갈 때에야 포피츠는 체포되었다. 히믈러로선 그렇게 덮어 두는 것이 자신에게 가장 나은 방안이라고 여겼을 것이다. 만일 저항 세력이 거사에 성공하면 그는 권력을 잡고 연합국과의 휴전 협상을 시작할 수도 있었다. 반면에, 포피츠를 체포하면 저항 세력이 자신을 히틀러의 대안으로 생각한다는 것이 드러나서 히틀러의 의심과 경계를 받을 터였다. 포피츠 말고도 히믈러를 히틀러의 대안으로 여겨 그와 접촉한 저항 세력 인물들은 여럿이었지만, 히믈러는 이들을 수사하지 않았다. 국가비밀경찰이 늦게 움직인 데엔 히믈러의 이런 이중적 태도가 한몫을 했다.

1944년 7월 1일 클라우스 폰 슈타우펜베르크는 예비군 사령관 프리드리히 프롬(Friedrich Fromm) 대장의 참모장에 임명되었다. 프롬은 히틀러 암살 음모에 대해 알고 있었지만 묵인했다. 새 직책 덕분에 슈타우펜베르크는 히틀러의 군사 회의에 참석할 수 있었다. 그래서 그가 히틀러의 암살을 직접 실행하기로 되었다. 히틀러가 죽으면 올브리히트가 예비군 병력을 동원해서 베를린의 기관들을 장악할 터였다. 마침 예비군은 도시들에 대한 연합군의 폭격으로 질서가 무너지고 강제노역을 당하는 몇백만 외국인들이 봉기했을 경우에 대비한 '발퀴레 작전(Unternehmen Walküre)'을 준비한 터였다. 올브리히트는 그 작전을 수정해서 베를린을 비롯한 독일 도시들을 장악하고, 친위대의 무장을 해제하고, 나치 지도자들을 체포하기로 했다. 거사가 성공하면 베크가 국가임시수반이 되고, 괴르델러가 수상이 되고, 비츨레벤이 군 총사령관을 맡기로 합의되었다.

프랑스 점령군 사령관 카를하인리히 폰 슈튈프나겔(Carl-Heinrich von Stülpnagel) 대장이 저항 세력에 가담하게 되어, 연합군과의 협상 계획도 구체화되었다. 히틀러가 죽으면 슈튈프나겔은 파리를 장악하고 프랑스에 침공한 연합군과 즉각적 휴전을 협상하기로 했다. 그는 1942년 2월에 프랑스 점령군 사령관이 되었는데, 그의 전임자는 종형 오토 폰 슈튈프나겔(Otto von Stülpnagel) 대장이었다. 프랑스 점령군 사령관은 비시 정권과 긴밀히 협조해야 했으므로, 항복한 프랑스에 대해 무리한 요구를 하는 나치 정권의 정책들을 충실히 따를 수 없었다. 그래서 프랑스의 나치 세력과 끊임없는 갈등을 겪을 수밖에 없었다. 특히 오토는 유대인들과 저항운동 세력의 포로들을 본보기로 처형하라는 히틀러의 명령을 제대로 따르지 않았다. 그가 히틀러의 지시를 거세게 비판하면서 사임하자, 종제인 카를하인리히가 그 자리를 이어받은 것이었다.

1944년 7월 20일 아침 슈타우펜베르크는 히틀러의 군사 회의에 참석하기 위해 항공편으로 라스텐부르크로 가서 '늑대 요새'에 들어갔다. 그는 폭탄이 든 서류 가방을 들었다. 1230시경 회의가 시작되기 직전에, 그는 히틀러의 참모장 빌헬름 카이텔 원수의 사무실에 있는 화장실로 들어갔다. 그리고 1킬로그램의 플라스틱 폭탄에 꽂힌 연필형 뇌관의 끝을 플라이어로 깨뜨렸다. 뇌관은 염화구리가 든 작은 구리 튜브였다. 염화구리는 공이를 억제하는 선을 소리 없이 파고들어 가서, 10분 지나면 공이가 풀려 격발되도록 되었다. 플라이어로 작은 뇌관의 끝을 깨뜨리는 간단한 작업이 북아프리카 전선에서 한쪽 눈과 오른팔과 왼손 손가락 두 개를 잃은 슈타우펜베르크에겐 쉽지 않았다. 경비병이 화장실 문을 노크하면서 회의가 막 시작된다고 알리는 바람에, 그는 또 하나의

서류 가방에 든 폭탄이 터졌으나 히틀러는 고막이 뚫린 것 말고는 부상을 입지 않았다. 그의 곁에 섰던 장교가 폭탄 가방을 책상 다리 뒤쪽으로 발로 밀어 놓은 덕분이었다.

폭탄을 작동시키지 못했다.

히틀러와 20여 명의 장교들이 모인 회의장에 들어서자, 슈타우펜베르크는 폭탄 한 개가 든 서류 가방을 책상 아래 히틀러 가까운 곳에 놓았다. 몇 분 지난 뒤, 미리 약속한 전화가 걸려 오자 그는 전화를 받는다는 구실로 회의장에서 빠져나왔다. 그리고 곧바로 주차장으로 향했다. 폭탄은 1242시에 터졌다. 속기사가 즉사하고 장교 셋이 중상을 입어 치료받다 죽었다. 그러나 히틀러는 고막이 뚫린 것 말고는 부상을 입지 않았다. 그의 곁에 섰던 장교가 폭탄 가방을 책상 다리 뒤쪽으로 발로 밀어 놓은 덕분이었다.

회의실에서 폭음과 연기가 치솟자, 슈타우펜베르크는 히틀러가 정말로 죽었다고 판단했다. 그는 비상이 걸린 검문소 셋을 허세를 부려 통과하는 데 성공하고 1300시에 라슈텐부르크 비행장에서 베를린으로 가는 항공기를 탔다. 베를린에 닿자 그는 암살을 모의한 동지들에게 히틀러가 죽었다고 알렸다. 그러나 이때는 이미 모의에 참가한 에리히 펠기벨(Erich Fellgiebel) 대장이 히틀러가 살았다고 베를린에 전화한 터였다. 예비군 사령부 청사에 모인 암살 모의자들은 혼란스러웠지만, 올브리히트는 결단을 내려 1600시에 '발퀴레 작전'에 따른 예비군의 동원을 시작했다.

이사이에 마음이 흔들린 프롬은 '늑대 요새'에 있는 카이텔에게 전화를 걸어서 상황을 확인했다. 카이텔은 프롬에게 히틀러가 무사하다고 확인해 주면서 슈타우펜베르크의 소재를 캐물었다. 프롬은 그가 '늑대 요새'로 갔다고 대답했지만, 히틀러를 암살하려 한 사람들에 대한 추적이 자신의 사령부로 향한다는 것을 알고 마음을 바꾸었다. 1640시 슈타우펜베르크가 사령부에 도착하자 프롬은 그의 체포를 명령했다. 그러나 올브리히트와 슈타우펜베르크는 권총으로 프롬을 위협해서 방에 가두었다.

'발퀴레 작전'은 처음엔 어느 정도 암살 모의자들의 계획대로 진행되었다. 빈과 프라하 및 다른 도시들에서 병력들이 나치 사무실을 점령하고 친위대 요원들을 체포했다. 가장 중요한 움직임은 연합군과 치열하게 싸우는 프랑스에서 나왔다. 프랑스 점령군 사령관 슈튈프나겔은 보안경찰(SD)과 친위대의 무장을 해제시키고 나치 지도자들을 체포하는 데 성공했다. 그는 서부 총사령부를 찾아가서 클루게 원수에게 상황을 설명하고, 휴전 협상을 위해 연합국과 접촉해 달라고 요청했다. 클루게는 그에게 히틀러가 살아 있다는 사실을 알려 주었다. 그는 그래도 연합국과 접촉해 달라고 요청했지만, 클루게는 거절했다. 결국 슈튈프나겔은 체포했던 나치 요원들을 풀어 주었다. 그는 뒤에 독일로 압송되어 처형되었다.

결정적 중요성을 지닌 베를린에선 작전이 제대로 진행되지 않았다. 베를린을 경비하는 대대를 지휘하는 오토 에른스트 레머(Otto Ernst Remer) 소령은 선전상 요제프 괴벨스(Joseph Goebbels)를 체포하라는 명령을 받자, 그를 찾아가서 상황을 물었다. 괴벨스로부터 히틀러가 살아 있다는 얘기를 듣자, 레머는 그에게 증거를 요구했다. 괴벨스는 '늑대 요새'의 히틀러에게 전화했고, 히틀러는 레머에게 베를린 지역을 관장하는 권한을 부여했다. 레머는 곧바로 정변 세력을 진압하는 작전에 들어갔다. 그리고 쉽게 상황을 반전시켰다. 히틀러가 살아 있다는 사실이 확인되자, 총통에 맞서려는 병력은 없었다. 병사들의 총통에 대한 충성심은 흔들림이 없었다.

2300시까지 프롬은 부대 통제권을 완전히 되찾았다. 그리고 자신의 책임을 감추고자, 임시군법회의를 열어서 올브리히트와 슈타우펜베르크 및 다른 2명에게 사형을 선고하고 7월 21일 0010시에 그들을 처형했다. 그러나 그런 조치는 오히려 그의 사령부가 암살 모의자들의 근거였다는 것을 부각시켰다. 그는 다음 날 체포되었고 끝내 처형되었다.

격분한 히틀러의 보복은 철저했다. 히믈러의 지휘 아래 국가비밀경찰은 7천 명을 체포했고, 인민재판을 통해서 4,890명을 처형했다. 이들 가운데 상당수는 무고한 사람들이었다. 그래도 대부분의 독일 국민들은 암살 모의자들이 당연한 벌을 받았다고 생각했다. 이런 사실은 상황을 제대로 살피는 고급 장교들과 히틀러에 열광한 병사들이나 일반 시민들 사이에 큰 차이가 있었다는 것을 보여 준다.

히틀러 암살 음모를 신념에 차서 추진했던 트레스코프는 거사가 실패한 다음 날 자신의 부관이자 충실한 동료인 슐라브렌도르프에게 자신의 심경을 말했다.

"이제 온 세계가 우리를 악인들로 만들 것이다. 그러나 나는 아직도 우리가 옳은 일을 했다고 전적으로 확신한다. 히틀러는 독일만이 아니라 온 세계의 가장 큰 적이다."

다른 모의자들을 보호하기 위해, 그는 곧바로 독일군과 러시아군 사이의 지역으로 들어가서 권총을 쏘아 러시아 유격대의 습격을 받은 것처럼 꾸미고 수류탄을 턱 밑에 놓고 터뜨려 자결했다. 그는 가족이 있는 곳에 묻혔으나, 뒤에 히틀러 암살 음모를 주도한 것이 드러나서, 그의 시체는 발굴되어 강제수용소에서 화장되었다. 나치는 연좌죄를 적용해서 그의 부인과 아이들을 수용소로 보냈다.

'2차 마른강 싸움'이 끝난 뒤 그에게 훈장을 수여하면서, 그의 지휘관 1보병근위연대장 지크프리트 그라프 추 오일렌베르크비켄(Siegfried Graf zu Eulenberg-Wicken) 백작은 예언했다.

"트레스코프 자네는 참모총장이 되거나 반역자로서 교수대에서 죽을 걸세."

그 뒤 트레스코프가 살았던 세상은 그가 충직한 군인으로 살아 독일군 참모총장이 되기에는 너무 험악했다. 그래서 그는 실패한 반역자가 되어 독일군과 러시아군이 대치한 황량한 이국 땅에서 스스로 목숨을 끊었다.

독일군 상층부의 많은 사람들이 연루된 사건이었으므로, 7월 20일의 암살 시도는 독일군 전체를 뒤흔들었다. 연합군과 싸우는 프랑스 전선에서도 독일군은 크게 흔들렸다. 프랑스 점령군 슈튈프나겔만이 아니라 서부 전선에서 독일군의 싸움을 실질적 지휘한 롬멜이 암살 음모에 연루된 것이었다.

롬멜은 나치와 히틀러에 반대하는 움직임에 관해 알고 있었다. 그리고 자신도 나치와 히틀러를 제거하고 연합국과 협상해서 전쟁을 끝내야 독일이 살아남을 수 있다고 생각했다. 실제로 서부 전선의 지휘관들은 거의 다 그가 히틀러에 맞서기를 기대했다. 그러나 히틀러와 개인적으로 무척 가까웠던 터라 그는 히틀러의 암살에는 부정적이었다. 총통수행대대장을 지냈던 터라, 롬멜은 히틀러를 암살하는 것이 실질적으로 불가능하다고 여겼다. 무엇보다도 그는 히틀러가 암살되면 히틀러는 순교자가 되어 독일과 오스트리아에서 히틀러 반대파와 지지파 사이에 내전이 일어나리라고 보았다. 대신 그는 히틀러에게 연합국과 휴전 협상을 하라고 거듭 호소했다.

7월 17일 롬멜은 일선 부대를 시찰하다 연합군 항공기의 기총 소사를 받고 중상을 입어 제대로 활동할 수 없게 되었다. 7월 20일 히틀러 암살 시도가 실패하고 수사가 시작되자, 롬멜도 음모에 가담했거나 적어도 음모를 알고도 보고하지 않았다는 증거들이 나왔다. 그런 증거들에 의거해서 전지戰地 군법회의는 롬멜의 유죄를 인정했다. 그러나 히틀러는 롬멜이 반역했다는 사실이 알려지면 여론과 사기에 부정적 영향을 미친다고 판단해서 롬멜에게 자살을 강요했다. 그리고 롬멜이 병사病死했다고 발표한 뒤 성대한 국장을 치렀다.

롬멜은 뛰어난 지휘관이었다. 그는 늘 기선을 잡아서 공격했고, 흩어

히틀러는 롬멜에게 자살을 강요했다. 그리고 롬멜이 병사했다고 발표한 뒤 성대한 국장을 치렀다.

진 적군이 다시 집결할 틈을 주지 않았다. 그는 흔히 병력과 무기에서 크게 열세인 상황에서 승리를 거두었다. 그는 늘 부대의 맨 앞에서 지휘했다. 전황을 파악하려고 정찰기를 타고 적진을 정찰하기도 했다.

노르망디 싸움에서 잘 드러나듯, 그의 판단은 다른 지휘관들의 판단보다 훨씬 정확했다. 룬트슈테트나 구데리안처럼 뛰어나고 영향력이 큰 지휘관들이 롬멜의 작전 개념을 반대하지 않았다면, 그래서 그의 주장대로 기갑사단들이 해안 가까운 진지들에서 대기하고 있었다면, 노르망디 싸움의 역사는 크게 달라졌을 것이다.

독일군 안에는 그를 시기하고 깎아내리려는 사람들이 많았다. 귀족들이 지휘부를 독점한 프로이센 군대의 전통을 그대로 이어받은 독일군에서 그는 평민 출신이었고 남부 독일 사투리를 썼다. 그는 자신의 능력으로 싸움터에서 성과를 얻었고 덕분에 빠르게 승진했다. 어쩌면 그런 배경이 병사로 싸웠던 히틀러와 가까워지도록 만드는 데 한몫 했을 것이다. 히틀러가 가장 좋아한 지휘관은 이론의 여지 없이 롬멜이었고, 롬멜 자신도 히틀러가 죽어야 독일이 살아남는다고 판단한 뒤에도 히틀러를 개인적으로 좋아했다.

롬멜을 뛰어난 지휘관으로 만든 것은 '롬멜과 그의 병력 사이에 존재한 설명할 수 없는 상호 이해'였다. 이런 특질은 타고난 재능이어서, 훈련만으로 갖출 수 없다. 그는 상관들에게나 부하들에게나 직선적이었고 강경했고 타협을 몰랐다. 심지어 히틀러에게도 상황에 따라선 순종하지 않는 태도를 보였다. 그러나 그는 일반 병사들과 전쟁 포로들에겐 부드럽고 좋은 뜻에서 외교적이었다. 이 점은 북아프리카 작전에서 잘 드러났다. 그는 이탈리아군 지휘관들과는 사이가 아주 안 좋았지만, 이탈리아 병사들과 하사관들은 그에게 열광했다. 실제로 그는 이탈리아 병사들과 독일 병사들을 똑같이 대했고, 사상자 비율도 차이가 없었다. 언젠가 공군 사령관 괴링이 "롬멜이 이탈리아 병사들을 구박한다"고 히틀러에게 거짓으로 보고하자, 무솔리니가 나서서 그렇지 않다고 해명해 주었다.

롬멜이 기사도 정신을 천성으로 지녔다는 것은 거의 모든 사람들이 증언했다. 그의 '아프리카 군단'에선 인종적 차별이 없어서, 유대계 혈통을 걱정하는 병사들의 피난처가 되었다. 북아프리카에 살았던 많은 유대인들이 큰 박해를 받지 않은 것은 롬멜 덕분이라고 당사자들은 믿었다. 노르망디 싸움에서도 그는 "특공대 포로들을 처형하라"는 히틀러의 '특공대 명령'을 무시하고 특공대 포로들도 일반 포로들과 같이 대우하도록 했다. 노르망디 작전 중에 히틀러를 만났을 때, 그는 2SS기갑사단이 프랑스 민간인들을 학살한 것을 비난하고 그 사단을 처벌할 권한을 요청하기까지 했다.

흥미로운 것은 롬멜에 대한 히틀러 자신의 평가다. “불행하게도, 롬멜 원수는 성공적 시절에는 원기 가득한 위대한 지도자이지만, 아주 작은 문제들을 만나도 극단적 비관주의자가 된다”고 히틀러는 평했다. 실제로 이탈리아와 노르망디에서 롬멜은 히틀러보다 훨씬 비관적 전망을 내놓았다. 그러나 그런 비관적 전망은 롬멜이 전체 전쟁을 비관적으로 본 데서 나왔다고 볼 수 있다. 북아프리카에서 연합군과 싸우면서, 그는 제해권과 제공권을 잃은 싸움은 오래갈 수 없다는 것을, 그래서 독일은 이미 전쟁에서 졌다는 것을 깨달았던 것이다. 그리고 그런 판단이 그로 하여금 연합국과의 협상을 모색하도록 만들었다. 물론 히틀러는 자신의 굳은 의지와 ‘군사적 천재’로 난국을 타개할 수 있다고 믿었으므로, 롬멜의 판단이 지나치게 비관적으로 보였을 것이다.

롬멜이 북아프리카에서 활약할 때 그를 가장 두려워했던 사람들은 영국인들이었다. 그래서 영국 전사가戰史家 리델 하트(Liddell Hart)는 롬멜이 자기 병력들로부터는 숭배를 받고 적들로부터는 존경을 받은 강력한 지도자였다고 평가하고 그를 “역사적 명장들(Great Captains of History)” 가운데 하나로 꼽았다.

상륙군의 돌파

병력과 장비의 상륙이 진척되자, 연합원정군 사령부는 미군 8군단, 12군단, 15군단 및 20군단으로 이루어진 3군을 편성하고 패튼 중장을 사령관으로 임명했다. 이제 공격하는 연합군은 수비하는 독일군을 압도했다. 연합군은 제공권을 완전히 장악했고, 병력은 적어도 곱절이 되었고, 전차와 포병에선 세 곱절이 넘었다. 이런 형세를 고려해서, 신중한 아이젠하워도 공세적 작전을 펴기로 결정했다. 아이젠하워로부터 브르타뉴반도를 점령하라는 지시를 받자 패튼은 곧바로 브르타뉴반도를 봉쇄하고, 8월 10일까지 브르타뉴를 완전히 장악했다. 이어 파리를 향해 빠르게 진군하기 시작했다.

상황이 워낙 불리했으므로, 클루게는 7군이 센강 너머로 물러나야 한다고 히틀러에게 건의했다. 롬멜이 부상해서 후송된 뒤 클루게는 후임을 임명하지 않은 채 자신이 B집단군 사령관을 겸직하고 있었다. 그러나 히틀러는 그의 의견을 받아들이지 않고 오히려 역습을 지시했다. 제공권을 완전히 잃은 터라 독일군의 역습은 자살적 공격이었다. 그러나 클루게는 히틀러의 지시에 강력하게 이의를 제기하지 못했다. 히틀러 암살 음모에 자신이 연루되었다는 사실이 알려질까 두려워서, 그는 히틀러의 지시대로 아직 남아 있는 9개 기갑사단들 가운데 8개 사단을 동원해서 패튼의 3군을 공격했다. 독일군의 움직임을 훤히 아는 연합군은 독일군을 포위한 다음 팔레즈 지역에서 항공기 폭격으로 독일군 전차들을 파괴했다. 노르망디를 방어한 독일군 7군은 이 패배로 실질적으로 괴멸되었다.

클루게 자신은 히틀러 암살 음모에 연관되었다는 혐의를 벗어나지 못했다. 그는 8월 16일에 동부 전선에서 활약한 발터 모델(Walter Model) 원수에게 서부 총사령관 직책을 넘기고 독일로 소환되었다. 처형을 피할 길이 없다는 것을 잘 아는 그는 며칠 뒤 자살했다.

이즈음에 좀 느닷없이 연합군은 남부 프랑스를 침공하는 '용기병 작전(Operation Dragoon)'을 시작했다. 원래 노르망디에 상륙하는 '대왕 작전'에 대응해서 남부 해안에 상륙하는 '모루 작전(Operation Anvil)'이 구상되었었다. 이름이 가리키는 것처럼, 노르망디에 상륙한 군대의 망치가 남부에 상륙한 군대의 모루를 때려 독일군을 괴멸시킨다는 얘기였다. 그러나 병력의 부족으로 이 작전은 유보되었다.

'모루 작전'은 처음 구상되었을 당시엔 일리가 있었다. 그러나 이미 독일군이 패주하는 마당에 큰 군대를 추가로 투입하는 것은 비합리적이었다. 그래서 영국군 지휘부는 모루 작전을 되살려 이탈리아에서 작전하는 병력을 빼내는 대신, 이탈리아에서 빈~프라하~베를린 축선을 따라 북쪽으로 치고 올라가는 방안을 제시했다. 그렇게 하면 독일군이 서부 전선의 방어에 투입할 부대들을 베를린 방어에 돌리게 되어, 서부에서의 진공이 한결 수월해질 터였다. 보다 중요한 것은 정치적 차원의 이익이었으니, 연합군이 미리 중부 유럽을 점령하면 이미 밀물처럼 서쪽으로 진격해 오는 러시아군으로부터 중부 유럽의 국가들을 지킬 수 있었다. 처칠 수상과 몽고메리를 비롯한 영국군 수뇌들은 이 방안을 채택하자고 미군 지휘관들을 설득했다.

그러나 미군 지휘관들은 이런 방안에 동의하지 않았다. 특히 아이젠하워는 매사에 우유부단했던 것과는 대조적으로 이 일에선 적극적으로 반대하고 나섰다. 그는 "정치적 평가들은 정부들의 기능이지 군인들의 기능이 아니다"라고 생각했고, 군사적으로 점점 강성해지는 러시아가 제기하는 위협에 대해 유난히 둔감했다. 온 세계가 휩쓸려 들어간 세계대전에선 모든 군사적 결정들엔 정치적 판단이 들어가게 마련이라는 사실을 연합원정군 최고사령관이 깨닫지 못한 것이었다.

아이젠하워의 이런 태도는 미국 역대 대통령들 가운데 가장 '정치적'이었다는 루스벨트 대통령이 자신의 정치적 판단으로 군사작전에 영향을 미칠 기회를 마련해 주었다. 6월 29일 처칠에 보낸 긴 전문에서 루스벨트는 '모루 작전'에 관한 자신의 입장을 아주 솔직하게 밝혔다.

"끝으로, 이곳의 순수한 정치적 고려 때문에, 상당한 병력이 발칸반도로 돌려졌다는 것이 알려지면 나는 '대왕'에서의 사소한 후퇴에도 살아남을 수 없습니다."

유럽의 운명에 결정적 영향을 미칠 일에서도 루스벨트에겐 다가오는 11월의 대통령 선거에서 자신에게 미칠 정치적 영향이 가장 중요한 고려 사항이었다. 전황이 이미 연합군 쪽으로 확실하게 기울었고 병력과 무기에서 연합군이 압도적 우위를 지닌 상황에서도, 그에겐 작전이 뜻대로 되지 않을 가능성까지도 결코 부담할 수 없는 위험이었다.

그렇게 해서 '용기병 작전'이라는 이름을 달고 모루 작전이 되살아났다. 그리고 이 상륙작전을 위해 앨리그잰더 패치(Alexander M. Patch) 중장이 지휘하는 미군 7군이 편성되었다. 이 부대의 증강에 필요한 병력 가운데 미군 3개 사단, 프랑스군 3개 사단 및 상당한 공군 병력이 이탈리아 전선의 연합군 부대로부터 나왔고, 이탈리아에서 독일을 향해 진공하던 연합군의 작전은 실질적으로 좌절되었다.

영국군 지휘부의 예상대로, 용기병 작전은 시간과 병력의 낭비였음이 드러났다. 8월 15일 미군 7군이 프랑스 리비에르에 상륙할 때 독일군의 저항은 거의 없었다. 그리고 열흘 뒤에 파리가 해방되었다. 그 뒤로도 독일군의 저항은 이어졌지만, 그것은 항복할 길이 없는 군대의 처절한 몸짓이었다. 그래도 아이젠하워는 정치적 판단을 마다했다. 연합군의 궁극적 목표는 독일의 항복이지 독일군의 괴멸이 아니라는 사실을 그는 끝내 깨닫지 못했거나 일부러 외면했다. 미국 정치 지도자와 미군 최고 지휘관의 이해하기 어려운 이런 태도는 궁극적으로 스탈린과 공산주의 러시아의 이익에 봉사했다.

1944년 8월 25일 파리가 해방되었다. 이 상징적 사건으로 '대왕 작전'은 실질적으로 끝났다. 원래 아이젠하워는 파리가 전략적 가치는 작은데 독일군의 저항으로 도시가 파괴될 가능성이 크다고 판단했다. 그래서 파리를 우회해서 다른 군사적 목표들을 공격하는 작전계획을 추진했다. 그러나 8월 19일 파리에서 저항운동 세력이 봉기하면서 상황이 달라졌다. 저항운동 세력이 독일군에게 학살될 가능성이 큰 데다, 보급이 끊겨서 시민들이 굶주리는 상황에서 히틀러가 파리의 파괴를 명령했다는 소식이 전해지자, 드골은 연합군이 즉시 파리를 해방해야 한다고 강력히 주장했다. 그래서 8월 24일 필리프 르클레르(Philippe Leclerc) 소장이 이끄는 프랑스군 2기갑사단이 파리로 진공해서 이튿날 파리를 장악했다.

르클레르의 본명은 필리프 프랑수아 마리 드 오트클로크(Philippe François Marie de Hautecloque)인데, 자유 프랑스군에 합류하면서 프랑스에 남은 가족의 안전을 위해 '필리프 르클레르'라는 전명戰名을 쓴 것이었다. 독일군이 프랑스를 침공했을 때 그는 4보병사단의 참모장이었다. 그는 독일군에게 두 차례나 포로가 되었으나, 탈출에 성공해서 포르투갈을 거쳐 영국으로 건너갔다. 그는 중앙아프리카의 프랑스 식민지들에 파견되어, 비시 정권에 협력하는 식민지 관료들과 군대들이 자유 프랑스를 지지하도록 만들었다. 이어 북상해서 리비아 남부 사막에서 이탈리아군과 싸웠다. 그는 쿠프라의 이탈리아군 기지를 차지한 뒤 부대원들과 함께 맹세했다.

"우리 깃발들이, 우리 아름다운 깃발들이, 스트라스부르 대성당 위에 나부낄 때까지는, 나는 무기를 내려놓지 않겠다."

그의 부대는 미군이 제공한 무기들로 무장해서 2기갑사단으로 편성되어 노르망디 상륙작전에 참가했다. 그리고 '쿠프라의 맹세'를 지켜, 그는 8월 25일에 파리를 해방시켰고 이어 11월 23일 선두 전차에 타고 스트라스부르를 해방시켰다.

'대왕 작전'은 1944년 8월 30일에 공식적으로 종료되었다. 이때까지는 노르망디를 지키던 독일군 7군에서 생존자들은 센강을 건넜다. 연합군 사상자들은 22만 6,386명이었고 독일군 사상자들은 적게는 29만에서 많게는 53만으로 추산된다.

역사상 가장 큰 상륙작전이었던 '대왕 작전'을 살피는 사람의 마음에 또렷이 남는 일화는 D데이 두 달 전 롬멜이 수행부관에게 한 예언이다.

"내 말을 믿게, 랑. 침공의 첫 24시간이 결정적일 걸세…. 독일의 운명은 그 결과에 달렸네…. 독일만이 아니라 연합국에도, 그날은 가장 긴 하루일 걸세."

'가장 긴 하루'에 관한 롬멜의 예언은 맞았지만, 그 현장에 그가 없었다는 사실로 해서 그의 예언은 신랄한 반어를 품게 되었다.

미국 종군 작가 코넬리어스 라이언(Cornelius Ryan)이 D데이를 다룬 책의 제목을 『가장 긴 하루(The Longest Day)』로 삼은 것은 그래서 자연스럽다. 1959년에 나온 그 책은 1962년에 영화로 만들어져서 국제적 성공을 거두었다.

그 영화의 주제가는 캐나다 가수 폴 앵카(Paul Anka)가 노랫말을 쓰고 곡을 붙여 불렀다. 그 노래의 한 구절은 노르망디의 해안에서 죽어 거기 묻힐 병사들을 얘기한다.

Many men came here as soldiers,
Many men will pass this way,
Many men will count the hours,
As they live the longest day.

Many men are tired and weary,
Many men are here to stay,
Many men won't see the sunset,
When it ends the longest day.

많은 사람들이 병사들로 이곳에 왔다
많은 사람들이 이 길로 지나가리라
많은 사람들이 시간을 재리라
가장 긴 하루를 살면서.

많은 사람들이 지치고 지겨우리라
많은 사람들이 여기 머물게 되리라
많은 사람들이 해가 지는 것을 보지 못하리라
가장 긴 하루가 끝날 때.

노르망디 해안에 "머물게 된" 사람들은 아직도 자신들이 압제로부터 해방시킨 땅에 누워 있다. 영연방군 병사들이 묻힌 베이유 묘지엔 4,648개의 묘들과 묻힌 곳이 알려지지 않은 1,800명을 기리는 기념비가 있다. 그곳엔 노르망디에서 죽은 독일군 466명의 묘들도 함께 있다. 그들을 위한 기념비는 없다.

물로 씌어진 이름 - 이승만과 그의 시대
제1부 광복 ②

펴낸날	초판 1쇄 2023년 7월 3일 초판 3쇄 2023년 8월 22일
지은이	복거일
그림	조이스 진
펴낸이	김광숙
펴낸곳	백년동안
출판등록	2014년 3월 25일 제406-2014-000031호
주소	경기도 파주시 광인사길 22
전화	031-941-8988
팩스	070-8884-8988
이메일	on100years@gmail.com
ISBN	979-11-981610-3-1 04810 979-11-981610-1-7 04810 (세트)

※ 값은 뒤표지에 있습니다.
※ 잘못 만들어진 책은 구입하신 서점에서 바꾸어 드립니다.